MELANIE METZENTHIN

Die Hafenschwester

MELANIE
METZENTHIN

Die Hafenschwester

Als wir an die Zukunft glaubten

ROMAN

DIANA

Von Melanie Metzenthin sind im Diana Verlag erschienen:
Die Hafenschwester (1) – Als wir zu träumen wagten
Die Hafenschwester (2) – Als wir wieder Hoffnung hatten
Die Hafenschwester (3) – Als wir an die Zukunft glaubten

MIX
Papier aus verantwortungsvollen Quellen
FSC® C083411

Penguin Random House Verlagsgruppe FSC® N001967

2. Auflage

Neumarkter Straße 28, 81673 München
Redaktion: Angela Volknant
Umschlaggestaltung: Favoritbüro, München
Umschlagmotiv: © Stephen Mulcahey/Trevillion Images,
© Arkivi UG All Rights Reseved/Bridgeman Images,
© United Archives/Lämmel/Bridgeman Images
Autorenfoto: © privat
Satz: Leingärtner, Nabburg
Druck und Bindung: CPI books GmbH, Leck

Printed in Germany
ISBN 978-3-453-29246-8

www.diana-verlag.de

TEIL 1

Die Weimarer Republik

1

Hamburg, November 1923

Martha machte gern Hausbesuche, auch wenn es oft anstrengend war, nach ihrer regulären Schicht im Krankenhaus noch all die Patienten aufzusuchen, die ihr am Herzen lagen. Vor allem an verregneten Novembertagen. Sie schüttelte kurz ihren Regenschirm im engen Treppenhaus ab, bevor sie an der Tür von Familie Hansen klingelte.

Es dauerte eine Weile, bis ihr geöffnet wurde.

»Guten Abend, Schwester Martha! Wie schön, dass Sie es einrichten konnten.« Frau Hansen streckte den Arm aus, um ihr die Hand zu reichen, als sie bemerkte, dass sie noch das Bügeleisen in der Rechten hielt.

»Störe ich Sie gerade beim Hemdenbügeln?«, fragte Martha.

»Nein.« Frau Hansen lächelte leicht verschämt. »Kommen Sie doch rein.«

Sie führte Martha in die Küche, wo das Bügelbrett stand.

»Wär'n das alles Hemden, wär ich 'ne reiche Frau. Aber so …«

Martha sah fasziniert zu, wie Frau Hansen mit dem Bügeleisen über einen Zehntausendmarkschein fuhr, der auf dem Plättbrett lag.

»Das war der letzte für heute«, sagte sie dann und legte ihn in die volle Kiste zu den übrigen Scheinen.

»Warum bügeln Sie denn Ihr Geld?«, fragte Martha. Sie selbst wäre nie auf diese Idee gekommen.

»Na, damit die Scheine nicht so zusammenkleben, wenn ich das Bündel beim Krämer raushole. Dieser ganze Klumpatsch in der Tasche …« Frau Hansen schniefte. »Mein Herbert lässt sich ja immer noch die Zehntausender andrehen. Der kriegt den Mund ja nicht auf, wenn der Chef ihm den Lohn auszahlt. Dabei hab ich ihm schon so oft gesagt, jetzt gibt's Scheine mit Millionen und sogar Milliarden drauf.«

Martha nickte, das waren die, die Paul in seiner Lohntüte mitbrachte. Früher hatte er den größten Teil des Verdienstes umgehend zur Sparkasse gebracht, aber inzwischen war es besser, das Geld so schnell wie möglich auszugeben, ehe es weiter an Wert verlor. So wie der Rest ihrer Ersparnisse.

Martha atmete tief durch und schüttelte die unangenehmen Erinnerungen ab. Wenigstens waren sie gesund und hatten immer noch ihre Arbeit.

»Wie geht es denn der kleinen Rosie?«, fragte sie, um auf den eigentlichen Grund ihres Besuches zurückzukommen.

»Schon viel besser, aber ich fürchte, einen Mann wird sie so nicht mehr finden.«

Martha zog die Brauen hoch. »Sie ist doch erst vier, ist es da nicht ein bisschen zu früh, daran zu denken?«

Frau Hansen seufzte erneut. »Na, das Bein wird doch nicht wieder gut, oder? Und wer will schon so ein Hinkebein, das weder tanzen noch sonst etwas leisten kann?«

»Warten wir erst mal ab«, erwiderte Martha. »Wir können dankbar sein, dass die Kleine die Kinderlähmung überhaupt so gut überstanden hat. Denken Sie nur daran, was dem Jungen der Furtwänglers passiert ist.«

Frau Hansen wurde blass, schluckte, dann nickte sie. Der Sechsjährige war im Eppendorfer Krankenhaus qualvoll erstickt, weil die Lähmung auch auf das Zwerchfell übergegriffen hatte.

Eine seltene Komplikation, aber schwer gefürchtet. Was war dagegen schon ein lahmes Bein?

Die kleine Rosie war in der vergangenen Woche in stabilem Zustand entlassen worden, auch wenn sie ihr rechtes Bein kaum bewegen konnte und die Muskulatur erkennbar verkümmert war.

Frau Hansen stellte das Bügeleisen ab und brachte Martha in das Kinderzimmer, wo außer Rosie auch noch Baby Walter schlief. Um den Kleinen hatte Martha sich anfangs große Sorgen gemacht, denn die Kinderlähmung war sehr ansteckend, aber zum Glück war sonst niemand in der Familie erkrankt.

Rosie saß auf dem abgetretenen Teppich vor dem Bett und spielte mit ihren Puppen. Man sah auf den ersten Blick, welches der beiden nackten Beine, die unter ihrem Rock hervorlugten, das kranke war. Es war nicht nur deutlich dünner, sondern der Fuß war auch nach innen verdreht.

Martha ging vor Rosie in die Hocke.

»Guten Tag, Rosie.«

»Guten Tag, Schwester Martha«, antwortete das Mädchen artig und legte die Puppe beiseite.

»Darf ich mir dein Bein ansehen?«

Rosie nickte. Martha versuchte, den Fuß in eine normale Stellung zu bringen, doch die Muskulatur war bereits zu sehr verkürzt.

»Kannst du mit dem Fuß überhaupt noch auftreten?«, fragte sie das Mädchen.

»Ja«, sagte Rosie.

»Dann zeig mir das mal.« Sie reichte Rosie die Hand, damit die sich mit ihrer Hilfe aufrichten konnte.

»Das nennst du Stehen?«, sagte Martha. »Du musst versuchen, den Fuß auf die Sohle zu stellen, nicht so auf die Kante.«

»Aber dann tut's weh.«

»Du brauchst eine Schiene, weißt du. Eine, die dein Bein gerade zieht.«

»Aber das tut weh. Das will ich nicht.«

»Das ist nur am Anfang unangenehm, Rosie. Später wirst du froh sein, wenn du wieder normal gehen kannst. Oder willst du dein Leben lang so schlecht stehen können?«

Rosie sagte nichts.

»Können wir uns das denn leisten?«, fragte Frau Hansen. »Solche Schienen sind doch teuer, und Sie sehen ja selbst, wie uns das Geld durch die Finger fließt.«

»Es gibt für verkrüppelte Kinder Unterstützung von der Fürsorge«, sagte Martha. »Ich werde mich darum kümmern, dass Sie eine Bescheinigung erhalten und nur eine geringe Summe zuzahlen müssen. Aber es ist wichtig, dass Rosies Bein so bald wie möglich mit einer Schiene versorgt wird. Vielleicht kann man durch die gleichmäßige Belastung verhindern, dass es bereits jetzt das Wachstum einstellt, und wenn wir großes Glück haben, wird sie später vielleicht ohne Krücken laufen können.«

»Glauben Sie wirklich?«

»Sie ist noch sehr jung, der kindliche Körper kann sich an vieles anpassen.«

Martha wollte sich gerade verabschieden, als jemand Sturm an Frau Hansens Tür klingelte.

»Herrschaftszeiten, was ist denn heute bloß los?«, rief Frau Hansen und riss die Tür auf.

Ein vielleicht zwölfjähriges blondes Mädchen in einem verblichenen und vielfach geflickten blauen Kleid stand unruhig trippelnd vor der Tür.

»Jutta, was um Himmels willen ist denn passiert?«

»Ist Schwester Martha noch bei Ihnen?«, rief sie aufgeregt. »Die muss schnell kommen, der olle Menck hat sich auf'm Trockenboden aufgehängt!«

»O mein Gott!«, rief Frau Hansen. »Uns bleibt auch nix erspart!«

Martha zuckte zusammen. »Rufen Sie sofort einen Unfallwagen«, wies sie Frau Hansen an. »Vielleicht ist ja noch was zu retten.« Dann folgte sie Jutta, während Frau Hansen losrannte, um in der Eckkneipe zu telefonieren.

»Wann hast du ihn denn gefunden?«, fragte Martha, während sie gemeinsam die Stiegen nach oben liefen.

»Na gerade eben, als ich die Wäsche abnehmen wollte.« Das Mädchen wirkte trotz der schrecklichen Entdeckung seltsam abgeklärt, aber Martha ahnte bereits, dass der Schock erst noch kommen würde. So war es immer, wenn etwas Schlimmes passierte. Meist funktionierten die Menschen in den ersten Minuten wie Automaten, bevor die Erkenntnis, was wirklich geschehen war, Einlass in ihre Seele fand.

»Hast du ihn angefasst?« Insgeheim hoffte Martha, dass sie ihn vielleicht abgehängt hatte, dass noch ein Hauch von Leben in ihm war, obwohl sie wusste, dass beides höchst unwahrscheinlich war.

»Nee, der sah so gruselig aus!« Jutta schüttelte sich. »Wie konnte der das bloß machen?«

Martha sagte nichts. Was hätte sie auch sagen sollen? Dass es in letzter Zeit häufiger vorkam? Dass der alte Menck nicht der Erste war, der sich aufgehängt hatte? Und auch nicht der erste Erhängte, den sie in ihrem Leben zu Gesicht bekam? All das würde Jutta nicht trösten, ganz im Gegenteil.

Der alte Menck bot tatsächlich einen grausigen Anblick, mit seinem aufgequollenen, blauen Gesicht und offenem Mund, aus dem die Zunge ein Stück herausragte.

Martha sah den umgefallenen Schemel, auf den er gestiegen war, um das Seil am Dachbalken zu befestigen. Sie atmete zweimal tief durch, dann überwand sie ihre Abscheu und berührte den Erhängten – seine Hände waren bereits ganz kalt, da war kein Puls mehr zu fühlen. Für medizinische Hilfe war es längst zu spät.

»Was machen wir jetzt?«, fragte Jutta mit zitternder Stimme. »Ist er tot?«

»Ja«, sagte Martha leise. »Kanntest du ihn gut?«

Jutta schluckte. »Nee, der wohnte ganz allein im Erdgeschoss und hat nie viel geredet. Der hat uns Kindern immer hinterhergebrüllt, wir sollen nicht so'n Lärm machen, sonst würde uns der Teufel holen. Und jetzt hat er ihn selbst geholt.«

Noch bevor Martha antworten konnte, hörten sie Schritte auf der Treppe zum Dachboden. Doch es war nicht die Besatzung des Unfallwagens, sondern Frau Hansen in Begleitung von Wachtmeister Rütten.

»Ja, das ist der alte Gustav Menck«, sagte Rütten und nahm die Mütze ab. »Mensch, Deern, da haste ja wat wirklich Schlimmes entdeckt. Ich hoff mal, du kriegst nu keine Albträume.«

Jutta schluckte. »Brauchen Sie mich noch, Herr Wachtmeister?«

»Ja, so 'n paar Fragen habe ich schon, aber das können wir auch später noch machen, wenn der Polizeiarzt und die Kriminalen da waren.«

»Die Kriminalen?« Jutta bekam große Augen.

»Ist bei unnatürlichen Todesfällen immer so. Die wollen dann nur noch mal wissen, wann du ihn gefunden hast und ob da sonst noch jemand war.«

»Meinen Sie, der wurde ermordet?« Juttas Augen wurden immer größer.

»Nee, das nicht, aber muss man immer ausschließen, ne? Ist nur Routine, hab ma keine Angst, hier geht schon kein Mörder um.«

»Wollen wir ihn da nicht mal runternehmen?«, fragte Martha.

»Nee, das soll die Kripo machen, die wollen das immer ganz genau sehen und fotografieren.« Der Wachtmeister zog ein weißes Taschentuch hervor und wischte sich den Schweiß von der Stirn. »So, Jutta, und du gehst jetzt zu deinen Eltern, ne? Ich komm nachher noch mal zu euch.«

»Und die Wäsche?«, fragte Jutta.

»Die kannste auch später holen, wenn der Tote weg ist, ne?«

Jutta nickte und ging. Martha überlegte kurz, ob sie dem Mädchen nachgehen sollte, aber ihr fiel nichts Tröstliches ein, was sie dem Kind hätte sagen können. Stattdessen sah sie Wachtmeister Rütten an. »Brauchen Sie mich noch?«

»Nee, alles gut, Schwester Martha. Sie können auch gehen, dem ist ja wirklich nicht mehr zu helfen.« Er seufzte. »Und dabei dachte ich, ich könnte meine Runde heute gemütlich beim Glas Bier im Anker ausklingen lassen.«

»Na, ich war jedenfalls froh, dass ich Sie dort gefunden hab, Herr Wachtmeister«, meinte Frau Hansen. »Das hat man ja nicht alle Tage, dass sich der Nachbar aufhängt.«

»Nee, zum Glück nicht. Aber ist auf jeden Fall besser, als wenn einer den Gashahn aufdreht. Dann trifft's womöglich auch Unschuldige. In Berlin ist neulich sogar ein Haus deswegen explodiert.«

Frau Hansen schlug entsetzt die Hand vor den Mund. »Mein Gott, und ich dachte, jetzt, in der schönen Wohnung mit Gasherd, wird alles besser.«

Martha räusperte sich. »Ich mache mich dann mal auf den Weg. Sie wissen ja, wo Sie mich finden, falls Sie mich noch brauchen, Herr Wachtmeister.«

»Selbstverständlich, Schwester Martha. Ich wünsche Ihnen trotz allem noch einen schönen Abend.«

Paul war schon von der Arbeit nach Hause gekommen, als Martha in die Wohnung kam. Sie hörte, wie er mit den Kindern im Wohnzimmer sprach, aber da war noch eine andere Stimme. Ihre Freundin Carola Kellermann. Martha hängte schnell den Mantel an die Garderobe und spannte den nassen Regenschirm über der Badewanne zum Trocknen auf, bevor sie ins Wohnzimmer ging.

»Siehst du, da kommt sie schon«, sagte Paul zu Carola.

Ella stand auf und holte eine Tasse aus dem Wohnzimmerschrank. »In der Kanne ist noch Tee, Mama«, sagte sie, während sie die Tasse auf den Tisch stellte.

»Vielen Dank, mein Engel.« Martha hauchte ihrer Tochter einen Kuss auf die Wange und schenkte sich ein, bevor sie sich neben Carola aufs Sofa setzte.

»Na, wie viele Leben hast du heute gerettet?« Paul zwinkerte seiner Frau liebevoll zu.

»Keins«, erwiderte Martha. »Ganz im Gegenteil. Ein Nachbar der Hansens hat sich auf dem Dachboden erhängt.«

»O Gott, der wievielte in diesem Monat ist das?«, fragte Carola. »Das passiert seit der Inflation ja ständig. Selbst in den besten Kreisen. Wobei die natürlich eher stilvoll zur Pistole greifen.«

Paul räusperte sich geräuschvoll. »Ein bisschen mehr Pietät im Angesicht des Todes«, sagte er. *Und vor den Kindern*, dachte Martha, auch wenn sie nichts sagte. Rudi war schon achtzehn, und auch der sechzehnjährige Fredi würde sich dagegen verwahren, als Kind bezeichnet zu werden, aber Ella war erst dreizehn. Andererseits war Ella vielleicht die Abgeklärteste von allen, denn sie hatte es sich in den Kopf gesetzt, Medizin zu studieren. Sie hatte sogar schon einmal mit einer besonderen Erlaubnis von Professor Wehmeyer die anatomische Sammlung besuchen dürfen, die normalerweise nur Medizinstudenten und Ärzten offen stand. Die eingelegten Organe und Leichenteile hatten sie nicht im Mindesten erschreckt.

»Ja, du hast recht«, lenkte Carola sofort ein. »Allerdings frage ich mich, wie man diese Zeiten ohne einen gesunden Zynismus überstehen soll.«

»Warum sind Moritz und Sophia eigentlich nicht mitgekommen?«, wechselte Martha schnell das Thema.

»Moritz hat ein Problem mit seiner Beinprothese, die ist gerade in der Werkstatt. Er hat ja dieses neue Modell mit dem künstlichen Kniegelenk, das auf Gewichtsverlagerung reagiert. Und das klemmt irgendwie. Als ich ihm vorgeschlagen habe, den Rollstuhl zu nehmen, hat er mich angesehen, als hätte ich von ihm verlangt, nackt auf die Straße zu gehen. Und Sophia wollte den Papa natürlich nicht allein lassen, sondern lieber ›Mensch ärgere Dich‹ mit ihm spielen.«

»Heißt das Spiel nicht ›Mensch ärgere Dich Nicht‹?«, fragte Paul.

»Bei uns nicht.« Carola grinste. »Die beiden ärgern sich nämlich jedes Mal, wenn sie rausgeschmissen werden. Da sieht man gleich, von wem Sophia diese Schnute geerbt hat. Wobei es natürlich viel niedlicher ist, wenn sich eine Vierjährige ärgert.« Carola trank einen Schluck Tee. »Warum ich aber eigentlich hier bin … Lida hat heute früh aus München angerufen und mich gefragt, ob ich für *Die Frau im Staat* einen Artikel über diese Putschisten schreiben möchte, etwas über die Hintergründe. Sie meint, ich würde mit meinem Stil den richtigen Ton treffen.«

»Welche Putschisten?«, fragte Martha.

»Habt ihr das nicht mitgekriegt? Die haben deshalb doch in München den Ausnahmezustand verhängt.«

»Nein.« Paul schüttelte den Kopf. »In München ist doch immer irgendwas los, seit die da unten nach Unabhängigkeit streben. Ich habe nie verstanden, warum Lida ausgerechnet dorthin gezogen ist.«

»Und was hat es mit diesem Putsch nun auf sich?«, fragte Martha.

»Nun, wie Paul schon angedeutet hat, viele da unten wollen, dass Bayern wieder ein eigenständiges Land wird. Das nimmt natürlich kein normaler Mensch ernst, aber in München gibt es viel mehr Extremisten als hier bei uns.« Carola atmete schwer. »Ohne die Hyperinflation wären die vermutlich längst in der Bedeutungslosigkeit verschwunden.«

»Und schuld daran sind die Franzosen«, zischte Paul, und die Art, auf die er das Wort »Franzosen« betonte, erschreckte Martha. Paul war nie jemand gewesen, der anderen Nationen Ressentiments entgegengebracht hatte, ganz im Gegenteil. Nicht einmal, nachdem er schwer verletzt aus Frankreich zurückgekehrt war. Aber die Besetzung des Ruhrgebiets durch französische und belgische Truppen hatte ihn massiv aufgebracht. Schon der Friedensvertrag von Versailles mit seinen hohen Reparationsforderungen hatte ihn erbost. Die deutsche Wirtschaft lag am Boden, die Bevölkerung verarmte immer mehr, und man konnte die hohen Forderungen nicht erfüllen. Daraufhin waren die Franzosen im Januar kurzerhand ins Ruhrgebiet einmarschiert, hatten alle Bergwerke und Industrieanlagen unter französische Verwaltung gestellt und sämtliche Erzeugnisse nach Frankreich abtransportiert. Martha erinnerte sich noch gut an die Zeitungsberichte. Zahlreiche Deutsche waren aufgrund der so entstandenen Kohleknappheit im kalten Winter erfroren. Aber all das scherte die Besatzer nicht. Der Hass auf die Franzosen wuchs noch weiter, als sie damit begannen, Einheimische aus dem Ruhrgebiet zu vertreiben. Ausweisungen nannten sie das. Die Zeitungen waren in jenen Tagen voll davon. Überall sah man Fotografien von Familien, denen nur ein einfacher Pferdewagen mit spärlichem Hausrat geblieben war. Hinzu kamen Geschichten von brutalen Vergewaltigungen und schlimmen Misshandlungen. Die deutsche Regierung rief daraufhin den Generalstreik aus. Die Franzosen reagierten mit aller Härte und verurteilten etliche Streikende zum Tode. Doch der Hass auf die Franzosen war mittlerweile so gewachsen, dass die Arbeiter sich nicht länger einschüchtern ließen. Und die Reichsregierung unterstützte sie, indem sie die Lohnfortzahlungen sicherstellte. Zwar hatte der Staat nicht die nötigen Geldreserven, aber findige Regierungsmitglieder glaubten, man könne das Problem lösen, indem man einfach immer mehr Geld druckte. Ein fataler Irrglaube, denn das war der Beginn der Hyperinflation.

Binnen weniger Wochen waren die Ersparnisse eines ganzen Lebens wertlos geworden. Auch Marthas Familie war betroffen. Tausend Mark hatten sie in den vergangenen drei Jahren für die Ausbildung ihrer Kinder zusammengespart. Bereits zwei Monate nach dem Beginn der Ruhrbesetzung bekam man für dieses einstmals so hart erarbeitete Geld nur noch ein Glas Bier im Gasthaus. Die meisten Menschen litten bittere Not, und die Schuldigen waren schnell ausgemacht: die gierigen Franzosen, der alte Erbfeind.

»Habt ihr mitbekommen, dass Gustav Stresemann vorletzten Monat zu einem Ende des Generalstreiks aufgerufen hat?« Carolas Frage riss Martha aus ihren Gedanken.

»Ja«, bestätigte Paul. »Er will das auf diplomatischem Weg regeln, weil er eine Währungsreform anstrebt, um die Inflation zu beenden.«

Carola nickte. »Nun, die Putschisten sehen das anders. Sie sagen, es sei Verrat am Volk, den Generalstreik zu beenden, während die Franzosen das Land weiter ausplündern und Deutsche schikanieren. Deshalb hat General Ludendorff gestern zusammen mit einem Kneipenredner namens Hitler und einem Haufen anderer zwielichtiger Gestalten versucht, die bayrische Regierung zu stürzen. Die meisten sind verhaftet worden, nur dieser Hitler ist noch auf der Flucht. Aber ich schätze, den kriegen sie auch bald.«

»Darf ich deinen Artikel vorab lesen, wenn er fertig ist?«, fragte Martha.

»Das will ich meinen, deshalb bin ich doch überhaupt gekommen.« Carola lächelte sie breit an. »Und um eine Nachricht von Moritz zu überbringen. Sobald seine Prothese wieder einsatzbereit ist, würde er Paul gern zu einer kleinen Wochenendreise nach Berlin einladen.«

»Nach Berlin?« Paul sah Carola überrascht an. »Wie komme ich denn zu der Ehre?«

»Moritz setzt sich doch schon seit Jahren für Kriegsbeschädigte ein. Und dabei ist er auf einen sehr interessanten Mann gestoßen. Ernst Friedrich, so heißt er, hat kürzlich in Berlin ein Anti-Kriegsmuseum gegründet und sucht nach Männern mit schweren Kriegsverletzungen, um sie für das Museum zu fotografieren. Er will die Erinnerungen an die Kriegsgräuel wachhalten, damit so etwas nie wieder geschieht. Moritz würde ihn gern unterstützen.«

Paul strich gedankenverloren über die Narben in seinem Gesicht.

»Wann will Moritz denn fahren?«

»Er kann sich ganz nach dir richten. Sonnabends arbeitest du doch nur bis eins, oder? Wenn ihr nächsten Sonnabend um zwei den Zug nach Berlin nehmt, seid ihr abends da, und dann kann Friedrich euch am Sonntag sein Museum zeigen und anschließend fotografieren.«

»Das klingt gut«, sagte Paul. »Richte Moritz bitte aus, dass ich ihn sehr gern begleiten werde.«

2

Am nächsten Morgen wurden Martha und Paul vom Klingeln des Zeitungsjungen geweckt, der die Sonntagsausgabe des *Hamburger Echos* brachte.

»Ich geh schon.« Paul stand auf und griff nach seinem Morgenmantel. Martha nutzte die Gelegenheit, ins Badezimmer zu schlüpfen, bevor die Kinder wach wurden. *Wie sich die Zeiten doch ändern*, dachte sie, während sie Wasser ins Waschbecken laufen ließ. *Früher weckten uns die Kinder bereits vor Sonnenaufgang, und jetzt bekommen wir sie kaum noch aus den Federn.* Allerdings musste sie sich eingestehen, dass ihr diese Entwicklung gefiel.

Eine Stunde später saß die Familie gemeinsam am Frühstückstisch. Während Ella und Fredi munter und vergnügt wirkten, hing Rudi unrasiert und völlig übernächtigt auf seinem Stuhl.

»Der Dollar steht heute bei 631 Milliarden Mark.« Paul legte das *Hamburger Echo* beiseite und schenkte sich Tee ein. »Das heißt, Kaffee bleibt bis auf Weiteres unbezahlbar.«

»Steht auch irgendetwas Vergnügliches in der Zeitung?«, fragte Martha und strich sich Marmelade auf ihr Graubrot. Richtige, fruchtige Erdbeermarmelade, die sie im Sommer selbst eingekocht hatte aus ihrer Schrebergartenernte.

»Wie wäre es damit: In Berlin streiken die Buchdrucker.«

»Und das findest du vergnüglich?« Martha runzelte die Stirn.

»In gewisser Weise. Hier steht, von dem Streik ist auch der

Druck von Banknoten betroffen. Und dabei brauchen wir doch jetzt haufenweise Billionenscheine.«

»Du, Papa, wenn die jetzt kein Geld mehr drucken können, ist das doch gut, oder? Du hast doch gesagt, es ist erst wertlos geworden, als die Regierung zu viel gedruckt hat.«

»Dazu ist es inzwischen leider längst zu spät, Ella.« Paul seufzte. »Ich schätze, sie werden einfach den Notendruckereien das Streiken untersagen.«

Martha fiel auf, dass ihr Ältester ungewöhnlich still war, und sah zu ihm hin. Rudis Augen waren geschlossen, und sein Kopf sank langsam in Richtung Tischplatte. Das Frühstücksmesser entglitt seiner Hand und landete mit einem lauten Klirren auf dem Teller. Er schreckte hoch. »Oh«, murmelte er. »Tut mir leid.«

»Sag mal, schläfst du hier schon am Tisch ein?«, fragte Paul verärgert. »Wo warst du letzte Nacht überhaupt so lange? Du siehst ja schlimmer aus als ein durchgekauter Frosch.«

Ella und Fredi prusteten los.

»In der Spätvorstellung vom Hansa-Theater.« Rudi setzte sich etwas aufrechter hin und schenkte sich Tee ein.

»Im Varieté?« Paul hob überrascht die Brauen. »Woher hattest du denn das Geld dafür?«

»Pieko hatte Freikarten von seinem Vater.« Rudi rührte so langsam in seiner Teetasse, dass Martha befürchtete, er würde gleich wieder einschlafen.

»Pieko?«, wiederholte Paul. »Was ist denn das für ein Name?«

»Ist der Spitzname von Peter Kollwitz«, nuschelte Rudi.

»Ist das ein Schulfreund von dir?«

»Ja.« Rudi rieb sich die Augen und blinzelte mehrmals.

»Sag mal, habt ihr danach auch noch Alkohol getrunken?«

»Na ja, ein paar Freunde von Piekos Vater haben Lokalrunden geschmissen. Meinten, ist besser, man vertrinkt das Geld, solange es noch was dafür gibt. Und da wäre es doch unhöflich gewesen, wenn wir abgelehnt hätten, ne?«

»Aha. Und was macht Piekos Vater beruflich, dass er so großzügig Theaterkarten zu verschenken hat? Und was sind das für Freunde, die Lokalrunden für Minderjährige schmeißen können?«

»Ist das ein Verhör?«, murrte Rudi.

»Als dein Vater ist es meine Pflicht, darauf zu achten, dass du nicht in schlechte Gesellschaft gerätst.«

»Denkst du, dass Piekos Familie aus Spitzbuben besteht?«, gab Rudi bissig zurück.

Bevor Paul etwas erwidern konnte, klingelte es.

»Ich sehe nach.« Martha stand auf und ging zur Tür.

Vor ihr stand ein Junge mit pechschwarzem Haar und mandelförmigen Augen. Er trug einen beigefarbenen Anzug, der Martha an die Fotografien von Safarireisenden erinnerte. Nur dass er statt eines Tropenhelms eine weiße Matrosenmütze trug.

»Tante Martha«, rief er fröhlich und fiel ihr überschwänglich in die Arme. »Wir sind wieder da!«

»Arthur! Was für eine wunderbare Überraschung. Fast hätte ich dich nicht erkannt.« Sie drückte ihn fest an sich. »Gut siehst du aus. Gesund und braun gebrannt wie ein Zigeuner.« Dann führte sie ihn in die Küche.

»Seht mal, wer da ist!«

»Na so was, der Weltreisende!« Paul sprang auf und umarmte seinen neunjährigen Neffen ebenfalls. »Seit wann seid ihr denn wieder im Lande? Und wie war es im asiatischen Meer?«

»Wir haben gerade angelegt. Mama und Papa sind mit Lilli nach Hause gegangen, aber ich wollte unbedingt gleich zu euch.«

»Das ist auch gut so!«, sagte Paul. »Wir haben euch sehr vermisst.«

Seit etwas über einem Jahr war Marthas Bruder Heinrich

Kapitän des Dampfschiffs *Weser*, das auf der Ostasienroute verkehrte. Er war sehr stolz auf sein Schiff und die Tatsache, dass er als Kapitän das Vorrecht genoss, seine Familie mit auf große Fahrt zu nehmen.

»Möchtest du etwas essen?«, fragte Martha, nachdem Paul Arthur wieder losgelassen hatte.

»Nee, wir haben schon an Bord gefrühstückt. Aber Papa hat gesagt, ihr sollt heute Nachmittag um drei zu uns kommen, wir haben ganz viele Sachen für euch und Opa mitgebracht. Sogar Kakao und Kaffee.«

»Kaffee!«, rief Paul begeistert. »Wenn mir etwas fehlt, dann ein ordentlich starker Kaffee am Morgen.«

»Das merkt man an deiner Laune«, murmelte Rudi.

»Du halt mal lieber den Mund, Freundchen. So wie du aussiehst, fehlt der dir noch viel mehr als mir.«

Ella und Fredi lachten.

Dann wandte Paul sich wieder seinem Neffen zu. »Wo wart ihr denn überall, Arthur?«

»In Hongkong und in China und in Japan. Und als das große Erdbeben in Japan war, haben wir ganz viele Leute gerettet!« Arthurs Augen leuchteten.

»In Japan war ein Erdbeben?«

»Ja, ein ganz schlimmes. Aber das erzählt Papa euch nachher. Ich muss jetzt noch zu Opa, damit der auch um drei zu uns kommt.«

Martha strich ihrem Neffen liebevoll über das dunkle Haar. Sie fand es immer wieder faszinierend, dass er trotz der unverkennbar asiatischen Züge, die er von seiner Mutter geerbt hatte, beim Reden genau dieselbe Mimik zeigte wie sein Vater.

»Na, dann lauf mal zu Opa. Ich bring dich noch zur Tür, mein Schatz.«

Fredi und Ella freuten sich auf den Besuch bei ihrem Onkel Heinrich, nur Rudi schnitt eine Grimasse. »Ich bin heute doch schon mit meinen Freunden verabredet«, nuschelte er und zog die Nase hoch.

»Nimm bitte ein Taschentuch, wir sind hier nicht bei den Wilden«, sagte Paul verärgert.

»Was hast du immer an mir rumzunörgeln?«, fauchte Rudi. »Verdammt, ich bin erwachsen.«

»Noch nicht ganz. Du wirst erst mit einundzwanzig volljährig.«

»Und deshalb soll ich jetzt zum Kaffee zu Onkel Heinrich?«

»Nein«, beschwichtigte Martha. »Onkel Heinrich hat Verständnis dafür, wenn ein junger Mann wie du den Sonntag lieber mit seinen Freunden verbringen will.«

»Ja, und dem ist es bestimmt auch lieber, wenn er nicht in deine sauertöpfische Miene blicken muss«, schimpfte Paul.

»Na, dann sind doch alle zufrieden«, gab Rudi giftig zurück. »Ich geh jetzt wieder ins Bett. Ich bin sowieso nur aufgestanden, um euch einen Gefallen zu tun. Dabei hatte ich noch überhaupt keinen Hunger.« Er stand auf und verließ die Küche.

»Wer hätte gedacht, dass wir jemals den Tag erleben, an dem Rudi keinen Hunger und keine Lust zum Reden hat«, sagte Paul. »Fredi, kennst du eigentlich diesen Pieko?«

»Ja, der ist in Rudis Klasse. Sein Vater ist Theaterkulissenmaler. Deshalb kriegt Pieko immer Freikarten, je nachdem, wo sein Vater gerade arbeitet.«

»Das erklärt vieles«, sagte Paul und griff wieder zur Zeitung.

Heinrich wohnte mit seiner Familie nur wenige Häuserblocks entfernt in einem modernen Mietshaus im zweiten Stock. Die Familie erreichte das Haus gerade in dem Augenblick, als auch

Marthas Vater Karl Westphal eintraf. Auf seiner Schulter saß Äffchen Maximilian. Der Kapuziner trug ein warmes rotes Jäckchen und eine dazu passende kleine Hose. Maximilian besaß fast so viele Kleidungsstücke wie ein Kind, und das war auch dringend notwendig, damit er sich als Leierkastenaffe an kalten Wintertagen nicht den Tod holte.

»Wusstest du, dass Heinrichs Schiff heute einläuft?«, fragte Karl seine Tochter. Martha schüttelte den Kopf. »Nein, ich hatte auch nur die offizielle Verspätungsmeldung der Reederei.«

»Arthur hat erzählt, dass es in Japan ein Erdbeben gab. Meint ihr, die Verspätung hängt damit zusammen?«

»Wir werden es bestimmt gleich erfahren«, sagte Paul und hielt seinem Schwiegervater die Haustür auf.

Während sie gemeinsam in den zweiten Stock hochgingen, bemerkte Martha, wie schwer ihrem Vater heute das Treppensteigen fiel, und das lag nicht nur an seinem steifen Bein, sondern vor allem an seiner Kurzatmigkeit. Brütete er eine Erkältung aus? Oder forderte das Alter seinen Tribut? Immerhin war er bereits siebenundsechzig Jahre alt. Doch ehe sie sich darüber weiter Gedanken machen konnte, klingelte Paul schon an der Wohnungstür.

Heinrichs Frau Li-Ming öffnete.

»Wie schön, euch alle zu sehen«, sagte sie freudestrahlend. Sie nahm ihnen Hüte und Mäntel ab und brachte sie dann ins Wohnzimmer, wo Heinrich und die Kinder bereits an der gedeckten Tafel warteten. Heinrich hatte den Tisch ausgezogen und noch Stühle aus der Küche dazugestellt, damit zehn Personen Platz finden konnten.

»Wo ist denn Rudi?«, fragte er.

»Dem waren seine Freunde wichtiger als die Familie«, sagte Paul.

»Na ja, so sind die jungen Männer, ne?«, meinte Heinrich. »Waren wir viel besser?«

»Immerhin bin ich früher nie nach einer durchzechten Nacht am Frühstückstisch eingeschlafen.« Paul warf einen Blick zur Decke.

»Keine Kondition mehr, die Jugend von heute.« Heinrich lachte. »Aber nun gibt es erst mal Kaffee und für alle, die keinen Kaffee mögen, Kakao. Dazu natürlich den unwiderstehlichen Gugelhupf mit Zuckerguss von Li-Ming.«

Li-Ming lächelte verlegen. Seit sie im Krieg angefangen hatte, sich für die Kriegskochkurse zu interessieren, waren ihre Back- und Kochkünste sehr weit fortgeschritten.

»Arthur hat uns ja schon ganz neugierig gemacht, was ihr alles erlebt habt«, sagte Marthas Vater und trank genüsslich einen Schluck Kaffee. »Ah, das habe ich vermisst.«

»Ja, diese Reise hatte es in sich«, sagte Heinrich und trank ebenfalls einen Schluck.

Nach dem verlorenen Krieg hatte es für die deutsche Seefahrt mehr als traurig ausgesehen. Nicht nur die Kriegsflotte war zerschlagen worden, sondern die Siegermächte hatten auch einen Großteil der deutschen Handelsflotte beschlagnahmt und legten deutschen Handelshäusern unzählige Steine in den Weg. Die Zeit, da deutsche Ozeanriesen die Weltmeere befahren hatten, war vorbei. Selbst der stolze *Imperator*, auf dem Martha und ihre Familie 1913 nach Amerika gereist waren, fuhr nun unter anderem Namen für eine britische Reederei. Für deutsche Kapitäne war es schwer, noch ein Kommando zu erhalten, und vielen blieb nichts anderes übrig, als weit unterhalb ihrer Qualifikation auf ausländischen Schiffen anzuheuern, um ihren Lebensunterhalt zu bestreiten. Auch Heinrich hatte zwei harte Jahre überstehen müssen, nachdem er aus der Kriegsmarine ausgeschieden war. Unter ausländischer Flagge als untergeordneter Schiffsoffizier zu fahren kam für ihn nicht infrage. Dagegen stand nicht nur sein Stolz, sondern auch die Tatsache, dass er noch länger von seiner Familie getrennt sein würde, wenn sein Schiff einen fremdländischen Heimathafen weitab von Hamburg hatte. Stattdessen hatte er in der Registratur der Hafenmeisterei angefangen. Der Verdienst war ausreichend, um die Wohnung zu behalten und seine Familie zu ernähren, aber er hasste die Schreibtischarbeit. Die See fehlte ihm.

Als er hörte, dass die Hapag ein neues Dampfschiff für die Ostasienroute in Dienst stellen wollte und einen Kapitän suchte, bewarb er sich. Natürlich standen die Bewerber Schlange, aber Heinrich kam zugute, dass er neben seiner seemännischen Qualifikation als einziger Bewerber fließend Chinesisch sprach.

Verglichen mit seinem alten Segelschiff *Fortuna*, das er im Krieg verloren hatte, war die *Weser* riesig. Sie beförderte vorwiegend Fracht, hatte jedoch auch Plätze für einhundertfünfundsechzig Passagiere. Auf dem Segelschiff war Li-Ming stets seekrank geworden, aber die *Weser* lag viel ruhiger im Wasser. Und so konnte sich Heinrich seinen lange gehegten Wunsch erfüllen und seine Frau und Kinder mit auf große Fahrt nehmen. Das einzige Problem bestand darin, dass Arthur schulpflichtig war und die Lehrer es nicht gern sahen, wenn er dem Unterricht monatelang fernblieb. Heinrich löste das Problem, indem er einem stellungslosen jungen Absolventen des Lehrerseminars eine kostenlose Weltreise an Bord der *Weser* anbot, wenn der im Gegenzug Arthurs Aufgaben überwachte. Der junge Mann namens Rolf Haselbaum nahm Heinrichs Angebot mit Freuden an, war es doch eine ideale Möglichkeit, die Zeit zwischen dem Ende seiner Ausbildung und dem Antritt seiner ersten Stelle zu überbrücken. Zudem verbesserte es seine Referenzen, denn welcher deutsche Volksschullehrer war jemals bis ins asiatische Meer gekommen?

Auch wenn die *Weser* nicht mit den glamourösen Passagierdampfern vergangener Tage vergleichbar war, so war es für Heinrich, der früher nur auf Frachtschiffen das Kommando geführt hatte, eine große Umstellung. Als Kapitän wurde von ihm erwartet, zu repräsentieren und mit den wohlhabenden Passagieren abends zu dinieren. Er empfand das als lästige Pflicht, aber Li-Ming fühlte sich in der Rolle der Kapitänsfrau ausgesprochen wohl. Sie hatte sich in den zehn Jahren ihrer Ehe zu einer selbstbewussten und weltgewandten Frau entwickelt, die neben ihrer Muttersprache Chinesisch nicht nur fließend Deutsch, sondern auch Englisch sprach. Ihr bereitete es Vergnügen, anspruchsvolle Konversationen zu führen und dabei mühelos von einer Sprache in die andere zu wechseln, je nachdem, mit wem sie es zu tun hatte.

Davon wiederum profitierte Heinrich in den asiatischen Häfen. Die Tatsache, dass er eine chinesische Ehefrau hatte, die nicht nur hübsch, sondern auch noch klug war, trug ihm unter den Einheimischen Achtung ein, zumal die meisten Europäer mandeläugige Frauen zwar als exotische Geliebte schätzten, aber nur sehr selten als Ehefrauen akzeptierten.

Heinrich stellte seine Kaffeetasse auf den Tisch und lehnte sich in seinem Stuhl zurück.

»Auf See haben wir gar nicht so viel von der Hyperinflation mitbekommen«, sagte er. »Ein Teil der Geschäfte läuft über ausländische Investoren und wird in britischen Pfund abgerechnet. Auf diese Weise konnte ich auch so günstig an begehrte Waren wie Kaffee oder Kakao kommen. Aber ich wollte euch ja von unserer letzten Fahrt erzählen. Ende August erreichte die *Weser* die japanischen Inseln, und wir hatten ein paar Tage Aufenthalt im Hafen von Yokohama. Für die Kinder war es ein großes Abenteuer. In China haben sie alles verstanden, aber in Japan gab es viel weniger Menschen, die Chinesisch sprachen, und viele der Lohnarbeiter stammten aus Korea.«

»Ja, genau!«, rief Arthur aufgeregt dazwischen. »Papa hat uns erklärt, dass das so ähnlich wie in Europa ist. Die Menschen sehen auf den ersten Blick ähnlich aus, aber tatsächlich sind sie völlig verschieden.«

»Ganz genau«, bestätigte Heinrich. »Und die sind sich auch nicht so wirklich grün. Die Chinesen und Japaner mögen sich genauso gern wie die Deutschen und Franzosen.« Er lachte leise. »Na ja, am 31. August verließ die *Weser* dann den Hafen von Yokohama, und am folgenden Mittag lagen die japanischen Inseln schon weit hinter uns. Wir saßen gerade zusammen mit Hauslehrer Haselbaum beim Essen, als Felix, der Bordfunker, so aufgeregt zur Tür reinstürzte, dass er sogar das Klopfen vergaß.

›In Japan hat's ein großes Erdbeben gegeben!‹, rief er. ›Yokohama ist fast vollständig zerstört, und Tokio brennt! Es gibt unzählige Todesopfer und Verletzte. Deshalb wurden alle Schiffe in der Umgebung gebeten, Menschen zu evakuieren.‹

Ich bin sofort aufgesprungen, um die Kursänderung zu befehlen.«

»Es musste alles so schnell gehen«, mischte Li-Ming sich ein. »Ich sollte den Passagieren mitteilen, warum sich unsere Reise verzögern würde. Außerdem brauchten wir Platz für die Flüchtlinge, und da habe ich auch gleich gefragt, wer bereit wäre, jemanden in seiner Kabine aufzunehmen. Die meisten Passagiere hatten Verständnis, aber es gab doch tatsächlich einige, die sich über die Reiseverzögerung ärgerten und es als Zumutung empfanden.«

»Ja, und da musste ich dann erst mal ein Machtwort als Kapitän sprechen«, bestätigte Heinrich. »Aber als die japanischen Inseln in den frühen Morgenstunden erneut vor uns auftauchten und wir den Schein der noch immer lodernden Feuer sahen, verflog der Ärger. Da wurde wirklich allen bewusst, wie groß die Not der Menschen war. Der Hafen war zum größten Teil zerstört, ein kleiner britischer Frachter lag bereits vor Anker, da die Kaianlagen nicht mehr zum Festmachen taugten, während ein französisches Passagierschiff im Hafenbecken dümpelte. Wir haben versucht, per Funk die Hafenmeisterei zu erreichen, aber stattdessen bekamen wir Antwort von dem französischen Schiff, das uns mitteilte, dass die Funkeinrichtungen am Hafen zerstört seien. Sie selbst hätten einen Maschinenschaden erlitten, der sie am Auslaufen hinderte. Mein Funker Felix war ja so ’n büsschen schadenfroh, ne. Aber wisst ihr, auf See, da muss der kameradschaftliche Zusammenhalt unter den Seeleuten aller Nationen gelten, und deshalb habe ich den Franzosen gesagt, dass wir einen Ingenieur und Ersatzteile an Bord hätten, und gefragt, ob wir ihnen helfen können.

Ob das mein Ernst wär, hat Felix mich gefragt, während wir auf Antwort warteten.

›Bezahlen müssen sie das natürlich‹, habe ich ihm gesagt.

Kurz darauf antworteten die Franzosen überaus höflich, dass sie dankbar für unsere Hilfe wären. Ich hab dann gleich unseren Maschinisten mit zwei Leuten auf den Weg geschickt. Und im nächsten Moment meldete sich auch das britische Schiff, das den Funkverkehr aufgefangen hatte. Der englische Käpt’n schlug vor, dass wir drei Kapitäne uns zusammensetzen sollten, um zu besprechen, wie wir am besten helfen könnten. Da die *Weser* das größte Schiff war, hab ich die beiden Kollegen zu uns eingeladen. Es wurde dann eine ganz entspannte Runde, in der überhaupt gar nix von den Nachkriegsspannungen zu spüren war. Die beiden Kollegen waren auch echte Vollblutseeleute, für die die alten Ehrbegriffe unter Seeleuten galten. Kapitän Fournier, der Franzose, hatte auch noch als Schiffsjunge auf einem Segelschiff angefangen, genau wie ich. Nachdem der Schaden an Bord der *Bonaparte* mit unserer Hilfe behoben worden war, fragte Kapitän Fournier von sich aus nach den Kosten und akzeptierte anstandslos meinen Preis. Am Ende des Tages lief die *Weser* dann mit zweihundertneunundsiebzig Flüchtlingen aus zwanzig Nationen aus. Alle rückten zusammen, und ein Zeitungsreporter, der ebenfalls als Flüchtling an Bord gekommen war, schrieb später, dass sich die Fremden aller Nationalitäten an Bord zum ersten Mal nach dem Krieg wieder als große Familie fühlten. Recht hatte er. Die Feindseligkeiten waren verschwunden, und wir waren alle nur Menschen. Tja, und deshalb hat das alles deutlich länger gedauert als geplant. Aber das war es wert. Inzwischen wissen wir, dass mehr als einhunderttausend Menschen bei dem Erdbeben ums Leben gekommen sind. Vor allem in Tokio war es schlimm, denn dort sind die Gasleitungen der Häuser durch das Erdbeben gerissen, und ein Funke genügte, um alles in die Luft zu jagen. Die Feuer haben tagelang gebrannt. Es war wie in der Hölle.«

»Du erlebst immer wieder die dollsten Abenteuer«, sagte Paul. »Dagegen ist es hier ja richtig langweilig.«

»Du hättest eben auch zur See fahren sollen.« Heinrich lachte.

»Immerhin unternimmt Paul demnächst mit Moritz eine Reise nach Berlin«, meinte Martha. »Das ist besser als nichts.«

»Stimmt«, gab Paul zu. Dann sah er Li-Ming an. »Könnte ich noch ein Stück von diesem wunderbaren Gugelhupf haben?«

»O ja, ich auch!«, riefen Ella und ihr Großvater fast gleichzeitig und hielten Li-Ming ihre Teller entgegen.

Li-Ming lachte. »Nur gut, dass ich noch einen zweiten Kuchen im Ofen habe, der müsste gleich fertig sein. Verhungern wird hier jedenfalls keiner.«

3

In den vergangenen Jahren hatte Paul Studt in Moritz Kellermann einen guten Freund gefunden. Zwar kannte er ihn schon sehr lange, aber wirklich nahegekommen waren sich die beiden Männer erst im Krieg. Moritz hatte 1915 durch einen Angriff mit dem Flammenwerfer seinen rechten Arm und das rechte Bein verloren. Es war vor allem Marthas unermüdlichem Einsatz zu verdanken gewesen, dass er seine Hoffnungslosigkeit überwand und sich mehreren Hauttransplantationen unterzog, durch die eine prothetische Versorgung der Amputationsstümpfe möglich wurde. Anfangs hatte Moritz nicht einmal ohne Hilfe stehen können. Aber dank eines starken Willens und moderner Prothesen hatte er sich ins Leben zurückgekämpft.

Als Paul im Jahr 1916 durch einen Granatangriff schwer entstellt wurde, war er ebenfalls kurz davor gewesen, in einer tiefen Depression zu versinken. Nase und Oberlippe waren abgerissen, er sah aus wie ein Monster, konnte nicht mehr vernünftig sprechen und hatte auch beim Essen große Schwierigkeiten. Zu jener Zeit besuchte Moritz ihn regelmäßig im Krankenhaus und trug als Schicksalsgefährte dazu bei, dass Paul sich nicht aufgab. Erst nach mehreren komplizierten Operationen war sein Gesicht wieder so weit hergestellt, dass er sich in der Öffentlichkeit zeigen konnte. Natürlich zog die aus Muskelgewebe neu geformte Oberlippe nach wie vor Blicke auf sich, aber das war Paul egal. Er konnte wieder normal essen und sprechen, und das war das Wichtigste. Wen scherte da noch das fehlende Lippenrot? Die Rekonstruktion der Nase war sogar ausgesprochen gut gelungen.

So gut, dass die meisten Fremden glaubten, die Verwundung habe nur seine Lippe betroffen. Mittlerweile kannte Paul andere Männer, die ähnliche Verletzungen erlitten hatten, aber keine so guten operativen Ergebnisse vorweisen konnten. Manche von ihnen mussten dauerhaft künstlich ernährt werden, da der ganze Kiefer zerstört war.

In den vergangenen Jahren hatten Paul und Moritz erleben müssen, wie wenig Kriegsversehrte dem Staat galten. 1919 waren die letzten sogenannten Kriegskrüppelheime geschlossen worden. Man hatte die behinderten Männer einfach vor die Tür gesetzt und ihrem Schicksal überlassen. Seither trieben sich viele von ihnen als Bettler auf den Straßen herum und schliefen nachts in Obdachlosenasylen, oft genug gequält von chronischen Schmerzen und abhängig von Morphium, für das sie nur mit Müh und Not das Geld auftreiben konnten. Moritz wäre es ohne die Hilfe seines Bruders Joseph vermutlich nicht viel besser ergangen. Zwar bezog er als Feldwebel a. D. eine Invalidenrente, aber die war so niedrig, dass er sich davon allenfalls ein Zimmer zur Untermiete hätte leisten können. Umso dankbarer war er seinem Bruder, dass der ihn und seine Familie nicht nur in seinem Haus aufgenommen hatte, sondern sie auch finanziell großzügig unterstützte.

Es war jedoch ein zweischneidiges Schwert, denn jeder in Hamburg wusste, dass Joseph Kellermann sein Geld mit zwielichtigen Geschäften verdiente. So besaß er etliche Bordelle und Animierbetriebe auf St. Pauli. In den letzten Jahren hatte er auch in den Bau mehrerer moderner Mietshäuser investiert, die nach und nach die alten Häuser des Gängeviertels ersetzten. Joseph war einer der wenigen Menschen, der von der galoppierenden Inflation profitierte, denn er hatte die Häuser über Kredite finanziert, und durch die Hyperinflation war er binnen kürzester Zeit schuldenfrei geworden. Sein neuestes Projekt war der Bau eines modernen Kinos, denn auch in schlechten Zeiten sehnten sich die Menschen nach Unterhaltung. Es gab viele Gerüchte, wie der Sohn eines einfachen Hurenwirts wohl an sein Startkapital gekommen war. Eines davon besagte, dass er einflussreiche Männer mit kompromittierenden Fotografien erpresst habe. Paul traute das Joseph durchaus zu, und obwohl er mit Moritz befreundet war, ging er dessen Bruder nach Möglichkeit aus dem Weg. Andererseits war die Bekanntschaft aber auch von Vorteil, denn Joseph Kellermann hatte den Ruf, alles zu jeder Zeit besorgen zu können. Und es war ihm in den letzten fünf Jahren gelungen, in den besseren Kreisen zumindest als halbwegs seriöser Geschäftsmann wahrgenommen zu werden. Ein paar großzügige Spenden für städtische Stiftungen hatten das Ihre dazu beigetragen.

Bereits eine Woche nachdem Moritz seine Beinprothese aus der orthopädischen Werkstatt zurückerhalten hatte, machten sie sich auf nach Berlin. Der Zeitpunkt passte gut, denn Carola war mit der kleinen Sophia nach München gereist, um mit der Zeitungsverlegerin Lida Heymann den Artikel über den Hitler-Ludendorff-Putsch und den anstehenden Prozess zu besprechen. Mittlerweile waren sämtliche Unruhestifter verhaftet und die NSDAP verboten worden. Paul hoffte, dass damit endlich wieder Ruhe einkehren würde. Es war an der Zeit, dass fähige Politiker wie Gustav Stresemann ungestört für politische Entspannung und den wirtschaftlichen Aufschwung sorgen konnten.

Schon die Bahnfahrt nach Berlin war ein kleines Abenteuer, denn Moritz bestand darauf, seine Krücken zu Hause zu lassen und sich lediglich mit einem Gehstock zu behelfen. Der Weg zum Bahnhof war kein Problem, da Joseph einen Benz 16/50 PS besaß und seinen Chauffeur anwies, nicht nur Moritz zum Hauptbahnhof zu fahren, sondern auch Paul unterwegs abzuholen.

Dafür stellten die Treppen, die zu den Gleisen führten, eine umso größere Herausforderung für Moritz dar. Dennoch lehnte er jede Hilfe ab und forderte Paul und den Gepäckträger auf, einfach vorzugehen. »Ich schaff das schon«, sagte er.

Paul nickte. Als er unten auf dem Bahnsteig angekommen war, sah er, dass sein Freund in der Zeit gerade mal fünf Stufen überwunden hatte.

»Moritz, unser Zug geht in sieben Minuten. Meinst du, den erwischen wir noch?«

»Nun hetz mich doch nicht so«, rief Moritz schwer atmend zurück. »Der Zug ist doch noch nicht mal eingefahren.«

Paul sagte nichts mehr und sah zu, wie Moritz immer erst den linken Fuß auf die Stufe setzte, dann das künstliche rechte Bein daneben setzte, während er die greifzangenartige Armprothese über das Treppengeländer gleiten ließ und sich mit dem Stock in der Linken abstützte.

»Haben Sie ein steifes Bein aus'm Krieg behalten?«, fragte der Gepäckträger, nachdem Moritz endlich unten angekommen war.

»Sieht das so aus?«, fragte Moritz zurück.

»Ja.«

»Dann mach ich ja Fortschritte. Das ist eine Prothese.«

»Donnerknispel, dafür sind Sie wirklich gut zu Fuß.« Der Mann pfiff anerkennend durch die Zähne.

Moritz grinste und bezahlte den Gepäckträger. In diesem Moment fuhr ihr Zug ein. Die Dampflokomotive schnaufte, und der Geruch von Rauch und Kohlen erfüllte die Luft.

Sie hatten Karten für ein Abteil in der zweiten Klasse. Paul hätte sich auch mit der dritten begnügt, während Joseph Moritz bedrängt hatte, die erste Klasse zu nehmen.

»Das ist Geldverschwendung«, hatte Moritz geantwortet. »Die zweite tut's auch.«

Und obwohl Paul aufs Geld achtete, seit ihre Ersparnisse von der Inflation aufgefressen worden waren, war er froh, dass er sich zur zweiten Klasse durchgerungen hatte, denn die gepolsterten Sitze waren doch wesentlich angenehmer als die einfachen Holzbänke der dritten Klasse.

Sie hatten Glück, dass sie ein Abteil für sich allein hatten. Moritz ließ sich seufzend in die Polster fallen, während Paul ihre Reisetaschen im Gepäcknetz verstaute.

»Wie bist du eigentlich auf diesen Ernst Friedrich aufmerksam geworden?«, fragte Paul, nachdem er Moritz gegenüber Platz genommen hatte.

»Mein ehemaliger Vizefeldwebel Peter Wirtzel hat mich vor ein paar Wochen besucht. Nachdem sie unser altes Regiment aufgelöst haben, hat er bei der Berliner Schutzpolizei angefangen. Er ist da jetzt Wachtmeister. Und dann hat er mir von Ernst Friedrich und seinem Anti-Kriegsmuseum in der Parochialstraße 29 erzählt.«

Moritz machte eine kurze Pause und kramte eine kleine Blechdose mit Keksen hervor. »Magst du einen? Sind mit Nüssen. Die haben Carola und Sophia vor ihrer Abreise nach München als Wegzehrung für uns gebacken.«

»Vielen Dank.« Paul nahm einen Keks. »Ich hoffe, sie haben auch für sich selbst welche eingepackt. Nach München ist es ja deutlich weiter.«

»Darauf kannst du wetten. Die beiden hätten eine ganze Konditorei bestücken können. Die haben auch noch eine hübsche Dose für Lida eingepackt. So eine mit Blumen drauf, du weißt schon, diese eleganten Dosen für Frauen.«

Paul probierte den Keks. »Schmeckt lecker«, sagte er. »Dann

hat Peter Wirtzel dir also das Museum empfohlen? Hat es ihm so gut gefallen?«

Moritz lachte laut auf. »Nee, ganz im Gegenteil. Der hat darüber geschimpft wie 'n Rohrspatz. Er meinte, Ernst Friedrich wär 'n Vaterlandsverräter, der die Ehre der Soldaten mit diesem Museum beschmutzt. Außerdem hätte er sich gedrückt, denn er hat im Krieg im Knast gesessen, weil er den Kriegsdienst verweigert hat. Der nennt sich voller Stolz Anarchist. Deshalb muss Peter da als Wachtmeister regelmäßig nach dem Rechten sehen, damit der bloß nix in seinem Museum ausstellt, was das Vaterland verunglimpfen könnte. Vor allem hat Peter sich darüber aufgeregt, dass der Friedrich eben nicht die Glorien zeigt, sondern vor allem die Gräuel des Krieges.«

Paul zog überrascht die Brauen hoch. »Und das hat dich neugierig gemacht?«

»Ja, und wie. Vor allem Carola wurde gleich hellhörig, die hat ja eine Schwäche für Anarchisten. Und von Kriegsgräueln haben wir ja nun auch genug erlebt, ne? Carola hat mir dann zugeredet, den Mann mal anzuschreiben. Er hat mir auch geantwortet. Er ist so 'n bisschen verdreht, aber mal ganz ehrlich, das, was unsere Armee ausgemacht hat, ehe dieser große Krieg losging, ist sowieso längst verloren. Ich war mit Leib und Seele Feldwebel, aber das, was da in den Schützengräben abgelaufen ist, das hat nix mehr mit ehrenvollem Kampf fürs Vaterland zu tun. Das konnte ich dem Peter natürlich nicht sagen, der hätte bloß gedacht, ich hätte mit meinen Gliedern auch meinen Mumm verloren. Aber ich glaub, man braucht viel mehr Mumm, freiheraus zu sagen, dass die Pazifisten recht hatten. Und dass jemand, der lieber ins Gefängnis geht, anstatt sich an die Front schicken zu lassen, eigentlich viel mutiger ist, weil er ja nun damit leben muss, als Krimineller zu gelten. Auch wenn er natürlich nicht seinen Hals riskiert oder seine Gesundheit, so wie wir.«

Paul nickte. Er erinnerte sich noch gut daran, was er selbst an der Front gefühlt hatte, obwohl er lediglich als Ingenieur für die Wartung des Kriegsgeräts zuständig gewesen war. Mehr als ein Mal hatte er sich damals ausgemalt, wie es wohl wäre, wenn er die Befehle verweigern und einfach die Waffen niederlegen würde. Wäre er kein verheirateter Familienvater gewesen, wäre er der Versuchung womöglich erlegen. Wegen seiner Verantwortung für Martha und die Kinder war er letztlich zu feige gewesen, das zu tun, was Ernst Friedrich getan hatte. Umso bemerkenswerter war es, dass selbst Moritz als ehemaliger Berufssoldat ähnlich dachte.

»Wärst du eigentlich auch zur Polizei gegangen, wenn du noch unversehrt wärst?«, fragte Paul, als er merkte, dass die Erinnerungen an den Krieg das Gespräch zu ersticken drohten.

»Ich glaube nicht. Nachher hätte ich noch einen von Josephs Läden hochnehmen müssen.« Moritz lachte.

»Aber der hat sich inzwischen doch zum angesehenen Bürger gemausert. War er nicht vor einem Monat sogar zu einem Empfang im Rathaus geladen?«

»Ja, er hat ein glückliches Händchen für die richtigen Bekanntschaften«, bestätigte Moritz.

»Und wird er irgendwann auch in die höchsten Kreise einheiraten?«, fragte Paul weiter.

»Nee, der ist viel zu misstrauisch zum Heiraten. Der hätte Angst, den Frauen geht's nur um sein Geld. Deshalb hat er sogar schon meine kleine Sophia als Haupterbin in seinem Testament bedacht, weil er nicht davon ausgeht, noch eigene Kinder zu haben.«

»Tatsächlich? Hat er denn so schlechte Erfahrungen mit Frauen gemacht?«

»Das steckt noch von früher in ihm drin. Ich glaub, der hat nie verwunden, dass unsere Mutter mit einem spanischen Kapitän durchgebrannt ist. Ich war da drei Jahre alt und kann mich kaum an sie erinnern, aber Joseph war schon sechs.«

»Deine Mutter ist durchgebrannt, als ihr noch so klein wart? Das wusste ich nicht.«

»Wir reden normalerweise auch nicht drüber. Unsere Mutter war aus'm Gewerbe, die hat schon mit dreizehn angeschafft. Mit sechzehn hat sie meinen Vater um den Finger gewickelt, der war damals achtunddreißig. Er hat sie geheiratet, weil er sie liebte. Mit siebzehn hat sie Joseph gekriegt, drei Jahre später kam ich. Das hat ihr aber nicht genügt, vielleicht hat sie auch gedacht, dass so 'n Hurenwirt besser verdient. Irgendwann kam jedenfalls der spanische Kapitän, hat ihr schöne Augen gemacht, und dann war sie weg. Wir haben nie wieder was von ihr gehört. Viel getaugt hat sie ja nicht, welche Mutter lässt schon zwei kleine Kinder allein. Mein Vater nannte sie immer nur das Luder und hat dann nie mehr geheiratet. Er sagte, das Luder wär sein größter Fehler gewesen, das einzig Gute daran wären seine Jungs.«

»Immerhin wart ihr was Gutes für ihn.«

»Ja, und wenigstens sind wir ehelich geboren, sonst hätte ich später bei der Armee auch nicht Feldwebel werden können. Die haben da ja auch so 'n Dünkel, und deshalb hab ich im Musterungsbüro auch gelogen und behauptet, meine Mutter wär gestorben, als ich noch klein war, und mein Vater wär Gastwirt auf St. Pauli. Dass der Hurenwirt für die Häuser im Rademachergang war, musste ja keiner wissen.«

»War vermutlich besser so«, sagte Paul. »Umso bemerkenswerter ist, wie weit ihr es gebracht habt.«

»Na ja, ohne Joseph wär's bei mir ja eher wieder ein Abstieg geworden.« Er klopfte mit der Armprothese gegen die Beinprothese. Dann hielt er Paul die Keksdose erneut hin. »Willst du noch einen?«

Am frühen Abend erreichte der Zug Berlin. Die beiden nahmen sich ein Doppelzimmer in einer kleinen Pension in Bahnhofsnähe, die auf Geschäftsreisende ausgerichtet war. Anschließend gönnten sie sich ein Taxi, um das Berliner Nachtleben zu erkunden.

»Wird garantiert nicht mit der Reeperbahn mithalten können«, meinte Moritz. »Aber ein vernünftiges Lokal mit anständigem Essen finden wir bestimmt.«

Der Taxifahrer empfahl ihnen das Wein-Restaurant Traube in der Leipziger Straße 117, das drei Kilometer von ihrer Pension entfernt lag.

»Früher wär das ein netter Abendspaziergang gewesen«, meinte Moritz.

»Früher«, bestätigte Paul.

Der Taxifahrer hatte nicht zu viel versprochen. Die Traube war ein elegantes Lokal, auch wenn es in den Zeiten der Inflation einiges vom Glanz der Kaiserzeit verloren hatte. Die Tische waren aus Nussbaumholz, die gepolsterten Stühle mit dunkelgrünem Stoff bezogen. Der Bogengang zwischen Hauptrestaurant und Weinstube war einem riesigen Weinfass nachempfunden.

»Sieht ja ganz hübsch aus«, meinte Moritz.

»Guten Abend«, wurden sie von einem Ober in schwarzem Anzug und mit adretter Fliege begrüßt. »Wünschen die Herren zu speisen oder nur zu trinken?«

»Beides«, sagte Moritz. »Wir haben ordentlich Hunger mitgebracht.«

Der Ober nickte und führte sie im Hauptrestaurant an einen

Tisch für zwei Personen. Als Moritz die Karte nahm, lachte er laut auf.

»Guck dir das an.« Er reichte sie Paul. Die Preise waren aufgrund der Inflation so schnell gestiegen, dass es sich nicht gelohnt hatte, jedes Mal eine neue Karte drucken zu lassen, und so waren die Preise schon mehrfach durchgestrichen und neu berechnet worden.

»Mein Gott, für das, was heutzutage eine Flasche Wein kostet, hätten wir früher einen ganzen Luxusdampfer ausstaffieren können«, meinte Paul. »Allerdings haben sie auch schon den Preis in Rentenmark danebengeschrieben, und der scheint fast wieder so wie früher. Eine Rentenmark entspricht jetzt einer Billion Papiermark.«

»Das kann dir heute alles egal sein, ich lad dich ein«, sagte Moritz.

Nachdem der Kellner ihnen den Wein gebracht hatte, fragte Paul: »Was hält Joseph eigentlich von der Währungsreform? Glaubt er, dass die Preise jetzt stabil bleiben?«

»Zumindest hofft er es«, sagte Moritz. »Aber so 'n Rentenmarkschein habe ich bislang noch nicht in die Finger gekriegt. Ich frag mich auch, ob den jemand im Laden annimmt, wenn man die nur aus den Abbildungen in der Zeitung kennt. Ich habe noch die frisch gedruckten Billionenscheine in der Tasche.«

Paul nickte, und dann wechselten sie das Thema.

Es wurde ein angenehmer Abend mit gutem Wein und ebenso gutem Essen. Sie überlegten kurz, ob sie noch eine der zahlreichen Varietédarbietungen der Hauptstadt besuchen sollten, mussten sich aber eingestehen, dass sie von der langen Bahnfahrt recht erschöpft waren. Paul hatte zudem schon seit sieben Uhr in der Früh auf der Werft gearbeitet. Zwar hielt sich die körperliche Arbeit für einen Ingenieur in Grenzen, doch er hatte sich am

Vormittag mit einem kniffligen Problem befassen müssen. Stahl war nahezu unerschwinglich geworden, aber die Auftragsbücher waren voll für den Bau kleiner Spezialschiffe, wie sie im Hafen eingesetzt wurden. Also war es Pauls Aufgabe zu berechnen, wo man in den Konstruktionsplänen statt auf Stahl auf Holz zurückgreifen konnte. Von seiner Arbeit hing es ab, ob die Wolkau-Werft die Aufträge weiterhin erfüllen konnte und die Krise überstand oder ob sie, wie so viele andere Betriebe, Pleite machen würde. Eine große Verantwortung, die Paul manchmal schier zu Boden drücken wollte. Andererseits hatte Wolkau viel für ihn getan und auch in den schwierigen Zeiten, als er wegen seiner Verwundung nur eingeschränkt arbeiten konnte, an ihm festgehalten. Seit sechsundzwanzig Jahren arbeitete er jetzt auf der Werft, und sie war seine zweite Familie geworden. Er würde alles dafür tun, dass sie erhalten blieb.

4

Am folgenden Morgen frühstückten Paul und Moritz ausgiebig in ihrer Pension. Die Zimmerwirtin gab sich viel Mühe, allerdings war der Kaffee so dünn, dass Paul vor dem ersten Schluck dachte, es handle sich um Tee.

Draußen war es kalt und neblig. Die letzten Novembertage zeigten sich von ihrer unangenehmen Seite. Paul zog den Hut tief ins Gesicht und schlug den Kragen seines Mantels hoch, als sie zum wartenden Taxi gingen.

»Das Sauwetter hat auch sein Gutes. Immerhin muss ich mich heute nicht ärgern, dass ich so einen kleinen Spaziergang nicht mehr durchhalte«, meinte Moritz, während er sich umständlich mit Gehstock und Beinprothese ins Taxi hievte.

Nach kurzer Fahrt durch die Innenstadt hielt das Taxi vor einem kleinen, zweistöckigen Häuschen, wie man sie auch in Hamburg zu Hunderten im Gängeviertel fand. Über dem großen Schaufenster war die Aufschrift »Anti-Kriegsmuseum« angepinselt, und im Fenster selbst hingen einige Fotografien, die jedoch so klein waren, dass Paul vom Taxi aus nicht erkennen konnte, was sie darstellten. Zudem schien es, als wäre ein Großteil der Bilder recht unsanft entfernt worden, denn an der Scheibe hingen noch einige Klebestreifen mit den Ecken abgerissener Fotografien.

»Dat wollen Sie sich wirklich antun?«, fragte der Taxifahrer mit zweifelndem Blick.

»Ja, warum denn nicht?«, fragte Moritz, während er die Taxirechnung zahlte.

»Na, der Knabe, der das eröffnet hat, ist 'n unverbesserlicher Anarchist und Drückeberjer. Der hat vor nix Ehrfurcht. Da war erst jestern die Polizei da und hat den schlimmsten Schund entfernt.«

»Den schlimmsten Schund?«, fragte Paul. »Sie meinen, die Polizei hat die Bilder abgerissen?«

»Ja, natürlich, denn die entehren doch allet, wofür Leute wie Sie stehen.«

Paul war irritiert. »Wofür stehen Leute wie wir denn?«

»Na, Ihnen sieht man doch an, dass Sie sich nicht vorm Dienst am Vaterland jedrückt haben.« Der Taxifahrer musterte Pauls entstellte Oberlippe.

Unwillkürlich schob Paul die Unterlippe vor.

»Haben Sie auch gedient?«, fragte Moritz.

»Ja, ich war Jefreiter im 1. Jrenadier-Rejiment«, erwiderte der Fahrer voller Stolz.

»Ich war Feldwebel im 2. Hanseatischen Regiment«, sagte Moritz.

»Na, dat ist mir aber 'ne Ehre, Herr Feldwebel. Dann sollten Sie sich das da wirklich nicht antun. Der da drinnen, der hat nur Verachtung für Männer wie Sie übrig, die allet fürs Vaterland jejeben haben.« Sein Blick fixierte Moritz' künstlichen Arm. Die Frage dahinter blieb unausgesprochen, war aber deutlich fühlbar. Paul hoffte, dass Moritz das Gespräch einfach abbrechen und aussteigen würde, aber irgendetwas im Verhalten des Taxifahrers hatte Moritz' Widerspruchsgeist geweckt.

»Haben Sie von den Grabenkämpfen um Les Éparges in Frankreich gehört?«, fragte er. »Da hat mich der Flammenwerfer erwischt.« Er hob demonstrativ seine Armprothese an. »Dreizehn Offiziere und vierhundertdreiundzwanzig Mannschaften wurden bei den Kämpfen getötet. Der erste große Verlust auf deutscher Seite.«

»Die Männer haben tapfer jekämpft. Ich bewundere dat sehr. Sie alle verdienen unsere Bewunderung und sollten als Vorbilder für die Jugend jelten. Aber dieser Friedrich mit seinem Muse...«

»Die Männer sind elendig verreckt«, schnitt Moritz ihm das Wort ab. »Da war nix, was die Jugend von heute bewundern oder gar erstreben sollte. Rein gar nix! Ich möchte jedenfalls nicht, dass irgendein junger Bursche so wie ich mit ansehen muss, wie seine Hand verkohlt, ehe der Schmerz ihm das Bewusstsein raubt. Und dass er dann als halber Mann wieder zu sich kommt, weil es auch das Bein erwischt hat. Dieser ganze Krieg war sinnlos. Völlig sinnlos!«

Nachdem sie ausgestiegen waren, atmete Moritz zweimal tief durch, ganz so, als hätten sich die grausamen Erinnerungen seiner erneut bemächtigt und er müsste sie mit Macht abschütteln.

Ernst Friedrich erwartete die beiden schon.

»Wie schön, dass Sie da sind«, begrüßte er sie. »Herr Kellermann, Herr Studt, willkommen in meinem Anti-Kriegsmuseum.« Er streckte die Hand aus. Moritz ergriff sie lächelnd mit der Linken und sagte: »Sie wissen ja, links kommt von Herzen.«

Ernst Friedrich erwiderte das Lächeln. Ein junger Mann von neunundzwanzig Jahren, glatt rasiert und mit einem Leuchten in den Augen, das deutlich zeigte, wie sehr er hinter seiner Sache stand.

»Es ist selten, dass sich ehemalige Berufssoldaten so offen zu meiner Arbeit bekennen«, sagte er, während er Moritz' Hand schüttelte. Dann reichte er auch Paul die Hand.

»Nicht, dass Sie da was falsch verstehen«, sagte Moritz. »Herr Studt war nie Berufssoldat, der hatte bloß das Pech, mit einundvierzig auf'n letzten Drücker eingezogen zu werden, weil die für ihre Maschinen einen Ingenieur an der Front brauchten.«

»Haben Sie denn nie erwogen, den Kriegsdienst zu verweigern, Herr Studt?«

»Nein, ich musste an das Auskommen meiner Familie denken. Im Gefängnis hätte ich nicht dafür sorgen können.«

»Wenn Sie gefallen wären, hätten Sie das auch nicht gekonnt.«

»Ich bin aber nicht gefallen«, erwiderte Paul gereizt, denn das Gespräch nahm eine Richtung, die ihm nicht gefiel. Warum um alles in der Welt sollte er sich für irgendetwas rechtfertigen? Nur weil Friedrich selbst als Kriegsdienstverweigerer im Gefängnis gesessen hatte? Moritz bemerkte Pauls Unmut und lenkte das Gespräch rasch in eine andere Bahn.

»Es ist leicht, das Soldatenleben in Friedenszeiten zu glorifizieren und dort seine Heimat zu finden. Aber nach dem, was ich an der Front erlebt habe, wundere ich mich, dass es immer noch Männer gibt, die sich mit Begeisterung daran erinnern.«

»Die hatten vermutlich mehr Glück als Sie, Herr Kellermann. Ich bin übrigens beeindruckt, wie gut Sie zu Fuß sind.« Friedrich warf einen Blick auf Moritz' Beine. »Man merkt Ihnen die schwere Beeinträchtigung kaum an. Allerdings ist Ihre Armprothese verräterisch. Warum haben Sie eine Greifzange anstatt einer natürlich geformten Hand?«

»Weil ich mich damit an den Treppengeländern festhalten kann. Funktionalität geht vor Schönheit.« Moritz grinste. »Man nennt diese Prothese Hüfner'sche Zweizughand. Sie reagiert auf Muskelbewegungen des Armstumpfs.« Er führte das Öffnen und Schließen der Greifzange vor.

»Das ist außerordentlich interessant«, sagte Friedrich. »So ein Foto wird sich sehr gut in meinem Buch über die Schrecken des Krieges machen.«

»Wie viele Fotografien haben Sie denn schon?«, fragte Paul.

»Einige. Leider war gerade gestern die Polizei da und hat etliche

Bilder vom Schaufenster gerissen und beschlagnahmt. Immerhin haben sie mir sogar eine Quittung hinterlassen. Die deutsche Zucht und Ordnung.« Ein bitteres Lächeln huschte über Friedrichs Lippen.

»Fürchten Sie nicht, dass man das Buch verbieten wird, wenn man Ihnen sogar schon die Bilder vom Schaufenster reißt?«, fragte Paul.

»Wir werden sehen. Es ist ein großer Tabubruch. Aber der Krieg hat nun einmal eine grauenvolle Fratze, und wenn man irgendwem den Krieg erklären sollte, dann dem Krieg selbst. Ich habe übrigens hier hinten ein kleines Fotoatelier aufgebaut.«

»Ich würde mir vorher gern die Ausstellung ansehen«, sagte Paul.

»Selbstverständlich.« Friedrich lächelte entschuldigend.

Das Museum war noch im Aufbau, aber es gab neben zahlreichen Fotografien, die Männer mit Behinderungen und Tote im Schützengraben zeigten, auch eine Sammlung historischer Gegenstände, Angefangen bei den ersten kleinen Fliegerpfeilen bis zur Granate. Daneben Holzschuhe, Papierstoffe und Taschentücher, die mit kriegerischen Bildern und Symbolen bemalt waren. Selbst das schwarz-weiß-rote Toilettenpapier der Marke »Siegreich« fand sich dort zu Moritz' großem Amüsement. Zudem gab es Vitrinen mit Dokumenten und Tagebuchaufzeichnungen in verschiedenen Sprachen.

»Ich bekomme Briefe aus ganz Europa«, sagte Friedrich stolz. »Es sind sogar welche aus Amerika, Afrika und China dabei.«

Trotz der zum Teil abstoßenden Fotografien richtete sich das Museum vor allem an Kinder. So gab es eine große Waage, in deren rechter Schale ein Gewehr lag und auf der linken Waagschale lauter nützliche Haushaltsgegenstände wie Töpfe, Becher und Bestecke, die man aus der gleichen Menge Material stattdessen hätte fertigen können.

Moritz berührte vorsichtig die Waagschale.

»Tun Sie sich keinen Zwang an, Sie dürfen alles anfassen«, sagte Friedrich. »Ich möchte kein totes Museum haben. Ich möchte es als lebendige Friedenszentrale sehen. Lehrer sollen es gemeinsam mit ihren Schülern besichtigen. Außerdem plane ich eine Kinderbibliothek.«

»Eine Kinderbibliothek?«, fragte Paul.

»Ja.« Friedrich nickte eifrig. »Man sollte Kindern keine Geschichten zu lesen geben, die den Krieg oder das Töten verherrlichen. Ich bevorzuge Geschichten, die von Freundschaft und Liebe erzählen. Ich werbe mit diesen Blättern dafür.« Er zeigte Paul ein Flugblatt, auf dem »Kinder-Bibliothek Band 1« stand und einen Indianerhäuptling vor einer Blockhütte zeigte. Darunter stand: »Das Haus des Friedens.«

»So wie Karl May?«, fragte Moritz und legte die Töpfe vorsichtig zurück auf die Waagschale.

»Ja, so in der Art, nur noch etwas friedlicher und kindgerechter.«

»Aber diese gruseligen Fotografien wollen Sie den Kindern trotzdem zeigen?« Paul wies auf das Bild eines Mannes, der eine weitaus schlimmere Gesichtsverletzung erlitten hatte als er selbst.

»Haben Sie Ihren Kindern Ihr Gesicht vor der Operation gezeigt, Herr Studt?«

»Meine damals sechsjährige Tochter hat mich einmal im Badezimmer überrascht, als ich gerade den Verband abgenommen hatte.«

»Wie hat sie reagiert?«

Paul atmete tief durch. Auf einmal sah er wieder das erschrockene Gesicht seines kleinen Mädchens. Doch während er noch überlegt hatte, ob er sich abwenden sollte, war sie bereits auf ihn zugekommen und hatte sein zerstörtes Gesicht neugierig und ohne jede Scheu gemustert. »Papa«, hatte sie gesagt, »ich habe dich auch lieb, wenn du hässlich bist.«

»Sie sagte, dass sie mich liebt«, sagte er leise.

»Sehen Sie, sogar Ihre kleine Tochter war stark genug, Ihren Anblick zu ertragen. Und das, obwohl Sie ihr Vater sind.«

»Gerade weil ich ihr Vater bin und kein Fremder auf einem grauenvollen Foto, das einem Albträume bereiten könnte«, widersprach Paul energisch.

»In Kriegen mutet man Kindern Schlimmes zu und macht sich keinerlei Gedanken um ihr Seelenleben. Warum ist es dann verwerflich, wenn man ihnen im Frieden die Bilder dieser Gräuel zeigt? Nur wenn sie um das Grauen wissen, haben sie die Möglichkeit, so etwas in der Zukunft zu verhindern. Natürlich muss man gleichzeitig die Friedensliebe mit pazifistischem Spielzeug fördern. Warum müssen Jungen stets mit Zinnsoldaten und Waffen spielen? Man sollte ihnen lieber Baukästen und Geschicklichkeitsspiele geben.«

»Mein Neffe liebt es, mit seinem Vater Zinnsoldaten zu gießen«, erwiderte Paul. »Das ist die Besatzung seiner Spielzeugschiffe. Was ist daran kriegerisch?«

»Dass Sie die Figuren Zinnsoldaten nennen. Warum nicht Zinnmatrosen?«, fragte Friedrich. »Es fängt mit der Sprache an. Wir brauchen eine friedliche Sprache, um den Krieg aus unserem Denken zu verbannen.«

Moritz hatte inzwischen in der Programmbroschüre des Museums geblättert.

»Na ja, so friedlich ist Ihre Sprache ja auch nicht. Hier steht: ›Kriegsteilnehmer, vergesst das letzte Massenmorden nicht; kommt in das Anti-Kriegsmuseum. Seht euch an, wie ihr die Leiber eurer Mitmenschen zerfetzt und zerrissen habt. Ihr alle, die ihr kommt und die ihr nicht kommt, ihr habt den traurigen Mut gehabt, Menschen zu morden oder Menschenmord zu dulden. Kommt und habt den Mut, eure eigenen Schandtaten anzusehen.‹ Das ist ziemlich provokant, ne?«

»Aber wahr«, sagte Friedrich. »Wenn man den Menschen die Augen für das Grauen öffnen will, bedarf es scharfer Worte.«

»Das mag sein«, gab Paul zu. »Allerdings werden Sie durch diese Provokation vermutlich einen Teil der Besucher verschrecken. Niemand sieht sich gern als Täter.«

»Jeder Kriegsteilnehmer ist ein Täter. Oder können Sie beide von sich sagen, dass kein Menschenleben auf Ihr Konto geht?«

»Das bestreite ich nicht«, sagte Paul. »Aber Ihr Ziel ist es doch, möglichst viele Menschen mit Ihrer Botschaft zu erreichen. Tatsächlich stoßen Sie aber etliche vor den Kopf. Es gibt genügend Männer, die sich in Rachefantasien flüchten, um all das Leid überhaupt ertragen zu können. Die wollen, dass ihr Schmerz irgendwann gerächt wird. Das sind genau die, die ihren Söhnen etwas von Ruhm, Ehre und Vergeltung erzählen und so eine neue Generation von Kriegern erziehen. Wenn Sie die Ehre der Soldaten beleidigen, kommen Sie zwar ins Gerede, aber es führt auch dazu, dass die Polizei auftaucht und Ihre Fotografien von den Fenstern reißt.«

»Da ist was dran«, sagte Moritz.

»Sie können nicht erwarten, dass ich die grauenvollen Verbrechen der Soldaten übergehe und sie ausschließlich als Opfer darstelle«, widersprach Friedrich energisch. »Als Pazifist muss ich die Soldaten als das zeigen, was sie sind – Mörder und Unmenschen. Der radikale Pazifismus lehnt jede Form von Gewalt ab. Er steht für das Gegenteil all dessen, für das ein Soldat steht.«

»Dennoch kann der radikale Pazifismus nicht funktionieren, solange es noch Menschen gibt, die damit nichts am Hut haben«, gab Paul zu bedenken. »Wenn man sich selbst entwaffnet, gibt man jenen, die das nicht tun, Macht. So wie die Franzosen ins entmilitarisierte Ruhrgebiet eingezogen sind, um sich gegen jedes Recht die deutsche Kohle anzueignen.«

»Ein Pazifist zu sein heißt nicht, wehrlos zu sein«, widersprach Friedrich. »Man kann immer noch zur Sabotage greifen. Oder zum Generalstreik; genauso ist das im Rheinland ja passiert.«

»Mit der Folge der Hyperinflation und einem noch größeren Elend für die Bevölkerung«, sagte Paul.

»Was ist der Verlust von Ersparnissen schon gegen den Verlust des Lebens oder der Gesundheit in einem Krieg?«, entgegnete Friedrich leidenschaftlich. »Dem Krieg den Krieg zu erklären ist niemals leicht, aber man darf sich auf keinen Fall der Mittel des Krieges bedienen.«

Moritz räusperte sich. »Es geht bald auf Mittag zu. Wollen wir jetzt die Fotografien machen?«

»Sehr gern«, sagte Friedrich.

Eine Stunde später saßen Moritz und Paul in einem Lokal in der Nähe des Bahnhofs und aßen zu Mittag. Sie hatten noch zwei Stunden Zeit, ehe ihr Zug nach Hamburg abfuhr.

»Dieser Friedrich ist ein interessanter Mann«, sagte Moritz. »Aber er ist mir zu radikal. Ohne Kompromisse gibt es keinen Frieden.«

»Ja«, bestätigte Paul. »Aber manchmal ist Radikalität auch ganz gut. Wenn dieses Buch mit den ganzen abschreckenden Fotografien erscheint, wird ein Aufschrei durch die Bevölkerung gehen.«

»Das stimmt«, sagte Moritz. »Es geht nicht an, dass die Gesellschaft Männer mit Gesichtsverletzungen am liebsten verstecken würde, anstatt zu allen Kriegsfolgen zu stehen. Ich meine, du hast

Glück, dir sieht man nicht mehr so viel an, da würde keiner verlangen, dass du dein Gesicht verhüllst. Aber du weißt noch, wie das am Anfang war, ne?«

Paul nickte. Das Gefühl, ein Ausgestoßener zu sein, war unerträglich gewesen. Noch dazu die Tatsache, dass er nicht mehr richtig sprechen konnte, sondern wie ein stammelnder Idiot klang. Er hatte sein Leben dank etlicher Operationen zurückerhalten, aber vielen anderen war das nicht vergönnt.

»Es ist nur schade, dass ich nicht mehr tun kann«, sagte Moritz mit einem leisen Seufzer.

»Frag Martha doch mal, wenn wir wieder zu Hause sind«, schlug Paul vor. »Mir hast du damals durch dein Beispiel sehr geholfen. Vielleicht kannst du ja im Krankenhaus Menschen dazu ermutigen, nicht aufzugeben, wenn du ihnen zeigst, was mit Prothesen so alles möglich ist.«

»Die meisten können sich diese Modelle doch gar nicht leisten.«

»Ja, vielleicht. Aber man könnte für Betroffene sammeln. Du musst ja nicht gleich ganz Deutschland unterstützen. Es reicht doch schon, wenn du mit ein paar Betroffenen aus Hamburg anfängst. Oder wenn du Kindern mit Kinderlähmung Mut machst. Martha hat da im Moment ein paar Familien, die sie betreut. Hättest du direkt nach deiner Verwundung geglaubt, dass du eine Fahrt von Hamburg nach Berlin jemals wieder nur mit einem Spazierstock bewältigen könntest?«

»Nein, natürlich nicht«, gab Moritz zu. »Du hast recht. Ich werde mit Martha sprechen.«

5

Martha freute sich, als Moritz sie ein paar Tage nach der Rückkehr aus Berlin danach fragte, ob er sich bei der Betreuung von amputierten oder verkrüppelten Menschen in irgendeiner Form nützlich machen könne.

»Ich werde Professor Liebknecht fragen«, sagte sie.

Seit man vor vier Jahren in Hamburg eine eigene Universität gegründet hatte, waren die leitenden Ärzte der Form halber allesamt in den Professorenstand erhoben worden, auch wenn lediglich Professor Wehmeyer regelmäßig wissenschaftliche Abhandlungen verfasste und inzwischen eine ansehnliche Zahl von Doktoranden um sich versammelt hatte. Martha schätzte beide Chirurgen sehr, sowohl menschlich als auch fachlich, schließlich verdankte Paul ihnen viel. Professor Liebknecht hatte sich in den vergangenen Jahren auf Wiederherstellungschirurgie spezialisiert, während Professor Wehmeyer sich mehr mit den inneren Organen befasste. Dennoch war es beiden Ärzten nach wie vor wichtig, das gesamte chirurgische Spektrum abdecken zu können.

Als Martha Professor Liebknecht am folgenden Tag zwischen zwei Operationen von Moritz' Angebot erzählte, zeigte sich der Arzt sehr offen dafür.

»Es gibt nur wenige Männer, die mit dem gleichzeitigen Verlust von Arm und Bein so gut zurechtkommen wie Herr Kellermann«, sagte er. »Ihm kam damals sicher zugute, dass er vor seiner schweren Verwundung ein kerngesunder, athletischer Mann war. Und natürlich auch, dass sein Bruder ihm die modernsten

Prothesen finanziert hat. Allein die Hüfner'sche Zweizughand kostet ein Vermögen.«

»Ja, ich weiß«, bestätigte Martha. »Er schlug deshalb vor, dass man für weniger begüterte Männer Sammlungen veranstalten könnte. Natürlich sind die Zeiten schwierig, und viele haben ihr Vermögen verloren, aber wenn wir ein paar Betroffene aussuchen, könnte man vielleicht eine Spendengala in die Wege leiten. Ich denke, Joseph Kellermann würde die Gelegenheit gern nutzen, um bei der feinen Gesellschaft Eindruck zu schinden.«

»Das kann ich mir gut vorstellen«, sagte Professor Liebknecht mit einem Seufzen. »Und vermutlich wird er dann auch wieder erwarten, dass ich mit meiner Frau komme.«

»Da bin ich mir sicher. Immerhin gibt es dort gutes Essen.«

»Solange unsere ehemalige Schwester Carola darauf verzichtet, uns ihre politischen Traktate vorzutragen, bin ich zu allem bereit.«

»Ich weiß gar nicht, was Sie gegen Carolas Zeitungsartikel haben. Ich durfte kürzlich einen vorab lesen, der demnächst in *Die Frau im Staat* erscheinen wird. Es ging um den Hitler-Ludendorff-Putsch in München.«

»Ich habe nichts dagegen, sie ist nur etwas ... radikal.«

»Der Artikel ist nicht radikal. Soll ich Ihnen die Ausgabe nach Erscheinen mitbringen?«

»Bringen Sie die lieber jemandem mit, der sich dafür auch interessiert. Ich habe mir abgewöhnt, mich um Politik zu kümmern, und lese nur noch Fachzeitschriften. Das ist besser für meinen Blutdruck.«

Martha nickte. Sie wusste genau, was er meinte. Professor Liebknecht hatte durch die Hyperinflation ebenso wie ihre eigene Familie sämtliche Rücklagen verloren, die für die Ausbildung seiner Söhne vorgesehen gewesen waren, die in Berlin und Freiburg studierten. Martha war froh, dass Rudi erst im nächsten Jahr Abitur machen würde und in Hamburg Jura studieren konnte. So musste er wenigstens kein teures Zimmer mieten. Wie es später mit Fredi und Ella weitergehen würde, stand noch in den Sternen.

»Also, was meinen Sie, Herr Professor?«, brachte Martha das Gespräch wieder auf das Ausgangsthema. »Wollen wir Moritz Kellermanns Angebot annehmen? Dann könnte sein Bruder das mit der Spendengala in die Wege leiten.«

»Ich werde meine Kartei durchsehen und schauen, welche Patienten infrage kommen«, versprach der Professor. »Ich würde allerdings jüngere Unfallopfer bevorzugen, denn die meisten Kriegsbeschädigten haben sich längst mit ihrer Behinderung arrangiert.«

»Außer denen, die auf der Straße sitzen und betteln.«

»Nehmen Sie es mir nicht übel, Schwester Martha, aber gerade die halte ich für ungeeignet. Denen fehlt der Kampfgeist, für ihre Belange einzutreten. Und wenn wir schon zu wenig Geld haben, um jedem eine möglichst gute Versorgung zukommen zu lassen, dann sollten wir uns doch auf diejenigen beschränken, die die besten Aussichten haben, davon zu profitieren, oder? Je frischer die Verletzung und je jünger die Patienten sind, umso besser werden sie sich mit den Prothesen zurechtfinden.«

»Ich sehe das anders«, erwiderte Martha. »Woher wissen wir, dass ein verkrüppelter Bettler nicht vorher alles versucht hat? Wäre es nicht interessant, eine Studie darüber zu betreiben, wie sich das Leben eines Mannes ändern kann, wenn man ihn aus der Gosse holt, in die der Krieg ihn geworfen hat? Wenn man ihm seine Würde zurückgibt und den Lebensmut?«

Professor Liebknecht dachte eine Weile nach. »Vielleicht haben Sie recht«, gab er schließlich zu. »Vielleicht hätte Herr Kellermann als ehemaliger Feldwebel ja ein Händchen dafür, unter denen, die vollständig am Boden liegen, noch jene zu finden, die in der Lage wären, wieder aufzustehen.«

Als Martha am Abend mit der Straßenbahn nach Hause fuhr, war sie froh, dass sie an diesem Tag keine Hausbesuche mehr zu erledigen hatte. Es lag bereits ein Hauch von Weihnachten in der Luft. Viele der Geschäfte hatten Tannenzweige in ihre Auslagen gelegt, und das große Kaufhaus Tietz an der Alster war hell erleuchtet, so als gäbe es gar keine Wirtschaftskrise. Ob es daran lag, dass die Einführung der Rentenmark langsam Wirkung zeigte? Anfangs war Paul skeptisch gewesen, aber jetzt stand der Dollar bereits seit dem 15. November stabil bei vier Mark zwanzig in der neuen Währung.

Als die Straßenbahn am Rathausmarkt hielt, wo Martha in die Hochbahn umsteigen musste, verspürte sie auf einmal unbändige Lust, durch die Innenstadt zu schlendern. Wie oft hatte sie das vor dem Krieg getan, damals, als die Welt noch in Ordnung war. Ihr schönes, strahlendes Hamburg existierte noch immer, auch wenn sein Glanz in diesen schweren Zeiten matt geworden war.

Sie ging vom Rathausmarkt in Richtung Jungfernstieg und betrat dann das Kaufhaus Tietz. Beim Eintreten strömte ihr eine angenehme Wärme entgegen. Es fühlte sich tatsächlich an, als würde sie in die gute alte Zeit zurückkehren. Die Weihnachtsdekoration mahnte sie, sich langsam Gedanken über Weihnachtsgeschenke für die Kinder zu machen. Angesichts der schwierigen Wirtschaftslage eine echte Herausforderung. Martha stieg in den Aufzug und ließ sich von dem uniformierten Fahrstuhlführer nach ganz oben fahren. Das war ein altes Ritual in ihrer Familie. Ein Besuch bei Tietz begann mit einem Ausblick über die Binnenalster.

Im obersten Stockwerk befand sich die Spielwarenabteilung. Nun, ihre eigenen Kinder waren zwar schon zu groß dafür, aber sie musste auch an Arthur und dessen vierjährige Schwester Lilli denken.

In der Spielzeugabteilung konnte man glauben, es gäbe keinen Mangel, denn die Regale waren voll. Da gab es edle Porzellanpuppen neben weichen Stoffpüppchen. Steifftiere aller Art waren liebevoll in einem künstlichen Urwald drapiert. Martha sah mehrere Mütter mit kleinen Kindern, die mit großen Augen auf die Auslage schauten und ihre Weihnachtswünsche in die Gegend posaunten. Es gab also noch Eltern, die sich so etwas leisten konnten. Martha dachte daran, wie sehr ihre eigenen Kinder damals gebettelt hatten, um den großen Steiffteddy zu bekommen. Doch sie und Paul waren hart geblieben. Steifftiere waren einfach zu teuer, schließlich gab es auch Plüschbären anderer Hersteller, die nur einen Bruchteil davon kosteten.

Im nächsten Regal stapelten sich Gesellschaftsspiele aller Art, auch das so beliebte »Mensch ärgere Dich Nicht«. Als es vor ein paar Jahren auf den Markt gekommen war, hatten die Kinder es sich natürlich auch gewünscht, aber Paul hatte nicht eingesehen, viel Geld für eine bemalte Pappe und einfache Holzfiguren auszugeben. Und so hatte er ein eigenes »Mensch ärgere Dich Nicht«-Spielfeld auf eine dünne Holzplatte gezeichnet und die vorgezeichneten Felder von den Kindern mit verschiedenen Farben ausmalen lassen. Ob es wohl viele Menschen gab, die das so handhabten? Martha konnte sich jedenfalls nicht vorstellen, dass jemand so viel Geld für ein Brettspiel ausgab. Mal abgesehen von Familie Kellermann, die sich nie Sorgen um ihr Auskommen machen musste.

Sie wanderte weiter durch die Regalreihen in Richtung des großen Panoramafensters. Dabei fiel ihr auf, dass das früher so beliebte Blechspielzeug fast vollständig in der Auslage fehlte. Metall war nach wie vor knapp. Stattdessen gab es eine große Auswahl an hölzernen Schiffen, Autos und Lastkränen und sogar Marionetten, die neben hölzernen Puppenküchen hingen. Etwas weiter längs standen Schaukelpferde, sowohl aus Holz als auch mit Plüschfell bezogen, Steckenpferde, Bollerwagen und die so beliebten Holländer, mit denen sich die Kinder wie auf einer Draisine mit Muskelkraft fortbewegen konnten. Das wäre doch etwas, was sie Arthur und seiner kleinen Schwester zu Weihnachten schenken könnten, dachte Martha. Als sie jedoch den Preis sah, verwarf sie den Gedanken an den Kauf sofort.

Inzwischen war es dunkel geworden, aber das nahm dem Ausblick aus dem großen Fenster nichts von seinem Zauber. Die Laternen rings um die Alster strahlten so hell, dass Martha die Menschen, Straßenbahnen, Pferdefuhrwerke und die vereinzelten Automobile gut erkennen konnte. Von oben betrachtet, war es eine wunderbare Welt. Nichts konnte es mit diesem Ausblick aufnehmen. Nicht einmal der Blick über die Skyline von New York. Den hatte sie vom höchsten Gebäude der Welt aus vor zehn Jahren mit Milli genossen. Milli – ihre beste Freundin aus Jugendtagen, die ihr inzwischen wieder regelmäßig aus Amerika schrieb, seit die kriegsbedingten Einschränkungen des Postverkehrs aufgehoben worden waren. Mittlerweile war die sechsundvierzigjährige Milli stolze Großmutter von vier Enkelkindern. Ein wenig kokett hatte sie Martha erst vor Kurzem geschrieben, dass sie es genoss, wenn man sie für die Mutter ihrer Enkel hielt.

Martha betrachtete das Treiben auf dem Jungfernstieg und sah zu, wie ein weißer Dampfer der Alsterflotte anlegte. Als ihre Kinder noch klein gewesen waren, war sie oft mit ihnen an der Alster gewesen, um die Schwäne zu füttern. Anschließend hatte es meist ein Eis im Alsterpavillon gegeben und als krönenden Abschluss einen Besuch in der Spielwarenabteilung von Tietz. Und wenn die Kinder besonders brav gewesen waren, durften sie sich dort auch irgendeine günstige Kleinigkeit aussuchen. Damals war es leicht gewesen, Kinderträume zu erfüllen. Aber was sollte sie den dreien in diesem Jahr schenken?

Ella wünschte sich schon lange ein Paar Lackschuhe, aber die waren im Moment unbezahlbar. Also ging Martha in die Damenabteilung. Ihr fielen sofort die hölzernen Beine auf, an denen fein gewirkte Strümpfe ausgestellt waren. Nicht solche einfachen Wollstrümpfe gegen die Kälte, sondern raffiniert geklöppelte mit eleganten Mustern. Es hatte fast etwas Verruchtes, doch Martha wusste, dass Ella sich darüber freuen würde. Vielleicht genauso wie über Lackschuhe. Die mussten dann auf bessere Zeiten warten.

»Kann ich Ihnen helfen?«, fragte eine Verkäuferin.

»Ja, ich hätte gern diese Strümpfe.« Sie zeigte auf das gewünschte Modell mit den feinen Blüten. »Aber ich habe nicht genügend Geld dabei. Könnten Sie die mir bis morgen auf den Namen Studt zurücklegen?«

»Sehr gern, Frau Studt.«

Anschließend ging sie in die Herrenabteilung, wo sie für Rudi und Fredi jeweils weiße Oberhemden mit wechselbaren Kragen zurücklegen ließ. Für den Fall, dass Joseph Kellermann tatsächlich irgendwann eine Spendengala geben würde, könnte sie ihre Kinder zu ihrem ersten gesellschaftlichen Ereignis anständig angezogen mitnehmen.

Hochzufrieden verließ Martha das Kaufhaus. Draußen schlug ihr feuchtkalte Luft entgegen, aber wenigstens regnete es nicht. Auf dem Weg zurück zum Rathausmarkt fiel ihr Blick auf einen Bettler, der so gar nicht dem herkömmlichen Bild entsprach. Der Mann war ordentlich rasiert, sauber, trug eine makellose Uniform der alten Reichswehr und ein Eisernes Kreuz an der Brust. An der Hauswand lehnte ein Paar Krücken, das rechte Hosenbein war um den Oberschenkelstumpf geschlagen. Vor ihm lag seine Mütze, mit der er um Almosen bettelte. Unwillkürlich musste Martha an Professor Liebknechts Einschätzung denken. Aber hatte dieser Mann sich wirklich aufgegeben? So gepflegt, wie er aussah, schien er ein Zuhause zu haben und nicht auf der Straße zu leben.

Ein Passant ging vorbei und ließ etwas in die Mütze fallen, ohne den ehemaligen Soldaten offen anzusehen. Gerade diese Beiläufigkeit erschütterte Martha, obwohl sie wusste, dass es dem Bettelnden vermutlich recht war. Es war einfacher für ihn, wenn man ihn übersah. Dennoch fühlte es sich falsch an. Ohne weiter nachzudenken, ging Martha vor dem Mann in die Hocke und legte ihm einen Geldschein in die Mütze.

»Wie ist Ihr Name?«, fragte sie ihn dabei.

Er sah sie erstaunt an. Er war es offenbar nicht gewohnt, dass ihn jemand offen ansprach.

»Das hat mich bislang noch keiner gefragt.« Er schluckte schwer.

»Aber Sie haben es verdient, dass man Sie nach Ihrem Namen fragt«, erwiderte sie. »Und Sie hätten es auch verdient, dass Ihnen eine andere Möglichkeit als die Bettelei bleibt.«

Er senkte den Blick.

Vielleicht sollte ich einfach aufstehen und gehen, dachte Martha. *Es ihm nicht noch schwerer machen, als es ist.* Doch sie widerstand dem Impuls.

»Haben Sie eine Unterkunft?«, fragte sie weiter.

»Warum wollen Sie das alles wissen?« In seiner Stimme klang neben Verunsicherung auch ein leichter Anflug von Misstrauen mit.

»Weil Sie auf mich den Eindruck machen, dass Sie Hilfe brauchen könnten, die über ein einfaches Almosen hinausgeht.«

»Und die wollen Sie mir geben?« War da wirklich ein spöttisches Blitzen in seinen Augen oder nur der Zynismus allzu oft enttäuschter Hoffnungen?

»Möglicherweise«, sagte Martha. »Mein Name ist Martha Studt, ich bin Krankenschwester. Ein Freund von mir setzt sich für Kriegsbeschädigte ein, und Sie machen auf mich den Eindruck, als hätten Sie sich noch nicht ganz aufgegeben. Sie achten auf ein gepflegtes Äußeres, und Sie sind ein tapferer Mann.« Sie wies auf das Eiserne Kreuz an seiner Brust. »Aber ich will mich Ihnen nicht aufdrängen. Wenn Sie Interesse haben, fragen Sie im Eppendorfer Krankenhaus nach mir.« Sie wollte sich gerade erheben, als er sagte: »Erhard Schramm.«

»Das ist Ihr Name?«

Er nickte.

»Werden Sie kommen?«

Noch ein Nicken.

»Ich bin vormittags im OP, aber ab zwei Uhr hätte ich Zeit für Sie, Herr Schramm.«

»Danke«, sagte er leise, dann senkte er wieder den Blick, und Martha fragte sich, welche Geschichte er wohl zu berichten hatte.

6

Am folgenden Tag wartete Martha vergeblich auf Erhard Schramm.

»Ist er nicht gekommen?«, fragte Professor Liebknecht, als er Martha am frühen Abend auf dem Flur begegnete und sie bereits im Mantel war.

»Nein, leider nicht.« Sie fühlte sich auf eine unangenehme Weise ertappt. Vielleicht wäre es besser gewesen, sie hätte es erst einmal für sich behalten. Aber heute früh, während der Operation eines jungen Tischlers, dessen Hand in eine dieser neumodischen elektrischen Sägen geraten war, hatte sie dem Professor davon erzählt. Wenigstens hatten sie die Hand des jungen Mannes retten können, auch wenn noch fraglich war, ob der Daumen, der nur noch an einem Hautfetzen gehangen hatte, funktionsfähig bleiben würde.

»Ehrlich gesagt wundert mich das nicht«, erwiderte Professor Liebknecht. »Vermutlich hat er sich überlegt, dass es in der Vorweihnachtszeit lukrativer ist, in der Innenstadt zu betteln. Da sind die Menschen spendierfreudiger.«

»Ich werde es ja sehen, denn ich muss noch mal zu Tietz. Ich habe da gestern Weihnachtsgeschenke zurücklegen lassen.«

Nachdem Martha eine Stunde später ihre Einkäufe bei Tietz abgeholt hatte, stellte sie auf dem Weg zur Hochbahn fest, dass Professor Liebknecht recht behalten hatte. Erhard Schramm saß an derselben Stelle wie gestern. Und die Geschäfte schienen gut zu gehen. Sie beobachtete ihn eine Weile. Jedes Mal, wenn jemand einen Schein in die Mütze fallen ließ, nahm Schramm ihn heraus und steckte ihn ein, sodass immer nur wenig Geld zu sehen war. Ob er deshalb nicht gekommen war? Weil das Betteln ein einträglicherer Beruf war als alles andere, was ein beinamputierter Mann sonst tun konnte?

Sie überlegte, ob sie ihn ansprechen sollte. Vielleicht war es nur ein Missverständnis, das sie klären konnte.

Sie atmete ein paarmal tief durch, dann entschied sie sich dagegen. Stattdessen ging sie zu den Fernsprechautomaten im nahe gelegenen Postamt und rief Moritz an. Joseph hatte schon sehr früh dafür gesorgt, dass sein Bruder einen eigenen Telefonanschluss erhielt. Ein Luxus, von dem Marthas Familie bislang nur träumen konnte.

Moritz freute sich über ihren Anruf und hörte aufmerksam zu.

»Ich wollte mich Herrn Schramm nicht aufdrängen«, schloss sie. »Aber ich dachte, vielleicht kannst du ja mal offen mit ihm reden – so von Kriegsveteran zu Kriegsveteran. Wenn er mit der Bettelei zufrieden ist und das als seinen Beruf ansieht, will ich mich nicht weiter einmischen, aber vielleicht steckt ja noch mehr dahinter.«

»Das hört sich vernünftig an«, sagte Moritz. »Ich kann mir gut vorstellen, dass es ihm peinlich wäre, wenn du ihn jetzt noch mal ansprichst. Dann sucht er sich vermutlich einen anderen Platz zum Betteln. Ich werde da morgen mal vorbeigehen und mit ihm reden.« Seinem Tonfall war anzuhören, dass er sich über diesen Auftrag wirklich freute.

Am nächsten Tag stand Martha bereits in aller Frühe zusammen mit Professor Wehmeyer im OP. Anders als Professor Liebknecht schätzte Professor Wehmeyer es, sich mit Studenten zu umgeben. Auch an diesem Tag hatte er wieder zwei Medizinstudenten dabei, sodass die Magenoperation zu einer Lehrstunde wurde. Zeit für persönliche Gespräche, so wie Martha sie beim Operieren mit Professor Liebknecht führte, gab es bei ihm nicht.

»Welche Gefäße sehen wir hier?«, fragte Professor Wehmeyer einen der Studenten und wies auf die Abzweigungen des Truncus coeliacus, der das Verdauungssystem mit Blut versorgte.

»Den Abgang der Arteria splenica, der Arteria hepatica communis und der Arteria gastrica sinistra«, antwortete der junge Mann wie aus der Pistole geschossen.

»Sehr gut. Und was ist mit Ihnen?« Der Professor sah den zweiten Studenten an. »Können Sie mir sagen, in welche Arterien sich die Hepatica communis aufteilt?«

»Ähm ... Arteria hepatica propria und ...«, er überlegte, »Arteria gastrica dextra.«

»Falsch. Die Arteria gastrica dextra geht hier von der Propria ab.« Er wies mit der Pinzette auf das Blutgefäß. »Die zweite Arterie, die direkt aus der Communis hervorgeht, ist diese hier, die Arteria gastroduodenalis. Da werden Sie sich Ihr Anatomiebuch noch mal zu Gemüte führen müssen, Herr Müller.«

Trotz des Mundschutzes war deutlich zu sehen, wie der junge Mann schamvoll errötete.

»Manchmal frage ich mich, was die jungen Leute sich dabei denken, so unvorbereitet in den OP zu kommen«, sagte Professor Wehmeyer später zu Martha, als die Studenten längst gegangen waren und sie auf dem Weg zur Station waren. »Wie hat jemand mit so wenig anatomischem Wissen nur sein Physikum bestanden?«

»Vielleicht war er einfach nur aufgeregt«, meinte Martha.

»Bei den komplizierten Namen kann man ja schnell mal durcheinanderkommen.«

»Nein, das darf nicht passieren. Ein guter Chirurg muss sich jederzeit darüber im Klaren sein, wo er sich gerade im menschlichen Situs befindet.«

Martha nickte. Es war schwer für die Studenten, Professor Wehmeyers Ansprüchen zu genügen, und sie fragte sich, wie es Ella später wohl ergehen mochte. Professor Wehmeyer war ihrer Tochter wohlgesinnt, aber es gab genügend Professoren, die nichts vom Frauenstudium hielten und wesentlich härtere Maßstäbe an Frauen im Arztkittel anlegten.

»Haben Sie schon gehört, dass Schwester Auguste uns demnächst verlassen wird?«, fragte Professor Wehmeyer plötzlich.

»Nein.« Martha horchte überrascht auf, als sie den Namen ihrer früheren Rivalin hörte.

»Sie hat sich erfolgreich um die Position als Oberschwester im Staatskrankenhaus Bergedorf beworben.«

»Oh. Nun, dann wünsche ich ihr dort viel Erfolg.«

»Und insgeheim sind Sie froh, dass sie geht, nicht wahr?«

»Ach, seit dem Krieg habe ich keine Schwierigkeiten mehr mit ihr. Wir gehen uns gepflegt aus dem Weg, auch wenn sie es mir nach wie vor übel nimmt, dass ich damals die Position als Erste OP-Schwester bekommen habe. Vielleicht tröstet es sie ja, wenn sie nun sogar Oberschwester wird.«

»Das mag sein. Menschlich war sie nicht immer einfach, aber fachlich wird sie uns hier fehlen.«

Martha wollte gerade zu einer Antwort ansetzen, als ihnen Lernschwester Hilde von der Inneren Medizin entgegenlief.

»Schwester Martha, gut, dass ich Sie finde. Kommen Sie bitte sofort auf die Innere zu Professor Schlüter! Es geht um Ihren Vater, er wurde mit einem Herzanfall eingeliefert!«

Martha erstarrte. Erst als sie Professor Wehmeyers tröstende Hand auf der Schulter spürte, konnte sie sich aus ihrer inneren Lähmung befreien, und folgte der Schwester.

Ihr Vater hatte ein Einzelzimmer im Privattrakt erhalten. Professor Friedrich Schlüter, leitender Oberarzt und Ehemann von Marthas Freundin Wilhelmina, stand neben seinem Bett.

Karl Westphals Augen waren geschlossen, seine Haut wirkte grau und eingefallen, und er atmete schwer. Ein Frösteln lief Martha über den Rücken.

»Gut, dass du so schnell kommen konntest«, begrüßte Friedrich Schlüter sie.

»Was ist denn passiert?«, fragte Martha ängstlich. »Wie geht es ihm?«

Sie trat an die Seite ihres Vaters und ergriff seine Hand. Sie war eiskalt, aber immerhin öffnete er mühsam die Augen. Sie wirkten trüb und voller Schmerz. Seine Lippen bewegten sich, aber er brachte keinen Ton heraus.

»Strengen Sie sich nicht unnötig an, Herr Westphal«, sagte Professor Schlüter. Dann sah er Martha an. »Er wollte sich gerade mit dem Leierkasten auf den Weg machen, als er zusammengebrochen ist. Sein kleiner Affe hat daraufhin so viel Lärm gemacht, dass die Nachbarin aufmerksam geworden ist und einen Krankenwagen gerufen hat.« Professor Schlüter atmete schwer. »Er hatte einen schweren Herzinfarkt. Ich habe ihm Heroin gegen die Schmerzen gegeben, deshalb ist der Blick so trüb.«

Martha schluckte. Heroin war ein wirksameres Medikament als Morphium, aber wegen seines höheren Suchtpotenzials auch sehr umstritten.

Sie hätte gern gefragt, wie Professor Schlüter die Überlebensaussichten bewertete, doch sie scheute diese Frage in Gegenwart ihres Vaters.

Der Internist deutete ihren hilflosen Blick richtig.

»Die nächsten drei Tage sind entscheidend«, sagte er. »Wenn er die übersteht, sieht es gut aus. Bis dahin können wir nichts anderes tun als hoffen und die Schmerzen lindern.«

»Wo ist Maximilian?«, fragte ihr Vater leise.

Bevor Martha antworten konnte, sagte Professor Schlüter: »Ihre Nachbarin hat das Äffchen bei sich aufgenommen, bis es jemand abholt.«

»Ich werde Heinrich bitten, sich um den kleinen Kerl zu kümmern«, versprach Martha.

»Weihnachten bin ich zu Hause«, flüsterte ihr Vater. »Macht euch keine Sorgen. Und jetzt möchte ich schlafen.«

Er schloss die Augen. Martha hauchte ihm einen Kuss auf die Stirn. Bevor sie gemeinsam mit Professor Schlüter das Zimmer verließ, sagte der Arzt noch: »Lernschwester Hilde wird bei Ihnen bleiben, damit stets jemand ein Auge auf Sie hat, Herr Westphal.«

Draußen im Flur atmete Martha tief durch.

»Sag mir bitte ehrlich, wie du die Situation einschätzt, Friedrich.«

»Ich denke, das weißt du, Martha. Es wäre ein Wunder, wenn er die nächsten drei Tage überlebt. Das EKG weist auf einen ausgeprägten Infarkt hin. Selbst wenn er überlebt, wird er vermutlich bettlägerig bleiben. Die Zeiten, in denen er mit dem Leierkasten umherziehen konnte, sind endgültig vorbei.«

Martha stiegen Tränen in die Augen. Hastig blinzelte sie sie fort.

»Es tut mir so leid«, sagte Friedrich leise. »Wir werden alles tun, damit er sich besser fühlt und keine Schmerzen hat. Wenn du möchtest, erteile ich eine Sondererlaubnis, dass sein Äffchen ihn besuchen darf.«

Martha holte tief Luft. »Ich bin mir nicht sicher, ob das gut wäre. Wenn er sieht, dass wir uns über die normalen Krankenhausstatuten hinwegsetzen, weiß er erst recht, wie schlecht es um ihn steht. Wenn wir so tun, als wäre alles normal, macht er sich weniger Sorgen, und vielleicht hilft das ja.«

»Ganz wie du meinst«, erwiderte Friedrich. »Wir sollten Heinrich Bescheid geben, findest du nicht?«

»Ja doch. Er hat allerdings kein Telefon. Würdest du bei der Hafenmeisterei anrufen, dass ihm jemand die Nachricht überbringt? Und könntest du danach auch noch auf Pauls Werft anrufen?«

»Natürlich. Ich wünsche euch viel Kraft. Wilhelmina und ich sind immer für euch da.«

Martha nickte stumm. Es fiel ihr schwer, die Wahrheit zu akzeptieren. Ihr geliebter Vater rang mit dem Tod!

7

Heinrich kam umgehend mit seiner ganzen Familie, nachdem er die Nachricht erhalten hatte. Auf dem Weg zum Krankenhaus hatte er sogar schon Maximilian von der Nachbarin abgeholt und das Äffchen in einer kleinen Tasche mitgebracht.

»Schau mal, wer dich besucht.« Er öffnete die Tasche vor dem Bett seines Vaters, und Maximilian streckte neugierig den Kopf raus. »Ich habe ihn heimlich reingeschmuggelt, weil Tiere ja im Krankenhaus verboten sind.« Dann sah er Lernschwester Hilde an, die noch immer als Sitzwache eingeteilt war. »Ich hoffe, Sie halten auch dicht?«

Hilde nickte kichernd, und auch über Karls müdes Gesicht ging ein Strahlen. Martha war stolz auf ihren Bruder. So bekam ihr Vater nicht das Gefühl, einem Todgeweihten werde der letzte Wunsch erfüllt.

»Da ist ja mein kleiner Kollege.« Karl wollte sich aufrichten, um ihn zu streicheln, aber er war zu schwach. Heinrich hob Maximilian raus und setzte ihn aufs Bett. Sofort kuschelte sich das Äffchen an seinen Herrn.

»Er hatte so große Angst, als ich nicht mehr konnte«, sagte Karl leise und strich Maximilian übers Köpfchen.

»Ja, der hat ordentlich Rabatz gemacht«, bestätigte Heinrich. »Wahrscheinlich hat er dir damit das Leben gerettet, denn ohne sein aufgeregtes Geschnatter wärst du nie rechtzeitig gefunden worden. Frau Wilke hat uns das in aller Ausführlichkeit erzählt.«

»In aller Wilke'schen Ausführlichkeit?«, fragte Karl nach.

»Ja«, bestätigte Heinrich.

»Und dann seid ihr schon hier?«

Trotz der angespannten Situation lachte Heinrich. »Ja, ich konnte mich tatsächlich loseisen. Dafür musste ich ihr versprechen, sie auf dem Laufenden zu halten.«

Nachdem Martha gesehen hatte, dass der Besuch ihrem Vater guttat, ließ sie ihn mit Heinrich und seiner Familie allein, denn sie wurde im OP erwartet.

»Wie geht es Ihrem Vater?«, fragte Professor Wehmeyer. Bei dieser Operation eines Leistenbruchs am frühen Nachmittag waren keine Studenten mehr anwesend.

»Die nächsten drei Tage werden es zeigen. Mein Bruder ist jetzt mit seiner Familie bei ihm.«

Professor Wehmeyer nickte. »Meine Mutter hat vor ein paar Jahren ebenfalls einen schweren Herzinfarkt erlitten«, sagte er dann. »Sie hat noch zwei Jahre gelebt, aber sie konnte das Bett nicht mehr verlassen. Meine Schwester hat sie bei sich aufgenommen. Auf der einen Seite waren wir froh, dass wir sie noch hatten, aber es war auch sehr schwierig, ihren Verfall mit anzusehen.« Er hielt kurz inne. Es war das erste Mal, dass er Martha so etwas Persönliches erzählte. »Ich habe damals gedacht, dass ich in so einem Fall lieber auf der Stelle tot wäre, anstatt meinen Kindern als hilflos Siechender zur Last zu fallen.«

»Ist Ihre Mutter Ihnen denn zur Last gefallen?«

»Wie ich schon sagte, es ist ein zweischneidiges Schwert. Wir haben sie geliebt, aber die Sorgen und Ängste hörten erst auf, nachdem sie endgültig gegangen war. Und auch wenn meine Schwester und ich es uns gegenseitig niemals offen eingestanden hätten, so waren wir doch erleichtert, als es vorbei war. Denn trotz all der Trauer nahm es uns auch eine unerträglich gewordene Last von den Schultern.« Er seufzte. »Sie sind die Erste, der ich das überhaupt erzähle, Schwester Martha.«

»Ich danke Ihnen für Ihr Vertrauen«, sagte Martha leise. Während der weiteren OP arbeiteten sie schweigend.

Eigentlich wollte Martha nach der Operation wieder zu ihrem Vater gehen, doch da wurde sie in Professor Liebknechts Sprechstunde gerufen.

Im Untersuchungszimmer wartete Moritz mit Erhard Schramm. Schramm hatte seine Krücken an die Wand gelehnt, den Beinstumpf mühsam auf dem Stuhl platziert und knüpfte immer wieder nervös den untersten Knopf seiner Uniformjacke auf und zu.

»Ist leider ’nen Tag später geworden, aber Herr Schramm brauchte jemanden, der ihm etwas Mut macht«, sagte Moritz zu Martha. Dann wandte er sich Schramm zu. »Mensch, Erhard, nu hör mit diesem Rumknöpfen auf, dir tut hier keiner was.«

Schramm zuckte zusammen, hielt in der Bewegung inne und sah Martha mit großen Augen an.

»Guten Tag«, begrüßte sie ihn und reichte ihm die Hand. »Ich freue mich, dass Sie trotz allem noch den Weg hierhergefunden haben.«

»Ja … ähm ich … ähm …«

»Soll ich reden, Erhard?«, fragte Moritz. Schramm nickte erleichtert.

»Also, es tut ihm leid, dass er gestern nicht gekommen ist, aber er hatte Angst, dass er sich umsonst auf den Weg macht, und er wusste auch nicht, was es bringen soll. Da hat er lieber den Tag auf’m Jungfernstieg verbracht, weil die Leute da um Weihnachten so spendabel sind, ne.«

»Das kann ich gut verstehen«, sagte Martha. »Ist ja auch seltsam, wenn einen plötzlich Fremde ansprechen und Hilfe anbieten, wo der Staat im Umgang mit den Veteranen so schmählich versagt.«

»Genau«, bestätigte Moritz. »So ging's Erhard auch. Der war vorm Krieg Maurer, aber mit nur einem Bein ist da nix mehr zu holen. Er gehörte zu denen, die man zu Korbflechtern ausgebildet hat.« Moritz stieß das Wort verächtlich hervor. »Anfangs dachte Erhard noch, das wäre so 'ne Art Beschäftigungstherapie, damit er sich wieder was zutraut, aber dann haben sie ihm die Unterstützung gestrichen, weil er ja nun eine Umschulung hatte. Wenn seine Frau nicht einen kleinen Wäschereidienst aufgemacht hätte, dann hätten sie die Wohnung verloren. Aber auch so reichte das Geld nicht, denn der Hauswirt hat die Mieten schneller erhöht, als Erhards Frau waschen konnte. Also hat sie ihm gesagt, er soll den Leuten zeigen, was er fürs Vaterland gegeben hat, aber sich nicht zerlumpt an den Straßenrand setzen, sondern ordentlich angezogen, mit seiner Uniform und dem Eisernen Kreuz. Das würde die Geldbörsen am ehesten öffnen. Und damit hat sie recht behalten. Für Erhard zählt jeder Tag am Jungfernstieg, damit die Familie Weihnachten nicht auf der Straße sitzt.«

Martha war erschüttert. »Haben Sie denn auch noch mal was anderes probiert, außer Körbe zu flechten oder zu betteln, Herr Schramm?«

»Ich wär ja gern irgendwo ins Büro gegangen, aber die Stellen sind begehrt, und das hab ich ja nicht gelernt.«

»Und gäbe es einen Beruf, den Sie sich vorstellen könnten, wenn Sie nicht mehr auf die Krücken angewiesen wären? Sie sehen ja an Herrn Kellermann, was mit den richtigen Prothesen alles möglich ist.«

Schramm nickte. »Das ist ganz erstaunlich, er ist ja viel beweglicher als ich, obwohl ihm auch noch der rechte Arm fehlt. Aber wer nimmt jemanden wie mich, wo lauter kräftige, junge Burschen Arbeit suchen? Ich bin ja schon neununddreißig, da ist nicht mehr viel zu machen.«

»Wie wär's, wenn du mal sagst, was du dir sonst noch vorstellen könntest«, sagte Moritz energisch. »Ohne gleich zu sagen, warum das nicht geht.«

»Na ja, auf'm Bau kann ich nicht mehr.«

»Du wolltest also dein Leben lang bloß Maurer werden?« Moritz sah Schramm mit großen Augen an. »Wirklich? Keine anderen Träume?«

»Nee. Ich habe immer gedacht, Maurer ist was Gutes, da könnte ich später selbst ein Haus für meine Familie bauen, und das kostet dann nur das Grundstück. An was anderes hab ich nie gedacht. Ich war auch kurz davor, die Meisterprüfung zu machen, ehe der Krieg kam.«

»Und wenn Sie die jetzt noch machen würden?«, fragte Martha.

»Mit einem Bein? Und dann?«

»Dann könntest du schön im Bauwagen sitzen und auf die anderen aufpassen.« Moritz grinste.

»Aber würde mich denn jemand einstellen?«

»Na, das kommt darauf an, wie du dich in der Prüfung schlägst«, erwiderte Moritz. »Ich könnt mir aber vorstellen, dass da was möglich wäre. Mein Bruder investiert in etliche Neubauprojekte, der kennt viele Baufirmen. Aber das klappt nur, wenn du dich nicht gehen lässt. Also wenn das mit dem Meister was wird und du die harte Arbeit mit einer Prothese auf dich nimmst.«

»Aber so eine Prothese kann ich mir nicht leisten.«

»Ich weiß«, bestätigte Moritz. »Aber deshalb bist du jetzt hier. Ich bin auf der Suche nach Kriegsveteranen, die noch genügend Mumm haben, wieder neu anzufangen. Für die es sich lohnt, Geld für ein besseres Leben mit Prothese zu sammeln.«

»Wobei das allerdings nicht nur von Ihrem Willen abhängt, Herr Schramm«, mischte sich nun Professor Liebknecht ein. »Ich müsste Sie erst einmal untersuchen und sehen, ob Ihr Amputationsstumpf für eine prothetische Versorgung geeignet ist.«

»Wenn Sie Herrn Schramm jetzt untersuchen, brauchen Sie mich gewiss nicht mehr, oder?«, fragte Martha. »Ich war gerade auf dem Weg zu meinem Vater, der wurde heute in der Inneren Medizin aufgenommen.«

»Oh, das wusste ich nicht«, sagte der Arzt. »Ist es etwas Ernstes?«

Martha nickte. »Ein Herzinfarkt. Wir müssen auf alles gefasst sein.«

»Das tut mir sehr leid, Schwester Martha. Ich wünsche Ihnen viel Kraft.«

Erhard Schramm tat ebenfalls sein Bedauern kund, während Moritz fragte: »Hast du etwas dagegen, wenn ich mitkomme, Martha?«

»Nein, natürlich nicht. Du gehörst ja fast zur Familie.«

Heinrich war mit den Kindern und dem Äffchen bereits gegangen. Nur Li-Ming saß noch an Karls Bett, der mittlerweile eingeschlafen war.

»Du bist noch da?«, fragte Martha leise, um ihren Vater nicht zu wecken.

»Ja, und ich bleibe auch. Du und Heinrich, ihr müsst morgen arbeiten, aber ich nicht. Ich kann in der Nacht für Papa da sein.«

Eine Welle der Rührung durchflutete Marthas Herz. Sie erinnerte sich noch gut daran, wie schwierig die Beziehung zwischen ihrem Vater und Li-Ming anfangs gewesen war. Sie hatten eine Weile gebraucht, ehe sie die kulturellen Unterschiede überwunden und sich aneinander gewöhnt hatten. Doch irgendwann hatte Li-Ming angefangen, Karl Papa zu nennen, und das hatte ihn sehr gefreut.

Martha zog zwei Stühle für sich und Moritz ans Bett, und dann betrachteten sie gemeinsam die ruhigen Atemzüge ihres Vaters. Würde er sich noch einmal erholen, oder war es der Anfang vom Ende? Alles in Martha schrie danach, dass er bei ihr bleiben solle. Sie wollte ihren Vater nicht verlieren, unter keinen Umständen.

Noch während sie schweigend an seinem Bett saßen, klopfte es sacht an der Tür. Es war Paul in Begleitung von Ella und Fredi.

»Ich habe früher Feierabend gemacht, nachdem Professor Schlüter auf der Werft angerufen hat.«

»Danke«, sagte Martha. »Im Flur sind noch Stühle, die ihr euch holen könnt.«

Durch das Gespräch war ihr Vater wach geworden und hob mühsam den Kopf.

»Oh, noch mehr Besuch?«, hauchte er. »Das ist schön.«

Ella und Fredi traten an das Bett ihres Großvaters. Ella küsste ihn auf die Wange, der sechzehnjährige Fredi begnügte sich mit einem Händedruck.

»Ist Rudi nicht da?«, fragte Karl, nachdem auch Paul ihn begrüßt hatte.

»Rudi ist unterwegs, ich habe ihm einen Zettel hinterlegt, wo wir sind, und hoffe, dass er bald kommt.«

»Das würde mich freuen. Rudi kann immer so gut erzählen.«

Nach einer halben Stunde war Karl so erschöpft, dass er immer wieder einschlief. Und so verabschiedeten sie sich, noch bevor Rudi aufgetaucht war. Nur Li-Ming blieb, um die Nacht an seiner Seite zu wachen.

»Dein Vater ist ein starker Mann«, versuchte Moritz, Martha zum Abschied zu trösten. »Der ist dem Tod noch immer von der Schippe gesprungen und hat sogar den Alkohol besiegt.«

»Ja«, sagte Martha nur und hoffte, dass Moritz recht behalten möge.

Kurz nach acht waren sie wieder zu Hause. Von Rudi fehlte jede Spur. Pauls Zettel lag unverändert auf dem Küchentisch.

Um elf war er immer noch nicht zurück. Langsam machte Martha sich Sorgen. Gewiss, es war Freitag, er hatte samstags keine Schule, aber trotzdem …

»Ob ihm etwas passiert ist, Paul?«, fragte sie unruhig. »Er hat ja nicht mal gesagt, dass er heute nicht zum Abendessen kommt.«

»Der ist bestimmt wieder mit diesem komischen Pieko losgezogen und lässt sich von den Künstlerfreunden seines Vaters freihalten. Aber das wird jetzt ein Ende haben. Wir haben diese Unpünktlichkeit viel zu lange geduldet.« Er sah Martha an. »Du siehst müde aus. Willst du nicht ins Bett gehen?«

»Nein, ich kann nicht schlafen. Ich muss immer an Papa denken.«

Paul nickte.

In den nächsten Stunden versuchte Martha, sich mit Stricken abzulenken. Sie hatte schon lange keine Muße mehr dazu gefunden, und auf etwas anderes konnte sie sich sowieso nicht konzentrieren. Immer wieder sah sie in Gedanken ihren Vater vor sich, wie er hilflos in seinem Krankenhausbett lag. Paul las indes in seinem Lieblingsbuch »Die weißen Götter« von Eduard Stucken.

Um halb drei Uhr wurde die Wohnungstür leise aufgeschlossen. Paul legte das Buch beiseite und ging in den Flur. Martha blieb im Wohnzimmer.

»Oh, du bist noch wach?«, hörte sie Rudis verdutzte Stimme. Seine Aussprache verriet, dass er zu viel Alkohol getrunken hatte.

»Was denkst du dir denn?«, fragte Paul mit ungewohnter Schärfe. »Wir haben uns Sorgen um dich gemacht. Wo warst du so lange?«

»Können wir das morgen klären?«, nuschelte Rudi. »Ich bin müde.«

»Nein, das klären wir jetzt! Deine Mutter und ich sind nicht umsonst die halbe Nacht aufgeblieben, und im Gegensatz zu dir müssen wir morgen sehr früh aufstehen!«

Widerwillig begleitete Rudi seinen Vater ins Wohnzimmer. Martha legte ihr Strickzeug beiseite und musterte ihren Sohn. Seine Augen waren gerötet, aber immerhin konnte er noch gerade gehen.

»Setz dich«, sagte Paul. »Du weißt, dass wir um halb acht zu Abend essen. Und es ist wohl das Mindeste, wenn du uns vorher sagst, dass du nicht kommst. Heute hättest du uns allerdings auch gar nicht angetroffen. Opa ist mit einem schweren Herzinfarkt ins Krankenhaus gekommen. Ich hatte dir einen Zettel hinterlassen, dass wir im Krankenhaus sind.«

Rudi starrte seinen Vater erschrocken an. »Wird er sich erholen?«

»Das weiß niemand. Rudi, was ist bloß los mit dir? Warum meldest du dich nicht ab, wenn du die halbe Nacht unterwegs sein willst?«

»Wenn ich gewusst hätte, dass Opa einen Herzinfarkt hat, wäre ich ganz bestimmt ins Krankenhaus gekommen.«

»Wenn du rechtzeitig nach Hause gekommen wärst, hättest du meinen Zettel gefunden.« Paul atmete tief durch. »So kann es nicht weitergehen, Rudi. Ich habe viel Verständnis dafür, dass man in deinem Alter ausgehen möchte. Aber alles hat seine Grenzen. Du kennst unsere Vereinbarung. Wenn du abends länger wegbleiben willst, musst du uns vorher Bescheid sagen.«

»Das hat sich halt so ergeben. Ich wusste das vorher noch nicht.«

»Dann hättest du zumindest kurz vorbeikommen und Bescheid sagen können.«

»Das ging nicht, wir waren doch gerade eingekehrt, und dann wurde es etwas länger.«

»So, eingekehrt.« Paul schnaubte wütend. »Die gleiche Entschuldigung habe ich vor drei Wochen schon mal gehört. Damals hast du mir hoch und heilig versprochen, dass das nie wieder vorkommt. Erinnerst du dich noch daran?«

»Ja«, sagte Rudi kleinlaut.

»Und deshalb will ich jetzt keine Versprechungen mehr von dir hören. Du wirst für den Rest des Jahres keine weiteren Ausflüge nach dem Abendessen mehr unternehmen, ist das klar?«

»Und was ist mit Silvester?«, fragte Rudi. »Pieko hat …«

»Es ist mir scheißegal, was Pieko hat!«, brüllte Paul. »Wir haben immer sehr viel Milde mit deinen Eskapaden gezeigt, aber damit ist jetzt Schluss! Wenn das Herumtingeln mit deinen Freunden über allem steht, wird es höchste Zeit, dass ich das mal wieder geraderücke!«

»Das kannst du nicht machen! Pieko hat Karten für eine Silvestergala, und da sind alle unsere Freunde. Wenn ich nicht dabei bin, dann …«

»Das hättest du dir vorher überlegen können. Du wirst Silvester mit deiner Familie verbringen. Und ich warne dich, mein Gebot zu missachten! Denn dann wirst du mich mal so richtig wütend erleben. Hast du das verstanden, Freundchen?«

»Ja«, sagte Rudi. »Kann ich jetzt ins Bett gehen?«

Paul nickte.

8

Am nächsten Morgen führte Marthas erster Weg vor Beginn der Frühschicht zu ihrem Vater. Li-Ming saß noch immer an seinem Bett.

»Ich glaube, es geht zu Ende«, flüsterte sie. »So ist es schon seit zwei Stunden.«

Martha begriff sofort, was Li-Ming meinte. Ihr Vater war nicht mehr ansprechbar und bereits in die präfinale Schnappatmung verfallen. Tränen stiegen ihr in die Augen. Vergeblich versuchte sie, sie runterzuschlucken, der Schmerz schnürte ihr den Hals zu, raubte ihr die Luft zum Atmen. Ohne dass sie es verhindern konnte, brach sie in einen heftigen Weinkrampf aus. Ihr Vater lag im Sterben! Nie wieder würde sie ihn mit seinem Leierkasten und Äffchen Maximilian durch die Straßen ziehen sehen. Nie wieder würde er den Kindern Geschichten erzählen. Nie wieder würde sie sein fröhliches Lachen hören, seine beruhigende Stimme, wenn sie mit ihren kleinen Alltagssorgen zu ihm kam. Gewiss, sie war eine Frau von fünfundvierzig Jahren, ihre Kinder waren schon groß, sie war längst nicht mehr auf ihren Vater angewiesen, dennoch fühlte es sich an, als würde ein Teil von ihr selbst sterben. Sie brauchte ihn noch immer. Sie konnte sich ein Leben ohne ihn nicht vorstellen. Gerade jetzt, wo es mit Rudi so schwierig war. Ihr Vater hatte in seinen letzten Lebensjahren so eine ruhige und gelassene Art entwickelt, Dinge nicht mehr so wichtig zu nehmen und damit viele kleine Sorgen durch einfache Worte in nichts aufzulösen. So hatte er schon Heinrich geholfen, als seine Ehe mit Li-Ming im letzten Kriegsjahr in einer ernsten

Krise gesteckt hatte. Aber jetzt lag er im Sterben, und damit würden all seine Stärke und all seine Liebe, die er der Familie geschenkt hatte, für immer verschwinden.

Li-Ming stand auf und nahm Martha in die Arme.

»Ich teile deinen Schmerz«, flüsterte sie. »Vor einer Woche schien es noch völlig abwegig, dass er jemals sterben könnte.«

Martha schluckte und atmete mehrfach tief durch. Sie musste sich beruhigen. Tränen konnten weder Wunden heilen noch den Tod aufhalten. Sie konnten nur verhindern, dass sie an ihrem Schmerz erstickte. Unwillkürlich wanderten ihre Gedanken zurück zum Todestag ihrer Mutter. Damals hatte sich der Schmerz anders angefühlt, ganz so, als wären all ihre Empfindungen unter einer dicken Schicht aus Watte begraben. Es hatte lange gedauert, bis das Gefühl der Betäubung verschwunden war. Ob es wohl daran gelegen hatte, dass sie sich damals keine Gefühle erlauben konnte? Weil von da an alles auf ihren Schultern lastete? Die Sorgen um ihren kleinen Bruder Heinrich, aber auch um ihren Vater, der sich vor lauter Kummer in den Alkohol geflüchtet hatte, anstatt seinen Pflichten nachzukommen. Erst Jahre später war es ihm gelungen, dem Alkohol für immer zu entsagen und sich eine neue Existenz als Leierkastenmann aufzubauen.

Jetzt war er am Ende seines Lebensweges angekommen. Es war trotz allem ein gutes Leben gewesen, denn er hatte miterleben dürfen, wie seine Kinder sich ungeachtet aller Widrigkeiten ihre Träume erfüllt hatten.

In diesem Moment hörte sie ein kurzes Aufstöhnen ihres Vaters. Martha befreite sich sanft aus Li-Mings Umarmung und wandte sich ihrem Vater zu. Seine Brust hob und senkte sich nicht mehr. Sie griff nach seiner Hand, die noch immer warm war, tastete nach seinem Handgelenk, doch da war kein Puls mehr. Sie fühlte nach der Halsschlagader, doch auch dort war nichts mehr zu spüren. Es war vorbei. Karl Westphal lebte nicht mehr.

Seltsamerweise traf diese Erkenntnis Martha nicht mit der erwarteten Härte. Der schreckliche Druck der Verzweiflung war bereits durch die Tränen gelindert worden, die sie vergossen hatte, als ihr die Unausweichlichkeit seines Todes bewusst geworden war. Nun war der letzte Schritt getan, es gab kein Hoffen und Bangen mehr. Sein Kampf war vorbei.

Und auf einmal war es ihr, als würde sie von einer warmen Welle der Liebe umhüllt, ganz so, als würde ihr Vater sie ein letztes Mal umarmen, ehe er weiterzog. Doch als sie das Gefühl näher erforschen wollte, war es bereits verschwunden. Sie schloss seine Augenlider, die noch einen Spaltbreit geöffnet gewesen waren, dann rief sie nach einer Schwester, damit der Tod offiziell festgestellt werden konnte.

Als sie kurz darauf in den OP ging, fragte Professor Liebknecht sie, ob sie sich den Tag nicht lieber freinehmen wolle.

»Nein«, erwiderte sie. »Das Leben geht weiter, und es wäre auch im Sinne meines Vaters, dass ich genau das tue, was ich getan hätte, wenn er, wie üblich, mit dem Leierkasten losgezogen wäre.«

Der Chirurg nickte, doch er schien befangen, denn anders als sonst redete er kaum während der Operation. Schließlich hielt Martha es nicht mehr aus.

»Was hat Ihre Untersuchung von Herrn Schramm gestern ergeben?«, fragte sie. »Ist sein Stumpf für eine prothetische Versorgung geeignet?«

»Ja, sogar sehr gut. Ich verstehe nicht, warum man den Mann nicht von Anfang an mit einer Prothese versorgt hat. Vermutlich hätte er alle beruflichen Tätigkeiten, bei denen man nur zeitweilig gehen und stehen und nicht schwer tragen muss, ausüben können. Natürlich hätte er nicht wieder als Maurer auf dem Bau arbeiten können. Ich nehme an, deshalb hat man sich damit begnügt, ihn zum Korbflechter umzuschulen.«

»Glauben Sie, dass er als Maurermeister arbeiten könnte, wenn es lediglich um die Beaufsichtigung der Arbeit geht?«, fragte Martha.

»Ich habe zu wenig Ahnung von den Aufgaben, die ein Maurermeister als Polier auf dem Bau zu übernehmen hat. Wenn er auf hohe Gerüste klettern und dabei Lasten bewegen muss, sehe ich schwarz.«

»Wie wäre es, wenn wir uns erst einmal um seine prothetische Versorgung kümmern und anschließend überlegen, wo er beruflich eingesetzt werden kann? Moritz hat ja schon seinen Bruder ins Spiel gebracht.«

»Ja, Herr Kellermann ist davon überzeugt, dass sein Bruder für alles eine Lösung findet.« Trotz des Mundschutzes konnte Martha das Lächeln in den Augen des Chirurgen erkennen. »Wenn die Familie Kellermann Herrn Schramm tatsächlich unter ihre Fittiche nimmt, wird das dem Mann mit Sicherheit in eine bessere Zukunft helfen. Ganz gleich ob als Maurer oder in einem anderen Beruf.«

Der Tod ihres Vaters riss eine größere Lücke in Marthas Leben, als sie geahnt hatte, aber so richtig bewusst wurde es ihr erst, als sie sich am Tag nach der Beisetzung mit Heinrich in der verwaisten Wohnung traf, um den Nachlass zu regeln.

Es war ein seltsames Gefühl, mit dem Wissen in die Wohnung zu kommen, dass es das letzte Mal sein würde. Zum letzten Mal einen Blick zurück in die Kindheit werfen, die Wohnung durchstreifen, in der sie aufgewachsen waren und in der sich seither kaum etwas verändert hatte. Alles sah so aus, als würde Karl Westphal jeden Moment in der Tür stehen. Es kam Martha beinahe wie ein Sakrileg vor, dass sie gemeinsam die Sachen ihres Vaters aussortierten. Die Möbel waren alt und wertlos, aber dennoch voller Erinnerungen. Heinrich ging es genauso.

»Ob du's glaubst oder nicht«, sagte er, »aber die Wohnung zu räumen finde ich schlimmer als die Beerdigung. Die Beerdigung war würdevoll und tröstend. Aber das hier fühlt sich an, als würden wir seine Spuren auslöschen.«

Martha nickte. Die Beerdigung auf dem Ohlsdorfer Friedhof war schlicht und dennoch feierlich gewesen. Neben der Familie und den engen Freunden waren auch viele Nachbarn gekommen. Heinrich hatte es sich nicht nehmen lassen, den Leierkasten mitzubringen und einen Trauermarsch einzulegen. Äffchen Maximilian, der künftig bei ihm und seiner Familie leben würde, war sehr verwirrt gewesen, dass jemand anders die Drehorgel bediente. Es hatte etwas Unwirkliches gehabt. Vom Verstand her wussten sie, dass ihr Vater tot in dem Sarg lag, der dort in die Tiefe gelassen worden war, aber erst jetzt, da sie in seiner verlassenen Wohnung standen, kam die Erkenntnis wirklich in ihren Herzen an.

»Wir löschen seine Spuren nicht aus«, sagte Martha schließlich. »Wir bewahren Erinnerungen. Wir behalten, was uns ein kostbares Andenken ist, und trennen uns bloß von dem, was er selbst längst weggeworfen hätte, wenn er genügend Geld für etwas Neues gehabt hätte. Wie zum Beispiel diesen wackeligen Küchenschrank.«

»Ich muss immer daran denken, wie Mama ihre Nähsachen dort verstaut hat. Damals, als Anna noch lebte.«

Bei dem Gedanken an ihre kleine Schwester spürte Martha einen weiteren Stich im Herzen. Ja, diese ganze Wohnung steckte voller Erinnerungen an ihre Kindheit und längst verloschene Leben.

9

Im Januar 1924 zeigte die Währungsreform langsam Wirkung, auch wenn erst jetzt deutlich wurde, wie sehr die Löhne in der Krise tatsächlich gesunken waren. Hatte Paul vor dem Krieg noch zweihundert Mark verdient, so bekam er jetzt nur noch einhundertachtzig neue Mark. Dank Marthas Krankenschwesterngehalt hatten sie nach wie vor ihr Auskommen, aber viele der Leute im Gängeviertel litten bittere Not, vor allem jene, deren alte Häuser im Zuge der staatlich angeordneten Sanierungsmaßnahmen abgerissen worden waren. Natürlich waren die modernen Neubauten schön, aber was nützte das, wenn sich die Mieten im Gegensatz zu den Gehältern verdoppelt hatten? Zwar konnte man nun wieder ein heißes Würstchen für zwanzig Pfennig beim Metzger bekommen, aber diese zwanzig Pfennig waren hart verdientes Geld. Unwillkürlich musste Martha daran zurückdenken, wie ihre Mutter ihr zum vierzehnten Geburtstag zwanzig Pfennig geschenkt hatte. Damals war es ihr wie ein Vermögen vorgekommen, und genau das war es heute wieder. Der Weltkrieg hatte einen Großteil der modernen Errungenschaften vernichtet. Finanziell fand sich die Bevölkerung in die Zeiten vor der Cholera zurückgeworfen. Für eine Schicht am Hafen gab es meist nur vier Mark, genau dieselbe Summe, die Marthas Vater bereits vor über dreißig Jahren als Schauermann heimgetragen hatte. Nur eines hatte sich verbessert: Die tägliche Arbeitszeit war von der Regierung auf acht Stunden begrenzt worden. Tatsächlich war die Arbeitslosigkeit aber so groß, dass sich die Menschen unter der Hand nur allzu leicht zu unbezahlter Mehrarbeit verpflichten ließen, um überhaupt eingestellt zu werden. Auch viele Menschen aus dem Mittelstand waren inzwischen verarmt, denn die Hyperinflation hatte ihr Barvermögen einfach aufgefressen. Es war schrecklich, gut gekleidete ältere Herrschaften zwischen zerlumpten Kindern in den langen Schlangen vor den öffentlichen Suppenküchen zu sehen. Viele von ihnen waren unterernährt, denn die Scham war so groß, dass sie oft erst Hilfe suchten, wenn es nicht mehr anders ging. Menschen, die immer gearbeitet und für das Alter vorgesorgt hatten, waren mit einem Mal angewiesen auf milde Gaben und Almosen. Oft genug konnte man in den Schlangen vor den Suppenküchen hören, wem die Schuld dafür gegeben wurde. Es waren die gierigen Franzosen und die unfähige deutsche Regierung, die lieber die deutsche Bevölkerung ins Elend stieß, anstatt sich den verfluchten Franzmännern energisch entgegenzustellen.

In diesen Tagen verspürte Martha eine ungewohnte Schwermut, die sie so noch nie erlebt hatte. Noch vor einem halben Jahr war sie allen Herausforderungen mit Mut und Entschlossenheit begegnet. Aber jetzt war alles anders. Erst nach und nach begriff sie, seit wann sie sich so fühlte – seit dem Tod ihres Vaters. Ganz gleich, welche Krisen sie in der Vergangenheit durchlitten hatte, ihr Vater war immer für sie da gewesen, selbst in den Zeiten, als er ihr durch seine Alkoholsucht große Sorgen bereitet hatte. Doch die liebevolle Verbundenheit, das Band, das seit ihrer Kindheit bestanden hatte, wenn er augenzwinkernd die magischen Worte »Vater und Tochter« aussprach, fehlte ihr.

Moritz hingegen ging es blendend. Er war geradezu beseelt von dem Gedanken, Erhard Schramm und anderen Männern in vergleichbarer Situation zu helfen. Er hatte seinen Bruder Joseph davon überzeugt, Ende Januar eine Spendengala für Kriegsbeschädigte in seinem eleganten Haus an der Elbchaussee zu geben. Joseph wusste, dass er seinen Gästen etwas bieten musste, und so engagierte er nicht nur eine Sängerin der Hamburger Oper für ein Solo, sondern auch Varieté-Künstler, die die Gäste in den Pausen zwischen Mahlzeiten und Tanz unterhalten sollten.

Die Einladung richtete sich an die Hautevolee der Hansestadt. Natürlich gab es zahlreiche Senatoren, die Joseph Kellermann wegen seines Rufs mieden, aber die Tatsache, dass es sich um eine Spendengala zugunsten der versehrten Söhne der Stadt handelte, machte es ihnen schwer, eine glaubwürdige Ausrede zu finden. Zudem war Joseph abgebrüht genug, unschöne Gerüchte zu streuen. Gerüchte, die besagten, dass jene, die nicht kämen, einfach nur verbergen wollten, dass sie durch die Wirtschaftskrise insolvent geworden waren. Derartige Spekulationen schadeten dem gesellschaftlichen Ruf weitaus mehr, als bei Joseph Kellermann gesehen zu werden, und so war die Gästeliste imposant, wenngleich der Erste und der Zweite Bürgermeister nicht dazugehörten. Als Carola Martha von diesem Trick erzählte, war ihr der Stolz auf den gewieften Schwager deutlich anzuhören.

»Er ist und bleibt ein ausgekochtes Schlitzohr«, sagte Martha trocken. »Bewunderst du das wirklich?«

»Natürlich«, erwiderte Carola. »Manchmal heiligt der Zweck die Mittel. Und eine Spendengala nur wegen des Rufs der Person, die sie ausrichtet, zu meiden, ist nicht die feine Art.«

»Ist es denn die feine Art, einen Großteil seines Geldes mit Bordellen zu verdienen?«, fragte Martha zurück.

»Nun tu doch nicht so, als würdest du die Vorzüge von Josephs Bekanntschaft nicht zu schätzen wissen«, gab Carola schnippisch zurück. »Bordelle gab es schon immer, aber Josephs Häuser sind wenigstens ordentlich geführt und bieten den armen Frauen mehr Schutz als die Straße. Die Bordsteinschwalben reißen sich darum, den Sprung in eines seiner Etablissements zu schaffen.«

Martha seufzte. Es stimmte, was Carola sagte. Die Frauen, die in einem der Häuser von Joseph Kellermann arbeiteten, gehörten tatsächlich zur Oberschicht der Huren, denn in diesen Häusern verkehrten die einflussreichsten Kunden. Aber die gesellschaftliche Doppelmoral war abstoßend. Vielleicht gehörten sogar einige der Senatoren, die auf Joseph Kellermann herabsahen, zu den Stammkunden seiner gehobenen Etablissements, die für ihre Diskretion geschätzt wurden. Daneben besaß er noch ein paar frivole Tanzlokale, in denen es anrüchige Hinterzimmer für die nicht ganz so wohlhabende Gesellschaft gab. Das Geschäft mit der Lasterhaftigkeit blühte, und Joseph zog seinen Profit daraus.

Immerhin war Moritz ein Lichtblick, der seinen Bruder dazu brachte, sein Vermögen für wohltätige Zwecke einzusetzen. Er hatte Joseph auch zugeraten, in den Bau von Mietshäusern zu investieren. Und sobald das geplante neue Lichtspielhaus fertiggestellt wäre, würde ein Teil der Einkünfte hoffentlich aus nicht ganz so halbseidenen Geschäften in die Kassen der Kellermanns fließen.

Die Spendengala am 27. Januar begann um acht Uhr abends. Martha hatte eines ihrer alten Ballkleider ändern lassen, damit sie sich angemessen auf dem vornehmen Parkett bewegen konnte. Paul hatte sich einen Frack beim Frack- und Kleiderverleih geliehen. Und da es für die Kinder ihr erstes großes gesellschaftliches Ereignis war, zu dem sie mitdurften, hatte Paul auch gleich für seine Söhne Fracks gemietet sowie für Ella ein hellblaues Abendkleid. Ella war sehr stolz, dass sie bereits wenige Monate vor ihrem vierzehnten Geburtstag wie eine erwachsene Dame aussah.

»Wie eine Prinzessin, die auf ihrem ersten Ball nach ihrem Prinzen sucht«, hatte Carola augenzwinkernd bei der Anprobe verkündet. »Und, hast du auch schon die Tanzstunde besucht?«

Ella schüttelte den Kopf. »Dafür war zuletzt kein Geld da.«

»Nun, dann sollten wir das schleunigst nachholen. Wir haben ja noch drei Tage Zeit, und ich denke, ein paar private Tanzstunden werden dir die wichtigsten Schritte für den Ball vermitteln.«

»Und wenn mich keiner auffordert?«, fragte Ella unsicher. »Weil ich zu jung bin?«

»Ach Unsinn, die jungen Galane werden sich um einen Tanz mit dir reißen, da bin ich mir ganz sicher.«

Tatsächlich erwies sich Ellas Sorge am Abend des Balls als unbegründet, denn es gab eine stattliche Anzahl junger Männer, die sie nacheinander aufforderten. Martha war zudem überrascht, wie selbstbewusst Rudi sich auf dem Parkett bewegte und gezielt die hübschesten Mädchen aufforderte. Wann und wo hatte er so gut tanzen gelernt? Fredi stand dagegen ungelenk am Rand bei Moritz und versuchte, nicht aufzufallen. Die Art, wie er immer wieder den Hals hin und her bewegte, zeigte ihr, dass er seine liebe Not mit dem steifen Hemdkragen und der Krawatte hatte. Nun ja, in ein oder zwei Jahren sähe das auch bei Fredi schon ganz anders aus.

Während Martha mit Paul zu den Klängen eines Walzers tanzte, bemerkte sie, dass ihr Gatte seinen ältesten Sohn mit kritischen Blicken verfolgte.

»Was hast du?«, fragte sie.

»Nichts«, erwiderte Paul knapp.

»Und warum starrst du die ganze Zeit auf Rudi? Ich dachte, Väter sind nur eifersüchtig auf die Männer, die ihre Töchter zum Tanz auffordern.«

»Ella ist ein kluges Mädchen, das den Unterschied zwischen Tanz und Poussieren kennt«, sagte er mit verärgertem Unterton in der Stimme.

Martha war darüber so irritiert, dass sie beinahe aus dem Takt gekommen wäre. »Was soll das heißen?«

Paul atmete tief durch. »Es gibt schon seit einiger Zeit beunruhigende Gerüchte über Rudi.«

Martha horchte auf. »Was für Gerüchte? Und wieso verheimlichst du die vor mir?«

»Ich verheimliche dir gar nichts, aber es ging dir nach dem Tod deines Vaters nicht gut, und ich wollte dich damit nicht belasten. Zumindest, solange es nur Gerüchte waren.«

»Also?«, bohrte Martha nach. »Hast du inzwischen neue Erkenntnisse? Ich sehe da nur einen lebenslustigen jungen Mann, der sich selbstsicher und angemessen auf dem Parkett bewegt.«

»Dieser Pieko ist kein guter Umgang«, flüsterte Paul. »Es heißt, er würde sich mit Vorliebe mit deutlich älteren Damen abgeben, die Gefallen an der Begleitung junger Männer finden. Schauspielerinnen, Künstlerinnen und auch ein paar junge Witwen, die Pieko über seine Eltern kennenlernt. Und Rudi soll ihm angeblich in nichts nachstehen.«

Martha wusste im ersten Moment nicht, was sie sagen sollte.

»Vermutest du so eine Art männliche Prostitution?«, flüsterte sie zurück. »Das würde Rudi nie tun! Das hat er doch gar nicht nötig.«

»Nein, es geht nicht um finanzielle Zuwendungen«, sagte Paul leise. »Zumindest nicht bei Rudi. Was diesen Pieko betrifft, habe ich keine Ahnung. Rudis Verhalten ist wohl eher dem Trieb junger Männer geschuldet, die glauben, mit älteren Frauen gehen sie keine weitreichenden Verpflichtungen ein.«

Martha spürte, wie ihr ein kalter Schauer über den Rücken lief. Ihr Rudi! Würde er so etwas wirklich tun? Jeglicher männlichen Verantwortung entsagen, nur um des Vergnügens willen?

»Hast du mit ihm schon darüber gesprochen?«, fragte sie.

Paul atmete tief durch. »Ich habe es versucht, aber entweder weicht er mir aus, oder er wiegelt ab. Er würde doch nur tanzen und sich unterhalten.«

»Und woher willst du wissen, dass das nicht der Wahrheit entspricht?«

Die Musik endete.

»Lass uns auf die Terrasse gehen«, flüsterte Paul. »Da können wir ungestört weiterreden.«

Martha nickte und folgte ihm.

»Einer meiner Arbeitskollegen hat ihn wiederholt in einem zwielichtigen Tanzschuppen mit berüchtigten Hinterzimmern gesehen«, sagte Paul leise, als sie an der Terrassenbrüstung mit Blick auf die Elbe standen. Die Werften und der Hafen waren hell erleuchtet und tauchten den Fluss in ein magisches Licht. Doch Martha konnte den Anblick nicht genießen, zu sehr erschütterte sie das, was Paul weitererzählte. »Nach allem, was mein Kollege da gesehen hat, ist unser Rudi kein Kind von Traurigkeit. Er hat die älteren Frauen nicht nur öffentlich auf der Tanzfläche geküsst, sondern schien sich mit diesem Pieko sogar einen regelrechten Wettbewerb zu liefern, wer mehr Frauen in die Hinterzimmer lockt.«

»Mehrere an einem Abend?« Martha war wie vom Donner gerührt. Was um alles in der Welt war nur in ihren Ältesten gefahren? Warum trat er all die Werte, die sie ihm immer zu vermitteln versucht hatte, mit Füßen?

Paul nickte. »Natürlich streitet er alles ab, aber ich kenne Rudis Gesichtsausdruck, wenn er lügt.«

Martha schluckte. »Und was wirst du nun tun?«

»Was soll ich tun? Ich kann ihm ja nicht dauerhaft verbieten, abends auszugehen. Er ist kein Kind mehr, und seine schulischen Leistungen leiden nicht. Wir wissen beide, dass er sein Abitur in ein paar Monaten mit ausgezeichneten Zensuren bestehen wird. Wenn ich ihn zu hart anpacke, wird er nur versuchen, seinen Lebenswandel vor uns zu verbergen, anstatt etwas zu ändern. Aber was er da treibt, ist ganz und gar unakzeptabel. Selbst wenn man jung ist und … Erfahrungen sammeln will. Er muss auch an seinen Ruf denken, schließlich will er mal Anwalt werden.«

»Sein Ruf macht mir weniger Sorgen«, sagte Martha. »Unsere Gesellschaft ist voller Doppelmoral, und ich möchte nicht wissen, wie viele Juristen einen zweifelhaften Lebenswandel haben. Aber was ist, wenn er sich da Krankheiten holt? Oder doch ein … Malheur passiert? Oder sind die Frauen dafür schon zu alt? Kannst du ihm nicht näherbringen, dass er sich lieber eine Freundin in seinem Alter suchen soll? Ein nettes Mädchen, das im Zweifelsfall auch eine Frau zum Heiraten wäre?«

Jetzt war es an Paul, Martha erstaunt anzusehen.

»Ich hätte nicht gedacht, dass du das so … nüchtern siehst.«

»Ach Paul, was bringt es, darüber in Empörung zu geraten? Ich hätte nur gern, dass er sich seiner Verantwortung bewusst bleibt. Benutzt er wenigstens Kondome?«

Paul blieb der Mund offen stehen. »Glaubst du, ich hätte ihn danach gefragt?«

»Ja. Du bist sein Vater. Es kann doch nicht sein, dass ich in der Beratungsstelle fremde Frauen über Verhütung aufkläre, aber du dergleichen nicht mit unseren Jungs besprichst. Ich meine, was Ella angeht, der werde ich das schon rechtzeitig nahebringen, aber für die Jungs bist du zuständig. Oder was, glaubst du, würde Rudi sagen, wenn ich ihm damit komme?«

»Das klingt ja fast so, als sollte ich ihm gleich welche in die Hand drücken! Und damit alles gutheißen …«

»Du sollst gar nichts gutheißen«, schnitt Martha ihm das Wort ab. »Aber wenn du bestimmte Dinge nicht verhindern kannst, solltest du wenigstens versuchen, unschöne Folgen wie Geschlechtskrankheiten oder Schwangerschaften zu verhindern. Und wer weiß, wie Rudi reagiert, wenn du ihm tatsächlich ein Kondom in die Hand drückst. Dann sieht er wenigstens, dass er dir nichts vormachen kann.«

»Ich glaube einfach nicht, dass wir hier gerade dieses Gespräch führen!«

»Du hast damit angefangen, Paul. Und wärst du damit etwas früher herausgerückt, hätten wir dieses Gespräch schon längst geführt.«

Bevor Paul antworten konnte, tauchte Carola auf der Terrasse auf.

»Ach, hier seid ihr. Martha, ich habe dich schon gesucht. Lida hat mich heute Vormittag aus München angerufen. Sie möchte, dass ich sie im Februar besuche, um als Journalistin bei der Verhandlungseröffnung gegen die Novemberputschisten dabei zu sein. Und sie fragte, ob du nicht Lust hättest, mich zu begleiten. Es ist schon so lange her, dass wir uns alle zusammen getroffen haben. Außerdem täte dir etwas Abwechslung gut. Du siehst seit dem Tod deines Vaters wie ein Gespenst aus. Sogar heute.«

Martha blickte ihre Freundin pikiert an. »Ähm …«

»Das ist eine großartige Idee«, sagte Paul sofort. »Martha, ich denke, ein paar Tage in München werden dir wirklich guttun.«

»Aber Paul, du brauchst mich doch, vor allem wegen der … Sache, über die wir gerade gesprochen haben.«

»Nein, nein, du hast ganz recht, das ist die Aufgabe des Vaters. Das werde ich allein regeln.«

Martha hatte fast den Eindruck, Paul wolle sie loswerden. Andererseits war es verlockend, mit Carola für ein paar Tage nach München zu fahren und Lida wiederzusehen. Das würde sie mit Sicherheit auf andere Gedanken bringen. Und es stimmte, seit dem Tod ihres Vaters fühlte sie sich oft kraftlos und niedergeschlagen. Wenn sogar Paul ihr seine Sorgen um Rudi vorenthalten hatte, weil er glaubte, sie schonen zu müssen, wurde es höchste Zeit, neue Kraft zu schöpfen.

»Wann genau willst du nach München fahren? Dann kann ich Montag gleich im Krankenhaus fragen, ob ich Urlaub bekomme.«

»Der Prozess beginnt am 26. Februar«, erwiderte Carola. »Wir könnten Sonntagmorgen losfahren, dann wären wir am Abend in München, hätten noch den Montag für uns, ehe wir uns den Prozessauftakt am Dienstag ansehen.«

»Wir? Ich dachte, nur du bist dort als Prozessbeobachterin.«

»Ach, weißt du, ich denke, auf eine Akkreditierung mehr oder weniger kommt es nicht an. Oder interessiert dich das etwa nicht?«

»Doch, natürlich. Dann sehe ich mal zu, dass ich freibekomme.«

»Sehr schön! Ich freue mich riesig. Und nun will ich euch nicht länger stören. Ich muss noch Professor Liebknecht und seine Gattin begrüßen.« Und schon war sie verschwunden.

Martha sah Paul an. »Du sprichst mit Rudi?«

Er nickte. »Ja, auch wenn ich ihm lieber die Ohren lang ziehen würde. So ein Verhalten ist Frauen gegenüber doch respektlos.«

»Vielleicht ist es aber auch das Gegenteil«, erwiderte Martha nachdenklich. »Rudi hat von uns gelernt, dass Frauen und Männer gleiche Rechte haben. Wenn er sich als junger Mann mit reifen, selbstbewussten Frauen einlässt, die sich nehmen, was sie wollen, muss er kein schlechtes Gewissen haben. Wenn man es so betrachtet, könnte es gerade unsere liberale Erziehung gewesen sein, die ihn auf diesen Weg gebracht hat.«

Paul starrte Martha verdutzt an. »Nimmst du ihn jetzt etwa auch noch in Schutz? Ich schäme mich für ihn in Grund und Boden, und du verteidigst ihn auch noch? Ich fasse es nicht!«

»Versteh mich bitte nicht falsch, Paul, ich heiße Rudis Verhalten keinesfalls gut. Ich versuche mir nur zu erklären, was in unserem Sohn vorgeht. Ich glaube nicht, dass Rudi irgendjemandem absichtlich respektlos begegnet. Ich nehme an, er wird sich das selbst schönreden.« Sie ließ ihren Blick über die nächtliche Elbe schweifen. »Aber genug davon, jetzt lass uns lieber weiter den Abend genießen. Wer weiß, wann wir das nächste Mal zum Tanzen kommen. Was Rudi angeht, vertraue ich dir. Du wirst schon den richtigen Ton finden, um dem Jungen den Kopf zurechtzurücken.«

Paul wollte erst protestieren, aber dann begleitete er sie gehorsam auf die Tanzfläche.

10

Martha bekam problemlos frei für die Reise nach München, zumal sie etliche Überstunden angehäuft hatte. Obwohl Professor Liebknecht sich sonst immer gern über Carolas politische Ambitionen lustig machte, gab er unumwunden zu, dass er Martha um die Möglichkeit beneidete, den Prozess zu beobachten.

»Sie müssen mir unbedingt erzählen, welchen Eindruck diese Krawallbrüder auf Sie gemacht haben«, sagte er. »Wie kann sich ein deutscher General zu so etwas hergeben, und dann noch an der Seite von solchen Kneipenrednern?«

»Carola sagt, sie behaupten, sie hätten aus Vaterlandsliebe so gehandelt.«

»Das sagen solche Leute immer.« Professor Liebknecht seufzte. »Ich bin jedenfalls gespannt, was Sie zu berichten haben werden.«

Der Gedanke an die Reise lenkte Martha von ihren Sorgen ab. Paul hatte sich Rudi gleich am Sonntag nach der Spendengala zu einem Gespräch unter vier Augen geschnappt. Am Ende wirkten Vater und Sohn beide auf eine seltsame Weise peinlich berührt.

»Ich hatte das Gefühl, einem Fremden gegenüberzustehen«, erzählte Paul ihr später. »Ich habe versucht, so ruhig wie möglich zu bleiben und ein gewisses Verständnis zu zeigen. Natürlich hat Rudi zunächst alles abgestritten. Ehrlich gesagt beunruhigt mich das am meisten. Dieses Lügen, und dass er nicht bereit ist, wie ein Mann zu dem zu stehen, was er getan hat. Aber vielleicht braucht er diese Eigenschaften ja, wenn er später ein erfolgreicher Anwalt werden will.« Paul schnaufte. »Dann bin ich sehr direkt geworden«, fuhr er fort. »Ich habe ihm unmissverständlich gesagt, dass ich in Zukunft drei Dinge von ihm erwarte, wenn wir weiterhin in Frieden zusammenleben wollen. Erstens: Er hat sich an zeitliche Absprachen zu halten. Zweitens: Er soll sich um etwas mehr Diskretion bemühen und dafür sorgen, dass er nicht ins Gerede kommt. Ich habe ihm erzählt, wie sehr ich mich geschämt habe, als mir sein Verhalten von meinen Arbeitskollegen zugetragen wurde. Das war ihm dann sichtlich peinlich. Und zu guter Letzt habe ich ihm erklärt, dass ein anständiger Mann immer und unter allen Umständen Kondome verwendet, solange er nicht verheiratet ist. Schließlich will ich weder Großvater einer Horde Bastarde von abgehalfterten Schauspielerinnen werden noch erleben, dass er sich mit Geschlechtskrankheiten infiziert. Ich habe ihn darauf hingewiesen, dass die Syphilis im Spätstadium blöd macht, und wenn er nicht achtsam ist, könnten wir uns das Geld für sein Studium gleich sparen, weil er dann in zwanzig Jahren ohnehin nur noch ein sabbernder Idiot ist. Da ist er knallrot geworden und hat zum ersten Mal seit Langem auf eine schnippische Widerrede verzichtet und mir versprochen, dass er sich an alles halten wird.«

Ohne es zu wollen, musste Martha laut lachen.

»Das kann ich mir vorstellen«, sagte sie. »So eine Standpauke vom Vater ist viel schlimmer als jedes Gerede über Moral und Anstand.«

»Ja, und sollte er künftig wieder übernächtigt nach Hause kommen, werde ich jedes Mal sagen: ›Ich hoffe, du hast Vorkehrungen getroffen, um nicht blöd zu werden.‹ Dann weiß er schon, was ich meine, aber es ist unverfänglich, wenn Ella und Fredi dabei sind. Die werden es nur lustig finden und lachen. Und das verträgt der gute Rudi noch weniger als eine Standpauke von mir.«

»Das muss ich mir merken«, sagte Martha noch immer lachend. »Vorkehrungen, um nicht blöd zu werden. Hoffen wir mal, dass wir künftig etwas weniger Sorgen haben. Wenn er erst mal volljährig ist, macht er sowieso, was er will. Hauptsache, er weiß dann, welche Spielregeln er zu beachten hat.«

Am 24. Februar wurde Martha in aller Früh von Josephs Chauffeur abgeholt. Carola wartete bereits mit Moritz und Sophia im Auto, während der Chauffeur Marthas Koffer umständlich neben Carolas Gepäck verstaute.

»Also, Paul und ich hatten nicht so viel Krempel mit, als wir nach Berlin gefahren sind«, sagte Moritz.

»Ihr wart ja auch nur zwei Tage weg«, entgegnete Carola streng. »Wir bleiben eine ganze Woche. Und im Gegensatz zu euch Mannsbildern, denen eine Unterhose zum Wechseln reicht, erwartet die Gesellschaft von uns stets ein adrettes Aussehen.«

Moritz räusperte sich, war aber klug genug, keine Widerrede zu geben.

Nachdem sie den Hauptbahnhof erreicht hatten, wurden Martha und Carola von Moritz und Sophia bis zum Zug begleitet. Sie hatten Reservierungen für die zweite Klasse, und Carola war froh, dass sie eine Direktverbindung ohne Umsteigen bekommen hatten.

»Als ich mit Sophia unterwegs war, mussten wir in Hannover umsteigen. Das war vielleicht ein Gedränge. Ich hatte ständig Angst, Sophia könnte meine Hand loslassen und mich in der Menge verlieren.«

»Na, mich würdest du so schnell nicht verlieren.« Martha

lachte fröhlich. »Aber du hast recht, es ist viel schöner, wenn man es sich morgens in einem Abteil gemütlich macht und weiß, dass es bis zum Abend das Zuhause ist. Und ich freue mich schon auf den Speisewagen.«

»Weißt du, was mein größter Traum wäre?«, fragte Carola. »Einmal mit dem Orientexpress bis nach Konstantinopel zu reisen. Tagelang in einem Zug zu wohnen und dabei die Welt zu erkunden.«

»Ich würde immer das Schiff vorziehen«, erwiderte Martha und dachte sehnsuchtsvoll an ihre große Reise nach Amerika. Manche Höhepunkte im Leben würden sich niemals wiederholen, und sie fragte sich, ob sie überhaupt jemals wieder nach Amerika zu Milli reisen würde. Von einer Reise nach Deutschland hatte Milli bislang abgesehen, auch wenn ihre Kinder sie immer wieder darum gebeten hatten. Martha wusste, warum. In der alten Heimat könnte das Lügengebäude, das sie um ihre Herkunft errichtet hatte, nur allzu leicht zerbrechen.

Es wurde eine angenehme Zugfahrt, und das Essen im Speisewagen war besser, als Martha es erwartet hatte. Sie ließ sich sogar von Carola zu einem Glas Sekt verführen. Dabei dachte sie darüber nach, welch ungewöhnlichen Verlauf ihr Leben bis heute genommen hatte. Geboren als Tochter eines Hafenarbeiters im Gängeviertel, hatte sie es zur angesehenen Krankenschwester gebracht, die immer wieder auch in den vornehmsten Kreisen verkehrte. Die Hyperinflation lag hinter ihnen, und auch wenn sie nicht mehr so gut wie vorher gestellt waren, so hatten sie doch ihr Auskommen. Es brachte nichts, dem nachzutrauern, was vorbei war. Der Augenblick zählte, und sie war sich sicher, dass das Leben ihr noch viele weitere Höhepunkte bescheren würde.

Am späten Abend rollte der Zug im Münchner Hauptbahnhof ein. Lida wohnte zusammen mit ihrer Lebensgefährtin Anita Augspurg in der Kaulbachstraße 12. Der Empfang war ausgesprochen herzlich, und Martha freute sich, auch Anita endlich wiederzusehen. Lange Zeit waren ihre Freundinnen zwischen Hamburg, München und Berlin, wo sie sich politisch stark engagierten, gependelt. Lida hatte sich sogar zur Wahl als Abgeordnete des Reichstags gestellt, aber leider nicht die notwendigen Stimmen auf sich vereinen können. Inzwischen lebten sie dauerhaft in München und kamen nur noch selten nach Hamburg, was Martha sehr bedauerte.

Nachdem sie ihre Koffer im Gästezimmer ausgepackt hatten, erklärte Lida, dass sie für diesen Abend einen Tisch im Roten Hahn reserviert hätten.

Es handelte sich um ein gemütliches kleines Kellerlokal nur zwei Straßen weiter. Die Speisekarte bot alles, was man sich wünschen konnte: von der deftigen bayrischen Hausmannskost bis hin zu vegetarischen Speisen, was für Lida und Anita wichtig war, da sie mittlerweile aus Überzeugung vegetarisch lebten. Martha bestellte hingegen eine Haxe mit Sauerkraut und eine Maß Bier.

»Pass bloß auf, davon bist du noch in drei Tagen satt«, neckte Lida sie.

»Ach weißt du, wenn ich schon mal in Bayern bin, dann will ich auch was Einheimisches essen«, gab Martha trocken zurück.

Während sie auf ihr Essen warteten, erzählten Lida und Anita von ihrem Leben in München und der aktuellen politischen Lage.

»Dieser Hitler ist meines Erachtens eine große Gefahr«, sagte Lida. »Anita und ich haben schon im Januar letzten Jahres einen Antrag auf seine Ausweisung gestellt. Schließlich ist der Mann Österreicher und hält hier ständig regierungsfeindliche Reden.

Zudem ist er ein bekennender Antisemit und verherrlicht den Krieg als reinigende Feuertaufe.«

»Aber natürlich hat niemand auf unseren Antrag reagiert«, fügte Anita hinzu. »Es gibt zu viele einflussreiche Männer in wichtigen Positionen, die mit Hitlers Bewegung sympathisieren. Und es ist bemerkenswert, dass sie Richter Neithardt mit dem Fall beauftragt haben.«

»Der Name sagt mir nichts«, erklärte Martha.

»Habt ihr in Hamburg damals mitgekriegt, dass der bayrische Ministerpräsident Kurt Eisner erschossen wurde? Das ist jetzt vier Jahre her.«

»So am Rande«, sagte Carola.

»Nun, der Attentäter war der zweiundzwanzigjährige Anton Graf von Arco. Der war mächtig stolz darauf, dass man ihn im Weltkrieg zum Leutnant befördert hat. Ein strammer Rechter war er und Mitglied der antisemitischen Thule-Gesellschaft. Leider hatte er das Pech, dass seine Mutter jüdische Wurzeln hatte, und als das bekannt wurde, haben ihn die Thule-Brüder verstoßen. Um ihnen seine völkische Gesinnung zu beweisen, erschoss er den Sozialdemokraten Kurt Eisner. Zwar wurde Arco verhaftet und wegen Mordes zum Tode verurteilt, aber das Urteil wurde kurz darauf in eine sogenannte ehrenhafte Festungshaft umgewandelt. Richter Neithardt sagte damals wörtlich, dass er dem Täter die bürgerlichen Ehrenrechte nicht aberkenne, denn die Handlungsweise des Mannes sei nicht niedriger Gesinnung entsprungen, sondern der glühenden Liebe zu seinem Volk und Vaterland. Als wenn das eine Entschuldigung für einen feigen Mord wäre! Da wird das Opfer verhöhnt und der Täter als Patriot glorifiziert!« Anita schnaubte verächtlich. »Die gleiche Argumentation führt Hitler für seinen Putsch an. Und der soll jetzt ausgerechnet von diesem Neithardt abgeurteilt werden?

Was wird er wohl zu erwarten haben, wenn selbst ein Attentäter mit vorsätzlichem Mord so billig davonkommt?«

»Ich hoffe, er wird verurteilt«, sagte Lida. »Ganz egal, wie gering die Strafe auch sein mag, denn dann hätte er als Ausländer sein Bleiberecht verwirkt und müsste nach Strafverbüßung abgeschoben werden.«

»Glaubt ihr an einen Freispruch?«, fragte Carola. Anita hob die Schultern. »Wer weiß das schon? Das öffentliche Interesse in der Welt ist sehr groß. Ich glaube, einen Freispruch können sie sich nicht erlauben. Das würde Deutschlands politischem Ansehen in der Welt schaden, und genau darauf sind wir im Moment doch angewiesen.«

Darüber musste Martha noch lange nachdenken, auch am folgenden Tag, als nicht die Politik, sondern die Sehenswürdigkeiten der Stadt München auf dem Programm standen. Ein wenig bedauerte sie es, dass sie die Stadt im Winter erlebte, denn im Frühling wäre es gewiss viel beeindruckender, durch den Englischen Garten zu wandeln. Andererseits verbrachten sie viel Zeit in den zahlreichen Museen, die München zu bieten hatte. Da war es egal, zu welcher Jahreszeit sie die besuchten. Am Ende des Tages taten Marthas Füße mehr weh als nach einem Tag im OP.

11

Am nächsten Morgen standen sie in aller Frühe auf, um noch mit Lida und Anita gemeinsam frühstücken zu können, denn der Prozess begann um acht Uhr. Er sollte im Hauptlesesaal der Zentralen Infanterieschule der Reichswehr stattfinden. Der Taxifahrer war für sieben Uhr bestellt. Zwar lag die Blutenburgstraße keine vier Kilometer von der Kaulbachstraße entfernt, aber die Sicherheitsvorkehrungen waren groß, und sie wussten nicht, wie umfassend die Personenkontrollen wohl sein würden.

»Aber wir sind doch Frauen«, warf Martha ein. »Wer wird uns denn zutrauen, mit diesen Männern gemeinsame Sache zu machen?«

»Ob ihr es glaubt oder nicht«, sagte Lida, während sie in ihrer Teetasse rührte, »dieser Hitler hat einige prominente Damen als Anhängerinnen. Angeblich soll ihm Helene Hanfstaengl die Pistole entwunden haben, die er sich an die Schläfe gesetzt hatte, weil er sich lieber umbringen wollte, als sich der Verhaftung zu stellen.«

»Hätte er es mal getan«, sagte Anita Augspurg. »Aber wer sich von einer Frau die Waffe entwenden lässt, meint es sowieso nicht ernst. Der wollte bloß Theater spielen. Darin ist er ja gut.«

»Warum wollt ihr beide euch den Prozess eigentlich nicht ansehen?«, fragte Martha.

»Wir haben diesen Menschen schon zur Genüge erleben dürfen.« Lida seufzte. »Ich befürchte, ich würde einen Wutanfall kriegen, falls er die Verhandlung zu seiner Bühne macht.«

»Und dann schlägst du womöglich noch mit dem Regenschirm

auf alle seine jubelnden Anhänger ein.« Anita tätschelte lächelnd Lidas Arm. »Vermutlich würdest du dafür eine höhere Strafe bekommen als die Putschisten selbst.«

Die Frauen lachten.

Der Taxifahrer klingelte pünktlich und brauchte nur wenige Minuten, um sie zum Ziel zu bringen, allerdings konnte er sie nicht direkt vor der Infanterieschule absetzen, denn die Polizei hatte alle zuführenden Straßen weiträumig mit Stacheldraht und spitzen Holzbarrieren, den sogenannten spanischen Reitern, abgesperrt. Zudem waren zwei Polizeibataillone abgestellt, um für Recht und Ordnung zu sorgen. Martha beobachtete die gespenstische Szene fasziniert aus dem Taxifenster. Wenn sie nicht gewusst hätte, dass es ein Polizeibataillon war, hätte sie diese Männer für Soldaten gehalten, mit ihren militärischen Stahlhelmen und den grauen Uniformmänteln. Es passte zu all dem, was man erzählte. Durch den Friedensvertrag von Versailles war das Deutsche Reich gezwungen worden, sein Militär weitestgehend aufzulösen, aber da Polizeieinheiten weiterhin erlaubt waren, stellten die Polizeibataillone ein Bindeglied zwischen der Schutzpolizei und der Armee dar.

Carola bat den Taxifahrer, bis zum Kontrollpunkt zu fahren. Dort stiegen sie aus und zeigten ihre Sitzplatzreservierungen vor.

Der kontrollierende Beamte, dem trotz der Winterkälte Schweißperlen unter dem Helm auf der Stirn standen, musterte Carola von oben bis unten.

»Sie sind Reporterin?«, fragte er leicht abfällig.

»So, wie es dort steht.«

»Das ist doch kein Beruf für Frauen.« Kopfschüttelnd gab er ihr die Papiere zurück, um sich dann Martha zuzuwenden.

»Und Sie wollen einfach nur so zuschauen?«, fragte er ungläubig. »So ein Prozess ist doch nichts für eine Frau.«

»Darüber zu befinden steht Ihnen nicht zu«, sagte Martha kurz angebunden.

Der Mann brummelte etwas, dann ließ er sie passieren.

Auf dem Weg in das Gebäude und den Verhandlungssaal wurden sie noch zwei weitere Male kontrolliert, erst von einem Mann in normaler Schutzmannuniform, dann von einem zivilen Gerichtsdiener, aber immerhin blieben sie von überflüssigen Bemerkungen verschont.

Ihre Sitzplätze waren in der hintersten Reihe, dennoch konnten sie allem gut folgen, was auch der guten Akustik des Hauptlesesaals zu verdanken war. Martha sah sich interessiert um. Langsam füllten sich die Reihen, die meisten Männer trugen Anzüge, einige wenige die Uniform der Reichswehr. Die Männer begrüßten sich zum Teil mit Handschlag, manche schienen auf bestimmte Besucher zu warten, denn Martha sah immer wieder, wie jemand aufstand und einem Neuankömmling zuwinkte.

Dann fiel ihr Blick auf einen jungen Mann Anfang zwanzig in dunkelgrauem Anzug, der sich unsicher umsah, in der Hand seine Sitzplatzreservierung, die er mit dem Plan am Eingang verglich. Schließlich hielt er auf die letzte Reihe zu. Er warf Martha und Carola einen Blick zu, nickte ihnen nur kurz zu, bevor er sich setzte. Martha musste unwillkürlich an Rudi denken. Gehörte es bei der Jugend inzwischen zum guten Ton, anderen gegenüber möglichst gleichgültig aufzutreten?

Immer mehr Männer kamen in den Saal, zwei Reihen vor ihnen unterhielten sich zwei laut auf Englisch. Martha fragte sich, ob die beiden Männer, die ihre Kopfbedeckungen, entgegen der Etikette, erst am Platz abnahmen, wohl Amerikaner waren, zumal ihnen das fehlte, was man gemeinhin als britische Zurückhaltung kannte.

Als die Richter und Beisitzer schließlich erschienen, erhoben sich alle Anwesenden, und das Stimmengemurmel verstummte. Martha hatte noch nie zuvor an einer Gerichtsverhandlung teilgenommen und wusste nicht, was sie erwartete. Zunächst wurde die Anklageschrift verlesen, und um halb neun kam es dann zur ersten Zeugenaussage des Angeklagten Adolf Hitler. Martha kannte ihn bislang lediglich von der Fotografie in Carolas Zeitungsartikel über den Putsch. Sie hatte sich immer gefragt, warum er diesen seltsamen Bart trug, der an Charlie Chaplin erinnerte. Aber während Chaplin mit seinem typischen Gang und Gesichtsausdruck die Menschen zum Lachen animierte, strahlte Hitler etwas völlig anderes aus. Stolz und Selbstbewusstsein. Kerzengerade trat er in den Zeugenstand. Da war nichts von einem reumütigen Angeklagten zu erkennen, der im schlimmsten Fall wegen Hochverrats mit der Todesstrafe zu rechnen hatte. Stattdessen sah Martha einen Mann, der mit sich im Reinen war, jemanden, der der festen Überzeugung war, das Richtige zu tun. Sie hätte gern in seine Augen gesehen, um zu erkennen, ob diese Selbstsicherheit wirklich aus seinem Inneren heraus erstrahlte.

Als er seine Stimme erhob, zuckte sie unwillkürlich zusammen. Nach allem, was sie über ihn wusste, hatte sie eine wohltönende, klare Stimme erwartet, doch das, was sie hörte, war ein unangenehmer Missklang. Er hatte einen unverkennbar österreichischen Akzent, aber ihm fehlte gänzlich der Charme, den Martha mit diesem Dialekt verband. War das tatsächlich die Stimme des Mannes, der so viele Menschen in den Bierhallen in seinen Bann geschlagen hatte?

Hitler begann zunächst ruhig und sachlich, dann wurde seine Stimme jedoch immer lauter. Es hörte sich an, als hätte er die österreichische Verbindlichkeit mit Schmirgelpapier weggeraspelt, um einen harten, scharfen Ton anzuschlagen. Martha fragte sich, ob er wohl immer so sprach oder ob dies seine für den Prozess eingeübte Rednerstimme war. Zunächst berichtete er von seinem Werdegang. Er sei 1912 nach München gekommen, um Bauarchitekt zu werden. Dabei betonte er, dass er stets von seinem eigenen Einkommen gelebt habe, was Martha seltsam fand. Warum musste er diese Tatsache so besonders betonen? Sie sah Carola fragend an.

»Von wegen Bauarchitekt«, raunte Carola der Freundin zu. »Lida hat mir erzählt, dass sie ihn in Wien an allen Akademien abgelehnt haben. Der war arbeitslos und hat sich von reichen Weibern finanzieren lassen, die an seinen politischen Reden einen Narren gefressen hatten und sich als seine Förderinnen verstanden.« Sie schnaubte verächtlich. »Kannst du verstehen, wieso Frauen einen Mann fördern, der die Frauenrechte mit Füßen tritt?«

Bevor Martha antworten konnte, zischte ihnen ein Mann in der Reihe vor ihnen ein energisches »Psst« entgegen. Es ging weiter mit Hitlers Kriegserlebnissen, auch wenn die gar nichts mit der aktuellen Fragestellung nach den Vorgängen des 9. November zu tun hatten. Martha wunderte sich, warum man den Mann so lange am Thema vorbeireden ließ. Als er berichtete, dass ein Gasangriff seine Netzhaut schwer geschädigt habe und er deshalb vorübergehend erblindet gewesen sei, konnte sie es sich nicht verkneifen, Carola zuzuraunen: »Jetzt verwechselt er auch noch Netzhaut mit Hornhaut. Hätte er wirklich eine schwere Netzhautschädigung gehabt, wäre er blind geblieben.«

»Ja, der Kerl ist ein Scharlatan.«

Der junge Mann, der bislang schweigsam neben ihnen gesessen und ununterbrochen stenografiert hatte, wandte ihnen einen erstaunten Seitenblick zu, dann schrieb er weiter hastig mit, was der Angeklagte zu berichten hatte. Um halb zwölf – Hitler war gerade bei seinen Erlebnissen im Lazarett angekommen, beklagte die verlotterten Verhältnisse bar jeder Disziplin, für die er einen der jüdischen Chefärzte verantwortlich machte – wurde die Mittagspause eingeläutet.

»Und nun ist der Vormittag rum, und keiner hat den Burschen unterbrochen«, flüsterte Carola. »Das ist doch unerträglich.« Dann sah sie den schweigsamen jungen Mann in ihrer Reihe an. »Entschuldigung, kennen Sie sich hier aus? Wissen Sie, ob man hier irgendwo zu Mittag essen kann?«

Er räusperte sich. »Es tut mir leid, ich bin nicht von hier.« Sein Akzent war unverkennbar französisch.

»Oh, deshalb waren Sie so stumm.« Carola lächelte. »Mit dem Akzent wäre ich in diesem Umfeld auch vorsichtig. Die meisten Deutschen nehmen den Franzosen ja nach wie vor Versailles und die Ruhrgebietsbesetzung übel.«

Der Mann errötete und senkte verlegen den Blick.

»Keine Angst«, sagte Carola. »Wir machen grundsätzlich niemals Einzelpersonen für die Taten ihrer Regierung verantwortlich.«

Der Mann sah sich unsicher um und atmete erkennbar erleichtert auf, als er sah, dass die meisten Männer den Saal bereits verlassen hatten.

»Arbeiten Sie für eine französische Zeitung?«, fragte Carola weiter.

Er nickte.

»Und dann haben Sie sich ganz allein in dieses verminte Gebiet der deutschen Nationalisten gewagt?« Carolas Lächeln wurde breiter. »Warum tun Sie sich das an?«

»Weil ich bei unserer Zeitung derjenige bin, der am besten Deutsch spricht. Ich bin im Grenzgebiet aufgewachsen.«

»Vielleicht haben Sie ja Lust, sich uns anzuschließen? Wir

könnten uns ja gemeinsam nach einer Lokalität für die Mittagspause umsehen«, sagte Carola.

Ein weiteres Räuspern.

»Carola, nun mach ihn nicht verlegen«, mischte sich Martha ein. »Vielleicht hält er von Deutschen ja dasselbe, was die deutschen Nationalisten von Franzosen halten, und möchte einfach nur in Ruhe gelassen werden.«

»Nein, ganz im Gegenteil, meine Damen«, widersprach er heftig. »Ich würde mich freuen, Sie begleiten zu dürfen. Mein Name ist Philippe Morel.«

Carola und Martha stellten sich ebenfalls vor. Als sie auf den Flur traten, drang Essensgeruch in ihre Nasen, und sie folgten den Männern, die alle in dieselbe Richtung gingen. Allem Anschein nach hatte man die Mensa der Infanterieschule für das Publikum geöffnet.

»Schauen wir mal, was es dort gibt«, sagte Carola. »Auf jeden Fall bin ich froh, dass wir das Gelände nicht verlassen müssen. Diese Kontrollen sind wirklich lästig.«

»Das sind sie in der Tat«, bestätigte Morel. »Besonders für einen französischen Staatsbürger.«

Die Mensa war so spartanisch, wie man es von einer Militärschule erwartete, und es wurde ausschließlich Gulaschsuppe angeboten.

»Die feine französische Küche ist es zwar nicht«, meinte Carola, »aber es schmeckt.«

Morel nickte stumm. Auch wenn sie einen Tisch für sich allein hatten, schien er Hemmungen zu haben, sich durch seinen Akzent als Franzose zu offenbaren. Was mochte er wohl befürchten? Zu Handgreiflichkeiten würde es kaum kommen, und auf hitzige Diskussionen musste er sich ja nicht einlassen. Martha fragte ihn direkt.

»Ich kann es nicht einmal genau sagen«, erwiderte er leise. »Ich habe gelernt, vorsichtig zu sein. Vor dem französischen Konsulat in München kam es am 14. Juli schon zu Krawallen, als die Trikolore gehisst wurde.«

»Und was hat die deutsche Polizei gemacht?«, fragte Martha.

»Die Menge zerstreut«, gab Morel zu.

»Na sehen Sie, hier wird noch für Recht und Ordnung gesorgt. Ihnen wird in diesen Räumlichkeiten nichts passieren.«

»Das befürchte ich auch nicht, ich will nur keine Schwierigkeiten außerhalb haben.«

»Außerhalb?«, fragte Martha. »Was meinen Sie damit?«

Morel senkte kurz den Blick. »Ich meine, wenn ich das Gebäude verlasse und alle wissen, woher ich komme. Ich bin schon einmal in einer Bierhalle wegen meiner Herkunft attackiert worden. Ich wollte keinen Streit, ich bin aufgestanden und gegangen, aber die Burschen sind mir gefolgt. Eine Erfahrung, die ich nicht noch einmal machen möchte, denn sie endete mit zwei gebrochenen Rippen und einer Nierenquetschung.«

»Das ist ja schrecklich«, rief Martha erschüttert. »Herr Morel, das tut mir wirklich außerordentlich leid. So etwas ist unentschuldbar und eine Schande für jeden aufrechten Deutschen. Hat man die Täter erwischt?«

»Nein«, sagte Morel. »Aber im Grunde war mir das sogar lieber, als wenn man sie später freigesprochen hätte. Die Richter wären mit Sicherheit auf ihrer Seite gewesen.«

»Wie kommen Sie darauf? Eine schwere Körperverletzung ist immer strafbar, egal wer das Opfer ist.«

»Es war direkt zu Beginn der Ruhrbesetzung. Als die deutschen Zeitungen voll waren mit angeblichen Gräueltaten durch meine Landsleute.«

Eine Weile herrschte Schweigen, bis Carola die bleierne Stille durchbrach.

»Nun mal was anderes«, sagte sie. »Was halten Sie als Franzose denn von diesem Prozess?«

»Ich kann noch nicht viel sagen. Aber es ist bemerkenswert, dass der Angeklagte so viel reden darf, ohne dass der Richter darauf besteht, zum Punkt zu kommen. Dennoch war das, was er sagte, interessant für mich.«

»Inwiefern?«, fragte Martha.

»Seine Sicht. Das, was er über Wien sagte. Er sei als Weltbürger gekommen und als Antisemit gegangen. Ich dachte bislang immer, das Miteinander der Kulturen wäre der beste Weg, Vorurteile zu besiegen.«

»Oder um sie zu verstärken«, sagte Carola. »Wenn die Menschen nicht miteinander leben, sondern nebeneinander in ihren eigenen, streng abgeschotteten Gesellschaften, in die sie keine Außenstehenden reinlassen. Besonders bitter wird es immer, wenn sich zwei Menschen aus solch verschiedenen Gesellschaften verlieben und beide Familien dagegen sind. Wahre Toleranz ist erst dann gegeben, wenn jeder jeden heiraten darf, ohne dass es zu Ressentiments führt.«

»Das machst du an der Ehe fest?« Martha sah Carola erstaunt an und fragte sich, ob es wohl daran lag, dass Carolas Eheschließung mit Moritz Kellermann ebenfalls nicht unumstritten gewesen war.

»Ja, daran erkennt man es am schnellsten«, sagte Carola. »Überall auf der Welt.«

Nach der Mittagspause ging die Vernehmung des Angeklagten Hitler weiter, und Martha war gespannt, ob der Richter ihm wohl weiterhin gestatten würde, seine Monologe zu halten. Immerhin kam er jetzt erstmals zu seinen politischen Ansichten.

»Das Bürgertum kennt den Marxismus nicht«, erklärte er

pathetisch. »Durch diese Lehre wird es möglich, dass ein Mensch zum Todfeind seines Bruders werden kann, dass er seine eigenen deutschen Blutsgenossen als Todfeinde und Klassenfeinde bezeichnet, während er unsere wirklichen Feinde, die Engländer, Franzosen, ja selbst die ihm völlig rassefremden Hottentotten als Bruder empfindet. Das Instrument des Marxismus ist ein unerhörter Terror. Er weiß, dass die Masse Respekt besitzt vor der Kraft und Entschlossenheit, und er hat an die Stelle der Schwäche der Bürgerlichen die brutale Macht und den brutalen Willen gesetzt. Er hat rücksichtslos den Einzelnen niedergezwungen und die Arbeiter vor die Alternative gestellt: Entweder du willst mein Bruder sein, oder ich schlage dir den Schädel ein.«

Lautes Gejohle und mehrere Beifallsrufe hallten durch den Saal, bis der Richter energisch um Ruhe ersuchte. Hitler fuhr zufrieden fort: »Aus dieser Erkenntnis heraus musste ich mich einer Bewegung anschließen, die erkannt hat, dass die Zukunft Deutschlands ›Vernichtung des Marxismus‹ heißt. Entweder gedeiht dieses Rassengift, die Massentuberkulose in unserem Volk, dann stirbt Deutschland an seiner kranken Lunge, oder aber es wird ausgeschieden, dann kann Deutschland wieder gedeihen, früher nicht!«

Lautes Jubeln unter Hitlers Anhängern, während Morel kaum merklich den Kopf schüttelte und dabei unermüdlich weiterstenografierte.

Dann endlich kam Hitler auf die Ereignisse des 9. November zu sprechen. Lang und ausführlich beschrieb er, dass er mit Regierungsmitgliedern zusammengearbeitet habe, die sich in letzter Sekunde gegen ihn gestellt hätten und somit eigentlich selbst Volksverräter wären. Die Ausführungen ermüdeten Martha, nur die zeitweiligen Jubelrufe und der Applaus der Anhänger, die immer wieder vom Vorsitzenden Richter verwarnt werden mussten, brachten etwas Leben in den Monolog. Carola schien es ähnlich zu gehen, denn Martha sah, dass ihre Freundin aufgehört hatte mitzuschreiben und stattdessen Blumengirlanden zeichnete.

Als der erste Verhandlungstag am Abend endete, waren sie beide erleichtert.

»Werden die Damen morgen wieder hier sein?«, fragte Morel zum Abschied.

»Nein, mir hat das, was ich heute gehört habe, gereicht«, erwiderte Carola. »Für meinen Artikel genügt es, den Auftakt zu beschreiben. Die Urteilsverkündung wird ja ohnehin erst in einigen Monaten erfolgen. Vielleicht komme ich dann noch einmal her.«

»Ich würde mich sehr freuen, Sie wiederzusehen«, erwiderte er und reichte Carola zum Abschied seine Karte. Carola bedankte sich und übergab ihm die ihre. Martha war erstaunt, dass Carola eigene Visitenkarten besaß, andererseits passte es. Sie waren mit demselben eleganten Goldschnitt versehen wie die Einladungskarten aus dem Hause Kellermann.

»Dieser Hitler ist ein unerträglicher Mensch. Ich kann inzwischen sehr gut verstehen, warum Lida und Anita seine Ausweisung beantragt haben«, sagte Martha, während sie im Taxi zurückfuhren.

»Und ich frage mich, ob der Prozess wohl weiterhin für die Öffentlichkeit zugänglich bleibt, so wie sich Hitlers Anhänger am Ende aufgeführt haben«, erwiderte Carola nachdenklich.

Martha nickte. Die Beifallsbekundungen und das Gejohle hatten am Schluss immer häufiger zu Unterbrechungen geführt. Es war erschreckend gewesen, dass so viele Männer einem Hochverräter begeistert zugejubelt hatten.

12

Martha war froh, als sie am Ende der Woche wieder zu Hause war, auch wenn sie ihren Aufenthalt in München genossen hatte. Die Stimmung in der Stadt war nach dem Prozessauftakt extrem angespannt gewesen. Am Abend war es zu Straßenkämpfen unter den verschiedenen politischen Fraktionen gekommen, und sie hatten sogar noch bis in die Kaulbachstraße entfernte Schüsse gehört. Martha fragte sich, ob der Franzose Morel wohl unbeschadet heimgefunden hatte. Inzwischen begriff sie, warum er so vorsichtig und zurückhaltend gewesen war. In Hamburg hatte sie bislang nicht gehört, dass französische Seeleute besonderen Repressalien ausgesetzt waren. Natürlich, Kneipenschlägereien hatte es schon immer gegeben, aber keine gezielten Übergriffe auf bestimmte Nationen. Vielleicht lag es tatsächlich daran, dass der Hafen rot war und die Menschen hier weniger auf die Nationalität als die Überzeugung achteten. Und das war genau das, was dieser Hitler so scharf vor Gericht an den Marxisten kritisiert hatte.

Ob Lida sich in Bayern wirklich auf Dauer wohlfühlen würde? Sie selbst wusste nach dieser einen Woche, dass sie nach Hamburg gehörte und ihre Heimatstadt um nichts in der Welt verlassen würde.

Obwohl sie nur eine Woche lang fort gewesen war, hatte sich im Krankenhaus einiges getan. Durch die Spendengala war nicht nur genügend Geld für die prothetische Versorgung von Erhard Schramm zusammengekommen, sondern auch noch für zwei weitere Männer, um die Moritz sich kümmerte. Joseph hatte die Gelegenheit erkannt, seinen Ruf weiter zu verbessern, und beschränkte sich nicht nur auf Kriegsversehrte, sondern spendete auch großzügig für die Kinderorthopädie und die Krüppelfürsorge. Er hatte einen gemeinnützigen Verein gegründet und Moritz zum Vorsitzenden ernannt. Um den Betroffenen krankengymnastische Übungen zu ermöglichen, hatte Moritz außerdem mit dem Hamburger Turnerbund einen Vertrag über die stundenweise Nutzung der Turnhalle abgeschlossen.

»Da kommt der Feldwebel in dir zum Einsatz«, neckte Paul ihn.

»Ja, der ist manchmal ganz nützlich«, bestätigte Moritz. »Ohne den Feldwebel in mir hätte ich den Erhard Schramm nie von der Straße weggekriegt. Betteln ist eben einfacher, als sich wieder selbst was zuzutrauen. Und nun macht er demnächst die Meisterprüfung, und wenn er gut genug abschneidet, hat Joseph für ihn eine Tätigkeit als Bauaufsicht.«

Moritz' Turnstunde für verkrüppelte Kinder wurde auch von der kleinen Rosie Hansen besucht. Dort hatte sie sich mit Moritz' gleichaltriger Tochter Sophia angefreundet, die ihren Papa gern in die Turnhalle begleitete. Moritz hatte sehr schnell erkannt, welche Vorteile es bot, Kinder mit Behinderungen gemeinsam mit den gesunden Kindern spielen zu lassen, denn es spornte sie an, mehr zu leisten. Seither organisierte er mit dem Kindergarten des Frauenvereins gemeinsame Spielenachmittage.

»Am Ende wirst du noch der gute Kindergartenonkel«, sagte Martha.

Moritz grinste, aber ihm war deutlich anzusehen, wie sehr ihm seine neue Rolle gefiel.

Professor Liebknecht fieberte indes Marthas Bericht vom Prozessauftakt entgegen und war über die Tatsache, dass ein französischer Reporter sich bemühte, seine Herkunft aus Furcht vor Repressalien zu verschleiern, ebenso erschüttert wie Martha.

»So etwas geht gar nicht«, sagte er. »Wenn die unbedingt für die Ehre Deutschlands streiten wollen, sollen die doch ins besetzte Ruhrgebiet fahren und sich dort an den wahren Tätern vergreifen.«

»Feiglinge vergreifen sich lieber an Schwächeren«, erwiderte Martha. »Die Soldaten im Ruhrgebiet wären ernst zu nehmende Gegner, die Attentäter ohne Wenn und Aber zum Tode verurteilen. Diese Krawallbrüder würden da nicht so mit Samthandschuhen angefasst wie bei uns.«

Doktor Liebknecht nickte, dann operierten sie schweigend weiter.

Als der Frühling kam, war die Hyperinflation nur noch eine traurige Erinnerung, und Martha und Paul fingen wieder an, Geld für die Ausbildung der Kinder zurückzulegen.

Carola reiste noch einmal allein nach München, um der Urteilsverkündung beizuwohnen. Sie war erschüttert über die milden Urteile. Hitler war zu fünf Jahren Festungshaft verurteilt worden, allerdings mit der Aussicht auf Bewährung.

»Na, immerhin hat man ihn überhaupt verurteilt«, sagte Martha. »Damit wird sich Lidas Herzenswunsch erfüllen, und der Bursche muss nach Verbüßung seiner Strafe als unerwünschter Ausländer abgeschoben werden.«

»Aber es ist trotzdem eine Schande. Das meinte auch Philippe Morel. Er hat übrigens den ganzen Prozess begleitet.«

»Ich hoffe, dem jungen Franzosen ist nichts passiert.«

»Keine Sorge, es hat ihm keiner aufgelauert, aber er hat sich auch sehr zurückgehalten und die Biergärten gemieden. Ich habe ihm gesagt, wenn er mal das gastfreundliche Deutschland kennenlernen will, soll er nach Hamburg kommen.«

»Hoffentlich wird Moritz nicht eifersüchtig, wenn hier ein hübscher junger Franzose auftaucht«, neckte Martha ihre Freundin.

»Unsinn, der könnte ja mein Sohn sein. Und außerdem habe ich ihn nicht eingeladen, sondern das nur als Bemerkung fallen lassen, damit er nicht denkt, wir in Hamburg wären genauso konservativ wie die Münchner.«

Rudi hatte sich in den vergangenen Monaten die Worte seines Vaters zu Herzen genommen. Zumindest gab es keine Gerüchte mehr, und er war auch nicht mehr ständig mit Pieko unterwegs. Stattdessen lernte er an den Wochenenden vermehrt für seine Abiturprüfungen. Allmählich kehrte das Leben in seine normalen Bahnen zurück, und die Verwerfungen, die der Weltkrieg hinterlassen hatte, schienen langsam zu verschwinden.

Rudi bestand sein Abitur schließlich mit lauter Einsen und Zweien, was Martha und Paul sehr stolz machte. Allerdings hatte er den Entschluss gefasst, die freie Zeit bis zum Beginn seines Studiums im Oktober dazu zu nutzen, in Deutschland herumzureisen.

»Und woher gedenkst du, das Geld dafür zu nehmen?«, fragte Paul.

»Pieko kennt Schausteller, die junge Männer zum Mitreisen suchen. So kann ich Geld verdienen und gleichzeitig im Land herumkommen.«

»Du willst mit Schaustellern durchs Land ziehen? Ist das dein Ernst?«

»Ja«, bestätigte Rudi. »Ich werde doch nie wieder im Leben so viel Zeit haben wie in diesem Sommer. Und das kostet ja nichts, weil Unterkunft und Verpflegung frei sind und ich sogar noch Geld kriege.«

»Und was sollen die Leute von uns denken, wenn wir unseren ältesten Sohn als Schaustellergehilfen durch die Weltgeschichte ziehen lassen?«

»Das ist doch egal, was gehen uns die Leute an?«

»Wenn du unbedingt was von der Welt sehen willst, frag doch lieber Onkel Heinrich, ob er dich mit auf die nächste Fahrt nach China und Japan nimmt. Da siehst du dann richtig was von der Welt, und das wird sich gut in deinem Lebenslauf machen. Was hast du davon, wenn du von Jahrmarkt zu Jahrmarkt reist und Schaustellerbuden aufbaust?«

»Da lerne ich Land und Leute kennen und erfahre, wie die kleinen Leute so denken. Das kann ich später als Anwalt gut brauchen. Da lern ich mehr, als wenn ich auf Onkel Heinrichs Schiff mit nach Japan fahre.«

Paul wollte schon zu einer Gegenrede ansetzen, als Martha sagte: »Lass es ihn doch ausprobieren, Paul. Ich kann verstehen, wenn ein junger Mann, der bislang nie richtig arbeiten musste, mal erfahren möchte, was es heißt, seinen Lohn im Schweiße seines Angesichts zu verdienen. Und was die Nachbarn denken, kann uns doch wirklich egal sein.«

Schließlich gab Paul sein Einverständnis, auch wenn Martha ihm deutlich ansah, dass er sich Sorgen um den Lebenswandel seines Sohnes machte.

»Was ist, wenn er sich da wieder mit losen Frauenzimmern einlässt?«, fragte er abends, als sie im Bett lagen.

»Ach Paul, vielleicht solltest du dir einfach weniger Sorgen machen. Stell dir vor, was du mit der Zeit zwischen Abitur und Beginn deines Maschinenbaustudiums angefangen hättest, wenn du nicht deinen einjährigen Grundwehrdienst hättest ableisten müssen.«

»Ich wäre nie auf die Idee gekommen, mit Schaustellern durch die Lande zu ziehen, wenn ich einen Onkel gehabt hätte, der mir eine richtige Weltreise ermöglichen könnte.«

»Vielleicht ist das Rudis Vorstellung von Freiheit«, erwiderte Martha. »Mit Schaustellern herumziehen, heute hier, morgen da. Ist das nicht der Inbegriff des Freiheitsgedankens? Und vor allem fern vom elterlichen Auge. Auf Heinrichs Schiff wäre er doch auch ständig im Schoße der Familie. Er will einfach frei sein – nur dieses eine Mal im Leben.«

»Wenn du meinst«, brummelte Paul. Dann drehte er sich zum Schlafen auf die Seite, und Martha konnte sich ein Lächeln nicht verkneifen. Sie machte sich erstaunlich wenig Gedanken um Rudi. Sollte er doch im Sommer ein wenig herumvagabundieren. Sie war fest davon überzeugt, dass die harte Arbeit, die damit verbunden war, ihn ganz schnell in die Wirklichkeit zurückholen würde.

13

Rudi genoss die Freiheit dieses Sommers. Die Schaustellertruppe von Otto Wagner, mit der er unterwegs war, wartete mit einem Kuriositätenkabinett auf und beschäftigte zudem ein paar Varietékünstler: einen mittelmäßigen Zauberer namens Saladin, der eigentlich Karl-Heinz hieß und niemals die Ansprüche des Hansa-Theaters erfüllt hätte, aber immerhin mit seinem Turban und dem dunkelblauen orientalischen Burnus ordentlich etwas hermachte. Dann gab es den Jongleur Amadeus, der bestimmt viel besser gewesen wäre, wenn er weniger Alkohol getrunken hätte. Andererseits glaubte das Publikum, es gehöre zur Vorstellung dazu, wenn ihm mal wieder unglücklich eine Jonglierkeule auf den Kopf oder die große Zehe fiel. Rudi hatte ihm schon vorgeschlagen, sich wie ein Clown zu schminken, musste danach aber schnell das Weite suchen, um dem Faustschlag auszuweichen, mit dem Amadeus ihn für diesen Ratschlag belohnen wollte. Die Einzige, die Rudi wirklich mächtig beeindruckte, war Akshara, die Schlangenfrau. Sie war Anfang zwanzig, hatte eine bronzefarbene Haut und langes schwarzes Haar. In ihrem goldenen Kostüm erinnerte sie an eine indische Tempeltänzerin. Sie war so biegsam, dass sie sich in einem kleinen, quadratischen Glaswürfel zusammenfalten konnte. Ob sie wirklich Akshara hieß und aus Indien kam, wusste Rudi nicht. Es war insgesamt ein seltsames Völkchen, das sich hier versammelt hatte. Manchmal kam es ihm so vor, als liefen die Artisten vor dem Leben davon, als wäre der Jahrmarkt der einzige Ort, wo sie sich vor der Welt verstecken konnten, obwohl sie sich öffentlich präsentierten. Aber vielleicht war gerade das der Trick. Sie schlüpften in eine vorgegebene Rolle, und niemand machte sich die Mühe, sie zu durchschauen.

Rudi hätte es schön gefunden, wenn Pieko mit von der Partie gewesen wäre, aber nach dem Abitur hatten sich ihre Wege getrennt. Piekos sonst so gutmütiger Vater hatte darauf bestanden, dass sein Sohn die höhere Beamtenlaufbahn einschlug. Seither durfte sein Freund sich mit Anzug und Krawatte in der Finanzbehörde mit Aktensortieren befassen, musste auf seinen Ruf achten und hatte keine Zeit mehr für das lockere Leben.

Rudi arbeitete indes hart daran, die schöne Akshara für sich zu gewinnen, denn er liebte das Spiel um die Gunst der Frauen. Dennoch beschämte es ihn, dass sein Vater glaubte, er hätte nur das eine im Sinn. Dabei ging es da noch um so viel mehr: das Gefühl, anerkannt zu werden, etwas zu leisten, aus dem Schatten herauszutreten. Rudi hatte sich immer im Schatten seiner Eltern gefühlt, schon als kleiner Junge, auch wenn er den Ruf eines vorlauten Lausebengels hatte. Solange er denken konnte, hatte er den Eindruck, man würde ihn nur wahrnehmen, wenn er sich lautstark bemerkbar machte. Nur wenn er mit seinen altklugen Sprüchen die Leute zum Lachen brachte. Vom Verstand her wusste er zwar, dass er seinen Eltern nichts beweisen musste, aber er empfand es oft genug ganz anders. In letzter Zeit hatte er immer häufiger das Gefühl, die Erwartungen seiner Eltern niemals erfüllen zu können, ganz gleich, was er tat. Eigentlich hatte er gar keine Lust, Jura zu studieren. Aber er wusste, dass es seinen Eltern gefiel, also verkündete er schon seit Jahren, er würde einmal Anwalt werden, damit seine Eltern stolz auf ihn sein konnten. Fredi durfte ganz offen dazu stehen, dass er unentschieden war. Und Ella würde immer geliebt werden, egal ob sie nun wirklich Medizin studieren würde oder nicht.

Ein paarmal hatte Rudi schon überlegt, ob er offen ansprechen sollte, dass er sich nicht als zukünftiger Anwalt sah, aber dazu war es längst zu spät. Und da er keine Alternative benennen konnte, spielte es auch keine Rolle. Immerhin würde er als Anwalt viel Geld verdienen und großes Ansehen genießen.

Das Reisen mit der Schaustellertruppe war ein großes, wunderbares Abenteuer. Es störte Rudi nicht, dass er sich einen winzigen uralten Wohnwagen aus Holz mit drei anderen Aufbauhelfern teilen musste, der von einem alten Kaltblutwallach gezogen wurde. Manchmal hielten die Leute sie für Zigeuner und nahmen hastig die Wäsche von der Leine, wenn sie durch die Dörfer zogen. Rudi amüsierte das stets, aber Akshara schien es jedes Mal wieder zu verletzen.

»Wir sind keine Zigeuner«, sagte sie dann. »Und selbst wenn wir welche wären – wir sind nicht schlechter als sie.«

»Nein, natürlich nicht«, hatte Rudi geantwortet, als er an diesem Tag neben ihr auf dem Kutschbock ihres Wohnwagens saß. Akshara bewohnte einen wunderschönen, dunkelblauen Wagen. Von außen war er mit eleganten Schnitzereien verziert, innen war er mit zierlichen Möbeln ausgestattet, die Rudi an die Kabinen auf dem Luxusdampfer *Imperator* erinnerten. »Wir sind doch sogar glücklicher als sie«, fügte er hinzu. »Weil wir frei sind.«

»Du bist ein lieber Junge«, sagte sie und sah ihn etwas von oben herab an, was Rudi ärgerte. Er wollte nicht ihr lieber Junge sein, sondern als Mann wahrgenommen werden, nach dem sie sich verzehrte. Aber gut, daran konnte er arbeiten. Am besten widersprach er ihr nicht, das mochten Frauen nicht. Es war besser, sich geheimnisvoll zu geben.

»Ein lieber Junge?«, wiederholte er mit hochgezogenen Brauen. »Meine schöne Akshara, wer sagt dir denn, dass ich lieb bin?«

Sie hielt seinem Blick stand. »Das ›lieb‹ stört dich? Nicht, dass ich dich ›Junge‹ genannt habe?«

Rudi lächelte. Sie wusste genau, was er dachte, aber das musste er ihr ja nicht zeigen. »Es stört mich nicht. Ich wollte dich nur freundlich warnen, dass ich nicht so lieb bin, wie du vielleicht glaubst.«

»Ah, ich verstehe, in Wirklichkeit schlummert ein wildes Raubtier in dir.«

»Nein, eher ein Jäger.«

»Und so, wie du mich ansiehst, glaubst du, ich wäre eine geeignete Beute?«

»Nein, keine Beute. Eher eine Göttin, der man Opfer darbieten sollte.« Er grinste breit, und Akshara brach in lautes Gelächter aus.

»Du bist mir vielleicht einer. Man merkt gleich, dass du aus einem ganz anderen Stall kommst und dir hier nur die Zeit vertreiben willst. Aber für uns ist es das Leben. Wir haben keine andere Heimat als die Straße, die uns von Jahrmarkt zu Jahrmarkt führt.«

»Und deshalb kränkt es dich, wenn die Leute sich so benehmen, als wären wir eine Bande von Strolchen.«

»Genauso ist es«, erwiderte Akshara. »Aber es ist interessant, jemanden wie dich in unserer Truppe zu haben. Jemanden, der normalerweise auf der anderen Seite stehen würde.«

»Ich würde die Wäsche bestimmt nicht schnell abnehmen.«

»Nein, das würdest du vom Dienstmädchen erledigen lassen.«

»Dienstmädchen?« Rudi lachte. »Nein, so etwas haben wir nicht. Mein Großvater ist noch als Leierkastenmann durch die Stadt gezogen.«

Akshara sah ihn erstaunt an. »Dann ist er ja auch eine Art Schausteller.«

»Ja, das war er. Er ist leider kurz vor Weihnachten gestorben, und wir vermissen ihn sehr. Alles, was meine Familie erreicht hat, hat sie sich selbst erarbeitet. Ich hatte das Glück, in eine schöne Wohnung hineingeboren zu werden. Aber manchmal frage ich mich, was ich selbst noch erreichen kann. Gewiss, ich darf studieren, und mir stehen alle Möglichkeiten dank meiner Eltern offen. Dennoch fühlt sich das alles oft so leer an. So als müsste ich es nur deshalb tun, weil ich es kann.«

»Und was würdest du gern tun?«

»Wenn ich das nur wüsste.«

»Gib mir deine linke Hand.«

Rudi nahm die Zügel mit der Rechten und hoffte, Aksharas Pferd würde dem Wagen vor ihnen auch so folgen. Dann reichte er ihr seine Hand.

»Du hast eine sehr gerade Herzlinie. Du bist ein Meister der Selbstinszenierung und ein ruheloser, unsteter Charakter.«

»Klingt nicht sehr schmeichelhaft.« Rudi wollte seine Hand wegziehen, doch Akshara hielt sie fest.

»Warte noch. Deine Herzlinie verrät auch, dass du unabhängig bist. Und hier haben wir deine Kopflinie.« Sie strich so sanft über seine Handfläche, dass es prickelte.

»Und was sagt die?«

»Du bist ehrgeizig und setzt dir hohe Ziele.«

Ihre Blicke trafen sich. Rudi spürte, wie sich ihr Gesicht langsam dem seinen näherte. Er war erfahren genug, um zu wissen, dass sie bereit war, während seine Lippen sich langsam den ihren näherten, fordernd, aber doch zugleich so behutsam, dass er ihr den letzten Schritt überließ.

Was würde sein Vater wohl denken, wenn er das sehen könnte? Sein Sohn knutschte mit der schönsten Frau der Schaustellertruppe hoch oben auf dem Kutschbock ihres Wohnwagens. Nun, es war Rudi egal. Schließlich konnte er darauf hoffen, die künftigen Nächte nicht mehr in dem alten Wohnwagen bei den drei anderen Gehilfen verbringen zu müssen.

Das Leben war einfach nur wundervoll und das Zusammensein mit Akshara ein Traum, aus dem er nie mehr aufwachen wollte.

Doch auf jeden noch so schönen Sommer folgt der Herbst, und das war Akshara ebenso bewusst wie Rudi. Ihre Liebelei war eine Sommerromanze, nichts, das Bestand haben würde. Aber sie war von großer Bedeutung für Rudi; er wusste, dass ihm dieser Sommer für immer als einer der schönsten in Erinnerung bleiben würde. Gewiss, der Alltag war anstrengend, immer wieder war das große Schauzelt auf den Jahrmärkten aufzubauen, dazu die kleine Bühne für die Künstler, und auch die Attraktionen in den Schaukästen wollten arrangiert sein. Da hatte Otto Wagner wirklich einiges zu bieten. Wer seine Sammlung von in Formalin eingelegten Schlangen und ausgestopften Missgeburten betrachten wollte, musste allerdings extra zahlen. Wagner zeigte den Menschen die Abnormitäten des Lebens und setzte auf den wohligen Schauer, den das erzeugte. So gab es Frösche mit einem fünften Bein, eine zweiköpfige Ringelnatter und sogar ein zweiköpfiges Kalb. Wo immer von solchen Launen der Natur berichtet wurde, war Wagner zur Stelle, kaufte sie auf und machte sie zu einem Bestandteil seines Kuriositätenkabinetts. Die kostbarsten Ausstellungsstücke durften nur Erwachsene sehen, die einen Aufschlag dafür zahlten, um den abgeteilten Raum innerhalb des Zeltes zu betreten. Dort warteten menschliche Föten in Formalin, die mit schwersten Missbildungen zur Welt gekommen waren. Einer sah aus wie ein Zyklop, da er auf der Stirn nur ein Auge hatte, ein anderer hatte keine Arme und Beine, und es gab sogar ein Paar an der Brust zusammengewachsene siamesische Zwillinge. Mit seinen Ausstellungsstücken hätte Wagner so manche anatomische Sammlung renommierter Universitätskliniken bereichern können.

Der Tagesrhythmus der Schaustellertruppe kam Rudi entgegen. Er liebte es, am Morgen ausschlafen zu können, weil der Jahrmarkt erst um drei Uhr nachmittags öffnete. Und er genoss es, an Aksharas Seite aufzuwachen, den Tag wie ein frisch verliebtes Ehepaar zu beginnen und eine Art von Geborgenheit zu spüren, die er so nicht kannte. Die perfekte Zweisamkeit, auch wenn sie nur auf Zeit war. Akshara genoss es, nach ihrem Schäferstündchen nicht sofort aufzustehen, sondern noch eine Weile im Bett zu bleiben und zu reden.

»Hast du dir eigentlich nie vorgestellt, irgendetwas anderes zu machen?«, fragte er sie eines Morgens.

»Heiraten und als brave Hausfrau in einer großen Stadt leben?«, fragte sie zurück und lachte. »Nein, das wäre nichts für mich, da käme ich mir eingesperrt vor. Ich mag als Schlangenfrau gelten, aber ich fühle mich eher wie ein freier Vogel, dem niemand seine Flügel stutzen darf.«

»Heißt du eigentlich wirklich Akshara?«

»Was glaubst denn du? Verkörpere ich nicht die perfekte indische Brahmanin?«

»Doch, aber was würde die ausgerechnet nach Deutschland führen? Was ist mit deinen Eltern?«

Akshara räusperte sich. »Ich rede nicht gern darüber, denn ich möchte nicht, dass die ganze Welt es erfährt. Und du, mein Lieber, bist sehr redselig.«

»Du glaubst also, ich könnte nicht dichthalten?« Er sah sie ernst an. »Hast du dir niemals überlegt, dass mein Reden mich auch davor schützt, Dinge preiszugeben, die ich nicht verraten möchte? Wenn jemand viel redet, merkt keiner, was er in Wahrheit alles verschweigt.«

Sie drehte sich ein Stück weiter zu ihm und musterte sein Gesicht. »So habe ich das noch nie betrachtet. Nun gut, ich vertraue darauf, dass du den Mund halten kannst, und außerdem wirst du ja nicht mehr lange bei uns bleiben.«

Diese Worte versetzten ihm einen Stich. Er wusste schon jetzt, dass er sie schmerzlich vermissen würde, und fragte sich, ob die Gefühle, die er ihr entgegenbrachte, wohl schon Liebe waren. Allerdings gab es da keine Schmetterlinge und kein ständiges Sich-Verzehren, wie es in der einschlägigen Literatur beschrieben wurde. Er war gern bei ihr, genoss die Zweisamkeit und das Gefühl, ein Teil ihres Lebens zu sein.

»Meinen Vater kenne ich nicht«, sagte Akshara. »Der war längst aus Mutters Leben verschwunden, als sie ihre Schwangerschaft bemerkte. Schaustellerschicksal eben.« Ein bitteres Lächeln zog sich über ihr Gesicht. »Es sind eben nicht alle Männer so vorsichtig wie du.« Sie hauchte ihm einen Kuss auf die Wange, und Rudi merkte, wie ihm das heiße Blut in die Wangen schoss. »Meine Mutter war ein zierliches, blondes Persönchen, also muss mein Vater der Exot gewesen sein, dem ich mein Aussehen verdanke. Aber sie hat nie viel von ihm gesprochen. Als ich vierzehn war, fing ich als Schlangenfrau an, und da passte der Name Amalie Teksel nicht mehr. Also suchte meine Mutter einen indischen Künstlernamen für mich aus.«

»Amalie«, wiederholte Rudi. »Stimmt, darunter würde ich mir eine ganz andere Frau vorstellen. Akshara passt viel besser zu dir.«

»Und wie sähe eine Amalie in deiner Vorstellung aus?«

»Wie eine typische Hausfrau, die sich um ihre Kinder kümmert. Also genau wie das, was du als Vogel mit gestutzten Flügeln bezeichnen würdest.« *Wie eine Frau, die ich fragen dürfte, ob sie ihr ganzes Leben mit mir verbringen möchte*, dachte er, aber er hütete sich, diesen Gedanken auszusprechen. Es hätte den Zauber zerstört.

Ende September gastierte die Truppe beim Münchner Oktoberfest, und Rudi nahm seinen Abschied, um mit dem Zug nach Hamburg zurückzukehren und sich rechtzeitig an der Universität zu immatrikulieren.

Der Abschied von Akshara fiel ihm sehr schwer, und ihr schien es genauso zu gehen. Dennoch gab es keine innigen Liebesbekundungen oder Versprechen, sich wiederzusehen, und das machte umso deutlicher, dass es nur eine Liebelei auf Zeit gewesen war. Zum ersten Mal in seinem Leben wurde Rudi deshalb schwer ums Herz, aber er unterdrückte das Gefühl sofort wieder. Es war von Anfang an klar gewesen, und er würde Akshara nicht in die Enge treiben oder zu denen gehören, die versuchten, ihr die Flügel der Freiheit zu stutzen. Selbst wenn es immer öfter Momente in ihrer Zweisamkeit gegeben hatte, in denen er sich ausgemalt hatte, dass sie vielleicht doch ein Paar werden könnten …

Zu Hause in Hamburg hatte sich nichts verändert. Seine Mutter arbeitete weiterhin als OP-Schwester und kümmerte sich in ihrer Freizeit um die Menschen im Hafenviertel. Immerhin bestürmte sie ihn nicht mit Fragen, was er ihr hoch anrechnete. Sein Vater war da leider ganz anders. Er löcherte ihn gleich beim ersten gemeinsamen Abendessen im Kreise der Familie damit, was er so alles erlebt habe.

»Ach, da gibt es gar nicht viel zu erzählen«, erwiderte Rudi ausweichend.

»Was habt ihr denn so den ganzen Tag gemacht?«, fragte Ella.

»Und was für Sachen wurden denn im Kuriositätenkabinett ausgestellt? Du hättest uns vor deiner Abreise ruhig mal mitnehmen können.«

»Du hättest ja fragen können.«

»Ich wusste doch nicht, dass du mit einer Kuriositätenschau unterwegs bist«, erwiderte Ella. »Früher hast du immer wie ein Wasserfall geredet, aber jetzt muss man dir alles aus der Nase ziehen.«

»Da hat deine Schwester recht«, sagte sein Vater. »Wir sind ganz gespannt darauf, von deinen Abenteuern zu hören.«

»Ich bin müde von der Bahnfahrt.«

»Wieso? Da hast du doch den ganzen Tag nur gesessen«, sagte sein Vater. »Sag mal, was ist eigentlich los? Warum redest du nicht mehr mit uns?«

»Ich könnte genauso gut fragen, was mit euch los ist!«, rief Rudi verärgert. »Früher habt ihr immer gesagt, ich rede zu viel, und euch ständig darüber lustig gemacht. Aber wenn ich meine Konversation auf ein normales Maß beschränke, passt euch das auch nicht.«

»Du warst fast fünf Monate unterwegs und hast uns in der ganzen Zeit nur drei Postkarten geschickt«, sagte sein Vater. »Ist es denn zu viel verlangt, uns ein bisschen was zu erzählen?«

Alles in Rudi schrie danach, Ja zu sagen. Ja, es war zu viel verlangt. All seine wunderbaren Erlebnisse waren mit Akshara verbunden, aber er hatte nicht die Absicht, auch nur ein Wort über sie zu verlieren. Ihre Sommerliebe war sein ganz persönliches Geheimnis, das er mit niemandem teilen wollte. Aber da er keine Lust hatte, sich zu streiten, gab er ein paar harmlose Anekdoten über den betrunkenen Jongleur zum Besten und schilderte das Entsetzen einiger Besucher, wenn sie in der Kammer die missgebildeten menschlichen Föten erblickten.

»Und hast du sonst noch jemanden kennengelernt?«, fragte sein Vater so betont beiläufig, dass Rudi sofort wusste, was er meinte.

»Falls du wissen möchtest, ob ihr bald Großeltern werdet – nein, das kann ich definitiv ausschließen«, sagte er.

Ella und Fredi kicherten, und sein Vater sah peinlich berührt aus.

14

Am folgenden Tag fuhr Rudi in seinem besten Anzug mit der Straßenbahn zum großen Hauptgebäude der Universität am Dammtor, um sich als Jurastudent zu immatrikulieren. Seine Mutter hatte ihm am Morgen zur Immatrikulation eine elegante Aktentasche aus dunkelbraunem Leder geschenkt, die gewiss nicht billig gewesen war. Als er den Stolz in ihren Augen sah, tat ihm das im Herzen weh. Sie glaubte, sein Lebenstraum ginge mit diesem Studium in Erfüllung, während in ihm nichts als gleichgültige Leere war. Vor allem jetzt, da er nicht mehr bei Akshara sein konnte. Ihre Nähe hatte die Leere ausgefüllt, hatte ihm Kraft gegeben, morgens aufzustehen und sich den Herausforderungen eines neuen Tages zu stellen.

Warum brannte er nicht wenigstens ein bisschen vor Stolz und Vorfreude? Nicht einmal das eindrucksvolle Universitätsgebäude mit seinem säulenumrahmten Eingangsportal, über dem die Inschrift *Der Forschung, Der Lehre, Der Bildung* prangte, vermochte ihn zu beeindrucken. Und für die elegante Innenausstattung hatte er kaum einen Blick. Die bevorstehende Immatrikulation schlug ihm auf den Magen. Besser, er brachte es schnell hinter sich. Spielte den jungen, aufstrebenden Akademiker, wie seine Eltern es erwarteten, obwohl er sich kein bisschen so fühlte. Er suchte zielstrebig das Immatrikulationsbüro auf, das sich hinter einer schweren Tür aus dunklem Holz verbarg. Vor dem Büro stand eine massive Bank aus ebenso dunklem Holz, und darauf saßen zwei junge Männer, die sich gleichfalls einschreiben wollten. Rudi machte sich nicht die Mühe, sie anzusprechen. Er wollte mit seinen Gedanken allein sein. Auch das war neu für ihn. Früher hatte er stets durch sein vorlautes Auftreten versucht, Aufmerksamkeit zu erheischen und die innere Leere zu bekämpfen, die ihn von klein auf wie ein dunkler Begleiter verfolgt hatte. Inzwischen genoss er die Stille, die Freiheit, seinen Gedanken und Träumen nachhängen zu können. Was er nicht aussprach, konnte ihm auch niemand schlechtreden und damit seine Erinnerungen vergiften. Erneut schweiften seine Gedanken zurück zu Akshara, und er musste sich eingestehen, dass er sie mehr vermisste, als er angenommen hatte. Fühlte sich so eine unerfüllte Liebe an? Hastig wischte er diese Überlegung fort. Es war nur eine Sommerromanze gewesen, mehr nicht. Etwas, worum ihn andere in seinem Alter beneiden würden. Er glaubte nicht, dass die beiden, die da auf der Bank saßen, bereits so viele Erfahrungen wie er gesammelt hatten. Falls sie überhaupt jemals mit einer Frau geschlafen hatten. Der Erste war ein derartiges Milchgesicht, dass Rudi daran zweifelte, ob er sich überhaupt schon rasieren musste. Der Zweite wirkte älter, aber seine dicken Brillengläser ließen ihn wie einen weltfremden Theoretiker erscheinen. Die beiden machten auf Rudi einen unfertigen Eindruck, als wären sie im Niemandsland zwischen Junge und Mann stecken geblieben.

Die Tür öffnete sich, und ein junger Mann kam heraus. Das Milchgesicht sprang auf und hastete in das Immatrikulationsbüro, als fürchtete er, seinen Studienplatz zu verlieren, wenn er nur eine Sekunde zu spät vor dem Schreibtisch des Universitätsdieners auftauchte.

Als Rudi endlich an die Reihe kam, stellte er überrascht fest, dass die Einschreibung gar nicht von einem alten Universitätsdiener vorgenommen wurde, sondern von einer hübschen jungen Frau in einem eleganten grauen Kostüm. Rudi schätzte sie auf Mitte zwanzig. Sie hatte zierliche Hände, mit denen sie seine Unterlagen entgegennahm.

»Rudolf Studt, geboren am 3. Februar 1905?«, las sie seine persönlichen Daten ab. Ihm fiel auf, dass sie zwei Eheringe am rechten Ringfinger trug. Das Zeichen der Witwenschaft. Ob sie ihren Gatten wohl im Krieg verloren hatte?

»Ja, das ist mein Name.« Er schenkte ihr ein Lächeln. Nicht zu aufdringlich, aber auch nicht zu scheu, sondern eines, in das sie alles hineininterpretieren konnte. Tatsächlich zeigte es die erhoffte Wirkung, denn sie hob den Blick und musterte ihn genauer.

»Ihre Matrikelnummer ist 432, die müssen Sie bei jedem Schriftwechsel angeben.« Nachdem sie seine Daten in ihre Unterlagen übertragen hatte, reichte sie ihm ein Kärtchen mit der Nummer.

»Vielen Dank«, sagte Rudi. Als er das Kärtchen entgegennahm, berührte er wie zufällig ihre Finger. Erst da wurde ihm bewusst, dass er unwillkürlich in die Verhaltensweise verfallen war, die er stets nutzte, wenn er um eine Frau warb. Bemerkenswerterweise reagierte die Sekretärin genauso wie die Frauen in den Vergnügungslokalen. Sie registrierte die Berührung, warf ihm einen langen Blick zu, dann senkte sie die Lider wieder.

»Und Sie sind Frau …?«, fragte Rudi.

»Möller«, antwortete sie. »Astrid Möller.«

Die Tatsache, dass sie ihm im Nachsatz ihren Vornamen nannte, bestätigte seine Vermutung. Er gefiel ihr, und sie war vermutlich schon lange genug verwitwet, um sich nach einer gewissen Abwechslung zu sehnen.

»Ich bin der Erste aus meiner Familie, der an einer juristischen Fakultät studieren wird«, sagte Rudi. »Sind Sie die offizielle Ansprechpartnerin, falls ich Fragen zum universitären Ablauf haben sollte, Frau Möller?«

»Nein, ich vertrete heute nur Herrn Pilz, der sich normalerweise um diese Dinge kümmert.«

»Nun ja, dass ein Pilz sich im Oktober lieber versteckt, bei all den Pilzsammlern, kann ich verstehen«, rutschte es Rudi raus.

Frau Möller kicherte. »Das sollten Sie Herrn Pilz nicht hören lassen«, sagte sie und zwinkerte ihm verschwörerisch zu.

»Er ist ja nicht hier«, erwiderte Rudi und schenkte ihr sein schönstes Lächeln. »Und wo findet man Sie für gewöhnlich, Frau Möller?«

»Ich bin die Sekretärin von Professor Zellmer, ich sitze in seinem Vorzimmer am Ende des Flurs.«

»Vertreten Sie Herrn Pilz regelmäßig?«

»Nun, ich hoffe, er wird den Pilzsammlern aus dem Weg gehen, damit ich mich morgen wieder meiner eigentlichen Arbeit widmen kann.« Sie lachte, und er bewunderte ihre strahlenden, ebenmäßigen Zähne. »Aber sollten Sie wirklich einmal Hilfe brauchen, Herr Studt, so dürfen Sie sich gern an mich wenden.«

»Vielen Dank, das ist sehr freundlich von Ihnen.« Er steckte die Matrikelnummer ein und verabschiedete sich.

Bevor er den Weg zur Straßenbahn einschlug, sah er sich noch ein wenig auf dem Campus der Universität um. Mit den großen Fakultäten, für die das Deutsche Reich bekannt war, konnte sich diese auf die Schnelle aus dem Boden gestampfte Universität bei Weitem nicht messen, auch wenn das Hauptgebäude sehr schön war. Allerdings war es ursprünglich gar nicht als Universitätsgebäude geplant gewesen, sondern 1907 von dem reichen Reeder Edmund Siemers als Gebäude für das Allgemeine Vorlesungswesen gestiftet worden, um Gastdozenten in Hamburg einen ansprechenden Rahmen zu bieten. Erst nachdem man 1919 entschieden hatte, dass Hamburg eine eigene Universität bekommen sollte, wurde es zum Hauptgebäude. Aber natürlich war es mit einem einzigen Gebäude nicht getan. Der jungen Universität fehlte es an allen Ecken und Enden, und wer es sich leisten konnte, studierte in den altehrwürdigen Universitätsstädten wie Göttingen oder Berlin. Während Rudi schließlich vom Universitätsgebäude in Richtung Alster schlenderte, merkte er, wie er nun doch langsam Lust auf das Studentenleben bekam. Lernen hatte ihm nie Probleme bereitet, und konnte es eine schönere Umgebung zum Studieren geben als die Alster? Außerdem spürte er wieder dieses Prickeln des Eroberers in sich, das ihn von seiner Sehnsucht nach Akshara ablenkte. Es wäre doch gelacht, wenn er Astrid Möller nicht für sich gewinnen könnte.

15

Seit Rudi mit seinem Studium begonnen hatte, schien das familiäre Leben wieder in geordneten Bahnen zu verlaufen. Zumindest schien es Martha so. Rudi ging nur noch am Samstagabend aus und war bei seiner Rückkehr auch nicht mehr betrunken. Stattdessen erschien er sonntags pünktlich zum Frühstück, und Martha musste wieder öfter daran denken, wie sie selbst sich in jungen Jahren abends mit Paul zum Tanzen getroffen hatte. Allerdings hatte Rudi sich verändert. Den vorlauten kleinen Jungen, den Martha trotz der Nerven, die er sie manchmal kostete, so geliebt hatte, gab es nicht mehr. Die Spontanität und das fröhliche Geplapper waren vollständig verschwunden. Martha bedauerte das sehr, denn auch wenn er manchmal nicht zu bremsen gewesen war, hatte es sie immer mit Stolz erfüllt, wie gut er sich mit Worten zu behaupten wusste. All das, was ihren Erstgeborenen, ihren kleinen Rudi einst ausgemacht hatte, war weg. Er war endgültig erwachsen geworden.

Als sich 1924 seinem Ende näherte, konnte Martha auf ein erfolgreiches Jahr zurückblicken, auch wenn nicht alles so verlaufen war, wie sie es sich erhofft hatte. Zu den schönen Erlebnissen gehörte die gute Entwicklung der kleinen Rosie Hansen, die sich dank Moritz' unermüdlichem Einsatz für behinderte Kinder nicht nur mit Sophia angefreundet hatte, sondern sich seither auch bemühte, trotz ihrer Schiene körperlich nicht hinter der Freundin zurückzustehen. Sophia wiederum ging völlig vorbehaltlos mit Rosies Behinderung um, schließlich kannte sie die

Einschränkungen ihres Vaters von klein auf und war Rücksichtnahme gewohnt, ohne dabei ihre eigenen Bedürfnisse zu vergessen. Die beiden verbrachten viel Zeit miteinander, und Moritz freute sich, dass Sophia eine so enge Freundin gefunden hatte.

Dafür war die Geschichte von Erhard Schramm ausgesprochen enttäuschend verlaufen. Zwar hatte er die Meisterprüfung als Maurer bestanden, aber ihm fehlte die Geduld, mit der Beinprothese zu üben. In den vergangenen sieben Jahren hatte er sich so sehr an die Fortbewegung mit den Krücken gewöhnt, dass es ihm schwerfiel, sich auf die Prothese einzulassen, und so blieb sie immer öfter im Schrank stehen. Anfangs hatte Martha es mit gutem Zureden versucht, während Moritz seinen Schützling deutlich härter ins Gebet genommen hatte, ganz so, wie es seinem ehemaligen militärischen Rang entsprach. Erhard hatte zwar jedes Mal gehorsam Ja gesagt, geändert hatte sich jedoch nichts. Für eine Tätigkeit als Aufsicht auf dem Bau fehlte ihm dadurch die Beweglichkeit, aber als Bettler konnte er sich nun auch nicht mehr an den Jungfernstieg setzen, denn seit der Spendengala war seine Geschichte bekannt geworden. Anstelle von Mitleid würde ihm nun Verachtung entgegenschlagen, weil er aus all den gebotenen Möglichkeiten nichts gemacht hatte. Und so verbrachte er seine Tage in Heimarbeit und fing an, Stadtpläne zu falten. Das war zwar angenehmer als die Bettelei, aber als Bettler hatte er mehr verdient, was er Moritz irgendwann voller Verbitterung an den Kopf warf.

»Hättet ihr mich mit eurem Kram in Ruhe gelassen, würde es mir jetzt viel besser gehen«, hatte er zum Abschluss wütend geschrien. »Warum konntet ihr nicht einfach alles so lassen, wie es war? Ich wollte das alles doch gar nicht!«

Moritz war darüber empört gewesen, doch als er Martha

davon erzählte, meinte sie: »Mach dir nichts draus. Manche Menschen wollen lieber Gott und der Welt die Schuld geben, anstatt selbst etwas zu ändern.«

»Aber ich kann einfach nicht verstehen, wie jemand so undankbar sein kann«, erwiderte Moritz. »Wir haben alles getan, um ihm ein besseres Leben zu ermöglichen, aber seine eigene Bequemlichkeit steht dem im Weg! Wenn er sich nur ein bisschen mehr Mühe gegeben hätte, dann würde er mit der Prothese jetzt besser laufen als ich. Und dann hätte er auch die Position als Bauaufsicht bekommen und müsste keine Stadtpläne falten.«

»Wir haben es versucht, Moritz. Und es war richtig, es zu versuchen. Aber vielleicht sollten wir daraus auch eine Lehre für die Zukunft ziehen.«

»Und welche? Nicht mehr zu helfen?«

»Nein, im Gegenteil. Wir helfen. Aber wer Hilfe will, muss selbst auf uns zukommen. Wir informieren Hilfsbedürftige und halten Sprechstunden ab. Aber die Menschen entscheiden selbst, ob sie kommen wollen. Im Grunde haben wir Erhard Schramm keine Wahl gelassen. Ich machte ihm ein Angebot, und als er nicht kam, haben wir ihn regelrecht zu seinem vermeintlichen Glück genötigt. Wir haben ihm die Möglichkeit genommen, Nein zu sagen, weil wir dachten, wir wüssten, was gut für ihn ist.«

»Da ist was dran«, sagte Moritz nachdenklich. »Aber woher sollen wir wissen, ob jemand nicht einfach nur zu schüchtern ist? Oder zu hoffnungslos? Du weißt, wie schlecht es mir damals ging. Hätte man mir die Wahl gelassen, hätte ich mich erschossen, so verzweifelt war ich. Aber Joseph hat das nicht zugelassen. Und du auch nicht. Ihr habt euch von meinem Gejammer nicht abschrecken lassen. Und das war richtig.«

»Ich denke, der große Unterschied besteht darin«, sagte Martha, »dass Erhard Schramm sich bereits ein neues Leben aufgebaut hatte. Du warst hingegen am Boden zerstört und hattest nicht die geringste Vorstellung, was das Leben dir noch bieten könnte. Wir haben dir nur die Möglichkeiten aufgezeigt, die dir bleiben, und die hast du voller Willenskraft genutzt. Mit einem frisch verunfallten Menschen muss man anders umgehen als mit jemandem, der sich schon über Jahre mit seiner Behinderung abgefunden hat. Erhard Schramm hatte ein Leben – es war kein schönes Leben, aber wir haben es dennoch ungefragt zerstört.« Sie seufzte schwer.

»Nun bist du aber zu hart mit dir«, erwiderte Moritz. »Wir haben gar nichts zerstört, wir haben versucht, ihm zu helfen. Das hat zwar nicht so geklappt, wie wir es uns erhofft haben, aber Erhard hätte sich ja auch 'n bisschen mehr Mühe geben können, ne? Immer nur rumzujammern und anderen die Schuld zu geben ist eben zu wenig. Und beim Plänefalten kann er sich wenigstens nicht erkälten, ne?«

Darüber musste Martha trotz allem lachen.

Immerhin konnte sie sich auf das diesjährige Weihnachtsfest freuen, denn es war wieder genügend Geld für Geschenke da. Ella hatte nach ihrem ersten Ball bei den Kellermanns Spaß am Tanzen gefunden und freute sich auf die Tanzstunde. Als Martha Fredi fragte, ob er seine Schwester nicht begleiten wolle, lehnte er ab.

»Ich würde lieber im Hamburger Sportverein Fußball spielen.«

»Damit wirst du die Frauen aber nicht beeindrucken, sondern eher abschrecken«, sagte sein Vater augenzwinkernd.

»Ach was, da sind auch Mädchen, die zuschauen«, erwiderte Fredi. »Ich hätte mich ja längst angemeldet, aber da braucht man richtige Fußballschuhe.«

»Nun, wenn das dein einziges Problem ist«, sagte Paul. »Wünsch sie dir doch einfach zu Weihnachten.«

Zum Fest gab es also nicht nur eine gefüllte Gans mit Rotkohl und Kartoffeln, sondern auch Fußballschuhe für Fredi und für Ella die eleganten Lackschuhe, die sie sich schon so lange gewünscht hatte. Rudi bekam die neueste Auflage eines zweibändigen, in Leder gebundenen juristischen Standardwerks, das so teuer war wie Fredis und Ellas Geschenke zusammen, aber besonders glücklich wirkte er nicht. Als Martha ihn direkt ansprach, setzte er sein freundlichstes Lächeln auf und sagte, alles sei in Ordnung. Martha spürte, dass etwas nicht stimmte, aber es gelang ihr nicht, mit Rudi darüber ins Gespräch zu kommen.

16

Das Weihnachtsfest bestärkte Rudi erneut darin, dass er in seiner Familie ein Außenseiter war. Er wurde von allen nur noch als der Jurastudent gesehen. Was ihn wirklich bewegte oder was er sich wünschte, interessierte niemanden. Ella und Fredi hatten Geschenke bekommen, die sich um ihre Freizeitinteressen drehten, während er selbst sogar zu Weihnachten noch Freude über fette Fachwälzer heucheln musste. Gewiss, die Bücher waren teuer, und sie würden ihm im Studium weiterhelfen. Aber dass es für ihn noch ein Leben außerhalb des Studiums gab, kümmerte niemanden, es sei denn, um ihm Vorwürfe zu machen. Deshalb erzählte er zu Hause schon lange nur noch das Nötigste. Es war einfacher, ganz zu schweigen, als sich ständig auf die Zunge beißen zu müssen. Sein Vater wäre gewiss nicht erbaut gewesen, wenn er geahnt hätte, dass sein Sohn bereits kurz nach Beginn seines Studiums eine Affäre mit der Sekretärin von Professor Zellmer begonnen hatte. Es war Rudi nicht schwergefallen, Astrid zu erobern. Die junge Witwe hungerte so sehr nach Liebe und Zuneigung, dass sie nur allzu gern auf sein Werben eingegangen war. Es war eine für beide Seiten äußerst angenehme Beziehung, auch wenn sie aufgrund des Altersunterschiedes keine Zukunft hatte und im Geheimen blühen musste. Wäre es herausgekommen, hätte es Astrid die Stellung und ihn womöglich den Studienplatz gekostet. Wenn sie zusammen ausgingen, dann immer weitab von der Innenstadt. Das hatte gleich mehrere Vorteile. Zum einen war die Wahrscheinlichkeit, von Bekannten gesehen zu werden, ausgesprochen gering, und zum anderen waren die

Preise in den Lokalen am Stadtrand günstiger. Denn auch wenn er sieben Jahre jünger als Astrid war und als Student kein Geld verdiente, so erwartete die Etikette doch, dass er zahlte, was ihn immer wieder in finanzielle Schwierigkeiten brachte. Immerhin war Astrid eine moderne Frau, und schon bald hatte es sich zwischen ihnen eingespielt, dass sie abwechselnd die Rechnung bezahlten.

»Ich verdiene schließlich mein eigenes Geld«, sagte sie. »Und da will ich ja nicht, dass du dein letztes Hemd verpfändest.«

»Nein, sonst könntest du es mir in deinem Schlafzimmer ja nicht vom Leib reißen«, hatte er augenzwinkernd geantwortet.

Irgendwann gingen sie kaum noch in Tanzlokale, sondern trafen sich gleich in Astrids Wohnung. Hier kochte sie gern für ihn, ehe sie sich ihrer Leidenschaft hingaben. Rudi genoss es, sich nicht länger um die Konventionen scheren zu müssen. Bei Astrid konnte er so sein, wie er war, ihr musste er nichts vorspielen.

Am 3. Februar wurde Rudi zwanzig. Da sein Geburtstag auf einen Dienstag fiel, sollte am kommenden Sonntag im Familienkreis gefeiert werden, zumal Onkel Heinrichs Schiff am Donnerstag zurückerwartet wurde.

Am frühen Morgen bekam Rudi von seiner Mutter die Geschenke der Eltern. Natürlich waren es wieder ledergebundene kostspielige Lehrbücher für sein Studium. Eigentlich war er bislang gut mit den Büchern aus der Universitätsbibliothek ausgekommen. Eigene Bücher wurden ohnehin überschätzt, das meiste konnte er sich in den Vorlesungen aneignen, und da er ein gutes Gedächtnis besaß und die Art des juristischen Denkens schnell durchschaut hatte, fiel ihm das Lernen leicht. Ohne größere Anstrengung gehörte er binnen Kurzem zu den besten Studenten seines Semesters.

Außerdem gab es tatsächlich etwas, das er sich viel sehnlicher wünschte. Schon seit einiger Zeit träumte er von einer dieser modernen Armbanduhren. Nach der Enttäuschung mit den Weihnachtsgeschenken hatte er mehrmals am Abendbrottisch davon geschwärmt, aber seine Eltern hatten den Wink nicht verstanden. Sein Vater hatte sich sogar darüber mokiert, dass ein Mann von Welt viel eher durch seine Taschenuhr und die kostbare Uhrkette seinen Status bewies. Armbanduhren seien neumodische Spielereien für Piloten, die im Flugzeug einen schnellen Blick auf ihren Chronometer werfen mussten. Für einen Juristen sei so etwas nicht angemessen.

Fredis Fußballschuhe waren natürlich keine neumodischen Spielereien, die waren ja wichtig. Fredi und Ella mussten nur ein Mal einen Wunsch äußern, und schon wurde er erfüllt.

Rudi merkte, wie sich die Enttäuschung und die Eifersucht auf seine Geschwister immer tiefer in seine Eingeweide fraßen.

»Was möchtest du heute zum Abendbrot essen, Rudi? Ich meine, wir feiern zwar erst am Sonntag, aber es ist doch ein wichtiger Tag. Du bist jetzt nicht länger mein kleiner Junge, sondern ein erwachsener Mann.«

Die liebevollen Worte seiner Mutter rissen ihn aus seinen verbitterten Gedanken und machten ihn traurig. Das war das Schlimmste, dieses kurze Aufblitzen von liebevoller Fürsorge, die vollständig an seinen Bedürfnissen vorbeiging, schließlich wollte er den Abend mit Astrid verbringen. Sie hatte ihm versprochen, für ihn zu kochen. Und Astrid konnte ausgezeichnet kochen.

»Das ist lieb von dir«, sagte er und bemühte sich um ein liebevolles Lächeln. »Aber ich bin heute Abend schon mit Freunden zum Feiern verabredet. Macht euch bitte keine Umstände.«

Seine Mutter sah ihn eindringlich an.

»Rudi, ist alles in Ordnung?«

Das kommt darauf an, wie man Ordnung definiert, dachte

Rudi bei sich. *Ihr passt mich in eure Ordnung ein, so wie ihr sie haben wollt.*

»Rudi?«

Als er ihren besorgten Blick auffing, nahm er seinen ganzen Mut zusammen. »Es ist nur …« Er schluckte. »Das Geld für die teuren Bücher hättet ihr euch eigentlich sparen können. Ich bin doch sowieso täglich in der Bibliothek.«

»Aber das ist nicht dein Eigentum, und du musst immer hoffen, dass sie nicht gerade ein anderer ausgeliehen hat. Diese Bücher wirst du auch später noch brauchen, und Papa meinte, wennschon, dann sollten wir richtig investieren, damit du prächtige Bände mit Lederumschlag hast, die sich später in den Regalen deiner Kanzlei gut machen werden.«

Rudi schluckte erneut. »Und wenn ich gar keine Anwaltskanzlei eröffne, sondern in den Staatsdienst gehe?«

»Dann wirst du irgendwann Richter oder Staatsanwalt und kannst sie dort in die Regale deines Büros stellen. Bücher sind die wertvollste Zierde im Büro eines Mannes, denn sie bezeugen sein Wissen.«

»Eine Armbanduhr wäre mir lieber gewesen«, rutschte es ihm heraus.

Martha stutzte. »Ist das dein Ernst? Du hast doch eine sehr gute Taschenuhr. Weißt du noch, wie wir sie damals gemeinsam bei Uhrmacher Härtel ausgesucht haben, als du aufs Gymnasium gekommen bist?«

»Da war ich zehn. Ist es zu viel verlangt zu verstehen, dass ich mir nach einem halben Leben eine neue Uhr wünsche?«

»Papa hat noch immer die Uhr, die sein Vater ihm schenkte, ehe er nach Hannover ging, um dort Maschinenbau zu studieren«, sagte Martha. »Eine gute Uhr ist etwas fürs Leben, deshalb haben wir dir damals ja auch dieses teure Modell ausgesucht.«

»Ja«, sagte Rudi nur. »Bitte wartet heute nicht mit dem Essen auf mich. Aber keine Angst, es wird nicht zu spät werden. Ich muss ja morgen wieder früh raus.«

Seine Mutter nickte. »Ich wünsche dir viel Spaß mit deinen Freunden.«

Rudi bedankte sich und verließ die Wohnung. Er hatte es versucht. Er hatte es angesprochen, aber die alte Ordnung war so festgefügt, dass darin kein Platz für seine Wünsche war.

»Und, hast du eine Armbanduhr bekommen?«, fragte Astrid ihn neugierig, nachdem sie ihm abends die Tür zu ihrer Wohnung geöffnet und ihm noch im Flur mit einem langen Kuss zum Geburtstag gratuliert hatte.

»Nein, nur wieder dicke Juristenwälzer«, erwiderte er seufzend. »Das wird wohl auch die nächsten Jahre so bleiben. Meine Eltern träumen schon von dem großen Bücherregal in meiner künftigen Kanzlei.« Noch während er sprach, fiel sein Blick auf die Kommode im Flur.

»Seit wann hast du denn ein Telefon?«

»Seit vorgestern.« Sie lächelte. »Du kannst mich jetzt auch anrufen.«

»Hast du das etwa nur für mich angeschafft?«

»Nein, natürlich nicht. Professor Zellmer meinte, es sei besser, wenn ich stets greifbar bin.«

»Damit er dich zu Überstunden ins Büro beordern kann?«

Sie ging nicht darauf ein, sondern reichte ihm stattdessen ein kleines Päckchen, das in rotes Geschenkpapier geschlagen war.

»Ich hoffe, es gefällt dir, auch wenn du jetzt keine Armbanduhr hast, die das zur Geltung bringen könnte.«

»Vielen Dank!« Er küsste sie zärtlich auf die Wange. »Da bin ich mal gespannt.«

Er öffnete das Geschenkpapier vorsichtig, so wie er es von seiner Mutter gelernt hatte. Immer sorgfältig, sodass man es wiederverwenden konnte, niemals gierig aufreißen.

Es war ein Schmuckkästchen, und als er es öffnete, leuchteten ihm zwei silberne Manschettenknöpfe mit Perlmuttbesatz entgegen.

»Die sind wunderschön«, flüsterte er. »Aber die haben doch bestimmt ein Vermögen gekostet! Du sollst doch nicht so viel Geld für mich ausgeben.«

»Keine Sorge, so teuer waren die gar nicht.« Sie legte die Arme um seinen Hals und küsste ihn. »Ich will dich doch ein bisschen verwöhnen. Komm, setz dich schon mal, das Essen ist auch gleich fertig.«

Es wurde ein wunderbarer Abend mit einem ausgezeichneten ungarischen Paprikahähnchen. Das Rezept, erzählte Astrid stolz, habe sie von einer Tante, die seit Urzeiten in Österreich-Ungarn lebte, wohin sie ihrem Gatten gefolgt war.

»Hast du sie oft dort besucht?«, fragte Rudi, als sie später, erschöpft von der Liebe, gemeinsam im Bett lagen und sie sich an ihn schmiegte.

»Nein, nur ein paarmal. Dann kam ja bald der Krieg.« Sie seufzte.

»Der Krieg, der uns allen so viel genommen hat«, sagte er leise und ließ seine Finger durch ihr langes, dunkles Haar gleiten. »Meine Eltern sind zwar Meister darin, aus allem das Beste zu machen und sich mit allem zu arrangieren, selbst mit der schrecklichen Entstellung meines Vaters, aber es ist doch so, dass der Krieg uns Deutsche um all die großartigen Errungenschaften gebracht hat. Alles wurde zerschlagen. Es tut mir heute noch in der Seele weh, wenn ich daran denke, dass der *Imperator* nun unter britischer Flagge fährt.«

»Das Schiff, auf dem du nach Amerika gefahren bist.«

»Ja, genau. Damals, auf seiner Jungfernfahrt. Weißt du, manchmal frage ich mich, ob es nicht ein Fluch ist, wenn die größten Träume bereits in Erfüllung gehen, wenn man erst acht ist. Was bleibt da noch zu erreichen?«

»Zum Beispiel ein erfolgreicher Jurist zu werden.«

»Nun fang du nicht auch noch an. Einmal habe ich mich als Junge verplappert und gesagt, ich würde gern Anwalt werden. Als ich merkte, wie sehr der Gedanke meinen Eltern gefiel, habe ich es immer wieder gesagt, auch wenn ich gar nicht wusste, ob ich das wirklich wollte.«

»Aber du bist ein sehr guter Student, Rudi. Professor Zellmer spricht immer mit Hochachtung von dir.«

»Der Professor spricht in deiner Gegenwart über mich?« Rudi sah sie überrascht an.

Astrid lachte verlegen. »Ja, manchmal. Er ist mir gegenüber sehr offen, und ich bin froh, dass er mir so viel Vertrauen entgegenbringt. Für eine junge Witwe ist es nicht einfach, sich über Wasser zu halten.«

»Du hast mir nie von deinem Mann erzählt. Ist er im Krieg geblieben?«

Sie zögerte einen Moment. »Ja«, sagte sie dann. »Wir waren beide noch sehr jung. Wir waren befreundet, aber ich hatte mir nie Gedanken darüber gemacht, ob ich ihn wirklich heiraten wollte. 1915 wurde Erwin eingezogen, da war er neunzehn, und ich war siebzehn. Er bat mich, ihn zu heiraten, damit er einen Grund hätte wiederzukommen. Meine Eltern zögerten, ihr Einverständnis zu geben, weil ich noch so jung war, aber er stammte aus einer guten Familie, sein Vater war Staatsbeamter, die Familie hatte ein eigenes Haus in Uhlenhorst, und Erwin war der einzige Sohn. Also haben meine Eltern schließlich zugestimmt. Zwei

Jahre später ist Erwin in Frankreich gefallen. In der ganzen Zeit unserer Ehe waren wir vielleicht sechs Wochen zusammen, immer wenn er Heimaturlaub hatte. Ich weiß nicht, ob wir auf Dauer glücklich geworden wären, wir waren ja beide noch so jung. Natürlich habe ich um ihn getrauert, aber vor allem war ich froh, dass ich in dieser Zeit nicht schwanger geworden bin. Als Kriegerwitwe mit einem Kind, das wäre ein großes Problem gewesen. In gewisser Weise hat mich die Witwenschaft auch befreit. Ich kann für mich selbst entscheiden, jedenfalls in dem Rahmen, den man einer Frau zugesteht. Aber ich komme langsam in ein Alter, in dem ich mich nach dem sehne, wofür ich mit siebzehn noch zu jung war.«

»Und was ist das?«

»Eine richtige Familie.«

Rudi spürte, wie ihm das Blut heiß in die Wangen schoss. Wollte sie ihm etwa durch die Blume sagen, dass sie ihre Beziehung legitimieren sollten?

»Nun schau mich nicht so verschreckt an, als wollte ich dich vom Fleck weg heiraten«, sagte sie lachend. »Du bist eine Bereicherung in meinem Leben, aber mir ist selbst klar, dass der Altersunterschied zu groß ist. Nein, nein, ich denke weiter.«

»Weiter? Das heißt, du möchtest unser Arrangement auflösen, um für ernsthaftere Beziehungen offen zu sein?«

Sie kuschelte sich fester an ihn.

»Nein, Rudi, ich möchte dich nicht verlieren. Aber ich will ehrlich zu dir sein, es könnte der Zeitpunkt kommen, wo ich mich für einen Mann zum Heiraten entscheide.« Sie atmete tief durch. »Professor Zellmer hat gewisse Andeutungen gemacht. Und er ist für einen Professor jung, er ist achtunddreißig. Du hast vorhin nach dem Telefon gefragt. Es ist nicht dienstlich …«

Rudi erstarrte in Astrids Armen.

»Du hast neben mir eine Affäre mit deinem Chef?«

»Warum sollen Frauen sich mit weniger begnügen als Männer?«, erwiderte sie mit einem kecken Augenaufschlag. »Rudi, wir wissen doch beide, dass unsere Freundschaft etwas Wunderbares ist, aber kein Fundament, um eine Familie zu gründen.«

»Und weiß Professor Zellmer von mir? Habt ihr deshalb über mich gesprochen?«, fragte Rudi und konnte die Bissigkeit in seiner Stimme kaum unterdrücken. Gewiss, er hatte die Unverbindlichkeit geschätzt, aber er war Astrid dennoch treu gewesen. Er hatte inzwischen sein ganzes Leben um ihr Liebesnest herum aufgebaut. Ein Leben im Geheimen und ohne Zukunft, aber er hatte jeden Augenblick, den er mit ihr verbracht hatte, ehrlich gemeint. Und jetzt musste er feststellen, dass er nicht der Eroberer war, sondern nur der Appetithappen.

»Nein, natürlich weiß er nichts von uns beiden«, beschwichtigte sie ihn. »Und so soll es auch bleiben. Ich weiß ja noch gar nicht, wie ernst seine Absichten sind. Vielleicht wünscht er sich auch nur eine heiße Affäre.«

»Und darauf willst du dich einlassen?«, fragte Rudi mit bebender Stimme. »Noch während du mit mir zusammen bist?«

»Nun, ich werde bestimmt keinen Mann heiraten, ohne zuvor erprobt zu haben, ob er meinen sexuellen Ansprüchen genügt.«

Rudi wand sich aus ihren Armen und stand auf.

»Ich glaube, es ist an der Zeit, dass ich gehe.«

»Rudi, warte!«, rief sie und eilte ihm nach. »Ich dachte, das wäre klar zwischen uns beiden. Ich möchte nicht, dass sich etwas verändert. Ich wollte nur ehrlich zu dir sein. Weil du Ehrlichkeit verdienst!«

Rudi strich sich nervös durchs Haar, sagte aber nichts. Dieser Geburtstag endete schlimmer, als er angefangen hatte. Wortlos zog er sich an.

»Kommst du Sonnabend wieder?«, fragte Astrid unsicher.

»Ist der Tag noch nicht für deinen neuen Liebhaber reserviert?«, gab Rudi giftig zurück.

»Nein, Rudi. Der Sonnabend wird immer unser Tag sein. Bitte, komm, lass es nicht so enden.« Sie sah ihn flehentlich an. Rudi schluckte und versuchte, seine Gedanken zu ordnen. Vielleicht war es tatsächlich besser, erst einmal so weiterzumachen. Schließlich nahm sie ihm ja nichts weg. Und solange sie sich ihrer Beziehung zum Professor nicht sicher war, würde ohnehin alles bleiben wie bisher. Andererseits kam es Rudi komisch vor. Was würde wohl passieren, wenn Professor Zellmer herausfand, dass seine Sekretärin eine Affäre mit einem Studenten hatte, der sieben Jahre jünger als sie selbst war? War die Welt schon immer so kompliziert gewesen, oder waren es die Nachwirkungen des Krieges, die inzwischen die alte Ordnung zerstört hatten?

Seinen geradlinigen Eltern würden die Haare zu Berge stehen. Sie predigten nicht nur, dass Sexualität nur zwischen den Menschen stattfinden sollte, die ernsthaft eine Familie gründen wollten, sondern sie lebten es auch vor. Aber aus der Ordnung seiner Familie war er ja ohnehin schon lange herausgefallen.

»Ist gut«, sagte er schließlich. »Bis Sonnabend also.«

17

Als Rudi am Sonnabend zu Astrid fuhr, schien zwischen ihnen alles wie immer. Er blieb bis elf Uhr abends, dann machte er sich auf den Heimweg. Über Professor Zellmer verloren sie kein Wort.

Seine Eltern waren noch wach und begrüßten ihn ganz normal. Seit er mit Astrid zusammen war, kam er schließlich immer vor Mitternacht nach Hause und trank kaum noch Alkohol.

»Hattest du einen schönen Abend?«, fragte seine Mutter.

»Ja«, erwiderte Rudi knapp.

»Möchtest du deine Freunde nicht mal zu uns einladen, damit wir sie kennenlernen können?«, fragte sein Vater.

»Ich glaube nicht, dass unsere Wohnung der passende Rahmen wäre«, erwiderte Rudi. »Und morgen kommt doch Onkel Heinrich mit seiner Familie zum Kaffee, da wären meine Freunde fehl am Platz. Und jetzt entschuldigt mich bitte, ich bin hundemüde.«

Er verließ das Wohnzimmer.

»Wirst du aus dem Jungen schlau?«, fragte Paul Martha. »Früher hat er sich ganze Nächte um die Ohren geschlagen, und jetzt kommt er noch vor Mitternacht nach Hause und behauptet, er sei müde? Der will doch nur jedem Gespräch ausweichen.«

»Weißt du, Paul, langsam habe ich den Eindruck, Rudi kann dir gar nichts mehr recht machen. Ganz gleich, was er tut, du findest ein Haar in der Suppe. Was gibt es denn an seinem Verhalten auszusetzen?«

»Nichts, aber ich habe ein ungutes Gefühl. Es ist noch nie etwas Gutes dabei rausgekommen, wenn Rudi uns etwas verschwiegen hat.«

Martha runzelte die Stirn. »Hat ihn etwa wieder einer deiner Kollegen in zwielichtigen Kaschemmen gesehen?«

Paul schüttelte den Kopf. »Nein, das nicht. Aber ist es nicht seltsam, dass wir nicht einmal die Namen seiner neuen Freunde kennen? Ich meine, ich habe nie viel von diesem Pieko gehalten, aber da wussten wir wenigstens noch, mit wem er unterwegs ist. Inzwischen erzählt er uns gar nicht mehr, wo er ist. Und das macht mir Sorgen. Früher hat er sich doch auch immer darüber ausgebreitet, was die anderen Jungs machen, was ihm an der Schule gefällt oder auch missfällt. Aber über sein Universitätsleben wissen wir rein gar nichts. Das ist doch nicht normal. Nicht für unseren Rudi.«

»Wusstest du eigentlich, dass er sich zum Geburtstag eine Armbanduhr gewünscht hat und enttäuscht war, dass wir ihm Bücher geschenkt haben?«, fragte Martha.

»Das ist doch nur so eine Marotte. Was will er denn mit einer Armbanduhr? Er hat eine wertvolle Taschenuhr, die macht viel mehr her.«

»Ich glaube nicht, dass es darum geht, Paul. Er war einfach enttäuscht, dass wir seine Andeutungen nicht wahrgenommen haben. Und er hat wirklich sehr oft davon gesprochen. Aber du hast jedes Mal verkündet, dass du nichts von Armbanduhren hältst.«

»Ja, und? Soll ich meine Meinung verleugnen, weil der hohe Herr unbedingt eine Armbanduhr will, obwohl er eine gute Taschenuhr hat?«

Martha seufzte. »Ich denke, wir sind an dem Punkt angelangt, an dem wir akzeptieren müssen, dass Rudi ein junger Mann ist, der sich für andere Dinge interessiert als wir in seinem Alter. Die Armbanduhr ist dafür nur ein Symbol. Für ihn bedeutet sie etwas anderes als für dich.«

»Hmm«, brummte Paul.

»Was müsste Rudi denn tun, damit er dein Wohlwollen zurückgewinnt?«, fragte Martha weiter.

Paul sah sie überrascht an. »Wie kommst du darauf, dass er es jemals verloren hätte? Ich bin doch nur so besorgt, weil ich ihn liebe und möchte, dass es ihm gut geht.«

»Und trotzdem gehst du mit Fredi und Ella anders um. Du hast Fredi versprochen, beim Spiel gegen die Jugendauswahl aus Bremen zuzusehen, obwohl du dich gar nicht für Fußball interessierst. Aber du tust es, weil es Fredi wichtig ist. Und Ella gibst du fröhlich Ratschläge, wie sie sich bei der Tanzstunde verhalten soll, um junge Männer zu beeindrucken. Wann hast du dich Rudi gegenüber das letzte Mal wie ein stolzer Vater verhalten?«

»Der Junge gibt mir, im Gegensatz zu Fredi und Ella, nicht viele Gelegenheiten, ihm zu zeigen, wie stolz ich auf ihn bin. Weißt du noch, wie abweisend er war, als ich ihm zu seinem Abitur gratuliert habe? Ganz so, als wäre es ihm peinlich. Er will ja gar nichts von mir als Vater.«

Martha nickte. »Da hast du natürlich recht, er macht es uns nicht leicht. Aber ich frage mich immer wieder, was wirklich dahintersteckt.«

»Jetzt bist du aber diejenige von uns beiden, die sich zu viele Gedanken macht, Martha«, sagte Paul. »Rudi wird in einem Jahr volljährig, und dann kann er selbst entscheiden, was er will. Wir sind immer für ihn da, aber wenn er sich entschließt, uns aus seinem Leben auszusperren, werden wir das respektieren.«

»Ich finde es nur so schwierig, die richtige Balance zu finden«, sagte Martha. »Wo ist die Grenze zwischen Gleichgültigkeit und dem Respektieren der Freiheit? Wo ist die Grenze zwischen Fürsorge und aufdringlicher Bemutterung?«

Darauf wusste auch Paul keine Antwort.

Der Sonntagnachmittag mit der gesamten Familie lief viel harmonischer, als Martha erwartet hatte. Rudi wirkte entspannter als am Abend zuvor, war geradezu ausgelassen, was vielleicht auch daran lag, dass Heinrich wieder einmal seine Anekdoten aus Ostasien auspackte und Rudi außerdem die originalgetreue Nachbildung eines japanischen Samuraischwertes zum Geburtstag mitgebracht hatte. Martha fragte sich, ob es das Schwert selbst war, das Rudi so entzückte, oder die Tatsache, dass Fredi seinen älteren Bruder glühend um dieses Geschenk beneidete.

Als der Frühling kam, wusste Martha noch immer nicht, wie es Rudi wirklich ging. Er ließ seine Familie nach wie vor kein bisschen an seinem Studentenleben teilhaben. Einzig die gut benoteten Klausuren zeigte er seinen Eltern regelmäßig, wobei Martha sich fragte, ob er es aus Freude über seine guten Leistungen tat oder um weiteren Fragen vorzubeugen. Paul gab sich aufrichtig Mühe, Rudi zu zeigen, wie stolz er auf dessen Leistungen im Studium war, aber Rudi wirkte dabei eher peinlich berührt. Das fröhliche Leuchten seiner Augen, das Martha von früher kannte, wenn sein Vater ihn gelobt hatte, war schon lange verloschen.

Martha hatte sich jedenfalls Pauls Ratschlag zu Herzen genommen und versuchte, nicht mehr so viel über Rudi nachzudenken. Ihre Arbeit als Krankenschwester ließ ihr ohnehin nicht viel Zeit zum Nachdenken, und sie hatte ja auch noch zwei weitere Kinder. Am 28. März wurde Fredi achtzehn Jahre alt, aber im Gegensatz zu seinem Bruder führte er kein ausschweifendes

Leben, sondern verbrachte seine Freizeit überwiegend im Fußballverein. Außerdem hatte er seit einiger Zeit ein Auge auf die sechzehnjährige Henny geworfen, die eigentlich Henriette hieß. Sie war die Schwester eines Vereinskameraden, ein hübsches Mädchen mit langem blonden Haar, das sie meist als Kranz um den Kopf trug. Es berührte und amüsierte Martha zugleich, als sie mitbekam, wie schüchtern Fredi um Henny warb, ehe er den Mut fasste, sie am Sonntag zum Kaffee zu seiner Familie einzuladen.

Henny eroberte Pauls Herz im Sturm, und anders als im Umgang mit Rudi gab Paul seinem Zweitgeborenen zahlreiche gute Ratschläge, unter anderem, dass er die Beziehung vorsichtig angehen lassen sollte. Sorgen machte er sich keine, denn Fredi war kein Draufgänger, sondern gehörte eher zu der Sorte verträumter Romantiker.

Als Ella am 2. April 1925 ihren fünfzehnten Geburtstag feierte, wurde Martha bewusst, dass jetzt auch das letzte ihrer Kinder flügge geworden war. Ellas weiche kindliche Züge verschwanden immer mehr, und es zeichneten sich bereits die der hübschen jungen Frau ab, zu der sie allmählich heranreifte. Da es bereits einige junge Galane gab, die Ella in der Tanzstunde zu erobern versuchten, fand Martha es an der Zeit, ihre Tochter über all die wichtigen Dinge des Lebens aufzuklären. Woher die Babys kamen wussten ihre Kinder schon von klein auf, aber jetzt war es für Martha viel entscheidender, ihrer Tochter darzulegen, wie sie sich vor einer Schwangerschaft schützen konnte, auch wenn Ella noch kein Interesse an sexuellen Erfahrungen zeigte und sich bei ihrer Mutter sogar über einen Jungen beschwert hatte, der sie ständig überreden wollte, ihn zu küssen. Und so gab sie ihr auch noch ein paar Tipps, wie man sich aufdringlicher Verehrer erwehren konnte. Zu Ellas großem Erstaunen erzählte ihr die Mutter, wie Moritz Kellermann ihr, als sie in ihrem Alter gewesen war, beigebracht hatte, sich gegen zudringliche Männer zu wehren.

Im April begann die Gartensaison, und so verbrachte die Familie die Wochenenden wieder regelmäßig in ihrem Schrebergarten in Moorfleet. Fredi und Ella waren gern dort, auch wenn Fredi sich sonntags nach dem Mittagessen rasch verabschiedete, um den Nachmittag auf dem Fußballplatz zu verbringen. Nur Rudi ließ sich so gut wie nie im Schrebergarten blicken. Wenn die Familie dort übernachtete, blieb er allein in der elterlichen Wohnung. Dass er die Wohnung für kompromittierende Treffen mit irgendwelchen Frauen nutzen würde, befürchtete Paul nicht. Schließlich kannte Rudi die neugierigen Nachbarn zur Genüge.

Was Paul aber nicht ahnte, war die Tatsache, dass Rudi an diesen Wochenenden überhaupt nicht zu Hause war, sondern bei Astrid übernachtete.

Die Beziehung zu Astrid war immer noch der Mittelpunkt seines Lebens, aber sie wurde immer komplizierter, und schuld daran war Astrids Offenheit. Sie hatte inzwischen tatsächlich eine Affäre mit Professor Zellmer begonnen, von der sie hoffte, dass sie in einer Ehe münden würde. Flugs hatte sie einen Plan erstellt, wann Rudi willkommen war und wann er sich von ihrer Wohnung fernzuhalten hatte. Sonntags musste er Astrids Wohnung spätestens um zwei Uhr nachmittags verlassen, denn die Sonntagnachmittage gehörten Anton Zellmer. Es verletzte Rudi, dass er Astrid nicht so wichtig war wie sie ihm, aber er brachte es nicht über sich, die Beziehung zu beenden. Ohne Astrid, ohne die regelmäßigen Treffen in ihrer Wohnung wäre sein Leben völlig leer und sinnlos. Er hatte es versäumt, an der Universität neue Freunde zu finden. Er war zu einem ungeselligen Eigenbrötler geworden, weil sich alles nur um Astrid drehte und sein Bemühen, die Beziehung zu ihr geheim zu halten. Manchmal fragte er sich, ob das Liebe war. Denn wenn es sich nur um eine einfache Affäre gehandelt hätte, dann wäre er doch nicht so eifersüchtig auf Professor Zellmer. Wenn es allerdings die große, wahre Liebe war, müsste er ihr dann nicht umgehend einen Heiratsantrag machen? Und sie damit vor der Dummheit bewahren, einen Mann zu heiraten, den sie nicht liebte? Aber halt! Woher wusste er, dass sie Professor Zellmer nicht liebte? Nur weil sie ihn aus Vernunftgründen zu einem potenziellen Ehemann erkoren hatte? Und wie würde es weitergehen, wenn Professor Zellmer ihr tatsächlich einen Antrag machte? Würde sie ihn dann einfach fallen lassen?

Als Rudi an einem Samstagabend Ende Mai bei Astrid klingelte, öffnete sie ihm mit verweinten Augen.

»Was ist los?«, fragte er und nahm sie in die Arme.

»Mein Leben ist zerstört«, flüsterte sie und fing erneut an zu weinen.

Er führte sie behutsam ins Wohnzimmer. »Was meinst du damit? Was ist passiert?«

Sie setzten sich gemeinsam auf das Sofa, und es brauchte einige Zeit, bis Astrid sich so weit beruhigt hatte, dass sie sprechen konnte.

»Ich bekomme ein Kind.«

Rudi erstarrte. »Aber nicht von mir, ich … Ich habe immer …«

»Nein, von Anton Zellmer«, unterbrach sie ihn. »Aber … aber …« Wieder kamen ihr die Tränen.

»Er will dich nicht heiraten«, vollendete Rudi den Satz. Astrid nickte. »Was für ein Mistkerl«, zischte er. »Da hat er eine so wunderbare Frau und lässt sie einfach sitzen.«

»Rudi, ich kann so nicht weiterleben. Ich würde alles verlieren. Als ich es ihm sagte, hat er alles abgestritten, hat gesagt, er könne doch nicht seine Sekretärin heiraten, und ich hätte es nur darauf abgesehen, ihn mit dem Kind an mich zu binden.«

»Hast du das denn nicht?«, rutschte es Rudi heraus. Sofort ärgerte er sich, dass er seine Zunge nicht besser im Zaum gehalten hatte. Natürlich war Astrid berechnend gewesen, aber sie war verzweifelt, es war nicht der richtige Zeitpunkt, ihr das jetzt vorzuhalten.

»Nein!«, schrie sie. »Das ist einfach so passiert. Ich habe ihm doch vertraut! Ich habe doch gedacht, wenn wirklich etwas geschieht, dann … dann ist er ein Ehrenmann, der die Konsequenzen trägt.«

»Aber so etwas passiert ja nicht so einfach«, sagte Rudi. »Hat er denn nicht aufgepasst?«

»Was willst du damit sagen?«, kreischte sie. So hysterisch hatte er sie noch nie erlebt. »Glaubst du etwa auch, ich wäre eine schamlose Schlampe, die einen Mann mit einem Kind zur Ehe zwingen will?«

»Nein, natürlich nicht … aber … hat er dir nicht genauer gesagt, warum er dich nicht heiraten will?«, fragte Rudi, unfähig, irgendetwas Tröstliches zu sagen.

»Weil es Gerüchte über meinen Lebenswandel gibt.« Sie schluckte schwer. »Gerüchte über uns beide.«

»Über uns?« Rudi merkte, wie ihm das Blut in die Wangen schoss. »Aber wir waren doch immer so vorsichtig, damit es keiner erfährt. Und du … Du wolltest doch, dass wir zusammenbleiben.«

»Woher soll ich denn wissen, woher er es weiß?«, schluchzte sie. »Rudi, ich habe nur noch eine einzige Möglichkeit, meine Ehre zu retten. Du musst mir helfen. Wirst du das tun?«

»Ja, natürlich. Was soll ich machen?«

Sie straffte ihre Schultern und wischte sich die Tränen aus dem Gesicht.

»Heirate mich.«

»Was?« Rudi erstarrte.

»Du musst mich heiraten. Sieh mal, dann könnte ich meine Ehre bewahren, und wir könnten immer zusammen sein. Du studierst noch, aber ich verdiene genügend Geld, und du kannst hier einziehen und …«

»Moment mal!«, rief Rudi. »Das geht mir etwas zu schnell. Ich soll dich heiraten, weil du von dem Mann schwanger bist, den du heiraten wolltest, da ich dir nicht gut genug war? Und nun bin ich wieder gut genug, weil er dich einfach wegwirft? Das ist nicht dein Ernst!«

»Rudi, ich habe nie gesagt, dass du mir nicht gut genug bist, ganz im Gegenteil. Aber ich … Ich dachte doch, ich wäre dir zu alt. Ich habe doch gesehen, was für ein Gesicht du gemacht hast, als ich dir von meinen Wünschen erzählte.«

»Ja, und im nächsten Atemzug hast du mir lachend erzählt, dass du Professor Zellmer heiraten willst. Und dass er dir sogar schon ein Telefon besorgt hat.«

»Das habe ich damals ja nur gesagt, um dich zu beruhigen.«

»Das stimmt doch gar nicht!«, schrie Rudi. »Du hast mir an meinem Geburtstag gesagt, dass Professor Zellmer dir das Telefon besorgt hat, damit er dich privat besser erreichen kann. Ich war ja noch so naiv und dachte, der will dich zu Überstunden abrufen.«

»Da verwechselst du was.«

»Nein, da verwechsle ich nichts!«

»Ich habe mich doch nur mit dem Professor eingelassen, weil ich dich nicht bedrängen wollte. Und das weißt du ganz genau.«

»So ein Blödsinn!«, schrie Rudi. »Du wolltest Zellmer, weil er als Professor eine gute Partie ist. Und mich als Geliebten. Und ich war so blöd, dass ich nach dieser Eröffnung unsere Beziehung nicht gleich beendet habe. Weil du mir etwas bedeutest. Aber … aber du kannst jetzt nicht so tun, als wäre ich schuld an deiner Situation.«

»Wenn du nicht gewesen wärst, dann hätte es keine Gerüchte über uns gegeben, und dann hätte Anton mich nicht fallen gelassen, und ich würde hier nicht mit einem unehelichen Kind im Bauch sitzen.«

»Dann hättest du verdammt nochmal darauf bestehen sollen, dass dein lieber Anton ein Kondom benutzt! Aber bestimmt war es dir sogar recht, oder? Vermutlich liegt er mit seiner Einschätzung, dass du ihn unter Druck setzen wolltest, gar nicht so falsch.«

»Rudi, wie kannst du so etwas nur sagen?«, schluchzte sie. »Warum bist du so gemein zu mir? Ich liebe dich. Und ich könnte mit der Schande nicht leben. Wenn du mich liebst, dann musst du mir helfen.«

»Helfen ist etwas anderes, als dich zu heiraten, weil du von einem anderen ein Kind kriegst!«

Astrid brach wieder in Tränen aus, aber sie kamen ihm wie billiges Selbstmitleid vor und machten ihn nur wütend. Was bildete Astrid sich eigentlich ein? Jetzt sollte er sie heiraten und ein fremdes Kind als sein eigenes anerkennen? Ausgerechnet er, der immer darauf geachtet hatte, Kondome zu verwenden?

»Astrid, hör auf mit den Krokodilstränen. Das wirkt bei mir nicht!«

»Ich war immer für dich da, Rudi. Ich liebe dich. Und jetzt, wo ich dich am dringendsten brauche, willst du mir nicht helfen. Weißt du, dass du genau so ein Mistkerl wie Anton bist?«

»Aber ich bin immerhin nicht der Mistkerl, der dich schwanger sitzen lässt.«

»Ich könnte zu deinen Eltern gehen und sagen, dass du der Vater bist. Glaubst du, sie werden einer weinenden Frau, die du in Schwierigkeiten gebracht hast, die Tür weisen?«

Rudi zuckte zusammen. Hatte er richtig gehört? Und vor allem – hatte sie das ernst gemeint? Er sah sie an, wie sie da vor ihm saß, nicht mehr nur wie ein Häufchen Unglück, sondern wie ein in die Ecke gedrängtes, tollwütiges Tier. In ihren Augen loderte nicht mehr nur Verzweiflung, sondern zugleich unbändige Wut.

»Wie bitte? Jetzt drohst du mir mit einer Lüge?«

»Verdammt, Rudi, ich bin verzweifelt!«, schrie sie »Was soll ich denn machen?«

»Du könntest zum Beispiel zu Professor Zellmers Eltern gehen anstatt zu meinen«, schrie Rudi zurück. »Er ist der Vater deines Kindes!«

Sie schluchzte immer heftiger.

»Es wird dir nichts nützen, meinen Eltern so eine gemeine Lüge zu erzählen«, erwiderte Rudi ungerührt. »Gleich heute gehe ich zu ihnen und erzähle ihnen die ganze Wahrheit. Ich hätte nie gedacht, dass du mir mit so was drohen würdest. So geht man nicht mit jemandem um, den man angeblich liebt. Du hast dir das alles selbst zuzuschreiben.«

Er ging in den Flur und griff nach seinem Hut und Mantel.

»Rudi, ich bin verzweifelt!«, schrie sie ihm heulend hinterher. »Du kannst mich jetzt nicht einfach allein lassen.«

Wortlos verließ er ihre Wohnung.

Vor der Haustür atmete er mehrfach tief durch. Hatte er sich wirklich so sehr in Astrid getäuscht? Wie konnte sie es wagen, ihm mit so einer infamen Lüge zu drohen, nur damit er sie heiratete?

Nun gut, die Zeit der Geheimnisse war vorbei, und auch wenn es schwer werden würde, es war allerhöchste Zeit, seinen Eltern die Wahrheit zu sagen, bevor noch Schlimmeres passierte.

Als er in der Schrebergartenkolonie in Moorfleet ankam, saß seine gesamte Familie draußen im Garten und aß zusammen mit den Kowalskis von der Parzelle nebenan Frau Kowalskis hervorragenden Streuselkuchen.

»Rudi, was verschafft uns denn so früh am Nachmittag die Ehre?«, fragte seine Mutter. »Hast du ausnahmsweise mal Sehnsucht nach deiner Familie?« Sie zwinkerte ihm liebevoll zu.

Rudi zögerte. Wen sollte er zuerst ins Vertrauen ziehen? Zwar hatte er den Eindruck, seine Mutter würde ihm, wie so oft, mit mehr Verständnis begegnen, aber zugleich kam es ihm feige vor, sich hinter ihr vor seinem Vater zu verstecken.

»Ich muss dringend mit Papa sprechen«, sagte er. »Allein.«

Paul hob fragend die Brauen, erhob sich jedoch umgehend von dem Gartenstuhl und ging mit Rudi in die Schreberbude.

»Was gibt es denn?«, fragte er, während er sich an den Tisch setzte.

Rudi schloss die Tür und nahm dann seinem Vater gegenüber Platz.

»Ich habe ein großes Problem, und ich möchte dich bitten, erst einmal ruhig zuzuhören, bevor du dich aufregst.«

Paul blickte seinen Ältesten erstaunt an. »Dann schieß mal los. Was ist passiert?«

Und so erfuhr Paul von Rudis Beziehung zu Astrid Möller, von Astrids Wunsch, Professor Zellmer zu heiraten, von der Gewissensqual seines Sohnes, ob er diese Beziehung beenden sollte oder nicht, und den Ereignissen des heutigen Tages. Paul hörte zu, ohne Rudi auch nur ein einziges Mal zu unterbrechen. Nachdem

Rudi geendet hatte, herrschte eine Weile Schweigen, und Rudi bereitete sich innerlich auf ein Donnerwetter vor.

»Das ist eine ausgesprochen unschöne Geschichte«, sagte sein Vater schließlich. »Wenn diese Astrid behauptet, du wärst der Vater, wird es sehr schwierig für dich, aus dieser Sache wieder herauszukommen.«

»Dann glaubst du mir?«, fragte Rudi erstaunt.

»Ja, natürlich«, erwiderte sein Vater. »Rudi, ich weiß, wie die Menschen sind. Ich habe so etwas immer befürchtet, deshalb war es mir so wichtig, dass du immer darauf achtest, ordentlich zu verhüten. Dann kannst du wenigstens sicher sein, dass du nicht der Vater bist. Allerdings ist das mit den Vaterschaftsnachweisen kompliziert, wenn einem die Frau etwas anhängen will. Der Vergleich der Ohrenform, der Augenfarbe oder der Fingerabdrücke ist nicht sicher.«

»Du kennst dich mit so etwas aus?«, fragte Rudi verblüfft.

Sein Vater nickte. »Als ich noch in Hannover studiert habe, ist mir etwas Ähnliches passiert. Ich wusste ganz genau, dass ich nicht der Vater sein konnte, weil ich immer Kondome verwendet habe. Ich hatte damals allerdings Glück, denn es gab ein recht auffälliges Muttermal, das den wahren Vater überführte. Aber das war eine sehr unschöne Episode in meinem Leben.«

Rudi starrte seinen Vater fassungslos an.

»Du hast auch Affären gehabt?«

»Die hat ja wohl jeder junge Mann, wenn er nicht zufällig gleich seine erste große Liebe heiratet oder sich auf Prostituierte beschränkt«, sagte Paul trocken. »Gerade weil ich so genau weiß, was daraus erwachsen kann, war ich so wütend auf dich. Ich hatte das Gefühl, du wiederholst meine Fehler, und ich kann dich nicht davor bewahren.«

»Und warum hast du es mir nie erzählt?«

»Warum wohl? Weil ich mich dafür geschämt habe.«

»Und was soll ich jetzt machen?«

»Lass Astrid Zeit, sich zu besinnen, und dann unterstütze sie dabei, dass sich der wahre Vater seiner Verantwortung stellt.«

»Aber das will sie ja nicht. Ich soll sie ja heiraten.« Rudi schluckte schwer. »Und weißt du, was das Schlimmste ist, Papa? Ich hätte es sogar getan, wenn das Kind von mir wäre. Dann hätte es da überhaupt kein Zögern gegeben. Weil ...« Er atmete tief durch, als er sich bewusst wurde, dass er jetzt zum ersten Mal in Worte fasste, was er schon lange fühlte. »Weil ich sie wirklich geliebt habe. Aber ... aber als sie mir drohte, dass sie euch solche Lügen über mich erzählen würde, da war es, als würde sie mich mit einem Eimer kalten Wasser übergießen und ... und das Wasser hat jede Zuneigung weggeschwemmt. Es hat schon wehgetan, als sie mir erzählte, dass sie vorhabe, den Professor Zellmer zu heiraten, aber mich als ... Liebhaber behalten wolle. Das fand ich unaufrichtig. Aber ... ich hatte nicht die Kraft, sie zu verlassen, obwohl ich es zu dem Zeitpunkt hätte tun sollen.«

Paul griff nach Rudis Hand. »Verstehst du, das wollte ich dir eigentlich immer sagen. Dass aus Leidenschaft manchmal Liebe wird. Aber Leidenschaft ohne Liebe bringt uns meist Kummer. Denn für einen von beiden ist es irgendwann immer mehr. Im besten Fall verliert man nur ein Stück seines Herzens, im schlimmsten Fall passieren Dinge wie jetzt.« Paul seufzte. »Aber es ist nun mal passiert, Rudi. Irgendwie kriegen wir das wieder hin. Ich rechne es dir hoch an, dass du damit zu mir gekommen bist.«

»Danke, Papa«, sagte Rudi leise. »Darf ich dir noch eine Frage stellen?«

»Sicher, mein Sohn.«

»Hast du die Frau damals geliebt?«

»Es war ein bisschen anders als bei dir und Astrid. Ich mochte sie sehr, man konnte viel Spaß mit ihr haben. Aber sie hatte eben Spaß mit mehreren, was ich erst erfahren habe, als sie schwanger war. Sie hat auch offen zugegeben, dass es mehrere Kandidaten für die Vaterschaft gebe. Allerdings hat sie mich nicht ausgeschlossen, was mich sehr gekränkt hat, denn sie wusste ja genau, dass ich immer verhütet habe. Aber damals stand ich kurz vor meinem Abschluss als Maschinenbau-Ingenieur. Ich wäre die beste Partie gewesen. Frauen können da sehr berechnend sein. Der tatsächliche Vater war der Brauereikutscher, der die Kneipe belieferte, in der wir uns kennengelernt hatten. Als die Untersuchungen nach der Geburt seine Vaterschaft aufgrund des Muttermals nahelegten, hat er sie geheiratet.«

»Er hätte sich auch aus dem Staub machen können.«

»Na ja, er hätte ja trotzdem für das Kind zahlen müssen, und im Ort wäre er dann genauso unten durch gewesen wie sie. Also haben sie geheiratet, und damit war dann alles wieder in Ordnung. Eine wilde Jugend vergessen die Leute schnell, aber wenn ein Mann eine Frau sitzen lässt, dann haftet ihm das ein Leben lang an und würde auch eine spätere Ehe belasten. So hat man damals gedacht.«

»Was meinst du, warum Professor Zellmer Astrid nicht heiraten will?«, fragte Rudi weiter.

»Entweder glaubt er wirklich, dass das Kind nicht von ihm ist, oder es gibt da eine gute Partie, auf die er aus ist. Aber wie auch immer, wir werden das durchstehen, und ich werde es heute Abend deiner Mutter möglichst schonend beibringen.« Er klopfte Rudi aufmunternd auf die Schulter, und der fühlte sich zum ersten Mal seit langer Zeit wieder wie jemand, der auf den Rückhalt seiner Familie bauen konnte. Und so blieb er auch für den Rest des Wochenendes im Schrebergarten und empfand die Geborgenheit seiner Familie als ausgesprochen tröstlich.

18

Am Montag ging Rudi mit einem mulmigen Gefühl zur Uni. Was wäre, wenn er Astrid im Flur vor dem Hörsaal über den Weg lief? Sie kannte seinen Vorlesungsplan und hatte es in all den Monaten immer irgendwie eingerichtet, ihm kurz auf dem Gang zu begegnen und liebevoll zuzuzwinkern, auch wenn sie nur selten ein Wort in der Öffentlichkeit miteinander gewechselt hatten. Ob diese kleinen Gunstbezeugungen schon genügt hatten, sie beide ins Gerede zu bringen?

Die erste Vorlesung zog sich quälend lange hin, dennoch fürchtete Rudi ihr Ende. Er wollte Astrid nicht begegnen. Was, wenn sie ihm hier, mitten auf dem Campus, eine Szene machte, um ihn dazu zu zwingen, sie zu heiraten, wozu der ehrenwerte Professor Zellmer nicht bereit war? Warum machte sie nicht lieber ihrem Chef eine Szene? Der hätte es verdient. Andererseits hatte der die Macht, sie sofort zu entlassen, und dann stünde sie allein und mittellos mit einem unehelichen Kind auf der Straße. Ihre Wohnung könnte sie sich dann auch nicht mehr leisten. Erst jetzt begriff Rudi, was für Astrid wirklich auf dem Spiel stand. Es ging nicht nur um ihr Ansehen. Es ging um ihre gesamte Existenz. Kein Wunder, dass sie vorgestern so hysterisch geworden war. Vielleicht sollte er ihr nicht aus dem Weg gehen, sondern nach der Vorlesung ganz offensiv das Gespräch mit ihr suchen. Er wollte ihr ja helfen, ganz gewiss. Aber doch nicht mit einer weiteren Lüge oder aus Furcht, sie könnte ihn erpressen.

Nachdem die Vorlesung beendet war, blieb er noch im Hörsaal sitzen. Er war froh, dass nicht Professor Zellmer sie gehalten hatte. Als die letzten seiner Kommilitonen gegangen waren, stand er auf und machte sich auf den Weg zu Astrids Büro. Hoffentlich war der Professor in irgendeinem Seminar, wenn er jetzt an der Vorzimmertür klopfte.

Die Tür war, wie üblich, geschlossen. Rudi atmete zweimal tief durch, dann klopfte er an.

»Herein«, sagte eine ihm unbekannte männliche Stimme. Rudi zuckte zusammen. Wieso saß Astrid nicht an ihrem Platz? Hatte der Professor sie etwa schon entlassen? War das einer der Gründe gewesen, warum sie so aufgelöst gewesen war? Aber nein, sie hatte ihm doch schon die gemeinsame Zukunft ausgemalt, dass er bei ihr einziehen könne und sie während seines Studiums genug für sie beide verdienen würde.

Zaghaft drückte er die Klinke runter und erstarrte, als er Professor Zellmer neben zwei Männern sah, von denen einer eine Uniform der Schutzpolizei trug.

»Na, da sieh einmal einer an«, sagte der Professor, als er Rudi erkannte. »Herr Kriminalkommissar, das ist der besagte Rudolf Studt.«

Der besagte Rudolf Studt? Was sollte das heißen? Rudi sah irritiert zwischen dem Professor und den beiden Polizisten hin und her.

»Ich … ähm, ich suche Frau Möller«, sagte er. »Ist sie … heute nicht da?«

»Kommen Sie bitte rein und schließen Sie die Tür hinter sich, Herr Studt«, sagte der Mann, den der Professor als Kriminalkommissar angesprochen hatte. Rudi gehorchte.

»Mein Name ist Plättner«, stellte er sich vor. »Und wir ermitteln im Todesfall von Frau Möller.«

Rudi erstarrte. »Was …? Wieso im … Todesfall? Was ist mit Astrid passiert?«

»Sie geben also zu, dass Sie einen vertraulichen Umgang mit ihr hatten, da Sie sie Astrid nennen?«, fragte Plättner.

»Was? Ich … Sagen Sie mir erst mal, was passiert ist. Wie kann sie tot sein?« Rudi hielt sich am Schreibtisch fest. Das konnte doch alles gar nicht wahr sein. War das irgendein böser Scherz, den sie sich ausgedacht hatte, um ihn dafür zu bestrafen, dass er sie am Samstag einfach zu Hause hatte sitzen lassen? Würde sie gleich lachend durch die Verbindungstür aus dem Büro des Professors kommen und alles aufklären?

»Junger Mann, vielleicht sollten Sie sich erst einmal setzen, bevor Sie uns hier noch aus den Latschen kippen«, sagte der Schutzmann und schob Rudi den Stuhl für Besucher entgegen. Wortlos gehorchte Rudi. Sein Blick wanderte zu Professor Zellmer. Das Gesicht des Professors zeigte keine Regung, abgesehen von einem leichten Anflug von Ärger. Ärgerte er sich etwa, dass seine Sekretärin nicht zur Arbeit gekommen war, weil sie tot war? Aber verdammt nochmal, wieso war Astrid tot? Sie war doch kerngesund gewesen, als er sie zuletzt gesehen hatte.

»Wann haben Sie die verstorbene Frau Möller das letzte Mal gesehen, Herr Studt?« Die Stimme des Kriminalkommissars drang wie durch eine Wand aus Watte an seine Ohren.

»Woran ist sie gestorben?«, fragte Rudi, statt zu antworten.

»Wann haben Sie sie zuletzt gesehen?«, beharrte der Kommissar auf seiner Frage.

»Vorgestern, am Sonnabend.«

»Waren Sie in ihrer Wohnung?«

»Ja«, sagte Rudi.

»Und wann sind Sie gegangen?«

»Es muss so gegen zwei gewesen sein.«

»Und da hat sie noch gelebt?«

»Ja, natürlich. Was … nun sagen Sie mir doch, was passiert ist.« Er sah den Kommissar flehentlich an.

»Das werde ich gern tun, Herr Studt. Als Frau Möller heute nicht pünktlich zur Arbeit erschienen ist, machte sich Herr Professor Zellmer Sorgen und rief mehrfach bei ihr an. Da sie nicht ans Telefon ging, rief er beim Hausmeister an. Der ist mit dem Zweitschlüssel in die Wohnung gegangen und hat sie gefunden. Sie hat sich an der Garderobe im Flur erhängt.«

Rudi starrte den Mann ungläubig an. An der Garderobe im Flur? Hätte die Garderobe das überhaupt ausgehalten?

»Außerdem gab es einen Abschiedsbrief, in dem sie Sie für ihren Tod verantwortlich macht. Sie hätten sie in anderen Umständen sitzen gelassen, schreibt sie.«

»Das ist nicht wahr«, sagte Rudi leise. »Ich habe sie nicht sitzen lassen.« Dann straffte er sich. »Ich will ihren Abschiedsbrief sehen.«

»Gut«, sagte der Kommissar. »Ich denke, Sie sollten uns zur Wache begleiten. Es gibt ohnehin ein paar Fragen, die wir noch an Sie haben.«

»Brauchen Sie mich auch noch?«, fragte Professor Zellmer.

»Im Augenblick nicht«, sagte der Kommissar. »Sie sollten sich aber zu unserer Verfügung halten.«

»Selbstverständlich, Herr Kriminalkommissar.«

Dann sah Kommissar Plättner Rudi an. »Kommen Sie bitte mit, Herr Studt.«

Die Fahrt im Polizeiauto verlief schweigend. Immer wieder dachte Rudi über sein letztes Treffen mit Astrid nach. An ihre letzten Worte. Er solle sie nicht verlassen, sie sei verzweifelt … Hatte sie sich gleich nachdem er gegangen war umgebracht? Aber warum beschuldigte sie dann ihn im Abschiedsbrief? Warum nicht

Professor Zellmer? Es gab doch überhaupt keinen Grund, den Mann noch zu schützen, wenn sie ohnehin mit dem Leben abgeschlossen hatte.

Mit dem Leben abgeschlossen … Wie das klang. Könnte sie noch am Leben sein, wenn er nicht einfach gegangen wäre? Wenn er ihr versprochen hätte, sie zu heiraten? War er schuld an ihrem Tod? Nein, das war ihre eigene Entscheidung gewesen. So wie alles ihre Entscheidung gewesen war. Aber er hatte sie alleingelassen, als sie verzweifelt gewesen war. Wie in Trance folgte er den Beamten auf die Wache und in das Büro des Kommissars.

»Darf ich den Brief jetzt lesen?«, fragte er leise, nachdem der Beamte ihm nicht nur einen Platz, sondern sogar eine Tasse Kaffee angeboten hatte.

»Hier«, sagte der Kommissar und reichte ihm den Brief. Er war mit der Schreibmaschine geschrieben und wies seltsame schwarze Fingerabdrücke auf. Außerdem lag er hinter einer Glasscheibe.

Rudi sah den Mann fragend an.

»Wir haben das Papier auf Fingerabdrücke untersucht. Ich muss Sie deshalb bitten, uns zur Überprüfung Ihre Fingerabdrücke zum Vergleich zu geben.«

»Ja, natürlich«, sagte Rudi. Dann überflog er den Brief. Selbst die Unterschrift war mit der Maschine geschrieben.

Meine geliebten Eltern!
Mein Leben hat keinen Sinn mehr, nachdem ich so schmählich von dem einzigen Mann, den ich jemals geliebt habe, verraten wurde. Ich habe Rudolf Studt wirklich geliebt, von ganzem Herzen, aber er hat mich nur benutzt, und jetzt will er nicht zu den Konsequenzen stehen. Ich scheide aus dem Leben, um Euch und

meinem ungeborenen Kind weitere Schande zu ersparen. Bitte vergebt mir!

In Liebe

Eure Tochter Astrid

»Das hat sie nie und nimmer geschrieben!«, rief Rudi. »Sie hat mich immer Rudi genannt, außerdem hat sie private Briefe immer handschriftlich verfasst. Warum sollte sie ausgerechnet den Abschiedsbrief an ihre Eltern tippen und dann noch nicht mal eigenhändig unterschreiben?«

Kommissar Plättner nickte. »Genau das ist der Grund, warum wir die Fingerabdrücke genommen haben. Es befinden sich auf dem Bogen die Abdrücke von mehreren Personen. Zwei haben wir schon identifiziert – die der unglücklichen Frau Möller und die des Hausmeisters, der den Brief gefunden hat. Aber es sind noch die Abdrücke einer dritten Person auf dem Papier.«

»Und Sie glauben, das wären meine?«

»Ich glaube erst einmal gar nichts. Es geht darum, etwas zu verifizieren oder auszuschließen.«

Rudi nickte schwach.

»Stimmt das, was in diesem Brief steht? Hatten Sie eine Affäre?«

»Ja, aber ich war nicht der Vater des Kindes, das sie erwartete.«

»Aber Sie wussten, dass sie schwanger war?«

»Sie hat es mir am Sonnabend gesagt. Sie hat mir auch gleich erzählt, dass der Kindsvater sie nicht heiraten will. Deshalb wollte sie, dass ich sie heirate. Aber … das …«

»Und dann haben Sie sich gestritten?«

»Ja.«

»Und dann?«

»Dann bin ich gegangen und zu meiner Familie zum Schrebergarten nach Moorfleet gefahren. Astrid hatte gedroht, sie würde meinen Eltern erzählen, dass ich der Vater wäre. Und da wollte ich ihr zuvorkommen und ihnen sagen, wie es wirklich war.«

»Und wie war es wirklich?«

Rudi schluckte. Wenn er jetzt Professor Zellmer mit in die Sache hineinzog, war seine Universitätskarriere beendet. Andererseits – war sie das nicht ohnehin schon? Viele hatten gesehen, wie die Polizei ihn zur Vernehmung im Todesfall von Frau Möller mitgenommen hatte.

Keine Lügen mehr, dachte er bei sich. Nicht, wenn es um Astrids Leben und Sterben geht.

Und so erzählte er dem Kommissar die ganze Geschichte.

Nachdem Rudi fertig war, griff der Beamte zum Telefonhörer, und Rudi hörte, wie er anordnete, auch Professor Zellmer zur daktyloskopischen Überprüfung einzubestellen.

»Sie wollen auch vom Professor Fingerabdrücke nehmen?«, fragte Rudi.

»Wir gehen allen Spuren nach«, sagte Plättner. »Sobald die Gerichtsmedizin Frau Möllers Obduktionsbericht vorlegt, wissen wir mehr.«

»Glauben Sie, dass sie umgebracht wurde?«, fragte Rudi.

»Was ich glaube, werde ich mit Ihnen nicht erörtern, Herr Studt.«

»Dann glauben Sie es also, und ich gehöre zum Kreis der Verdächtigen?« Ein eisiger Schauer kroch ihm über den Rücken.

»Kommen Sie jetzt bitte mit, damit wir die Fingerabdrücke nehmen können«, sagte der Kommissar, ohne die Frage zu beantworten.

Rudi nickte und folgte dem Mann. Gehorsam ließ er die Prozedur über sich ergehen.

»Und was passiert jetzt weiter?«, fragte er, nachdem sie fertig waren.

»Jetzt können Sie nach Hause gehen, aber Sie sollten die Stadt nicht verlassen, solange diese Sache nicht geklärt ist.«

»Ich hatte sowieso nicht vor zu verreisen.« Rudi bemühte sich um ein Lächeln, aber es misslang. Astrid war tot. Sie lag auf irgendeinem kalten Stahltisch in der Gerichtsmedizin, wo man sie aufschneiden würde.

Hätte er es verhindern können, wenn er ihr die Ehe versprochen hätte? Wäre es das kleinere Übel gewesen, zu ihr zu stehen, auch wenn sie das Kind eines anderen erwartete? Wie auch immer, er selbst konnte nichts tun. Nichts, als um seine verlorene Liebe zu trauern. Ganz gleich, welche Konsequenzen ihr Tod auch immer für ihn haben mochte.

19

Als Rudi am späten Vormittag zu Hause ankam, war niemand von seiner Familie da. Er wusste nicht, ob er es bedauern oder froh sein sollte. Die Ereignisse dieses Morgens drangen nur langsam von seinem Bewusstsein in sein Herz. Astrid war tot. Es gab keine Möglichkeit mehr, den Streit aus der Welt zu schaffen oder eine gemeinsame Lösung zu finden. Astrid hatte sie alle vor vollendete Tatsachen gestellt, und er hätte es vielleicht verhindern können.

Andererseits schien die Polizei offenbar an einem Selbstmord zu zweifeln, warum hätte sie die Leiche sonst zur Gerichtsmedizin bringen und den Abschiedsbrief auf Fingerabdrücke untersuchen sollen? Aber wenn sie von einem Mord ausgingen, zählte er natürlich zu den Verdächtigen.

Bei dem Gedanken daran schluckte Rudi. Vermutlich war es höchste Zeit, den Rat eines erfahrenen Anwalts einzuholen, und so verließ er die Wohnung und suchte den nächsten öffentlichen Fernsprecher auf, um Carolas Vater anzurufen. Herr Engelmann galt noch immer als einer der gefragtesten Anwälte der Hansestadt, auch wenn er nur noch ausgewählte Fälle übernahm. Immerhin war er schon Mitte siebzig, aber geistig und körperlich konnte er es noch mit deutlich jüngeren Männern aufnehmen.

Als Rudi ihm am Telefon schilderte, was passiert war, forderte Engelmann ihn auf, umgehend in seine Kanzlei zu kommen, um alles Weitere persönlich zu besprechen.

Rudi wurde abwechselnd heiß und kalt, nachdem er den Telefonhörer in die Gabel gehängt hatte. War die Situation wirklich so ernst? Neben seiner Trauer um Astrid fraßen sich nun auch noch die Sorgen um seine Zukunft immer tiefer in seine Eingeweide.

Herr Engelmann erwartete ihn bereits.

»Junge, du siehst ja völlig fertig aus«, begrüßte er ihn. »Komm, setz dich. So, und nun erzähl noch mal in Ruhe alles von Anfang an.«

Während Rudi sprach, schrieb Engelmann fleißig mit.

»Was glauben Sie? Wurde Astrid ermordet, und sieht man mich als Verdächtigen?«, fragte Rudi, nachdem er seine Erzählung beendet hatte.

»Nun bleib mal ganz ruhig, Junge. Das ist eine sehr unschöne Geschichte, aber solange die Gerichtsmedizin keine Anhaltspunkte auf ein Fremdverschulden liefert, wird es keine weiteren Ermittlungen geben. Im Moment werden Beweise gesammelt, falls der Gerichtsmediziner Hinweise auf ein Tötungsdelikt findet.«

»Und was denken Sie über den Abschiedsbrief? Der ist mit Sicherheit nicht von Astrid verfasst worden.«

»Die beiden Möglichkeiten hast du ja selbst schon genannt. Entweder sollte dieser Brief helfen, einen Mord als Selbstmord darzustellen, oder aber es gab einen echten Abschiedsbrief, der verfängliche Inhalte enthielt und deshalb ausgetauscht wurde. Weißt du, ob Professor Zellmer einen Schlüssel für Astrids Wohnung hatte?«

»Nein, aber ich kann es mir gut vorstellen. Sie war immer so erpicht darauf, dass ich spätestens um zwei Uhr am Sonntag gehe, weil sie ihn um drei erwartete.«

»Dann hätte er also die Möglichkeit gehabt, den Brief auszutauschen, nachdem er sie gefunden hat.«

»Und wenn er sie umgebracht hat?«

»Erst einmal gehen wir von Selbstmord aus, Rudi. Sollte die Polizei dich noch einmal zur Vernehmung einbestellen, gib mir Bescheid, damit ich dich begleiten kann. Es kann nicht schaden, wenn du ab jetzt einen Rechtsbeistand dabeihast. Für alle Fälle.«

Rudi bedankte sich und machte sich auf den Heimweg.

Fredi war bereits zu Hause und schlug sich in der Küche zwei Eier in die Pfanne. Als er Rudi sah, fragte er: »Schwänzt du etwa deine Vorlesungen?«

»Und du die letzte Stunde?«, gab Rudi zurück.

»Nee, der olle Rühm ist krank geworden, da ist sie ganz offiziell ausgefallen. Und bei dir?«

Rudi holte tief Luft.

»Die Polizei hat mich nach Hause geschickt.«

»Die Polizei?« Fredi bekam große Augen. »Was hast du denn angestellt?«

»Nichts.«

»Nichts? Ist das eine neue Belohnung, die die Polizei an brave Studenten verteilt? Früher nach Hause gehen zu dürfen?« Fredi grinste, doch Rudi war nicht danach zumute, auf das Geplänkel mit seinem Bruder einzugehen. Andererseits sehnte er sich danach, über all das zu reden, was ihm im Kopf herumging, selbst wenn er gerade lange mit Rechtsanwalt Engelmann gesprochen hatte. Also weihte er seinen Bruder in die neuesten Ereignisse ein.

»Ach du Scheiße«, rief Fredi, der übers Zuhören fast die Spiegeleier in der Pfanne vergessen hätte.

»Willst du dir auch welche machen?«, fragte er, nachdem er sie sich auf eine Brotscheibe gelegt hatte.

»Nein, mir ist der Hunger vergangen.«

»Kann ich verstehen. Das ist echt übel. Und glaubst du, der Professor hat Astrid ermordet?«

»Ach was, ich glaube, der hatte einen eigenen Schlüssel für die Wohnung, und als er sie da hängen sah, hat er dann den Abschiedsbrief ausgetauscht.«

»Was ziemlich blöd wäre. Wozu austauschen, wenn er ihn vernichten kann? Nee, so einen falschen Brief verfasst man doch bloß, wenn man was vertuschen will. Also, ich könnte mir vorstellen, dass sie sich gestritten haben, vielleicht hat sie geschrien, und dann wollte er sie zum Schweigen bringen und hat sie im Streit erwürgt. Du hast ja selbst gesagt, dass die Garderobe viel zu wackelig war und aus der Wand gerissen wäre, wenn sie von dort aus mit einem Ruck einen Hocker umgestoßen hätte. Interessant wäre, ob da wirklich ein Hocker lag. Deshalb soll man ja an Tatorten nix ändern. Ist nur die Frage, was der Hausmeister da gemacht hat. Ob der aufgeräumt oder gleich die Polizei gerufen hat.«

»Du redest ja schon wie ein Ermittler.«

»Ja«, gab Fredi zu. »Weißt du, ich spiele schon seit ein paar Monaten mit dem Gedanken, nach dem Abitur zur Polizei zu gehen. Mit Abitur kann ich die Kommissarlaufbahn einschlagen. Einer vom Fußballverein hat mich auf die Idee gebracht, der ist Kriminalassistent. Und das, was er erzählt, ist sehr interessant. Das ist was anderes, als immer nur im Büro zu hocken, weil man da auch richtig kombinieren muss.«

»Dann willst du nicht studieren?«

»Nein, die Kommissarlaufbahn ist genauso gut. Wusstest du, dass die da sogar einige mit Doktortitel haben? Weil viele Akademiker nach dem Krieg keine vernünftige Arbeit mehr gekriegt haben, sind die im gehobenen Dienst zur Polizei gegangen. Vor allem verdiene ich da gleich Geld, und wenn ich mich mit Henny verloben will, ist das wichtig.«

»Du willst dich mit diesem unreifen, blondbezopften Backfisch verloben?«, rief Rudi erstaunt. »Dazu bist du doch noch viel zu jung.«

»Ach so, du meinst, ich sollte auch erst mal so eine Schürzenjägerkarriere wie du hinlegen? Nee, ich bin dann lieber derjenige, der Verbrechen aus Leidenschaft aufklärt, statt in sie verwickelt zu sein.«

»Du bist blöd!«, zischte Rudi und verließ die Küche.

20

Die nächsten Tage waren die schlimmsten in Rudis Leben, selbst wenn seine Eltern alles taten, um ihn aufzumuntern. Nicht nur, dass Astrid tot war. Es tat ihm auch in der Seele weh, seinen Eltern so viel Kummer zu bereiten. Sein Vater hatte sogar selbst eine polizeiliche Vorladung erhalten, um zu bestätigen, wann sein Sohn am Samstag in der Schrebergartenkolonie angekommen war. Paul benannte bei seiner Vernehmung auch noch die Parzellennachbarn als Zeugen, die bestätigen konnten, dass Rudi ab dem Nachmittag das Wochenende im Schrebergarten verbracht hatte. In diesem Zusammenhang lobte Paul Rudis Umsicht, gleich Rechtsanwalt Engelmann hinzuzuziehen.

»Glaubst du, sie verdächtigen unseren Rudi des Mordes?«, hatte Martha nach seiner Rückkehr unsicher gefragt.

»Die Polizei muss jedem Verdacht nachgehen«, hatte Paul betont gelassen geantwortet. »Also sollten wir ihr die Arbeit so leicht wie möglich machen, um unseren Sohn zu entlasten. Lieber ein Alibi zu viel als eins zu wenig.«

Dennoch belastete Astrids ungeklärter Tod die ganze Familie, denn auch wenn es niemand aussprach, so machten sich doch alle Sorgen, was das für Rudis Zukunft bedeutete. An der Universität ging bereits das Gerücht um, Astrid hätte sich wegen ihm umgebracht. Für Rudi war es quälend, dass sofort jedes Gespräch verstummte, wenn er hinzukam, und zu merken, wie all seine Kommilitonen ihn mit einer Mischung aus Faszination und Abneigung musterten. Da die polizeilichen Ermittlungen noch liefen, gab es bislang keine offizielle Einbestellung zu

Professor Laun, dem Rektor der Universität. Davor fürchtete Rudi sich am meisten, denn wenn der Skandal den Status des Gerüchts verließ und zur allgemein anerkannten Tatsache wurde, würde man ihn womöglich wegen unehrenhaften Verhaltens der Universität verweisen.

Am Donnerstag, der auf jenen verhängnisvollen Montag folgte, stand morgens eine Vorlesung bei Professor Zellmer auf dem Stundenplan. Doch an diesem Morgen warteten die Studenten vergeblich. Stattdessen verkündete der Universitätsdiener, dass Professor Zellmers Vorlesungen und Seminare heute ausfallen würden. Während sich die meisten Studenten über die geschenkte Zeit freuten, verspürte Rudi einen Kloß im Hals. Der Kloß wurde noch größer, als er von Kriminalkommissar Plättner vor dem Hörsaal erwartet wurde.

»Herr Studt«, sagte er. »Wir müssen dringend miteinander reden. Bitte begleiten Sie mich umgehend zur Dienststelle im Stadthaus.«

»Darf ich vorher noch kurz telefonieren?« Rudi wies auf den Münzfernsprecher in der Halle. Der Kommissar nickte, und Rudi rief Herrn Engelmann an.

»Ich fahre sofort zum Stadthaus«, sagte der Anwalt. »Du wirst keine Aussage machen, bevor ich da bin, hast du verstanden?«

»Ja«, bestätigte Rudi.

»Sind Sie so weit?«, fragte der Kommissar.

Rudi nickte. »Ich habe meinen Anwalt angerufen«, sagte er. »Er wird uns im Stadthaus treffen. Er hat mir gesagt, ich soll keine Aussage machen, bevor er nicht da ist.«

»Oh, das klingt ja nach einem schlechten Gewissen.« Ein leises Lächeln huschte über die Züge des Kommissars.

»Nein, das klingt nach einem Jurastudenten, der nicht nur

seine Rechte kennt, sondern auch die Fallstricke der Justiz, in denen sich auch der Unschuldigste verfangen kann.«

»Befürchten Sie das?«

»Können Sie mir meine Befürchtungen nehmen, Herr Kommissar?«

Plättner antwortete nicht, sondern brachte Rudi schweigend zu dem wartenden Auto. Immerhin ein ziviles Fahrzeug, das der Kommissar selbst steuerte. Einen Mordverdächtigen würde man wohl kaum auf diese Weise durch die Stadt fahren. Rudi sah, wie ihm einige Kommilitonen neugierig hinterherstarrten. Was mochten sie sich wohl aus all den Bruchstücken zusammenfantasieren?

Rechtsanwalt Engelmann wartete im Stadthaus bereits auf sie. Gemeinsam gingen sie ins Büro des Kommissars. Dort saß schon eine Sekretärin, die Rudis Aussage stenografieren sollte.

»Bevor wir beginnen«, sagte Herr Engelmann, »möchte ich wissen, wozu genau diese Zeugenaussage dient. Wird gegen meinen Mandanten ermittelt?«

»Oh, so offiziell?« Der Kommissar bemühte sich um ein joviales Lächeln.

»Ja, offiziell und nach allen rechtlichen Vorschriften«, sagte Engelmann.

»Also gut. Nein, gegen Herrn Rudolf Studt wird derzeit nicht ermittelt, da er für den Todeszeitpunkt von Frau Möller ein Alibi hat. Allerdings ist er ein wichtiger Zeuge in dem offenen Ermittlungsverfahren.«

Unsicher sah Rudi seinen Anwalt an, der ihm aufmunternd zunickte.

»Was wollen Sie von mir wissen?«, fragte er also.

»Ein paar Einzelheiten über die Art Ihrer Beziehung zu Frau Möller.«

»Ähm … was für Einzelheiten?«

»Sie haben schon zugegeben, dass Sie eine sexuelle Beziehung zu ihr hatten.«

»Ja.«

»Die Rechtsmedizin hat bestätigt, dass bei Frau Möller eine Frühschwangerschaft vorlag. Im Bericht steht, es habe sich um die achte bis zehnte Woche gehandelt. Sie sagten bei unserem letzten Gespräch aus, sie habe Ihnen erzählt, Professor Zellmer sei der Vater. Professor Zellmer streitet jedoch ab, jemals eine sexuelle Beziehung zu seiner Sekretärin unterhalten zu haben. Er sagt, Sie seien ihr Liebhaber gewesen, und seine Beziehung zu ihr sei rein beruflicher Natur.«

»Dann hat er aber eine sehr seltsame Vorstellung von den Beziehungen zwischen einem Chef und seiner Sekretärin«, rutschte es Rudi heraus. »Astrid wusste genau, dass ich nicht der Vater sein konnte, weil ich im Gegensatz zum Professor immer so etwas dabeihabe.« Er griff in die Innentasche seiner Anzugjacke und legte ein verpacktes Kondom auf den Tisch. Die stenografierende Sekretärin kriegte große Augen und unterdrückte mühsam ein Kichern.

»Sie sind ja gut ausgestattet«, bemerkte Kommissar Plättner trocken.

»Ja, und wenn alle Männer immer so gut ausgestattet wären, hätten wir in diesem Land erheblich weniger Probleme.«

Jetzt konnte die Sekretärin sich nicht mehr beherrschen und lachte.

»Fräulein Behrens, Contenance, wenn ich bitten darf.«

»Entschuldigen Sie, Herr Kommissar«, erwiderte sie deutlich eingeschüchtert.

»Sie können das wieder einstecken«, sagte Plättner mit Blick auf das Kondom. »Sie konnten die Vaterschaft also für sich selbst ausschließen, und darüber gab es auch keine Streitigkeiten mit Frau Möller?«

»Nein, sie hat mir gleich offen gestanden, dass der Professor der Vater ist. Sie wollte ihn ja heiraten.«

»Und warum unterhielten Sie dann eine Beziehung zu ihr?«

»Das habe ich Ihnen doch beim letzten Mal schon alles erzählt.«

»Weichen Sie nicht aus. Warum haben Sie die Beziehung zu Frau Möller nicht beendet, obwohl Sie wussten, dass sie auch mit Professor Zellmer sexuell verkehrte?«

»Ich …«, Rudi schluckte, »ich konnte mir ein Leben ohne sie nicht mehr vorstellen«, sagte er schließlich. »Wissen Sie, wir waren so damit beschäftigt, unser Verhältnis die ganze Zeit über geheim zu halten, damit es keinen Ärger gibt, dass mein ganzes Leben sich nur noch darum drehte. Außer dem Lernen fürs Studium und meiner Beziehung zu Astrid gab es nichts für mich, auch wenn Sie mich jetzt für blöd halten. Deshalb habe ich alles erst mal weiterlaufen lassen.«

»Und dann wurde Frau Möller schwanger und verlangte von Ihnen, dass Sie sie heiraten, worüber Sie in Streit mit ihr gerieten.«

Rudi nickte.

»Um wie viel Uhr haben Sie die Wohnung nach dem Streit verlassen?«

»Das habe ich Ihnen letztes Mal doch schon erzählt.«

»Ich möchte es gern noch einmal hören.«

»Es war gegen zwei Uhr nachmittags.«

»Hatten Sie einen Schlüssel zu ihrer Wohnung?«

»Nein.«

»Der Hausmeister sagte, dass einer der Schlüssel fehlte.«

»Ich hatte keinen Schlüssel«, wiederholte Rudi. »Ich habe immer geklingelt.«

»Ich nehme an, die Gerichtsmedizin hat Hinweise auf ein Tötungsdelikt gefunden, denn sonst würden Sie nicht so genaue Ermittlungen durchführen«, sagte Engelmann.

Plättner sah den Anwalt schweigend an.

»Ich möchte darum bitten, dass Sie uns offenlegen, ob es sich um eine Mordermittlung handelt.«

»Warum?«, fragte Plättner. »Das ändert doch nichts an der Aussage.«

»Nun, Sie behaupten zwar, dass Sie derzeit nicht gegen meinen Mandanten ermitteln, aber die Art, wie Sie ihn befragen, lässt andere Schlüsse zu. Mein Mandant ist noch immer zutiefst erschüttert über den Tod der Frau, die er geliebt hat. Ich bin deshalb am überlegen, ihm zu empfehlen, seine Aussage an dieser Stelle zu beenden.«

Plättner seufzte.

»Fräulein Behrens, wären Sie so freundlich, uns einen Kaffee zu bringen? Wir werden eine kleine Pause machen.«

Die Sekretärin nickte und verließ das Büro.

»Was ich Ihnen jetzt sage, bleibt unter uns«, sagte Plättner, nachdem Fräulein Behrens die Tür von außen geschlossen hatte. »Es besteht ein Tatverdacht gegen Professor Zellmer, und der Staatsanwalt prüft gerade die Beantragung eines Haftbefehls. Allerdings ist Professor Zellmer ein versierter Jurist, und der Haftbefehl muss hieb- und stichfest sein. Wir befürchten Verdunkelungsgefahr. Dafür sprechen die bösen Gerüchte über Herrn Studt an der Universität und der gefälschte Abschiedsbrief.«

»Zellmers Fingerabdrücke waren auf dem Brief, nicht wahr?«, sagte Rudi.

Plättner nickte. »Wir wissen inzwischen, dass Frau Möller die Eltern von Professor Zellmer aufsuchte, kurz nachdem Sie am Sonnabend gegangen sind. Dort bezeugten die Nachbarn einen lautstarken Streit. Frau Möller wurde danach gesehen, wie sie weinend zur Straßenbahn lief. Wir haben weiter erfahren, dass ein Mann gegen sechs Uhr am Sonnabend zu Frau Möller in die Wohnung ging. Er trug einen Hut und Mantel, mehr konnte die Nachbarin von oben aus dem Fenster nicht erkennen. Die Nachbarin hörte dann laute Geräusche, so als würden Möbel umgestellt. Gegen sieben Uhr verließ der Mann die Wohnung wieder.«

»Professor Zellmer«, sagte Rudi.

»Der einzige Hinweis darauf ist sein Fingerabdruck auf dem Abschiedsbrief«, sagte Plättner. »Die Zeugin konnte den Mann zwar nicht identifizieren. Ihr war aber bekannt, dass Sie dort regelmäßig verkehrten, Herr Studt.«

Rudi schluckte. Wie gut, dass er an diesem Abend tatsächlich bei seiner Familie im Schrebergarten übernachtet hatte. Andernfalls hätte es jetzt übel für ihn ausgesehen.

»Der Gerichtsmediziner stellte fest, dass Frau Möller erwürgt wurde«, fuhr Plättner fort. »Die Male an ihrem Hals waren eindeutig, der Kehlkopf wurde durch den Druck der beiden Daumen während des Würgevorgangs zertrümmert. Der Täter hat anschließend einen Selbstmord durch Erhängen vorgetäuscht. Professor Zellmer bestreitet, jemals eine sexuelle Beziehung zu Frau Möller gepflegt zu haben. Seinen Fingerabdruck auf dem Abschiedsbrief erklärt er damit, dass sie das Schreibmaschinenpapier von der Arbeit aus seinem Büro mitgenommen hat. Die Schreibmaschine wurde auch sichergestellt und auf Fingerabdrücke untersucht, allerdings fanden sich dort keine verwertbaren Spuren. Die Medizin ist zudem nicht in der Lage, dem Embryo eine Vaterschaft zuzuordnen. Sie, Herr Studt, sind der Einzige, der offen zugegeben hat, eine sexuelle Beziehung zu Frau Möller unterhalten zu haben. Allerdings entlasten Sie mehrere Faktoren. Zum einen die fehlenden Fingerabdrücke auf dem Abschiedsbrief. Wenn Sie der Täter wären, hätten Sie zudem kaum einen Abschiedsbrief geschrieben, der Sie selbst belastet. Außerdem haben die Nachbarn gesehen, dass Sie die Wohnung am Sonnabend um zwei verlassen haben. Und da Sie danach umgehend zur Schrebergartensiedlung Ihrer Eltern fuhren und dort auch von mehreren Zeugen gesehen wurden, haben Sie ein wasserdichtes Alibi. Frau Möller starb laut Gerichtsmedizin irgendwann zwischen sechs und sieben Uhr abends. Passend zu dem Zeitpunkt, als der unbekannte Mann in ihrer Wohnung war. Professor Zellmer wird natürlich alles versuchen, um den Verdacht von sich selbst auf Sie zu lenken, nachdem die Hypothese des Selbstmords widerlegt ist. Deshalb ist jede Einzelheit so wichtig, und deshalb bin ich jetzt entgegen aller kriminalistischen Professionalität so offen zu Ihnen.«

»Welche Informationen brauchen Sie denn noch von mir?«, fragte Rudi.

»Nun, Sie haben angedeutet, dass Frau Möller eine Art Stundenplan erstellt hat, wann welcher Liebhaber zu ihr kommen durfte. Gibt es dazu etwas Schriftliches?«

Rudi schüttelte den Kopf. »Höchstens in ihrem Taschenkalender, falls Zellmer den nicht auch hat verschwinden lassen. Den hatte sie immer in ihrer Handtasche. Da hat sie alles notiert, nicht nur Termine, sondern auch Geburtstage und Adressen.«

In diesem Moment kam Fräulein Behrens mit einem Tablett mit mehreren Kaffeetassen zurück.

»Vielen Dank«, sagte Plättner. »Fräulein Behrens, ich müsste Sie noch einmal um einen Gefallen bitten.« Er lächelte sie gewinnend an. »Könnten Sie bitte die Handtasche von Frau Möller aus der Asservatenkammer holen?«

»Selbstverständlich.«

»Wenn ich das mal so als Anwalt bewerte«, sagte Herr Engelmann, nachdem Fräulein Behrens die Tür erneut hinter sich geschlossen hatte, »dann ist die Indizienlage bislang sehr dünn, um Professor Zellmer zu überführen. Wenn er nicht gesteht, wird es weder für einen Untersuchungshaftbefehl ausreichen, geschweige denn für eine Verurteilung.«

»Ich weiß«, sagte Plättner. »Alles steht und fällt mit dem Beweis, dass er eine sexuelle Beziehung zu Frau Möller unterhalten hat. Wenn wir die nachweisen können und ihn der Lüge überführen, werden wir versuchen, ihn in weitere Widersprüche zu verwickeln.«

Fräulein Behrens kam mit der Handtasche zurück. Sie trug weiße Handschuhe und gab auch dem Kommissar ein Paar Handschuhe, das er anzog, ehe er die Tasche entgegennahm.

»Wir haben zwar schon nach Spuren gesucht und keine fremden Abdrücke gefunden, aber sicher ist sicher«, sagte er.

Dann öffnete er vorsichtig die Tasche und holte alles, was darin war, hervor. Neben ein paar bestickten Taschentüchern, einem kleinen Flakon mit Kölnisch Wasser, einer Rolle Pfefferminz und Astrids Portemonnaie fand sich dort ein kleiner Taschenkalender.

»Meinen Sie diesen hier?«, fragte Plättner. Rudi nickte.

Der Kommissar blätterte ihn durch. Für jede Woche gab es ein Blatt. Am 3. Februar war vermerkt: »Rudis Geburtstag – Paprikahähnchen.«

Am Sonntag, dem 22. März, war notiert: Paprikahähnchen und Sekt zum Reinfeiern. Am 23. März fand sich der Eintrag »Antons Geburtstag«.

Mehr Einträge, die sich auf einen Anton bezogen, gab es nicht.

Plättner griff nach einer Ermittlungsakte, die auf seinem Schreibtisch lag, und blätterte darin. Rudi sah, dass Zellmers Name auf der Akte stand, und er fragte sich, ob es über ihn wohl eine vergleichbare Akte gab.

»Hier steht es. Anton Zellmer wurde am 23. März 1886 geboren. Somit ist einwandfrei geklärt, dass sich dieser Eintrag auf Zellmer bezieht. Sagen Sie, Herr Studt, wofür steht das Wort Paprikahähnchen?«

»Sie hat zu meinem Geburtstag ein ungarisches Paprikahähnchen gemacht. Sie war eine ausgezeichnete Köchin.«

Der Kommissar wirkte enttäuscht. Hatte er geglaubt, es wäre die Umschreibung irgendeiner Sexualpraktik?

»Kam es nach dem Essen noch zum Geschlechtsakt?«, fragte er weiter.

Rudi schluckte. Er empfand die nüchterne Art, in der der Kommissar die intimsten Momente abfragte, als unangemessen. Es fühlte sich so an, als würden alle schönen Erinnerungen durch die Banalität dieser Beschreibung zerstört. Dennoch nickte er.

»Herr Kommissar«, mischte sich nun zu aller Erstaunen Fräulein Behrens ein, »dürfte ich mir diesen Kalender auch einmal ansehen?«

»Natürlich.«

Fräulein Behrens zog sich wieder die weißen Handschuhe an, die sie zwischenzeitlich ausgezogen hatte, um besser stenografieren zu können. Dann nahm sie den Kalender und blätterte ihn gezielt am Ende auf.

»Sehen Sie hier«, sagte sie. »Hier ist jeden Monat ein Datum vermerkt. Ich nehme an, das ist ihr Menstruationskalender. Der letzte Eintrag ist vom 9. März. Wenn sie also tatsächlich mit dem Professor in der Nacht vom 22. auf den 23. März geschlafen hat, könnte sie zu diesem Zeitpunkt schwanger geworden sein. Sie starb am 23. Mai, und das passt mit der von der Gerichtsmedizin ermittelten Dauer der Schwangerschaft zusammen.«

Fräulein Behrens reichte Kommissar Plättner den Kalender.

Er sah sie mit einem anerkennenden Nicken an.

»Sehr gut, vielen Dank für diesen aufschlussreichen Hinweis, Fräulein Behrens. Damit können wir arbeiten.«

»Das ist doch lächerlich«, mischte sich Herr Engelmann ein. »Kein vernünftiger Anwalt wird diese Eintragungen als Beweis für eine sexuelle Affäre anerkennen.«

»Anwälte erkennen ja grundsätzlich gar nichts an«, erwiderte Plättner. »Nicht mal, wenn man ihnen die blutige Tatwaffe vor die Nase hält. Das ist schließlich ihr Beruf – erst mal alles abzustreiten. Wichtig ist, dass ich den Staatsanwalt überzeugen kann. Herr Engelmann, Sie kennen unsere Arbeitsweise. Deshalb bestehen Sie ja sogar darauf, bei dieser harmlosen Zeugenvernehmung dabei zu sein.«

»Glauben Sie, dass die Polizei Professor Zellmer den Mord an Astrid nachweisen kann?«, fragte Rudi Herrn Engelmann, als sie etwas später gemeinsam das Polizeirevier verließen.

»Nein, die Beweislage ist viel zu dünn. Gott sei Dank bist du am Sonnabend noch zu deinen Eltern gefahren. Wenn du kein Alibi hättest, dann würdest du dich jetzt vermutlich auf der Anklagebank wiederfinden.«

Bei dem Gedanken daran fröstelte Rudi. So leicht konnte ein Unschuldiger also unter falschen Verdacht geraten. In diesem Moment schwor er sich, später als Anwalt dafür zu kämpfen, so etwas zu verhindern. Und es war der Moment in seinem Leben, in dem er zum ersten Mal mit seiner Berufswahl zufrieden war. Es war wichtig, dem Recht immer zum Sieg zu verhelfen, koste es, was es wolle.

21

Am folgenden Tag wurde an der Universität bekannt gegeben, dass Professor Zellmer bis zum Beginn der Semesterferien von seinen universitären Verpflichtungen freigestellt worden sei. Sofort brodelte die Gerüchteküche. Manche behaupteten, er habe einen Nervenzusammenbruch erlitten, da er Frau Möller geliebt habe und weder über ihren Tod hinwegkomme noch über die Tatsache, dass sie mit diesem verruchten Rudolf Studt eine Affäre gehabt habe. Irgendwer hatte sogar Rudis Vorleben ausgegraben und brachte das Gerücht in Umlauf, Rudi habe sich als Heiratsschwindler auf ältere Frauen spezialisiert. Wieder andere überlegten laut, wer die Sekretärin wohl umgebracht hatte.

Für Rudi waren diese Wochen das reinste Spießrutenlaufen, denn entweder wurde er geschnitten oder aber mit Fragen bestürmt. Ein normales Gespräch war völlig unmöglich.

Herr Engelmann ließ sich über den weiteren Verlauf der Ermittlungen auf dem Laufenden halten, um Rudi zu schützen. Wie er es erwartet hatte, reichten die Indizien nicht, um eine Untersuchungshaft des Professors anzuordnen. Mochte Zellmer bei Astrids Tod auch in Panik gehandelt haben, jetzt war er wieder ganz der versierte Jurist und ließ sich zudem von dem bekannten Strafverteidiger Doktor Reichsmüller vertreten, der extra aus Berlin angereist war und jedes Schlupfloch kannte. Die Staatsanwaltschaft erhob dennoch Anklage wegen Totschlags. Die Verhandlung fand Anfang Juli statt, und Rudi musste vor Gericht als Zeuge aussagen.

Besonders unangenehm war es, dass zahlreiche seiner Kommilitonen und einige Professoren unter den Zuschauern waren. Allerdings waren auch seine Mutter und ihre Freundin Carola gekommen. Rudi rechnete es ihnen hoch an, dass sie ihm seelischen Beistand leisteten.

Für Martha war es nach dem Prozess in München die zweite Gerichtsverhandlung in ihrem Leben, und sie war dankbar, dass ihr Sohn lediglich als Zeuge und nicht als Angeklagter vor Gericht stand. Die Verhandlung war auf mehrere Tage angelegt; neben Rudi waren auch noch die Eltern der Toten und die des Professors sowie einige Nachbarn als Zeugen vorgeladen worden.

Rudis Aussage wurde jedoch mit besonderem Interesse erwartet, da es sich inzwischen herumgesprochen hatte, dass er Astrids Liebhaber gewesen war. Carolas Vater hatte Martha vorgewarnt, dass sich die Verteidigungsstrategie von Professor Zellmers Anwalt darauf ausrichten würde, Rudi als Person unglaubwürdig zu machen und seinen Ruf zu untergraben. Zwar konnte Reichsmüller Rudi nicht als mutmaßlichen Täter anprangern, da dessen Alibi unanfechtbar war, aber er konnte versuchen, den Wert seiner Aussagen herabzusetzen, indem er ihn als Mann von unstetem Lebenswandel darstellte, der es mit Wahrheit, Anstand und Ehre nicht so genau nahm.

Als Rudi in den Zeugenstand gerufen wurde, stellte ihm zunächst der Staatsanwalt Fragen. Nach seinem Verhältnis zu Astrid, wann sie ihm eröffnet hatte, dass sie eine Beziehung mit dem Professor anstrebte, und schließlich, wann er sie das letzte Mal gesehen hatte. Es waren sachliche, nüchterne Fragen, die Rudi in ebenso sachlichem Ton beantwortete, auch wenn es ihm ausgesprochen unangenehm war, die intimsten Details seiner Beziehung zu Astrid hier in aller Öffentlichkeit preisgeben zu müssen. Andererseits hatte er diese Geschichte schon ein Dutzend

Mal zu Protokoll geben müssen, und so ging sie ihm verhältnismäßig leicht von den Lippen.

Nachdem der Staatsanwalt keine Frage mehr hatte, durfte Professor Zellmers Anwalt Rudi befragen.

»Herr Studt«, begann Doktor Reichsmüller, »Sie haben zu Beginn Ihrer Aussage Ihr Geburtsdatum zu Protokoll gegeben. Ist es korrekt, dass Sie am 3. Februar 1905 geboren wurden?«

»Jawohl«, bestätigte Rudi.

»Und Sie haben Ihre geschlechtliche Beziehung zu Frau Möller Anfang November 1924 aufgenommen?«

»Wie ich es bereits ausgesagt habe«, sagte Rudi.

»Soweit ich weiß, war Frau Möller nicht die erste Frau, zu der Sie eine sexuelle Liebesbeziehung hatten, nicht wahr?«

»Ich verstehe nicht, was diese Frage mit dem hier zur Verhandlung stehenden Sachverhalt zu tun hat.«

»Nun, das Gericht möchte sich ein Bild von dem jungen Mann machen, der gegen seinen eigenen Professor als Belastungszeuge auftritt. Also, hatten Sie vorher schon sexuelle Beziehungen?«

Rudi warf Engelmann einen Blick zu, aber da er nur Zeuge und kein Angeklagter war, konnte sein Anwalt nicht eingreifen, sondern nur ein grimmiges Gesicht ziehen und den Richter sowie die beiden Laienrichter, die als Beisitzer agierten, anschauen. Doch niemand erhob Einspruch gegen die Frage.

»Ja«, antwortete er also.

»In Vorbereitung auf diesen Prozess habe ich mich ein wenig mit Ihrem Lebenswandel beschäftigt, Herr Studt. Sie sind als toller Hecht bekannt. Vorwiegend in Etablissements, wo sich ältere Frauen nach jungen Männern umsehen, die für gewisse Zuwendungen mit ihnen verkehren.«

Ein Raunen ging durch die Zuschauerbänke.

»Ich wusste gar nicht, dass bekannte Berliner Anwälte es nötig haben, Klatschgeschichten über Zeugen zu sammeln«, erwiderte Rudi. »Ich dachte, jemand von Ihrem Ruf würde mit juristischer Eloquenz glänzen, von der ich als Jurastudent noch etwas lernen könnte.«

Irgendwer lachte kurz, verstummte aber umgehend, als der Richter mit lauter Stimme dazwischenging: »Herr Doktor Reichsmüller, bitte beschränken Sie sich darauf, den Zeugen nach seiner Beziehung zu Frau Möller zu befragen, auch wenn er gewiss die eine oder andere unterhaltsame Anekdote aus seinem Leben zum Besten geben könnte.«

»Das war wieder mein alter Rudi«, flüsterte Martha Carola zu.

»Wie Sie wünschen«, sagte Reichsmüller. »Ich halte zunächst einmal fest: Wir haben hier einen jungen Mann, der bereits früher kein Kind von Traurigkeit war und anstatt sich um sein Studium zu kümmern, mit der Sekretärin seines Professors Unzucht trieb. Wir haben weiterhin ein Tatopfer, das regelhaft Männerbesuch in der eigenen Wohnung empfing und eine sexuelle Beziehung zu einem Minderjährigen eingegangen ist. Schließlich sind Sie noch minderjährig, Herr Studt. Habe ich das richtig zusammengefasst?«

Rudi hielt Reichmüllers Blick stand.

»Falls Sie versuchen, anstatt meiner nun Frau Möller zu diskreditieren, habe ich dazu Folgendes zu sagen«, erwiderte Rudi. »Im reformierten Reichsstrafgesetzbuch von 1923 ist es weder verboten, dass ein neunzehnjähriger Mann eine Beziehung zu einer sechsundzwanzigjährigen Frau aufnimmt, noch ist es verboten, dass sich ein wesentlicher Aspekt dieser Beziehung in der Wohnung der Frau abspielt. Lediglich in Paragraf 175 findet sich eine Angabe zur strafbaren Sexualität mit Männern unter einundzwanzig Jahren. Dabei handelt es sich jedoch um den ohnehin unter Strafe stehenden homosexuellen Verkehr zwischen zwei

Männern. Der einvernehmliche Geschlechtsakt zwischen einem unverheirateten Mann und einer unverheirateten Frau ist nicht strafbewehrt.«

»Man merkt, dass Rudi der geborene Jurist ist«, raunte Carola Martha zu. Martha nickte und fühlte unbändigen Stolz auf ihren Sohn, auch wenn der sich eigentlich in einer ziemlich unrühmlichen Situation befand. Dann lauschte sie weiter Rudis Ausführungen.

»Ich nehme zudem an«, führte Rudi aus, »dass Sie mit dem Hinweis auf die eigene Wohnung auf die Paragrafen 180 und 181 des Strafgesetzbuchs anspielen, die sogenannten Kuppeleiparagrafen. Allerdings trifft dies nicht auf meine Beziehung zu Frau Möller zu, da diese Paragrafen nur dann greifen, wenn die Mieterin ihre Wohnung einem unverheirateten Paar gegen eine Geldzahlung gewerbsmäßig zum Zwecke der Unzucht zur Verfügung stellt. Im vorliegenden Fall unterhielten Frau Möller und ich eine völlig normale Liebesbeziehung, die durchaus in einer Ehe hätte münden können.«

»Und dennoch haben Sie sie nicht geheiratet, als sie Ihnen eröffnete, schwanger zu sein.«

»Ich wusste, dass das Kind nicht von mir war.«

»Wie konnten Sie sich da so sicher sein?«, hakte Reichsmüller ein.

»Ich nehme an, Sie wissen, was Kondome sind, Herr Doktor Reichsmüller.«

Ein allgemeines Tuscheln ging durch die Reihen der Zuhörer, während Martha sich kaum das Lachen verbeißen konnte.

»Frau Möller bestätigte mir auch umgehend, dass ich nicht der Vater sei. Sie war verzweifelt, weil Professor Zellmer sie nicht heiraten wollte. Natürlich habe ich eine Ehe unter diesen Umständen abgelehnt. Ich war der Meinung, dass sie das mit dem Kindsvater klären sollte.«

»Also wussten Sie, dass Ihre Geliebte neben Ihnen noch einen weiteren Liebhaber hatte?«

»Diese Frage habe ich bereits dem Staatsanwalt beantwortet.«

»Haben Sie Frau Möller und Herrn Professor Zellmer jemals in einer vertraulich erscheinenden Situation gesehen?«

»Nein, denn ich habe darauf geachtet, Frau Möller nur zu treffen, wenn Professor Zellmer nicht in der Nähe war.«

»Sie haben Ihre Beziehung also geheim gehalten.«

»Ja.«

»Warum, wenn daran nichts Anstößiges war?«

»Wir wollten nicht ins Gerede kommen.«

»Sie wissen also, dass Sie ins Gerede gekommen wären, wenn es bekannt geworden wäre?«

»Ja, natürlich. Die Menschen zerreißen sich über alles Mögliche das Maul, erst recht, wenn in einer Beziehung der Mann deutlich jünger als die Frau ist.«

»Warum haben Sie sich überhaupt mit einer älteren Frau eingelassen? Sie sind ein attraktiver junger Mann, Sie hätten doch auch Mädchen in Ihrem Alter finden können.«

»Ich habe Frau Möller geliebt.«

»Aber anscheinend war diese Liebe nicht groß genug, um sie zu heiraten.«

»Den Grund habe ich Ihnen bereits genannt.«

»Im Nachhinein können Sie hier viel von der großen Liebe erzählen, Herr Studt. Aber wenn es die große Liebe war, warum sollte Frau Möller dann noch eine sexuelle Beziehung zu meinem Mandanten aufgenommen haben? Eine Beziehung, die mein Mandant im Übrigen energisch bestreitet.«

»Wissen Sie, Herr Doktor Reichsmüller«, sagte Rudi, »jetzt sind wir an dem Punkt, wo es um die verlogene Doppelmoral unserer Gesellschaft geht, die dazu führt, dass verzweifelte Frauen

Entscheidungen treffen, die sie in einer vollkommenen Welt nicht getroffen hätten. Ich gebe es zu – ich fühlte mich noch zu jung, um Familienvater zu werden. Frau Möller wünschte sich jedoch Kinder und eine Familie. Deshalb suchte sie gezielt nach einem Mann, der ihr das sofort bieten konnte. Man kann es moralisch verurteilen, dass sie mir verbunden blieb, während sie bereits nach einem geeigneten Ehemann suchte. Das ist auch der Punkt in unserer Beziehung, an dem ich einen Fehler gemacht habe. Ich hätte die Verbindung unter diesen Umständen sofort beenden müssen. Doch darum geht es hier nicht. Es geht auch nicht darum, Schmutz auf Astrid Möllers Andenken zu werfen. Sie war eine wunderbare Frau, auch wenn sie nicht fehlerlos war. Aber sie wurde umgebracht, und jemand hat versucht, diesen Mord als Selbstmord zu tarnen und mir die Schuld in die Schuhe zu schieben. Ja, wir haben in dieser Beziehung beide Fehler begangen, aber nichts, rein gar nichts, rechtfertigt den Mord an ihr! Wissen Sie, was ich gedacht habe, als ich noch glaubte, sie hätte sich wegen mir umgebracht? Ich dachte, es wäre vielleicht besser gewesen, sie zu heiraten, selbst wenn ihr Kind nicht von mir war. Alles wäre besser gewesen als ihr Tod. Aber weder Astrid noch ich hatten diese Wahl. Ich war an diesem Sonnabend erschüttert, verzweifelt und verärgert, als ich ihre Wohnung verließ. Am Montag hatte ich mich beruhigt und wollte mit ihr noch mal über alles reden. Aber dann erfuhr ich, dass sie tot ist. Und inzwischen weiß ich, dass sie nur deshalb tot ist, weil der Mann, von dem sie glaubte, er wäre der ideale Ehemann, sie im Affekt erwürgt hat. Professor Zellmer, Sie wissen ganz genau, dass ich recht habe! Sie haben Astrids Leben zerstört! Sie …«

»Das reicht, Herr Studt«, unterbrach der Richter Rudis leidenschaftliche Rede mit lauter Stimme. »Mäßigen Sie sich im Ton!

Herr Doktor Reichsmüller, haben Sie noch weitere Fragen an den Zeugen?«

Reichsmüller lächelte überlegen. »Nein, keine weiteren Fragen. Ich glaube, das würde den jungen Zeugen auch überfordern.«

Rudi funkelte den Anwalt böse an. Dann wurde er aus dem Zeugenstand entlassen und verließ wortlos den Gerichtssaal.

Martha stand auf und folgte ihrem Sohn. Sie fand ihn schwer atmend draußen vor dem Haupteingang.

»Du warst brillant, Rudi. Dein Plädoyer hat die Zuhörer bewegt«, sagte sie. »Ganz gleich, was dieser Reichsmüller gesagt hat.«

»Und deshalb hat der Richter mich unterbrochen?«, gab Rudi bitter zurück und wischte sich mit einer hastigen Bewegung über die Augen. Martha widerstand dem Impuls, ihn hier in der Öffentlichkeit tröstend in die Arme zu nehmen.

»Ich glaube, diese Unterbrechung hat deinen Auftritt noch wirkungsvoller gemacht, Rudi. Weil da die ganze Verzweiflung und Leidenschaft eines jungen Mannes spürbar wurden, der die Frau verloren hat, die er geliebt hat. Und weil du es geschafft hast, das Thema dahin zurückzubringen, wohin es gehört. Nicht den Lebenswandel des Opfers zu bewerten, sondern festzuhalten, dass sie ermordet wurde und dass es dafür keine Entschuldigung gibt. Aber natürlich konnte der Richter nicht zulassen, dass du Zellmer als Mörder bezeichnest.«

Ein müdes Lächeln huschte über Rudis Züge.

»Das Problem ist die dünne Beweislage«, sagte er. »Im Zweifel für den Angeklagten. Wenn sie ihn freisprechen, kehrt er an die Universität zurück, als wäre nichts gewesen, aber er wird alles tun, um mich von der Universität zu verweisen. Die Stimmung dort ist schon jetzt gegen mich. Alle sehen in mir den Schuldigen und halten zu ihrem Professor.«

»Warten wir es doch erst einmal ab«, sagte Martha. »Die Urteilsverkündung ist erst nächste Woche. Wirst du dabei sein?«

»Und mich dann noch mal den Blicken meiner Kommilitonen und der Professoren aussetzen? Nein, das erspare ich mir lieber. Ich bin froh, dass die Semesterferien nächste Woche beginnen.«

»Und was wirst du diesen Sommer tun?«

»Ehrlich gesagt, ich weiß es noch nicht«, sagte Rudi leise. »Seit Astrid tot ist, ist ein Teil meines Lebens weggebrochen. Und ich wünschte, wir wären nicht im Streit auseinandergegangen.«

Martha nickte. »Was hältst du davon, wenn Carola und ich den Prozess bis zum Ende gemeinsam weiterverfolgen, Rudi? Dann bist du immer auf dem Laufenden, aber musst dich nicht selbst den Blicken deiner Kommilitonen und der Professoren aussetzen.«

»Das würdest du tun?«

»Natürlich. Und zwar nicht nur, weil du mein Sohn bist, sondern auch, weil ich sehen will, ob das Rechtssystem unserer jungen Republik wenigstens dieses Mal Gerechtigkeit walten lässt.« Sie seufzte. »Carola hat mir erzählt, dass dieser Hitler inzwischen schon wieder auf Bewährung aus der Festungshaft freigelassen wurde und die ehemals verbotene NSDAP sich neu gegründet hat. Und auf seine Ausweisung als Ausländer haben sie mit der Begründung verzichtet, dass dieser Mann aus gutem Glauben und voller Vaterlandsliebe gehandelt hätte, so als wäre er Deutscher!« Martha seufzte ein zweites Mal. »Ich will wenigstens ein Mal sehen, wie jemand von einem deutschen Gericht zu einer gerechten Strafe verurteilt wird.«

»Erwarte lieber nicht zu viel, Mama«, sagte Rudi leise.

»Wie es auch ausgeht, Rudi, eines ist sicher: Du wirst später alles besser machen.«

»Wenn sie mich nicht von der Universität werfen.«

»So weit ist es noch nicht. Warten wir erst mal ab.«

Am Abend sprach Martha mit Paul über die Verhandlung. Neben ihrem Stolz auf Rudis eloquenten Auftritt brachte sie auch seine Sorge, womöglich der Universität verwiesen zu werden, zur Sprache.

Paul atmete schwer.

»Wenn es wirklich dazu kommt, wäre es mit Rudis akademischer Karriere vorbei«, sagte er. »Wir können es uns nicht leisten, ihn in einer anderen Stadt studieren zu lassen.«

»Und was machen wir dann?«

»Wir können nur abwarten, Martha. Der Prozess ist noch nicht vorbei.«

Martha nickte, doch die Sorge um Rudis Zukunft blieb.

Diese Sorge wurde noch größer, als sie gemeinsam mit Carola in den folgenden Tagen dem weiteren Verlauf der Verhandlung folgte. Besonders eindrücklich war die Zeugenaussage von Zellmers Mutter. Frau Zellmer war eine würdevolle alte Dame, der deutlich anzusehen war, wie sehr es sie verletzte und beschämte, hier aussagen zu müssen.

»Der einzige private Kontakt meines Sohnes zu Frau Möller bestand darin, dass er ihr Schreibaufträge für private Gutachten gegeben hat«, erklärte sie mit zitternder Stimme. »Er schreibt diese Gutachten am Wochenende und hat sie ihr Sonntagnachmittag immer gebracht, damit sie sie bis Montagmorgen ins Reine tippen konnte. Er hat sie dafür gut bezahlt. Aber dass sie seine Freundlichkeit so ausgenutzt hat, um ihm ein Kind unterzuschieben! So etwas tut keine anständige Frau. Das habe ich ihr auch ins Gesicht gesagt, und dann habe ich meinen Sohn angerufen. Er hat versprochen, dass er dieses Missverständnis klären werde.«

»Wissen Sie, ob er nach Ihrem Anruf zu Frau Möller gefahren ist?«, fragte der Staatsanwalt.

»Warum hätte er das tun sollen? Sie hatte doch ein Telefon.«

»Nun, eine solch delikate Angelegenheit ist doch etwas, das man lieber unter vier Augen anstatt am Telefon klärt.«

»Mein Sohn hatte kein Verhältnis mit Frau Möller. Sie war bereits seit Gründung der Universität seine Sekretärin. Es gab nie irgendwelche Schwierigkeiten mit ihr. Das ging erst los, nachdem dieser Studt aufgetaucht ist. Es ist doch völlig klar, was hier versucht wird. Dieser junge Mann wollte sich seiner Verantwortung entziehen und erfand hanebüchene Lügengeschichten zulasten meines Sohnes!«

Die Empörung der Mutter war so echt, dass Martha ihr geglaubt hätte, wenn sie es nicht besser gewusst hätte.

Nach Professor Zellmers Mutter kam Frau Döhninger, die Nachbarin, die über Astrid Möller wohnte, zur Aussage in den Zeugenstand. Sie wirkte auf Martha wie die Karikatur einer Klatschbase, auch wenn sie ihr bestes Kleid anlässlich der Gerichtsvorladung trug. Martha war überzeugt, dass Frau Döhninger sonst nur in Kittelschürze herumlief, denn ständig zupfte sie an ihrem Rock herum, als fürchtete sie, er könne zerknittern. Aber etwas Entscheidendes konnte sie auch nicht beitragen.

Zum Schluss wurde Professor Zellmer selbst befragt. Er bestätigte im Großen und Ganzen die Angaben seiner Mutter und der Nachbarin und gab an, Frau Möller nur aufgesucht zu haben, wenn es um dienstliche Belange ging, weshalb er sie auch dabei unterstützt habe, einen eigenen Telefonanschluss zu bekommen, um sein Kommen vorher anzumelden.

»Bei der polizeilichen Vernehmung haben Sie ausgesagt, Sie

seien zum Tatzeitpunkt zu Hause gewesen«, sagte der Staatsanwalt.

»So ist es. Ich war mit einem kniffligen Gutachten befasst, als meine Mutter mich anrief und von Frau Möllers absonderlichem Auftritt erzählte. Ich versprach, das zu klären, aber ich wollte zunächst mein Gutachten abschließen. Leider konnte ich mich nach diesem Anruf kaum noch konzentrieren und saß bis spät in die Nacht an den Unterlagen. Am Sonntag hätte ich ihr das Gutachten eigentlich zum Abtippen bringen müssen, aber nach ihrem Auftritt bei meinen Eltern wollte ich die unschöne Angelegenheit am Montag persönlich mit ihr klären. Doch dann erschien sie am Montag nicht zur Arbeit. Der Rest wurde hier bereits hinreichend erörtert.«

»Es gibt also keine Zeugen, die Ihre Angaben bestätigen können?«, beharrte der Staatsanwalt.

Zellmer bemühte sich um ein gewinnendes Lächeln. »Wenn ich wirklich etwas zu verbergen gehabt hätte, hätte ich mir doch ein Alibi besorgt. Gerade die Tatsache, dass ich offen zugebe, allein an einem Gutachten gesessen zu haben, sollte für meine Unschuld sprechen.«

»Und was ist mit den Eintragungen in Frau Möllers Taschenkalender?«, bohrte der Staatsanwalt nach. »Wie erklären Sie sich die Tatsache, dass dort steht, Sie hätten mit ihr in der Nacht vom 22. März auf den 23. März in Ihren Geburtstag hineingefeiert?«

»Frau Möller hat mich gefragt, ob sie an meinem Geburtstag für mich kochen dürfe, sie habe sich den Termin im Kalender freigehalten. Ich habe das freundlich, aber bestimmt abgelehnt, denn es war für mich schon immer wichtig, Arbeit und Privatleben strikt zu trennen. Frau Möller war eine sehr gute Sekretärin, bis sie sich mit Rudolf Studt eingelassen hat. Ich habe keine Ahnung, warum Studt derart schamlos lügt. Er erschien mir bislang als vielversprechender junger Student. Es ist bemerkenswert, dass es ihm durch seine Lügenmärchen gelungen ist, mich ohne stichfeste Beweise als Angeklagten vor Gericht zu zerren. Natürlich frage ich mich, ob Studt nicht nur ein Werkzeug war. Ich weiß, dass es verschiedene Begehrlichkeiten auf meine Professur gibt.«

»Wollen Sie damit andeuten, dass Sie das Opfer einer Intrige sind?«

»Ich ziehe alle Möglichkeiten in Betracht. Ich bin das Opfer einer massiven Rufschädigung geworden, die sich nicht anders erklären lässt.«

Das Schlussplädoyer des Staatsanwalts fiel entsprechend schwach aus, da es außer Rudis Aussage keine eindeutigen Beweise gab.

Doktor Reichsmüller konnte es sich nicht verkneifen, Rudi in seinem Abschlussplädoyer als unsteten Charakter darzustellen und sogar seine Familiengeschichte aufzurollen, indem er anführte, dass sein Großvater sein Geld mit Bettelei verdient habe. Martha war so empört, dass sie am liebsten laut dazwischengerufen hätte, aber Carola legte ihr beruhigend die Hand auf den Arm. »Jeder weiß, dass Karl Westphal als Leierkastenmann gearbeitet hat«, sagte sie. »Aber ich verstehe gut, warum Rudi sich den weiteren Prozess nicht mehr ansehen wollte.«

Am Nachmittag wurde das Urteil verkündet. Professor Zellmer wurde aus Mangel an Beweisen in allen Anklagepunkten freigesprochen. Seine Kollegen und die zuhörenden Studenten standen auf und applaudierten.

Nur Martha und Carola blieben sitzen. Es war schwer zu ertragen, dass Astrids Tod nun niemals gesühnt werden würde. Und was würde aus Rudi werden?

22

Einige Tage nachdem Professor Zellmer freigesprochen worden war, bekam Rudi Post von der Universität. Trotz der Semesterferien wurde er zu einem Gespräch mit dem Universitätsrektor Professor Laun einbestellt. Zu den Gründen stand nichts in dem Brief, aber Rudi konnte sich denken, was das zu bedeuten hatte. Professor Zellmer hatte mit Sicherheit seinen Einfluss geltend gemacht, um ihn von der Universität zu verweisen. Argumente gab es genug, schließlich hatte er dem Ansehen der Fakultät in mehrfacher Hinsicht geschadet. Umso überraschter war er, als Professor Laun ihn freundlich begrüßte und ihn bat, Platz zu nehmen.

»Ich nehme an, Sie wissen, warum ich Sie einbestellt habe, Herr Studt?«, fragte Laun ihn.

»Vermutlich, weil Sie mir mitteilen wollen, dass ich für die Fakultät als Student untragbar geworden bin.«

Professor Laun seufzte. »Es ist in der Tat eine ausgesprochen schwierige Situation, Herr Studt. Ich habe mir Ihre Leistungen angesehen, Sie sind ein sehr vielversprechender Student. Aber die Affäre um den Tod von Frau Möller und die Tatsache, dass Sie Herrn Professor Zellmer vor Gericht belastet haben, hat das Verhältnis zwischen Ihnen und dem Universitätsbetrieb nachhaltig beschädigt. Vor allem, da Professor Zellmer freigesprochen wurde und es so aussieht, als hätten Sie aus egoistischen Motiven versucht, Ihrem Professor zu schaden, um sich selbst Vorteile zu verschaffen.«

Rudi nickte schweigend, auch wenn er sich fragte, welche ominösen Vorteile der Rektor meinte, schließlich hatte er nur Nachteile davon.

»Haben Sie irgendetwas vorzubringen, das mich davon überzeugen könnte, Sie an unserer Universität zu halten?«, fragte der Professor.

»Was soll ich schon sagen?«, erwiderte Rudi. »Ich habe vor Gericht die Wahrheit gesagt. Man hat mir nicht geglaubt, da es keine stichhaltigen Beweise gegen den Professor gab. Es war ein Indizienprozess, und ich wusste von Anfang an, welches Risiko ich mit meiner Aussage eingehe. Aber ich war es Frau Möller schuldig. Deshalb habe ich es getan. Es ist mir klar, dass ich hier kein Bein mehr auf den Boden bekommen werde.«

»Haben Sie andere berufliche Alternativen?«

Rudi schüttelte den Kopf.

»Sehen Sie, Herr Studt, ich glaube, am einfachsten für alle wäre es, wenn Sie die Universität von sich aus wechseln würden, um einen formalen Rauswurf zu vermeiden. Ein Standortwechsel kann für einen aufstrebenden jungen Juristen durchaus von Vorteil sein. Ich könnte Ihnen ein Empfehlungsschreiben für die juristische Fakultät in Berlin geben. Dort könnten Sie noch mal ganz von vorne anfangen.«

»Ich fürchte, das Studium in einer anderen Stadt übersteigt die finanziellen Mittel meiner Familie.«

»Überlegen Sie es sich gut, ob es nicht doch eine Möglichkeit gibt, Herr Studt. Denn an dieser Universität haben Sie keine Zukunft mehr. Dafür wird Professor Zellmer sorgen, und ich kann Sie davor nicht bewahren.«

Rudi nickte schwach. »Ich wäre Ihnen für ein Empfehlungsschreiben sehr dankbar. Es ist auf jeden Fall besser als ein formaler Rauswurf.«

»Das ist eine weise Entscheidung, Herr Studt. Sehen Sie, es heißt nicht umsonst, auf hoher See und vor Gericht ist man in Gottes Hand. Es ist gut und richtig, dass man im Zweifel für den Angeklagten plädiert, um Unrecht zu vermeiden, auch wenn das manchmal dazu führt, dass ein Unrecht ungesühnt bleibt. Ich werde Ihnen das Empfehlungsschreiben in den nächsten Tagen zukommen lassen und rate Ihnen, die Semesterferien zu nutzen, um sich schon einmal in Berlin nach einer Bleibe umzusehen. Wobei ich allerdings nicht weiß, ob ich Ihnen guten Gewissens empfehlen kann, bei einer Witwe zur Untermiete einzuziehen.«

Rudi merkte, wie seine Wangen heiß wurden, doch der Rektor lächelte gutmütig, während er ihn verabschiedete.

Obwohl das Gespräch mit Professor Laun angenehmer als erwartet verlaufen war, zeigten Rudis Eltern sich bestürzt, als er ihnen von Launs Vorschlag erzählte.

»Wir haben nicht genügend Geld für ein Studium in Berlin«, sagte Paul. »Selbst wenn du ein günstiges Zimmer findest. Du brauchst ja auch noch Geld für deine Lebenshaltungskosten und die Bücher.«

»Bücher habe ich genug. Und es gibt ja auch noch die Bibliothek.«

»Trotzdem«, sagte Paul. »Wir müssen schließlich auch noch etwas für Fredi und Ella zurücklegen.«

»Fredi will doch zur Polizei gehen«, sagte Rudi. »Da verdient er gleich selbst Geld. Und Ella macht erst in vier Jahren Abitur.«

»Rudi hat schon recht«, sagte Martha. »Bis Ella studiert, ist es noch eine Weile hin. Bis dahin ist Rudi mit seinem Studium fertig und könnte das Geld, das wir für ihn investiert haben, zurückzahlen.«

»Ich weiß nicht so recht«, meinte Paul. »Ich möchte keine

Schulden machen. Ich bin froh, dass wir langsam wieder auf einen grünen Zweig kommen.«

»Was haben wir davon, wenn Rudis Karriere vorbei ist, ehe sie überhaupt begonnen hat?«, fragte Martha. »Wir werden uns eben einschränken müssen. Und den Kredit, den wir aufnehmen, wird Rudi später von seinem Verdienst zurückzahlen. Damit wäre doch allen geholfen, oder?«

»Aber so ein Jurastudium dauert sechs Jahre. Rudi studiert also noch, wenn Ella schon ihr Abitur hat«, widersprach Paul.

»Dann müssen wir mit Ella sprechen«, sagte Martha. »Sie könnte die Zeit durch eine Krankenschwesternausbildung überbrücken. Dann würde sie selbst schon etwas Geld verdienen und hätte bereits ein gutes medizinisches Vorwissen, wenn sie mit ihrem Studium beginnt.«

»Na schön, Ella soll es entscheiden«, sagte Paul. »Es ist ja ihr Leben.«

Als Martha Ella hinzuholte, war die zunächst wenig begeistert.

»Aber nicht, dass es dann hinterher heißt, jetzt bist du Krankenschwester und brauchst nicht mehr Medizin zu studieren.«

»Natürlich nicht«, versprach Martha sofort. »Es ist schlicht und ergreifend die einzige Möglichkeit, dass Rudi sein Studium fortsetzen kann.«

»Was bleibt mir da noch übrig, als Ja zu sagen«, murrte Ella. »Sonst würde es ja ewig heißen, aus Rudi ist nur wegen mir nichts geworden.« Sie schob die Unterlippe vor, ein deutliches Zeichen, dass sie sich ärgerte.

»Ja, so ist es«, sagte Martha. »Du hast es in der Hand, über Rudis Zukunft zu entscheiden. Aber ich verspreche dir, dass es nur ein Aufschub ist. Du wirst Medizin studieren, so, wie du es dir immer gewünscht hast.«

»Es ist trotzdem nicht gerecht«, sagte Ella. »Rudi bringt sich in Schwierigkeiten und wird dafür auch noch belohnt, während ich es ausbaden muss.«

»In einer Familie hält man nun mal zusammen«, sagte Martha energisch. »Ich bin mir sicher, dass Rudi dich später umso großzügiger unterstützen wird. Außerdem schadet es dir nicht, vor Beginn deines Studiums auch die Arbeit der Krankenschwestern kennenzulernen.«

Rudi nutzte die Semesterferien, eine Studentenbude in Berlin zu finden, und freute sich insgeheim sogar über die neu gewonnene Freiheit. In der Hauptstadt konnte er tatsächlich noch mal ganz von vorne anfangen. Hier kannte niemand seine Vorgeschichte, und es hörte sich auch viel besser im Lebenslauf an, wenn man in Berlin studiert hatte. Aber vor allem war er jetzt wirklich von seiner Berufung als Anwalt überzeugt. Und das war vielleicht das einzig Gute, das aus dieser tragischen Geschichte erwachsen war, selbst wenn Astrids Tod für immer ungesühnt bleiben würde.

23

Das Jahr 1925 hatte turbulent begonnen, aber es ging friedlich weiter. Rudi lebte sich gut in Berlin ein und kam nur einmal im Monat für ein Wochenende nach Hause. Seine Leistungen waren gut, und er achtete darauf, in keine Skandale verwickelt zu werden.

Im darauffolgenden Frühsommer bestand Fredi sein Abitur und bewarb sich bei der Kriminalpolizei. Da er ebenso gute Zeugnisse wie sein älterer Bruder aufweisen konnte und auch die Sportprüfungen mit Auszeichnung bestand, konnte er sich gegen eine Vielzahl von Mitbewerbern durchsetzen. Nachdem er die ersten Wochen im regulären Streifendienst mitgelaufen war, begann im August seine Ausbildung zum Kriminalassistentenanwärter, das war der erste Schritt auf dem langen Weg zum Kriminalkommissar.

Die Ausbildung war anspruchsvoll, so gab es neben der täglichen Polizeiarbeit zweimal in der Woche Unterricht an der Polizeischule, wo theoretische Fachkunde vermittelt wurde, außerdem gab es regelmäßigen Sport- und Schießunterricht. Das Schießen gefiel Fredi besonders, zumal er bald zu den besten Schützen gehörte. Aber auch die theoretische Fachkunde über die Spurensicherung lag ihm. Er freute sich, dass seine Eltern ihm zum Ausbildungsbeginn Gustav Roschers Buch »Großstadtpolizei – Ein praktisches Handbuch der deutschen Polizei« geschenkt hatten, in dem nicht nur die gesamte Polizeistruktur dargestellt war, sondern in dem es auch Hunderte von Abbildungen gab. Er las das mehr als vierhundert Seiten umfassende Buch in drei Tagen durch und lieh es danach seiner Freundin Henny, die es ebenso aufmerksam las, auch wenn sie die Bilder der Schädel- und Knochensammlung gruselig fand. Als sie das in Ellas Gegenwart erwähnte, musste Fredi sein kostbares Buch natürlich auch seiner medizinbegeisterten Schwester leihen.

»Darfst du auch bei gerichtsmedizinischen Untersuchungen dabei sein?«, fragte Ella neugierig.

»Ja, das gehört dazu«, bestätigte Fredi. »Ist aber nicht immer so angenehm, weil manche Tote in einem ziemlich schlechten Zustand sind und gehörig stinken, vor allem die Wasserleichen.«

»Igitt, hört bitte auf damit«, rief Henny.

»Nun stell dich nicht so an«, sagte Ella. »Du wirst das ja nicht riechen.« Dann musterte sie Fredis Freundin genauer. »Was willst du eigentlich machen, wenn du im Sommer mit der Schule fertig bist?«

»Na ja, da Fredi und ich sowieso heiraten werden, meinte meine Mutter, ich soll lieber was lernen, was ich auch als Ehefrau und Mutter gut brauchen kann, damit es nicht verschwendet ist. Ich werde deshalb Maschinenähen lernen und in einer großen Näherei anfangen, bis Fredi und ich eine eigene Familie gründen. Das Geld werde ich für eine eigene Nähmaschine sparen, und dann kann ich später auch für die Familie nähen oder mal was hinzuverdienen.«

»Aber du meinst keine Schneiderlehre?«

»Nein«, sagte Henny. »Wozu drei Jahre lang Lehrgeld zahlen, wenn ich in einer Industrienäherei sofort Geld verdienen kann? Schnittmuster finde ich auch in Frauenzeitschriften. Wichtig ist doch nur, dass ich mit einer Nähmaschine umgehen kann. Alles andere kann ich mir selbst beibringen.«

»Und das macht dir Spaß?«, fragte Ella zweifelnd. »Von morgens bis abends an einer Nähmaschine sitzen und immer dieselben

Teile zusammennähen und sie dann an die nächste Näherin weitergeben?«

»Ist ja nur vorübergehend, bis wir heiraten.«

Henny sah Fredi mit verliebtem Blick an, den er ebenso verliebt erwiderte, sodass Ella sich zusammenreißen musste, nicht die Augen zu verdrehen.

»Und wann wollt ihr euch offiziell verloben?«, fragte sie.

»Wenn ich einundzwanzig bin«, sagte Fredi. »Und sobald ich den Rang eines Kommissaranwärters erreicht habe und mich nur noch die Abschlussprüfung vom Rang des Kommissars trennt, werden wir heiraten. Als Kommissaranwärter verdiene ich nämlich genug, um uns eine eigene Wohnung zu finanzieren.«

Die Tätigkeit bei der Polizei bekam Fredi ausgesprochen gut, auch wenn er sich von seinen Kollegen, anders als von Freunden und Familie, nicht mit seinem Spitznamen, sondern mit Alfred anreden ließ. Den Rat hatte ihm sein Vater gegeben.

»Es ist wichtig, dass du von Anfang an auf dein Ansehen achtest«, hatte er gesagt. »Fredi ist was für die Familie oder die schnellen Zurufe auf dem Fußballplatz. Aber als Polizeibeamter und angehender Kommissar passt das nicht. Für deine Kollegen bist du Alfred, auch wenn du dich mit ihnen duzt. Manchmal sind es die kleinen Dinge, die einem Respekt eintragen.«

Und da Fredi, anders als sein Bruder, nie einen Machtkampf mit seinem Vater gesucht, sondern dessen Ratschläge stets als wohlmeinend und hilfreich erlebt hatte, war er in der Dienststelle entweder Herr Studt oder Alfred. Es war ein wenig ungewohnt, denn außer den Lehrern in der Schule hatte ihn nie jemand Alfred genannt. Sein offizieller Name hatte einen ganz anderen Klang, wirkte distanziert. Aber vermutlich hatte sein Vater genau das gemeint.

Fredi wurde der Mannschaft von Kommissar Plättner zugeteilt, wo er als rangniederster Anwärter neben einem Kriminalassistenten, einem Kriminalsekretär und einem Kommissaranwärter dem Kriminalkommissar zuarbeiten durfte. Im Rang unter ihm stand nur noch die Sekretärin Fräulein Behrens, die sich noch gut an Rudi und dessen Vernehmung erinnerte.

»Ich hoffe, Ihr Bruder hat alles gut überstanden?«, fragte sie ihn an einem seiner ersten Tage.

»Ja«, erwiderte Fredi. »Er studiert jetzt in Berlin, denn in Hamburg hat dieser Prozess zu viel verbrannte Erde hinterlassen.«

»Ich habe Ihrem Bruder geglaubt, so wie alle hier«, sagte Fräulein Behrens. »Und an dem Fall sieht man auch, wie wichtig gute Polizeiarbeit ist. Selbst wenn wir uns noch so bemühen, alles richtig machen, flutschen uns viele Täter wie nasse Fische durch die Hände. Die Schriftsteller von Kriminalromanen behaupten ja immer gern, dass es keinen perfekten Mord gibt und sich am Ende jeder Täter verrät, aber was nützt das schon, wenn die Beweise dem Gericht nicht ausreichen.« Sie seufzte.

Die Arbeit bei der Kriminalpolizei hatte nicht viel mit den Abenteuern in Kriminalromanen zu tun, hier waren auch viele Schreibtischtätigkeiten gefragt, und die langweiligsten Aufgaben bekam natürlich der Dienstjüngste. Allerdings störte es Fredi nicht. Er hatte kein Problem mit Aktenführung und fand es spannend, wenn er im polizeilichen Fotoatelier, das sich im Dachgeschoss der Dienststelle an der Stadthausbrücke befand, Fotografien abholen sollte. Er hatte sich schnell mit den Berufsfotografen angefreundet und bekam deshalb auch Bilder von Tatorten zu Gesicht, die sonst kaum jemand sah. Viele der Fotografien waren schon mehr als zehn Jahre alt, manche deutlich älter, aber die Fotografen archivierten alles. Fredi wusste schon aus seinem Buch, dass die Fotografie seit 1903 als Beweismittel vor Gericht zugelassen war. Unter diesen alten Beweisstücken waren Fotografien, bei denen Henny bestimmt übel geworden wäre, während Ella sie ihm vermutlich sofort begeistert aus den Händen gerissen hätte. Besonders schlimm waren die Bilder von Menschen mit eingeschlagenem Schädel, und er fragte sich, wie es ihm wohl ergehen würde, wenn er das erste Mal an so einen Tatort käme. Bislang war er nur an zwei Tatorten gewesen, beides Schauplätze von Selbstmorden: einmal durch Erhängen und einmal durch Gas. Kommissar Plättner hatte ihm erklärt, dass sich überwiegend Männer erhängten. Wenn man eine erhängte Frau fand, galt immer besondere Achtsamkeit, da auf diese Weise oftmals ein Mord durch Erwürgen vertuscht werden sollte. »Aber das wissen Sie ja schon«, hatte er abschließend gesagt, und Fredi hatte nur genickt. Frauen, die sich das Leben nehmen wollten, würden lieber den Gashahn aufdrehen oder sich vergiften, nicht ganz so hart und brutal wie das Erhängen oder gar Erschießen, aber für die Umgebung wesentlich gefährlicher.

»Zum Glück riecht man es sehr schnell, wenn der Gashahn offen ist«, hatte Plättner gesagt. »Aber wenn jemand mit einem Schnupfen kommt und dann eine Zigarre anzündet, könnte das ganze Haus in die Luft fliegen.«

Plättner war ein ausgesprochen angenehmer Chef. Er war schon Ende fünfzig und ließ sich gern von seiner Menschenkenntnis leiten. Außerdem hatte er Fredi von Anfang an besonders ins Herz geschlossen, und Fredi fragte sich, ob das wohl auch daran lag, was der Kommissar mit Rudi erlebt hatte. Mit Kommissaranwärter Julius Eberwein kam Fredi ebenfalls sehr gut zurecht. Es war jedoch schon klar, dass Eberwein nach Bestehen seiner Prüfung nach Stade wechseln würde, weil ihm dort eine Stelle als Kommissar in Aussicht stand. Da seine Familie von dort stammte, kam ihm das sehr zupass.

Der Kriminalsekretär Hermann Klawitzke galt als der große Schweiger, und es hatte tatsächlich zwei Tage gedauert, bis Fredi ihn mal mehr als nur »Guten Morgen« hatte sagen hören. Aber wenn Klawitzke etwas sagte, dann hatte das Hand und Fuß.

Kriminalassistent Werner Rohrbeck war zwei Jahre älter als Fredi und fiel immer wieder durch seine politischen Ansichten auf. Es war nicht üblich, dass man im Dienst über Politik sprach, aber das scherte Rohrbeck nicht. Er war nicht nur Mitglied der NSDAP geworden, nachdem die sich im letzten Jahr nach dem Verbot neu gegründet hatte, sondern gehörte sogar ihrer Sturmabteilung an, kurz SA genannt. Plättner sah es nicht gern, dass Rohrbeck in seiner Freizeit in der braunen Uniform dieser Schlägertruppe paradierte, aber es war nicht verboten, und so begnügte Plättner sich damit, Rohrbeck die politischen Reden in seiner Gegenwart zu untersagen.

Als Fredi neu in die Truppe kam, versuchte Rohrbeck gleich, ihn für die NSDAP und die SA zu begeistern. Da Fredi mit einem überaus redseligen Bruder aufgewachsen war, beherrschte er die Kunst, jemanden reden zu lassen, dabei den Mund zu halten und sich seinen Teil einfach zu denken. Und so gelang es ihm, Werner nicht vor den Kopf zu stoßen, wenn er jedes Mal Zeitmangel vorschob, sobald der Kollege ihn irgendwohin mitnehmen wollte. Schließlich war Fredi aktiv im Fußballverein und spielte erfolgreich als Stürmer in der Regionalliga der Amateure. Seine Wochenenden waren ausgefüllt. Henny, mit der er natürlich auch Zeit verbringen wollte, war glücklicherweise durch ihren Bruder Willy, den Torwart in Fredis Mannschaft, ebenfalls mit dem Fußballvirus infiziert, schaute »ihren Männern« gern zu und jubelte über jedes Tor.

Da man dem Fußball durchaus nationale Gesinnung nachsagen konnte – und sei es nur die ewige Rivalität zwischen Hamburg und Bremen –, verstand Werner Rohrbeck, warum Fredi sein wertvolles Fußballtalent nutzen musste und keine Zeit hatte, sich bei der SA zu verpflichten. Dass Fredi die SA für eine widerliche Schlägertruppe hielt, in die er nicht mal eingetreten wäre, wenn er zu Hause vor Langeweile gestorben wäre, behielt er für sich.

24

Für Martha und Paul wirkte das Jahr 1926 so, als wären sie nach all den Turbulenzen, die ihr Leben nach Kriegsende durcheinandergewirbelt hatten, endlich in ruhigerem Fahrwasser angekommen. Zwar mussten sie jeden Pfennig dreimal umdrehen, weil Rudis Studium in Berlin Unsummen verschlang, allerdings brauchte ihr Sohn auch eine anständige Unterkunft, damit das Studium von Erfolg gekrönt war. Aushilfstätigkeiten, mit denen Studenten etwas Geld verdienen konnten, waren rar gesät, vor allem in der Hauptstadt, wo sich haufenweise Arbeiter aus dem Osten für billiges Geld verdingten. Rudi hatte ihnen bei seinen Wochenendbesuchen davon erzählt. Neben Deutschen aus Ostpreußen und Schlesien traf man dort auch viele Polen und sogar Russen. Diese Zuwanderer lebten oft in Elendsquartieren, die in Hamburg schon längst der Vergangenheit angehörten. Unwillkürlich musste Martha an die Auswandererhallen ihrer Kindheit denken. Früher waren ganze Familien aus dem Osten ins gelobte Amerika gezogen, aber nach dem Großen Krieg war es sehr schwer geworden, ein Auswanderungsvisum in die USA zu bekommen.

Berlin war inzwischen wieder eine beliebte Metropole, aber die deutsche Hauptstadt hatte zwei Gesichter. Zum einen war da der Glamour, nach dem sich die Welt nach dem Krieg sehnte, das quirlige Großstadtflair mit seinen Vergnügungsschuppen und Luxusstraßen. Aber es gab auch die dunkle Seite, Ecken, die Rudi weitaus verkommener vorkamen als Hamburgs Gängeviertel. Aber vielleicht lag es auch nur daran, dass ihm das alte Gängeviertel vertrauter war. Schließlich hatte sein Großvater dort bis zuletzt gelebt.

Jeweils zu Monatsanfang musste Rudi seiner Zimmerwirtin dreißig Mark für ein Zimmer von gerade mal acht Quadratmetern zahlen, darin war das Frühstück inbegriffen. Dreißig Mark entsprachen dem Monatslohn eines Dienstmädchens, aber immerhin war das Zimmer in einer anständigen Gegend und komplett möbliert. Hinzu kamen noch einmal zwanzig Mark für die Lebenshaltungskosten und die regelmäßige Bahnfahrt nach Hamburg.

»In Berlin kann man als Zimmerwirtin vermutlich reich werden«, hatte Martha seufzend gemeint, aber es ließ sich nicht ändern, und wenigstens mussten sie für Fredis Ausbildung nichts bezahlen. Sie verzichteten auch darauf, ihm Kostgeld abzunehmen, wie es manch andere Eltern taten, denn sie wussten ja, dass er für die gemeinsame Zukunft mit Henny sparte. Warum sollten sie ihrem Zweitgeborenen etwas von dem Geld abnehmen, das er sich verdiente, während ihr Erstgeborener die Familie durch eigenes Verschulden überhaupt erst in finanzielle Schwierigkeiten gebracht hatte? Natürlich machte Martha Rudi niemals Vorwürfe, sie wusste, dass er nach wie vor unter diesem schrecklichen Skandal und Astrids Tod litt, aber sie war dennoch froh, dass Fredi und Ella ihr keine Sorgen bereiteten.

Ellas Leidenschaft war nach wie vor das Tanzen, aber einen festen Tanzpartner hatte sie noch nicht. Auch wenn sie mit sechzehn nun schon in dem Alter war, in dem Henny sich in Fredi verliebt hatte, so hielt sich Ellas Interesse an jungen Männern in Grenzen. Martha hatte dafür viel Verständnis, schließlich hatte auch sie mit sechzehn Jahren ganz andere Interessen gehabt. Selbst mit Paul war es nicht Liebe auf den ersten Blick gewesen; sie waren sich über ihre gemeinsamen politischen Ansichten erst allmählich nähergekommen. Wenn Ella nur ein bisschen nach ihr schlug, dann würde sie sich weniger vom Aussehen eines Mannes blenden lassen als von seinen Ansichten und Zielen. Allerdings hatten die jungen Männer in der Tanzstunde nur wenig Interesse an tiefgründigen Gesprächen; es war also kein Wunder, dass bislang kein Funke übergesprungen war.

Das änderte sich jedoch im Spätsommer 1926, als Joseph Kellermann anlässlich der Eröffnung eines neuen Lichtspielhauses auf St. Pauli erneut einen großen Ball in seinem Haus an der Elbchaussee gab.

Martha genoss es, dass sie regelmäßig zu den Feierlichkeiten im Haus der Kellermanns eingeladen wurden, war es doch eine der wenigen Gelegenheiten, bei denen sie mit Paul tanzen konnte. Seit die Kinder da waren, hatten sie nur noch wenig Zeit für sich gehabt, und gerade jetzt, als sie glaubten, alles würde einfacher, fehlte ihnen das Geld zum Ausgehen.

Carola vergaß auch Marthas Kinder nicht und schickte allen eine Einladung, selbst Henny bekam eine. Rudi musste absagen, da er sich in Berlin auf eine Klausur vorbereitete, und Fredi ging nur hin, weil Henny es sich wünschte.

»Ja, wir wissen, dass du bei Ball immer nur an Fußball denkst«, neckte Ella ihren Bruder. »Hier solltest du allerdings tunlichst darauf achten, nichts zu treten – schon gar nicht die Füße deiner Tanzpartnerin.«

»Andere zu treten ist immer ein Foul«, sagte Henny mit verschmitztem Lächeln. »Das wird Fredi schon nicht passieren.«

In den vergangenen Jahren war es Joseph Kellermann gelungen, seinen schlechten Ruf hinter sich zu lassen, und die Gästeliste wurde immer erlesener. Vor allem unter den jungen Leuten galt es als schick, bei Kellermanns zu verkehren, und Joseph bemühte sich sehr darum, aufstrebende junge Menschen zu fördern – seien es Künstler, Schauspielerinnen oder politisch ambitionierte junge Männer. Zudem umgab er sich gern mit einem Hauch von Internationalität, und so fanden sich unter seinen Gästen auch Mitarbeiter der in Hamburg ansässigen ausländischen Konsulate. Manchmal kam Joseph Kellermann Martha wie eine Spinne vor: Geschickt wob er seine Netze, um irgendwann überall mitmischen zu können. Politisch hielt er sich zurück, er strebte kein Mandat an, sondern begnügte sich damit, sich Abgeordnete gewogen zu machen. Und nicht nur die. Selbst Fredi war für Joseph von Interesse, seit dieser bei der Polizei arbeitete. Irgendwann würde Fredi Kommissar sein, und niemand konnte wissen, wofür es gut war, sich mit ihm gutzustellen. Martha wusste nicht so recht, was sie davon halten sollte, allerdings beruhigte es sie, dass Moritz einen guten Einfluss auf Joseph hatte. Moritz spielte mittlerweile im Kellermann'schen Imperium eine wichtige Rolle. Er war derjenige, der durch seine ehrliche Wesensart Vertrauen einflößte, zumal er das Gesicht der wohltätigen Stiftungen war. Niemand würde Moritz jemals mit irgendwelchen dubiosen Geschäften in Verbindung bringen, und so verschwanden Josephs Animier- und Bordellbetriebe langsam aus dem kollektiven Gedächtnis, auch wenn es sie nach wie vor gab. Stattdessen traten moderne Lichtspielhäuser, bezahlbare Wohnungen und die Krankenfürsorge in den Fokus der Öffentlichkeit. Moritz war stolz darauf und hatte nie den Eindruck, dass Joseph ihn benutzte, um von seinen anrüchigen Geschäften abzulenken. Im Gegenteil, er hoffte sogar, dass Joseph eines Tages nur noch anständige Geschäfte machen würde. Als er das Martha einmal im Vertrauen erzählte, fragte sie sich, ob Moritz zu gutgläubig oder sie selbst zu misstrauisch war.

»Martha, erinnerst du dich noch an diesen jungen Mann?« Carolas Worte rissen sie aus ihren Gedanken. Ihre Freundin war in Begleitung eines adretten, glatt rasierten dunkelhaarigen Mittzwanzigers, der Martha vage bekannt vorkam, ohne dass sie seinem Gesicht spontan einen Namen zuordnen konnte. Glücklicherweise erwartete Carola auch gar keine Antwort, sondern hatte diese Floskel nur als Einleitung für die Vorstellung genutzt. »Herr Morel ist vor einigen Tagen in Hamburg eingetroffen«, sagte sie. »Er hat sich an meine Worte von vor zwei Jahren erinnert, dass wir Hamburger gastfreundlicher sind als die Münchner, und arbeitet seit Kurzem als französischer Korrespondent für den norddeutschen Raum.«

Philippe Morel! Natürlich, der junge Franzose, den sie als Prozessbeobachter kennengelernt hatten.

»Ich freue mich sehr, Sie wiederzusehen, Herr Morel.« Martha reichte ihm die Hand. »Und haben Sie schon etwas von Hamburg gesehen?«

»Nun ja, ich bin noch nicht lange da, aber für eine Fahrt mit dem Alsterdampfer hat es gereicht.«

»Ich hoffe, die Hamburger waren nett zu Ihnen?«

»Ich kann nicht klagen, aber ich habe auch keine Biergärten besucht.«

»Weil wir die nicht haben«, sagte Carola augenzwinkernd. »Wir haben Gaststätten mit Terrassen, wenn man unter freiem Himmel speisen möchte. Und für die politischen Veranstaltungen gibt es ausgewiesene Lokalitäten, da weiß man dann schon vorher, mit wem man es zu tun hat. Wobei das rote Hamburg noch in der Mehrheit ist, auch wenn das braune Gesocks sich immer öfter aus seinen Löchern wagt.«

In diesem Moment näherten sich Ella und Henny kichernd.

»Was amüsiert euch denn so?«, fragte Martha.

»Ella hat einen Schwindler auffliegen lassen.« Henny konnte sich kaum beruhigen.

»Hier treiben sich Schwindler rum?«, fragte Carola mit gespielter Empörung. »Da muss ich wohl mal ein ernstes Wort mit Joseph wechseln, wen er alles auf der Gästeliste hat.«

»Na ja, auf der Gästeliste stand er wohl wegen seines Papas, der Senator ist«, sagte Ella. »Aber er hat behauptet, dass er Medizin studiert, um sich wichtigzutun. Ich habe gleich gemerkt, dass er keine Ahnung hat, so wie er die Fachbegriffe durcheinandergeworfen hat, und dann habe ich ihn nach erfundenen Krankheiten gefragt, ob er von denen schon gehört hat.«

»Und hatte er?«

»Ja, er kannte sogar Heilmittel dagegen.«

»Wie kannst du nur schon wieder so todernst sein?«, sagte Henny, die sich das Lachen kaum verbeißen konnte.

»Und welcher ist es?«, fragte Carola.

»Der da vorn, der sich gerade in einer anderen Runde so aufbläst.« Ella wies unauffällig in die Richtung. »Robert Aspach heißt er. Weißt du zufällig, was der in Wirklichkeit macht, Tante Carola?«

»Nein, ich habe keine Ahnung. Aber der Hellste kann er ja nicht sein, wenn er ausgerechnet dir solche Märchen erzählt.« Dann erinnerte Carola sich an ihre Pflichten als Gastgeberin.

»Ella, Henny, darf ich euch Herrn Philippe Morel vorstellen? Er ist ein französischer Zeitungsjournalist, den Martha und ich in München kennengelernt haben. Herr Morel, das ist Marthas Tochter Ella, die nach ihrem Abitur selbst Medizin studieren wird. Und das ist Henriette Moosleitner, die künftige Verlobte von Marthas Sohn Alfred.«

»Meine Damen, ich freue mich, Ihre Bekanntschaft zu machen.« Galant reichte Morel den beiden nacheinander die Hand.

»Dann sind Sie der Herr, der in Bayern so schlechte Erfahrungen gemacht hat?«, fragte Ella und strahlte dabei eine selbstsichere Würde aus, die das kichernde Mädchen vergessen ließ.

»Ihre Mutter hat Ihnen davon erzählt?«

»Ja«, bestätigte Ella. »Es tut mir sehr leid, dass Sie so einen schlechten Eindruck vom Deutschen Reich gewonnen haben, aber Idioten gibt es leider überall.«

Inzwischen hatten sich Fredi und Paul genähert.

»Hier steckt ihr also«, sagte Paul. »Darf ich dich um den nächsten Tanz bitten, meine Liebe?«

Martha nickte lächelnd, stellte aber ihren Mann und Sohn vorher ordnungsgemäß Herrn Morel vor. Die Männer schüttelten sich kurz die Hand, dann führte Paul seine Frau auf die Tanzfläche, während Fredi Henny aufforderte. Immerhin – seit er Henny hatte, ertrug er sogar Tanzveranstaltungen mit Fassung.

Philippe Morel sah zwischen Ella und Carola hin und her, unsicher, wen von beiden er auffordern sollte, ohne die Etikette zu verletzen: die Schwägerin des Gastgebers oder Ella, die vom Alter her viel besser zu ihm passte. Carola half ihm aus der Bredouille, indem sie sich unter einem Vorwand zurückzog, sodass Morel Ella ohne schlechtes Gewissen zu dem folgenden Walzer auffordern konnte.

Morel erwies sich als sehr guter Tänzer, und er war der erste Franzose, den Ella kennenlernte. Abgesehen davon, dass er hervorragend tanzen konnte und sehr höflich im Umgang war, entsprach er ganz und gar nicht den gängigen Vorurteilen, die man in Deutschland Franzosen gegenüber hegte. So war er kein glutäugiger Kavalier, der sie sofort mit Komplimenten und seiner Leidenschaft überschüttete, sondern eher zurückhaltend und ein wenig unsicher. Ella fragte sich, woran das wohl lag, aber gleichzeitig fühlte sie sich von seiner Zurückhaltung angezogen. Die meisten jungen Männer versuchten, eine Frau zu beeindrucken und sich selbst durch großspurige oder im besten Fall geistreiche Reden ins beste Licht zu rücken. Aber Philippe Morel hatte das auch gar nicht nötig. Er überzeugte beim Tanz allein durch seine Gegenwart und die Art, wie er sie führte. Nicht so holperig wie die jungen Galane, die sich oft genug wie auf dem Exerzierfeld bewegten, sondern er passte seine Bewegungen den ihren mit einer Selbstverständlichkeit an, was ihr das Gefühl gab, regelrecht über die Tanzfläche zu schweben. Es fühlte sich nicht an, als wollte er sie führen, sondern stattdessen das Beste aus ihr herausholen. Und obwohl er so jung aussah, erschien er ihr um Jahre erfahrener als die jungen Männer, mit denen sie normalerweise tanzte.

»Darf ich Sie fragen, wie alt Sie sind, Herr Morel?«

Ihr Tanzpartner sah sie erstaunt an; vermutlich war sie die erste Frau, die ihn so direkt nach seinem Alter fragte. »Ich werde am 14. September fünfundzwanzig.«

»Dann sind Sie Jungfrau.«

»Äh, wie bitte?«

Erst durch seinen verwirrten Blick wurde Ella die Doppeldeutigkeit bewusst, und sie lachte. »Das Sternzeichen. Sie sind Jungfrau im Sternzeichen.«

Seine Züge entspannten sich, und er stimmte in ihr Lachen ein. »Und was sind Sie?«

»Ich wurde am 2. April geboren, bin also Widder, genau wie mein Bruder Fredi, auch wenn der noch ein Märzwidder ist.«

»Und was zeichnet Widder aus?«

»Angeblich sind sie abenteuerlustig und scharfzüngig, aber wenn ich mir meinen Bruder ansehe, stimmt zumindest das mit der scharfen Zunge nicht.« Sie lachte.

»Vielleicht trifft die scharfe Zunge ja nur auf Frauen zu?«

»Finden Sie, dass ich eine scharfe Zunge habe?«

»Auf den Mund gefallen sind Sie jedenfalls nicht.«

»Weil ich so neugierig war, wie alt Sie sind?«

»Vielleicht auch, weil Sie einen Schwindler enttarnt haben.« Sein Lächeln verriet, dass ihm das gefallen hatte.

»Und was hat Sie als Zeitungsjournalist nach Deutschland verschlagen?«, fragte Ella.

»Ich stamme aus dem Elsässer Grenzgebiet, und obwohl ich überwiegend französische Vorfahren habe, sind auch ein paar Deutsche im Stammbaum vertreten. Im Grenzgebiet lernt man ohnehin schnell die Nachbarsprachen. In Paris gibt es bei den großen Zeitungen viel Konkurrenz, also bin ich lieber als freier Korrespondent in ein Land gereist, das politisch sehr interessant für Frankreich ist und dessen Sprache ich perfekt beherrsche. Ich hoffe, dass ich mir mit meinen Artikeln irgendwann einen so guten Ruf erarbeiten kann, dass es für eine Festanstellung bei einer der großen Pariser Zeitungen reicht.«

»Können Sie denn von der Bezahlung für Ihre Artikel leben?«

»Sie sind wirklich sehr direkt, Fräulein Studt.«

»Ich dachte, das gefällt Ihnen.« Sie lächelte verschmitzt.

»Es reicht gerade so, weil ich nebenher auch Aufträge als Übersetzer annehme. Und das ist auch ein Grund, warum ich nach Hamburg gekommen bin. In einer internationalen Hafenstadt gibt es nicht nur viele Geschichten, sondern auch einen Bedarf an Übersetzern. Das französische Konsulat versorgt mich regelmäßig mit Aufträgen, und die sind deutlich lukrativer als meine Zeitungsartikel.«

»Aber es gibt doch auch in München ein französisches Konsulat, oder?«

»Ja, aber München ist keine Hafenstadt und kein Umschlagplatz. Hier gibt es oft Beglaubigungen zu übersetzen – sowohl vom Französischen ins Deutsche als auch umgekehrt.«

»Mussten Sie dafür studieren, oder eignet man sich das einfach so an?«

»Meinen Sie das Übersetzen oder den Journalismus?«

»Beides.«

»Ich habe nach der Schule bei einer Zeitung angefangen. Für ein Studium reichte das Geld meiner Eltern nicht. Da habe ich mir dann von den älteren Reportern das Handwerk abgeschaut, bis ich auf eigenen Füßen stehen konnte. Von so eleganten Kreisen, wie sie hier verkehren, konnte ich lange Zeit nur träumen.«

»Meine Eltern haben sich ebenfalls hochgearbeitet, genau wie unser Gastgeber«, sagte Ella. »Meine Mutter wurde als Tochter eines Hafenarbeiters geboren und kannte die Kellermanns schon, als die ebenfalls noch im Hafenviertel wohnten. Es gibt nicht viele, die den Sprung in die höheren Kreise schaffen, aber diejenigen, die es geschafft haben, die finden Sie in diesem Saal. Also passen Sie bestens hierher.«

Als Ella in dieser Nacht zusammen mit ihrer Familie nach Hause fuhr, nannte sie Herrn Morel längst Philippe und hatte sich bereits zu einem weiteren Treffen mit ihm verabredet. Es waren weniger romantische Gefühle als vielmehr der Reiz des Unbekannten, der sie faszinierte.

25

Manchmal frage ich mich, warum die jungen Leute es sich immer so schwer machen müssen.« Professor Wehmeyer seufzte, als sie im Anschluss an eine Magenoperation darauf warteten, dass der nächste Patient in den OP gebracht wurde. Der Sommer war vorbei, der Oktober hatte Einzug gehalten und damit auch das Wintersemester an der Universität.

»Wie meinen Sie das?«, fragte Martha. »Haben Sie sich wieder über einen Studenten geärgert?«

»Nein, ganz im Gegenteil, ich hatte gestern Nachmittag das, was man ein professorales Erweckungserlebnis nennen könnte.«

»Etwa eine religiöse Erleuchtung?«, fragte Martha und musste sich bemühen, ernst zu bleiben.

»Nein, ich habe nur festgestellt, dass ich einen meiner Studenten arg unterschätzt habe, weil ich einen anderen im Blick hatte. Da sucht man nach Juwelen, glaubt, man hätte einen ungeschliffenen Diamanten vor sich, und dann stellt sich heraus, dass er sich leider für die falsche Profession entschieden hat. Aber der, der wirklich ein Kleinod ist, hält sich im Hintergrund, da er sich nicht ins rechte Licht zu setzen weiß, sondern mit dummen Fragen auffällt.«

»Und wer ist nun der Wunderknabe, dem Sie Ihr professorales Erweckungserlebnis verdanken? Kenne ich ihn?«

»Fritz Ellerweg.«

»Fritz Ellerweg? Ist das nicht der, der immer in der zweiten Reihe stehen muss, weil er Sie ständig mit Fragen zur operativen Schnittführung überschüttet, anstatt wie aus der Pistole geschossen die anatomischen Strukturen zu benennen?«

»Ja, genau. Dabei beherrscht der Junge das ex forma und ex functione, wie der Lateiner sagt. Ich habe bis gestern gedacht, er wolle mit den Fragen davon ablenken, dass er nicht ausreichend gelernt hat, aber das Gegenteil ist der Fall. Er war mit seinen Gedanken immer schon viel weiter, und für ihn war es eine Selbstverständlichkeit, jede innere Struktur im Organismus benennen zu können. Zum Glück hatte er nun endlich den Mumm, mich direkt in meiner Sprechstunde aufzusuchen und um eine Doktorarbeit zu bitten. Wenn er das, was er mit dem Verstand beherrscht, auch mit dem Skalpell umsetzen kann, hat er das Zeug, mal ein ganz Großer unserer Zunft zu werden. Ich hoffe nur, Hellmer wird nicht zu enttäuscht sein, wenn er ab jetzt in der zweiten Reihe stehen muss.«

»Das glaube ich nicht«, sagte Martha. »Können Sie ein Geheimnis für sich bewahren, Herr Professor?«

»Ärztliche Schweigepflicht liegt mir im Blut. Also?«

»Ich habe Hellmer neulich dabei ertappt, wie er sich heimlich vor dem OP ein Tröpfchen Kölnisch Wasser auf den Mundschutz geträufelt hat. Es war ihm sehr peinlich, aber dann hat er mir gestanden, dass ihm von dem Geruch bei den Darmoperationen andernfalls übel wird. Er ist zwar ein sehr guter Student, aber der OP ist nicht nach seiner Nase.«

Professor Wehmeyer lachte. »Darauf wäre ich im Leben nicht gekommen. Ich hoffe, Ihre Ella ist da härter im Nehmen.«

»Ella macht so etwas nichts aus«, sagte Martha. »Allerdings wird sie vor Antritt des Studiums erst einmal eine Ausbildung zur Krankenschwester machen.«

»Warum das denn?« Professor Wehmeyer war aufrichtig überrascht.

»Rudis Studium in Berlin kostet sehr viel Geld. Sie haben die tragische Geschichte ja mitbekommen. Und solange er nicht fertig ist, muss Ella zurückstecken. Das tut mir in der Seele weh, vor allem, weil sie kostbare Lebenszeit verliert, dabei kann sie nichts dafür, dass Rudi nicht in Hamburg bleiben konnte.« Martha sah den Professor verzweifelt an. »Aber was hätten wir sonst machen sollen?«

»Da haben Sie natürlich recht«, erwiderte Wehmeyer. »Allerdings könnte das für Ella auch nach hinten losgehen. Das Auswahlverfahren ist hart, und wenn eine Frau und ein Mann sich mit gleich guten Noten bewerben, aber die Frau schon eine abgeschlossene Schwesternausbildung hat, wird man den Mann nehmen.«

Martha sah den Professor erschrocken an. »Ist das Ihr Ernst? Aber das ist doch ungerecht. Man sollte doch viel mehr belohnen, dass die Frau schon einschlägige Erfahrung hat.«

»Ein Medizinstudium ist teuer. Warum sollte eine Krankenschwester einem jungen Mann einen Studienplatz wegnehmen?«

Martha schluckte. »Dann meinen Sie, es wäre besser, wenn Ella keine Schwesternausbildung macht? Aber irgendwie muss sie die Zeit, bis Rudi das Geld zurückzahlen kann, ja überbrücken.«

»Nun ja, warten wir es einfach mal ab«, sagte der Professor. »Im Zweifelsfall haben Sie hier genügend Kollegen, die Ihrer Tochter ein Empfehlungsschreiben ausstellen würden. Und das dürfte auch etwas zählen. Professor Liebknechts Einfluss sollten Sie nicht unterschätzen, und ich weiß, dass er Ella ebenso wie ich fördern würde, auch wenn es viele Männer gibt, die nach wie vor der Meinung sind, dass der Arztberuf nichts für Frauen ist, da er sich angeblich nicht mit der Familie in Einklang bringen lässt. Selbst die meisten Krankenschwestern sind ledig und geben ihren Beruf auf, sobald sie heiraten.«

»Aber es gibt immer mehr Schwestern, die das anders sehen.«

»Ja, aber die sind, ebenso wie Sie, noch immer die Ausnahme,

Schwester Martha. Aber Kopf hoch, Beziehungen haben bislang immer nur dem geschadet, der sie nicht hatte. Und wenn Ella wirklich Medizin studieren will, dann wird sie diesen Weg auch gehen.«

Martha hoffte, dass der Professor recht behalten würde, denn sollte ihre Tochter sich ihren großen Traum nicht erfüllen können, würde sie sich das selbst nie verzeihen.

Aber noch ging Ella zur Schule und hatte ganz andere Dinge im Kopf. Eins davon hatte einen französischen Akzent und kam in letzter Zeit immer häufiger zu Besuch. So war es auch kein Wunder, dass Ella ihre Eltern bat, Philippe zu der Weihnachtsfeier am 25. Dezember einzuladen, zu der auch Marthas Bruder Heinrich mit seiner Familie erwartet wurde.

»Also bis Weihnachten ist es ja noch ein bisschen hin. Fährt Philippe denn über die Feiertage nicht nach Frankreich zu seiner Familie?«, fragte Martha überrascht.

»Nein«, erwiderte Ella. »Seine Mutter ist vor ein paar Jahren gestorben, und mit seinem Vater und den beiden älteren Brüdern versteht er sich nicht gut. Die sehen in ihm das schwarze Schaf der Familie, weil er sich entschieden hat, in Deutschland zu leben. Seine Brüder waren alle im Krieg und hassen die Deutschen.«

Martha runzelte die Stirn. »Was versprichst du dir eigentlich von deiner Bekanntschaft zu Philippe Morel?«, fragte sie. »Mehr als nur einen gebildeten Gesprächs- und Tanzpartner?«

»Ach … ähm … darüber habe ich mir noch keine Gedanken gemacht.«

»Das solltest du aber, Ella. Wenn sogar die eigene Familie ihn ablehnt, weil er in Deutschland arbeitet und der Krieg noch in ihren Herzen weitertobt, dann ist das keine gute Basis für eine ernsthafte Bindung.«

»Aber Philippe denkt doch nicht so.«

»Nein, natürlich nicht. Aber er ist Franzose, und wenn er sich selbst zwischen alle Stühle setzt, könnte er dich mit auf den Boden reißen.«

Ella sah ihre Mutter verwirrt an. »Wie meinst du das?«

Martha seufzte. »Verbindungen zwischen Menschen aus unterschiedlichen Ländern sind nie leicht. Vor allem dann nicht, wenn sich die Nationen noch vor Kurzem im Krieg gegenüberstanden. Außerdem werde ich immer skeptisch, wenn jemand in einer Familie ausgegrenzt wird. Die Familie prägt uns. Wenn die Menschen, die einem eigentlich am nächsten stehen sollten, bereit sind, einen fallen zu lassen, frage ich mich, ob derjenige, der das erlebt hat, nicht ebenfalls einmal so handelt, zumindest unbewusst. Manches steckt tief drinnen.«

Ella runzelte die Stirn. »Du meinst, dass irgendein schlechtes Erbgut in ihm steckt, und falls es irgendwann mal mehr wird zwischen Philippe und mir, müsste ich damit rechnen, dass er mich dann auch einfach fallen lässt?«

»Nein, natürlich nicht so, Ella. Es gibt kein schlechtes Erbgut. Aber es gibt Verhaltensweisen, die man schon sehr früh lernt.«

»Woher willst du wissen, dass er genauso handeln würde? Ebenso gut könnte er ja auch das Gegenteil tun, weil er weiß, wie sehr es schmerzt, wenn man fallen gelassen wird.«

Martha nickte. »Ich will dir ja auch gar nichts schlechtreden. Ich wollte dir nur meine Bedenken mitteilen. Mit deinem Onkel Heinrich und Tante Li-Ming war es am Anfang ja auch nicht einfach, wenngleich aus anderen Gründen. Aber sie haben bewiesen, dass man kulturelle Unterschiede überwinden kann. Und selbstverständlich werden wir Philippe zu Weihnachten einladen, wenn du das möchtest.«

Natürlich war es wieder Heinrich, der bei der Weihnachtsfeier nach dem gemeinsamen Essen die dollsten Geschichten zu erzählen hatte. Seemannsgarn vom Feinsten, wie es Paul nannte, auch wenn die Anekdoten, die Heinrich zum Besten gab, immer der Wahrheit entsprachen. Eine davon war traurig und dennoch schön. Nach dem Tod des Vaters hatte Heinrich sich ja des Äffchens Maximilian angenommen und ihn zusammen mit Papagei Lora und seiner Familie mit auf große Fahrt genommen. Allerdings war der kleine Affe schon ein rechter Methusalem mit seinen fünfzehn Jahren und auf der Rückfahrt von China nach Europa gestorben. Heinrich hatte es sich nicht nehmen lassen, dem Schiffsmaskottchen ein echtes Seemannsbegräbnis zu gewähren. Die gesamte Mannschaft musste auf seinen Befehl antreten, als er den kleinen Körper, in seine Decke gewickelt, der See übergab. Selbst die Passagiere nahmen Anteil, manche, weil sie gerührt waren, andere, weil sie es als ein interessantes Spektakel empfanden.

»Maximilian ist bestimmt der erste Affe, der auf diese Weise beigesetzt wurde«, sagte Heinrich zum Abschluss. »Und irgendwie war es auch tröstlich, denn so hatte er noch mal einen ganz besonderen Auftritt.« Er kraulte Papagei Lora, der sich gerade vom bunten Teller eine Walnuss geklaut hatte und mit seiner Beute auf seine Schulter geflattert kam. Philippe musterte den Papagei mit unverhohlener Bewunderung. Überhaupt schien er von Heinrich und dessen Familie sehr beeindruckt, vor allem als er hörte, dass die Kinder zweisprachig aufwuchsen und Chinesisch ebenso gut wie Deutsch sprachen. Als Philippe dann auch noch hörte, dass Heinrich neben Deutsch und Chinesisch auch noch fließend Englisch, Französisch und Spanisch sprach sowie etwas Norwegisch und Schwedisch und sogar einige Brocken Japanisch, wurden seine Augen immer größer.

»Wir sind eine internationale Familie«, raunte Ella ihm zu. »In unserer Familie findet jeder einen Platz.«

Bevor Philippe etwas darauf antworten konnte, wurde Heinrichs Tonfall deutlich ernster.

»Leider sind diese schönen Zeiten im nächsten Jahr vorbei«, sagte er.

»Wieso? Wird die *Weser* nicht mehr im Ostasienhandel eingesetzt?«, fragte Paul.

»Doch, das schon. Aber ich hatte in der Woche vor Weihnachten ein unerfreuliches Gespräch mit Arthurs Klassenlehrer. Der sagte, in der Volksschule möge es ja noch angehen, dass ein Junge mehrere Monate dem Unterricht fernbleibt und von einem Privatlehrer an Bord eines Schiffes unterrichtet wird, aber auf dem Gymnasium werde er das nicht länger dulden. Entweder wird Arthur wie alle anderen Kinder durchgängig jeden Tag zur Schule gehen, oder er muss das Gymnasium verlassen. Für eine Ausnahme hätte er zu schlechte Zeugnisse. Dabei ist das Blödsinn. Er hat lauter Zweien und Dreien. Muss ja nicht jeder überall der Beste sein. Was ist an einer Drei auszusetzen? Eine befriedigende Leistung ist doch in Ordnung, und Arthur will ja auch nicht Medizin studieren, sondern später zur See fahren. In Fremdsprachen ist er sowieso allen überlegen, und Englisch spricht er besser als der Lehrer.«

»Das heißt, Li-Ming und die Kinder werden dich im nächsten Frühjahr nicht mehr begleiten?«, fragte Martha.

»Na ja, Lilli ist ja erst sieben. In der Volksschule gibt es mit unserer Lebensart keine Probleme.« Heinrich atmete tief durch, und Martha sah ihrem Bruder sofort an, dass der etwas auf dem Herzen hatte.

»Also … na ja … wir haben uns so unsere Gedanken gemacht«, sagte er schließlich. »Es geht letztlich um vier Monate im Jahr, bei denen meine Fahrten so ungünstig liegen, dass Arthur die Schule versäumen würde. In den Ferien könnte er, wie immer, mit uns mitfahren. Ja, also … Li-Ming und ich haben lange darüber geredet … und wir wollen euch etwas vorschlagen.«

Martha blickte ihren Bruder erwartungsvoll an. »Und das wäre?«

»Na ja, Arthur kann mit seinen zwölf Jahren natürlich nicht allein zu Hause bleiben. Fredi dagegen ist inzwischen ein erwachsener Mann. Wie wäre es, wenn Arthur bei euch wohnt, während wir auf großer Fahrt sind, und Fredi dafür in unserer Wohnung einhütet? Er hätte bestimmt nichts dagegen, hin und wieder etwas Zeit mit Henny allein zu verbringen.«

»Das klingt großartig«, rief Fredi und strahlte die neben ihm sitzende Henny an.

Paul räusperte sich. »Du vergisst den Kuppeleiparagrafen.«

»Wieso?«, warf Heinrich ein. »Wir vermieten die Wohnung ja nicht an Fredi, sondern bitten unseren Neffen, bei uns einzuhüten. Und wenn seine Verlobte ihn besucht, ist das doch völlig unverfänglich.«

»Nur sind die beiden noch nicht verlobt«, sagte Paul. »Sie wollten sich an Fredis einundzwanzigstem Geburtstag verloben. Und der ist erst übernächstes Jahr.«

»Warum so lange warten?«, fragte Heinrich. »Dann verloben sie sich eben jetzt schon. Oder muss Fredi erst volljährig werden, damit er euer Einverständnis bekommt?«

Paul blickte seinen Schwager leicht düpiert an. »Nein, natürlich nicht, aber …«

»Wenn ich mich recht erinnere, war Martha achtzehn, als sie dich geheiratet hat«, sagte Heinrich. »Was spricht also dagegen, wenn Fredi und Henny sich jetzt schon verloben?«

»Vielleicht solltest du erst einmal fragen, ob Martha und Paul überhaupt bereit wären, Arthur aufzunehmen, solange wir unterwegs sind«, sagte Li-Ming.

»Was sagst du denn dazu, Arthur?«, fragte Martha. »Möchtest du denn überhaupt bei uns bleiben, wenn deine Eltern mit Lilli auf große Fahrt gehen?«

»Ja, Tante Martha«, sagte Arthur. »Denn sonst müssten Mama und Lilli ja hierbleiben, und Papa müsste allein fahren. Und du weißt doch, dass ich gern bei euch bin. Auch wenn ich natürlich lieber auf dem Schiff wäre, aber das geht ja wegen der blöden Schule nicht mehr.«

»Schule ist nicht blöd«, tadelte Heinrich seinen Sohn. »Sie öffnet dir die Türen für deine Zukunft.«

»Aber du bist doch auch nicht aufs Gymnasium gegangen, sondern warst in meinem Alter schon Schiffsjunge«, sagte Arthur. »Kann ich nicht als Schiffsjunge mitkommen?«

»Ich hatte damals keine Wahl. Und das war ein verdammt harter Weg, Arthur. Hätte ich Abitur machen dürfen, dann hätte ich gleich eine Ausbildung zum Schiffsoffizier anstreben können und wäre vermutlich deutlich früher Kapitän geworden. Was du jetzt in deine Ausbildung steckst, kommt dir später in jeder Hinsicht zugute.«

Arthur nickte gehorsam, auch wenn er nicht wirklich überzeugt schien.

»Also gut«, sagte Paul. »Arthur kann bei uns wohnen, und Fredi hütet im Gegenzug bei euch ein.« Dann sah er Fredi und Henny an. »Was die Verlobung angeht, meinen Segen habt ihr natürlich.«

Martha fiel auf, dass Rudi bislang nichts zur Unterhaltung beigetragen hatte. Seit ihr Ältester in Berlin war, schien er sich der Familie immer mehr zu entfremden.

»Magst du uns nicht erzählen, wie es in Berlin ist?«, fragte sie ihn deshalb.

»Das Übliche«, sagte Rudi. »Ich kümmere mich um mein Studium.«

»Und nicht um das Berliner Nachtleben?«, fragte Heinrich. »Ich habe gehört, es soll dort verruchter zugehen als auf der Reeperbahn.«

»Das kommt darauf an, was du unter verrucht verstehst«, erwiderte Rudi. »Ich konnte bislang keinen großen Unterschied erkennen, allerdings halten sich meine Ausflüge ins Nachtleben auch in Grenzen.«

»Tatsächlich?«, fragte sein Vater.

»Ja, tatsächlich«, gab Rudi leicht gereizt zurück. »Ausflüge ins Nachtleben sind teuer, und ich spare mein Geld lieber für andere Dinge.«

Heinrich spürte, dass Rudi nicht in Plauderlaune war, und wandte sich wieder seinem jüngeren Neffen zu. »Wie ist es denn so bei der Polizei, Fredi? Erzähl doch mal. Hast du schon ein paar Morde aufgeklärt?«

»Nein. Die meisten Fälle, mit denen wir uns befassen, sind ungeklärte Todesfälle, die sich oft als Selbstmord herausstellen. Im Moment haben wir allerdings einen unbekannten Toten, der wurde aus dem Hafenbecken gezogen. Jetzt ist er in der Gerichtsmedizin, weil man nicht weiß, ob die schweren Verletzungen am Kopf von einem Tötungsdelikt herrühren oder ob er in eine Schiffsschraube gekommen ist. Ich habe die ruhmvolle Aufgabe, die Vermisstenanzeigen abzugleichen. Der Bursche hat leider keine besonderen Kennzeichen oder Tätowierungen. Nach Weihnachten werde ich mir mal den Bericht der Gerichtsmedizin vornehmen. Zum Glück musste ich bei der Obduktion nicht dabei sein. Wasserleichen stinken wie die Pest. Unser Fotograf meinte, er hätte sich fast übergeben müssen, als er die Fotografien angefertigt hat.«

»Igitt«, rief Henny. »So etwas möchte ich nicht sehen.«

»Sehen fände ich interessant«, sagte Ella. »Nur der Gestank klingt abschreckend.«

Philippe sah Ella an. »So etwas fasziniert dich?«

»Ja, natürlich. Du weißt doch, dass ich Medizin studieren will.«

»Wie wär's, Philippe? Willst du nicht mal einen Artikel über Verbrechen schreiben?«, fragte Fredi nun. »Die hamburgische Kriminalpolizei gehört zu den Besten des Reiches. Wusstest du, dass das polizeiliche Fotoarchiv bis in die 1880er-Jahre zurückreicht? Und bis vor ein paar Jahren hat man von den zum Tode Verurteilten Totenmasken genommen, nachdem sie mit der Guillotine hingerichtet wurden. Es gab damals so einen Polizeichef, der sich für die Vermessung von Verbrecherschädeln interessiert hat.«

»Ähm, ja, vielleicht«, sagte Philippe.

»Fredi, nun überfordere den guten Philippe doch nicht«, sagte Rudi grinsend. »Ist schließlich nicht jeder so abgehärtet wie wir, die wir mit einer Krankenschwester als Mutter groß geworden sind.«

»Ich … ähm, ich finde das durchaus interessant«, sagte Philippe. »Ich glaube nur nicht, dass ich einen Artikel über die gewöhnliche Polizeiarbeit verkaufen könnte. Da müsste es schon ein spektakulärer Mordfall sein.«

»Scheint ein hartes Brot zu sein«, meinte Heinrich. »Ella sagte, Sie arbeiten nebenher noch als Übersetzer?«

Philippe nickte. »Zum Glück sind nicht alle so sprachgewandt wie Sie, sonst müsste ich Hunger leiden.«

»Na, das soll ja auf keinen Fall passieren. Martha, hast du für den armen Herrn Morel nicht noch etwas Kuchen, falls er von der Gans nicht satt geworden ist?« Heinrich lachte, und alle anderen stimmten fröhlich mit ein.

26

Fredi und Henny verlobten sich noch in der Silvesternacht des Jahres 1926. Hennys Eltern und ihr Bruder Willy waren damit nicht nur einverstanden, sondern brachten sogar eine baldige Heirat ins Gespräch. Vor allem Hennys Mutter, denn sie wollte jedes Gerede über ihre Tochter vermeiden, zumal klar war, dass es nicht beim Händchenhalten bleiben würde, wenn Henny Fredi künftig in der Wohnung von Onkel Heinrich besuchte.

Obwohl Martha Henny ins Herz geschlossen hatte und sie sich gut als Schwiegertochter vorstellen konnte, kam es ihr seltsam vor, sich Fredi als Ehemann auszumalen, auch weil er sich von seinem gegenwärtigen Gehalt noch keine eigene Wohnung leisten konnte. In den Wochen, da Heinrich mit seiner Familie auf großer Fahrt war, gäbe es keine Probleme, aber in der restlichen Zeit des Jahres würde das junge Ehepaar bei ihnen wohnen müssen. Das wiederum hätte auch Folgen für Rudi, denn die Brüder teilten sich seit ihrer Kindheit ein Zimmer. Wenn Fredi in diesem Zimmer künftig mit Henny lebte, gäbe es für Rudi keinen Platz mehr. Dieser Gedanke tat Martha in der Seele weh.

Und so eine Hochzeit würde außerdem ihre Finanzen strapazieren. Schon für den Verlobungsring würden sie Schulden machen müssen, denn Martha wollte nicht, dass ihre künftige Schwiegertochter mit einem billigen Blechring herumlief. Ein Verlobungsring war schließlich eine Anschaffung fürs Leben, und da sollte es schon Gold mit einem kleinen Brillanten sein. Sie waren schließlich keine armen Leute mehr – oder doch? Manchmal fühlte es sich für Martha tatsächlich so an, wenn sie ihre Ausgaben mit den Einkünften verglich.

»Ein teures Hochzeitskleid brauche ich nicht«, sagte Henny. »Aber wir haben einen großen Wunsch, was die Geschenke angeht.«

»Und welchen?«, fragte Martha.

»Fredi hat schon einiges an Geld gespart, aber das reicht noch nicht ganz. Ich liebäugle mit einer Singer-Nähmaschine, so wie wir sie in der Fabrik haben. Die kostet hundertfünfzig Mark. Das ist ein Heidengeld, aber Fredi und ich haben schon sechzig Mark zusammengespart. Wir wissen, dass es viel verlangt ist, wenn wir um die noch fehlenden neunzig Mark bitten. Aber so eine Nähmaschine wäre eine viel bessere Anschaffung als Haushaltswaren, weil ich dann für uns alle Kleider nähen könnte. Und deshalb würden wir uns freuen, wenn alle zusammenlegen. Mein Bruder sammelt schon bei den Kameraden vom Fußballverein für uns. Wenn es genügend Spender gibt, hat jeder Einzelne leichter zu tragen.«

»Weißt du, dass ich deinen Pragmatismus liebe, Henny?«, sagte Martha lächelnd. »Ich unterstütze das selbstverständlich, und es wäre doch gelacht, wenn wir das Geld nicht zusammenbekämen.«

Eigentlich wollten sie an Fredis zwanzigstem Geburtstag heiraten, allerdings fiel der 28. März auf einen Montag, während traditionell der Freitag als Hochzeitstag galt. Da der darauffolgende Freitag der 1. April war und Fredi nicht wollte, dass ihre Ehe als Aprilscherz verspottet wurde, entschieden sie sich, bereits am 25. März zu heiraten. Länger warten konnten sie nicht, da Heinrichs Schiff am 4. April auslaufen würde und Fredi seinen Onkel als Trauzeugen wollte.

Da sehr viele Gäste erwartet wurden, nicht nur sämtliche Verwandten und Freunde, sondern auch die Mannschaftskameraden aus dem Fußballverein und etliche von Fredis Kollegen, schlug Hennys Bruder vor, das Vereinshaus in einen Festsaal zu verwandeln.

»Das kostet uns auch nichts außer Speis und Trank«, sagte er mit einem Augenzwinkern. Die Ausrichtung der Hochzeitsfeier oblag schließlich der Familie der Braut.

Die Kollegen bei der Polizei gratulierten Fredi und freuten sich über die Einladung.

»Nun sei ehrlich, Alfred«, sagte Werner Rohrbeck vorlaut. »Dürfen wir nur zur Eheschließung gratulieren, oder kommt da noch mehr auf dich zu?« Er machte mit den Armen Bewegungen, als würde er einen Säugling schaukeln.

»Nein, vorerst nicht«, sagte Fredi. »Aber Hennys Familie wollte, dass alles seine Ordnung hat, wenn ich mit ihr zusammen in der Wohnung meines Onkels einhüte.«

»Hatten die Angst, wir würden dich sonst bei der Sitte verpfeifen?« Rohrbeck lachte dreckig. »Davor müsstest du dich jedenfalls nicht fürchten, deine Henny ist doch ein anständiges arisches Mädel, und du bist ein echter Hamburger Jung. Gutes Blut sollte sich immer fortpflanzen, egal ob mit oder ohne Trauschein.«

Fredi lächelte gezwungen und ärgerte sich zugleich, dass er Werner zur Hochzeit eingeladen hatte. Andererseits wäre es aufgefallen, wenn er ihn als Einzigen ausgegrenzt hätte, und er wollte keinen Zwist unter den Kollegen.

Henny hatte zwar gesagt, sie brauche kein teures Brautkleid, aber als Fredi erzählte, dass der Frackverleih nicht nur Abendgarderobe vermietete, sondern auch Brautmode, war sie begeistert. Sie verbrachte mit Ella einen ganzen Nachmittag bei dem Verleih, um sich ein Kleid auszusuchen.

Am 25. März wurde erst standesamtlich geheiratet, dann ging es weiter in die Nikolaikirche, wo die kirchliche Trauung stattfand. Martha hatte eigentlich den Michel im Sinn gehabt, aber Hennys Eltern bevorzugten die prächtige gotische Kathedrale.

»Jetzt, wo Henny so ein elegantes Brautkleid hat, muss es auch die schönste Hamburger Kirche sein«, sagte Hennys Mutter. Martha nickte, auch wenn sie selbst den Michel für die schönste Kirche hielt.

Würdevoll führte Hennys Vater seine Tochter zum Altar, wo Fredi bereits wartete.

Gerade als der Pastor in der Zeremonie die beiden zu Mann und Frau erklären wollte, vergaß Heinrichs Papagei Lora, der seinen Herrn zum Amüsement der Kinder wie üblich begleitete, seine guten Manieren und flog von Heinrichs Schulter hoch unter das Gewölbe. Dort fing er an zu singen: »Ick heff mol en Hamborger Veermaster sehn.« Der Hall in der Kirche gefiel dem Vogel so gut, dass er immer wieder diese Liedzeile sang.

»Lora, komm her und sei still!«, rief Heinrich.

Arthur und seine Schwester Lilli fingen an zu lachen, und im selben Moment brachen alle in Gelächter aus, während Lora immer wieder »Ick heff mol en Hamborger Veermaster sehn« sang.

»Kennt er eigentlich nicht die zweite Liedzeile?«, raunte der Pastor den Brautleuten zu. »Das wiederholt sich ja sehr.«

»An Loras Repertoire wird Onkel Heinrich noch arbeiten müssen«, sagte Fredi grinsend. »Darf ich die Braut schon mal küssen, während mein Onkel Lora nachjagt?«

Loras Auftritt war der Höhepunkt der Hochzeit und wurde noch am Abend bei der Feier im Vereinshaus immer wieder lachend zum Besten gegeben.

»Zum Glück hat er nichts Unanständiges gesungen«, sagte Heinrich, der trotz oder vielleicht gerade wegen dieses Zwischenspiels stolz auf seinen Papagei war und ihn immer wieder mit Sonnenblumenkernen fütterte.

»Kann der Vogel denn auch unanständige Lieder?«, fragte Philippe, der als Ellas Tischherr an der Feier teilnahm.

»Ja, aber die singt er zum Glück meist auf Chinesisch.«

»Und ist er dir noch nie weggeflogen?«

»Nee, Lora kommt immer wieder, ich habe ihn schon als Nestling bekommen, damit er auf mich geprägt ist. Das war in Brasilien, da war ich noch Schiffsjunge. Wenn ich es recht bedenke, kenne ich nur meine Schwester Martha länger als Lora.«

»Wie alt ist er denn?«, fragte Philippe weiter.

»Genau dreiunddreißig. Die Schnapszahl macht ihn wohl so verrückt in letzter Zeit.« Heinrich kraulte Lora, und im Gegenzug zupfte Lora zärtlich an Heinrichs blondem Vollbart. »Du bist ein echter Clown, Lora.«

Fredi war froh, dass Werner Rohrbeck sich mit seinen politischen Ansichten zurückhielt, auch wenn der Kollege ihn nach dem vierten Bier auf unangenehm kumpelhafte Weise zur Seite nahm und flüsterte: »Also, dein Onkel Heinrich ist ja wirklich ein Unikum und ein Bild von einem deutschen Kapitän. Warum musste er nur ausgerechnet eine Chinesin heiraten?«

»Weil er sie liebt.«

»Ach komm, Alfred, ich versteh ja, wenn jemand so eine exotische Schönheit im Bett haben will, und wenn dabei ein paar Bastarde rauskommen, was soll's, ein Fluss hat viele Nebenarme, nicht wahr? Aber er vergeudet sein deutsches Blut, wenn er keine arischen Kinder zeugt.«

»Was hast du bloß immer mit deinen Ariern?«, fragte Fredi. »China hatte schon eine Hochkultur, während sich die Germanen noch mit den Römern bekriegt haben. Und was ist denn dabei, wenn sich zwei große Kulturen mischen? Da kann doch nur Gutes herauskommen.«

»Es soll mal lieber jeder für sich bleiben, man kreuzt ja auch keine Vollblüter mit Ackergäulen.«

»Nö, aber Esel mit Pferden, weil Maultiere ganz eigene Vorzüge haben«, gab Fredi zurück. »Und nun entschuldige mich bitte, Henny würde es mir nie verzeihen, wenn ich den Tanz nicht mit ihr eröffne.«

»Na, dann kümmere dich mal um deine Braut.« Werner schlug Fredi lachend auf die Schulter, und Fredi fragte sich, weshalb Werner so einen Narren an ihm gefressen hatte. Glaubte der wirklich, er würde seine politischen Ansichten teilen?

27

Zu Marthas großem Erstaunen wurde das Leben nach Fredis Hochzeit für alle leichter. Henny und Fredi verlebten glückliche Wochen beim Einhüten in Onkels Heinrichs Wohnung und erhielten einen ersten Vorgeschmack auf das Leben in einem eigenen Heim und die damit verbundene Freiheit. Anders als Ella fand Henny Vergnügen daran, sich im Haushalt nützlich zu machen, und hatte ihre Tätigkeit in der Industrienäherei aufgegeben. Mit ihrer funkelnagelneuen Singer-Nähmaschine nähte sie von da an nicht nur für die Familie, sondern nahm auch private Nähaufträge an. Auf diese Weise verdiente sie besser als in der Fabrik, und ihr großer Ehrgeiz bestand darin, immer kompliziertere Schnittmuster auszuprobieren.

Arthur erinnerte Martha daran, wie es war, als ihre eigenen Kinder noch kleiner waren, und sie genoss es, dass wieder richtig Leben in ihrem Hause war. Im nächsten Jahr wurde sie bereits fünfzig, aber sie kam sich noch überhaupt nicht alt vor. Von ihrem eigenen Erleben her fühlte sie sich genauso leistungsfähig und stark wie vor dem Großen Krieg.

Rudi hatte es gelassen hingenommen, dass es für ihn keinen dauerhaften Platz mehr in der Wohnung seiner Eltern gab, da Henny nach Onkel Heinrichs Rückkehr nun mit Fredi in seinem ehemaligen Zimmer lebte. Sein Lebensmittelpunkt war bis auf Weiteres Berlin, und er hatte seinen Eltern von sich aus vorgeschlagen, ein altes Feldbett als Gästebett zu organisieren, das sie in der Küche aufstellen konnten, wenn er über Nacht blieb. Er erzählte nach wie vor nicht viel von seinem Alltag in Berlin, erst recht nicht, ob er dort ein Mädchen hatte, aber Martha fragte auch nicht nach, denn sie vermutete, dass es da tatsächlich niemanden gab. Die Affäre um Astrid hatte Rudi nachhaltig verändert. In gewisser Weise schien er reifer und bedachter, aber vielleicht war das auch nur der Ausdruck einer ausgeprägten Schwermut. Einen Teil seiner jugendlichen Unbeschwertheit hatte er für immer verloren.

Während das Leben der Familien Studt und Westphal sich langsam wieder in ruhigeren Bahnen bewegte, änderte sich jedoch politisch einiges im Deutschen Reich. Als Redakteurin für Lidas Zeitung hatte Carola darauf einen wesentlich schärferen Blick als Martha, die mit ihrem Familienleben und dem Beruf vollends ausgelastet war und nur noch selten politische Veranstaltungen besuchte. Die Sozialdemokraten waren schließlich an der Regierung, und Martha war zufrieden mit ihrer Partei und der mit ihr koalierenden Deutschen Volkspartei. Sie schätzte Gustav Stresemann und freute sich, wie geschickt er Deutschlands Status in der Welt verbesserte. Es war ihm gelungen, die Ruhrbesetzung der Franzosen durch kluge Verhandlungsführung zu beenden, und er war dafür gemeinsam mit dem französischen Außenminister mit dem Friedensnobelpreis ausgezeichnet worden.

Und doch brodelte es im Deutschen Reich, denn die Nationalsozialisten wollten die Erfolge nicht anerkennen, vor allem, da Deutschland weiterhin unter der Last der Reparationszahlungen litt.

Die NSDAP gewann immer mehr Anhänger, auch wenn sie im roten Hamburg noch in der Minderheit waren. Und die Partei hatte einen Vorteil: Sie wusste sich zu organisieren. Vor allem die SA war gefürchtet, wenn sie in ihren braunen Uniformen durch die Straßen paradierte. Oft genug legte sie es darauf an, sich mit den Kommunisten Straßenkämpfe zu liefern. Dabei verfolgte sie ein perfides Ziel – sie griff nur ihre erklärten Gegner an, das waren politisch Andersdenkende und Juden. Gegenüber unpolitischen oder gar sympathisierenden deutschen Volksgenossen zeigte sie sich hilfsbereit und vermittelte den Eindruck, dort für Recht und Ordnung zu sorgen, wo die Schutzpolizei versagte. Und sie spielte mit den Ängsten des Bürgertums vor den Kommunisten, die immer wieder von Enteignung sprachen und sich eine Sowjetrepublik nach dem Vorbild Russlands wünschten. Wenn der unbedarfte Bürger Zeuge von Straßenschlachten wurde, sah er auf der einen Seite adrett uniformierte SA-Männer und ihnen gegenüber Arbeiter, die man leicht als wilden, ungebildeten Haufen diskreditieren konnte. Die Uniformen gaukelten den einfachen Menschen eine falsche Sicherheit vor, das musste auch Martha immer häufiger erfahren.

Bei einem ihrer Besuche bei der kleinen Rosie Hansen erzählte deren Mutter stolz, dass ihr jüngerer Bruder jetzt auch bei der SA sei, und Martha fehlten zum ersten Mal seit Langem die Worte.

»Es gefällt Ihnen also, dass er der Kampftruppe der Nazis beigetreten ist?«, fragte sie. »Halten Sie es für erstrebenswert, wenn ein junger Mann ständig in Straßenkämpfe verwickelt ist?«

»Ach was, das sind nur Ausnahmen.« Frau Hansen machte eine wegwischende Handbewegung. »Tatsächlich wird dort Kameradschaft gepflegt und dafür gesorgt, dass die Jungs nicht auf der Straße landen. Der Franz ist ja schon so lange arbeitslos, aber da kriegt er sogar ein Gehalt. Außerdem helfen sie den Leuten. Früher, da musste ich mich mit allem selbst abplagen, aber wenn ich nun Hilfe brauche, genügt ein Anruf in ihrem Hauptquartier, und sofort stehen die Jungs bereit, ganz egal, worum es geht. Die sind sehr sozial, aber dabei denken sie zuerst an Deutschland und verschenken nicht alles an die Franzosen.«

»Deshalb heißen sie wohl Nationalsozialisten«, sagte Martha und bemühte sich, die Bitterkeit zu unterdrücken. »Ich war ja bei diesem Prozess gegen Hitler in München. Er sagte, die Kommunisten würden mit Terror regieren. Aber genau das tut die SA doch auch.«

»Nein, ganz im Gegenteil, die passen ja auf uns auf. Im Grunde sind die für das Viertel besser als die Polizei, denn sehen Sie, Schwester Martha, die Polizei ist doch oft machtlos. Und selbst wenn die einen Spitzbuben zu fassen kriegt, lassen die Richter den gleich wieder laufen. Haben Sie doch selbst bei der Sache mit Ihrem Rudi erlebt. Aber die Jungs von der SA, die fackeln nicht lange. Die verpassen den Verbrechern eine Abreibung, dass die es sich künftig zweimal überlegen, ob sie noch mal was Unrechtes tun.«

»Aber das ist Selbstjustiz.«

»Wenn der Staat versagt, dann bleibt einem doch nichts anderes übrig«, sagte Frau Hansen. »Und ich bin froh, dass Franz dabei hilft, hier wieder für Ruhe und Ordnung zu sorgen.«

Martha gab es auf, Frau Hansen zu widersprechen. Von ihrem Standpunkt aus hatte sie recht, und zu Straßenschlachten gehörten immer zwei. Da waren die Kommunisten ebenfalls keine Waisenknaben. Dass die SA ihren arbeitslosen Mitgliedern sogar ein Gehalt zahlte, war ihr jedoch neu. Besonders erschreckend fand Martha es, dass sogar Fredis Kollege Rohrbeck Mitglied der SA war. Allerdings hielt der sich laut Fredi in den letzten Wochen etwas zurück, da er eine ernst zu nehmende Verwarnung von Kommissar Plättner bekommen hatte. Er sei bislang nur Beamter auf Probe, und das Paradieren in einer Parteiuniform werfe kein gutes Licht auf ihn und gefährde die Übernahme ins endgültige Beamtenverhältnis.

Fredi war darüber sehr erleichtert, denn seither versuchte Werner nicht länger, ihn von den Qualitäten der SA zu überzeugen.

»Die Zeit ist noch nicht reif«, sagte Werner. »Aber das wird sich nach der Reichstagswahl im nächsten Jahr ändern, glaub mir.«

28

1928 wurde Fredi einundzwanzig und war damit volljährig. Da seine Familie seit einigen Wochen einen eigenen Telefonanschluss besaß, konnte er sogar den telefonischen Glückwunsch seines Bruders aus Berlin entgegennehmen. Rudi kam inzwischen nur noch selten nach Hamburg, aber dank des Telefons waren die Kontakte dennoch häufiger als vor Fredis Hochzeit, und Rudi erzählte auch wieder mehr von sich. So hatte er sich einem Berliner Ruderclub angeschlossen, der keine übermäßig hohen Beiträge verlangte, und verbrachte viel Zeit mit seinen Vereinskameraden. Ob auch junge Damen darunter waren, blieb sein Geheimnis. Fredi war das, im Gegensatz zu seinen Eltern, auch herzlich egal. Er war glücklich mit seiner Henny und hoffte, dass sie bald genügend Geld verdienen würden, um eine eigene Wohnung zu beziehen, denn leider waren die Gelegenheiten, bei Onkel Heinrich einzuhüten, viel zu selten.

Paul hatte dem jungen Paar geraten, sich bei der wenige Jahre zuvor gegründeten Baugenossenschaft freier Gewerkschafter einzuschreiben, die im Stadtteil Horn, ganz in der Nähe des Rauhen Hauses, moderne Wohnungen für kinderreiche Familien schuf.

»Natürlich ist das nicht ganz billig«, sagte Paul, als er Fredi die Unterlagen zur Anmeldung mitbrachte. »Ihr müsst Genossenschaftsanteile kaufen. Dafür bekommt ihr dann aber auch eine Vierzimmerwohnung mit Wohnküche, Badezimmer und Zentralheizung.«

»Wenn ich die Prüfung zum Kriminalassistenten bestehe,

bekomme ich hundertzwanzig Mark im Monat«, sagte Fredi. »Wie hoch sind denn die Genossenschaftsanteile?«

»Drei Monatsmieten.«

Fredi pfiff durch die Zähne. »Da müssen wir noch etwas sparen.«

»Du wirst ja auch nicht sofort eine Wohnung bekommen. Werdet erst mal Mitglied und lasst euch auf die Liste setzen. Die Genossenschaftsanteile werden ohnehin erst fällig, wenn ihr die Wohnung bekommt.«

Einen Monat nach seinem einundzwanzigsten Geburtstag legte Fredi die Prüfung zum Kriminalassistenten erfolgreich ab. Das hatte nicht nur die langersehnte Gehaltserhöhung zur Folge, sondern er war damit auch Werner Rohrbeck gleichgestellt. Der hatte zeitgleich die Prüfung zum Kriminalsekretär gemacht, war aber in der mündlichen Prüfung durchgefallen.

»Das ist alles die Schuld von diesem Juden«, schimpfte Werner. »Wenn ich was zu sagen hätte, wären Juden bei der Polizei verboten.«

»Welcher Jude?«, fragte Fredi überrascht.

»Na, der alte Ehrenreich, der die Prüfungen abgenommen hat.«

»Also ich kann nicht klagen, ich fand die Fragen, die er mir gestellt hat, in Ordnung.«

»Ja, deine Eltern sind ja auch Sozialdemokraten, da drückt er schon mal beide Augen zu, weil die Sozis ja von den Juden unterwandert sind. Ich mein, dir mach ich daraus keinen Vorwurf, man kann sich seine Eltern ja nicht aussuchen, aber es war klar, dass er einen aufrechten Deutschen wie mich, der zu seiner deutschen Gesinnung steht, durchfallen lässt.«

»Vielleicht hättest du lieber mehr lernen sollen«, sagte Fredi.

»Ach hör doch auf, du weißt doch genau, wie die Juden sind.«

Fredi schüttelte den Kopf. »Ich weiß nicht mal, wer in meinem Umfeld jüdisch ist und wer nicht. Und ehrlich gesagt ist mir das auch egal.«

»Sollte es aber nicht. Die Juden sind wie Parasiten; wo sie sich einmal eingenistet haben, da stirbt das Wirtsvolk aus.«

»Da es überall auf der Welt Juden gibt, würde das im Umkehrschluss bedeuten, dass inzwischen die ganze Welt jüdisch ist«, erwiderte Fredi.

»So einfach ist das nicht«, sagte Werner. »Die Juden sind schlau und haben natürlich keine Lust, selbst zu arbeiten. Sie unterwandern deshalb die Regierungen und die Eliten und sorgen dafür, dass alle wichtigen Stellen mit anderen Juden besetzt werden. Leuten wie uns bleibt dann nur, die Drecksarbeit zu erledigen, für die sich Juda zu fein ist. Denk mal nach, wem das ganze Kapital auf der Welt gehört. Ich sag nur Rothschild.«

»Hauptkommissar Ehrenreich kommt mir aber nicht wie jemand vor, der mit dem silbernen Löffel im Mund geboren wurde und irgendetwas unterwandert hätte«, sagte Fredi.

»Du bist so naiv, Alfred. Aber keine Sorge, ich werde dir schon noch die Augen öffnen. So ein guter Kerl wie du hat es verdient, dass man ihn nicht blind in die Judenfalle tappen lässt.« Er klopfte Fredi jovial auf die Schulter, und Fredi fragte sich zum wiederholten Mal, wie Werner nur auf die Idee kam, er könnte für seine politischen Ideale empfänglich sein.

Am 20. Mai 1928 fanden die Reichstagswahlen statt, und Fredi freute sich, dass er zum ersten Mal seine Stimme abgeben durfte. Genau wie seine Eltern wählte er die SPD. So wie die Studts wählten viele Deutsche, und die SPD gewann im Vergleich zur letzten Wahl vor vier Jahren sogar noch 3,8 Prozent hinzu und wurde mit 29,8 Prozent der Stimmen die stärkste Fraktion im Reichstag. Auch die Kommunistische Partei Deutschlands konnte Stimmen hinzugewinnen und zog mit 10,6 Prozent in den Reichstag ein. Die Parteien der bürgerlichen Mitte waren hingegen die großen Verlierer und büßten viele Stimmen ein. Die NSDAP, die zum ersten Mal angetreten war, kam nur auf 2,6 Prozent der Stimmen.

Martha war darüber so erleichtert, dass sie umgehend Carola anrief, um sich mit ihr über das schlechte Abschneiden der Nazis zu freuen.

»Da hat denen ihr ganzer Aufmarsch doch nichts genützt«, sagte sie zu ihrer Freundin. »Selbst wenn sie mit ihrem großspurigen Auftreten und den Uniformen so manchen jungen Mann verführen.«

»Ja«, bestätigte Carola. »Allerdings haben sie im Radio gemeldet, dass es in Berlin zu Krawallen gekommen ist. Da sollen sich ganze SA-Züge auf politische Gegner und Juden gestürzt haben. Ich bin froh, dass uns das in Hamburg erspart geblieben ist.«

»Hafenstädte sind was anderes. Im Hafen muss man hart arbeiten und lernt, die Zusammenarbeit mit anderen Nationen zu schätzen. Wir sind und bleiben rot. Sozial und patriotisch, aber keine Nationalsozialisten.«

»Vielleicht ist dieser ganze Spuk mit den rechten Aufmärschen bald wieder vorbei«, sagte Carola. »Unter drei Prozent der Stimmen, und das nach all dem Wahlkampfgetöse. Deren lächerliche Plakate hingen ja überall, und dann diese Aufmärsche der SA. Eigentlich müssten die vor Scham im Erdboden versinken, dass sie nicht mehr Leute begeistern konnten.«

Zu Fredis großem Erstaunen war Werner Rohrbeck am Morgen nach der Bekanntgabe des Wahlergebnisses keinesfalls niedergeschlagen. Stattdessen verkündete er, dass dies ein großartiger Sieg sei. »Jetzt sitzen unsere Abgeordneten im Reichstag und werden allen beweisen, dass unsere Versprechungen keine leeren Sprüche waren. Wir dürfen noch viel von der Partei erwarten.«

Fredi nickte – wie üblich, wenn der unbelehrbare Werner große Reden schwang. Insgeheim sagte er sich, dass dies ein äußerst schwacher Versuch war, sich diese Niederlage schönzureden.

Ende Juli erhielten Fredi und Henny die Nachricht, dass sie zum 1. Oktober eine Genossenschaftswohnung im Snitgerstieg 3 mieten könnten.

»So bald schon?«, rief Henny, als Fredi ihr den Brief vorlas. »Wir haben doch noch gar keine Möbel. Bett und Schrank können wir ja von hier mitnehmen, aber was ist mit dem Wohnzimmer? Und wir brauchen auch einen Esstisch und Stühle. Woher sollen wir das Geld dafür nehmen? Alles, was wir haben, geht ja schon für die Genossenschaftsanteile drauf.«

»Na ja, ein Küchentisch und zwei Stühle reichen doch erst mal. Und der Rest kommt nach und nach«, sagte Fredi.

»Ich werde im Bekanntenkreis rumfragen«, sagte Martha. »Bestimmt hat der eine oder andere Mobiliar, das nutzlos auf dem Dachboden verstaubt, was ihr gut gebrauchen könntet.«

Und so nahm Martha es mit der ihr eigenen Tatkraft in die Hand, Fredi und Henny dabei zu helfen, sich ihr Heim einzurichten. Hennys Eltern hatten tatsächlich noch einen alten Küchentisch auf dem Boden, dessen Platte abgeschrammt und fleckig war. Einer von Fredis Vereinskameraden war Tischler und arbeitete die Platte für ein paar Flaschen Bier als Bezahlung auf.

Dann rief Martha Carola an, denn im vornehmen Haushalt der Kellermanns, da war sich Martha sicher, würde es am ehesten überflüssige Möbel geben.

Tatsächlich stand dort eine zwanzig Jahre alte Chaiselongue, die Carola schon länger ein Dorn im Auge war, von der Moritz sich aber nicht trennen mochte. Stattdessen hatte er vorgeschlagen, es neu polstern und beziehen zu lassen. Carola hielt das für Geldverschwendung, denn sie schwärmte für moderne Art-déco-Möbel. Ihr Schwager Joseph, der ihr stilsicheres Auftreten schätzte und nicht nur über das nötige Geld verfügte, sondern auch gern mit dem neuesten Schick bei seinen Empfängen angab, ließ ihr im Allgemeinen freie Hand. Nur Moritz' Sentimentalität stand Carola im Wege.

»Aber wenn ich Moritz sage, dass es für Fredi und Henny ist, die sonst auf dem Fußboden sitzen müssten, lässt er sich garantiert erweichen. Dann weiß er, dass sein Lieblingsstück in den besten Händen ist, und ich kann unser Wohnzimmer in Ruhe umgestalten.«

Am Ende setzte Carola sich durch, und Moritz musste sich auch noch von dem alten Wohnzimmertisch, den beiden Sesseln sowie der Anrichte trennen.

Fredi und Henny waren überglücklich, dass sie im Handumdrehen zu so wunderschönen Möbeln gekommen waren. Ihre Freude tröstete Moritz ein wenig darüber hinweg, dass er von seiner Frau und seinem Bruder überrumpelt worden war, denn er hatte für den Art-déco-Stil nicht viel übrig.

»Du kannst uns jederzeit besuchen, wenn du Sehnsucht nach deinen alten Möbeln hast«, bot Henny ihm liebenswürdig an. »Oder wenn du einfach mal deine Ruhe haben möchtest.«

Doch bevor es zum Umzug der Kinder kam, stand ein anderes großes Ereignis an. Am 19. August würde Martha ihren fünfzigsten Geburtstag begehen.

In den vergangenen Jahren hatten sie ihren Geburtstag am liebsten im Schrebergarten gefeiert. Meistens war das Wetter gut genug, um im Freien Kaffee und Kuchen zu genießen. Und dieses

Jahr passte es besonders gut, da ihr Geburtstag auf einen Sonntag fiel. Natürlich hatte sie die Familie ermahnt, bloß kein Geld für unnötige Geschenke auszugeben. Sie habe alles, was sie brauche, und vor allem Fredi und Henny sollten lieber an ihre eigenen Bedürfnisse denken. Da sie sich von ihrem Hochzeitsgeld eine Nähmaschine gekauft hatten, fehlten ihnen nicht nur vernünftiges Geschirr, sondern auch so gut wie sämtliche Küchenutensilien.

Martha und Paul übernachteten bereits von Samstag auf Sonntag im Schrebergarten, während die Kinder in der Wohnung blieben, um die Geburtstagstorte vorzubereiten.

Um zwei Uhr nachmittags kamen Ella und Henny mit dem Kuchen. Philippe Morel begleitete sie und half beim Tragen. Sie hatten nicht nur eine wunderschöne Schwarzwälder Kirschtorte dabei, die von der mit Sahne gespritzten Zahl Fünfzig gekrönt wurde, sondern auch noch einen Streuselkuchen und einen Bienenstich.

»Ihr wart ja richtig fleißig!«, rief Martha entzückt, als sie die Kunstwerke bewunderte.

»Ja, und Tante Li-Ming bringt nachher noch ihren berühmten Gugelhupf mit«, verkündete Ella.

Kurz darauf kam Fredi, der sich ein Lastendreirad geliehen hatte, um die Getränke bequem zum Schrebergarten transportieren zu können. Neben Bier hatte er auch Sekt zum Anstoßen mitgebracht. Außerdem lag in dem Transportkasten noch ein großes, in Geschenkpapier eingewickeltes Paket, das erst vom Geburtstagskind geöffnet werden sollte, wenn alle Gäste da waren. Im Schlepptau hatte Fredi seinen Bruder Rudi. Der war vom Bahnhof auf dem Weg zum Schrebergarten gewesen und hatte Fredi unterwegs getroffen.

»Hast du auch nichts vergessen?«, fragte Rudi.

»Keine Sorge, während du dir in Berlin ein schönes Leben machst, organisiere ich das Leben hier«, erwiderte Fredi augenzwinkernd.

Carola und Moritz trafen mit ihrer Tochter Sophia schon um Viertel vor drei ein, da der Chauffeur gut durchgekommen war.

Zwar war der Kaffee noch nicht fertig, aber Paul half Moritz kurzerhand mit einem Bier über die Runden, was Carola lediglich mit einem Kopfschütteln kommentierte.

Pünktlich um drei erschienen nicht nur Marthas Freundinnen aus dem Frauenverein, allen voran Wilhelmina Schlüter in Begleitung ihres Ehemanns Professor Schlüter, sondern auch Heinrich mit seiner Familie sowie Hennys Eltern und ihr Bruder Willy.

Martha bekam den Ehrenplatz am Kopfende der Tafel, während Ella und Henny die Gäste bewirteten. Als alle saßen, ergriff Heinrich das Wort.

»Also, nachdem Lora uns schon bei Fredis Hochzeit mit ihrer Sangeskunst erfreut hat, dachte ich mir, das geht noch besser. Na los, Lora, zeig, was du kannst.«

Und dann fing der Papagei an, »Zum Geburtstag viel Glück« zu singen. Die Anwesenden lachten und applaudierten.

»Mit dir wird es auch nie langweilig«, sagte Martha. »Es kommt mir vor, als wäre es gestern gewesen, dass du Lora aus Brasilien mit nach Hause gebracht hast. Damals warst du noch ein rechter Lausebengel.«

»Ein bisschen was davon steckt hoffentlich noch immer in mir«, erwiderte Heinrich schmunzelnd. »Eine orientalische Weisheit besagt, die Kunst des Lebens besteht darin, dem alten Mann die Botschaft des Kindes zu überbringen, das er einst gewesen ist.

Wie ist das mit dir, Martha? Hörst du noch die Botschaften des Kindes, das du einst warst?«

»Das Bemerkenswerte ist, dass ich mich immer noch genauso fühle wie damals, nur ein bisschen reifer und selbstbewusster. Na ja, vielleicht sind die Gelenke nicht mehr ganz so frisch wie früher.«

»So ist das im Alter«, sagte Professor Schlüter. »Wenn man über fünfzig ist und morgens aufwacht und nichts wehtut, dann ist man tot.«

Sie lachten.

Schließlich war der große Moment gekommen, und Fredi holte das Geschenk hervor.

»Liebe Mama, das ist von uns allen. Du sagtest ja, du willst dieses Jahr nichts haben, weil du meinst, Henny und ich bräuchten so viele Dinge für unseren Hausstand. Aber manchmal kann man das Angenehme mit dem Nützlichen verbinden, und Carola hat uns auf diese Idee gebracht, weil sie weiß, was du dir schon so lange wünschst.«

»Oh, das ist aber groß. Was mag wohl da drinnen sein?«, fragte Martha.

»Mach es auf«, forderte Paul sie auf. »Sonst wirst du es nie erfahren.«

Vorsichtig entfernte Martha das Geschenkpapier unter den neugierigen Blicken der Gäste. Als sie den Karton öffnete, war sie sprachlos. Das war ein komplettes Tafelservice aus Meißner Porzellan.

»Ihr seid ja verrückt! Das hat doch ein Vermögen gekostet! Und dabei habt ihr noch nicht mal eigenes Geschirr, Fredi. Ihr alle hättet lieber an unser junges Ehepaar denken sollen, nicht an eine alte Frau wie mich.«

»Das haben wir ja«, sagte Fredi grinsend. »Wenn du dieses

wunderbare Geschirr in deinen Schrank stellst, ist da kein Platz mehr für dein altes Service. Und dem würden Henny und ich gern ein neues Zuhause geben.« Henny kicherte verschämt.

»Vielen Dank!«, sagte Martha. »Ihr hattet wirklich recht, manchmal kann man mehrere Wünsche auf einmal erfüllen. Ich bin so dankbar, eine Familie und auch Freunde wie euch zu haben!«

Es wurde ein rundum gelungenes Fest, und Martha war glücklich wie schon lange nicht mehr. Vor allem freute sie sich, dass sämtliche Sorgen, die sie um ihre Kinder ausgestanden hatte, der Vergangenheit angehörten.

1929 bestand auch Ella ihr Abitur mit ausgezeichneten Zensuren. Da Rudi noch in Berlin studierte und das Geld weiterhin knapp war, bewarb sie sich, wie vereinbart, als Schwesternschülerin, allerdings nicht bei den Erikaschwestern, sondern im Allgemeinen Krankenhaus St. Georg. Das hatte mehrere Gründe. Zum einen hatte St. Georg sich in den letzten Jahren zu einem ausgesprochen modernen Krankenhaus entwickelt, und außerdem hatte Professor Wehmeyer vor ein paar Monaten dort den Posten des Chefarztes angetreten. Zum anderen galten bei den Erikaschwestern noch immer die Regeln, unter denen schon ihre Mutter gelitten hatte. Eine gute Krankenschwester hatte ledig zu bleiben, und Liebeleien waren tabu. Mit dem ledigen Leben hatte Ella keine Schwierigkeiten, denn einer verheirateten Frau wurden immer Steine in den Weg gelegt. Schließlich erwartete die Gesellschaft, dass eine Frau ihre Berufstätigkeit aufgab, sobald sie in den Stand der Ehe trat.

Dennoch war Ellas Lebenswandel nicht mehr ganz so untadelig, wie er nach den Ansichten der Gesellschaft sein sollte, denn vor einigen Monaten hatte sie all ihren Mut zusammengenommen und zum ersten Mal mit Philippe geschlafen. Seither betrachtete sie ihn als ihren Geliebten. Die Beziehung zu Philippe war für Ella ideal, denn er strebte ebenfalls keine Ehe an. Schließlich reichte das Geld, das er mit seinen Zeitungsartikeln und als Übersetzer verdiente, nur knapp für seinen eigenen Lebensunterhalt. Wie sehr er sich tatsächlich einschränken musste, hatte Ella erst begriffen, als sie ihn erstmals in seiner kleinen Dachwohnung auf St. Pauli besuchte. Sie war sauber und ordentlich, und der Ausblick über den Hafen war wundervoll, aber das und die günstige Miete waren die einzigen Vorteile. Im Winter war seine Kemenate sehr kalt, da der kleine Kohleofen nicht genügend Kraft hatte, sie ordentlich warm zu bekommen, und im Sommer war sie brütend heiß. Sie hatte auch kein Badezimmer, sondern es gab nur Etagentoiletten. Immerhin scherten sich seine Nachbarn nicht darum, wenn er Damenbesuch hatte, denn sie waren schon einiges gewöhnt. Die Wohnung gegenüber hatte ein Künstler gemietet, der regelmäßig junge Damen zum Modellsitzen kommen ließ, und wahrscheinlich blieb es nicht dabei. Solange sie ihre Beziehung nur als Liebschaft betrachteten, mussten Ella und Philippe sich außerdem nicht entscheiden, wo sie ihren zukünftigen Lebensmittelpunkt sahen. Philippe konnte sich weiterhin dem Traum hingeben, irgendwann ein erfolgreicher Journalist in Paris zu sein, während Ella ungestört von einer Karriere als Ärztin träumen konnte.

In St. Georg scherte sich zudem keiner darum, ob die Krankenschwestern sich in ihrer Freizeit mit Männern trafen oder nicht. Man war schließlich kein religiöser Orden, und die Moralvorstellungen waren längst nicht mehr so streng wie in den Jugendjahren ihrer Mutter. Ella hatte sogar ganz offen mit ihrer Mutter über ihre Beziehung zu Philippe gesprochen. Martha schätzte das Vertrauen ihrer Tochter sehr und meinte, das Wichtigste sei, nicht schwanger zu werden, bis sie ihre beruflichen Ziele erreicht habe.

»Weißt du«, sagte sie zu ihrer Tochter, »Paul und ich haben nur so früh geheiratet, weil ich wegen der Beziehung zu ihm meine Arbeit verloren hätte. Wären die Zeiten so wie heute gewesen, hätten wir vermutlich auch erst später geheiratet. Es hat dann ja auch noch ein paar Jahre gedauert, ehe Rudi geboren wurde. Es ist gar nicht von Vorteil, zu früh Mutter zu werden.«

»Henny sieht das anders«, sagte Ella mit einem Lächeln, denn ihre Schwägerin hatte vor Kurzem verkündet, dass sie und Fredi im kommenden Januar die Geburt ihres ersten Kindes erwarteten.

Ella hatte sich keine großen Illusionen über die Aufgaben einer Lernschwester gemacht. Das Erste, was sie lernte, waren die einfachsten pflegerischen Verrichtungen wie Bettenbeziehen, Essen austeilen und es den Pflegebedürftigen anreichen, Patienten waschen und einfache Botengänge übernehmen. Die wirklich wichtigen Tätigkeiten, wie Blutdruck messen oder Medikamente geben, waren den ausgebildeten Schwestern vorbehalten.

Die Kontakte zu ihren Mitschwestern beschränkten sich auf die Arbeitszeit. Ella war freundlich und hilfsbereit, aber sie beteiligte sich nicht an gemeinsamen Freizeitunternehmungen, da sie ihre Zeit als Krankenschwester nur als Zwischenstopp auf dem Weg zum eigentlichen Ziel sah. Allerdings behielt sie das für sich, denn sie wollte nicht als hochnäsig gelten. Es fiel ohnehin schon auf, dass Professor Wehmeyer sie bevorzugte, wenn es darum ging, eine Lernschwester im OP zusehen zu lassen. Insgeheim zählte Ella die Tage, bis Rudi mit seinem Studium fertig wäre, damit sie endlich Medizin studieren konnte.

Rudi – ihr großer Bruder blieb Ella ein Rätsel. Seit Astrids Tod schien er keine Frauengeschichten mehr zu haben. Aber wenn Ella an den Lebenswandel ihres Bruders vor dem Skandal zurückdachte, konnte sie sich nicht vorstellen, dass er inzwischen wie ein Mönch lebte. Erst recht nicht, seit sie selbst ein Liebesleben hatte und sich über jede Stunde freute, die sie mit Philippe verbringen durfte. Vermutlich war Rudi nur deutlich diskreter als früher. Wenn er erst wieder in Hamburg wohnte, wäre das nicht mehr so einfach. Er hatte bereits ein Angebot von Carolas Vater, nach seinem Staatsexamen als Assistent in die Kanzlei Engelmann einzutreten und sie später auch zu übernehmen. Die Zukunft aller schien gesichert.

29

»Denkt daran, auf jeden Fall eure Stimme beim großen Volksentscheid abzugeben.« Werner Rohrbeck drückte Fredi ein Flugblatt in die Hand.

Volksbegehren gegen die Versklavung des Deutschen Volkes stand drauf.

»Was soll das?« Fredi sah Werner stirnrunzelnd an. »Du weißt doch, dass Plättner hier keine politische Propaganda sehen will.«

»Das ist keine politische Propaganda, sondern der Aufruf, von seinen demokratischen Rechten Gebrauch zu machen. Und anstatt das gleich so verschämt wegzustecken, solltest du es lieber lesen.«

»Im Augenblick bin ich im Dienst und muss diese Akten lesen.«

»Nun sei doch nicht immer so ein Streber.« Werner zog sich einen Stuhl heran und setzte sich Fredi gegenüber. »Hast du überhaupt eine Ahnung, was dieser Young-Plan, dieser vermaledeite Reparationsplan, für unser Volk bedeutet?«

»Bitte, Werner, ich muss arbeiten. Ich lese mir das Flugblatt in der Mittagspause durch.«

»Wir sollen für die verdammten Franzmänner noch bis ins dritte Glied zahlen. Bis 1987 soll das deutsche Volk bluten. Denk mal darüber nach. Wir sind erst dann frei, wenn dein ungeborenes Kind siebenundfünfzig ist. Das heißt, selbst deine Enkel sind noch betroffen, und nur mit viel Glück können deine Urenkel später ein freies Leben führen.«

»Mir würde es genügen, wenn ich jetzt erst mal frei meine Arbeit machen könnte, Werner. Hast du denn nichts zu tun?«

»Ach, was soll ich mich denn noch anstrengen? Der alte Jude hat dem Plättner doch längst gesteckt, dass ich es im Stadthaus nie zum Kommissar bringen werde.«

»Wie kommst du darauf? Du bist doch jetzt Kommissaranwärter. In ein paar Jahren geht Plättner in Pension, und wenn du es nicht durch deine ewigen politischen Reden am Arbeitsplatz verbockst, wirst du sein Nachfolger, weil du schon länger dabei bist als ich.«

Statt einer Antwort erhob Werner sich und ging. Fredi atmete auf. Die Zeiten waren ohnehin schon schwer genug in diesem Herbst, und er war dankbar, dass er den Sprung zum Kommissaranwärter geschafft hatte. Das brachte eine erneute Gehaltserhöhung mit sich, die er gut gebrauchen konnte, wenn sie ihr erstes Kind bekamen. Allerdings hatten sich seine Aufgaben auch deutlich ausgeweitet, und die Weltwirtschaftskrise, von der auch das Deutsche Reich betroffen war, ließ nicht nur die Arbeitslosenzahlen in die Höhe schießen, sondern auch die Verbrechensrate. Zudem wurden die Straßenschlachten zwischen den verfeindeten politischen Gruppierungen immer heftiger. Hatte es sich früher überwiegend um handfeste Auseinandersetzungen mit Fäusten gehandelt, so kam es jetzt immer häufiger zu Schießereien. Es gab so viele ungeklärte Todesfälle, dass Kommissar Plättner ihm bereits mehrere Fälle in vollständiger Eigenverantwortung übertragen hatte. Allerdings musste Fredi ihm versprechen, Werner Rohrbeck gegenüber Stillschweigen zu wahren. Fredi fühlte sich einerseits geehrt, dass sein Chef ihm so großes Vertrauen entgegenbrachte, andererseits brachte es ihn in eine Zwickmühle. Kommissar Plättner hatte ihm nämlich gerade die Fälle übertragen, in die Mitglieder der SA verwickelt waren. Der Kommissar hatte sehr deutlich gemacht, dass er es Rohrbeck nicht zutraue, sich im Zweifelsfall über den Korpsgeist der SA hinwegzusetzen und gegen seine Kameraden zu ermitteln. Zwar hatte Rohrbeck bei seiner endgültigen Übernahme ins Beamtenverhältnis angegeben, kein aktives Mitglied mehr zu sein, aber Plättner glaubte ihm nicht. Die Tatsache, dass er nicht in brauner Uniform durch die Stadt paradierte, hieß gar nichts. Es war allgemein bekannt, dass Rohrbeck ein aktives Mitglied der NSDAP war. Vor allem, weil er ständig mit irgendwelchen Flugblättern in der Dienststelle auftauchte.

Eine Zeit lang hatte Fredi sich gefragt, warum Werner es riskierte, sich dauerhaft bei seinen Vorgesetzten unbeliebt zu machen, aber langsam begriff er, dass Werner ganz gezielt handelte. Er versuchte nicht nur, seine Kollegen bei der Kriminalpolizei für die NSDAP zu begeistern, sondern auch die Kollegen bei der Schutzpolizei. Und dort hatte er wesentlich mehr Erfolg, da er in einigen Fällen eine inoffizielle Zusammenarbeit mit der SA vermittelte. Das verstärkte den Eindruck, es handele sich bei der SA um rechtschaffene, patriotische junge Männer, die gemeinsam mit der Polizei in den Verbrechervierteln der Stadt für Recht und Ordnung sorgen wollten. Zwar war jedem der beteiligten Polizisten klar, dass die SA die Kooperation vor allem nutzte, um persönliche Händel für sich zu entscheiden, aber da der Polizei dabei tatsächlich einige Fische ins Netz gingen, hatte kaum jemand ein Interesse daran, die gewinnbringende Partnerschaft zu beenden. Natürlich ging Werner Rohrbeck damit ein Risiko ein, aber er schuf sich zugleich ein Netzwerk an Zuträgern bei der Schutzpolizei, in das niemand außer er selbst Einblick hatte.

Fredi war das alles ausgesprochen unangenehm. Er hatte den Eindruck, in ein Netz von Intrigen geraten zu sein, und die Tatsache, dass Kommissar Plättner vor Rohrbeck Geheimnisse hatte, bewies Fredi, dass sein Chef Rohrbeck vielleicht nicht unbedingt fürchtete, ihn aber auf jeden Fall mit Vorsicht betrachtete. Und genau das machte Fredi Sorgen. Wie um alles in der Welt war es einem einfachen Kommissaranwärter, der Mitglied einer im Reichstag völlig unbedeutenden Partei war, so schnell gelungen, Nebenhierarchien aufzubauen? Fredi erinnerte sich gut, wie empört seine Mutter gewesen war, als Frau Hansen von den ordentlichen und hilfsbereiten jungen Männern bei der SA geschwärmt hatte. Genügte es wirklich, politische Schlägertruppen in Uniformen zu stecken und sie den eigenen Leuten wie eine hilfsbereite Pfadfindertruppe zu präsentieren, damit sie umso erbarmungsloser gegen alle anderen vorgehen konnten? Und wie sollte er sich selbst verhalten, um nicht zwischen alle Fronten zu geraten? In den letzten Tagen hatte Fredi sich wiederholt gefragt, ob sein Chef seine Arbeit wirklich so sehr schätzte oder ob er ihn nur als Prellbock gegen Rohrbeck einsetzte, um die Zeit bis zu seiner Pensionierung in vier Jahren gut zu überstehen. Dass Rohrbeck skrupellos war, wusste Fredi nur zu gut, aber bislang war es ihm gelungen, sich nicht offen für oder gegen ihn zu positionieren.

Als Fredi an diesem Abend nach Hause ging, dachte er intensiv darüber nach, wie er bei dem aktuellen Mordfall, mit dem Plättner ihn betraut hatte, am besten vorgehen sollte. Der Tote hieß Max Berthold und hatte als Schweißer bei Blohm & Voss gearbeitet. Eine Anwohnerin hatte vom Fenster ihrer Wohnung aus gesehen, wie mehrere Männer in SA-Uniform einen Mann ins Hafenbecken gestoßen hatten. Ob es im Rahmen eines Streits passiert war oder ob der Mann bereits leblos ins Wasser geworfen wurde, konnte die Zeugin nicht sagen. Sie hatte daraufhin die Polizei informiert. Berthold konnte nur noch tot geborgen werden. Sein Körper wies zahlreiche Misshandlungen auf, aber die Todesursache, so stellte sich heraus, war Ertrinken. Berthold war ein unpolitischer Mensch gewesen, allerdings war er wegen Homosexualität vorbestraft. Als Fredi das erfuhr, fielen ihm sofort die abfälligen Bemerkungen und schmutzigen Witze ein, die Rohrbeck immer über die »Hundertfünfundsiebziger« machte, wie man die Homosexuellen in Polizeikreisen nannte. Homosexuelle waren ein beliebtes Feindbild der SA, und sie nutzten sie gern zum Dampfablassen. Zudem hatten sie mit ihnen leichtes Spiel, weil es höchst unwahrscheinlich war, dass die Drangsalierten Anzeige erstatteten. Aufgrund ihrer Neigung scheuten Homosexuelle die Polizei noch mehr als der Teufel das Weihwasser.

Der Weg von der Straßenbahn führte an der Horner Landstraße entlang, vorbei an einer Schrebergartenkolonie, mit der Henny schon lange liebäugelte. Sie hatte die Familie bereits auf die Warteliste setzen lassen, aber es war unwahrscheinlich, dass sie dort auf absehbare Zeit eine Parzelle bekommen würden. Deshalb standen sie auch auf der Warteliste der Kolonie in Moorfleet, die demnächst erweitert werden sollte. Henny schätzte den Schrebergarten ihrer Schwiegereltern, allerdings hätte sie gern etwas in Fußnähe gehabt. Nach Moorfleet wären sie eine Stunde mit Straßenbahn und Kleinbahn unterwegs.

In den Snitgerstieg, wo Fredi mit Henny wohnte, gelangte man durch eine überbaute Toreinfahrt im Häuserblock am Horner Weg. Bei Regenwetter spielten hier oft die Kinder, und auch heute sah Fredi wieder die mit Kreide auf den Gehweg gemalten Hinkebockfelder.

Im Treppenhaus traf er seinen Nachbarn Kurt Vorpahl. Kurts Frau erwartete gerade ihr drittes Kind, und Henny hatte sich schnell mit ihr angefreundet. Kurt arbeitete, wie das Mordopfer, als Schweißer bei Blohm & Voss.

»'n Abend, Alfred«, grüßte Kurt ihn. »Gibt's was Neues über den Mord?«

»Du weißt doch, dass ich nicht über laufende Ermittlungen

reden darf. Aber sag mal, kanntest du den Max Berthold eigentlich persönlich?«

»Vom Sehen. Angeblich soll der ja so ’n warmer Bruder gewesen sein, und deshalb haben die meisten ihn gemieden. Ich kann aber nix Schlechtes über ihn sagen. Wenn ich mit ihm zu tun hatte, war er immer höflich und anständig, ne.«

»Es war also unter den Kollegen bekannt, dass er gewisse Neigungen hatte?«, fragte Fredi.

»Ja, irgendwer ist mal dahintergekommen, ich weiß aber nicht, wer. Und seither musste der sich sehr in Acht nehmen. Die einen haben ihn gemieden, weil sie nicht in den Ruch kommen wollten, auch solche Neigungen zu haben, und die anderen haben sich einen Spaß draus gemacht, ihn zu drangsalieren. Ich bin einmal dazwischengegangen, das konnt ich mir ja leisten als Vater von bald drei Kindern.« Kurt lachte. »Aber viel genützt hat es nicht.«

Fredi nickte. »Weißt du, ob von euch welche bei der SA sind, Kurt?«

»Sach mal, Alfred, ist das jetzt noch ’n einfacher Nachbarschaftsschnack, oder sind das schon Überstunden?« Er gab ihm lachend einen Klaps auf die Schulter.

»Ich kann eben nicht aus meiner Haut«, erwiderte Fredi grinsend. »Aber du würdest mir mit einer Antwort wirklich helfen.«

»Na, du weißt doch, dass der Hafen rot ist«, sagte Kurt. »Aber wenn’s dir hilft, die Schweine zu erwischen, die Max umgebracht haben, werde ich mich mal umhören.«

»Vielen Dank!«

Henny saß noch an der Nähmaschine, als Fredi nach Hause kam. Sie war so in ihre Arbeit versunken, dass sie gar nicht gehört hatte, wie er in die Wohnung gekommen war.

»Schatz, ich bin da«, rief er.

»Oh, ist es schon so spät?« Sie hielt in ihrer Arbeit inne. »Ich habe die Zeit vergessen. Soll ich dir ein Brot zum Abendessen machen?«

»Das kann ich selbst. Näh ruhig weiter.«

»Ich bin so gut wie fertig«, sagte Henny. »Setz dich doch schon mal ins Wohnzimmer und schalte das Radio ein. Ich mach dir gleich was. Ich habe heute frische Leberwurst gekauft, die magst du doch so gern.«

»Das ist lieb von dir.«

Bevor Fredi ins Wohnzimmer ging, holte er sich noch eine Flasche Bier aus der Speisekammer. Dann schaltete er das Radio an. Er hatte auf Musik oder ein Hörspiel gehofft, stattdessen gab es einen Bericht über die Weltwirtschaftskrise. So erfuhr er, dass in Baden-Baden gerade eine Reparationsbank gegründet worden war, die als Kooperationsstelle der Zentralbanken dienen sollte und beauftragt war, die Reparationszahlungen im Rahmen des Young-Plans abzuwickeln. Damit hatte sich Werners Aufruf zur Volksabstimmung gegen den Young-Plan erledigt. Fredi seufzte. Hoffentlich blieben ihm morgen die Schimpftiraden seines Kollegen über die Reichsregierung erspart.

»Was ist los, Schatz?«, hörte er Hennys Stimme. Sie war soeben ins Wohnzimmer gekommen und stellte ihm einen Teller mit zwei Leberwurstbroten auf den Sofatisch.

»Willst du nichts essen?«, fragte Fredi verwundert.

Henny setzte sich zu ihm aufs Sofa. »Ich hatte vor einer Stunde Heißhunger auf Rührei. Ich habe mir die letzten drei Eier in die Pfanne gehauen und bin jetzt rundum satt.«

»Kugelrund«, sagte Fredi und streichelte liebevoll über ihren gewölbten Bauch.

»Und nun sag, was liegt dir auf der Seele, Fredi?« Sie schmiegte sich eng an ihn.

Fredi seufzte erneut. Dann erzählte er ihr von seiner Befürchtung, zwischen alle Fronten zu geraten.

»Dann trenn die Fronten doch auf«, sagte Henny.

»Wie meinst du das?« Fredi sah sie stirnrunzelnd an.

»Nun, du könntest Werner mit ins Boot holen, indem du es so darstellst, als wolltest du die SA schützen.«

»Aber ich will keine Mörder schützen.«

»Nein, aber die SA bemüht sich doch um einen guten Ruf unter den deutschen Volksgenossen. Sollte unser Nachbar feststellen, dass tatsächlich einer seiner Kollegen von Blohm & Voss bei der SA ist, hättest du schon mal einen Verdächtigen. Den könntest du dir vorknöpfen. Aber nicht als SA-Mann, sondern als jemanden, der unter Verdacht steht. Erklär Werner doch einfach, dass du die SA vor üblen Verbrechern schützen möchtest, weil die nur ihren Ruf beschmutzen. Bestimmt könntest du ihn damit überzeugen, und er würde gar nicht auf die Idee kommen, dass es ein Affront gegen ihn ist.«

»Wenn das so einfach wäre, würde Plättner das selbst machen. Der hat aber Angst vorm Korpsgeist der SA.«

»Dem Plättner würde Werner das ja auch nie glauben. Dazu hat der schon zu oft auf die SA geschimpft. Du warst immer so klug, den Mund zu halten. Also wärst du glaubwürdig. Entweder hält Werner dich für einen naiven Trottel, oder er gibt dir recht.«

»Aber ich soll ihm ja nicht sagen, dass ich in dem Fall ermittle.«

»Nun guck nicht so verzweifelt«, sagte Henny. »Werner soll doch nur nichts davon wissen, dass Plättner dir den Fall komplett übergeben hat. Ist es nicht so? Und das musst du Werner ja auch nicht auf die Nase binden. Sag ihm doch einfach, du willst verhindern, dass ein Einzelner die SA in ein schlechtes Licht rückt und du deshalb zu ihm kommst. Und dass es dir lieber wäre, den

Täter erst zu verhaften, wenn die SA sich schon von ihm getrennt hätte.«

»Aber laut Zeugenaussagen war es eine ganze Horde. Das ist organisierte Kriminalität. Im Grunde müsste man dieser ganzen Bande endlich die biedere Maske vom Gesicht reißen.«

»Ja, aber du bist nicht derjenige, der das kann. Das wäre Plättners Aufgabe, aber der ist ja zu feige. Überdenk meinen Vorschlag mal in Ruhe, Fredi. Wenn alles klappt, wird Werner dafür sorgen, dass sich die SA etwas mehr zurückhält. Auf lange Sicht könnte das dazu führen, dass sie weniger gewalttätig auftreten, weil die Polizei sie nicht einfach wegen ihrer SA-Uniform schützt.«

»Und wenn es nicht klappt? Wenn der Korpsgeist überwiegt?«

»Dann sehen wir weiter«, sagte Henny, und Fredi kam nicht umhin, die Klugheit seiner Frau zu bewundern. Es wäre tatsächlich eine Möglichkeit, auch wenn die Erfolgsaussichten nicht allzu groß waren. Aber immer noch besser, als sich Werner Rohrbeck offen zum Feind zu machen, nur weil Kommissar Plättner sich aus allem raushalten wollte. Manchmal musste man einfach für sich selbst sorgen, wenn man nicht zwischen allen Fronten zermalmt werden wollte.

30

Am nächsten Tag hatte Werner, wie erwartet, schlechte Laune, weil die Regierung dem Young-Plan zugestimmt hatte. Werners Stimmung war so schlecht, dass Fredi ihm lieber aus dem Weg ging und das Stadthaus verließ, um bei Blohm & Voss mit den Arbeitskollegen des Opfers zu sprechen.

Die meisten Arbeiter hielten sich bedeckt oder gaben an, Berthold nicht gekannt zu haben. Aber dann traf Fredi auf einen Schiffbauer, der sich recht abfällig über den Toten äußerte.

»Wundert mich nicht, dass es mit dem so ein Ende genommen hat, Herr Kommissar«, sagte er. Fredi verzichtete darauf, ihm zu erklären, dass er lediglich Kommissaranwärter war. »Der war doch andersrum, und man weiß ja, dass sich diese Perversen in dubiosen Kreisen bewegen.«

»Andersrum?«, stellte Fredi sich dumm, um dem Mann die Möglichkeit zu geben, sich richtig auszulassen.

»Na ja, so 'ne Schwuchtel, das hat ja jeder gesehen, der mit dem zu tun hatte. Dass so einer als Schweißer gearbeitet hat, war ja der größte Witz, dafür braucht es echte Kerle und nicht so was. Der hätte lieber Friseur werden sollen.«

»Aha«, sagte Fredi. »Hatte er deshalb Feinde?«

»Was heißt schon Feinde? Die haben sich lustig über ihn gemacht, bis er dann seinen neuen Freund hatte. Dann wurde es ruhiger.«

Fredi wurde hellhörig. »Was für ein neuer Freund?«

Der Mann räusperte sich. »Das ist nicht so wichtig.«

»Doch, das ist wichtig, denn sein Freund könnte ein wichtiger Zeuge sein. Können Sie mir den Namen nennen?«

»Nee, kann ich nicht. Ich weiß nur, dass der hier mal in SA-Uniform aufgetaucht ist. Da haben wir noch alle gedacht, das kann doch nicht wahr sein, der Max treibt es mit einem von der SA, wo die doch sonst alle Schwuchteln zusammenschlagen, die sie in die Finger kriegen.«

Fredi erstarrte. »Max Berthold hatte eine Beziehung zu einem SA-Mann?«

»Ja, das kann einen schon ganz schön von den Socken hauen, was? Da denkt man, das sind nur so 'n paar junge Männer, die für 'n bisschen Ordnung sorgen, und dann ist da auch so 'ne Schwuchtel drunter.«

»Eine Zeugin sagte aus, sie habe gesehen, wie Berthold von mehreren Männern in SA-Uniform ins Hafenbecken geworfen wurde. Wie passt das Ihrer Meinung nach zusammen, wenn sein Freund bei der SA war?«

»Mehr weiß ich auch nicht, tut mir leid, Herr Kommissar.«

Fredi befragte im Anschluss noch weitere Männer, aber niemand konnte ihm sagen, wer der SA-Mann war, mit dem Max Berthold angeblich ein Verhältnis gehabt hatte. Verdammt, all das, was Henny sich so schön überlegt hatte, führte nun ins Nichts. Andererseits konnte es vielleicht doch etwas bringen, mit Werner zu reden. Über die dunklen Geheimnisse der SA. Er musste nur sehr vorsichtig sein, um den Kollegen nicht misstrauisch zu machen.

Als er gegen Mittag zurück in die Dienststelle kam, hatte sich Werners schlechte Laune etwas gelegt. Fredi nutzte die Gelegenheit und fragte ihn, ob er schon zu Mittag gegessen habe.

»Nee, bin ich noch nicht zu gekommen«, sagte Werner. »Wollen wir uns beim Schlachter eine heiße Knackwurst genehmigen?«

»Das hört sich gut an«, sagte Fredi.

Als sie kurz darauf an einem der Stehtische in der Schlachterei standen und ihre Würstchen aßen, erzählte Fredi beiläufig, dass er in Sachen Max Berthold bei Blohm & Voss gewesen war.

»Weißt du, was da ein Zeuge erzählt hat, Werner? Dass der Tote ein Hundertfünfundsiebziger war, der einen Freund bei der SA hatte. Aber das ist doch alles Blödsinn. Warum sollte die Zeugin aussagen, der sei von SA-Leuten in die Elbe geworfen worden, wenn er dort Freunde hatte?«

Werner sah Fredi mit undurchdringlichem Blick an. »Was willst du damit sagen, Alfred?«

»Gar nichts. Ich wollte das nur mal mit dir besprechen. Gibt es bei euch wirklich Hundertfünfundsiebziger? Das kann ich mir nicht vorstellen.«

»Die gibt es leider überall.« Werner seufzte. »Wir sind eben kein Mädchenpensionat. Allerdings sehen wir das hier in Hamburg nicht gern.«

»Und wenn ihr so einen darunter habt, wird der dann ausgeschlossen?«

»Kommt darauf an, ob er besserungswillig ist.«

»Und wie zeigt er das? Indem er heiratet?«

Werner lachte. »Das wär schon mal ein Anfang. Nein, wir stellen solche Leute vor die Wahl: Entweder die Kameradschaft oder die Abartigkeit. Wir zeigen ja niemanden an, wenn er auf Abwegen ist und vorher ein treuer Kamerad war, das gehört sich einfach nicht. Aber hier in meinem Bereich wollen wir solche nicht.«

Es war das erste Mal, dass Werner von »seinem Bereich« sprach. Meinte er damit sein Revier als Polizeibeamter, oder war er ein höheres Tier bei der SA? Fredi wusste, dass diese Truppe paramilitärisch organisiert war, aber er hatte keine Ahnung, welchen Rang Werner bekleidete. Falls Werner ganz oben in der Hierarchie stand, würde das erklären, warum Plättner so zurückhaltend reagierte.

»Und was tut ihr dagegen?«

»Wie ich schon sagte, der Betreffende muss sich zwischen uns und seiner Neigung entscheiden.« Werner sah auf die Uhr.

»Ich muss wieder los. War wie immer nett, mit dir zu plauschen. Und wenn ich dir noch einen guten Rat geben darf, Alfred. Investiere nicht zu viel Kraft in diesen Fall. Das ist eine Sackgasse.«

»Wie meinst du das?«

»So, wie ich es sage. Es ist eine Sackgasse.«

»Sei ehrlich, Werner. Die Kameraden von der SA haben den Freund von Berthold gezwungen, ihn zu verprügeln, und ihn dann ins Wasser geworfen, wo er ertrunken ist, oder?«

»Das ist eine gewagte These«, sagte Werner. »Aber selbst wenn es so wäre, es ist eine Sackgasse. Der Korpsgeist sorgt dafür, dass jeder ein hieb- und stichfestes Alibi hat. Verbrenn dir daran nicht die Finger, das schadet nur dir selbst, Alfred. Plättner weiß das, der setzt dich auf den Fall an, weil er einen Keil zwischen uns treiben will.«

»Und was rätst du mir? Was soll ich Plättner sagen? Er erwartet schließlich Ergebnisse.«

»Sag ihm das, was ich dir gesagt habe. Dann macht er die Akte zu, und du bist fein raus. Aber ich muss jetzt wirklich los.« Er klopfte Fredi auf die Schulter, dann ging er.

Ein eiskalter Schauer lief Fredi über den Rücken. Werner kannte die Täter und deckte sie. Und Plättner wusste das. Es war an der Zeit, mit seinem Vorgesetzten ein offenes Wort zu reden.

Kommissar Plättner war erstaunt, als Fredi ihn mit ernster Miene um ein Gespräch unter vier Augen bat.

»Es geht um den Fall Berthold«, sagte er. Der Kommissar nickte und schloss die Bürotür. Er begnügte sich nicht damit, sie einfach zuzumachen, sondern er schloss sie ab. Fredis Unbehagen wuchs.

»Also, Herr Studt?«

»Was wissen Sie wirklich über Werner Rohrbeck?«, rückte Fredi gleich mit der Sprache heraus, solange er noch den Mut dazu hatte. »Sie trauen ihm nicht, fürchten den Korpsgeist der SA und setzen mich völlig eigenständig auf einen Fall an, der mich in die schmutzigsten Niederungen der SA führt. Rohrbeck hat mir gegenüber Andeutungen gemacht, dass er ein hohes Tier bei der SA ist und meine Ermittlungen ohnehin in einer Sackgasse enden würden.«

Plättner atmete tief durch. »Erzählen Sie mir, was vorgefallen ist.«

Fredi berichtete von seiner Ermittlung bei Blohm & Voss und dem Gespräch mit Rohrbeck. Als er fertig war, stöhnte der Kommissar auf.

»Das ist alles noch schlimmer, als ich dachte«, sagte er leise. »Selbst wenn wir einen Verdächtigen finden, wird die SA ihn decken, und am Ende wird ihn kein Gericht der Welt verurteilen.«

»Aber das war doch von vornherein klar«, sagte Fredi. »Was haben Sie sich denn von mir erhofft?«

»Im Grunde das, was Sie mir gerade geliefert haben. Die Bestätigung, dass Rohrbeck über die Verbrechen der SA Bescheid weiß und sie als Polizist deckt. Das reicht natürlich noch nicht, um ihn loszuwerden, denn er wird alles abstreiten, und am Ende wären Sie dann womöglich derjenige, der die Dienststelle verlassen müsste. Der Fall Max Berthold ist eigentlich gelöst. Er hatte einen Liebhaber bei der SA. Dessen Kameraden haben das nicht gern gesehen und ihn gezwungen, an der Abreibung seines Freundes teilzunehmen. Dann hat man den Geschundenen ins Wasser geworfen, vielleicht noch nicht mal in der Absicht, ihn umzubringen, aber keiner hat darüber nachgedacht, was es bedeutet, wenn jemand, der so schwer misshandelt wurde, im Hafenbecken landet. Das haben Sie, Herr Studt, allein aufgeklärt. Rohrbeck hat es indirekt bestätigt. Schreiben Sie einen Bericht über die Ergebnisse, erwähnen Sie Rohrbeck aber nicht. Und dann übertrage ich den Fall zur weiteren Ermittlung an Rohrbeck, damit der Untersuchungen bei der SA vornimmt.«

»Aber … aber Sie sagten mir doch, dass Sie ihn nicht in dem Fall haben wollen, weil er den Korpsgeist der SA über seine Aufgaben als Polizist stellen könnte.«

»Herr Studt, sehen Sie sich in der Lage, den Fall aufzuklären und einen Täter zu präsentieren, der kein Alibi hat und mit hoher Wahrscheinlichkeit für den Mord an Berthold verurteilt werden würde?«

»Nein«, gab Fredi zu.

»Damit ist der Fall für uns abgeschlossen. Jetzt müssen wir sehen, wie wir daraus dennoch einen Vorteil ziehen können. Wenn ich in vier Jahren in Pension gehe, wird man sich zwischen Ihnen und Rohrbeck entscheiden müssen. Rohrbeck hat mehr Dienstjahre als Sie, ist aber wiederholt durch seine Prüfungen gefallen. Wenn ich ihm jetzt einen Fall übertrage, bei dem Sie hervorragende Vorarbeit geleistet haben und den er durch seine Fachkompetenz zum Abschluss bringen soll, er aber auch keinen Täter findet, wird er derjenige sein, dem das angelastet wird. Verstehen Sie? Sie selbst können mir auf andere Weise helfen.«

»Und wie?«

»Rohrbeck hat bislang mehr als deutlich gezeigt, dass er Hauptkommissar Ehrenreich verachtet und sich nur ungern an meine Anweisungen hält. Aber Ihnen gegenüber ist er offen und scheint Sie sogar zu mögen. Sorgen Sie dafür, dass das so bleibt. Irgendwann wird er einen Fehler machen, der ihn zu Fall bringt, und dann können wir uns dieses schwarzen Schafes in unserer Dienststelle entledigen.«

»Sie wollen, dass ich ein doppeltes Spiel treibe?«

»Das ist etwas zu hoch gegriffen. Aber da Rohrbeck großen Einfluss in der Hamburger SA hat, müssen wir wissen, worauf wir uns einzustellen haben, sonst kann er der Hamburger Kriminalpolizei großen Schaden zufügen. Erwecken Sie den Eindruck, Sie hätten mich davon überzeugt, den Fall an ihn abzugeben, damit er dadurch die Möglichkeit hat, seine Kameraden zu schützen. Dann wird er Sie für einen Gesinnungsgenossen halten, auch wenn Sie das völlige Gegenteil sind.«

Fredi nickte stumm, obwohl er am liebsten geschrien hätte. Er wollte sich nicht zwischen diese politischen Fronten begeben. Er wollte einfach nur seine Polizeiarbeit machen. Aber genau das war inzwischen längst unmöglich geworden.

31

Wenn Ella morgens zur Arbeit ins Allgemeine Krankenhaus St. Georg ging, sah sie, wie stark sich das Straßenbild veränderte. Immer mehr kleine Läden mussten schließen, weil die Kundschaft ausblieb. Die Folgen der Weltwirtschaftskrise waren deutlich zu spüren. Hatte die Bevölkerung vor sechs Jahren noch mit der Hyperinflation zu kämpfen gehabt, so spürte sie jetzt die Folgen einer weltweiten Deflation, in der es immer weniger Geld gab. Ella fragte sich, ob genau das vielleicht schon 1923 in Deutschland eingetreten wäre, wenn die Regierung nicht auf die unselige Idee gekommen wäre, immer mehr Geld zu drucken. Dann hätten diejenigen, die Ersparnisse hatten, wenigstens ihr Geld behalten, und Menschen, die hohe Kredite aufgenommen hatten, wären nicht von einem auf den anderen Tag schuldenfrei gewesen. Inzwischen hatte sich das Bild gewandelt. Wer nach der Hyperinflation versucht hatte, seine Verluste durch Kredite auszugleichen, dem fehlte nun oft das Geld, sie zu bedienen, und immer mehr Häuser fielen der Zwangsversteigerung zum Opfer. Aber auch die Werft, bei der ihr Vater als Maschinenbau-Ingenieur arbeitete, bekam immer weniger Aufträge, weil sich kaum noch einer Spezialschiffe leisten konnte. Ein Teil der Belegschaft war bereits entlassen worden, vor allem einfache Arbeiter, die sich schnell ersetzen ließen. Paul hatte das Glück, als Urgestein der Werft nahezu unersetzlich zu sein, aber was nützte das, wenn die Auftragslage weiter zurückging? Sollte die Werft tatsächlich Insolvenz anmelden müssen, wäre es für ihren Vater mit seinen fünfundfünfzig Jahren schwer, eine neue Anstellung zu bekommen.

Infolge der angespannten wirtschaftlichen Situation stieg auch die Zahl der Raubüberfälle und Einbrüche rasant an. Ella wusste, dass ihre Eltern sich inzwischen große Sorgen machten, wenn sie im Dunkeln vom Spätdienst nach Hause ging, denn jeder, der halbwegs ordentlich angezogen war, konnte Opfer eines Überfalls werden. Im schlimmsten Fall wurden die Opfer einfach hinterrücks niedergeschlagen und hilflos liegen gelassen, damit sie den Täter nicht identifizieren konnten. Nachdem das einer Arbeitskollegin passiert war, wuchs Marthas Angst um Ella. Ella hielt ihrer Mutter entgegen, dass sie doch genauso gefährdet sei, zumal sie einen viel weiteren Weg habe.

»Es ist etwas anderes, ob man auf sich selbst aufpassen muss oder Sorgen um sein Kind hat«, hatte die Mutter ihr energisch entgegengehalten. »Und du wirst immer mein Kind bleiben, egal wie alt du bist.«

Als Philippe zufällig Zeuge einer dieser Diskussionen wurde, bot er galant an, Ella nach dem Spätdienst höchstpersönlich abzuholen und nach Hause zu begleiten.

»Fragt sich nur, in wessen Zuhause«, hatte Paul mit einem amüsierten Lächeln bemerkt. Philippe hatte verlegen gehüstelt, aber Marthas schallendes Lachen hatte die Atmosphäre aufgelockert. Und so konnte Ella sich in den dunklen Tagen gewiss sein, dass Philippe nach dem Spätdienst bereits auf sie wartete. Manchmal hatte er sogar genügend Geld, um mit ihr noch in eines der angesagten Lokale auf St. Pauli zu gehen. Er war für sie nach wie vor der perfekte Mann. Jemand, der für sie da war, ohne irgendwelche Forderungen zu stellen oder gar von einer Familiengründung zu träumen. Die anderen Schwestern zogen sie gern mit ihrem französischen Galan auf, aber Ella ließ sich nicht ärgern. Für sie war die Ausbildung zur Krankenschwester nur eine kurze Station auf ihrem Weg. Sie konnte es kaum erwarten, endlich ihr

Studium zu beginnen. Wenn sie sich nicht mit Philippe traf, verbrachte sie viel Zeit mit ihrer Schwägerin Henny, die sie für ihren Wortwitz und ihre pragmatische Lebenseinstellung schätzte. Henny war alles andere als ein naives Hausmütterchen. Sie war eine hochintelligente Frau, aber sie wollte nicht hoch hinaus. Sie liebte das Leben an Fredis Seite und war rundum zufrieden damit.

Die Wirtschaftskrise machte sich auch in den Krankenhäusern bemerkbar. Es wurden nun immer häufiger Menschen mit Schussverletzungen eingeliefert. Waren es anfangs nur Einzelfälle, so gehörten sie mittlerweile zum Tagesgeschäft. Professor Wehmeyer sorgte nach wie vor dafür, dass Ella häufig bei Operationen zusehen durfte. Dabei legte er sie vor allem seinem Protegé Doktor Ellerweg ans Herz, der nur acht Jahre älter als Ella war. Obwohl Fritz Ellerweg erst vor einem Jahr sein Medizinstudium abgeschlossen hatte, war schon jetzt allen klar, dass der Professor ihn systematisch zu einem künftigen Oberarzt aufbaute. Die Schwestern mochten Doktor Ellerweg, der viel Humor hatte, aber kein Blatt vor den Mund nahm, wenn ihm etwas nicht passte.

Kurz vor Weihnachten 1929 durfte Ella bei einer besonders spektakulären Operation zusehen, die Professor Wehmeyer und Doktor Ellerweg gemeinsam durchführten. Dabei überließ der Professor dem jüngeren Arzt die Führung und begnügte sich selbst mit der Assistentenrolle, was Ella sehr beeindruckte. So einen Chef hätte sie später als Ärztin auch gern.

Der Patient hieß Heinrich Ahlers und war ein Mann mittleren Alters, der durch die Weltwirtschaftskrise sein Vermögen verloren hatte. Er hatte keinen anderen Ausweg mehr gesehen, als sich eine Pistole an den Kopf zu setzen und abzudrücken. Allerdings war er, wie Doktor Ellerweg mit dem ihm eigenen schwarzen

Humor feststellte, ein lausiger Schütze. Ahlers' Ehefrau hatte ihn noch lebend vorgefunden und sofort einen Unfallwagen gerufen.

Ella imponierte es, wie geschickt die Ärzte die Eintrittsöffnung am Schädel vorsichtig erweiterten und die Kugel aus der Gehirnmasse entfernten. Es war das erste Mal, dass Ella einen Blick auf ein menschliches Gehirn werfen konnte. Als Doktor Ellerweg die Kugel entfernt hatte, fragte sie: »Kann ein Mensch so etwas überleben?«

»Ja«, erwiderte der junge Arzt. »Die Frage ist allerdings, was von seinem Verstand und seinen motorischen Fähigkeiten übrig bleibt. Das wird erst die Zukunft zeigen. Im besten Fall erholt er sich, wenn es schlecht läuft, wird er dauerhaft zum Pflegefall.«

»Wobei es wahrscheinlicher ist, dass er ein Pflegefall bleibt«, fügte Professor Wehmeyer hinzu. »Hier kannst du gut sehen, wie viel vom Gehirn geschädigt wurde. Vermutlich wird er nie wieder sprechen können, denn hier liegt das Sprachzentrum.« Er wies auf den entsprechenden Bereich. »Ich könnte mir gut vorstellen, dass er die gleichen Symptome zurückbehält wie ein Schlaganfallpatient.«

Ella schluckte. »Aber er wollte ja sterben. Wäre ... Wäre es dann nicht besser gewesen, seinen Wunsch zu respektieren, anstatt ihn auf diese Weise zu retten? Nur damit er als Pflegefall weiterlebt?«

Doktor Ellerweg hob den Blick und sah Ella ernst an.

»Niemand weiß, wie sich sein Leben entwickeln wird. Vielleicht bereut er es ja schon, dass er sich in den Kopf geschossen hat. Vielleicht erholt er sich besser, als wir glauben. Ich sehe es als meine Pflicht an, ihm das Leben zu retten. Und selbst wenn er ein Pflegefall bleibt, so können wir doch aus seiner Operation lernen, um vielleicht später anderen zu helfen. Menschen, die sich nicht selbst töten wollten, sondern von anderen verletzt wurden.«

Ella nickte, war aber nicht ganz überzeugt. Professor Wehmeyer bemerkte es und kam nach der Operation auf sie zu.

»Wir müssen im Leben immer schwere Entscheidungen treffen, Ella«, sagte er. »Weißt du, was ich an Fritz Ellerweg neben seinem chirurgischen Talent so schätze?«

Ella schüttelte den Kopf.

»Für ihn gibt es kein lebensunwertes Leben. Jedes Leben ist wertvoll. Besonders deutlich wurde es mir, als er im Januar sein erstes Kind verloren hat. Es hatte eine schwere Missbildung und starb wenige Tage nach der Geburt, aber er war nicht erleichtert, sondern hat um dieses Kind genauso getrauert wie um ein gesundes Kind, das plötzlich an einem Unfall verstirbt. Er hat sich geweigert, dieses Kind der anatomischen Sammlung zur Verfügung zu stellen, sondern es in Ohlsdorf beisetzen lassen. Dafür hat er sich meinen tiefen menschlichen Respekt verdient, und deshalb weiß ich auch mit Sicherheit, dass er aus Überzeugung handelt, wenn er alles, was in seiner Macht steht, tut, um ein Leben zu retten.«

»Das verstehe ich«, sagte Ella. »Aber wann ist der Punkt erreicht, wo der Wille des Patienten über dem Wunsch des Arztes steht, ihn zu heilen?«

»Das ist das, was den Arztberuf so schwierig macht. Es gibt darauf keine allgemeingültige Antwort, man muss es immer wieder neu in jedem Einzelfall entscheiden. Im Augenblick ist es modern, von lebensunwertem Leben zu sprechen. Aber darüber vergisst man leicht, dass Freude und Glück sich nicht an körperlicher Unversehrtheit bemessen, sondern an den menschlichen Beziehungen, die man pflegt.«

Darüber musste Ella noch lange nachdenken.

32

Weihnachten 1929 wurde davon überschattet, dass es der Wolkau-Werft nicht gut ging. Zahlreiche Aufträge waren storniert worden, was dazu führte, dass Wolkau weitere Männer entlassen musste und die Arbeitszeiten der verbliebenen Kollegen halbierte – und damit auch ihr Gehalt. Dadurch konnten Martha und Paul Rudi nicht mehr finanziell unterstützen. Für Rudi war das ein Schock, denn er hatte nur noch ein Sommersemester vor sich, aber keine Möglichkeit, neben seinem Studium eine Arbeit zu finden. Schließlich entschieden Martha und Paul, einen weiteren Kredit aufzunehmen, damit Rudi sein Studium abschließen konnte. Außerdem bot Ella ihrem Bruder ihr Erspartes an, damit er seine Lebenshaltungskosten bezahlen konnte. Rudi war erleichtert und gerührt zugleich. Er versprach hoch und heilig, alles zurückzuzahlen, sobald er im Herbst als Kompagnon in die Kanzlei von Anwalt Engelmann eintreten würde. Als er nach Weihnachten im Zug zurück nach Berlin saß, fragte er sich, womit er diese so wunderbare Familie verdient hatte.

Silvester war Rudi bereits verplant. Einer seiner Kommilitonen, Adolf Teller, genannt Dolf, mit dem er sich auch privat häufiger traf, hatte seine Beziehungen spielen lassen und Karten für eine der beliebten Silvestergalas in der Stadt bekommen. In der berühmten Kakadu-Bar, die an der Ecke Kurfürstendamm zur Joachimsthaler Straße lag, würden sie in das neue Jahrzehnt hineinfeiern.

»Bald ist es mit der wilden Jugend vorbei«, sagte Dolf lachend. »Wir werden zusammen mit dem Jahrhundert erwachsen – in den Dreißigern beginnt der Ernst des Lebens. Aber jetzt lassen wir es noch mal so richtig krachen! Hier gibt es auch eine Menge interessanter Frauen. Das Kakadu ist besonders bei den aufstrebenden UFA-Sternchen beliebt.«

»Mit Schauspielerinnen habe ich so meine Erfahrungen.« Rudi grinste vieldeutig. Er war bislang noch nie im Kakadu gewesen, denn die Preise dort überstiegen seine Mittel, aber in den Karten für die Silvestergala, die Dolf organisiert hatte, waren einige Freigetränke inbegriffen, und schließlich war der Eintritt in ein neues Jahrzehnt etwas ganz Besonderes. Da wollte er nicht jeden Pfennig dreimal umdrehen.

Die Kakadu-Bar war erst im vergangenen Jahr neu renoviert und ausgebaut worden. Von außen konnte man nicht erahnen, wie groß sie tatsächlich war. Als Rudi am Silvesterabend um kurz nach acht in die Joachimsthaler Straße kam, parkten bereits überall elegante Limousinen, und die Taxis hielten direkt auf der Straße, um die Fahrgäste aussteigen zu lassen. So hatte Rudi sich sein Leben vor dem Drama mit Astrid immer vorgestellt. Er war mittendrin im pulsierenden Herz der Hauptstadt! Einen Moment lang dachte er an seinen Bruder, der vermutlich mit seiner hochschwangeren Frau zu Hause saß, das Silvesterprogramm im Radio hörte und Punkt Mitternacht mit ihr Blei gießen würde. Rudi war froh, dass er nicht so ein langweiliges Leben führte. Ella würde den Silvesterabend immerhin mit Philippe auf der Reeperbahn verbringen. Gemessen an ihrer Lebensfreude, hätte seine kleine Schwester gut nach Berlin gepasst.

»Komm, lass uns an die Bar gehen«, sagte Dolf jetzt zu Rudi. »Da kann man schon mal die Fühler ausstrecken, welche der Damen eine Eroberung wert sind.«

Die Bar war beeindruckend. Nie zuvor hatte Rudi einen so langen Tresen gesehen. Mindestens fünfzig Barhocker reihten sich entlang der Theke auf, die mit exotischen Wandbildern geschmückt war und mit ihren Vogelmotiven an die Südsee erinnerte. Obwohl es bereits sehr voll war, bekamen sie noch zwei Barhocker nebeneinander. Es war so laut, dass Dolf regelrecht brüllen musste, um ihre Bestellung aufzugeben. Eingedenk der Tatsache, dass sie Durst hatten, verzichteten sie für den Anfang auf exotische Cocktails und begannen den Abend mit einem Bier. Aus dem Nebenraum hörten sie die Musik einer Tanzkapelle.

»Warst du schon öfter hier?«, fragte Rudi. Dolf nickte. »Wir müssen auf jeden Fall überall mal reinschauen. Dahinten durch die Tür geht es zum Speiselokal. Und außer dem Tanzsaal gibt es auch noch eine Bühne fürs Kabarett. Das soll in der Silvesternacht besonders originell sein.«

Plötzlich verstummte Dolf in seinem Erzählfluss und starrte zum Eingang. Rudi folgte seinem Blick und sah mehrere junge Frauen in eleganten, zum Teil recht extravagant ausgeschnittenen Abendkleidern, die mehr vom Rücken als vom Dekolleté preisgaben. Eine der Frauen stach ihm sofort ins Auge, eine zierliche Brünette in einem dunkelblauen Kleid, das viel Haut sehen ließ, ohne dabei ordinär zu wirken. Sie trug das Haar aufgesteckt und über der Stirn in modische Wellen gelegt. Um ihren Hals hing eine lange Perlenkette, die auf der Höhe ihrer Brust zu einem Knoten geschlungen war. Rudi hatte eine Schwäche für diese lockere Art, kostbaren Schmuck zu tragen. Statt sich die lange Kette dreimal um den Hals zu hängen, zeigte dieser einfache Knoten, dass diese Frau bewusst mit den alten Traditionen brach. Erst nachdem er ihre Gesamterscheinung in sich aufgenommen hatte, schaute er in ihr Gesicht. Sie hatte ihn bislang gar nicht wahrgenommen, sondern lachte mit ihren Begleiterinnen. Ein hübsches Gesicht mit braunen Augen und einer etwas zu langen Nase, von der die hübschen vollen Lippen jedoch sofort ablenkten.

»Kennst du die Damen?«, raunte Rudi Dolf zu.

»Nur die Brünette im blauen Kleid. Das ist Leonore Stein, Spitzname Goldie, ein kleines UFA-Sternchen, das sich eine Menge darauf einbildet, bereits ein paar kleine Nebenrollen gehabt zu haben.«

»Ich finde sie entzückend.«

»Täusch dich nicht, Rudi. Die ist ein arroganter Giftzahn. Da würdest sogar du mit deinem unwiderstehlichen Charme scheitern.«

»Glaubst du?«

»Wenn du es schaffst, die hochnäsige Goldie zu deiner Dame für den Abend zu machen, gehen heute alle Getränke auf mich.«

»Alle? Willst du arm werden?«

»Wir wetten. Wenn du es schaffst, gehen die Getränke auf mich, und wenn nicht, schreibst du mir die Hausarbeit übers Scheidungsrecht.«

»Sehr sinnig.«

»Ich hasse Scheidungsrecht.«

»Nur als Hausarbeit oder auch sonst?«

»Natürlich nur als Hausarbeit«, erwiderte Dolf. »Einem Mann müssen ja auch noch Auswege möglich sein, oder? Heißt es nicht, Ehemänner wären die Kriegsgefangenen im Krieg der Geschlechter?«

Rudi lachte. »Ich nehme die Herausforderung an.«

Er beobachtete Goldie und ihre Freundinnen eine ganze Weile unauffällig. Solange eine Frau sich mit einer Traube von Geschlechtsgenossinnen umgab, war es besser, sich als Mann zurückzuhalten. So verletzlich einsame Frauen waren, so verletzend waren sie im Rudel. Er hatte oft mit angesehen, wie unerfahrene junge Männer zu schnell auf sich aufmerksam machten und dafür nur Spott von der Auserwählten ernteten. Wenn eine Frau noch dazu den Ruf genoss, ein Giftzahn zu sein, galt es, besonders dezent zu sein. Er wartete, bis die jungen Damen an der Bar Platz genommen hatten, dann trank er sein Bier aus und fragte Dolf, welcher Cocktail der ausgefallenste sei.

»Monkey Gland. Mit Gin und Absinth. Der haut richtig rein.«

»Affendrüse?«, übersetzte Rudi den Namen des Getränks. »Das klingt wirklich skurril. Aber gut, je ungewöhnlicher, desto besser.« Dann bestellte er zwei – einen für sich und einen für die junge Dame, die noch nicht ahnte, dass sie zum Objekt einer Wette geworden war.

Über den Drink schien sie nicht sonderlich erfreut zu sein, denn sie warf dem Barkeeper einen irritierten Blick zu, und als der auf Rudi wies, ließ sie den Cocktail mit zur Schau getragener Verachtung zurückgehen.

»Das hat wohl nicht geklappt.« Dolf grinste schadenfroh.

»Doch, das habe ich einkalkuliert. Hier, trink du ihn, ehe er verkommt.«

»Und jetzt?«, fragte Dolf.

»Jetzt wird es erst richtig interessant.« Rudi zog sein Notizbuch und seinen Füllfederhalter aus der Innentasche seines Jacketts, riss eine Seite heraus und schrieb: »Verehrtes Fräulein Stein, ich danke Ihnen von ganzem Herzen, dass Sie mir durch Ihr bezauberndes und überaus damenhaftes Wesen dabei geholfen haben, eine Wette zu gewinnen. Ich wünsche Ihnen noch einen angenehmen Abend und einen guten Rutsch ins neue Jahr! Ihr Rudolf Studt.«

Er gab dem Barkeeper den Zettel mit der Bitte, ihn der jungen Dame zuzuschieben.

»Warum schreibst du ihr das? Du hast doch gar keine Wette gewonnen.«

»Das kommt noch.« Rudi zwinkerte ihm zu. »Jetzt werden

ihre neugierigen Freundinnen sie bearbeiten herauszufinden, um was für eine Wette es ging. Aber wahrscheinlich muss es noch ein bisschen interessanter werden, ehe diese junge Dame aus ihrer Deckung kommt.«

»Ähm, und wenn sie dich für einen Idioten hält und ignoriert?«

»Dann schreibe ich dir deine Hausarbeit.«

Rudi wartete noch eine Weile, während er Fräulein Stein unauffällig im Blick behielt, aber so, dass sie es nicht bemerkte. Tatsächlich ging sein Zettel zwischen den jungen Frauen hin und her, und einige warfen ihm neugierige Blicke zu. Rudi tat so, als bemerke er diese Blicke nicht, sondern erhob sich und verließ die Bar mit seinem Cocktail in der Hand in Richtung Tanzsaal, ohne sich noch einmal umzusehen.

Dolf folgte ihm. »Sag mal, was soll das?«, fragte er. »Begibst du dich geschlagen auf den Rückzug?«

Rudi lachte. »Nein, im Gegenteil. Frauen hassen aufdringliche Männer ebenso wie gekränkte Exemplare unserer Spezies. Aber sie lieben es, wenn sie ein Rätsel lösen können. Vor allem die Unnahbaren. Glaub mir, du wirst sie bald hier sehen.«

»Du spinnst doch«, sagte Dolf. »Die ist sich viel zu fein dafür, dir nachzulaufen.«

»Das wird sie auch nicht, sie wird mir nur zufällig über den Weg laufen. Warte einfach ab, der Abend ist noch jung.«

»Wer hat dir bloß den Floh ins Ohr gesetzt, dass Frauen so etwas mögen?«

»Ältere und erfahrene Frauen«, sagte Rudi. »Ich habe so einige mit Lebenserfahrung gefragt, wie sie sich den idealen Mann vorstellen, was er tun muss und wann er unwiderstehlich wirkt. Da hat zwar jede Frau andere Ansichten, aber das macht es ja auch spannend, nicht wahr?«

Rudi leerte sein Cocktailglas und stellte es auf einem der Tische ab. »Sieh mal, Dolf, die beiden dort, die sehen so aus, als würden sie gern zum Tanzen aufgefordert werden. Das wäre doch was für uns.«

»Ja, aber was ist mit …«

»Habe ich dir doch schon erklärt. Entweder kommt sie von selbst, oder ich schreibe deine Hausarbeit. Du kannst also nur gewinnen.«

Rudi hatte ein Geschick dafür, junge Damen auf unverfängliche Weise zum Tanz aufzufordern, wenn er sonst kein tieferes Interesse an ihnen hatte. Er war höflich und liebenswert und wirkte völlig ungefährlich. Und nach einem Tanz bedankte er sich, um sich weiter umzusehen. Dolf hingegen blieb an seiner ersten Tanzpartnerin des Abends hängen. Oder sie an ihm. Es war nämlich nicht etwa so, dass sie sein Herz entflammt hatte, sondern der gute Dolf hatte zu spät begriffen dass sie sich einen Ehemann angeln wollte. Rudi beobachtete, wie sein Freund immer wieder hilflos versuchte, sich aus ihren Klauen zu befreien, und konnte sich dabei kaum das Lachen verkneifen. Kein Wunder, dass Dolf Ehemänner mit Kriegsgefangenen im Kampf der Geschlechter verglichen hatte. Ob ihm die Flucht noch mal gelingen würde?

»Sie sind also der Wettkönig hier?«, hörte er plötzlich eine Frauenstimme hinter sich. Langsam drehte er sich um. »Fräulein Stein, welche Ehre.« Er lächelte sie freundlich an.

»Ich habe mit meinen Freundinnen übrigens auch gewettet«, sagte sie. »Ich habe gewettet, dass Sie sich für unwiderstehlich halten, mich neugierig machen wollten und hofften, dass ich Ihnen irgendwann über den Weg laufe, damit Sie Ihr albernes Werben fortsetzen können, nachdem ich nicht auf den ältesten Trick der Welt hereingefallen bin, mich von einem exotischen Cocktail ködern zu lassen.«

»Interessant.« Rudi ließ sich nicht aus der Ruhe bringen, obwohl ihm die offensive Art, wie sie ihn mit seiner Strategie konfrontierte, imponierte. »Verraten Sie mir auch, was Ihr Wetteinsatz ist, Fräulein Stein?«

»Sagen Sie mir erst, ob ich mit meiner Vermutung richtigliege.«

»Nicht ganz. Ich halte mich nicht für unwiderstehlich und bin auch nicht darauf aus, mein ›albernes Werben‹, wie Sie es nennen, fortzusetzen.«

»Wirklich nicht? Ich kenne Männer wie Sie.«

»Tatsächlich? Dann verkehren Sie aber in üblen Kreisen.« Er lächelte sie frech an.

Fräulein Stein musterte ihn von oben bis unten.

»So übel sehen Sie gar nicht aus. Zumindest wirken Sie nicht wie ein Gangster.«

»Bei üblen Kreisen muss es sich ja nicht unbedingt um kriminelle Kreise handeln, Fräulein Stein.«

»Woher kennen Sie eigentlich meinen Namen, Herr Studt? Im Gegensatz zu Ihnen habe ich ihn nirgendwo aufgeschrieben.«

»Das haben Sie ja auch nicht nötig. Ein Freund hat mir verraten, wer Sie sind, als ich ihm sagte, wie entzückend ich Sie in diesem Kleid finde.«

»Sie finden mich also entzückend?«

»Das waren meine Worte meinem Freund gegenüber. Ihnen gegenüber hätte ich eher ›bezaubernd‹ verwendet.«

Sie lachte leise. »Und woher kennt Ihr Freund mich?«

»Er kennt Ihre Filme.«

»Aber Sie kennen sie nicht?«

»Nein, ich bevorzuge amerikanische Komödien. Ich bin ein großer Freund von Chaplin.«

»Wissen Sie, dass ich Charlie Chaplin einmal getroffen habe, als er in Berlin war?« Sie blitzte ihn herausfordernd an.

»Nein, das hat Charlie mir gar nicht erzählt. So ein Schlingel!«

Das Blitzen in ihren Augen gefror, und einen Moment lang fürchtete Rudi, sie würde ihn empört stehen lassen, doch im selben Moment brach sie in schallendes Gelächter aus.

»Sie haben wohl auf alles eine schlagfertige Antwort, was?«

»Ja, das liegt bei uns in der Familie. Ich kann einfach den Mund nicht halten. Was meinen Sie, wie sehr das meine Eltern zur Verzweiflung gebracht hat, als wir die Jungfernfahrt auf der *Imperator* gemacht haben.«

»Sie waren schon in Amerika?«

»Was glauben Sie denn, wo ich den guten Charlie kennengelernt habe?«, fragte er mit todernster Miene.

»Ähm, ich dachte, das wäre ein Witz«, sagte sie irritiert.

Er ließ zwei Augenblicke verstreichen, dann lachte er. »Ja, das war auch ein Witz. Im Gegensatz zu Ihnen bin ich Charlie Chaplin nie begegnet. Aber dafür kann ich mit Akshara aufwarten; die Schlangenfrau ist eine gute Freundin von mir.«

»Ist das eine bekannte Persönlichkeit? Ich habe noch nie von ihr gehört.«

»Auf den Jahrmärkten, wo ihre Kuriositätenschau gastiert, ist sie das.«

»Sie vertreiben sich also die Zeit mit Jahrmarktsgauklerinnen?«

»Ich sagte bereits, dass Sie sich in üblen Kreisen bewegen, wenn Sie Männer wie mich kennen.« Jetzt war er es, der sie angriffslustig anblitzte.

»Nun sagen Sie nicht, Sie sind ebenfalls Jahrmarktsgaukler.«

»Nein, dazu war ich damals zu ungeschickt. Ich habe mich damit begnügt, die Buden aufzustellen.«

»Und sind Sie inzwischen geschickter?«

»Ich stelle jedenfalls keine Jahrmarktsbuden mehr auf.«

»Und was machen Sie stattdessen?«

»Was ganz Langweiliges. Ich studiere Jura und werde im Sommer mein letztes Examen ablegen, um dann als Kompagnon bei einer einflussreichen Hamburger Kanzlei einzutreten.«

»Wenn Sie Ihre Plädoyers später genauso interessant gestalten wie Ihre Versuche, die Aufmerksamkeit einer Frau zu erregen, könnten Gerichtssäle dem Kino womöglich Konkurrenz machen.«

»Wenn Sie das so sehen ... da traue ich mich doch direkt, Sie jetzt um den nächsten Tanz zu bitten, Fräulein Stein.«

»Nennen Sie mich ruhig Goldie«, sagte sie. »So nennen mich meine Freunde.«

»Nur, wenn Sie mich Rudi nennen, denn so nennen mich meine Freunde.«

Er reichte ihr die Hand, die sie sofort ergriff, um sich von ihm auf die Tanzfläche führen zu lassen.

In dem ausgehenden Jahrzehnt war er der letzte Mann, der mit ihr tanzte, und er war der erste, den sie im neuen Jahr ansah. Von einem Giftzahn war nichts mehr zu spüren, ganz im Gegenteil. Sie war intelligent und Rudi im schlagfertigen Spiel der Worte ebenbürtig. Als er sich am Neujahrsmorgen von ihr verabschiedete, hatten sie bereits Adressen ausgetauscht und sich für ein Treffen verabredet. Und zum ersten Mal seit langer Zeit spürte Rudi wieder diese Schmetterlinge im Bauch, von denen er gedacht hatte, sie wären nach Astrids Tod für immer verschwunden.

33

Am 7. Januar 1930 wurden Martha und Paul zum ersten Mal Großeltern. Henny brachte in den frühen Morgenstunden einen kerngesunden Jungen zur Welt, der den Namen Wolfgang erhielt, aber von seinen Eltern zärtlich »das Wölfchen« genannt wurde.

»Ich hoffe, ihr werdet euch wenigstens auf die Koseform Wolfi einigen können, wenn er größer wird«, sagte Paul. »Stellt euch vor, der wird noch in der Schule Wölfchen genannt.«

»Ja, das wäre so, als hättet ihr Fredi Frettchen genannt, oder?«, bemerkte Henny mit einem kecken Augenaufschlag, und alle lachten.

Die Freude über ihren ersten Enkel lenkte Martha ein wenig von ihren aktuellen Sorgen ab. Die Auftragslage bei Wolkau blieb schlecht, und Paul brachte weiterhin nur den halben Lohn heim. Dazu kamen die drückenden Raten des Kredits, den sie für Rudis Studium aufgenommen hatten. Einzig Ella, die noch bei ihren Eltern lebte, wusste, wie knapp das Geld inzwischen wirklich war, und steuerte fast alles von ihrem Schwesterngehalt zum gemeinsamen Haushalt bei, damit ihre Eltern die Wohnung halten konnten. Dennoch wollte Martha ihre Söhne nicht damit belasten. Sie wollte Fredi und Henny die unbeschwerten ersten Wochen nach der Geburt ihres Kindes nicht verderben und auch nicht riskieren, dass Rudi sich zu große Sorgen machte, die ihn von seinen Vorbereitungen fürs Examen ablenkten. Sobald er sein Studium abgeschlossen hätte, könnte er seine Schulden selbst zurückzahlen, und sie wären nicht länger auf Ellas Gehalt angewiesen. Vielleicht sah es mit der Auftragslage bei Wolkau im nächsten Sommer auch wieder besser aus.

Der kleine Wolfgang sollte in der Martinskirche in Horn getauft werden. Die Kirche war zehn Minuten Fußweg vom Snitgerstieg entfernt und in Sichtnähe der vornehmen Villa von Werftbesitzer Hermann Blohm.

Rudi kam schon am Samstag in Hamburg an, und er bereitete seinen Eltern gleich zwei Überraschungen. Die erste bestand darin, dass er in Begleitung einer hübschen jungen Frau kam, und die zweite, dass er selbst am Steuer eines funkelnden Horch-350-Cabriolets saß. Martha staunte nicht schlecht. Wann hatte Rudi den Führerschein gemacht? Und wie war er an ein derart teures Auto gekommen? Hatte die Frau auf dem Beifahrersitz etwas damit zu tun?

»Darf ich euch Fräulein Leonore Stein vorstellen?«, sagte er. »Goldie, das sind meine Eltern Martha und Paul Studt, und das ist meine kleine Schwester Ella.«

Leonore reichte Martha und Paul die Hand, während Ella bei der Bezeichnung »kleine Schwester« die Stirn runzelte und mit ungläubigem Tonfall »Goldie?« wiederholte.

Rudi räusperte sich. »Das ist Leonores Spitzname.«

»Das ist ja goldig«, sagte Ella, reichte ihr dann aber mit einem freundlichen Lächeln die Hand.

»Goldies Vater war so großzügig, uns sein Auto für die Fahrt von Berlin nach Hamburg zu leihen«, erklärte Rudi dann.

»Ein schönes Auto«, sagte Paul. »Seit wann hast du denn einen Führerschein?«

»Weißt du noch, als ich sagte, ich gehe nicht so häufig aus, um etwas für die wirklich wichtigen Dinge im Leben zu sparen?«, erwiderte Rudi. »Da habe ich für die Fahrstunden gespart. Den Führerschein habe ich vor einem halben Jahr gemacht.«

»Und dann leiht Leonores Vater dir schon ein so teures Auto für eine derart weite Fahrt?«

»Mein Vater hat volles Vertrauen zu Rudi«, sagte Leonore und hakte sich bei ihm ein. Es war deutlich zu erkennen, dass die beiden frisch verliebt waren.

»Kommt, steigt ein, wir fahren mit dem Auto zu Fredi, heute muss niemand Straßenbahn fahren«, sagte Rudi stolz. Während Leonore neben ihm auf dem Beifahrersitz Platz nahm, stiegen Martha, Paul und Ella hinten ein.

»Das erinnert mich an den Wagen von Millis Mann in Amerika«, sagte Paul. »Dieser hier scheint mir sogar noch größer zu sein. Fräulein Stein, darf ich fragen, was Ihr Vater beruflich macht?«

»Er ist Bauunternehmer. Er hat sich auf öffentliche Bauprojekte spezialisiert, denn der Staat zahlt zuverlässig.«

»Ihr Vater scheint ein kluger Mann zu sein«, sagte Paul.

»Ja, das ist er.« Der Stolz war Leonore deutlich anzuhören.

»Und was machen Sie beruflich, Fräulein Stein?«, fragte nun Martha.

»Ich bin Schauspielerin bei der UFA. Der erfolgreichste Film, in dem ich bislang mitwirkte, ist *Das Land ohne Frauen*. Eine Geschichte über Frauen in Australien und männliche Eifersucht. Leider sind wir zum Drehen nicht in Australien gewesen.«

»Ich habe den Film gesehen«, sagte Ella. »Sie sind mir da allerdings nicht aufgefallen.«

»Ich hatte nur eine kleine Nebenrolle«, sagte Leonore peinlich berührt. »Die Hauptrolle ging natürlich wieder an eine Dame mit Beziehungen. Die muss ich mir erst noch schaffen.«

Kurz drauf erreichten sie die Martinskirche, wo Fredi und Henny bereits mit Wolfi und Hennys Angehörigen warteten. Das teure Auto, mit dem Rudi vorfuhr, erregte auch hier Aufsehen.

Rudi stellte Leonore vor. Henny, die ihr Herz auf der Zunge trug, stellte die Frage, die die übrigen Familienmitglieder bislang aus Takt vermieden hatten.

»Dürfen wir dann bald mit einer Verlobung rechnen?«

»Goldie und ich haben uns erst in der Silvesternacht kennengelernt«, sagte Rudi. »Jetzt müssen wir erst mal herausfinden, ob wir es wirklich auf Dauer miteinander aushalten.« Er lachte, und Leonore stimmte sofort in das Gelächter mit ein.

Martha ertappte sich bei dem Gedanken, dass die beiden ein schönes Paar abgaben.

»Ist Philippe nicht mit euch gekommen?«, fragte Fredi.

»Er ist letzte Woche für zwei Wochen nach Frankreich gereist, weil sein Vater unerwartet gestorben ist. Er muss dort einiges mit seinen Brüdern regeln, was kompliziert sein dürfte.« Ella verdrehte die Augen. »Er versteht sich nicht gut mit ihnen.«

In diesem Moment kamen Heinrich und Li-Ming mit den Kindern und Papagei Lora. »Tut uns leid, dass es etwas später geworden ist«, entschuldigte Heinrich sich. »Ich musste noch einiges am Hafen vorbereiten, morgen laufen wir wieder in aller Frühe aus.«

»*Wir* ist gut«, sagte Li-Ming. »*Du* läufst aus. Die Kinder und ich bleiben daheim.«

Heinrich seufzte. »Leider«, sagte er. Seit Lilli im Sommer aufs Gymnasium gekommen war, waren die schönen Zeiten mit dem Hauslehrer an Bord endgültig vorbei. Li-Ming blieb wieder daheim und kümmerte sich um die Kinder, während Heinrich auf See war.

Die Taufe des kleinen Wolfgang verlief würdevoll, aber in familiärer Atmosphäre. Martha verstand, warum Henny diese Kirche gewählt hatte. Sie glich die fehlende Größe und Pracht durch eine liebevolle Ausgestaltung des Innenraums aus. Unwillkürlich schweiften Marthas Gedanken zurück zur Taufe von Millis Tochter Anna in der kleinen norwegischen Seemannskirche am Hafen, als sie selbst die Patin gewesen war. Diese Rolle übernahm jetzt eine von Hennys Freundinnen, die den Kleinen liebevoll über das Taufbecken hielt. Was mochte die Zukunft dem kleinen Wolfgang wohl bringen? Martha hoffte inbrünstig, dass ihr Enkel ein mindestens ebenso erfolgreiches Leben wie ihre Patentochter Anna führen würde. Denn auch wenn die Zeiten schwierig waren, so konnte er sich doch der Liebe seiner Eltern und Großeltern immer gewiss sein.

34

Die Weltwirtschaftskrise hielt das Land weiterhin fest im Griff. Die Auftragslage der Wolkau-Werft blieb schlecht, und Paul konnte froh sein, dass sie die Insolvenz durch Reparaturaufträge abwenden konnten. Man war erfinderisch geworden und bot nicht nur die Reparatur von Schiffen an, sondern auch von anderen Maschinen. Es war Pauls Aufgabe zu überprüfen, ob die Werft die fachfremden Aufträge ordnungsgemäß ausführen konnte.

Doch das Heer der Arbeitslosen wuchs immer weiter. Einmal mehr gehörten lange Warteschlangen vor den kostenlosen Suppenküchen zum Straßenbild. Wenn Paul zur Arbeit ging, vorbei an schäbig gekleideten Männern und Kindern, die selbst im kältesten Winter anstelle von Schuhen nur Lumpen um die Füße gewickelt hatten, fragte er sich, ob das gebeutelte Land jemals wieder auf die Beine kommen würde. All seine pessimistischen Gedanken wurden bestätigt, als die Regierungskoalition unter Reichskanzler Müller wegen Streitigkeiten über die Erhöhung des Arbeitslosengeldes am 27. März 1930 scheiterte. Reichspräsident Paul von Hindenburg ernannte daraufhin den Zentrumspolitiker Heinrich Brüning zum Reichskanzler, der eine Minderheitsregierung ohne die SPD bildete. Das war für gestandene Sozialdemokraten wie Paul ein massiver Affront. Die SPD hatte bei der letzten Wahl die meisten Stimmen auf sich vereint, aber jetzt wurde sie von den konservativen Kreisen einfach ausgesperrt! Natürlich ließen die Abgeordneten im Reichstag sich das nicht so einfach gefallen und lehnten im Gegenzug den von

Brüning vorgelegten Haushaltsplan für 1930 ab. Brüning setzte den Haushalt daraufhin mithilfe einer Notverordnung im Juli durch. Die SPD brachte als Reaktion kurz darauf einen Antrag vor, laut dem das Parlament von seinem in der Verfassung festgelegten Recht Gebrauch machte, eine Notverordnung aufzuheben. Bemerkenswert war, dass dieser Antrag von allen Oppositionsparteien einhellig unterstützt wurde. So stimmten sowohl SPD, KPD als auch die zwölf Abgeordneten der NSDAP gegen Brünings Notverordnung. Reichskanzler Brüning gab sich geschlagen und bat Hindenburg, den Reichstag aufzulösen. Für den 14. September 1930 wurden daraufhin Neuwahlen angesetzt.

Martha und Paul betrachteten die politische Lage mit Sorge, denn die NSDAP, die vor zwei Jahren nur 2,6 Prozent der Stimmen bekommen hatte, begann sofort mit einem aggressiven Wahlkampf. Und sie waren dabei sehr geschickt. Die Nazis übernahmen viele soziale Programmpunkte der SPD, aber zugleich feindeten sie die Sozialdemokraten an und wetterten gegen den Young-Plan und die Repressionen, die aus dem Friedensvertrag von Versailles resultierten. Wie schon zuvor versprachen sie schnelle und einfache Lösungen für die großen Probleme des Volkes und bedienten sich dabei modernster Technik. Im Radio waren häufig Reden von Joseph Goebbels und Adolf Hitler zu hören, Männer in braunen Uniformen paradierten durch die Straßen und verfügten sogar über Autos mit Lautsprechern, durch die sie ihre Propaganda unter die Leute brachten. Außerdem hatten die Nazis viele reiche Gönner, vor allem unter den Großindustriellen, denn sie forderten keine Enteignung der Reichen, so wie es die Kommunisten taten. Zugleich versprachen sie aber auch den armen Bevölkerungsschichten Wohlstand und soziale Verbesserungen.

In der Folge kam es immer häufiger zu Straßenschlachten zwischen Nazis und Kommunisten. Manchmal gerieten die im Reichsbanner organisierten Sozialdemokraten zwischen die Fronten und wurden sowohl von Nazis als auch von Kommunisten attackiert. Die Ordnung im Land schien sich völlig aufzulösen, und Martha fragte sich, wie es wohl erst werden mochte, falls die NSDAP im September massiv an Stimmen zulegen sollte. Vor allem erschreckte es sie, wie viele arme Familien, die zuvor der SPD die Treue gehalten hatten, meinten, es wäre an der Zeit, den Nazis die Gelegenheit zu geben, es besser zu machen. Schlimmer könnte es doch nicht mehr werden, nachdem die SPD ihre Kernwählerschaft immer wieder enttäuscht hatte. Sündenböcke gab es zur Genüge. Natürlich die Franzosen, und seit einiger Zeit hörte Martha auch immer häufiger Schimpftiraden über das Finanzjudentum.

Immerhin war es ein Lichtblick, dass Rudi im August sein letztes Staatsexamen ablegen und im September, wie geplant, als Kompagnon in der Kanzlei von Carolas Vater anfangen würde.

Ella freute sich, dass ihr Bruder nun endlich fertig war, und bewarb sich auf einen Studienplatz für Medizin im Wintersemester. Aufgrund ihrer hervorragenden Zeugnisse und eines Empfehlungsschreibens von Professor Wehmeyer erhielt sie problemlos ihre Zulassung. Jetzt lagen nur noch die Sommermonate zwischen ihr und dem Beginn ihres Lebenstraums. Sie nahm es Rudi nicht übel, dass er den Sommer in Berlin bei seiner Goldie verbrachte, denn Goldie hatte dort eine kleine Sprechrolle in einem Tonfilm ergattern können. Die beiden waren inzwischen verlobt, hatten angesichts der Wirtschaftskrise aber auf eine Feier verzichtet, zumal Rudi nicht einmal das Geld für einen teuren Brillantring hatte, sondern Goldie nur einen dünnen Goldreif schenken konnte. Sie nahm es gelassen hin. Schließlich zählte nicht die

Größe des Ringes, sondern die der Liebe. Goldies Lebensmittelpunkt blieb in Berlin beim Film, auch als Rudi nach Hamburg zurückkehrte. Dafür überließ Goldies großzügiger Vater Rudi dauerhaft sein Auto, damit der es leichter hatte, Goldie am Wochenende zu besuchen. Für sein einziges Kind war Jakob Stein nichts zu teuer. Allerdings litten auch seine Geschäfte unter der Weltwirtschaftskrise, denn immer weniger Leute hatten das Geld für Bauaufträge. Es zeichnete sich schon jetzt ab, dass einzig die Staatsaufträge Jakob Steins Firma vor dem Untergang bewahrten.

Fredi genoss den Sommer mit seiner jungen Familie und erfüllte Henny den Wunsch vom eigenen Schrebergarten. Zwar hatten sie keine Parzelle in Horn bekommen, sondern nur auf dem Kleingartengelände in Moorfleet, zwei Reihen hinter dem Schrebergarten seiner Eltern, aber es hatte auch Vorteile, die Familie in der Nähe zu haben. Martha und Paul genossen ihre neue Rolle als Großeltern, und Paul nutzte die freie Zeit, die er durch die Arbeitsflaute bei Wolkau hatte, um mit seiner Schwiegertochter den Schrebergarten herzurichten. An solchen Tagen gelang es ihm sogar, in all dem wirtschaftlichen Elend einen Vorteil zu sehen. Freizeit mit der Familie war mit keinem Geld der Welt aufzuwiegen.

Am 1. September trat Rudi offiziell in Engelmanns Kanzlei ein. Seine Eltern hatten ihm bislang noch nichts von ihrer finanziellen Not erzählt, und so mietete er sich eine kleine Wohnung auf St. Pauli. Es gefiel ihm, Goldie hier ungestört übernachten lassen zu können, denn in diesem Viertel scherte sich niemand darum, ob er Damenbesuch hatte.

Am 14. September fanden die Neuwahlen statt, und alle in der Familie außer Ella, die mit ihren zwanzig Jahren noch nicht wahlberechtigt war, wählten einhellig die SPD.

Die wurde dann auch erneut die stärkste Partei und konnte 24,5 Prozent der Stimmen auf sich vereinigen. Aber die zweitstärkste Kraft war nun die NSDAP, die es auf 18,3 Prozent brachte. Brünings Zentrum kam nur noch auf 14,8 Prozent, dicht gefolgt von der KPD mit 13,1 Prozent.

Die Koalitionsverhandlungen gestalteten sich schwierig. Kanzler Brüning wollte keine Koalition mit der SPD, aber nach langen, intensiven Gesprächen ließ sich die SPD darauf ein, die Minderheitsregierung künftig zu stützen, um weitere Parlamentsauflösungen zu verhindern.

Die Nazis jubelten in den Tagen nach der Wahl. Immer wieder zogen uniformierte Parteigenossen durch die Straßen, und in Berlin wurden wahllos jüdisch aussehende Passanten angegriffen und verprügelt.

Als Rudi von Goldie hörte, dass selbst die Firma ihres Vaters eingeschlagene Fensterscheiben und antisemitische Schmierereien an der Hauswand zu beklagen hatte, horchte er auf.

»Aber deine Familie ist doch überhaupt nicht jüdisch«, sagte er. »Warum beschimpfen sie deinen Vater als Juden?«

»Er wurde als Jude geboren, ist aber konvertiert, um meine Mutter zu heiraten.«

»Dann ist er doch gar kein Jude.«

»Doch, in den Augen der Nazis schon«, sagte Goldie leise. »Für die ist das keine Religion, die man wechseln kann, sondern eine Rasse.« Sie sog hörbar die Luft ein. »Selbst ich, die ich evangelisch-lutherisch getauft wurde, gelte für die Nazis als Halbjüdin.«

Rudi war erschüttert, damit hätte er nie gerechnet. Doch die Situation wurde noch schwieriger, als nach den Neuwahlen ein harter Sparkurs der Regierung gefahren wurde. Brüning hatte zwar Lehren aus der Hyperinflation gezogen, aber er begriff nicht, dass die Mittel, mit denen man eine Hyperinflation bekämpfte, genau das Gegenteil bei der herrschenden Deflation bewirkten. Und so wurden Staatsaufträge gestrichen und bereits erteilte Aufträge entschädigungslos widerrufen. Vor allem im Baugewerbe machte sich das bemerkbar. Viele Bauarbeiter verloren ihre Arbeit. Auch Goldies Vater geriet in große finanzielle Schwierigkeiten, als gleich drei Aufträge storniert wurden, für die er bereits in Vorleistung getreten war und Kredite abgeschlossen hatte. Sein einstmals florierendes Bauunternehmen stand kurz vor der Insolvenz.

Als Rudi davon erfuhr, war er erschüttert. Er war gern bei seinen künftigen Schwiegereltern zu Besuch und kannte niemanden, der so großzügig wie Jakob Stein war. Zum fünfundzwanzigsten Geburtstag hatten Goldies Eltern ihm die Armbanduhr geschenkt, die er sich schon so lange gewünscht hatte. Dazu kam das Auto, über das er jederzeit verfügen konnte, als wäre er nicht nur Goldies Verlobter, sondern der eigene Sohn.

»Gibt es wirklich keine Möglichkeit mehr, die Insolvenz abzuwenden?«, fragte er.

Jakob seufzte. »Das größte Problem sind die Steuervorauszahlungen. Alles andere kann ich irgendwie bewältigen. Aber die Steuerschulden werden mir das Genick brechen.« Er hielt kurz inne. »Deshalb bin ich bereits dabei, alles abzustoßen, was sich irgendwie zu Geld machen lässt. Der Cézanne da vorn an der Wand ist schon nicht mehr das Original, das dort jahrelang hing, sondern eine billige Kopie. Die meisten Käufer stürzen sich wie die Aasgeier auf mich und nutzen die Notlage aus. Den größten Wertverlust werde ich wohl beim Auto hinnehmen müssen. Es ist ein Jammer.«

Rudi zuckte zusammen. Natürlich, wer so in Not war, konnte sich kein teures Cabriolet mehr leisten.

»Der Wagen hat vor zwei Jahren neuntausend Mark gekostet, letztes Jahr hat mir jemand siebentausend geboten, aber das war vor der Wirtschaftskrise. Jetzt bieten die meisten gerade mal zweitausend Mark.« Er atmete schwer. »Wenn es wenigstens viertausend Mark wären, könnte ich die Steuervorauszahlungen tragen. Aber wer ist schon bereit, einen guten Preis zu zahlen, wenn man mir das Messer auf die Brust setzen kann?«

»Und wie wäre es, wenn Rudi einen Kredit mit langer Laufzeit aufnimmt und dir das Auto abkauft?«, schlug Goldie vor.

»Wie soll er die Abzahlungen denn tragen?«, fragte Jakob.

»Er ist doch jetzt Kompagnon in einer angesehenen Kanzlei. Da habt ihr doch viele gut situierte Kunden, oder? Und Engelmann hat dich ja eingestellt, ohne dass du dich einkaufen musstest.«

»Ja, dafür werde ich ihm später aber auch seine Pension zahlen. Außerdem muss ich meinen Eltern den Kredit zurückzahlen, den sie für mein Studium aufgenommen haben. Sonst kann meine Schwester nicht Medizin studieren.«

»Wieso nicht? Das Studium kostet doch nichts, und wenn sie in Hamburg studiert, kann sie ja bei euren Eltern wohnen bleiben.«

»Mein Vater verdient derzeit nur die Hälfte, weil die Werft kaum noch Aufträge hat. Ich habe den Verdacht, dass meine Schwester eine Menge Kostgeld abgibt, damit sie über die Runden kommen.«

»Den Verdacht?«, fragte Goldie. »Also vermutest du es nur.«

»Ja.«

»Ach, das glaube ich nicht«, sagte Goldie leichthin. »Sonst hätten deine Eltern es dir doch gesagt. Die sind doch immer gut klargekommen.«

»Na ja, Ella hat schon einmal ihr Studium verschieben müssen, als ich nach Berlin ging, und hat dann erst mal als Lernschwester angefangen.«

»Dann ist sie doch gut versorgt«, sagte Goldie. »Aber meinem Vater steht das Wasser bis zum Hals.«

»Goldie, du solltest Rudi nicht unter Druck setzen«, widersprach Jakob. »Wenn er mir das Auto für viertausend Mark abkaufen würde, dann würde er sich für ein paar Jahre verschulden und könnte sich nichts sonst leisten.«

»Aber es würde dir helfen?«, fragte Rudi.

»Ja, natürlich.«

»Und kennst du eine Bank, die mir überhaupt einen Kredit in der Höhe geben würde? Mit tilgbaren Raten?«

»Ja, das könnten wir mit einem kleinen Trick regeln«, erklärte Jakob. »Ich habe ja immer noch die Villa. Es sind zwar schon ein paar Hypotheken darauf, aber der Restwert müsste immer noch reichen, um für dich zu bürgen. Du bist der Einzige, dem ich genügend vertraue, um das zu tun, Rudi. Denn wenn ich wirklich für dich einspringen müsste, würde das die Zwangsversteigerung meiner Villa zur Folge haben.«

Rudi schluckte. Die Verantwortung, die ihm hier gerade aufgebürdet wurde, wog schwer. Andererseits würde er für einen verhältnismäßig günstigen Preis ein Luxusauto sein Eigen nennen können und Goldies Vater helfen, die Steuerschulden zu tilgen. Die Rettung der Baufirma Stein war es das allemal wert.

Und so nahm Rudi einen hohen Kredit auf, um Jakob Stein den tatsächlichen Wert des Autos zu bezahlen. Jakob war Rudi überaus dankbar und hoffte, seine Firma auf diese Weise erhalten zu können. Rudi wiederum sonnte sich in dem Gefühl, etwas Gutes getan zu haben und dabei zugleich zum Besitzer eines eigenen Automobils geworden zu sein. Dass es ihm dadurch unmöglich werden würde, den Kredit zurückzuzahlen, den seine Eltern für ihn aufgenommen hatten, verdrängte er. Lieber hörte er auf Goldie, die betonte, dass seine Eltern schließlich immer gut klargekommen wären, während die gesamte Existenz ihres Vaters auf dem Spiel stand. Aber das war nicht die ganze Wahrheit. Viel entscheidender war, dass Rudi sich an das Auto gewöhnt hatte und um nichts in der Welt mehr auf diese mobile Freiheit verzichten wollte, selbst wenn ihm das finanzielle Fesseln anlegte.

35

Während Rudi der stolze Besitzer eines Luxusautos wurde, schwebte Ella auf einer Wolke der Vorfreude auf ihr Studium dahin. Sie zählte bereits die Tage bis zu ihrer Immatrikulation. Das Einzige, was ihre Stimmung trübte, war die politische Lage. Durch Philippe hatte sie einen Einblick in die internationale Presse. Der hatte in dieser Zeit als freier Journalist viele Aufträge aus seiner Heimat, denn die scharfe Rhetorik der NSDAP verunsicherte viele Menschen in Frankreich. Zu groß waren die Ressentiments auf beiden Seiten der Grenze. Philippe bemühte sich um eine ausgewogene Berichterstattung. Er rief seine Landsleute auf, die demokratischen Kräfte in Deutschland zu unterstützen, und beschrieb, wie die deutsche Bevölkerung durch die Hyperinflation ins Elend geraten war. Außerdem sprach er sich energisch gegen antideutsche Propaganda in Frankreich aus, denn die würde nur die Behauptung der Nazis stärken, dass Deutschland von Feinden umgeben sei.

Martha und Paul mussten sich weiterhin stark einschränken und waren auf Ellas Gehalt angewiesen. Die freute sich schon darauf, dass Rudi die Abzahlung des Kredits ab Oktober übernehmen würde, denn andernfalls hätte sie ihre Tätigkeit als Krankenschwester nicht kündigen können. Schließlich brauchten die Eltern das Geld. Sonst hätten sie ihre Wohnung aufgeben müssen.

An einem Samstag Ende September hatte Martha die Familie zum Kaffee eingeladen. Ella war enttäuscht, dass es nicht wie üblich der Sonntag war, denn samstagnachmittags traf Philippe regelmäßig seine Interviewpartner und konnte deshalb nicht dabei sein. Aber da Goldie schon am Sonntagvormittag nach Berlin zurückkehren musste, um rechtzeitig zu einem abendlichen Dreh vor Ort zu sein, hatte Ella es akzeptiert.

»Goldies Vater steht kurz vor der Insolvenz«, sagte Rudi, nachdem Martha sie alle mit Kaffee und Kuchen versorgt hatte. »Er verkauft derzeit alles, was noch irgendeinen Wert hat, um die Schulden zu begleichen.«

»Das tut mir sehr leid«, sagte Paul. »Du weißt ja, dass wir selbst kein Geld haben, aber wenn wir auf andere Weise helfen können …«

»Das müsst ihr nicht«, unterbrach Rudi seinen Vater mit einem Lächeln. »Das habe ich schon getan. Ich habe einen Kredit aufgenommen und Goldies Vater das Auto abgekauft. Es gehört jetzt mir. Und von dem Geld konnte er seine Steuerschulden begleichen. Dadurch haben wir alle gewonnen.«

Ella erstarrte.

»Aber was ist mit dem Kredit, den unsere Eltern für dich aufgenommen haben und den du ab nächstem Monat zurückzahlen wolltest, wenn ich mit dem Studium beginne? Reicht denn dein Einkommen dafür?«

»Ich werde das Geld zurückzahlen, sobald das Auto abgezahlt ist«, sagte Rudi leichthin. »Es tut mir leid, wenn sich das etwas verzögert, aber Goldies Vater war in einer echten Notlage, und da musste ich sofort handeln. Sonst hätte er seine Firma verloren.«

»Das heißt, du hast jetzt kein Geld mehr, um den Kredit abzuzahlen, den wir für dich aufgenommen haben?«, fragte Martha erschrocken.

»Nicht sofort, aber …«

»Aber Rudi!«, rief Martha. »Ist dir denn nicht klar, dass wir das alles bislang nur schultern konnten, weil Ella fast ihr ganzes Gehalt in unsere Haushaltskasse gibt? Du weißt doch, dass Papa nur noch die Hälfte verdient. Und da können wir die Raten für den Kredit und die Miete nicht ohne Ellas Gehalt zahlen. Aber ihr Gehalt wird im nächsten Monat wegfallen, wenn sie Medizin studiert.«

Rudi schluckte. »Aber warum habt ihr mir das denn nie gesagt?«

»Weil wir nicht wollten, dass du dir Sorgen machst«, erwiderte Martha. »Woher sollten wir denn wissen, dass du noch mehr Schulden machst, obwohl du ganz genau weißt, dass du hier schon reichlich Verpflichtungen hast?«

»Aber ... Aber ich dachte, ihr kämt gut zurecht, dass es auf zwei Jahre mehr oder weniger nicht an...«

»Du musst das Auto umgehend verkaufen«, unterbrach Paul ihn. »Sonst müsste Ella ihr Medizinstudium noch einmal verschieben. Oder wir verlieren unsere Wohnung.«

»Aber ... wenn ich das Auto jetzt verkaufe, mache ich einen enormen Verlust«, widersprach Rudi. »Mit dem Erlös kann ich den Kredit nicht sofort tilgen. Das ist kompliziert. Er läuft über sieben Jahre, aber die ersten beiden Jahre sind die teuersten, danach ist es kein Problem mehr, da kann ich euren Kredit auch bedienen.« Er erklärte ihnen kurz, welche Verpflichtungen Jakob und er eingegangen waren und um welche Summen es ging. Dann sah er Ella an. »Ella, wäre es denn so schlimm, wenn du noch zwei Jahre auf den Beginn deines Studiums wartest? Du bist doch noch jung und arbeitest ja schon als Krankenschwester. Ob du jetzt gleich Medizin studierst oder später, ist doch egal.«

»Wie bitte?«, fragte Ella. »Du verlangst allen Ernstes, dass ich meinen Studienplatz absage? Wir hatten eine Abmachung, Rudi.«

»Ja, aber die Dinge haben sich etwas anders entwickelt. Sieh mal, dadurch konnten wir die Firma von Goldies Vater retten.«

»Genau«, mischte Goldie sich ein. »Bei dir kommt es auf das Alter ja nicht an. Ich meine, wenn du wie ich Schauspielerin wärst, da ist jedes Jahr ein verlorenes Jahr, weil nur junge Frauen gute Rollen bekommen, aber ob du nun Krankenschwester oder Ärztin bist … und wenn du mal irgendwo hinwillst, fährt Rudi dich selbstverständlich.«

»Sag mal, hast du den Verstand verloren, Goldstückchen?«, schrie Ella. »Rudi, ich habe schon einmal wegen dir auf mein Studium verzichtet. Ich habe dir sogar mein Erspartes geliehen! Auf die Rückzahlung warte ich bis heute. Ich habe immer nur zurückgesteckt. Und jetzt will der hohe Herr ein Auto haben, und ich soll es finanzieren? Bist du noch ganz bei Trost?«

»Ich wusste nicht, dass der Kredit von deinem Gehalt abbezahlt wird«, sagte Rudi und bemühte sich, ruhig zu bleiben. »Mir sagt ja keiner was in dieser Familie! Das ist wieder mal typisch.«

»Ich verlange, dass du dieses Auto verkaufst!«, schrie Ella. »Du hast dir das alles selbst eingebrockt. Hättest du darauf verzichtet, die Sekretärin deines Professors zu vögeln, wäre das alles nie passiert!«

»Ella!«, rief Martha entsetzt. »Wie kannst du das nur sagen?«

»Weil es wahr ist! Rudi kriegt immer, was er will, der kann sich alles erlauben, und ihr blast ihm Zucker in den Arsch. Auf meine Kosten! Und ich muss mir von seinem Goldstückchen auch noch sagen lassen, dass es bei mir ja nicht auf ein paar Jahre mehr oder weniger ankommt!«

»Es bringt nichts, wenn du jetzt ausfallend wirst«, sagte Martha. »Bitte mäßige deinen Ton.«

»Ich denke gar nicht daran, denn sonst hört ihr mir ja nicht zu! Bin ich hier etwa das Aschenputtel und Rudi der Prinz?«

»Ich werde das Auto nicht verkaufen«, sagte Rudi stur. »Der Verlust wäre zu groß. Ich werde euch das Geld später zurückzahlen, aber nicht jetzt.«

»Rudi, wir hatten eine Absprache«, sagte Paul streng. »Willst du wirklich deiner Schwester diese Last aufbürden?«

»Was ist denn so schlimm daran, wenn Ella noch ein paar Jahre als Krankenschwester arbeitet? Mama hat das ihr ganzes Leben gemacht und ist zufrieden. Ella, ich verspreche dir, dass ich dich während deines Studiums großzügig unterstützen werde. Ich zahl dir dann sogar einen Führerschein, und du darfst das Auto immer nutzen. Dafür erwarte ich nur dieses kleine Entgegenkommen von dir.«

»Dieses kleine Entgegenkommen?«, schrie Ella. »Du zerstörst gerade mein Leben. Du setzt mir die Pistole auf die Brust, weil du genau weißt, dass Mama und Papa dich nicht zwingen können, die Kiste zu verkaufen. Was bist du nur für ein widerlicher, verworfener Charakter!«

Fredi und Henny hatten mit dem kleinen Wolfgang die ganze Zeit stumm dabeigesessen. Jetzt gab Henny Fredi das Kind und nahm Ella in die Arme.

»Du hast völlig recht«, sagte sie. Dann sah sie Rudi und Goldie an. »Wenn du das Auto nicht verkaufst, brauchst du dich bei uns nicht mehr blicken lassen, Rudi.«

»Ich habe euch doch eine Lösung angeboten«, sagte Rudi mit gezwungener Ruhe. »Ich werde Ella später für alles entschädigen, aber ich werde das Auto nicht verkaufen und dann für etwas zahlen, das ich nicht mal mehr besitze. Ich habe so viel gezahlt, damit Goldies Vater seine Firma retten kann, denn der Verlust einer ganzen Firma wiegt schwerer als Ellas Wunsch, sofort Medizin zu studieren. Verglichen damit ist es doch kein großes Opfer, zwei Jahre länger als Krankenschwester zu arbeiten.«

»Du bist ein verdammter Egoist«, sagte Fredi. »Mama und Papa haben alles getan, damit du dein Studium nach dem Skandal hier in Berlin fortführen kannst. Und so dankst du es der Familie.«

»Ich bin davon überzeugt, dass ich das Richtige getan habe«, sagte Rudi mit fester Stimme. »Und ich habe versprochen, dass ich später alles zurückzahlen werde. Das muss genügen.«

»Deine Versprechen sind einen Dreck wert!«, zischte Ella.

»Gut«, sagte Rudi. »Ich glaube, es ist besser, wenn Goldie und ich jetzt gehen.« Er stand auf, und Goldie folgte ihm.

»Rudi, das kannst du nicht machen!«, rief Martha. »Wir sind deine Familie, und du hast dieser Familie gegenüber Pflichten.«

»Ja«, sagte Rudi. »Und die werde ich auch erfüllen. Aber ich muss selbst entscheiden, in welcher Reihenfolge ich sie erfülle. Und aktuell war Goldies Vater in größerer Not als ihr. Und im Gegensatz zu euch hat er offen mit mir darüber geredet und hatte keine Geheimnisse vor mir!«

Als er und Goldie aus der Tür waren, konnte Ella sich nicht länger beherrschen und brach in bittere Tränen aus.

Martha nahm ihre Tochter in die Arme.

»Wir werden einen Weg finden«, sagte sie. »Das tun wir doch immer.«

»Ich kann nicht zulassen, dass ihr die Wohnung verliert. Das wisst ihr ganz genau«, schluchzte Ella. »Und Rudi weiß das auch. Er kann sich immer alles erlauben und kommt damit durch.«

»Nein, diesmal nicht«, sagte Paul. »Solange er dieses Auto vor die Bedürfnisse seiner eigenen Familie stellt, ist er hier nicht mehr willkommen. Diesmal hat er den Bogen überspannt!«

»Er ist immer noch unser Sohn«, sagte Martha leise. »Und in gewisser Weise hat er recht. Er konnte es nicht wissen.«

»Er wusste, welche Verpflichtungen er uns gegenüber hatte«, erwiderte Paul streng. »Er hätte uns vor Aufnahme dieses Kredites fragen müssen. Wenn er uns die Schuld dafür geben möchte, macht er es sich zu einfach. Rudi muss sich entscheiden – das Auto oder seine Familie.«

36

Das Zerwürfnis mit Rudi war schwerwiegender, als Martha an jenem Samstagnachmittag angenommen hatte. Ella erlebte es als besondere Demütigung, ihre schon ausgesprochene Kündigung als Krankenschwester zurücknehmen und den heiß ersehnten Studienplatz absagen zu müssen. Das Getuschel ihrer Mitschwestern war unerträglich, ganz gleich, ob es mitfühlend oder schadenfroh war. Selbst vor Professor Wehmeyer schämte sie sich entsetzlich, auch wenn der versuchte, sie zu trösten, und versprach, ihr in zwei Jahren erneut eine Empfehlung zu schreiben. Es sei ihr hoch anzurechnen, dass sie für ihre Eltern sorgte, meinte er. Aber Ella fühlte sich verraten und verkauft. Töchter mussten für ihre Eltern sorgen, während Söhne sich alles erlauben konnten. Das schmerzte umso mehr, da ihre Mutter sich stets für die Frauenrechte eingesetzt hatte, aber jetzt immer wieder versuchte, Verständnis für Rudi aufzubringen.

Nicht einmal Philippe vermochte Ella zu beruhigen. Seine tröstenden Worte, sie solle doch lieber für den Augenblick leben, sie würden diese Zeit gemeinsam überstehen, die zwei Jahre wären im Nu vorbei, machten Ella nur noch wütender. Sie wollte nicht, dass man ihre Lage schönredete oder Rudi in Schutz nahm. Rudi, der für seinen Egoismus auch noch belohnt wurde, während sie sich für ihre Familie aufopferte und dafür nur Nackenschläge bekam.

Martha bemühte sich indes vergebens, mit Rudi ins Gespräch zu kommen. Er blieb stur und schob immer wieder die finanzielle

Notlage seines künftigen Schwiegervaters vor. Natürlich hatte Rudi Jakob Stein dabei geholfen, die Firma zu halten, aber Martha war davon überzeugt, dass Goldies Vater es auch ohne Rudis Zutun geschafft hätte. Schließlich kannte seine Tochter als Schauspielerin viele wohlhabende Kollegen, von denen mit Sicherheit irgendeiner bereit gewesen wäre, das Auto zu kaufen. Aber hier ging es um mehr. Rudi und Goldie wollten das Auto behalten. Als Martha ihren Ältesten damit am Telefon glashart konfrontierte, wehrte er alles ab und führte wieder die hohen Abzahlungen für seinen Kredit an, die er auch bedienen müsste, wenn er das Auto unter Wert verkaufte.

»Ella hätte davon überhaupt nichts«, betonte er gebetsmühlenartig. »Und sei doch mal ehrlich, Mama, was ist wichtiger? Dass eine Firma, die vielen Menschen Lohn und Brot sichert, erhalten bleibt, oder ob Ella nun noch zwei Jahre länger auf einen Studienplatz wartet? Sie kann ja als Krankenschwester schon so viel medizinisches Fachwissen sammeln, dass sie dann schneller durch das Studium kommt.«

Diese scheinbar so rationalen Argumente ärgerten Martha. Hatte Rudi wirklich kein Verständnis dafür, was seine Schwester gerade durchlitt?

»Es ist nicht an dir, den Wohltäter auf Kosten deiner Schwester zu spielen. Du hast deinem künftigen Schwiegervater mit ihrem Geld geholfen und dafür gesorgt, dass für dich selbst noch ein Auto dabei herausspringt. Schämst du dich eigentlich gar nicht?«

»Ihr wollt mich einfach nicht verstehen«, seufzte Rudi. »Ich glaube, es ist besser, wir beenden das Gespräch.« Dann legte er einfach auf.

Martha war empört! Was um alles in der Welt erlaubte Rudi sich? War das der Einfluss von Goldie? Dabei hatte sie die beiden ursprünglich für so ein schönes Paar gehalten. Aber es wurde noch schlimmer. Direkt im Anschluss an den großen Familieneklat bestellten Rudi und Goldie das Aufgebot für ihre Hochzeit in Berlin für den 10. Oktober.

Paul betrachtete die Hochzeit in Berlin als Affront. Rudis Angebot, die Familie mit dem Auto abzuholen, lehnte er ab.

»Wir haben kein Geld für ein Hotel«, sagte er knapp am Telefon. »Du weißt, dass wir auf das Gehalt deiner Schwester angewiesen sind, wenn wir unsere Wohnung behalten und deine Schulden abzahlen wollen. Außerdem passen nicht alle in das Auto.«

»So teuer ist die Bahnfahrt ja auch nicht«, sagte Rudi.

»Und warum soll es jetzt so schnell mit der Hochzeit gehen? Gibt es einen zwingenden Grund?«

»Du meinst, ob Goldie schwanger ist?«, fragte Rudi amüsiert. »Nein, natürlich nicht, das wäre völlig verfrüht, wo ihre Karriere doch gerade einen großen Sprung nach vorn macht. Aber es ist wichtig, dass ihre Kollegen zu der Hochzeit kommen. Goldies Vater richtet in seiner Villa eine große Feier aus.«

»In seiner Villa?«, brüllte Paul in den Telefonhörer. »Ich dachte, der steht kurz vor der Pleite!«

»Die konnte er abwenden, unter anderem auch, weil er Hypotheken auf die Villa aufgenommen hat. Wir wollen Goldies Vater die Gelegenheit geben, der Welt möglichst schnell zu zeigen, dass die Gerüchte über die drohende Insolvenz unzutreffend sind, damit er neue Aufträge bekommt. Das ist der eigentliche Grund, Papa.«

»Du willst uns allen Ernstes einladen, an dieser Scharade teilzunehmen, nachdem du deiner Schwester das Herz gebrochen und ihre Träume zerstört hast? Das brauchst du dir nicht einzubilden!«

»Ich habe Ellas Träume nicht zerstört. Ich werde ihr alles mit Zinseszins zurückzahlen. Dann kann sie nicht nur studieren, sondern ich werde sie so großzügig unterstützen, dass sie sich eine eigene Wohnung leisten kann. Sie soll wegen dieser zwei Jahre nicht so ein Drama machen.«

Die Leichtigkeit, mit der Rudi das sagte, brachte Paul zur Weißglut.

»Tut mir leid, ich werde nicht zu deiner Hochzeit nach Berlin kommen«, sagte er streng. »Außerdem ist es viel zu kurzfristig. Die Dienstpläne von Ella und deiner Mutter stehen schon, und soweit ich weiß, muss Ella an dem Wochenende arbeiten. Um deine Schulden abzubezahlen!«

»Ihr wollt also nicht kommen?«, fragte Rudi nun deutlich kühler.

»Nein, nicht unter diesen Bedingungen!« Und damit legte Paul auf.

Als er Martha später davon erzählte, war sie hin und her gerissen.

»Es ist die Hochzeit unseres Sohnes. Das ist ein einmaliger Moment in seinem Leben. Wollen wir ihm das wirklich zerstören, indem wir fernbleiben? Könnte es nicht auch der Weg zur Versöhnung sein?«

»Zur Versöhnung?« Paul starrte Martha fassungslos an. »Es geht hier nicht um Versöhnung, sondern darum, Ella zu zeigen, dass wir Rudi nicht damit durchkommen lassen. Geh du ruhig zu Rudis Hochzeit, aber ich werde zu meiner Tochter stehen!«

Wie Martha nicht anders erwartet hatte, war auch Ella strikt dagegen. Damit war sie nicht allein, denn Fredi lehnte es ebenfalls ab.

»Wir haben bei unserer Hochzeit alles selbst bezahlt«, sagte er. »Wir haben nicht mit den feinen Leuten gezecht, sondern waren bei unseren Freunden im Vereinshaus. Wenn Rudi und Goldie eine normale Hochzeit in Hamburg feiern würden, wäre das was anderes, aber diese großkotzige Spinnerei unterstützen wir nicht.«

Henny nickte zustimmend.

»Wenn wir nicht zu Rudis Hochzeit gehen, ist das etwas, was wir nie wieder rückgängig machen können«, warf Martha ein.

»Er kann es auch nie wieder rückgängig machen, dass ich meinen Studienplatz absagen musste«, rief Ella. »Gerade du, die du immer so sehr für die Frauenrechte eintrittst, solltest auf meiner Seite sein. Oder fühlst du dich gut damit, dass der Sohn, der studieren durfte und den vornehmen Herrn spielen will, das Studium der Tochter verhindert?«

Martha schluckte. »Ich bin auf deiner Seite, Ella. Aber eine Hochzeit ist etwas Einmaliges. Und dein Studium ist ja nur aufgeschoben.«

»Dann fahr doch hin«, schrie Ella mit Tränen in den Augen. »Aber erzähl mir nie wieder was von deinem Kampf für Frauenrechte!« Sie stürzte aus dem Wohnzimmer, ehe sie ihre Fassung vollends verlor. Martha spürte einen Stich im Herzen. Paul hatte recht, sie konnten nicht zu dieser Hochzeit fahren. Es würde Ella ein zweites Mal das Herz brechen.

Rudi war gekränkt, dass Ella die Familie so sehr gegen ihn aufbrachte, dass niemand aus Hamburg zu seiner Hochzeit kam. Tief in seinem Innersten wusste er zwar, dass es seine Schuld war, aber Goldie beherrschte die Kunst, ihm das schlechte Gewissen auszureden, indem sie ihn immer wieder darin bestärkte, dass er das Richtige getan habe. Er hatte durch den Kauf des Autos ihren Vater vor dem sicheren Bankrott gerettet. Ella sei noch ein dummes Mädchen und nicht in der Lage, das große Ganze zu überblicken. Sie werde sich schon wieder beruhigen, spätestens wenn er ihr in zwei Jahren das Studium finanziere. Auch Goldies Vater schlug in diese Kerbe und beteuerte, wie stolz er auf Rudi sei, den einzigen Mann, dem er seine Tochter guten Gewissens anvertrauen könne. Selbst Rechtsanwalt Engelmann hatte Verständnis für Rudi, auch wenn er betonte, dass es besser gewesen wäre, vor der Aufnahme des Kredits mit seinen Eltern und Ella zu sprechen. Doch er machte ihm keine Vorwürfe, schließlich wollte er nicht, dass Rudi sich durch Schuldgefühle von der Arbeit ablenken ließ. Er sollte ja die Kanzlei demnächst übernehmen und Engelmanns Ruhestand damit sichern.

Ein Ende der Wirtschaftskrise war nicht abzusehen. Ella ging regelmäßig ihrer Arbeit als Krankenschwester nach, fand darin jedoch nicht annähernd die Erfüllung, die ihre Mutter gefunden hatte. Es kam ihr wie die zweite Wahl vor, und ihre innere Unzufriedenheit wuchs. Sie wünschte Rudi die Pest an den Hals und glaubte längst nicht mehr daran, dass er ihr jemals das Geld zurückzahlen würde. Das Gefühl, ungerecht behandelt worden zu sein, verbitterte sie so sehr, dass es einen Schatten auf die Beziehung zu ihrer Mutter warf. Denn ganz tief in ihrem Herzen hatte sie begriffen, dass Rudi in einer Sache recht behielt. Martha hatte ihren Ältesten nicht mit den Familiensorgen belasten wollen. Sie hatte ihn geschont und in Kauf genommen, dass die gesamte Last auf Ellas Schultern ruhte. Hätte sie Rudi die Wahrheit gesagt, wäre das alles nicht passiert.

Fredi war wohl der Einzige aus der Familie Studt, der zu dieser Zeit ein harmonisches Familienleben führte. Henny erwartete das zweite Kind, und Fredi hatte seine Prüfung zum Kommissar erfolgreich abgelegt. Der kleine Wolfi gedieh und bereitete seinen Eltern viel Freude. Selbst Ella konnte im Umgang mit ihrem Neffen ihre tiefe Enttäuschung für eine Weile vergessen und verbrachte viele entspannte Sommertage mit der Familie im Schrebergarten.

Die Familie half Fredi auch, sich von den täglichen Intrigen im Stadthaus zu erholen. Er war nun ebenso wie Rohrbeck Kommissar und hatte sich bereits um eine Versetzung bemüht, um nicht mehr ständig zwischen Rohrbeck und Plättner zerrieben zu werden. Immerhin hielt Rohrbeck ihn weiter für seinen Freund und hatte ihn und Henny zu seiner Hochzeit eingeladen. Da Rohrbeck auch zu Fredis Hochzeit gekommen war, gab es keine Ausrede, selbst wenn es Fredi missfiel, dass die Feierlichkeiten in einem SA-Lokal stattfanden und Rohrbecks Kameraden in Uniform Spalier standen. Fredi überspielte sein Unwohlsein geschickt, brachte es dabei aber nicht auf die Kunstfertigkeit, die Henny darin beherrschte. Ihre Schwangerschaft war ihr schon deutlich anzusehen, und als deutsche Mutter wurde sie besonders respektvoll behandelt. Henny nutzte die Gelegenheit, sich um eine gute Beziehung zu Rohrbecks frischgebackener Ehefrau Hannelore zu bemühen. Hannelore war ein junges Mädchen von achtzehn Jahren, blond und blauäugig, sehr naiv, aber dafür vollends vom Parteiprogramm durchdrungen. Henny begriff sofort, dass es ihr leichtfallen würde, Hannelore in ihrem Sinne zu beeinflussen, wenn sie nur die richtigen Stichworte parat hatte.

Als sie spät am Abend mit Fredi nach Hause ging, meinte sie: »Mach dir keine Sorgen, Männer werden durch Frauen gelenkt, und wenn dir Rohrbeck Probleme bereitet, werde ich das über seine Frau klären.«

»Was genau meinst du damit?«, fragte Fredi.

»Rohrbeck strebt keinen höheren Posten im Morddezernat an. Der hat seine Fühler schon länger in Richtung der politischen Polizei ausgestreckt. Wusstest du das nicht?«

»Nein«, sagte Fredi. »Davon hat er mir nichts erzählt.«

»Tja, da lohnt es sich doch, von Frau zu Frau zu sprechen. Ich glaube, ich werde eine sehr gute Freundin für die liebe Hannelore werden. Sie hat den Verstand eines Wackelpuddings und ist auch genauso formbar.« Henny zwinkerte Fredi verschwörerisch zu, und Fredi hatte das Gefühl, seine Frau bislang schwer unterschätzt zu haben, was ihr Talent im Intrigenspinnen anging. Aber möglicherweise war es in diesen Zeiten von Vorteil, und so hatte er auch nichts dagegen, als Henny der neuen Freundin die Patenschaft für ihren zweiten Sohnes Matthias antrug, der im Februar 1932 zur Welt kam. Hannelore war ganz begeistert von dem kleinen Matthias und hoffte, möglichst bald selbst Mutter zu werden.

Martha und Paul waren zwar entsetzt darüber, dass der kleine Matthias eine bekennende Nationalsozialistin als Patentante bekam, ließen sich aber von Henny damit beruhigen, dass es Fredis Arbeitsalltag erleichterte, wenn sie dem abgefeimten Kollegen im Polizeirevier das Gefühl vermittelten, auf seiner Seite zu stehen. Hannelores Patenschaft war lediglich ein symbolischer Akt, aber sie verhinderte, dass Werner Rohrbeck Fredi beruflich in den Rücken fiel.

Die Zeiten waren ohnehin schwierig genug, vor allem, als Reichspräsident Hindenburg im Mai den bisherigen Kanzler Brüning fallen ließ, der mit seiner Minderheitsregierung auf die Tolerierung durch die SPD angewiesen war. Die NSDAP spielte dabei als Strippenzieher im Hintergrund eine wesentliche Rolle und sprach sich für von Papen als neuen Kanzler aus. In nur zwei Jahren hatten sich die Nazis zu einem politischen Machtblock entwickelt, an dem es kein Vorbeikommen mehr gab. Die SPD wollte das nicht akzeptieren und bereitete ein Misstrauensvotum vor. Mit dem Ergebnis, dass Reichspräsident Hindenburg wieder einmal den Reichstag auflöste und Neuwahlen für den 31. Juli 1932 ansetzte.

Martha und Paul sahen dieser Wahl mit Bangen entgegen. Die SPD hatte viel Vertrauen unter den Bürgern verloren, auch wenn das Hafenviertel rot blieb. Doch die braunen Hemden der SA zeigten sich nun immer häufiger im Straßenbild, und die SPD machte den gleichen Fehler wie schon zwei Jahre zuvor. Sie begnügte sich im Wahlkampf damit, den Leuten auf Plakaten zu erklären, warum sie nicht die NSDAP wählen sollten, anstatt gute Argumente zu bringen, warum sie stattdessen lieber die SPD wählen sollten.

Und so wunderte Martha sich nicht, dass die NSDAP mit 37,3 Prozent der Stimmen zur stärksten Fraktion im Reichstag gewählt wurde. Die SPD lag mit 21,6 Prozent weit abgeschlagen auf Rang zwei.

Dennoch gelang es nicht, eine parlamentarische Mehrheit zu finden, sodass bereits am 6. November erneut gewählt wurde. Wieder bekamen die Nationalsozialisten mit 33,1 Prozent die meisten Stimmen, und erneut begannen die Koalitionsverhandlungen. Martha hoffte sehr, dass sich niemand auf Adolf Hitler als Reichskanzler einlassen würde. Sie hasste seine Radioansprachen, seine schnarrende Stimme, die sie immer wieder an den Prozess in München erinnerte, als sie den großmäuligen Politiker neun Jahre zuvor erstmals erlebt hatte.

Von Carola erfuhr Martha, dass Lida und Anita sich in München große Sorgen machten. Schon jetzt standen sie im Fokus der Nazis, denn man hatte nicht vergessen, dass sie zehn Jahre zuvor Hitlers Ausweisung beantragt hatten. Sollte Hitler wirklich zum Reichskanzler gewählt werden, würde das das Ende ihrer Zeitung *Die Frau im Staat* bedeuten, vielleicht würde man sie sogar verhaften. Martha war erleichtert, als Lida und Anita zu einer ausgedehnten Urlaubsreise in die Schweiz aufbrachen, um abzuwarten, wie es in Deutschland weitergehen würde.

TEIL 2

Das Dritte Reich

37

Am 30. Januar 1933 wurde Adolf Hitler zum Reichskanzler ernannt. Martha war erstaunt, wie viele ihrer Nachbarn anlässlich dieses Ereignisses plötzlich Hakenkreuzflaggen aus den Fenstern hängen ließen. Im Radio waren die triumphierenden Reden von Adolf Hitler und Joseph Goebbels zu hören, so laut und durchdringend, dass Martha fast das Klingeln des Telefons überhört hätte.

Sie schaltete das Radio ab und ging ran. Es war Rudi. Seit dem großen Streit wegen des Autokaufs hatte sie ihn nicht mehr gesehen, und er hatte sich telefonisch nur noch zu Geburtstagen und Feiertagen gemeldet, um den letzten Schein eines Familienzusammenhalts aufrechtzuerhalten. Darüber hinaus herrschte eine tiefe Eiszeit.

»Ist Ella zu Hause?«, fragte er.

»Nein, die ist bei Philippe«, erwiderte Martha.

»Richte ihr bitte aus, dass ich ab Februar in der Lage bin, euch den Kredit zurückzuzahlen und Ella zu unterstützen, wenn sie mit dem Medizinstudium beginnen möchte.«

»Das wird Ella freuen«, sagte Martha. »Wenigstens ein Lichtblick an diesem düsteren Tag. Bist du in Hamburg oder in Berlin?«

»In Berlin«, erwiderte Rudi. »Hier drehen sie gerade völlig durch. Uniformierte Nazis marschieren mit Fackeln durch das Brandenburger Tor und haben die Schaufensterscheiben zahlreicher jüdischer Geschäfte eingeschlagen. Ein paar wollten sogar auf das Grundstück meines Schwiegervaters, aber seine

Schäferhunde haben sie abgeschreckt. Die sind das beste Mittel gegen den Mob.«

»Das tut mir leid«, erwiderte Martha. »Und wie geht es euch sonst so? Du hast lange nichts von dir hören lassen.«

»Ich wollte mich nicht anbiedern, nachdem ihr mich zum Paria der Familie ernannt habt«, erwiderte Rudi leicht zynisch. »Ansonsten geht es uns gut. Goldie wartet zwar noch immer auf ihre erste Hauptrolle, aber meine Kanzlei läuft gut.«

»Ist es auf Dauer nicht sehr schwierig, wenn Goldies Lebensmittelpunkt in Berlin ist und deine Kanzlei in Hamburg?«

Rudi seufzte. »Das mit der UFA hat sich ohnehin bald erledigt. Goldie hat viele Neider, die sie als Tochter eines Juden diffamieren, und das macht es ihr nahezu unmöglich, noch Rollen zu kriegen. Sie ist schon länger am Überlegen, ans Theater zu gehen, und da bietet Hamburg einiges.«

»Da bleibt wohl für Kinder keine Zeit, oder?«

»Vorläufig nicht, denn mit einem dicken Bauch kann sie ja keine Rollen übernehmen.«

Martha hatte das Gefühl, das Gespräch plätschere nur so an der Oberfläche herum. Also fasste sie sich ein Herz und fragte: »Habt ihr am Wochenende schon etwas vor? Es wäre schön, wenn ihr am Sonntag zum Kaffee kommen würdet.«

Rudi räusperte sich. »Ich bin noch die ganze Woche in Berlin.«

»Vielleicht das Wochenende darauf?«, fragte Martha. »Ich habe dich vermisst. Es wäre doch schön, wieder mehr voneinander mitzubekommen.«

Rudi atmete hörbar durch. »Weißt du, Mama, es würde sich im Moment seltsam anfühlen, ganz so, als hätte ich mich von einem Makel freigekauft und dürfte deshalb wieder kommen. Das möchte ich nicht. Ich habe immer gesagt, dass ich alles zurückzahlen werde. Das tue ich, weil es sich so gehört und nicht, weil ich mir damit Absolution erkaufen will, um wieder zum Sonntagskaffee eingeladen zu werden.«

Martha schluckte. »Und wann würde es sich für dich anders anfühlen? Wie viel Zeit braucht ihr, damit wir wieder zusammenkommen können?«

»Das weiß ich nicht«, sagte Rudi. »Lass es uns einfach langsam angehen. Wenn du mit mir sprechen willst, hast du ja meine Telefonnummer.«

Als Ella später von dem Anruf erfuhr, war ihre Freude verhalten.

»Ich glaube es erst, wenn ich die erste Rate sehe«, sagte sie. »Ich werde mich natürlich sofort um einen Studienplatz bewerben. Allerdings ...«, sie atmete schwer, »werde ich meine Stellung nur kündigen, wenn ich mir sicher sein kann, dass Rudi auch wirklich zahlt. Noch einmal lasse ich mich nicht auf diese Weise demütigen.«

»Er wird zu seinem Wort stehen«, sagte Paul. »Aber selbst wenn nicht, du wirst studieren, denn Wolkau hat mir heute gesagt, dass ich ab Februar wieder vollschichtig gebraucht werde. Die Stadt hat zwei Spezialschiffe für die Hafenmeisterei in Auftrag gegeben. Wir kommen also wieder ohne deine finanzielle Unterstützung zurecht.«

In diesem Moment ging ein Strahlen über Ellas Gesicht. »Ist das wirklich wahr, Papa?«

»Jawohl. Ich habe dir immer versprochen, dass du deinen Traum leben wirst, Ella. Von dem Augenblick an, als du zum ersten Mal gesagt hast, dass du Ärztin werden willst.«

Ella bewarb sich umgehend um einen Studienplatz im Oktober, auch wenn bis dahin noch einige Zeit vergehen würde. Professor Wehmeyer hielt Wort und stellte ihr erneut ein entsprechendes Zeugnis aus. Der einzige Wermutstropfen lag darin, dass

Professor Schlüter längst pensioniert war und auch Professor Liebknecht kurz vor seiner Pensionierung stand. Von ihrer Mutter wusste Ella, dass die Nachfolger der beiden nicht viel vom Frauenstudium hielten. Bereits im letzten Jahr waren Stimmen in der deutschen Ärzteschaft laut geworden, die sich für eine »Abdrosselung« des Frauenstudiums aussprachen. So wurde bemängelt, dass es den Frauen nicht nur um Bildung ginge, sondern um Herrschaft über die Männer. Schließlich gebe es einen Mangel an ausgebildeten Schwestern, aber kaum noch eine wolle den dienenden Schwesternberuf ergreifen; stattdessen würden immer mehr Frauen selbst das Studium anstreben, obwohl sie für den Beruf der Ärztin naturgemäß weniger geeignet seien, da sie emotionaler und labiler seien als Männer. Ella hatte all diese Diskussionen aufmerksam im Deutschen Ärzteblatt verfolgt, das Professor Wehmeyer ihr regelmäßig auslieh. Besonders beunruhigend fand sie die Argumentation nationalsozialistischer Ärzte. Sie sprachen der Frau nicht die natürliche Fähigkeit zum Arztberuf an sich ab, sondern prangerten die Verschwendung an, da Männer und Frauen auch an die Erhaltung des Ahnenerbes zu denken hätten und die vornehmste Pflicht der Frau deshalb in der Mutterschaft bestehe.

Ella hoffte inständig, ihre Professoren durch ihren Fleiß und ihre Leistungen zu überzeugen. Schließlich hatte sie die vergangenen beiden Jahre genutzt, um sich ein umfangreiches medizinisches Wissen anzueignen. Sie hatte so oft im OP gestanden, dass sie bereits einen Großteil der Anatomie mit ihren lateinischen Bezeichnungen beherrschte und den meisten männlichen Studienanfängern vermutlich überlegen wäre.

Mit der neuen Reichsregierung änderte sich mehr, als dass nur Hakenkreuzflaggen aus den Fenstern gehängt wurden oder der in Marthas Ohren albern klingende Gruß »Heil Hitler« immer häufiger das übliche »Moin« ablöste. Sie selbst hatte es sich angewöhnt, immer mit Moin zu antworten, wenn sie mit Heil Hitler gegrüßt wurde, in der Hoffnung, dass es ihrem Gegenüber peinlich wäre. Zum Glück machten die meisten Menschen in ihrem Umfeld diesen Unsinn nicht mit.

In den ersten Tagen nach der Machtübernahme der Nazis konnte man sehr schnell erkennen, wer wo stand. Da gab es die, die so weiterlebten wie bisher und das alles für Spinnerkram hielten. Dann waren da die Opportunisten, die unter der Wirtschaftskrise gelitten hatten und nun in die Partei eintraten, in der Hoffnung, dort gute Kontakte für ihre Geschäfte knüpfen zu können. Und es gab natürlich die überzeugten Nazis, die sich im Triumph sonnten und glaubten, ihnen gehöre die Welt.

Bemerkenswert fand Martha den Umgang Joseph Kellermanns mit den neuen Machthabern. Sie hatte Moritz' geschäftstüchtigen Bruder immer für einen Opportunisten gehalten, umso erstaunter war sie, dass er nicht in die Partei eintrat. Anfangs glaubte sie, er wolle keinen Streit mit seiner Schwägerin Carola, die Hitler abgrundtief verabscheute, vor allem, da Lida Heymanns größte Sorge wahr geworden war. Während sie mit ihrer Lebensgefährtin noch in der Schweiz weilte, hatten die Nazis all ihre deutschen Konten eingefroren. Lidas Furcht, sie könnten bei ihrer Rückkehr verhaftet werden, erschien plötzlich sehr real, sodass sie und Anita sich um ein dauerhaftes Bleiberecht in der Schweiz bemühten. Ihre Zeitung *Die Frau im Staat* konnte fortan nicht mehr erscheinen, und damit hatte auch Carola ihre geliebte Arbeit als Journalistin verloren. Als sie Martha zutiefst erschüttert davon erzählte, kamen sie auch auf Joseph zu sprechen und Marthas Verwunderung, dass er kein Parteimitglied geworden war.

»Joseph ist und bleibt ein Geschäftsmann«, sagte Carola. »Aber ein kluger Geschäftsmann, der sich niemals politisch äußert, sondern sich immer neutral verhält und sich vor allen Dingen nicht in die Karten sehen lässt. Nicht einmal von der Familie.« Bei dieser Feststellung seufzte sie leise. »Ich frage mich, ob Joseph überhaupt eine Überzeugung hat, außer der, immer auf der Gewinnerseite zu stehen, ganz gleich mit wem er paktiert.«

»Aber wenn er so viele Kontakte hat, könnte er dir dann keine Arbeit bei einer anderen Frauenzeitschrift vermitteln?«, fragte Martha.

»Ob du es glaubst oder nicht, das hat er mir sogar schon angeboten, allerdings geht es dort nicht mehr um Politik, sondern um Mode und Kochrezepte oder Ratschläge für die Ehefrau.« Carola schnaubte verärgert. »Es fühlt sich so an, als hätte man die Frauen durch diese Wahl ins Mittelalter zurückkatapultiert.«

»Vielleicht solltest du gerade deshalb eine Tätigkeit bei einer klassischen Frauenzeitschrift annehmen«, sagte Martha. »Man kann sich auch zwischen den Zeilen politisch äußern. Wenn dort Ratschläge für das Eheleben erwartet werden, könntest du das Hohelied auf die gleichberechtigte Partnerschaft zwischen Mann und Frau anstimmen und deutlich machen, dass eine liebende Ehefrau in der Lage sein sollte, auch noch auf ehrbare Weise für die Familie zu sorgen, wenn der treu sorgende Gatte ausfällt. Schließlich haben wir das im Krieg beweisen müssen.«

»Hmm«, murmelte Carola. »Du meinst also, ich sollte diese Zeitschriften mit unserem politischen Gedankengut unterwandern, ohne dass es sofort ins Auge sticht?«

»Ganz genau«, erwiderte Martha. »Wenn man uns Frauen die politische Stimme nehmen will, sollten wir es den Gegnern nicht zu leicht machen. Denk daran zurück, wie geschickt der Frauenverein agierte, um zu erreichen, was er wollte. Wo es nicht in der direkten Konfrontation gelingt, kommt man über Umwege an sein Ziel. Ganz besonders jetzt, wo Andersdenkende von der neuen Regierung mundtot gemacht werden sollen.«

Carola nickte. »Ich werde es mir durch den Kopf gehen lassen. Es wäre auf jeden Fall eine interessante Herausforderung.«

38

Der Reichstag brannte! Am 28. Februar 1933 beherrschte nur dieses eine Thema die Nachrichten. Der Täter wurde schnell gefunden: ein junger, politisch links stehender Niederländer namens Marinus van der Lubbe, der vor der Polizei ein umfassendes Geständnis ablegte. Doch anstatt sich mit der Festnahme des Täters zu begnügen, nutzte die Regierung die Gelegenheit, noch am selben Tag eine Verordnung des Reichspräsidenten zum Schutz von Volk und Staat zu verabschieden, die man kurz Reichstagsbrandverordnung nannte. Diese Notstandsverordnung hatte weitreichende Folgen für die Bevölkerung. So wurden Meinungsfreiheit, Pressefreiheit und die Versammlungsfreiheit drastisch eingeschränkt.

Wenig später ging die Regierung sogar noch einen Schritt weiter, indem sie das sogenannte Ermächtigungsgesetz verabschiedete.

Damit war der Reichskanzler Adolf Hitler in der Lage, Gesetze zu erlassen, die von der Verfassung abwichen. Was Paul und Martha am meisten erschreckte, war die Tatsache, dass weder ein Reichstagsausschuss noch der Reichsrat Kontrolle ausüben oder wenigstens nachträglich eine Aufhebung fordern konnten.

»De facto ist die Verfassung damit ausgehebelt«, sagte Paul. »Jetzt kann Hitler machen, was er will.«

Schon kurz darauf wurden Pauls schlimmste Befürchtungen wahr. In den Tagen nach Verabschiedung des Ermächtigungsgesetzes wütete die SA in allen großen Städten und verschleppte politische Gegner. Auch zahlreiche jüdische Ärzte wurden Opfer der SA. Erst da erfuhr Martha, dass einer der Hausärzte am Hafen, den sie schon lange kannte, Jude war. Während seiner Sprechstunde waren mehrere SA-Männer in die Praxis gestürmt und hatten ihn vor den Augen seiner Patienten fortgeschleppt. Ein paar Tage später tauchte er wieder auf, schwer misshandelt, mit ausgeschlagenen Frontzähnen und etlichen gebrochenen Rippen. Martha erfuhr von seiner Frau, dass man ihm zur Auswanderung geraten hatte, da man keine Juden mehr im Deutschen Reich sehen wolle.

Als Martha kurz darauf Frau Hansen auf der Straße traf, brachte sie das Thema direkt zur Sprache. »Sind Sie immer noch stolz auf Ihren Bruder bei der SA, wenn Sie sehen, was seine Kumpane mit Doktor Weiß gemacht haben?«, fragte sie. »Der war immer für die armen Leute im Viertel da und hat auch Ratenzahlungen akzeptiert.«

»Er ist ein Jude«, sagte Frau Hansen. »Mein Bruder sagt, es ist besser, wenn die unser Land verlassen. Sie sind Parasiten, die uns nur schaden.«

»Was für ein Blödsinn!«, schimpfte Martha. »Was hat Doktor Weiß Ihnen jemals getan? Aber wie vielen Menschen hat er geholfen!«

»Sie verstehen das nicht, Frau Studt«, erwiderte Frau Hansen. »Der Sozialismus hat versagt. Am Ende des Krieges, da hofften wir ja noch, dass uns Sozialisten anderer Nationen beistehen würden, weil wir den Kaiser durch unseren Einsatz zum Abdanken gezwungen haben. Aber stattdessen haben die unsere Schwäche für den Schandfrieden von Versailles ausgenutzt. Und dann haben uns die gierigen Franzosen noch die Hyperinflation eingebrockt, wo wir das Letzte, was uns geblieben war, verloren haben. Das Einzige, was uns jetzt noch hilft, ist die Besinnung auf die Volksgemeinschaft. Und deshalb müssen alle volksfremden Elemente ausgemerzt werden, auch wenn es schmerzhaft ist.«

Was sollte Martha auf diese nachgeplapperten Phrasen noch antworten? Sie schwieg. Allerdings stellte sie von diesem Tag an die Hausbesuche bei Frau Hansen ein. Rosie besuchte sie fortan lieber, wenn die bei ihrer Freundin Sophia im Hause der Kellermanns war. Das Mädchen konnte schließlich nichts für die politischen Ansichten der Mutter.

Einige Wochen darauf sah Martha auf dem Weg nach Hause, dass vor einigen Geschäften SA-Männer standen. Die Fensterscheiben waren mit Parolen wie »Deutsche, kauft nicht bei Juden ein« beschmiert. Offenbar hatte man einige der Inhaber sogar gezwungen, sich selbst mit Schildern vor die Tür zu stellen, auf denen derartige Sprüche standen. Die Passanten schauten zum Teil irritiert, zum Teil peinlich berührt, einige aber auch amüsiert. Doch niemand sagte ein Wort. Martha konnte es ihnen nicht verdenken, denn sie war selbst sprachlos. Was ging hier nur vor? Wieso durfte sich die SA so etwas erlauben? Wo war die Polizei?

Nachdem sie zu Hause angekommen war, rief sie Fredi an und fragte ihn, was er als Polizeibeamter über diese Aktionen wusste.

»Seit der sogenannten Machtergreifung hat die SA faktisch Narrenfreiheit«, erwiderte Fredi hörbar bedrückt. »Es gab ja schon vorher viele Sympathisanten bei der Schutzpolizei, die meinten, man müsse mal richtig aufräumen und für Ruhe und Ordnung sorgen. Die Kripo ist da differenzierter, aber wenn sich selbst meine Chefs nicht trauen, gegen den größten Rädelsführer in unserem Revier vorzugehen, bleibt mir nichts anderes übrig, als vorsichtig zu sein. Ich bin auf meinen gut bezahlten Posten angewiesen, jetzt, wo unser drittes Kind unterwegs ist. Im

Moment habe ich von allen Seiten die Unterstützung, und die Kollegen befürworten, dass ich im September Kommissar Plättners Nachfolge antrete. Wenn ich jetzt laut meine wahre Meinung sage, dann sägen die mich genauso schnell ab wie Hauptkommissar Ehrenreich. Den haben sie als Juden in den vorzeitigen Ruhestand versetzt.«

»Willst du das wirklich alles unwidersprochen stehen lassen?«, fragte Martha.

»Ob ich etwas sage oder schweige, hat keinen Einfluss, Mama, glaub mir. Das Einzige, was ich tun kann, ist die Ohren spitzen, um herauszufinden, wo sie als Nächstes irgendetwas planen, und die Betroffenen warnen. Aber das ist verdammt schwer. Mir fehlen bislang die sicheren Netzwerke.« Er seufzte.

In diesem Moment kam Martha ein gewagter Gedanke. Joseph Kellermann verfügte in der Stadt über die besten Beziehungen und war als Geschäftsmann um politische Neutralität bemüht. Bestimmt wäre es für ihn lohnend, Menschen vor der SA zu warnen. Als sie es Fredi vorschlug, wurde er sehr nachdenklich. »Hm«, meinte er. »Vielleicht sollte ich Kellermann tatsächlich mal einen Besuch abstatten.«

»Schaden kann es auf keinen Fall«, sagte Martha. »Aber wir leben schon in besonderen Zeiten, wenn du als Kriminalkommissar mit einem zwielichtigen Geschäftsmann, der für seine guten Kontakte zur Unterwelt bekannt ist, zusammenarbeiten musst.«

»Ich muss gar nichts«, sagte Fredi. »Und derartige Absprachen gab es in der Polizeigeschichte schon immer. Ohne Informanten geht nichts. Allerdings habe ich noch nie erlebt, dass der Gegner nicht das organisierte Verbrechen, sondern die Regierung ist.«

Fredi rief unmittelbar nach dem Telefonat mit seiner Mutter bei Joseph Kellermann an und bat ihn um ein Treffen.

Er hörte, wie Kellermann am anderen Ende der Leitung leise lachte.

»Möchten Sie noch heute Abend vorbeikommen, Alfred?«

Seit Fredi bei der Polizei arbeitete, nannte Joseph ihn stets Alfred und siezte ihn. »Es scheint sich ja um etwas Dringliches zu handeln.«

»Es geht eigentlich mehr um etwas Grundsätzliches«, erwiderte Fredi. »Wann soll ich bei Ihnen sein?«

»Um sieben würde es mir gut passen.«

Pünktlich zwei Minuten vor sieben läutete Fredi an der Tür der Villa. Das Hausmädchen öffnete ihm und führte ihn in den Salon, wo Joseph Kellermann ihn bereits erwartete.

»Was darf ich Ihnen anbieten, Alfred? Kognak oder Kaffee?«

»Ich nehme den Kaffee«, sagte Fredi. »Bei wichtigen Gesprächen sollte man einen klaren Kopf behalten.«

»Das ist klug«, erwiderte Joseph. Er klingelte nach dem Dienstmädchen, das kurz darauf zwei Tassen Kaffee brachte.

»Also, was kann ich für Sie tun?«

»Sie sind ein guter Geschäftsmann«, sagte Fredi. »Jemand mit einem Händchen, aus allem Geld zu machen.« Er trank einen Schluck Kaffee.

»Eine seltsame Einleitung für einen Kriminalkommissar.« Joseph lächelte.

»Mag sein, aber wir leben auch in seltsamen Zeiten. Am besten lege ich die Karten gleich auf den Tisch. Ich finde die Entwicklung, die innerhalb der Polizei vor sich geht, erschreckend. Die SA nimmt sich immer mehr Freiheiten heraus, weil sie den Apparat schon komplett durchsetzt hat. Wer sich gegen sie stellt, wird über kurz oder lang abgesägt. Selbst meine Vorgesetzten haben Angst. Ich habe mich bisher im Hintergrund gehalten und werde im Herbst wohl die Stelle des ausscheidenden Kommissars Plättner übernehmen. Allerdings nur deshalb, weil ich mich nicht kritisch zur NSDAP geäußert habe. Man glaubt, ich wäre ungefährlich für die Machenschaften der SA.«

»Sie spielen also den Mitläufer?«

»Ich versuche, meine Arbeit zu machen«, erwiderte Fredi energisch. »Was hätte ich davon, wenn ich meine Karriere wegen unbedachter Worte ruiniere? Andererseits kann ich das, was hier vorgeht, moralisch nicht mittragen. Ich habe lange mit mir gekämpft, was ich am besten tun könnte. Es gibt für mich im Moment nur eine Wahl, denn nach außen hin muss ich den Schein wahren, damit niemand anders Plättners Position einnimmt. Wenn ich erst mal auf seiner Position sitze, kann ich vielleicht das Schlimmste verhindern – und sei es nur dadurch, dass ich Menschen vor Angriffen warne, wenn ich schon offiziell nichts tun kann. Aber mir fehlen die Kontakte, um Warnungen sicher und zugleich effizient zu platzieren.«

Joseph lehnte sich ein Stück zurück. »Und da denken Sie an mich.«

»Ja.«

»Was hätte ich von dem Arrangement? So etwas ist mit Gefahren verbunden.«

»Nun, Sie hätten ebenfalls direkten Zugang zu brisanten Informationen. Wie Sie die nutzen, obliegt Ihnen. Und ein gewiefter Geschäftsmann wie Sie kann doch mit allem etwas anfangen, nicht wahr? In einer unsicheren Zeit wie dieser sind Informationen ein kostbares Handelsgut. Und gute Kontakte zu einem Kriminalkommissar sind ebenfalls nicht zu verachten, oder?«

»Und welche Art Informationen werden Sie mir im Gegenzug geben?«

»Jede, die Sie brauchen, sofern es niemanden schädigt. Es gibt nur eins, was ich nicht tun werde. Ich werde nicht dabei helfen, dass Verbrecher ihrer gerechten Strafe entgehen. Mein Ziel ist genau das Gegenteil. Am liebsten würde ich diese SA-Schläger allesamt verhaften lassen, aber dafür fehlt mir die Handhabe.«

»Interessant. Und wie definieren Sie das Wort ›Verbrecher‹?«

Fredi sah Joseph irritiert an. »Wie meinen Sie das?«

»Nun, das, was wir beide hier gerade besprechen, würde unter den neuen Machthabern ebenfalls in die Kategorie Verbrechen fallen. Wenn wir eine derartige Absprache treffen, sind wir auch Verbrecher vor dem Staate. Die von der SA sind jetzt die Guten.«

Fredi atmete tief durch. »Ich definiere Verbrechen danach, was vor der Machtergreifung der Nazis als Verbrechen galt. Nicht nach den neuen Gesetzen, die sich der Kontrolle durch das Parlament entzogen haben.«

Joseph nickte. »Eine schöne Definition. Also gut, ich werde Sie unterstützen. Aber wenn Sie auffliegen sollten, weiß ich von nichts.«

»Das ist selbstverständlich«, erwiderte Fredi. »Ich werde es im umgekehrten Fall genauso halten.«

»Dann haben wir eine Abmachung.« Joseph reichte Fredi die Hand, und der schlug ein.

39

Im September bekam Ella eine Antwort auf ihre Bewerbung um einen Studienplatz. Es war eine Ablehnung. Das allein war schon schlimm genug, aber am meisten ärgerte sie die Begründung. Es hieß, dass sie nicht die notwendige Ernsthaftigkeit an den Tag lege, die man von einer angehenden Ärztin erwarte, da sie ihren Studienplatz vor zwei Jahren nicht angetreten habe. Zudem habe sie bereits eine abgeschlossene Ausbildung als Krankenschwester, und die brauche man derzeit dringender als weitere Ärztinnen.

Im ersten Moment war Ella wie vor den Kopf geschlagen, dann zeigte sie das Schreiben ihren Eltern.

»Das habe ich jetzt davon!«, sagte sie tief enttäuscht. »Nur weil ich immer zurückgesteckt habe! Ich, die ich immer alles für die Familie getan habe, darf meinen Lebenstraum nun für immer begraben!« Sie brach in Tränen aus. »Ich wusste ja, dass es für Mädchen schwieriger ist als für Jungen, gerade deshalb habe ich immer fleißig gelernt. Und das ist der Dank dafür!«, schluchzte sie. »Aber wisst ihr, was? Wenn man mir nicht erlaubt, Medizin zu studieren, dann werde ich auch nicht länger Schwester bleiben. Ich werde kündigen!«

»Und was willst du stattdessen tun?«, fragte Martha erschüttert. Sie konnte Ellas Enttäuschung gut verstehen, aber dass sie gleich alles hinwerfen wollte, machte ihr Angst.

»Ich habe keine Ahnung!«, schrie Ella. »Vielleicht lasse ich mir erst mal von Rudi das Geld zurückgeben, das ich ihm geliehen habe, und mache davon eine Weltreise! Meine Brüder mussten nie Geld abgeben, das musste immer nur ich!« Sie rannte aus dem Wohnzimmer, und kurz darauf hörte Martha, wie die Wohnungstür zugeschlagen wurde.

Martha sah Paul bestürzt an. »Und du sagst gar nichts?«

»Was soll ich sagen?«, erwiderte er. »Leider hat sie recht.«

»Aber das konnte doch niemand ahnen.«

»Und wie würdest du dich jetzt an Ellas Stelle fühlen?«, fragte Paul. »Ohne ihre Opfer hätte Rudi niemals sein Studium beenden können. Aber statt dafür Dankbarkeit zu zeigen, hat er sich ein Auto gekauft.«

»Jetzt verkürzt du das aber sehr, Paul.«

»Ich bringe es aus Ellas Sicht auf den Punkt.«

»Wir müssen sie auf jeden Fall davon abbringen, ihre Stellung zu kündigen. Es ist wichtig, dass sie auf eigenen Füßen steht. Was soll sonst aus ihr werden?«

Paul sagte nichts.

»Du bist mir heute wirklich keine große Hilfe«, schimpfte Martha. Dann ging sie zum Telefon und rief Rudi an.

Sie bemühte sich, möglichst sachlich zu bleiben, als sie ihm erzählte, was geschehen war.

»Das tut mir sehr leid für Ella«, sagte Rudi. »Sie könnte gegen den Bescheid Widerspruch einlegen.«

»Und wie?«, fragte Martha.

»Ich könnte das als Anwalt für sie übernehmen. Wenn ihr wollt, komme ich gleich vorbei und schau mir den Ablehnungsbescheid an.«

»Und du glaubst, das hat Aussichten auf Erfolg?«

»Auf jeden Fall mehr, als wenn wir gar nichts tun«, erwiderte Rudi.

Eine halbe Stunde später stand Rudi vor der Tür. »Ist Ella nicht da?«, fragte er.

»Nein, die ist wütend von dannen gezogen«, sagte Paul. »Denn sie hat den Eindruck gewonnen, dass ein unsteter Lebenswandel in dieser Familie mehr belohnt wird als harte Arbeit.«

Rudi senkte den Blick. Dann nahm er sich das Ablehnungsschreiben vor.

»Ich glaube, da lässt sich einiges machen«, sagte er. »Man kann bei Ella auf keinen Fall von mangelnder Eignung sprechen, nur weil sie aus familiären Gründen einmal einen Studienplatz abgesagt hat. Ich werde ein Schreiben aufsetzen, und notfalls ziehe ich auch vors Verwaltungsgericht, sofern Ella mir dafür das Mandat gibt.«

»Das würdest du wirklich tun?«, fragte Martha.

»Ja, natürlich«, erwiderte Rudi. »Was denkst du denn? Ich wollte nie, dass Ella ihren Traum aufgibt.« Er schluckte schwer. »Wenn ... Wenn ich das alles vorher gewusst hätte, dann hätte ich mich nie auf diesen Autokauf eingelassen. Aber ... nun ja, als ich es erfuhr, war es zu spät. Jetzt werde ich jedenfalls alles versuchen, damit sie ihr Studium aufnehmen kann.«

Als Ella von Rudis Vorschlag erfuhr, war sie keinesfalls versöhnt. »Rudi ist doch dafür bekannt, viel zu reden, wenn der Tag lang ist«, sagte sie. »Ob was dahintersteckt, weiß kein Mensch. Und wenn die Fakultät Frauen vom Studium ausschließen will, wird sie das doch liebend gern als Präzedenzfall nehmen und mich endgültig ablehnen!«

»Weißt du, Ella«, sagte Paul nun, »ich kann dich sehr gut verstehen. Und du hast völlig recht mit deinen Vorwürfen gegen uns und Rudi. Aber jetzt solltest du erst mal abwarten und ihm die Möglichkeit geben, es wiedergutzumachen.«

»Und was ist, wenn es ihm nicht gelingt?«, fragte Ella unversöhnlich. »Dann ist mein Leben trotzdem verpfuscht.«

Paul seufzte auf. »Findest du nicht, dass du damit etwas übertreibst? Du bist jung und gesund und hast eine Ausbildung. Dir steht die Welt offen.«

»Es war aber immer mein Traum, Medizin zu studieren, das weißt du genau. Und wenn ich nicht studieren darf, dann werde ich erst recht nicht Krankenschwester bleiben. Lieber verprasse ich das Geld, das Rudi mir schuldet, und lebe fröhlich in den Tag hinein. Wozu soll ich mich noch anstrengen, wenn mein Lebenstraum sowieso nicht in Erfüllung gehen wird?«

Eine Weile herrschte betretenes Schweigen.

»Und wenn du dich in einer anderen Stadt um einen Studienplatz bemühst?«, fragte Martha schließlich. »Es muss ja nicht Hamburg sein. Wenn Rudi mit dem Widerspruch scheitert, wäre es nur recht und billig, wenn er dich dabei unterstützt, in Berlin oder einer anderen Stadt zu studieren. Schließlich haben wir ihm das auch ermöglicht.«

Zum ersten Mal seit sie die Ablehnung bekommen hatte, verschwand die Verbitterung aus Ellas Gesicht. »Meinst du, ich würde anderswo eher einen Studienplatz bekommen?«

»Ja, natürlich, dort weiß ja niemand, dass du schon einmal einen abgelehnt hast. Und wenn du in deiner Bewerbung schreibst, dass du dich für deine Eltern und deinen Bruder eingesetzt hast, weshalb du zunächst Geld verdienen musstest, und das Empfehlungsschreiben von Professor Wehmeyer hinzulegst, wäre es doch gelacht, wenn es nicht in einer anderen Stadt gelingen könnte. Du hattest schon so viel Geduld, Ella, mach dir jetzt nicht alles kaputt. Wir werden alles dafür tun, damit du deinen Traum wahr machen kannst. Das verspreche ich dir.«

40

In den Monaten seit der Machtergreifung der Nationalsozialisten hatten sich Rudis Aufgabengebiete als Anwalt merklich gewandelt. Gesetze waren geändert worden, und bei seinen Klienten handelte es sich jetzt vornehmlich um politisch Andersdenkende und Juden, die nun ganz offen diskriminiert und immer öfter sogar misshandelt wurden.

Rudi war einer der wenigen Anwälte, die es noch riskierten, Opfern von SA-Gewalt zu ihrem Recht zu verhelfen. Engelmann hatte ihn zwar gewarnt, aber inzwischen lebte der alte Anwalt zurückgezogen in einer kleinen Wohnung in Blankenese und genoss seinen Lebensabend am Elbstrand. Dadurch hatte Rudi nach dem Büro der Kanzlei jetzt auch Engelmanns schöne Wohnung übernehmen können, die direkt damit verbunden war. Aber vor allem musste er auf Engelmann keine Rücksicht mehr nehmen, sondern konnte sich der Klienten annehmen, die seiner Meinung nach am dringendsten Hilfe brauchten. Um das Finanzielle musste er sich keine Sorgen machen, denn Mandate hatte er genug. Vor einigen Wochen war sogar die Ehefrau eines ehemaligen SPD-Abgeordneten der Hamburger Bürgerschaft zu ihm gekommen, nachdem ihr Mann unvermittelt von der SA abgeholt worden war. Die Frau war völlig verzweifelt, denn sie wusste nicht einmal, wohin man ihn verschleppt hatte.

»Sie sind meine letzte Hoffnung«, hatte sie gesagt, während sie weinend in Rudis Kanzlei gesessen hatte. »Sogar Herr Schaubner hat den Fall abgelehnt, obwohl er seit Jahren der Anwalt unserer Familie ist. Er meinte, es sei aussichtslos, und er wolle seine

Zeit nicht damit verschwenden. Aber ich glaube, er hatte nur Angst.«

Rudi nickte schweigend. Die Angst war mittlerweile allgegenwärtig, aber er würde nicht klein beigeben, schließlich gab es immer noch ein gültiges Recht, und es war seine Pflicht, für ebendieses Recht einzustehen.

»Ich werde den Fall übernehmen. Aber viel Hoffnung kann ich Ihnen leider auch nicht machen. Ich werde überprüfen, ob es einen Haftbefehl gibt, eine formale Beschwerde einlegen und versuchen, Ihren Mann in der Haft zu besuchen, um mit ihm das weitere Prozedere zu besprechen.«

»Wenn ich nur wüsste, wo er ist, wäre mir damit schon gedient. Ich habe so große Angst, dass sie ihn heimlich umbringen, wenn ich nichts unternehme.«

»Ich werde alles tun, um das zu verhindern«, versprach Rudi.

In den nächsten Tagen hatte er sich einen heftigen Schriftwechsel mit den zuständigen Behörden geliefert. Allerdings konnte er nichts erreichen. Der Mann befand sich immer noch in Haft, und Rudi hatte als Anwalt nicht einmal das Recht erhalten, ihn persönlich zu sehen.

Rudi gehörte zu den wenigen arischen Anwälten, die noch jüdische Klienten vertraten. Juden war es inzwischen nahezu unmöglich gemacht worden, ihre Geschäfte fortzuführen. Eine Lösung bestand darin, christliche Teilhaber zu suchen, die nach außen hin als Eigentümer fungierten. Von Anfang an versuchte Rudi, sich um die Belange der Verfolgten zu kümmern, zumal er sah, wie selbst seiner Frau wegen ihres Vaters immer mehr Steine in den Weg gelegt wurden. Im Juli hatte Goldie ihren letzten Film in Berlin abgedreht und seither vergeblich auf neue Rollen gewartet. Deshalb hatte sie sich im Deutschen Schauspielhaus in Hamburg um ein Engagement bemüht. Aber ins feste Ensemble war sie noch nicht aufgenommen worden, sondern musste hoffen, dass man immer mal wieder eine Rolle für sie hatte.

Nachdem Rudi von der Studienplatzablehnung seiner Schwester erfahren hatte, war er voller Schuldgefühle gewesen. Es stand für ihn außer Frage, sofort einen unanfechtbaren Widerspruch zu verfassen, denn das war er nicht nur Ella schuldig, sondern auch seinem eigenen Rechtsempfinden. Da er wusste, dass die Universität derlei von ihren Justiziaren überprüfen ließ und manchmal gar nicht reagierte, setzte er eine Frist von vierzehn Tagen, andernfalls würde er Klage gegen die Universität erheben.

Ellas Zorn ebbte etwas ab, als sie sah, wie viel Mühe Rudi sich mit dem Widerspruchsschreiben gegeben hatte. Außerdem besänftigte sie sein Versprechen, ihr im Falle des Scheiterns ein Studium in einer anderen deutschen Stadt zu finanzieren. »Nur die Schweiz kann ich mir nicht leisten«, hatte er mit einem Augenzwinkern gesagt. »Es muss schon irgendwo in Deutschland sein.«

Eine Woche nachdem Rudi das Schreiben an die Universität abgeschickt hatte, klingelte es um die Mittagszeit an der Tür seiner Kanzlei. Zunächst dachte er, Goldie hätte ihren Schlüssel vergessen, aber als er öffnete, zuckte er zurück. Vor der Tür standen vier Männer in SA-Uniform.

»Sind Sie Rudolf Studt?«, wurde er barsch gefragt.

»Ja«, erwiderte Rudi.

»Sie sind verhaftet!«

»Wie bitte? Verhaftungen darf nur die …« Bevor er aussprechen konnte, traf ihn ein harter Faustschlag mitten ins Gesicht. Rudi taumelte zurück und spürte, wie ihm das Blut aus der Nase strömte. Noch ehe er reagieren konnte, wurde er erneut gepackt und gegen die Wand geschleudert.

»Jetzt hör mal zu, du Kommunistenschwein, du hast hier gar nix zu melden, klar?«, wurde er angebrüllt.

»Ich bin kein Kommunist!«, keuchte Rudi, nur um gleich noch einen Schlag ins Gesicht zu bekommen. Er hörte, wie sein Nasenbein knackte, und ihm wurde schwarz vor Augen, doch es gelang ihm, die drohende Bewusstlosigkeit abzuschütteln.

»Rudi!« Goldies Stimme brachte ihn wieder ganz zur Besinnung. Verdammt, musste sie gerade jetzt kommen? Hoffentlich taten die Kerle ihr nichts!

»Lassen Sie meinen Mann los!«, schrie sie und schlug dem SA-Mann mit ihrem Regenschirm gegen den Rücken. Sofort wurde sie von seinen Genossen gepackt und an die Wand gedrückt.

»Sie haben kein Recht dazu!«, schrie Goldie. »Er hat nichts getan!«

»Halt's Maul, du Schlampe, sonst nehmen wir dich auch gleich mit!«

»Goldie, bleib ruhig«, näselte Rudi, dem immer noch das Blut aus der Nase strömte. »Bitte tun Sie meiner Frau nichts, ich geh ja mit.«

»O ja, das wirst du. Aber vorher räumen wir hier noch ein bisschen auf!« Er verpasste Rudi einen so heftigen Schlag in die Magengrube, dass er keuchend in die Knie brach. Dann stürmten zwei Männer in die Kanzlei und fingen an, das Mobiliar zu zerschlagen.

»Hören Sie auf damit!«, schrie Goldie und kassierte dafür eine heftige Ohrfeige. Rudi versuchte sich aufzurichten, um Goldie zu Hilfe zu kommen, doch im nächsten Moment traf ihn der Stiefel des SA-Mannes so heftig am Kopf, dass er das Bewusstsein verlor.

Als er wieder zu sich kam, befand er sich in einer schmutzigen Baracke und lag auf der untersten Pritsche eines Stockbetts. Neben ihm saß ein Mann in zerrissenem Anzug und tupfte ihm die Stirn mit einem feuchten Lappen ab. Erst beim zweiten Hinsehen erkannte Rudi den Mann. Es war Doktor Johann Löwe, ein jüdischer Arzt und einer seiner Klienten. Rudi hatte nicht einmal gewusst, dass der Mann von der SA geholt worden war. Vor zwei Wochen war Löwe noch bei ihm gewesen, um sich von ihm wegen einer Besitzüberschreibung an seinen christlichen Schwiegersohn beraten zu lassen. Auch Löwes Gesicht war die Begegnung mit der SA anzusehen.

»Wo bin ich?«, fragte Rudi und versuchte, sich aufzurappeln.

»Wittmoor«, sagte Löwe knapp.

»Wittmoor?«, wiederholte Rudi ungläubig. Der Name war in der Gegend gefürchtet, denn es handelte sich um ein von der SA geführtes Konzentrationslager, in dem politische Gegner und andere unliebsame Personen eingesperrt wurden. Aber wieso hatte man ihn hierhergebracht? Nach allem, was er bislang gehört hatte, sperrte die SA missliebige Personen in der Regel für ein paar Tage ein, verprügelte sie, um sie einzuschüchtern, und ließ sie dann wieder laufen. Um in ein Lager wie Wittmoor überstellt zu werden, brauchte es einen amtlichen Schutzhaftbefehl. Aber der hätte ihm zumindest verlesen werden müssen.

Und was war mit Goldie? Ob sie ihr etwas angetan hatten? Er erinnerte sich an die Geräusche zerberstender Möbel, als sie angefangen hatten, die Kanzlei zu verwüsten. Konnte das wirklich passiert sein, oder war alles nur ein böser Traum? Aber dann würde sein Kopf kaum so sehr schmerzen, und seine Nase wäre nicht voller Blut. Vorsichtig tastete er über den Nasenrücken, der bei der Berührung schmerzhaft knirschte.

»Die Nase ist gebrochen«, sagte Löwe. »Fassen Sie da lieber nicht dran.«

Rudi nickte schwach. »Was wollen die hier von uns?«, fragte er dann. »Ich habe gegen keines der geltenden Gesetze verstoßen.«

»Sie haben Juden und Sozialdemokraten unter Ihren Klienten«, sagte Löwe. »Das genügt schon.«

»Aber … gibt es keine Verhandlung? Oder zumindest einen Haftbefehl?«

Löwe schüttelte den Kopf. »Wenn ich Ihnen einen guten Rat geben darf, Herr Studt: Halten Sie am besten den Mund, machen Sie, was man Ihnen sagt, und sonst nichts. Dann kann man das hier einigermaßen unbeschadet überleben.«

»Überleben?«, fragte Rudi. »Was soll das heißen?«

»Wer aufmuckt, kriegt eine Spezialbehandlung; dagegen ist das, was Sie bei Ihrer Festnahme erlebt haben, harmlos. Einer hat es nicht überlebt, dem haben sie die Nieren zerschlagen, der hat noch zwei Tage Blut gepinkelt, ehe er gestorben ist. Das nannten sie dann Altersschwäche. Der Mann war sechsundfünfzig Jahre alt.«

»Und seit wann sind Sie hier?«

»Seit dem 7. September. Man verliert hier so schnell das Zeitgefühl.« Er seufzte. »Die sind einfach in meine Praxis gekommen und haben mich mitgenommen.«

Rudi schluckte. »Und warum?«

»Vermutlich passte ihnen meine jüdische Nase nicht. Immerhin gibt es hier auch ein paar anständige Aufseher, das sind die von der Polizei. Einer von denen hat mich von der Arbeit geholt, damit ich nach Ihnen sehe.«

»Und was arbeiten Sie hier?«

Bevor Löwe antworten konnte, wurde die Tür zur Baracke aufgerissen, und ein Mann in Polizeiuniform trat ein.

»Ist er wieder wach?«

Löwe sprang auf, stand stramm und rief: »Jawohl!«

»Dann scheren Sie sich an die Arbeit, Sie hatten lang genug Pause!«

»Jawohl!«, wiederholte Löwe und ging.

Rudi staunte.

»Studt, stehen Sie gefälligst auf, wenn ich mit Ihnen rede.«

Mühsam rappelte Rudi sich auf.

»Könnten Sie mir vielleicht sagen, was mir zur Last gelegt wird?«, fragte Rudi und bemühte sich um eine möglichst freundliche Stimme.

»Sie schützen Kommunisten und Juden!«

»Ich bin Anwalt, kein Revolutionär«, erwiderte Rudi.

»Das ist dasselbe.«

Immerhin antwortete der Polizist ihm, anstatt ihm, so wie die SA-Schergen, gleich ins Gesicht zu schlagen. Das ermutigte Rudi, weitere Fragen zu stellen.

»Darf ich den Haftbefehl sehen, aufgrund dessen ich hier bin?«

Für einen Moment schien es, als wollte der Polizist ihm tatsächlich Auskunft geben, doch da wurde die Tür erneut aufgerissen, und ein SA-Mann schaute in die Baracke. »Wo bleibst du denn so lange?«, rief er. »Du sollst diesen Kerl nicht verhätscheln, sondern zur Arbeit treiben!«

»Los, raus hier!« Der Polizist stieß Rudi in den Rücken.

»Sie sind Polizeibeamter«, raunte Rudi dem Mann zu. »Wieso gehorchen Sie einem SA-Mann?«

Statt einer Antwort bekam er einen weiteren Stoß, so heftig, dass er nur mit Mühe einen Sturz vermeiden konnte.

Zum Glück war die Septembersonne in diesen Tagen noch warm, denn Rudi war ohne seine Jacke davongeschleift worden, nur in Hemd und Weste. Das Wittmoor lag abgelegen hinter Hamburgs Landesgrenze in der Gemeinde Glashütte, und Rudi begriff sehr schnell, warum man hier ein Lager errichtet hatte – die Gefangenen wurden zum Torfstechen eingesetzt. Es war ein erbärmlicher Anblick, gesetzte ältere Herren in verdreckten, einstmals teuren Anzügen beim Torfstechen zu sehen. Dagegen fielen die jüngeren Männer in ihrer einfachen Arbeiterkleidung kaum auf. Rudi vermutete, dass es sich bei ihnen um politische Gefangene der KPD oder SPD handelte. Als man ihm einen Spaten gab, um ebenfalls Torf zu stechen, überkam ihn kurz das tiefe innere Bedürfnis, ihn dem SA-Mann über den Kopf zu ziehen. Stattdessen ließ er seine Wut, die kaum seine Sorgen um Goldie überdeckte, an dem Moorboden aus. Auf weitere Misshandlungen konnte er gut verzichten. Und sofern Goldie noch frei war, würde sie gewiss alles in die Wege leiten, um ihn hier wieder rauszuholen.

41

Goldie stand wie betäubt in der zertrümmerten Kanzlei. Die SA-Schergen hatten gründliche Arbeit geleistet und sich nicht nur auf das Anwaltsbüro beschränkt. Sie hatten auch in der Wohnung gewütet und sogar das Geschirr aus den Schränken gerissen und gegen die Wand geworfen. Mehrere Lampen waren zu Bruch gegangen, ebenso die Vitrine im Wohnzimmer. Aber noch schlimmer als der Anblick der verwüsteten Wohnung war die Erinnerung daran, wie sie Rudi bewusstlos nach draußen gezerrt hatten. Auf dem Teppich waren noch die Blutspuren zu sehen. In ihrer Verzweiflung rief Goldie Rudis Eltern an. Erst jetzt, wo sie die Stimme ihrer Schwiegermutter hörte, die sich mit »Studt« meldete, merkte sie, dass sie kaum in der Lage war, das Geschehene in Worte zu fassen.

»Die SA hat Rudi geholt«, stammelte sie. »Sie haben ihn zusammengeschlagen und unser Heim verwüstet.«

»Was sagst du?«, rief Martha erschüttert. »Wo bist du jetzt?«

»Zu Hause.« Ohne dass sie es wollte, brach sie in Tränen aus und hörte kaum noch, wie Martha sagte: »Bleib, wo du bist. Ich komme sofort.«

Als Martha die Wohnung betrat, war sie entsetzt. Überall lagen Scherben, Bücher waren aus den Regalen gerissen und Akten zerfetzt worden. Goldie war blass und kaum in der Lage, einen vernünftigen Bericht zu erstatten.

»Haben sie dich geschlagen?«, fragte Martha, als ihr die gerötete Stelle unterhalb von Goldies rechtem Jochbein auffiel.

»Einer hat mich geohrfeigt«, sagte sie leise. »Aber das ist nicht schlimm. Ich mache mir viel mehr Sorgen um Rudi. Den haben sie übel zugerichtet, und am Schluss hat ihn noch einer gegen den Kopf getreten. Danach lag er wie tot da. O Gott, wir müssen unbedingt herausfinden, wohin sie ihn verschleppt haben! Er braucht doch einen Arzt!«

»Jetzt beruhige dich erst einmal«, sagte Martha, obwohl die Sorge um Rudi ihr selbst die Eingeweide zerfraß. »Ich werde Fredi anrufen. Als Kommissar findet er bestimmt schnell heraus, wo Rudi ist und wie wir ihn da rausholen können. Henny kann uns im Moment wegen ihrer fortgeschrittenen Schwangerschaft zwar nicht helfen, aber ich werde Li-Ming fragen, ob sie Zeit hat, mit uns hier aufzuräumen.«

Goldie nickte stumm, war aber nicht in der Lage, etwas Sinnvolles zu tun, sondern lief ständig wie ein verschrecktes Huhn hin und her, ohne zu wissen, wo sie anfangen sollte. Martha schloss für einen Moment die Augen. Darum würde sie sich später kümmern, jetzt musste sie erst einmal Fredi anrufen.

Fredi war entsetzt. »Ich werde sofort Werner fragen«, sagte er. »Der sitzt bei der politischen Polizei ja direkt an der Quelle.«

»Wird er dir denn helfen?«

»Würde reichlich dumm aussehen, wenn nicht, wo seine Frau doch die beste Freundin von Henny und Patentante meines Sohnes Matthias ist. Ich kümmere mich darum und melde mich dann wieder bei dir.« Fredi legte auf, und in diesem Moment begriff Martha zum ersten Mal, wie weitsichtig Henny gehandelt hatte, als sie die einfältige Hannelore Rohrbeck zu ihrer Freundin erkoren hatte. Falls Fredi bei Werner Rohrbeck scheiterte, konnte Henny bestimmt einiges aus Hannelore herausbekommen. Vorwände für ein Treffen gab es genügend, zumal Hannelore mit ihrem ersten Kind schwanger war und die beiden gemeinsam einen dieser neumodischen Schwangerschaftskurse besuchten. Dann rief sie Li-Ming an, die versprach, umgehend mit Lilli vorbeizukommen.

Die vierzehnjährige Lilli war eine größere Hilfe als Goldie, die noch immer unter Schock stand. Während die Frauen aufräumten, meinte Li-Ming beiläufig: »Wenn ich mir das so ansehe, hat Arthur ja noch Glück gehabt.«

Martha horchte auf. »Was meinst du damit?«

Li-Ming seufzte. »Du weißt doch, dass er sich im Sommer bei der Seefahrerschule beworben hat, weil er in die Fußstapfen seines Vaters treten will. Gut, sein Abiturzeugnis ist nicht so herausragend, er gehört nicht zu denen, die das Pauken erfunden haben, aber immerhin befriedigend. Trotzdem wurde er abgelehnt, obwohl Bewerber mit schlechteren Zeugnissen sofort genommen wurden.«

»Gab es eine Begründung?«, fragte Martha.

»Keine schriftliche, aber als Heinrich dort jemanden anrief, den er von früher kennt, hat der ihm erklärt, dass man es keinem deutschen Seemann zumuten könne, unter dem Kommando eines Halbchinesen zu dienen.«

»Wie bitte?«

»Wäre Arthur blond und blauäugig wie sein Vater, hätte er mit Sicherheit keine Schwierigkeiten. Aber so …« Li-Ming schluckte. »Ehrlich gesagt mache ich mir auch schon Gedanken, wie es mit Lilli weitergehen wird, wenn sie das Abitur hat. Sie weiß zwar noch nicht, was sie studieren möchte, aber wenn ich mir ansehe, was Ella gerade durchmacht, habe ich so meine Zweifel, dass Lilli eine Zukunft als Studentin haben wird.«

Eine Weile sammelten sie schweigend die Scherben auf, dann fragte Martha: »Und was wird Arthur nun machen?«

»Im Augenblick begleitet er Heinrich auf großer Fahrt. Für die

Rückreise haben sie einen Zwischenstopp in Southampton geplant. Dort lebt Heinrichs Freund Godric. Du weißt doch, der Engländer, dem er im Weltkrieg das Leben gerettet hat.«

Martha nickte, sie erinnerte sich gut daran, unter welchen Risiken Heinrich Godric nach Hamburg gebracht hatte, wo Doktor Liebknecht den Schwerverletzten mit ihrer Hilfe operiert hatte. Bevor Godric den Rest des Krieges in einem deutschen Kriegsgefangenenlager verbrachte, hatten sie noch Adressen ausgetauscht und den Kontakt nach dem Krieg tatsächlich wiederaufgenommen. Bestimmte Erlebnisse verbanden Männer auch über nationale Grenzen hinweg.

»Nun, Godric hat ein paar einflussreiche Freunde bei der britischen Marine, und Heinrich will nun versuchen, für Arthur einen Platz in einer britischen Marineschule zu bekommen.«

»Aber die Engländer sind doch von Standesdünkel durchdrungen, schlimmer als die Deutschen von ihrem Nationalismus. Wie soll Arthur denn dort als Sohn einer chinesischen Mutter und eines deutschen Vaters zurechtkommen? Und das wird doch sicher auch nicht ganz billig, oder?«

»Du hast ja recht«, erwiderte Li-Ming. »Aber einen Versuch ist es wert. Hier hätte Arthur derzeit überhaupt keine Möglichkeiten, in der Seefahrt Fuß zu fassen, außer als gewöhnlicher Matrose. Aber dafür hat er kein Abitur gemacht. Immerhin ist er wenigstens ehelich geboren und sein Vater das deutsche Elternteil. Ich habe im Chinesenviertel ein paar junge Leute kennengelernt, deren Mütter Deutsche sind und die mit den chinesischen Vätern ihrer Kinder in wilder Ehe zusammenleben, weil sie keine Heiratsgenehmigung wegen der fehlenden Papiere der Väter bekommen. Diese Kinder hatten es schon immer schwer, aber seit die Nazis an der Macht sind, werden sie wie Aussätzige behandelt.« Sie hob eine zerbrochene Kaffeekanne aus teurem Meißner

Porzellan auf. »Aber anscheinend ist ja niemand sicher, wenn es sogar Rudi trifft.«

»Niemand, der der falschen Rasse angehört oder eine eigene Meinung hat«, bestätigte Martha. »Ich hätte nie gedacht, dass so etwas in Deutschland möglich ist. Hoffentlich meldet Fredi sich bald mit guten Nachrichten zu Rudi.«

Fredi hatte sofort, nachdem er aufgelegt hatte, Werner Rohrbeck angerufen. Der gut gelaunte Tonfall, mit dem Werner erfreut auf seinen Anruf reagierte, verschwand jedoch recht schnell, als Fredi nach seinem Bruder fragte.

»Hast du Zeit, zu mir in den zweiten Stock zu kommen?«, fragte Werner. »Das ist etwas, das wir lieber persönlich besprechen sollten.«

»Ich bin gleich da.«

Im zweiten Stock befanden sich zahlreiche Büros der Geheimen Staatspolizei, kurz Gestapo, die nach der Machtergreifung aus der politischen Polizei hervorgegangen war. Mochte die Mordkommission auch die angesehenste und in Fredis Augen die interessanteste Abteilung der Polizei sein, so zeichnete sich bereits ab, dass die Gestapo die mächtigste war. Und Werner, der seinen Aufstieg von langer Hand geplant hatte, war in der Hierarchie schon weit gekommen. Inzwischen gab es nur noch drei Beamte, die in der Dienststelle über ihm standen. Das ließ sich auch an der Einrichtung seines Dienstzimmers ablesen. Während Fredi Kommissar Plättners Büro vor zwei Wochen nahezu unverändert übernommen hatte – schlicht und zweckmäßig ohne überflüssigen Zierrat, lediglich mit einem Stadtplan an der Wand und zahlreichen Aktenschränken –, hatte Werner sein Büro vollständig nach seinem Geschmack gestaltet und bei der Wahl der Möbel nicht sparen müssen. Neben einem neuen Schreibtisch aus massiver

Eiche hatte er einen ledernen Chefsessel und neue, abschließbare Schränke. An der Wand hingen ein Hitlerporträt und daneben ein Wandteppich, den seine Frau Hannelore geknüpft hatte. Hannelore hatte wirklich Talent, das musste man ihr lassen, auch wenn das Motiv recht kitschig wirkte: der germanische Siegfried mit Helm und Schild, wobei der Schild mit einem Hakenkreuz verziert war.

»Nimm Platz«, sagte Werner. Dann griff er zum Telefon: »Fräulein Fink, bringen Sie Kommissar Studt und mir doch einen Kaffee. Ja, mit Milch und ohne Zucker.«

Noch bevor die Sekretärin mit dem Kaffee kam, lehnte Werner sich in seinem Chefsessel zurück. »Dein Bruder Rudolf ist wirklich das schwarze Schaf in der Familie, ne?«

»Trotzdem ist er mein Bruder. Ich möchte wissen, warum die SA ihn geholt hat, was man ihm vorwirft und wo er jetzt ist.«

Bevor Werner antworten konnte, klopfte es an der Tür, und die Sekretärin kam mit dem Kaffee. Werner bedankte sich, dann nahm er erst mal einen Schluck, während Fredi seine Tasse stehen ließ und seinen Kollegen stattdessen erwartungsvoll ansah.

»Dein Bruder hat sich nicht nur bei eurer Familie in die Nesseln gesetzt«, sagte er schließlich. »Wir haben mittlerweile eine umfassende Akte über ihn.«

»Eine Akte?« Fredi zog die Brauen hoch. »Warum hast du mir das nie erzählt?«

»Weil es nun mal die Geheime Staatspolizei ist.«

»Wenn es dir schon egal ist, dass Rudi mein Bruder ist, solltest du zumindest bedenken, dass er der Onkel des Patenkindes deiner Frau ist.«

»Ich habe nicht gesagt, dass es mir egal ist«, widersprach Werner. »Mir ist die Sache auch sehr unangenehm, aber dein Bruder hat sich Feinde gemacht, einflussreiche Leute. Hinzu kommt, dass er mit einer Halbjüdin verheiratet ist.«

»Das stimmt nicht, seine Frau und ihre Eltern sind evangelisch.«

»Ihr Vater ist der jüdische Bauunternehmer Jakob Stein. Ein Parasit, der nur zum Schein zum Christentum konvertiert ist, damit er eine arische Frau heiraten und noch mehr Geschäfte machen kann. So etwas ist doppelt verwerflich. Er hat die Arglosigkeit einer unbescholtenen Arierin ausgenutzt und Blutschande begangen. Und die verunreinigte Frucht dieser Verbindung hat dein Bruder geheiratet. Sei doch ehrlich, Alfred, all den Ärger, den deine Schwester gerade hat, verdankt sie doch der Jüdin. Die hat deinen Bruder davon abgehalten, seinen Pflichten der Familie gegenüber nachzukommen. Garantiert hat sie ihn überredet, ihrem Vater das Auto überteuert abzukaufen. So sind sie, die Juden. Sie treiben einen Keil in die beste deutsche Familie. Wobei die sozialdemokratischen Ansichten deiner Eltern es dem Judenpack ja besonders leicht gemacht haben, ihren ältesten Sohn zu verführen.«

Fredi lagen einige heftige Worte auf der Zunge, aber er schluckte sie runter. Sich jetzt mit Werner zu streiten wäre das Verkehrteste, was er tun konnte.

»Das erklärt aber alles noch nicht, was man Rudi vorwirft«, sagte er stattdessen. »Gibt es einen Schutzhaftbefehl? Und wenn ja, wer hat ihn beantragt und ausgestellt?«

»Nun, Rudi hat als Anwalt die falschen Leute verteidigt«, sagte Werner. »Asoziale, Kommunisten, Juden … und er stellt sich gegen die Obrigkeit. Besonders übel ist dann sein letztes Schreiben an die Universität aufgefallen, als er Widerspruch gegen die Studienplatzablehnung eurer Schwester eingelegt hat.«

»Wieso das denn? Das war doch seine beste Tat in den letzten drei Jahren. Immerhin hatte man ihr schon einen Studienplatz zugesichert, den sie wegen ihm nicht antreten konnte.«

»Oder, besser gesagt, wegen seiner halbjüdischen Frau, die einen zersetzenden Einfluss auf ihn hat, nicht wahr?«, stichelte Werner.

»Das spielt dabei keine Rolle. Rudi wollte Ella zu ihrem Recht verhelfen. Sie kann schließlich nichts dafür, sie hat im Gegensatz zu Rudi immer unsere Familie an erste Stelle gesetzt, und sie hat es nicht verdient, ihren Lebenstraum begraben zu müssen.«

»Weißt du, wer als Justiziar der Universität fungiert und Widersprüche prüft?«, fragte Werner.

»Nein, aber ich nehme an, du wirst es mir gleich sagen.«

»Professor Anton Zellmer. Ein verdientes Parteimitglied der ersten Stunde und zugleich jemand, dem dein Bruder einst sehr übel mitgespielt hat.«

Fredi schluckte. »Zellmer? Der mit dem Mord an Rudis Freundin ungestraft davongekommen ist?«

»Der freigesprochen wurde, nachdem er von einem Studenten verleumdet wurde«, korrigierte Werner ihn.

»Also steckt Zellmer dahinter?«

»In gewisser Weise. Er ist mit meinem Chef befreundet. Und nachdem dein Bruder schon wiederholt unangenehm aufgefallen ist, kamen sie zu dem Schluss, dass man ihn in Schutzhaft nehmen sollte, um weiteres Unheil abzuwenden.«

»Und wo ist Rudi jetzt?«

»In Wittmoor.«

Fredi trommelte mit den Fingern. »Schutzhaftbefehle gelten maximal für drei Monate. Was wird danach geschehen?«

»Das, mein lieber Alfred, hängt ganz von dir ab. Du hast es in der Hand, Zellmers Einfluss zu neutralisieren, wenn du die richtigen Entscheidungen triffst.«

»Was meinst du damit?«

»Du hast deinen Kaffee noch nicht angerührt. Trink lieber einen Schluck, ehe er kalt wird.«

Da Fredi wusste, dass Werner nicht weitersprechen würde, wenn er nicht trank, nippte er kurz an der Tasse.

»Also«, sagte er dann, »was muss ich tun, damit mein Bruder freigelassen wird?«

42

Die Arbeit im Moor war hart, aber Rudi war froh, dass ihm dabei warm wurde, denn er musste nach wie vor ohne Jacke auskommen.

Kurz nach Einbruch der Dunkelheit wurden sie von den Aufsehern zusammengerufen, um vor den Baracken zum Appell anzutreten. Während sie dort standen und die Zeit verstrich, ohne dass etwas passierte, bemerkte Rudi, wie der Mann vor ihm zusammensackte. Instinktiv hielt er ihn fest, um ihn vor dem Sturz zu bewahren.

»He, du! Wer hat dir erlaubt, dich zu rühren?« Rudi brauchte einen Augenblick, um zu begreifen, dass er gemeint war.

»Er wäre sonst gestürzt.«

»Los, raustreten!«

»Ich?«, fragte Rudi verwirrt.

»Raustreten, sage ich!«

Rudi schluckte und gehorchte.

»Los, stell dich hier vorn hin.«

Rudi tat, was von ihm verlangt wurde.

»Hier bleibst du stehen, bis ich dir erlaube, dich vom Platz zu rühren, ist das klar?«

»Jawohl«, sagte Rudi und konnte nichts gegen die Angst tun, die sich in seinen Eingeweiden ausbreitete und durch die mitleidigen Blicke der Mitgefangenen noch verstärkt wurde. Was um alles in der Welt würde jetzt passieren?

Nun, zunächst passierte nichts, als dass der Appell für alle Männer außer ihm beendet wurde. Rudi sah, wie die anderen in die Baracken gingen. Dann wurden zwei Häftlinge ausgeschickt, um einen großen Wagen mit einem Suppenkübel und einem Korb voller Brotscheiben herbeizubringen, aber keiner sagte ihm, was er tun sollte. Rudi warf einen Blick in Richtung der Aufseher, die einfach nur grinsten. Und da begriff er, was er zu erwarten hatte. Man würde ihn hier einfach stehen lassen, vermutlich stundenlang, vielleicht sogar die ganze Nacht. Bei dem Gedanken daran fröstelte er. Nicht nur aus Furcht, sondern auch, weil er von der harten Arbeit erschöpft war, seit dem Frühstück nichts mehr gegessen hatte und es langsam wirklich kalt wurde.

Wie lange würde er durchhalten? Und was würde geschehen, wenn sie ihn wirklich die ganze Nacht stehen ließen und er irgendwann zusammenbrach? Würden sie ihn einfach liegen lassen, oder wäre es der Auftakt für weitere Torturen, weil er einen Befehl missachtet hatte? Zu blöd, dass ihm gleich am ersten Tag so ein Fehler unterlaufen musste, ehe er etwas mehr über die Lagerregeln gelernt hatte.

Andererseits würde er sich von diesen verdammten SA-Schweinen nicht brechen lassen. Wenn sie ihn hier stehen lassen wollten, sollten sie es tun. Er war ein gesunder Mann von achtundzwanzig Jahren, er würde alles überstehen, auch wenn er nicht so sportlich wie Fredi war. Dann dachte er wieder an seine Frau. Soweit er wusste, gab es keine derartigen Lager für Frauen. Ob sie sich damit begnügt hatten, die Wohnung zu verwüsten und Goldie dann in all dem Elend zurückzulassen? Er betete innerlich darum, dass es so war. Seine Familie würde Goldie helfen, und Fredi hatte gute Kontakte, der würde schon herausfinden, wohin sie ihn gebracht hatten, und Goldie beruhigen.

Die Zeit verging, und Rudis schlimmste Befürchtungen traten ein. Er hatte kein Gefühl mehr für die Zeit. Die Armbanduhr, die er bei seiner Festnahme getragen hatte, war bei seinem Erwachen in der Baracke verschwunden gewesen und zierte jetzt vermutlich das Handgelenk eines SA-Mannes. Schon bald verkrampften sich seine Muskeln, und seine Beine schrien danach, sich zu bewegen oder, besser noch, entlastet zu werden. Der sandige Boden strahlte etwas Verlockendes aus. Wie wunderbar wäre es, sich einfach nur dort hinzusetzen, die Beine auszustrecken und an nichts anderes als an Schlaf zu denken. Doch er wagte es nicht, denn immer wieder schweiften Scheinwerferstrahlen über das Lager, die dafür sorgten, dass den Wächtern nichts entging. Die Gedanken in seinem übermüdeten Hirn glitten zurück in die Vergangenheit, gaukelten ihm Traumbilder aus glücklicheren Zeiten vor. Er dachte an Goldie, aber nicht an seine Sorgen um sie, sondern an all die glücklichen Momente. Ihre Hochzeitsfeier in Berlin war ein Ereignis gewesen. Alles, was im Film Rang und Namen hatte, war in Jakob Steins Villa zusammengekommen. Es gab Champagner und wilde Musik, sie hatten die ganze Nacht gefeiert und dabei die absurdesten Tänze ausprobiert, solange sie nur modern genug waren, um damit Eindruck zu schinden. Einzig die Tatsache, dass niemand aus seiner Familie gekommen war, hatte ihn traurig gestimmt. Dabei war er sich gewiss, dass diese Feier ganz nach Ellas Geschmack gewesen wäre. Auch wenn sie es nicht zugab, sie war genauso lebenshungrig wie er und wollte mehr vom Leben. Erst jetzt begriff er, was er ihr tatsächlich angetan hatte. Wegen ihm war ihr etwas Unwiederbringliches verloren gegangen, und womöglich konnte er es nie wiedergutmachen. Die Scham darüber saß tief, vor allem, da nun schon wieder er derjenige war, der dringend auf die Hilfe seiner Familie angewiesen war. Seine Gedanken wanderten weiter zurück; er sah sich als jungen Burschen, der geglaubt hatte, immer zu kurz zu kommen, und vor Eifersucht auf seine jüngeren

Geschwister fast erstickt wäre. Wie dumm und selbstsüchtig war er doch gewesen. Seine Familie war immer für ihn da gewesen, aber er hatte sie nur allzu schnell vergessen, wenn es um seine eigenen Belange gegangen war. Diese Erkenntnis konnte er kaum aushalten. Was hatte er schon aus seinem Leben gemacht, nach allem, was sie für ihn geopfert hatten. Gewiss, er war Anwalt geworden, aber alles, was er in den letzten Jahren getan hatte, um seinen eigenen politischen Überzeugungen treu zu bleiben und Menschen zu helfen, erwies sich doch als wertlos, wenn die SA ihn so leicht aus dem Verkehr ziehen konnte.

Wieder glitt der Strahl des Scheinwerfers über ihn hinweg, riss ihn aus seinem Halbschlaf. Erst jetzt wurde ihm bewusst, dass seine Zähne vor Kälte klapperten. Verdammter Scheinwerfer, der ihn in die kalte, grausame Realität zurückholte. Der seine schmerzenden Muskeln weckte und ihn daran erinnerte, dass er kurz davor war, die Kontrolle über seinen Körper zu verlieren. Am liebsten hätte er seine Qual herausgeschrien, aber er war dankbar, dass er inzwischen selbst zum Schreien zu erschöpft war, denn diese Genugtuung wollte er seinen Peinigern nicht gönnen.

Irgendwann kam der Punkt, an dem er nicht mehr konnte. Der Punkt, an dem alles um ihn herum unwichtig wurde, solange die Qual nur endete. Der Punkt, an dem er sich nicht länger einreden konnte, dass es Schlimmeres gebe, dass er einfach nur durchhalten müsse, damit alles wieder gut würde. Irgendwann in den frühen Morgenstunden, als sich langsam die ersten zarten Finger der Morgenröte über dem Moor in Glashütte zeigten, verlor Rudi die Gewalt über seinen Körper und brach zusammen.

43

»Werner hat *was* von dir verlangt?«, brüllte Paul.

»Er will, dass ich Mitglied der NSDAP werde und mich bei Parteiversammlungen loyal an seine Seite stelle«, wiederholte Fredi. Er war an diesem Abend direkt von der Arbeit zu seinen Eltern gefahren, um ihnen und Ella persönlich Bericht zu erstatten. »Dann wird er seinen Einfluss nutzen, damit Rudi aus Wittmoor entlassen wird.«

Martha schluckte. Die Tatsache, dass Rudi in Wittmoor war, diesem schrecklichen Lager, von dem es hieß, dass die SA dort wie eine Horde mittelalterlicher Folterknechte wütete, ließ ihre schlimmsten Befürchtungen wahr werden. Aber dass Fredi nun auch noch in diese verhasste NSDAP eintreten würde, um seinen Bruder zu retten, fühlte sich an, als verkaufte er seine Seele an den Teufel.

»Das ist Erpressung«, sagte Paul empört. »Du kannst nicht in diese Partei eintreten! Unter keinen Umständen.«

»Selbst dann nicht, wenn Rudis Leben auf dem Spiel steht?«, erwiderte Fredi mit ausdrucksloser Miene. »Ich habe noch nicht zugesagt. Aber sei ehrlich, Papa, was sollen wir sonst tun? Werner hat sehr deutlich gemacht, dass Rudi nicht nur als politisch unzuverlässig gilt, sondern durch seine Eheschließung auch als jüdisch versippt. Goldies Vater wurde als Jude geboren, und für die Nazis ist das keine Religion, für die ist das eine minderwertige Rasse, die man durch nichts in der Welt ablegen kann. Und nach deren kranker Überzeugung wären später auch Rudis Kinder als Vierteljuden keine vollwertigen Menschen. Vermutlich geht es ihnen dann wie Arthur. Ich schätze, Vierteljude und Halbchinese sind in etwa gleich schlimm.«

»Genau deshalb darfst du nicht in diese Partei eintreten und das auch noch unterstützen!«, schrie Paul.

Fredi holte tief Luft. »Ich habe das vorhin mit Henny am Telefon besprochen, und wir sind zu dem Schluss gekommen, dass ich sehr wohl in diese Partei eintreten kann, um Rudi und den Rest der Familie zu schützen. Ich habe es in den vergangenen Jahren geschafft, mir Werner Rohrbeck nicht zum Feind zu machen, obwohl ich ihn widerlich finde. Er glaubt sogar, ich wäre sein Freund. Nur deshalb haben wir überhaupt Aussichten, Rudi aus Wittmoor rauszuholen. Wenn ich nach außen hin ein angesehener Parteigenosse bin, habe ich viel mehr Möglichkeiten.«

»Nicht mal Joseph Kellermann ist Nazi geworden«, widersprach Paul.

»Ich bin mir sehr sicher, dass er, ohne zu zögern, in die Partei eintreten würde, wenn es der einzige Weg wäre, seinen Bruder zu retten«, hielt Fredi seinem Vater entgegen. »Ein Parteibuch in der Tasche bedeutet nicht, dass man die Ideale dieser Partei teilt. Im Gegenteil, ich habe die Absicht, dort als Trojanisches Pferd zu agieren. Wenn all die hohen Tiere glauben, ich stünde auf ihrer Seite, werde ich unter Umständen Dinge erfahren, vor denen ich Menschen warnen kann. Und wenn ich den Parteijargon lerne, kann ich versuchen, sie in ihrer eigenen Sprache zu überlisten und das durchzusetzen, was moralisch richtig ist.«

»Glaubst du das wirklich?«, fragte Paul zweifelnd.

»Ich glaube, dass es der einzige Weg ist, Rudi zu retten. Verdammt, hinter allem steckt dieser Zellmer! Er hat Rudi nie verziehen, und wir wissen, dass ein Menschenleben diesem Professor gar nichts gilt, denn sonst würde Astrid noch leben. Rudi ist der Einzige, der die Wahrheit kennt. Man hat Zellmer zwar freigesprochen, aber solange Rudi als Anwalt arbeitet, ist er ein Stachel in seinem Fleisch. Wenn Rudi aber in Wittmoor zu Tode kommt, kann Zellmer sagen, Rudi sei schon immer ein Krimineller gewesen, der nicht nur falsches Zeugnis abgelegt habe, sondern auch ein Verräter am Staat sei und nur bekommen habe, was er verdient habe.«

»Aber Rudi ist doch gar keine Gefahr für Zellmer«, widersprach Martha.

»Nein, aber das schert rachsüchtige Männer nicht«, gab Fredi energisch zurück. »Außerdem hat Werner mir noch in Aussicht gestellt, dass Ella einen Studienplatz erhält, wenn ich der Partei beitrete.«

Ella, die bislang schweigend am Tisch gesessen hatte, horchte auf. »Ist das dein Ernst?«, fragte sie.

»Ja.« Fredi blickte seiner Schwester in die Augen. »Allerdings ist ein Haken an der Sache, und der ist viel schwerwiegender als meine Parteimitgliedschaft.«

»Was für ein Haken?«, fragte Ella. »Soll ich etwa auch in diese verdammte Partei eintreten?«

»Nein. Aber du müsstest eidesstattlich versichern, dass du bereits einen Studienplatz hattest, den du absagen musstest, um deine Familie zu unterstützen, da …«

»Aber das ist ja wahr, wo ist da der Haken?«, unterbrach Ella ihn erleichtert.

»Lass mich doch ausreden«, sagte Fredi unwirsch. »Du musstest deine Familie unterstützen, da sie durch eine jüdische Intrige in finanzielle Not geriet. Werner meint, alles sei die Schuld von Goldie und ihrem Vater, und die gelten in seinen Augen als jüdisch.«

»Man kann über das Verhalten von Rudi und Goldie denken,

was man will«, sagte Ella, »aber das hat nichts mit ihren jüdischen Wurzeln zu tun.«

»Nein«, bestätigte Fredi. »Und du kannst dergleichen auch nicht zu Protokoll geben, solange Rudi und Goldie noch in Deutschland leben. Aber Henny hat mich vorhin, als wir telefonierten, noch auf eine andere Idee gebracht.« Fredi holte tief Luft. »Mama, meinst du, Millis Ehemann Lawrence hätte genügend Einfluss, um Rudi und Goldie ein dauerhaftes Visum für Amerika zu besorgen?«

Martha erstarrte. »Du … Du meinst, dass Rudi das Land verlassen soll?«

Fredi nickte. »Ich glaube, hier wird alles noch viel schlimmer werden. Selbst wenn ich Rudi jetzt aus Wittmoor rausholen kann, so wird er sich doch sehr schnell wieder als Anwalt in die Nesseln setzen. Und wenn er ein zweites Mal auffällig wird, kann ich rein gar nichts mehr für ihn tun. Außerdem ist da noch Goldies familiärer Hintergrund. Wir wissen, wie scharf die SA gegen jüdische Unternehmer und selbst kleine Geschäftsleute oder Hausärzte vorgeht. Sogar die jüdischen Krankenhausärzte haben sie entlassen, und du hast doch selbst erzählt, dass einige jüdische Ärzte bereits ihre Kassenzulassung verloren haben. Was glaubt ihr wohl, hätten Goldie und Rudi hier noch zu erwarten? Wenn selbst Heinrich überlegt, seinen Sohn nach England zu schicken, damit er dort das Kapitänspatent erwerben kann? Und bei Arthur geht es nur um eine Ausbildung. Bei Rudi geht es um Leben und Tod und die Zukunft seiner künftigen Kinder, die hier ebenfalls keine Entwicklungsmöglichkeiten hätten. Nicht, solange diese Regierung an der Macht ist.«

Martha blickte Fredi mit großen Augen an. »Und du meinst, das funktioniert?«

»Warum nicht? Wenn wir Rudi und Goldie in Amerika bei

Milli und Lawrence in Sicherheit wüssten, wäre es völlig egal, was Ella hier eidesstattlich erklärt, um einen Studienplatz zu bekommen. Es würde Goldie dann nicht mehr schaden. Und wenn wir es ganz geschickt machen, tun wir so, als wären Rudi und Goldie ohne unser Wissen geflohen, und stellen nach außen Empörung zur Schau. Damit steigt mein Ansehen in gewissen Kreisen, und das wiederum gibt mir möglicherweise Zugang zu Informationen. Die kann ich dann an Joseph Kellermann weiterleiten, um Unschuldige zu retten.«

»Ich habe dabei kein gutes Gefühl«, sagte Paul.

»Ich auch nicht«, gestand Fredi. »Aber weißt du einen anderen Weg?« Eine Weile herrschte Schweigen, bis Paul den Kopf schüttelte.

»Auch wenn es mir zutiefst zuwider ist, Fredi, ich fürchte, es bleibt uns nichts anderes übrig. Die Zeiten, in denen man offen seine Meinung vertreten konnte und noch eine winzig kleine Hoffnung haben durfte, dass man damit Erfolg hat, sind inzwischen vorbei. Also gut, tritt in die Partei ein. Werde unser Trojanisches Pferd. Meinen Segen hast du.«

Am folgenden Morgen erklärte Fredi Werner, dass er es sich überlegt habe und in die Partei eintreten werde.

»Sehr gut«, sagte Werner und klopfte ihm anerkennend auf die Schulter.

»Und wie soll es jetzt mit Rudi weitergehen? Du weißt genau, dass es für unser beider Ansehen nicht gut ist, wenn mein Bruder in Wittmoor ist.«

»Gib mir noch etwas Zeit, ich muss diplomatisch vorgehen«, sagte Werner. »Er ist ja gerade erst gestern verhaftet worden. Und mal ganz ehrlich – bei all dem, was er sich so geleistet hat, schaden ihm ein paar Tage harte Arbeit nicht, oder? Da lernt so ein Anwalt mal, wie andere Leute ihr täglich Brot verdienen.«

Fredi holte tief Luft. Das gefiel ihm gar nicht. Doch dann kam ihm ein Gedanke. »Ich war noch nie in Wittmoor. Könnte ich mir das Lager nicht mal ansehen?«

»Du willst wohl schauen, ob es deinem Bruder gut geht? Davon würde ich dir abraten. Es ist klüger, wenn wir nicht zu viel Interesse an ihm zeigen.«

»Es geht mir um das Lager«, widersprach Fredi. »Ich möchte mitreden können. Auf einen Familienbesuch lege ich keinen Wert. Es ist schon, wie du sagtest – ein paar Tage harte Arbeit haben noch keinem Schreibtischhengst geschadet. Wenn du ihn rausholst, genügt mir das.«

»Also gut, dann werde ich uns mal ein Dienstauto reservieren und dich in die Geheimnisse des Lagerlebens einführen. Allerdings erwarte ich, dass du dich wie ein echter Nationalsozialist verhältst.«

»Kann ich mich überhaupt anders verhalten, wenn ich ein Parteimitglied bin?« Fredi bemühte sich, sein Unwohlsein hinter einem überlegenen Lächeln zu verbergen. Wenn Rudi als Anwalt nur halb so vorsichtig gewesen wäre wie er selbst als Kommissar, hätte er diese Scharade nicht nötig gehabt. Aber es war nun mal, wie es war, und er fragte sich, ob er jemals den Tag erleben würde, an dem Rudis großes Mundwerk auch mal für etwas Nützliches gut war, anstatt die Familie ständig in Schwierigkeiten zu bringen.

44

Wer hat dir erlaubt, dich hinzulegen, du faules Stück Dreck?« Ein harter Tritt in die Rippen riss Rudi aus der gnädigen Ohnmacht. Inzwischen war es hell geworden. Rudi war völlig durchnässt. Es musste heftig geregnet haben, während er ohnmächtig gewesen war, denn der ganze Boden war aufgeweicht. Aber er hatte nicht einmal bemerkt, wie sich die schlammige Pfütze um ihn herum gebildet hatte. Jeder einzelne Knochen tat ihm weh, und er konnte sich kaum rühren.

»Los, hoch mit dir!«, schrie der SA-Mann. Rudi versuchte, sich aufzurichten, doch erst, als er sich auf die Seite drehte, gab die Pfütze ihn mit einem schmatzenden Geräusch frei. Es gelang ihm, auf die Knie zu kommen. Seine Kleidung klebte schwer am Leib, kalt und völlig verdreckt.

»Was ist?«, brüllte der SA-Mann. »Willst du erst noch beten? Ich dachte, du bist 'n kommunistischer Anwalt und kein Bibelforscher!«

Unter Aufbietung all seiner Kräfte gelang es Rudi, sich aufrecht hinzustellen.

»Na also, geht doch. Du siehst aus wie ein Schwein, weißt du das?«

Im Geiste fielen Rudi einige schlagfertige Antworten ein, aber er war zu schwach, um überhaupt irgendetwas zu sagen. Vermutlich war das gut so.

»He, du Schwein, du hast mit ›Jawohl‹ zu antworten, wenn ich etwas sage.«

»Jawohl«, sagte Rudi mit heiserer Stimme. Sollte der Idiot in seiner braunen Uniform doch reden, es war bedeutungslos. Zu Idioten sagte man immer Jaja und zu Idioten in brauner Uniform dann eben Jawohl. Was scherte es ihn? Er fühlte sich so matt und angeschlagen, dass er all seine Kräfte brauchte, um sich auf den Beinen zu halten.

»Weißt du, was auf das Missachten meiner Befehle steht?«, fragte der SA-Mann weiter.

»Kopfschuss?«, rutschte es Rudi heraus.

Der Mann starrte ihn an, dann brach er in Gelächter aus. »Du bist ja ein ganz Schlauer. Das hättest du wohl gern, aber so leicht kommst du nicht davon. Nein, aufs Missachten der Befehle stehen fünfzig Hiebe. Aber weil du erst gestern angekommen bist, will ich mal großzügig sein. Da du dich ja nun ausgeschlafen hast, gestatte ich dir, die wohlverdienten Hiebe in Liegestützen abzuarbeiten.«

Rudi starrte den Mann mit unbewegter Miene an. Er war außerstande, auch nur einen einzigen Liegestütz zu absolvieren.

»Du kannst wählen. Liegestütze oder der Prügelbock.«

Rudi entschied sich für Liegestütze, auch wenn er gleich beim ersten Versuch mit dem Bauch im Schlamm landete. Inzwischen hatten sich mehrere Aufseher versammelt, um sich das Spektakel anzusehen.

»Kein Mumm in den Knochen, was?«, rief einer schadenfroh.

»Scheint so«, sagte Rudis Hauptpeiniger. »Aber vielleicht geht es ja besser, wenn du ein bisschen Widerstand fühlst.« Er setzte Rudi seinen Fuß ins Kreuz. »Na los, nu komm schon hoch!«

»Achtung!«, rief jemand. »Da kommt hoher Besuch.«

Rudi spürte, wie der Druck auf seinem Rücken nachließ, und warf einen unauffälligen Blick zur Seite. Die SA-Männer standen auf einmal stramm. Zunächst konnte Rudi nur die Beine der

Ankömmlinge sehen. Bedeutete es etwas Gutes oder noch mehr Qualen? Doch er war zu erschöpft, um sich wirklich Sorgen zu machen. Er sah und hörte, was passierte, ohne es wirklich in seinem Innersten zu spüren. Die Welt um ihn herum war völlig surreal geworden. Ein aberwitziger Albtraum, den er wie ein Außenstehender betrachtete.

»Kommissar Rohrbeck, unser Obersturmführer. Das ist ja eine Überraschung«, rief Rudis Peiniger.

»Rühren, Männer. Alfred, darf ich vorstellen, das ist SA-Sturmführer Erwin Rothe. Sturmführer, das ist Kommissar Alfred Studt, ein guter Freund von mir. Er wollte sich das Lager gern einmal ansehen.«

Rudi drehte seinen Kopf vorsichtig auf dem schlammigen Boden und ließ den Blick etwas höher wandern. Tatsächlich, das war Fredi. Kam sein Bruder, um ihn hier herauszuholen? In all der abgestumpften Qual spürte Rudi, wie sein Herz schneller schlug, das Blut durch die Adern pumpte und die kalte Starre aus seinen Gliedern vertrieb.

»Genau das will ich«, bestätigte Fredi, ohne Erwin Rothe auch nur einen Blick zu schenken. »Und ich muss sagen, dass ich ernüchtert bin.«

»Wieso das denn?«, fragte Werner erstaunt. »Als wir die Baracken besichtigt haben, warst du doch noch ganz angetan.«

»Ja, die Baracken«, sagte Fredi. »Aber wo bleibt denn hier die Disziplin? Also das habe ich mir anders vorgestellt. Du hast doch immer von einer knackigen Kampftruppe gesprochen, auf die man stolz sein kann. Aber solche Darbietungen wie das hier«, er wies auf den noch immer bäuchlings auf dem Boden liegenden Rudi, »sind einfach nur primitiv.«

»Haben Sie etwa Mitleid mit diesem Wurm?« Rothe versetzte Rudi einen Tritt in die Rippen. Der keuchte auf, konnte aber einen Schmerzensschrei unterdrücken. Diese Genugtuung wollte er dem Schwein nicht geben.

»Mitleid?« Fredi lachte hämisch. »Im Gegenteil. Ich wundere mich nur, weshalb hier sieben Männer herumlungern und eine Zigarettenpause abhalten.« Er wies auf einen SA-Mann, der sich gerade eine Zigarette gedreht hatte und sie jetzt hastig in die Brusttasche seines Uniformhemdes steckte. »Haben die nichts Besseres zu tun, als hier zu gaffen, wie Sie einen Gefangenen züchtigen? Was für ein Bild gibt das denn ab?«

»Dass die Männer ein bisschen Spaß haben.« Rothe grinste. »Die Arbeit sollte doch ein bisschen Spaß machen, oder?«

Fredi warf Werner einen Blick zu. »Wie ich schon sagte, die Disziplin hier lässt zu wünschen übrig. Aber was soll's, so weit kommt es wohl, wenn man kampferprobte Männer nicht mehr drillt, sondern als Lageraufseher verkommen lässt. Der Kampfgeist schwindet.«

»Das ist dein Eindruck?«, fragte Werner.

»Ja.«

»Haben Sie das gehört, Sturmführer? Man wirft Ihnen Verlotterung vor. Hier herrscht offenbar kein Vertrauen mehr in Ihre Schlagkraft.«

»Die Schlagkraft kann ich gleich mal zeigen.« Sturmführer Rothe schickte sich an, Rudi erneut einen Tritt zu verpassen, als Fredi mit erhobener Stimme sagte: »Damit wollen Sie mir Ihre Stärke beweisen? Jedes Schulkind kann einen Mann, der am Boden liegt, treten. Unter echter Schlagkraft stelle ich mir was anderes vor. Wie werden Ihre Männer gestählt? Als Polizeibeamter interessiere ich mich besonders für die Nahkampfausbildung der SA.« Rothe blickte Fredi fassungslos an, doch der redete unbeirrt weiter. »Unser Polizeisport umfasst seit Jahren Elemente sämtlicher Kampfsportarten, und der Ausbildungserfolg wird in jährlichen Meisterschaftskämpfen überprüft. Gibt es hier etwas Vergleichbares, oder besteht der einzige Sport im Zigarettendrehen und Tritteverteilen?«

»Sei nicht so streng mit ihnen, Alfred.« Werner schlug Fredi auf die Schulter. »Ist nicht jeder so ein harter Hund wie du.«

»Was soll das heißen?« Sturmführer Rothe musterte Fredi scharf. »Ich habe bereits im Weltkrieg gedient, da lagen Sie noch in den Windeln!«

»Ach, tatsächlich?« Fredi trat einen Schritt auf Rothe zu. »Für so jung halten Sie mich?«

»Ich halte Sie für einen dummen Grünschnabel, der glaubt, alles besser zu wissen. Wenn ich nicht so großen Respekt vor dem Obersturmführer Rohrbeck hätte, würde ich Ihnen auf der Stelle eine Lektion erteilen!«

»Na schön. Ich habe nichts gegen sportliche Betätigung.« Fredi lächelte. »Werner, wie wäre es, wenn du dem Sturmführer erlaubst, mir zu zeigen, dass er tatsächlich so ein gestählter, tapferer Krieger ist?«

»Das klingt nach einer durchaus interessanten Beschäftigung«, sagte Werner. »Sturmführer, Sie haben meine Erlaubnis, Kommissar Studt zu zeigen, aus welchem Holz Sie geschnitzt sind.«

Ein selbstzufriedenes Lächeln huschte über Rothes Züge. »Ich hoffe, Sie nehmen es mir nicht krumm, wenn Ihr Kollege gleich im Dreck liegt, Herr Obersturmführer.«

»Wenn das Ihre einzige Sorge ist«, warf Fredi ein, »was halten Sie dann von einer kleinen Wette, Sturmführer? Wenn Sie siegen, spendiere ich der Wachmannschaft ein Fass Bier. Wenn Sie verlieren, geht das Bier auf Sie.«

»Abgemacht.« Rothes selbstzufriedenes Lächeln vertiefte sich.

Die Männer ringsum johlten.

»Aber bevor es losgeht, wollen wir auch noch ein paar Wetten abschließen«, sagte Rohrbeck. »Ich setze zwei Mark auf Kommissar Studt. Wer hält dagegen?«

Während Werner die Wetteinsätze einsammelte, zog Fredi seine Jacke aus und legte das darunter verborgene Schulterholster mit der Dienstwaffe ab.

Rudi rappelte sich vorsichtig ein Stück auf, damit er sehen konnte, was weiter geschah. Zum Glück achtete niemand mehr auf ihn, denn die Aufmerksamkeit gehörte jetzt den beiden Kampfhähnen. Die Lageraufseher hatten alle auf Rothe gesetzt, was Rudi beunruhigte. Der Mann schien ein gefürchteter Schläger zu sein. Konnte sein kleiner Bruder es wirklich mit ihm aufnehmen? Und welche Folgen hätte dieser Kampf für ihn selbst? Steckte irgendein Plan dahinter, oder war es reiner Zufall, wie geschickt Fredi und Rohrbeck sich die Bälle zuspielten?

»Ich bin so frei, Sie zu warnen, Sturmführer«, bemerkte Fredi trocken. »Ich habe im letzten Jahr die Hamburger Polizeimeisterschaften im unbewaffneten Nahkampf gewonnen.«

»Wen kümmert es?« Rothe grinste überheblich. »Ich habe das Kämpfen in den Schützengräben gelernt, wo es noch wirklich um was ging!«

Zunächst umkreisten sich die beiden Kontrahenten vorsichtig wie die Boxer im Ring, dann stürzte Rothe blitzschnell vor und wollte Fredi einen Faustschlag verpassen. Doch der wich aus, und ohne dass Rudi begriff, was genau passiert war, lag Rothe im Dreck. Der SA-Mann rappelte sich jedoch sofort wieder auf und stürzte sich erneut auf Fredi. Der wich diesmal nicht aus, sondern machte eine schnelle Bewegung und brachte Rothe mit einem Schulterwurf zu Boden. Rudi war beeindruckt. Er hatte immer gewusst, dass Fredi sportlich war, aber von seinem Erfolg bei den Polizeimeisterschaften hatte er ihm nie erzählt.

Erwin Rothe schnaufte vor Wut und stürzte ein drittes Mal auf

Fredi zu. Diesmal reagierte Fredi anders und schlug ihm mit voller Wucht die Faust auf die Nase. Der SA-Mann schrie auf und erhielt im nächsten Augenblick einen Leberhaken von der gleichen Qualität, den Rudi bei seiner Festnahme hatte einstecken müssen. Doch Fredi war noch nicht fertig, er zerrte den keuchenden SA-Mann erneut auf die Füße.

»Na, wer ist nun der Sieger?«, fragte Fredi. »Geben Sie auf, Sturmführer?«

Rudi erkannte ein gefährliches Blitzen in den Augen seines Bruders, fast so, als wünschte er sich, dass der SA-Mann Nein sagte.

»Ja«, keuchte Rothe.

Mit einem beinahe enttäuschten Blick ließ Fredi den Sturmführer los. »Es war mir ein Vergnügen. Ich wünsche Ihnen und der Mannschaft eine schöne Feier mit dem Bier, das Sie ihr schulden.«

»Und ich danke für Ihre Wetten, meine Herren.« Rohrbeck klimperte mit den Markstücken, die er gewonnen hatte. Dann hielt er Fredi das Pistolenhalfter und die Jacke hin.

»Es wäre übrigens schön, wenn Sie diesen Gefangenen hier etwas aufpäppeln würden«, sagte Rohrbeck dann mit Blick auf Rudi. »Der sieht so aus, als würde er es nicht mehr lange machen, und ich glaube, Kommissar Studt wäre darüber sehr verärgert. Vor allem, weil das sein Bruder ist. Zwar ist der das schwarze Schaf der Familie, aber Brüder kann man sich nicht aussuchen.«

Für einen Moment glaubte Rudi, ein überraschtes Aufblitzen in Fredis Augen zu erkennen, doch sofort hatte er sich wieder unter Kontrolle.

»Das stimmt«, bestätigte Fredi. »Mein Bruder ist ein verlogener, sozialistischer Rechtsverdreher, aber er bleibt trotzdem mein Bruder, und der Einzige, der ein Recht hätte, ihn totzuschlagen, bin ich. Verstanden?« Dann wandte er sich Rudi zu. »Jetzt siehst du mit flehenden Augen zu mir auf. Ausgerechnet du, der du dich immer für was Besseres gehalten hast. Ich erinnere mich noch sehr gut daran, wie du dich mit deinen Maßanzügen über meine von der Stange lustig gemacht hast.«

Rudi stutzte. Er hatte sich nie über die Anzüge seines Bruders lustig gemacht. Was sollte das?

»Na ja, jetzt erntest du den verdienten Lohn für deine subversiven Tätigkeiten und deine unerträgliche Arroganz. Ich hoffe, du lernst etwas aus dem Aufenthalt hier und kommst etwas bescheidener zurück. Und jetzt kannst du schon mal anfangen zu üben.« Er warf ihm seine Jacke zu. »Los, sag danke für das schönste Kleidungsstück, das so ein Dreckschwein wie du jemals bekommen hat!«

Die Jacke! Das war es also. Fredi hatte sofort begriffen, dass er sie dringend brauchte, aber keine Möglichkeit gesehen, sie ihm offen zu geben, ohne dass man sie ihm sofort wieder weggenommen hätte.

»Na los!«, schrie Fredi. »Auf die Knie vor mir und bedank dich!«

Rudi rappelte sich auf die Knie und sagte: »Ich danke dir.«

»Lauter, ich höre dich nicht!«

»Ich danke dir!«, rief Rudi.

»Da klingt noch reichlich viel Verstocktheit durch«, sagte Fredi scharf. »Beweis mir, dass du mir wirklich dankbar bist. Los, küss mir die Füße.«

»Wie bitte?« Rudi starrte Fredi fassungslos an.

»Hast du was an den Ohren?«

Die SA-Männer lachten.

Erst jetzt begriff Rudi, dass Fredi auf genau diese Reaktion der SA gehofft hatte. Jemanden, der so tief gedemütigt war, beachtete man nicht länger. Also schluckte er seinen Stolz hinunter und tat so, als würde er Fredis Schuhe küssen.

»Na bitte, geht doch!«, sagte Fredi. »Und jetzt solltest du dich mal waschen, du siehst wirklich aus wie ein Schwein und bist eine Schande für das deutsche Volk! Meine Herren, ich danke Ihnen für die angenehme Morgengymnastik. Heil Hitler!« Fredi knallte die Hacken zusammen und riss gleichzeitig den rechten Arm hoch. Es war faszinierend zu beobachten, wie die versammelte SA-Belegschaft Fredis Gruß erwiderte.

»Das war nicht schlecht«, sagte Werner anerkennend, als sie im Dienstwagen zurück zum Stadthaus fuhren. »Ich glaube, jetzt ist dein Bruder relativ sicher. Und außerdem habe ich vierzehn Mark durch deinen Sieg gewonnen. Komm, ich lade dich da vorn in der Konditorei zum Frühstück ein.«

»Und wie kriegen wir Rudi da raus?«, fragte Fredi. Mochte Werner sich auch auf seine Seite gestellt haben, so ganz traute er dem Gestapo-Beamten nicht über den Weg.

»Ich habe mir darüber gestern schon den Kopf zerbrochen«, sagte Werner. »Das Lager wird im Oktober ohnehin aufgelöst und die Gefangenen dann ins Lager Fuhlsbüttel verlegt. Ich werde dafür sorgen, dass dein Bruder nicht verlegt, sondern stattdessen freigelassen wird. Bei einer Lagerauflösung ist so etwas üblich und am unauffälligsten zu regeln. Da gibt es dann keine dummen Fragen. Hauptsache, er fällt nicht wieder unangenehm auf, denn da kennen meine Jungs keine Gnade.«

»Ich hoffe, deine Jungs haben begriffen, dass ich auch keine Gnade kenne«, erwiderte Fredi.

»Ich glaube schon. Wie mühelos du Rothe besiegt hast, war wirklich beeindruckend.«

»Du wusstest doch ganz genau, dass ich gewinne.«

»Ja.« Werner grinste. »Es war ganz gut, dass Sturmführer Rothe mal auf seinen Meister getroffen ist. Die Macht in Wittmoor ist ihm schon zu Kopf gestiegen. Die SA mag ja nützlich sein, aber sie braucht auch eine starke Führung.«

»Dafür bist du doch zuständig«, sagte Fredi. »Die haben sofort strammgestanden, als du gekommen bist.«

»Ja, das schon, aber ich muss aufpassen, dass ich nicht selbst ins Abseits gerate, denn ich bin mit Ernst Röhm nicht einverstanden.«

»Du bist nicht einer Meinung mit dem obersten SA-Führer? Ausgerechnet du, der du all dein Herzblut in diese Vereinigung steckst?«

»Ich habe ein Problem damit, dass dieser Kerl seine Neigung offen auslebt und uns in Verruf bringt. Der hat sogar ernsthaft ins Gespräch gebracht, den Paragrafen 175 zu streichen. Wie soll ein anständiger Mann es ertragen, wenn ausgerechnet eine Schwuchtel Chef der SA ist?«

Darauf fiel Fredi keine gute Antwort ein, also schwieg er. Aber es war interessant, dass Rohrbeck seine Zukunft nicht mehr in der SA sah. Ob er schon irgendeine Alternative im Auge hatte? Aber all das war im Moment unwichtig. Viel wichtiger war es, dass Rudi die Zeit bis zur Auflösung des Lagers im kommenden Monat einigermaßen unbeschadet überstand.

45

Tatsächlich durfte Rudi die Waschgelegenheit hinter der Baracke aufsuchen, auch wenn es sich lediglich um einen halb verrosteten Wasserhahn vor einer steinernen Viehtränke handelte. Während er sich Gesicht und Hände wusch und versuchte, notdürftig seine Kleidung zu reinigen, dachte er voller Dankbarkeit an Fredis Auftritt und die Jacke, die er ihm dagelassen hatte. Zum ersten Mal in seinem Leben begriff Rudi, dass Fredi sehr klug abwog, welchen Kampf er mit offenem Visier aufnahm und wann Umwege sicherer zum Ziel führten.

Er war gerade damit fertig, sich einigermaßen zu säubern, als ihn ein heftiger Stoß im Rücken traf. Er drehte sich um und sah in das lädierte Gesicht von SA-Sturmführer Rothe.

»So, du bist also der Bruder von Kommissar Studt.« Er musterte Rudi von oben bis unten.

»Jawohl«, sagte Rudi.

»Und jetzt glaubst du wohl, du hättest eine Sonderbehandlung zu erwarten, was?«

»Nein.«

»Damit liegst du vollkommen richtig! Mir ist scheißegal, wer dein Bruder ist. Ist das klar?«

»Jawohl.«

»Gut«, sagte Rothe. »Und nun an die Arbeit, aber zackig!«

Immerhin musste Rudi an diesem Tag keine weiteren Drangsalierungen ertragen, die über die normalen Entbehrungen des Lagerlebens hinausgingen. Aber das war schon schlimm genug, zumal er den fehlenden Schlaf nicht nachholen konnte, sondern wieder bis spät Torf stechen musste. Am Abend war er so erschöpft, dass er schon befürchtete, diesmal selbst derjenige zu sein, der beim Appell zusammenbrach. Danach hatte er nicht mal mehr die Kraft, die karge Essensration zu sich zu nehmen, und fiel mehr tot als lebendig in seine Koje, um einfach nur zu schlafen. Die Nacht endete viel zu schnell, und als Rudi aufwachte, hatte er großen Hunger. Enttäuscht blickte er auf die kleine Scheibe Brot, die es zum Frühstück gab, und das braune warme Wasser, das wohl so etwas wie Kaffee sein sollte.

»Ich habe Ihnen Ihr Essen von gestern aufgehoben«, raunte Johann Löwe ihm zu und reichte ihm eine weitere Scheibe Brot und eine Blechtasse mit kalter Suppe. Rudi war so hungrig, dass er beides hastig hinunterschlang.

»Gibt das hier immer so wenig?«, flüsterte er zurück.

Löwe nickte. »Das gehört alles zu dem Plan, uns zu brechen. Sehen Sie den hageren Burschen dahinten? Der ist seit April hier, bei seiner Verhaftung war er ein muskelbepackter bekannter Ringer.«

Rudi schluckte. Wie lange müsste er noch durchhalten, ehe es Fredi gelang, ihn rauszuholen? Fünf Monate würde er mit Sicherheit nicht überstehen. Johann Löwe hatte nicht übertrieben, als er ihn bei seiner Ankunft gewarnt hatte, dass es hier ums Überleben ging.

Fredi hatte Mühe, Rudis Frau zu beruhigen. Goldie war völlig außer sich, nachdem er ihr von seinem Besuch im Lager Wittmoor erzählt hatte.

»Bist du dir sicher, dass sie ihn nicht noch schlimmer misshandeln?«, fragte sie, während er bei ihr in der Wohnung saß. Die Schäden an den Möbeln und Tapeten waren noch deutlich zu erkennen. »Wann kann ich ihn besuchen und frische Kleidung bringen?«

Fredi atmete tief durch. »Ich würde dir dringend davon abraten.«

»Aber er braucht doch frische Wäsche.«

»Frische Wäsche ist sein geringstes Problem! Das ist kein normales Gefängnis, sondern ein Arbeitslager, das dazu dient, Menschen einzuschüchtern und zu brechen. Wenn sie dir wirklich erlauben, ihn zu besuchen, was ich bezweifle, wird das unter extrem demütigenden Bedingungen passieren. Die werden dich nicht mit Samthandschuhen anfassen, für die bist du nur eine Jüdin. Möglicherweise werden sie Rudi vor deinen Augen misshandeln, um dich ebenfalls zu erniedrigen.«

Goldie wurde noch blasser, als sie ohnehin schon war.

»Aber … Aber er hat doch nichts getan! Das ist nicht rechtens.«

»Was Recht ist, wird jetzt von diesen Unmenschen bestimmt. Ich bitte dich um Zurückhaltung, auch wenn es schwerfällt. Ich werde Rudi da rausholen, aber das muss ich auf meine Weise machen. Du kannst im Moment nichts tun, als mir zu vertrauen und abzuwarten.«

Goldie nickte stumm.

»Versuche du lieber, beim amerikanischen Konsulat vorzusprechen«, fuhr Fredi fort, »um dich nach den Voraussetzungen für ein Visum zu erkundigen. Meine Mutter hat gestern noch ein Überseetelegramm an ihre Freundin Milli geschickt, ob sie bereit wären, euch aufzunehmen. Ich bin mir sehr sicher, dass Milli und ihr Mann den Ernst der Lage erkennen und handeln.«

Goldie schluckte. »Aber … Aber Rudis juristisches Examen wird dort nicht anerkannt, und mein Englisch ist zu schlecht, um dort als Schauspielerin zu arbeiten. Wovon sollen wir denn leben?«

»Das wird sich finden. Lawrence ist ein vermögender, einflussreicher Mann. Immerhin seid ihr dort in Sicherheit. Und es ist ja nicht für immer, nur bis hier wieder etwas mehr Ruhe einkehrt.«

Milli antwortete bereits am folgenden Tag auf Marthas Telegramm. Es war nur kurz, aber Martha setzte all ihre Hoffnung in diese Worte: »Beide willkommen. Brief mit Einzelheiten folgt.«

Als Fredi das hörte, atmete er auf. Wenn alles gut ging, konnte Rudi das Land umgehend verlassen, sobald er wieder in Freiheit war. Doch noch mussten sie sich in Geduld fassen, und Fredi war gezwungen, weiterhin seine verhasste Rolle als frischgebackener Parteigenosse zu spielen. Besonders unangenehm fand er die wöchentlichen Parteitreffen. Natürlich gab es bei den NSDAP-Versammlungen Vorträge, aber Diskussionen wurden nicht gewünscht. Der jeweilige Redner schimpfte entweder über Juden oder das Ausland, machte ein paar radikale Vorschläge, die so absurd waren, dass man sie ohnehin nie würde umsetzen können, wartete den Applaus ab, und dann kam das gemeinsame Besäufnis, von dem Fredi den Eindruck hatte, es wäre der eigentliche Zweck dieser Treffen.

»Hier kann ein Mann noch mal richtig Mann sein, nicht wahr?«, sagte Werner bei ihrem ersten gemeinsamen Parteitreffen und prostete Fredi zu. »Hier treffen sich echte Männer, um revolutionäre Lösungen für die Probleme unserer Zeit zu finden.« Fredi nickte, trank sein Bier und bestellte dann noch einen Lütt un Lütt, weil er den Unsinn nüchtern kaum ertragen konnte. Aber was tat man nicht alles, um die Familie zu schützen.

Am 2. Oktober setzten bei Henny frühmorgens die Wehen ein. Fredi rief ein Taxi und bat die Nachbarin Frau Vorpahl, sich um den dreijährigen Wolfgang und den anderthalbjährigen Matthias zu kümmern, während er Henny in die Frauenklinik Finkenau begleitete. Nachdem er sie dort in guten Händen wusste, machte er sich auf den Weg zur Arbeit und rief Werner an. Hennys Niederkunft war ein guter Vorwand, Kontakt aufzunehmen und sich auch nach Werners Frau zu erkundigen, aber vor allem, um Informationen über die geplante Auflösung von Wittmoor zu bekommen. Es gelang Fredi, das Gespräch im harmlosen Plauderton auf Wittmoor zu lenken, aber zu seinem Überdruss bekam er wieder einmal keine klare Aussage von Werner, wann mit Rudis Freilassung zu rechnen war. Das ärgerte ihn sehr. Konnte es sein, dass Werner ihn einfach nur hinhielt? Fredi versuchte eine andere Strategie.

»Du kannst ruhig ehrlich zu mir sein, Werner, wir sind schließlich Freunde. Wenn dein Einfluss nicht reicht, Rudi da rauszuholen, dann sag es mir einfach. Ich weiß ja, dass du derzeit mit der SA haderst. Wenn ich dir dabei im Gegenzug irgendwie helfen kann, lass es mich wissen.«

Fredi wusste genau, wie eitel Werner war, wenn es um seinen Einfluss in der Partei ging.

»Soweit ich weiß, ist die Auflösung irgendwann Ende Oktober geplant. Ich werde mich darum kümmern, dass dein Bruder rechtzeitig Entlassungspapiere bekommt.«

»Das hört sich gut an«, sagte Fredi. »Aber sei bitte ehrlich, Werner, falls dein Einfluss nicht so weit reicht.«

»Was redest du da? Das ist überhaupt kein Problem«, sagte Werner. »Ich werde heute Mittag mit dem Chef der Gestapo essen gehen und sehen, was ich tun kann.«

»Vielen Dank. Du bist ein echter Kamerad.«

»Nicht der Rede wert. Und du hältst mich auf dem Laufenden, wie es Henny und dem Nachwuchs geht, oder? Mal sehen, ob es noch ein strammer Junge wird.«

»Wir hoffen diesmal auf ein Mädchen«, sagte Fredi. »Du weißt doch, ein Volk ohne Frauen ist zum Sterben verurteilt.«

Werner lachte, und Fredi hoffte, dass dessen gute Stimmung dazu beitrug, Rudi endlich freizubekommen, zumal Milli und Lawrence nicht untätig geblieben waren und all ihren Einfluss in die Waagschale geworfen hatten, um Rudi und Goldie Visa für die Vereinigten Staaten zu verschaffen.

46

Die Tage in Wittmoor vergingen in einem steten Einerlei aus Hunger, harter Arbeit und Angst. Hatte Rudi an seinem ersten Tag bereits geglaubt, die Hölle erlebt zu haben, wurde er in den folgenden Tagen regelmäßig Zeuge von noch barbarischeren Bestrafungsaktionen. Für den kleinsten Verstoß wurden die Gefangenen öffentlich gezüchtigt. Man schnallte sie auf einer Bank fest, und dann erhielten sie üblicherweise fünfzig Stockhiebe. Das Perfideste war die Vorschrift, dass sie die Hiebe mitzuzählen hatten. Wenn sie zum Zählen nicht mehr in der Lage waren, weil sie nur noch unmenschliche Schmerzensschreie hervorbrachten, begannen die Sadisten der SA erneut bei Hieb Nummer eins.

Als sie sich einmal einen älteren Gefangenen vorgenommen hatten, der bereits nach elf Schlägen nur noch wimmerte, hatte es einer der jüngeren Männer gewagt, um Einhalt zu bitten.

»Willst du die restlichen Schläge auf dich nehmen?«, hatte Sturmführer Rothe böse lächelnd gefragt, und der Mann war verstummt.

»Oder ist hier sonst irgendwer, der die Strafe auf sich nehmen will?«

Niemand hatte ein Wort gesagt, keiner war in der Lage gewesen, auch nur den Blick zu heben, und die SA hatte weitergeprügelt. In der darauffolgenden Nacht war der Mann gestorben. Als Todesursache wurde Herzversagen angegeben.

Rudi hatte noch nie in seinem Leben eine derartige Mischung aus Angst und Hass verspürt. Angst, irgendetwas falsch zu machen und selbst zu einer der unmenschlichen Strafen verurteilt zu werden, aber auch Hass auf die SA-Männer und sogar auf sich selbst. Er hasste sich dafür, weil er zu feige gewesen war, vorzutreten und an die Stelle des alten Mannes zu treten, obwohl er bessere Chancen gehabt hätte, die Misshandlung zu überleben. Es wäre menschlich das richtige Zeichen gewesen, aber die Angst hatte ihn fest im Griff gehabt.

Anfang Oktober ging das Gerücht unter den Häftlingen um, dass das Lager aufgelöst würde. Schon jetzt waren die Nächte in den unbeheizten Baracken kaum noch zu ertragen. Die dünnen Wolldecken waren ständig feucht, und das Stroh in den Matratzen verschimmelte. Rudi hatte sich zu allem Überfluss eine schwere Bronchitis zugezogen und war nur noch am Husten. Inzwischen hatte er merklich an Gewicht verloren; seine Hose war ihm viel zu weit geworden, und er hatte in stundenlanger nächtlicher Geduldsarbeit mit einem angespitzten Holzspan weitere Löcher in den Gürtel gebohrt, damit sie ihm nicht runterrutschte.

An einem wunderschönen goldenen Oktobertag, als sie wieder stundenlang zum Appell hatten antreten müssen, wurde Rudi plötzlich befohlen rauszutreten. Für einen Moment fühlte er sich wie erstarrt. Es bedeutete nie etwas Gutes, wenn man raustreten musste, aber einem Befehl nicht sofort Folge zu leisten war noch schlimmer. Also gehorchte er.

»Du hast dich in der Lagerkommandantur zu melden«, verkündete einer der Aufseher und wies zur Baracke in der Nähe des großen Tores. Als Rudi sich nicht rührte, sagte der Mann: »Na los, wird's bald!«

Rudi ging, klopfte an die Tür, wartete, bis er das obligatorische »Herein« hörte, und trat ein.

»Rudolf Studt?«, wurde er von einem Uniformierten, der hinter dem Schreibtisch saß, gefragt. Rudi fand es immer wieder irritierend, hier Männer in normaler Polizeiuniform anzutreffen, während die eigentliche Lagerführung der SA oblag.

»Jawohl«, erwiderte er und nahm Haltung an.

»Sie werden heute entlassen. Hier sind Ihre Papiere.« Er reichte Rudi ein Formular. »Sie müssen noch hier unterschreiben.« Erst durch das Formular erfuhr er das Datum. Es war der 5. Oktober 1933. Dann wurde das Tor geöffnet, und er stand plötzlich draußen auf der Straße, heruntergekommen wie ein Landstreicher und so verdreckt, dass man ihn vermutlich nicht mal in der Straßenbahn mitgenommen hätte, wenn es denn eine gegeben hätte. Er sah ringsum nur Moor und Weidelandschaft.

Plötzlich hupte es hinter ihm. Er fuhr herum und sah sein eigenes Auto. Fredi stieg aus.

»Ich hoffe, du hast nichts dagegen, dass ich mir dein Auto geliehen habe«, sagte er.

Rudi brachte kein Wort hervor, starrte nur auf seinen Bruder und das Auto.

»Komm«, sagte Fredi sanft. »Steig ein, ich bring dich nach Hause.«

Rudi gehorchte.

»Ich wusste bislang nicht mal, dass du einen Führerschein hast«, sagte er, als er auf dem Beifahrersitz Platz nahm.

»Den habe ich schon länger, die Polizei hat ihn mir finanziert«, sagte Fredi. »Ein Kommissar sollte in der Lage sein, einen Dienstwagen zu fahren, oder?«

Rudi nickte. Er wartete darauf, dass Fredi ihn löchern würde, doch sein Bruder fragte nichts. Vielleicht wartete er auch darauf, dass er selbst etwas sagte, aber Rudi hatte keine Worte mehr, alles in ihm war leer und ausgebrannt, fühlte sich unwirklich und fremd an. Schließlich sagte Fredi: »Henny ist vor drei Tagen niedergekommen. Es ist ein Mädchen. Wir haben sie Marie genannt.«

»Herzlichen Glückwunsch«, sagte Rudi leise.

»Danke. Ich habe in den letzten Tagen außerdem sehr darauf gedrungen, dass man dich endlich freilässt. Eigentlich wollten sie dich noch bis zur Auflösung des Lagers in zwei Wochen behalten, aber ich habe gesagt, dass man dir anlässlich der Geburt meiner Tochter die Möglichkeit geben sollte, allen zu zeigen, dass du jetzt ein verlässlicher Staatsbürger bist. Das hat gezogen.«

»Ein verlässlicher Staatsbürger? Soll ich jetzt auch brav in die Partei eintreten und mit Heil Hitler grüßen?«

»Nein«, sagte Fredi. »Du bist in diesem Land nicht mehr sicher, egal, was du tust.«

»Was soll das heißen?«

»Mama hat mit Milli Kontakt aufgenommen, und Goldie war schon im amerikanischen Konsulat. Ihr reist nächste Woche nach Amerika und bleibt dort so lange, bis sich die Situation hier wieder normalisiert hat.«

»Ich verstehe nicht ganz … Ich habe doch hier meine Klienten und …«

»Du verstehst mich ganz genau«, unterbrach Fredi ihn. »Du hast am eigenen Leib erfahren, was mit Menschen passiert, die sich gegen die Regierung stellen. Und dabei hast du nicht mal gegen ein Gesetz verstoßen, du hast nur versucht, das Recht, wie wir es bisher kannten, zu verteidigen. Und das würdest du immer wieder tun, Rudi. Du warst nie diplomatisch, sondern hast immer gesagt, was du denkst. Wenn du hierbleibst, werden sie dich über kurz oder lang wieder ins Lager stecken, und dann kann ich nichts mehr für dich tun. Es war schon jetzt schwierig genug. Ich bin dafür sogar Parteimitglied geworden.« Er stieß die letzten Worte bitter hervor. Und dann erzählte er Rudi auf dem Weg nach Hause alles, was er in den letzten Wochen in die Wege geleitet hatte. Rudi hörte erschüttert zu. »Du willst wirklich versuchen, diese Nazis mit ihren eigenen Mitteln zu schlagen, indem du dich als einer von ihnen ausgibst?«

»Das hat doch bislang ganz gut geklappt, oder?«

Rudi nickte. »Aber wie willst du das auf Dauer durchhalten?«

»Wenn wir dich und Goldie erst mal in Sicherheit wissen, wird vieles einfacher. Du giltst als das schwarze Schaf der Familie. Ella kann dann dir und Goldie für alles die Schuld geben und bekommt ihren Studienplatz.«

»Das klingt ja fast so, als wolltet ihr mich alle loswerden.«

»Nein, wir wollen, dass es dir und Goldie gut geht, dass ihr auch eine Familie gründen könnt und eure Kinder sicher sind. Hier wäre das nicht der Fall.« Und dann erzählte er ihm von Arthur, der dank Godrics Fürsprache auf einem britischen Schiff seine Ausbildung zum Seeoffizier angetreten hatte. »Sie haben ihn hier überall abgelehnt, nur weil seine Mutter eine gebürtige Chinesin ist«, sagte er. »Und sogar Mamas Freundin Lida Heymann lebt inzwischen dauerhaft in der Schweiz, weil sie wegen ihres politischen Engagements hier von der Verhaftung bedroht gewesen wäre. Du hast doch als Anwalt schon vor deiner Festnahme erlebt, wie wenig du noch ausrichten kannst. Und jetzt weißt du aus erster Hand, wo die politischen Gegner der Nazis landen. Kannst du dir eigentlich vorstellen, was für eine Angst ich um dein Leben hatte?«

»Ich hatte selbst Todesangst«, gestand Rudi.

»Ich weiß«, sagte Fredi. »Aber das ist jetzt vorbei. Und wir als Familie sorgen dafür, dass du bald in Amerika in Sicherheit bist.«

Rudi schluckte schwer und fühlte sich tief beschämt. Mal wieder hatte seine Familie ihm aus der Klemme geholfen, obwohl er sie so oft enttäuscht hatte.

Goldie erwartete ihn bereits ungeduldig, doch als er vor ihr stand, zuckte sie zusammen, und die Tränen schossen ihr in die Augen.

»O mein Gott, was haben sie dir nur angetan?«, rief sie, um ihn dann in ihre Arme zu reißen. »Ich werde dir jetzt erst mal ein Bad einlassen, und du musst unbedingt etwas essen, du bist ja ganz ausgezehrt.«

»Ich mache mich dann mal wieder auf den Weg.« Fredi legte den Autoschlüssel auf die Kommode im Flur. »Vergiss nicht, Mama anzurufen, dass du wieder zu Hause bist«, sagte er im Rausgehen und schloss die Wohnungstür hinter sich.

47

Martha war erleichtert, dass man Rudi endlich aus dem KZ entlassen hatte, auch wenn sie über seinen körperlichen Zustand entsetzt war. Er hatte nicht nur viel Gewicht verloren, sondern bekam noch am Tag seiner Entlassung hohes Fieber. Die verschleppte Bronchitis hatte sich zu einer schweren Lungenentzündung entwickelt, sodass sie noch am selben Abend seine Krankenhauseinweisung veranlasste.

Der einzige Lichtblick in diesen Tagen war die Geburt ihres dritten Enkelkindes. Die kleine Marie war ein entzückendes Baby, für das Martha gern mehr Zeit gehabt hätte, doch die Sorgen um Rudi ließen sie nicht zur Ruhe kommen. Natürlich hoffte sie, dass er sich schnell erholte, doch zugleich fürchtete sie sich davor, denn dann würde er nach Amerika auswandern, und sie würde ihn, wie einst Milli, verlieren.

Paul versuchte, sie damit zu trösten, dass es nicht für immer wäre. Aber zugleich fragte Martha sich, wie man eine Organisation wie die NSDAP, die nicht nur sämtliche bestehenden Parteien verboten hatte, sondern auch die Neugründung von Parteien, jemals wieder loswerden sollte. Die Macht, die Hitler mittlerweile an sich gerissen hatte, erinnerte Martha an die Macht des Kaisers, der sie aus lauter Größenwahn in den Großen Krieg geführt hatte. Zwar betonte Hitlers Regierung ständig, wie friedliebend sie sei, aber wenn Martha von Fredi hörte, was die Männer an den Stammtischen während der Parteiversammlungen von sich gaben, wurde ihr ganz anders.

Rudi wurde nach vier Tagen aus dem Krankenhaus entlassen, wenngleich er immer noch unter starkem Husten litt. Inzwischen hatte Goldie möglichst viel Geld flüssiggemacht, damit sie in Amerika über Startkapital verfügten.

Für Rudi hatten jedoch seine Verpflichtungen Ella gegenüber Vorrang. Er wollte seine Schwester nicht schon wieder enttäuschen, und so besuchte er sie drei Tage, bevor sein Schiff nach Amerika auslief.

»Ich weiß, dass ich dir noch viel Geld schulde«, sagte er zu Ella. »Und ich kann es dir schon wieder nicht bar zurückzahlen. Aber ich habe die letzten Raten des Kredits auf das Auto abbezahlt. Es ist jetzt schuldenfrei und noch immer einiges wert.« Er zog den Fahrzeugbrief und die Autoschlüssel hervor. »Es gehört dir, Ella. Ich habe nicht mehr die Zeit, einen solventen Käufer zu finden, aber du hast sie, und es ist mindestens noch zweitausend Mark wert.«

»Dafür hätte ich als Krankenschwester mehr als ein Jahr arbeiten müssen«, sagte Ella leise.

»Ich weiß«, erwiderte Rudi. »Und es tut mir leid, dass ich so egoistisch war. Ich kann es nicht mehr rückgängig machen, ich kann nur versuchen, in der Zukunft vieles besser zu machen.«

Ella schaute auf den Fahrzeugbrief und die Schlüssel, die vor ihr auf dem Tisch lagen. »Weißt du, was schade ist?«, sagte sie. »Dass du ausgerechnet jetzt dazu gezwungen bist, das Land zu verlassen, wo du dich endlich zu einem verantwortungsvollen Mann zu entwickeln scheinst. Nachdem wir so viel für dich getan haben, fühlt sich das an, als hätte man eine Investition getätigt, deren Dividende sich jemand anders auszahlen lässt.«

»Dann betrachte mich doch einfach als Auslandsaktie«, sagte Rudi und bemühte sich um ein Lächeln. »Ich muss mich auf den Weg machen, es gibt noch viel zu tun.« Er erhob sich.

»Warte.« Ella sprang auf. »Ich will dich noch einmal drücken!«

Sie nahm ihn in die Arme.

»Dann verzeihst du mir?«, fragte Rudi, während er sie seinerseits fest an sich drückte.

»Ja«, sagte Ella. »Ehrlich gesagt habe ich dich für das, was du getan hast, wie die Pest gehasst. Aber du wolltest es wiedergutmachen, und es ist nicht deine Schuld, dass wir jetzt eine Regierung haben, die dir diese Möglichkeit nimmt und dich zwingt, deine Heimat zu verlassen.« Eine einzelne Träne rollte aus ihrem Augenwinkel. »Ich werde nicht am Hafen sein, um dich zu verabschieden«, fuhr sie fort. »Ich muss diese Scharade mitspielen, wenn ich mit Fredis Hilfe doch noch zu einem Studienplatz kommen will.«

»Ich weiß«, sagte Rudi. »Und ich bin froh, dass Fredi sich so für dich einsetzt. Er war schon immer der zuverlässigere von uns beiden.«

»Das stimmt«, sagte Ella.

»Ach, du glaubst also nicht, dass ich besser bin als mein Ruf?« Er bemühte sich um ein Lächeln.

»Seit wann hast du es nötig, nach Komplimenten zu fischen?« Ella löste sich aus seinen Armen und gab ihm einen freundschaftlichen Klaps. »Mach uns keine Schande, Brüderchen. Und wer weiß, vielleicht wird dein Goldstück ja noch ein Hollywoodstar, nachdem es für die UFA nicht gereicht hat.«

Rudi lachte, aber dem Lachen fehlte die Fröhlichkeit. Sie wussten beide, dass es ein Aufbruch ins Ungewisse war.

Drei Tage später gingen Rudi und Goldie an Bord eines kleinen Schiffes, das sie bis nach Bremerhaven brachte, wo sie einen der Ozeanriesen nach Amerika besteigen würden. Während Rudi sich bereits in aller Stille in Hamburg verabschiedet hatte, waren

Goldies Eltern nach Bremerhaven gereist, um ihre Tochter noch einmal zu sehen.

»Ich habe kein gutes Gefühl, dass ihr hier zurückbleibt«, sagte Goldie. »Du weißt, dass die Nazis dich weiterhin als Juden betrachten, Papa.«

Jakob Stein nahm seine Tochter in den Arm. »Es ist mir egal«, sagte er. »Für meine Kunden und unsere evangelische Gemeinde bin ich ein genauso guter Christ wie alle anderen. Daran können die Nazis mit ihrer lächerlichen Rassenideologie nichts ändern.«

»Versprich mir, gut auf dich aufzupassen, Papa!«, bat Goldie ihren Vater. »Und wenn es schlimmer wird, dann komm zu uns nach Amerika.«

»Einen alten Baum soll man nicht mehr verpflanzen«, erwiderte ihr Vater lächelnd. »Ich gehöre nach Berlin, aber ich werde auf der Hut sein und mich nicht mit den falschen Leuten anlegen.«

Als das Schiff ablegte, standen Rudi und Goldie noch lange an der Reling und winkten ihren Eltern.

»Wer weiß, wozu alles gut war«, sagte Rudi und legte seinen Arm um Goldies Schultern. »Weißt du, was ich mir überlegt habe?«

»Was?« Sie schmiegte sich eng an ihn.

»Du wirst sicher einige Zeit brauchen, bis du gut genug Englisch sprichst, um auf der amerikanischen Bühne oder gar beim Film mithalten zu können. Wäre das nicht die ideale Gelegenheit, über ein Kind nachzudenken?«

Goldie starrte ihn an. »Ein Kind? Jetzt, wo unsere Zukunft so ungewiss ist?«

»Ist sie das wirklich?«, fragte Rudi. »Milli und Lawrence werden uns unterstützen. Und du bist immerhin schon sechsundzwanzig. Wann, wenn nicht jetzt? In einem oder zwei Jahren könntest du schon wieder groß im Geschäft sein, und dann wäre eine Schwangerschaft der Tod deiner Karriere.«

»Solange du nicht erwartest, dass ich deiner Schwägerin Henny nacheifere. Die hat ja schon den richtigen Namen, diese Henne, die ständig nur um ihre Brut besorgt ist.«

»Keine Sorge, sobald du so wie Henny wirst, werde ich das Weite suchen. Ein braves Hausmütterchen mit einer großen Kinderschar ist das Letzte, was ich mir wünsche. Aber ein Kind möchte ich auf jeden Fall von dir.« Er küsste sie zärtlich, während das Schiff die Wesermündung hinter sich ließ.

48

Zu Fredis großer Freude hielt Werner Rohrbeck Wort und machte seinen Einfluss geltend, damit Ella ihren Studienplatz bekam. Ella war es allerdings zuwider gewesen, Goldie als missgünstige Jüdin zu diffamieren. Zwar schätzte sie ihre Schwägerin nicht besonders, dennoch fühlte es sich falsch an.

»Es ist ganz normal, dass du dich schlecht fühlst«, versuchte Henny, sie aufzumuntern. »Aber was wäre denn die Alternative gewesen? Auf deinen Studienplatz zu verzichten und ihn einer echten Nationalsozialistin zu überlassen? Und du hast es mit Rudis und Goldies Einverständnis getan. Wenn die beiden sich nicht so egoistisch verhalten hätten, wärst du jetzt schon im achten Semester. Stell dir das mal vor. Und Goldie hat Rudi immer in seiner Haltung bestärkt.«

»Aber nicht, weil sie Jüdin ist, sondern ein verwöhntes, arrogantes Biest, das sich für den Nabel der Welt hält. Ich kann bis heute nicht verstehen, was Rudi an der Zicke findet.«

»Nun, dein Bruder hatte eben schon immer einen sehr ungewöhnlichen Frauengeschmack«, sagte Henny, während sie die kleine Marie wiegte. »Entweder müssen sie älter sein oder zickig. Mit normalen Frauen in seinem Alter kann er wohl nichts anfangen.«

Ella nickte und beschloss, nicht länger darüber nachzudenken. Stattdessen stürzte sie sich voller Elan ins Studium. Endlich war ihre Zeit gekommen, sie führte das Leben, das sie sich immer erträumt hatte. Sie nahm begeistert an den Vorlesungen und Seminaren teil, die im ersten Semester noch über den gesamten

Campus verteilt waren. Das Allgemeine Krankenhaus Eppendorf kämpfte gerade um die offizielle Bezeichnung »Universitätsklinik«, auch wenn es bislang erst einen Hörsaal in der Chirurgie gab.

Im ersten Semester hatte das Studium noch nicht viel mit Medizin zu tun. Es gab Unterricht in Biologie, Physik und Chemie, aber die wirklich interessanten medizinischen Vorlesungen waren den Studenten vorbehalten, die sich nach Bestehen ihres Physikums bereits cand. med. – Kandidat der Medizin – nennen durften. Und so konnte Ella zunächst keinen Vorteil aus dem Wissen ziehen, das sie sich als Krankenschwester angeeignet hatte. Dafür standen ihr die anatomischen Vorlesungen offen, die sie gern besuchte.

Als der Professor den Studenten die Funktion des Herzens erklärte, war sie froh, dass sie bereits genau wusste, wie es funktionierte, denn der Mann war mit seinen Beschreibungen so umständlich, dass alle um sie herum still aufstöhnten, und die einzige andere Frau, die sich instinktiv zu ihr gesetzt hatte, meinte: »Sobald ich zu Hause bin, werde ich mir erst mal mein Lehrbuch vornehmen, damit ich das überhaupt verstehe.«

»Es ist gar nicht so schwer«, flüsterte Ella. »Die Venae cavae superior und inferior münden im rechten Herzvorhof.« Sie zeichnete es auf ihrem Schreibblock auf. »Durch diese beiden Hohlvenen fließt das sauerstoffarme Blut in den Vorhof. Sobald er voll ist, öffnet sich die Trikuspidalklappe, und das Blut fließt in die rechte Herzkammer. Dort wird es durch die Arteria pulmonalis in die Lunge gepumpt. Die Arteria pulmonalis ist deshalb die einzige Arterie im Körper, die sauerstoffarmes Blut pumpt. Das fragen sie gern in Prüfungen.« Ella lächelte. »Sobald das Blut in der Lunge mit Sauerstoff angereichert wurde, fließt es durch die Venae pulmonales in den linken Vorhof. Deshalb sind die Lungenvenen die einzigen Venen, die sauerstoffreiches Blut führen. Wenn der linke Vorhof voll ist, öffnet sich die Mitralklappe zur linken Herzkammer, und von dort aus wird das sauerstoffreiche Blut dann durch die Aorta in den Körperkreislauf gepumpt.«

»So einfach ist das?«, fragte Ellas Sitznachbarin stirnrunzelnd. »Warum kann der Professor das nicht genauso einfach erklären?«

»Männer sind manchmal umständlich.« Ella zwinkerte ihr zu. »Ich bin übrigens Ella Studt und du?«

»Julia Meißner. Ich bin im ersten Semester«, fügte sie dann entschuldigend hinzu.

»Ich bin auch im ersten Semester«, erwiderte Ella.

»Wirklich?« Julia sah sie ungläubig an. »Und dann weißt du schon alles?«

»Ich war vorher Krankenschwester. Im OP habe ich einiges gelernt.«

»Du warst schon im OP? Ich möchte so gern Chirurgin werden, aber Frauen werden im OP ja nicht gern gesehen.«

»Ohne OP-Schwestern wären die Chirurgen aufgeschmissen. Und wenn Frauen dort als Schwestern arbeiten können, warum nicht auch als Chirurginnen?«

Julia seufzte. »Meine Mutter hat mich gewarnt, dass das ein harter Weg wird. Mein Vater war Chirurg, aber der ist im Krieg geblieben. Ich war erst vier damals, aber ich kann mich noch daran erinnern, wie er mir immer von seiner Arbeit erzählt hat. Meine Mutter hielt es für einen Spleen, dass ich auch unbedingt Medizin studieren wollte, aber sie hat mich dann doch unterstützt. Ich bin ja das Einzige, was ihr geblieben ist, da lohnt es sich schon, in meine Zukunft zu investieren, nicht wahr?« Diesmal war es Julia, die kess zwinkerte und damit Ellas Sympathien gewann.

Nach der Vorlesung gingen sie gemeinsam in die Mensa. Julia war sehr an Ellas Erfahrungen als Krankenschwester interessiert, während Ella schnell merkte, dass die zwei Jahre jüngere Julia sich ebenso für die Frauenrechte einsetzte wie sie selbst.

»Meine Mutter meint, wenn ich so weitermache, vertreibe ich noch alle Männer«, sagte Julia. »Ich habe ihr allerdings noch nicht erzählt, dass es da schon länger jemanden gibt.«

»Studiert er auch Medizin?«, fragte Ella.

»Nein, er ist Cellist an der Staatsoper. Meine Mutter würde ihn vermutlich für einen sensiblen Künstler halten, weil er nicht so viel redet. Aber er hat einen göttlichen Humor. Der kann dich mit todernster Miene ansehen, und im nächsten Moment macht er eine Bemerkung, dass man vor lauter Lachen fast erstickt.« Julias Augen strahlten.

»Da werde ich ja ganz neidisch.« Ella lachte.

»Wirklich?«, fragte Julia. »Gibt es bei dir denn niemanden?«

»Doch, aber ich frage mich in letzter Zeit immer häufiger, ob wir wirklich eine gemeinsame Zukunft haben.« Noch während sie es aussprach, wurde ihr bewusst, dass Julia die erste Person war, der gegenüber sie diesen ketzerischen Gedanken äußerte. Sie kannte Philippe seit sieben Jahren, seit fünf Jahren war er ihr Geliebter. Und obwohl sie sich ihm nach wie vor eng verbunden fühlte, musste sie sich doch eingestehen, dass ihr etwas in der Beziehung fehlte. Ganz so, als würde sie selbst sich weiterentwickeln, während Philippes Leben schon vor Jahren zum Stillstand gekommen war. Zwar gab es da immer noch seine Träume von einem Leben als Journalist bei einer großen Pariser Zeitung, aber er tat nichts dafür, dieses Ziel zu erreichen. Ella fragte sich deshalb immer öfter, ob es nur daran lag, dass er bei ihr in Hamburg bleiben wollte, oder ob er befürchtete, die Erfüllung seiner Träume könnte seine Erwartungen enttäuschen. Noch galt er als hoffnungsvoller junger Mann, aber langsam wurde seine Zeit knapp, schließlich hatte er die dreißig bereits überschritten. Schon seltsam, dass ihr das erst jetzt richtig bewusst wurde, hier in der Mensa, im Gespräch mit einer jungen, sympathischen Kommilitonin, die sie gerade kennengelernt hatte. Aber vielleicht auch genau deshalb. Julia kannte weder sie noch Philippe. Sie hörte ihr zu, ohne bereits ein vorgefasstes Urteil zu haben. Und so erzählte Ella freimütig von Philippe und ihrer Beziehung.

»Nach allem, was du über ihn erzählst, ist er ein liebenswerter Kerl«, sagte Julia. »Aber hattest du jemals Schmetterlinge im Bauch, wenn du an ihn gedacht hast? Oder hat es dich nur gereizt, die Aufmerksamkeit eines scheinbar weltgewandten Mannes zu erringen?«

»Scheinbar weltgewandt«, wiederholte Ella. »Ja, das trifft es. Und ja, er war ideal, er hat nie etwas gefordert, er war immer freundlich und rücksichtsvoll. Das ist er bis heute. Aber genauso wenig, wie er jemals etwas von mir forderte, genauso wenig fordert er vom Leben. Er wohnt in seiner kleinen Dachgeschosswohnung auf St. Pauli, schreibt seine Artikel, die er mehr schlecht als recht loswird, und verdient sich das Geld für die Miete als Übersetzer. Das fand ich vor fünf Jahren aufregend, aber inzwischen frage ich mich, wo es enden soll. Wird er da immer noch leben, wenn ich längst Ärztin bin? Und wie geht es dann weiter?« Ella blickte Julia offen an. »Weißt du, wir haben nie über Heirat gesprochen, weil es bislang nicht in unser Leben passte. Als Frau verschlechtere ich mich enorm, wenn ich heirate, weil verheiratete Frauen im Beruf überall benachteiligt werden, wenn sie überhaupt eine Arbeit finden. Und Philippe scheint mir auch ganz froh, dass ich ihn niemals mit irgendwelchen Heiratswünschen behelligt habe. Manchmal glaube ich, er genießt es, so zu leben, als hätte er noch alle Zeit der Welt, seine Träume zu erreichen.«

»So als wollte er nicht erwachsen werden?«, fragte Julia.

»Ja, genau. Und je länger ich darüber nachdenke, umso mehr kommt es mir vor, als wäre ich die Ältere von uns beiden. Verrückt, nicht wahr?«

»Nein, gar nicht«, sagte Julia. »Und ich kann deine Zwickmühle verstehen. Es ist angenehm, jemanden zu haben, der immer da ist, ohne dass es Pflichten gibt. Aber dann gibt es auch keinen Fortschritt.«

»Und was würdest du in dem Fall tun?«

Julia rührte in ihrem Vanillepudding.

»Vielleicht solltest du mit ihm darüber reden? Es aussprechen?«

»Es würde ihn verletzen.«

»Warum? Vielleicht hat er sich bislang ja wirklich aus Rücksicht auf dich zurückgehalten. Vielleicht würde es ihm gefallen, wenn du ihn freilässt, damit er sich in Paris seine Träume erfüllt. Es würde ja nicht bedeuten, dass ihr euch gleich als Paar trennen müsst, im Gegenteil, ihr könntet überprüfen, ob da doch mehr zwischen euch ist. Und wenn du Ärztin bist, kannst du überall arbeiten. Ich nehme an, nach einer so langen Zeit mit einem französischen Liebhaber ist dein Französisch recht passabel?«

»Mais bien sûr«, erwiderte Ella lächelnd.

An diesem Tag hatte Ella nicht nur eine neue Freundin gefunden, plötzlich gab es da so viel, worüber sie in Ruhe nachdenken wollte. Doch als sie nach Hause kam, saßen da Carola und ihre Mutter im Wohnzimmer und diskutierten aufgeregt über irgendeinen Artikel, den Carola für *Die Hanseatin* geschrieben hatte. Das war eine Frauenzeitschrift, für die sie seit mehreren Wochen arbeitete.

»Was ist passiert?«, fragte Ella und setzte sich zu ihnen.

»Ich habe einen Artikel über junge Frauen geschrieben, die Flugstunden nehmen«, sagte Carola. »Aber der Chefredakteur will ihn nicht drucken.«

»Darf ich ihn mal sehen?«

Carola reichte ihn Ella.

Ella überflog ihn. »Na ja, der klingt eher wie eine Kampfansage an das Patriarchat. Meinst du, das ist geschickt, ihn so zu formulieren? Obwohl ich die Metapher mit den Frauen, denen Flügel wachsen, sehr schön finde. Sag, was willst du eigentlich erreichen? Geht es dir um den Kampf gegen das Patriarchat, oder willst du jungen Frauen Mut machen, Flugstunden zu nehmen und sich zu emanzipieren?«

»Beides«, sagte Carola trotzig. Ella hörte ihre Mutter seufzen.

»Ich habe ihr schon gesagt, dass man in diesen Tagen Abstriche machen muss«, sagte Martha. »Alles, was nach Widerstand klingt, wird unterdrückt. Und der Kampf gegen das Patriarchat riecht nach Sozialismus und Aufruhr. Die Nazis wollen ja gar nicht, dass die Geschlechter gleichberechtigt sind.«

»Gerade deshalb sollten wir uns an Fredi ein Beispiel nehmen«, sagte Ella. »Man kann viel mehr sagen, wenn man es geschickt anstellt und in die Sprache der Partei kleidet.«

»In die Sprache der Partei?«, rief Carola entsetzt. »Soll ich etwa Hitler loben?«

»Nein, du musst dich nur in ihre Denkweise hineinversetzen«, erklärte Ella. »Sieh mal, die Nazis sind der Meinung, Männer wären mehr wert als Frauen, denn die taugen nur fürs Kinderkriegen.«

»Richtig.«

»Aber gleichzeitig glauben die Nazis, dass jeder Deutsche, egal ob Mann oder Frau, tüchtiger ist als ein Angehöriger irgendeiner anderen Nation.«

»Ja, sind die noch ganz bei Trost?« Carola schnaubte wütend.

»Dann leite deinen Artikel doch folgendermaßen ein«, schlug Ella vor: »Schon von jeher war die deutsche Wissenschaft in der Welt herausragend. Wesentliche Erfindungen verdanken wir deutschen Forschern. Aber wo wäre die deutsche Kultur, wenn nicht hinter jedem klugen Mann eine ebenso kluge Frau stünde, die seine Ideale unterstützt? Bereits in der Vergangenheit gab es deutsche Frauen, die gezeigt haben, wozu sie fähig sind. Man denke nur an Bertha Benz, die durch ihre Jungfernfahrt mit dem ersten Automobil dazu beitrug, die Träume ihres Mannes zu unterstützen und der Welt die deutsche Erfindung des Automobils zu schenken. Und so …«

»Warte, langsamer, ich muss das mal mitschreiben, das ist sehr gut«, sagte Carola. »Vielleicht solltest du doch Journalistin werden, statt Medizin zu studieren.« Carola zwinkerte ihr zu. »So, und jetzt weiter.«

»Auch in der heutigen Zeit«, hob Ella wieder an, »ist es die Stärke der deutschen Frau, die dem Volk zu wahrer Größe verhilft. Mag das Ausland auch behaupten, der Führer wolle die deutsche Frau an den Herd verbannen, so gibt es doch genügend Beispiele junger, dynamischer deutscher Frauen, die nicht einmal davor zurückscheuen, sich Flügel wachsen zu lassen, und den Luftraum erobern. Dem Manne als ebenbürtige Gefährtin zu Land, zu Wasser und in der Luft, so wie es nur eine Frau germanischen Blutes vermag. – An diese Einleitung kannst du deinen Text hängen. Wenn dein Chefredakteur dann noch immer jammert, sag ihm, dass es im Sinne des Führers ist, die Überlegenheit der deutschen Frau herauszustreichen: nicht nur gegenüber den Frauen anderer Nationen, sondern auch gegenüber deren Männern.«

»Hmm, aber du weißt schon, dass das üble Propaganda ist, oder?«

»Ich sehe das anders«, sagte Ella. »Wenn man die schwachsinnige Ideologie der Partei nutzt, um seine eigenen Ziele durchzusetzen, anstatt Besuch von der SA zu kriegen, ist das keine Propaganda, sondern Gewitztheit.«

»Ella hat recht«, sagte Martha. »Es gibt Zeiten, da muss man sich der Sprachhülsen des Gegners bedienen, um sagen zu können, was man denkt. Und du forderst in deinem Text, dass jungen Frauen alle Möglichkeiten offenstehen sollen. Wenn die Partei das zu Propagandazwecken nutzt, ist das vielleicht nicht in deinem Sinn, wird jedoch dazu führen, dass der Flugsport für Frauen allgemein anerkannt wird. Und das ist doch dein Ziel.«

»Hmm«, sagte Carola nur, aber ihr Gesichtsausdruck verriet, dass sie sich diesen Argumenten nicht verschließen und ihren Artikel entsprechend umschreiben würde.

Tatsächlich wurde er in der folgenden Ausgabe der *Hanseatin* gedruckt, und Carola erzählte später, dass der Chefredakteur begeistert ausgerufen habe: »Na also, Sie können es doch! Das ist hervorragend.«

»Das Verrückte ist, dass ich nicht weiß, ob er meinen Artikel meinte oder die Art, wie ich meine Botschaften verpackt habe. Immerhin kennt er meine sozialistische Vorgeschichte, ich bin ja nur durch Josephs Vermittlung dort gelandet, und eigentlich dachte ich, dass er ähnlich denkt wie ich. Aber als er dann die erste Version ablehnte …« Carola war ganz aufgedreht, als sie am Erscheinungstag wieder mit Martha und Ella zusammensaß.

»Sprache ist ein Werkzeug der Macht«, sagte Martha. »Hitler und Goebbels wissen das ganz genau, so haben sie Einfluss gewonnen. Aber wenn wir die falschen Worte einer falschen Ideologie nutzen, um das zu erreichen, was wir wirklich wollen, gibt sie uns genauso viel Macht.«

»Wobei mir das eigentlich nicht liegt«, erwiderte Carola. »Mir geht es nicht um Macht, und ich will mir doch nicht die Ideologie der Nazis aneignen, sondern meine Botschaft unter das Volk bringen. Ich sage meinem Gegenüber lieber direkt, was ich denke.«

»Das hat Rudi auch immer gemacht«, sagte Ella. »Und was hat es ihm gebracht?«

»Apropos, habt ihr schon was von ihm aus Amerika gehört?«, fragte Carola.

»Nein.« Martha seufzte. »Aber ich rechne täglich mit einem Brief. Es ist ja erst vier Wochen her, seit er uns verlassen musste.«

»Ach, ehe ich es vergesse«, wechselte Carola das Thema. »Joseph hat einen Käufer für das Auto gefunden. Allerdings sind die zweitausend Mark, die Rudi sich vorgestellt hat, illusorisch. Aber Joseph hat immerhin tausendachthundert ausgehandelt. Wärst du damit einverstanden, Ella?«

»Auf jeden Fall!«, erwiderte Ella erfreut. »Davon kann ich mein gesamtes Studium finanzieren. Mein Lebensunterhalt ist also abgesichert.«

»Womit wir beim nächsten Thema wären. Was ist eigentlich mit dir und Philippe?«, fragte Carola ganz unvermittelt. »Ich meine, ich bewundere deinen unabhängigen Lebensstil, aber wie soll das eigentlich mit euch weitergehen?«

Ella schluckte. Seit ihrem Gespräch mit Julia hatte sie die Aussprache mit Philippe vor sich hergeschoben. Als sie am letzten Wochenende bei ihm gewesen war, hatte sie es versucht, aber seine zärtlichen Küsse und all das, was danach kam, hatten sie abgelenkt. Sie schätzte ihn nach wie vor als Liebhaber, auch wenn sie längst keine gemeinsame Zukunft mehr sah. Um ehrlich zu sein, hatte sie Angst, ihn ganz zu verlieren, wenn sie das Thema ansprach. Also ließ sie erst mal alles so laufen wie immer, auch wenn sie sich dabei vorkam, als wäre sie ein Mann, der sich eine Geliebte hielt, während er Karriere machte. Sie gab sich einen Ruck und beschloss dann, Carola und ihrer Mutter von ihren Zweifeln zu erzählen und sie um Rat zu bitten.

Sie war dabei längst nicht so offen wie bei Julia. Dennoch wunderte sie sich, als die beiden sich nicht überrascht zeigten.

»Eigentlich war das schon lange absehbar«, sagte Martha. »Philippe ist ein netter Mann, aber niemand, mit dem man eine Familie gründen kann.«

»Genau«, bestätigte Carola. »Er lebt in einer Traumwelt und scheut sich davor, wirklich erwachsen zu werden.«

»War euch das von Anfang an so klar?«, fragte Ella erstaunt.

»Ja«, bestätigte Martha. »Aber ich fand, dass du da selbst draufkommen musst. Wenn ich etwas gesagt hätte, hättest du mir sowieso nicht geglaubt. Mir war klar, dass du erst selbst erwachsen werden musst, um ihn als den zu erkennen, als den ihn nur eine reife Frau sehen kann.«

»Obwohl so ein verträumter hübscher Franzose als steter unauffälliger Begleiter ja auch nicht zu verachten ist, oder?« Carola schmunzelte.

»Und genau da liegt das Problem«, sagte Ella. »Er bietet mir zu wenig, um mit ihm über eine gemeinsame Zukunft nachzudenken, aber gleichzeitig ist er mir zu wichtig, um ihn ganz aufzugeben.«

»Vielleicht solltest du diplomatisch vorgehen, damit du ihn nicht gleich verschreckst«, sagte Carola. »Ermuntere ihn, sich in Paris zu bewerben, und versprich, ihn zu besuchen, sobald er eine Anstellung gefunden hat. Wer weiß, vielleicht offenbart er dir in seiner Heimat ganz neue Qualitäten. Rede offen mit ihm. Und wenn er alles so belassen will, wie es ist, genieße den Augenblick, aber fühle dich nicht verpflichtet, die Beziehung zu ihm aufrechtzuerhalten, wenn sich für dich andere Wege auftun.«

»Genau«, sagte Martha. »Vielleicht muss man Philippe aus dem Nest schubsen, damit er das Fliegen lernt.«

Auf einmal fühlte Ella sich sehr erleichtert. Sie hatte insgeheim Vorwürfe erwartet, weil sie in jeder Hinsicht aus der üblichen Frauenrolle ausgebrochen war. Aber eigentlich hätte sie es besser wissen müssen. Eine Mutter, die nicht vor Schreck die Hände über dem Kopf zusammenschlug, wenn ihre unverheiratete achtzehnjährige Tochter sich einem Mann hingab, sondern sie über sichere Verhütungsmittel belehrte, brachte vermutlich nichts aus der Fassung, was diese Dinge anging.

49

Philippe war verblüfft, dass Ella mit ihm über die Zukunft ihrer Beziehung sprechen wollte, aber es kam ihm durchaus gelegen. Tatsächlich hatte er vor einiger Zeit das Angebot einer Festanstellung bei einer großen Pariser Zeitung erhalten, sich aber nicht getraut, es Ella zu sagen.

»Ist das nicht verrückt?«, sagte Ella. »Da denken wir beide das Gleiche, aber wir trauen uns aus falscher Rücksichtnahme nicht, es auszusprechen.«

»Vielleicht liegt es auch daran, dass ich mich hier so wohlfühle«, erwiderte Philippe. »Bei dir und deiner Familie. Es fühlt sich längst so an, als wäre es meine eigene. Ich habe eine ganze Menge zu verlieren, wenn ich nach Paris gehe.«

»Aber auch eine Menge zu gewinnen. Und ich hätte einen Grund, regelmäßig nach Paris zu reisen, um dich zu sehen. Geld habe ich ja jetzt genug.«

»Aber was ist, wenn mir das, was ich in Paris finde, nicht genügt? Du bist ein wesentlicher Bestandteil meines Lebens, Ella.«

»Genau wie du, Philippe. Du warst meine erste große Liebe, und das wirst du immer bleiben, egal was kommt.«

Er nahm sie in die Arme. »Weißt du, dass ich Hitler eigentlich dankbar sein muss?«

»Diesem Mistkerl?«, empörte Ella sich.

Philippe lachte über ihren Ärger und küsste sie auf die Wange. »Ich dachte nur daran, dass ich deine Mutter und Carola nie kennengelernt hätte, wenn er nicht diesen Putschversuch unternommen hätte und ich als Gerichtsreporter dort gewesen wäre.

Die beiden haben mich überhaupt erst auf die Idee gebracht, meinen Lebensmittelpunkt nach Hamburg zu verlegen. Sonst wäre ich dir niemals begegnet, ma chérie.«

Von Rudi bekamen sie jetzt regelmäßig Briefe aus Amerika. Lawrence hatte sich als sehr großzügig erwiesen und ermöglichte Rudi ein Studium des amerikanischen Rechts, damit er zukünftig in den USA als Anwalt arbeiten konnte. Im Gegenzug sollte Rudi sich später um die Vertretung seiner juristischen Belange kümmern. Außerdem schrieb Rudi, dass sie ihr erstes Kind erwarteten. Im August wäre es so weit. »Vermutlich wird es auch unser einziges Kind bleiben«, fügte er hinzu. »Goldie wird im Anschluss alles versuchen, hier als Schauspielerin Fuß zu fassen, und sie nutzt schon jetzt die vornehmen Gesellschaften in Lawrence' Haus, um Kontakte zu knüpfen.«

Von Milli erfuhr Martha, dass sie sehr froh darüber war, Rudi und Goldie um sich zu haben. »Es ist schrecklich, was man derzeit aus Deutschland hört«, schrieb sie in einem ihrer Briefe. »Wenn man erlebt, wie viele deutsche Intellektuelle inzwischen nach Amerika emigriert sind, rechne ich mit dem Schlimmsten. Hoffentlich kann Fredi euch durch sein kluges Taktieren weiterhin schützen. Nach allem, was Rudi mir erzählt hat, ist er der mutigste Mann, den man sich vorstellen kann. Hab keine Sorge um Rudi, Goldie und dein bald zu erwartendes Enkelkind, hier ist bestens für sie gesorgt. Und wer weiß, vielleicht ist es ja möglich, dass ihr uns irgendwann besucht. Leider haben wir im Moment nicht genügend Geld flüssig, um euch eine Überfahrt zu finanzieren. Lawrence ist zwar recht glimpflich durch die Weltwirtschaftskrise gekommen, aber dennoch haben wir einige Verluste gemacht.«

Fredis Arbeit als Kriminalkommissar änderte sich im Sommer des Jahres 1934 erheblich. Ihm war schon zuvor aufgefallen, dass Werner Rohrbeck sich immer mehr von der SA distanzierte, ohne dass er dabei der nationalsozialistischen Idee abgeschworen hätte – ganz im Gegenteil.

In der Nacht vom 30. Juni auf den 1. Juli war der SA-Führer Ernst Röhm festgenommen und noch in derselben Nacht mit zahlreichen Getreuen ermordet worden. Die Täter waren SS-Angehörige, die angaben, auf diese Weise einen geplanten Putsch gegen Hitler vereitelt zu haben. Fredi empfand es als seltsame Ironie der Geschichte, dass die oberste SA-Führung demselben Terror zum Opfer fiel, den sie zuvor unter den Menschen verbreitet hatte. In der Folge stieg die SS unter Führung des bis dahin bedeutungslosen Heinrich Himmler zu einer ernst zu nehmenden Macht im Staate auf. Werner Rohrbeck erkannte die Zeichen der Zeit als einer der Ersten und wurde bereits wenige Tage nach dem sogenannten Röhm-Putsch Mitglied der SS. Im Prinzip hätte es Fredi egal sein können, allerdings änderte sich damit in den darauffolgenden Monaten auch die gesamte Polizeistruktur. Viele Polizeibeamte traten der SS bei, vor allem die der Gestapo. Rohrbeck wurde als Kriminalkommissar im Rahmen der Dienstrangangleichung, die nun folgte, SS-Hauptsturmführer und besaß für besondere Anlässe eine Uniform mit SS-Insignien, die er jedoch nur selten trug. Das einzige Mal, dass Fredi ihn in der Uniform gesehen hatte, war während der Anprobe beim Schneider gewesen, als Werner ihn gebeten hatte, ihn zu begleiten.

»Und, willst du nicht auch beitreten, Alfred?«, fragte er, während er sich stolz im Spiegel betrachtete. »Das wäre deiner Karriere förderlich.«

Fredi atmete tief durch. Gewiss, er war Parteimitglied geworden, aber das war in seinen Augen etwas völlig anderes, als einer

Truppe beizutreten, die in Sachen Grausamkeit sogar noch die SA in den Schatten stellte.

»Ich halte mich lieber zurück«, sagte er. »Du weißt, dass du dich immer auf mich verlassen kannst. Ich bin ein loyaler Parteigenosse. Aber wenn ich mich für die SS bewerbe, wird der gesamte Lebenslauf durchforstet, einschließlich der Ahnentafel. Ich habe zwar keine Juden unter meinen Vorfahren, aber ein paar stramme Sozialisten. Und einen Bruder, der bereits im KZ war, mit einer Halbjüdin verheiratet ist und sich nach Amerika abgesetzt hat. Ich will nicht, dass das an die Öffentlichkeit gezerrt wird. Zumal man es auch gegen dich verwenden könnte, weil du mich ja immer protegiert hast.«

Werner wirkte nachdenklich. »Vielleicht hast du recht«, sagte er schließlich. »Man weiß nie, wer einem hier ans Bein pinkeln will.«

Fredi nickte erleichtert.

Trotz der Umstellungen im Polizeiapparat verlief das Jahr für die Familie Studt insgesamt gut. Ella war glücklich mit ihrem Medizinstudium und verbrachte im Sommer tatsächlich zwei Wochen bei Philippe in Paris. Der hatte im Frühjahr eine gut bezahlte Stellung in der französischen Metropole angetreten. Ella war aufgefallen, wie frei sie sich plötzlich fühlte. Ihre Studienkollegin Julia hatte wohl recht damit, dass sie sich immer für Philippe verantwortlich gefühlt hatte, weil er wegen ihr in Hamburg geblieben war. Nach ihrem Paris-Besuch musste sie sich jedenfalls eingestehen, dass der Zauber sich verflüchtigt hatte. Sie waren sich immer noch freundschaftlich zugetan, aber die räumliche Trennung hatte offenbart, dass ihre Beziehung in Hamburg nur noch der lieb gewonnenen Gewohnheit geschuldet gewesen war. Zudem gab es eine junge Französin in der Zeitungsredaktion, die ein Auge auf

Philippe geworfen hatte. Und die Art, wie Philippe ihr Yvette vorstellte, verriet Ella, dass er beide Augen zurückgeworfen hatte. Deshalb machte sie am Ende ihres Paris-Aufenthaltes reinen Tisch und gab ihn endgültig frei. Ein Abschnitt ihres Lebens war vorbei. Philippe würde immer ein Freund bleiben, aber nie mehr der Mann an ihrer Seite sein.

Anfang September kam ein Brief von Rudi, dem eine Fotografie seiner am 18. August 1934 geborenen Tochter Margot beilag. Martha freute sich sehr über das Enkelkind, war aber zugleich traurig, dass sie die kleine Margot nicht aufwachsen sehen würde.

Paul tröstete sie. »Dort ist sie wenigstens sicher«, sagte er. »Unser erstes amerikanisches Enkelkind.«

»Wieso amerikanisch?«, fragte Martha.

»Weil es in Amerika Gesetz ist, dass jeder Mensch, der dort geboren wird, automatisch Amerikaner ist.«

Martha seufzte. »Das entfernt sie irgendwie noch weiter von uns. Und Rudi kann uns nicht mal mit ihr besuchen. Ihm fehlt ja auch das Geld für eine solche Reise.«

»Irgendwann werden wir sie besuchen«, versprach Paul zuversichtlich. »Oder die politische Lage entspannt sich, und Rudi kehrt zurück.«

»Glaubst du das wirklich?«, fragte Martha zweifelnd.

»Man sollte nie aufhören zu hoffen«, sagte Paul.

50

Das Allgemeine Krankenhaus Eppendorf war nun offiziell zum Universitätskrankenhaus ernannt worden, und damit stieg auch das Ansehen der Hamburger Medizinstudenten in der Fachwelt. Natürlich musste Ella sich als studierende Frau immer wieder mal despektierliche Altherrenwitze anhören, aber sie hatte eine Art entwickelt, mit einer unschuldigen Schlagfertigkeit darauf einzugehen, die all die Possenreißer zum Schweigen brachte. So hatte ein Professor sich einmal erdreistet, sie im Rahmen einer Anatomie-Vorlesung über die weiblichen Beckenorgane direkt anzusprechen: Warum sie ihre Jugend mit dem Studium verschwende, anstatt dem Führer ein Kind zu schenken.

Ella hatte ihn mit großen Augen angesehen. »Ist das Ihr Ernst? Sie wollen mich mit dem Führer verkuppeln? Finden Sie das nicht unangemessen, wo der Führer doch immer wieder betont, dass Deutschland seine Braut ist?«

Das Gelächter des versammelten Hörsaals hatte den Professor zum Verstummen gebracht. Natürlich hatte er sich beim nächsten Anatomie-Testat für die Niederlage revanchieren wollen, aber sosehr er sich auch bemühte, Ella konnte alle seine Fragen beantworten, selbst klinische, die den Horizont einer Studentin im dritten Semester überstiegen. Jetzt kamen Ella die vielen Stunden im OP an der Seite von Professor Wehmeyer zugute, und zum ersten Mal in ihrem Leben hatte sie das Gefühl, dass ihre Zeit als Krankenschwester eine Bereicherung war gewesen.

Julia bewunderte Ella, die sich von niemandem einschüchtern ließ, dabei jedoch immer auf Parteilinie argumentierte, sodass sie unangreifbar blieb, und außerdem so fleißig lernte, dass man ihr nichts anhaben konnte.

Das Jahr 1935 begann unspektakulär, aber mit einer guten Nachricht, denn Fredi wurde trotz seines jungen Alters Oberkommissar, was mit Sicherheit auch daran lag, dass er auf den Parteiversammlungen stets den Eindruck eines strammen Nationalsozialisten vermittelte. Es war ihm zudem gelungen, bei einer dieser Parteiversammlungen Kontakte zu einem führenden Mitglied der Marineschule herzustellen und es seinem Cousin Arthur zu ermöglichen, seine Ausbildung zum Seeoffizier in Hamburg fortzusetzen. Fredi hatte in einem Gespräch über den Ostasienhandel das Thema geschickt auf Arthur gelenkt.

»Mein Cousin ist vom Herzen her ein reiner Deutscher«, sagte er. »Natürlich sieht man ihm die Herkunft seiner Mutter an, aber wir wissen ja beide, dass die Asiaten ebenso fleißig wie die Deutschen sind. Und mein Cousin spricht Chinesisch wie seine zweite Muttersprache. Der wäre eine Bereicherung für den Schiffsverkehr auf der Ostasienroute. Ein Deutscher mit einer chinesischen Mutter wird große Vorteile gegenüber den konkurrierenden Engländern mit ihrer Kolonialherrenmentalität haben.«

Fredis Argumentation überzeugte, und so konnten sich Heinrich und Li-Ming freuen, dass ihr Sohn endlich nach Hause kommen würde.

Da Fredi als hoch angesehenes Parteimitglied galt, hatte seine Familie nicht unter der Regierung zu leiden. Martha und Paul waren klug genug, sich nicht öffentlich politisch zu äußern, und Carola perfektionierte die Feinheiten der taktisch klugen Ausdrucksweise, die erwartet wurde, wenn man an der staatlichen Zensur vorbei seine Meinung vermitteln wollte.

Ella hingegen hatte kaum noch Zeit, sich um Politik zu kümmern, denn sie bereitete sich auf das Physikum vor.

Im Sommer verlobte sich Ellas Freundin Julia mit Hans-Martin Kampner. Der junge Cellist war Ella von Anfang an sehr sympathisch gewesen, und sie konnte gut verstehen, was Julia an ihm fand. Sie selbst blieb jedoch allein. Selbst ihre einstmals so geliebte Freizeitbeschäftigung, das Tanzen, musste hinter dem Lernpensum zurückstecken. Ella wusste sehr gut, dass sie besser als ihre männlichen Kommilitonen sein musste, wenn sie bei den Prüfungen nur halb so gute Bewertungen haben wollte. Und obwohl ihre Schlagfertigkeit dafür sorgte, dass man sie nicht mehr offen als studierende Frau attackierte, so blieb die Abneigung vieler Professoren gegen das Frauenstudium erhalten. Noch schlimmer als die Medizinstudentinnen traf es die wenigen Juristinnen, denen die Regierung sogar die Befähigung zum Richteramt aufgrund ihrer weiblichen Emotionalität absprach. Und so blieb vielen hochgebildeten Frauen nichts anderes übrig, als weit unter ihrer Qualifikation zu arbeiten oder aber zu heiraten. Wobei die Eheschließung für eine berufstätige Frau inzwischen zu einem noch größeren Problem geworden war als in den Zeiten vor der Machtergreifung, denn Unternehmen wurden ausdrücklich dazu angehalten, männliche Bewerber zu bevorzugen und verheiratete Frauen abzulehnen. Vor diesem Hintergrund fand Ella es ausgesprochen mutig, dass Julia Hans-Martin im nächsten Jahr heiraten wollte.

»Wäre es nicht klüger, erst das Studium abzuschließen und eine Anstellung als Ärztin zu finden, ehe du heiratest?«, fragte sie die Freundin.

»Vielleicht«, gab Julia zu. »Aber ich will mich von der Regierung nicht länger in meinem Privatleben einschränken lassen. Alles hat seine Grenzen! Es ist doch schon schlimm genug, was die gerade für ein neues Gesetz verabschiedet haben.«

»Welches Gesetz meinst du?«, fragte Ella. Durch das viele Lernen kam sie kaum noch dazu, die Zeitung zu lesen.

»Na, das Gesetz zum Schutze des deutschen Blutes und der deutschen Ehre, was denn wohl sonst?«

»Und was besagt das?«, fragte Ella.

»Es verbietet die Eheschließungen von Juden und Ariern sowie den außerehelichen Geschlechtsverkehr. Das heißt jetzt Rassenschande und kann mit Gefängnis bestraft werden.«

»Wie bitte?«

»Ja, und das ist noch nicht alles. Sie liefern gleich einen Rassenkatalog mit. Es gibt Volljuden und Halbjuden, Vierteljuden und Achteljuden, wobei die Achteljuden zwar nicht mehr unter die Rassegesetze fallen, aber dennoch nicht als Arier gelten und deshalb nicht der SS beitreten dürfen.«

»Die spinnen doch«, sagte Ella.

»Genau«, erwiderte Julia. »Außerdem legen sie den jüdischen Kollegen von Hans-Martin immer mehr Hindernisse in den Weg. Fast das halbe Orchester wurde schon ausgetauscht. Lieber senken sie die Qualität der Darbietung, als dass sie Juden spielen lassen. Hans-Martins bester Freund Siegmund ist ebenfalls betroffen. Der versucht sich jetzt mit Engagements bei privaten Feiern über Wasser zu halten.«

Die sogenannten Rassengesetze waren am Abend auch bei den Studts Thema.

»Carola hat es mir erzählt«, sagte Martha. »Sie wollte gleich einen kämpferischen Artikel gegen dieses unmenschliche Gesetz schreiben, aber ihr Chefredakteur hat es ihr verboten.« Sie seufzte. »Ich frage mich, was das wohl für Rudis Schwiegereltern bedeutet.«

»Jakob Stein ist offiziell evangelisch«, sagte Paul.

»Du weißt doch ganz genau, dass die Nazis Konvertiten weiterhin als Juden betrachten«, erwiderte Martha. »Und wenn ich zurückdenke, wie sehr er und Goldie schon zuvor unter dem Judenhass gelitten haben, befürchte ich das Schlimmste.«

»Habt ihr in letzter Zeit etwas von den Steins gehört?«, fragte Ella.

»Sie haben mich zuletzt an meinem Geburtstag angerufen.«

»Glaubst du, sie würden sich melden, wenn sie in Schwierigkeiten sind, Mama?«

»Ich weiß es nicht, so nahe stehen wir uns ja auch nicht.«

»Vielleicht sollten wir sie mal anrufen«, schlug Paul vor. »In solchen Zeiten muss man als Familie zusammenstehen.«

»Übernimm du das bitte, Paul«, sagte Martha. »Falls Goldies Mutter rangeht, quatscht die mich wieder stundenlang voll, und du weißt ja selbst, wie teuer Ferngespräche sind.«

Paul und Ella lachten.

Als Paul Jakob Stein am folgenden Tag anrief, sah er die Rassengesetze ganz entspannt. Er betonte, dass er sich nicht als Jude fühle. Für ihn persönlich hatten diese neuen Gesetze keinerlei Bedeutung. Und seinen Kunden ging es ebenso, die Geschäfte würden langsam wieder besser laufen, und niemand würde von ihm verlangen, dass er als Jude sein Geschäft aufgab. »Ich bin Christ wie alle anderen«, sagte er. »Macht euch keine Sorgen. Und wenn wirklich etwas passiert, melde ich mich schon.«

51

Im Herbst bestand Ella ihr Physikum und konnte nun endlich an den Vorlesungen der klinischen Fächer wie Chirurgie, Innere Medizin, Frauenheilkunde und Pädiatrie teilnehmen. Zugleich stand nun der nächste Schritt in ihrer ärztlichen Berufsplanung bevor, denn die meisten Studenten bemühten sich bereits nach dem Physikum um eine Doktorarbeit. Ursprünglich wollte Ella Chirurgin werden, doch seit sie die Vorlesungen von Professor Degkwitz besucht hatte, war ihre Leidenschaft für die Kinderheilkunde erwacht. Professor Rudolf Degkwitz war nicht nur ein herausragender Kinderarzt und Immunologe, sondern scheute sich auch nicht, in seinen Vorlesungen öffentlich gegen die Regierung zu wettern. Ella bewunderte den Professor für diesen Mut, zumal er wegen seines Verhaltens bereits einmal ein mehrmonatiges Lehrverbot erhalten hatte. Sie beschloss, Professor Degkwitz zu fragen, ob er sie als Doktorvater betreuen würde, obwohl sie wusste, dass das für sie riskant sein könnte.

»Ich habe in der Tat eine Arbeit zu vergeben, Fräulein Studt«, sagte er. »Es geht um die statistische Auswertung von Impferfolgen bei Kindern. Wie Sie wissen, werden Säuglinge seit einigen Jahren gegen die Tuberkulose geimpft, allerdings erkranken nach wie vor Kinder an dieser heimtückischen Krankheit. Ich würde gern eine Auswertung haben, die uns sagt, wie hoch der Prozentsatz der an Tuberkulose erkrankten Kinder ist, die als Säugling geimpft wurden, um ihn in Relation zur Gesamtwirksamkeit zu setzen. Ihr Kommilitone Herr Thiessen arbeitet für mich schon an einer vergleichbaren Doktorarbeit. Darin geht es um Kinder, die gegen Diphtherie geimpft wurden. Wenn Sie Interesse an diesem Thema haben, könnten Sie sich an Herrn Thiessen wenden, damit er Ihnen den statistischen Aufbau erklärt.«

Ella spürte, wie ihr Herz schneller schlug. Sie würde eine Doktorarbeit schreiben! Bei dem Professor, den sie so sehr bewunderte. Und dann auch noch über ein wirklich wichtiges Thema! Sie dachte daran zurück, wie ihre Mutter ihr von ihren jungen Jahren als Krankenschwester erzählt hatte. Von einer Zeit, in der es weder gegen Tuberkulose noch gegen Diphtherie eine Impfung gab. Und jetzt war sie selbst inmitten der neuesten medizinischen Forschung angekommen. Sie durfte wissenschaftlich als Doktorandin an einer Universitätsklinik arbeiten!

»Aber ja, das ist ein hochinteressantes Thema, Herr Professor«, Ella schoss das Blut in die Wangen, »und ein wichtiges dazu. Es würde mir große Freude bereiten, daran zu arbeiten.«

»Also dann, willkommen in meiner Arbeitsgruppe, Fräulein Studt.«

Martha war ungeheuer stolz auf ihre Tochter. »Damit übertrumpfst du selbst Rudi, und der hatte es viel leichter als du«, sagte sie. »Du wirst die Erste in der Familie mit Doktortitel sein, trotz all der Steine, die man dir in den Weg gelegt hat. Das hast du redlich verdient!«

Mit dem Beginn ihrer Doktorarbeit lernte Ella auch Harald Thiessen näher kennen, der zwei Jahre älter als sie war und bereits kurz vor dem Abschluss seiner Dissertation über die statistische Erhebung der Wirksamkeit der Diphtherie-Impfung stand. Thiessen war ein zurückhaltender Mann, der durch seinen Schnurrbart deutlich älter wirkte, als er war, und sich stundenlang mit peniblen Berechnungen seiner Untersuchungsergebnisse beschäftigte. Gleichzeitig war er sehr hilfsbereit, führte Ella in die Statistiktabellen ein und gab ihr sogar seine Telefonnummer, damit sie ihn bei Fragen jederzeit erreichen konnte. Dabei wahrte er stets eine große Distanz zu ihr, so als wäre er nicht nur zwei Jahre älter, sondern zwanzig. *Der ist genauso altmodisch wie sein Schnurrbart*, dachte Ella und amüsierte sich heimlich über ihn. Bis zu dem Tag, als er morgens in die Uni kam und der Schnurrbart verschwunden war.

»Es war an der Zeit für eine Veränderung«, sagte er, als er ihren erstaunten Blick bemerkte. Ella platzte vor Neugier, aber sie traute sich nicht zu fragen. Natürlich war sie nicht die Einzige, der diese Veränderung auffiel, und der Universitätsklatsch lieferte sehr schnell die Erklärung. Harald Thiessens langjährige Freundin hatte das Verlöbnis gelöst, nachdem ihr Bruder der SS beigetreten war. Ein Doktorand von Professor Degkwitz sei kein angemessener Umgang mehr für sie, sei die Begründung gewesen.

Ella fragte sich jedoch, ob das nicht nur ein Vorwand war, denn wenn Harald im Umgang mit Frauen genauso verkrampft war wie mit seinen Daten, war das Sexualleben mit ihm bestimmt kein Vergnügen.

Umso erstaunter war sie, als er sie drei Wochen später fragte, ob sie mit ihm zum Semesterball im Curiohaus gehen würde.

»Sie wollen mit mir zum Tanzen gehen?«

»Na ja, ich habe gehört, dass Sie eine begeisterte Tänzerin sind.«

»Wer hat Ihnen das denn erzählt?«

»Fräulein Meißner.«

»Julia? Ich wusste gar nicht, dass Sie mit ihr bekannt sind.«

Harald räusperte sich. »Wir kennen uns seit unserer Kindheit. Unsere Väter waren befreundet.«

»Und warum haben Sie mich nicht selbst gefragt? Wir arbeiten doch regelmäßig zusammen.«

Er räusperte sich erneut. »Ich weiß nicht recht … also, na ja … Sie wirken immer so resolut und distanziert.«

»Ich?«, rief sie perplex. »Sie sind doch derjenige, der sich bisher nicht dazu durchringen konnte, vom formellen Sie und Herrn Thiessen endlich mal zum Du und Harald zu kommen.«

Jetzt war die Überraschung auf seiner Seite. »So sehen Sie mich? Aber … es ist doch die Frau, die dem Mann das Du anbieten muss.«

»Eigentlich der Ältere dem Jüngeren«, sagte Ella. »Und so, wie Sie sich immer geben, wirken Sie ja erheblich älter als ich. Wobei der …«, sie zögerte kurz, »… Schnurrbart sicher einiges dazu beigetragen hat. Ohne sehen Sie gleich viel jünger und besser aus.«

»So wie jemand, mit dem man sich beim Tanz blicken lassen könnte?« Ein verschmitztes Lächeln zog über sein Gesicht, so liebenswert, dass Ella unwillkürlich zurücklächeln musste.

»Und warum willst du ausgerechnet mit mir zum Tanzen gehen, Harald?«, fragte sie nun deutlich sanfter.

»Weil du gut tanzen kannst? Außerdem würde ich dich gern ein bisschen näher kennenlernen.«

»Ach ja?«, sagte Ella. »Willst du dich nicht viel eher darüber hinwegtrösten, dass deine Verlobte dich sitzen gelassen hat? Zumindest zwitschern das die Vögel vom Dach.«

»Nur, weil ich mal wieder das Tanzbein schwingen möchte, anstatt wie ein Trauerkloß im stillen Kämmerlein zu versauern?«

»Soweit ich weiß, ist der Semesterball kein harmloses Tanzvergnügen, sondern eine Art Heiratsmarkt.«

»Tatsächlich? Das wusste ich nicht.«

»Wirklich nicht?«

»Na ja, wenn dem tatsächlich so ist, dann ist es doch das Beste, wenn wir zusammen hingehen. Auf diese Weise kann uns niemand ungefragt vom Fleck weg heiraten, und wir kommen unbeschadet und ledig wieder nach Hause.«

Er brachte das mit einem so treuherzigen Blick hervor, dass Ella laut lachen musste.

»Stimmt«, sagte sie. »Also gut, ich werde dich zum Semesterball begleiten.«

»Ich freu mich darauf«, sagte Harald, und obwohl Ella nur mit einem Lächeln antwortete, ging es ihr genauso.

52

Beim Semesterball im Curiohaus merkte Ella, dass Harald gar nicht der distanzierte, schrullige Gelehrte war, für den sie ihn gehalten hatte, sondern jemand mit einem gesunden Humor, der gut zu ihrem eigenen passte.

Und je besser sie ihn kennenlernte, umso mehr erfuhr sie auch von seiner Geschichte. Die Lösung der Verlobung hatte er als eine Art Befreiung erlebt, denn seine Jugendliebe hatte sich politisch in eine Richtung entwickelt, die ihm gar nicht behagte. Genau das hatte ihn auch dazu bewogen, ausgerechnet Professor Degkwitz um eine Doktorarbeit zu bitten.

Von nun an verbrachten sie die Abende nach dem Studium und der Arbeit an ihren Dissertationen regelmäßig zusammen. Harald war ebenso wie Ella ein begeisterter Tänzer, der sich sogar gern mal auf verbotenes Terrain begab. So nahm er sie hin und wieder zu privaten Tanzveranstaltungen in versteckten Kellerlokalen mit, wo Swing gespielt wurde. War es noch vor zehn Jahren völlig selbstverständlich gewesen, dass die Eigner der Tanzlokale selbst entschieden, welche Musik sie spielten, so galten Swing und Jazz inzwischen als unerwünschte »Negermusik«, und die Nazis wollten der »Vernegerung« des deutschen Volkes durch scharfe Restriktionen vorbeugen.

»Deshalb hängt hier in der Garderobe ein Spiegel«, sagte Harald bei ihrem ersten Besuch in einem der geheimen Swingkeller. »Damit wir beim Rausgehen nachschauen können, ob wir schon vernegert sind. Es kann ja durchaus sein, dass die Musik die Haare kräuselt und die Pigmentproduktion in der Haut übermäßig ankurbelt.«

Ella lachte schallend. Sie liebte seinen Humor.

»Bist du mit deiner ehemaligen Verlobten auch mal hier gewesen?«

»Natürlich nicht, die hätte doch sofort der Schlag getroffen. Ich habe dir ja erzählt, dass ihre Familie politisch auf Parteilinie ist. Und als ihr Bruder der SS beigetreten ist, war der Zeitpunkt gekommen, sich zu trennen. Ich habe es ihr überlassen, den Schlussstrich zu ziehen. Mir war das lieber, weißt du. Wenn die Frau geht, kann man dem Mann kein unehrenhaftes Verhalten nachsagen. Und es gibt weniger dummes Geschwätz.«

Im Juli heiratete Julia Meißner ihren Verlobten Hans-Martin Kampner. Zu diesem Zeitpunkt war Harald schon längst Ellas Tischherr geworden. Den letzten Schritt in ihrer Beziehung hatten sie jedoch noch nicht vollzogen, was unter anderem daran lag, dass Ella noch bei ihren Eltern lebte und Harald bei einer sehr neugierigen Zimmerwirtin, an der man keine Frau vorbeischmuggeln konnte.

Julia und Hans-Martin feierten in einem schicken Gartenlokal mit Blick auf die Außenalster. Es war eine wunderschöne Feier, und Hans-Martin hatte seinen Freund Siegmund und einige ehemalige Kollegen aus der Staatsoper, die man allesamt wegen ihrer jüdischen Herkunft entlassen hatte, als Musiker engagiert, um ein Zeichen zu setzen.

Als das Brautpaar die Tanzfläche eröffnete und Ella ihnen aufs Parkett folgen wollte, hielt Harald sie noch zurück. »Warte, ich habe heute auch ein Geschenk für dich.«

Er reichte ihr einen Umschlag. Ella sah ihn irritiert an.

»Nun öffne ihn schon«, forderte er ungeduldig.

Ella gehorchte. Sie fand Karten für die Olympischen Spiele in Berlin und eine Hotelreservierung für zwei Personen – ausgestellt auf das »Ehepaar Thiessen«. Ein bisschen anstößig vielleicht, aber in einer Welt, in der es noch immer einen Kuppeleiparagrafen gab, blieb einem nichts anderes übrig.

»Du willst mit mir nach Berlin fahren?«, sagte sie freudig überrascht. »Zu den Olympischen Spielen?«

»Wenn sie schon mal in Deutschland sind, wäre es doch eine Schande, die Gelegenheit nicht zu nutzen«, erwiderte Harald augenzwinkernd. »Es sei denn, du findest das mit der Hotelreservierung zu gewagt.«

Ella lachte. »Du entpuppst dich ja als richtiger Draufgänger. Und wie kommst du darauf, dass ich so altmodisch sein könnte? Sollte es allerdings ein versteckter Heiratsantrag sein, vergiss es! Ich habe schon Julia geraten, Hans-Martin lieber erst zu heiraten, wenn sie eine Anstellung als Ärztin hat.«

»Und dabei sind die beiden doch so ein schönes Paar«, erwiderte Harald mit Blick auf die Tanzfläche. »Wir könnten uns ihnen doch zumindest auf der Tanzfläche anschließen, oder?« Er erhob sich und reichte ihr die Hand. Ella ergriff sie und folgte ihm. Insgeheim hatte es sie gerührt, dass sie als »Ehepaar« nach Berlin reisen würden. Ein wohliges Gefühl durchströmte sie. Harald war so anders als Philippe. Er hatte feste Ziele und packte die Dinge an. Und das Schönste war, dass er sie immer wieder aufs Neue zu überraschen wusste.

Martha freute sich, dass Ella mit Harald einen zuverlässigen angehenden Arzt an ihrer Seite hatte, der ihre Interessen teilte und ihr sogar eine kurze Reise zu den Olympischen Spielen ermöglichte.

»Hoffentlich fasst du zu ihm mehr Vertrauen als zu Philippe«, sagte sie.

Ella runzelte die Stirn. »Was soll das heißen? Ich hatte Vertrauen zu Philippe.«

»Nun ja, für eine gemeinsame Zukunft hat es jedenfalls nicht ausgereicht«, erwiderte ihre Mutter. »Falls du irgendwann doch noch eine Familie gründen willst, wird es langsam Zeit, im richtigen Hafen anzulegen. Du bist schließlich schon sechsundzwanzig. In deinem Alter hatte Fredi schon drei Kinder.«

»Ja, und demnächst kommt das vierte, ich weiß«, erwiderte Ella. »Für Nachwuchs ist also ausreichend gesorgt. Vier Kinder von Fredi und eines von Rudi, die Familie wird also nicht aussterben. Und wer weiß, wie viele Kinder Henny und Fredi noch bekommen.«

»Nein, nein, Henny hat mir versichert, dass die Familienplanung mit dem vierten Kind abgeschlossen ist. Sie wollte immer zwei Jungen und zwei Mädchen.«

»Und was ist, wenn es noch ein Junge wird? Müssen es dann drei Jungen und drei Mädchen werden?«, sagte Ella schnippisch.

»Das habe ich sie auch gefragt«, erwiderte Martha lachend. »Sie sagte, mehr als vier Kinder passen nicht in die Schreberbude.«

Ella stimmte in das Lachen ein. So war Henny. Sie liebte ihre Kinder und ging in der Mutterrolle auf, und Fredi war ein großartiger Vater. Nie drückte er sich an den freien Wochenenden davor, mit ihnen zu spielen. Jetzt im Sommer hatte er sogar ein Kanu gekauft, mit dem die Familie lange Paddelausflüge auf den kleinen Kanälen unternahm, die von der Schrebergartenkolonie in Moorfleet bis nach Bergedorf führten. War Henny anfangs auch enttäuscht gewesen, dass sie nicht direkt in Fußnähe zu ihrer Wohnung eine Schrebergartenparzelle bekommen hatten, so freute sie sich jetzt, dass sie direkt am Wasser waren. Der sechsjährige Wolfgang und der vierjährige Matthias konnten sogar schon schwimmen. Darauf hatte Fredi Wert gelegt, und sogar mit der zweieinhalbjährigen Marie tobte er an warmen Sommertagen im flachen Wasser.

Der Sommer 1936 blieb der ganzen Familie in guter Erinnerung. Es war ein Sommer der Hoffnung. Während der Olympischen Spiele war die Welt in Deutschland zu Gast, und das Reich wollte sich von seiner besten Seite zeigen. Die antisemitischen Karikaturen verschwanden aus den großen Schaukästen, und die Zeitungen waren deutlich gemäßigter in ihren Artikeln. Ella hoffte sehr, dass dies den Anfang einer Normalisierung markierte. Vielleicht würde Rudi dann auch wieder nach Deutschland zurückkehren. Er schrieb der Familie regelmäßig, und obwohl er sich in New York anscheinend gut eingelebt hatte und Goldie sogar festes Mitglied eines angesehenen Theaterensembles geworden war, schimmerte sein Heimweh nach Hamburg durch. Die Familie fehlte ihm, und Ella musste sich eingestehen, dass er ihr ebenfalls fehlte – auch wenn er sie immer wieder enttäuscht hatte. Harald und Rudi, davon war sie überzeugt, würden sich blendend verstehen.

Am 31. Juli 1936 nahmen Ella und Harald den Zug nach Berlin, um rechtzeitig zur Eröffnung der Olympischen Spiele am nächsten Tag im Stadion zu sein.

Ihrer ersten gemeinsamen Nacht im Hotel hatte Ella aufgeregt entgegengefiebert. Und doch war sie in Sorge, ob ihre Erwartungen nicht vielleicht zu hoch gegriffen waren. Unbegründet, wie sich herausstellte. Harald war ein so einfühlsamer wie leidenschaftlicher Liebhaber, der es zu würdigen wusste, dass Ella keine unerfahrene Jungfrau war, sondern ihm ihre geheimsten Wünsche verriet und im Gegenzug auch unumwunden nach seinen fragte. Ein wenig amüsiert dachte sie daran zurück, wie falsch sie ihn ursprünglich eingeschätzt hatte. Die Liebe mit Harald war anders als mit Philippe, erregender, da es noch so viel zu entdecken gab, aber auch um einiges erfüllender, nicht zuletzt, weil sie beide ihre Erfahrungen einbringen konnten.

»Woran denkst du?«, fragte Harald zärtlich, als sie schließlich erschöpft nebeneinander im Bett lagen.

»An nichts weiter. Ich bin einfach nur unsagbar glücklich mit dir.« Sie küsste ihn. »Und was denkst du?«

Er zog sie fester an sich. »Genau dasselbe. Ich liebe starke Frauen, die bereit sind, sich auf das Abenteuer des Lebens in all seinen Facetten einzulassen.«

Das Abenteuer des Lebens ... Zum ersten Mal konnte Ella sich wirklich vorstellen, dieses Abenteuer mit Harald an ihrer Seite zu bestehen.

Berlin während der Olympischen Spiele zu erleben war unbeschreiblich.

Es war verblüffend, wie sehr sich die Atmosphäre durch die Spiele verändert hatte. Das Berlin, von dem Rudi ihr erzählt hatte, schien eine völlig andere Stadt gewesen zu sein. Wegen der internationalen Besucher waren die Restriktionen in Bezug auf Musik und Schauspiel gelockert worden. Für einen kurzen Augenblick schien es so, als würden die Fahnen aller Nationen, die überall gehisst waren, der Stadt das alte Flair von Freiheit und Weltoffenheit zurückgeben. Schilder, dass Juden unerwünscht waren, sah man nirgends – weder an den Läden noch an den Parkbänken.

Als sie im Stadion Zeugen wurden, wie der schwarze Amerikaner Jesse Owens eine Goldmedaille nach der anderen holte und das Volk ihm zujubelte, anstatt sich vom Rassenwahnsinn der Regierung anstecken zu lassen, da schöpfte Ella wieder Hoffnung, dass die Zeiten besser werden würden. Die meisten Leute waren nach wie vor vernünftig, da war sie sich ganz sicher. Aber sie waren klug genug, den Mund zu halten, damit ihnen ein Schicksal im KZ erspart blieb. Und den Menschen, die nicht gerade zu einer der verfolgten Gruppen gehörten, wurde es durchaus leicht gemacht, die negativen Seiten der Regierung auszublenden. Wer als arisch galt, politisch neutral oder der NSDAP zugewandt, keinen Umgang mit Juden oder anderen missliebigen Personen pflegte und eine anständige deutsche Familie gründete, hatte nichts zu befürchten, ganz im Gegenteil. Für junge Ehepaare gab es Ehestandsdarlehen, die man quasi dadurch tilgen konnte, dass man möglichst viele Kinder in die Welt setzte. Bei vier Kindern war man schuldenfrei. Die einstigen Gewerkschaften waren zwar in einer staatlichen Gewerkschaft aufgegangen, aber viele Arbeiter profitierten davon, dass sich ihre Arbeitsbedingungen verbesserten. Außerdem gab es zwei neue Feiertage: den 20. April – Führers Geburtstag – und den 1. Mai, den Tag der Arbeit. Die NSDAP, die sich als Arbeiterpartei sah, tat tatsächlich eine Menge für deutsche Arbeiter, solange sie als wertvolle Menschen deutschen Blutes galten. Um als wertvoll zu gelten, genügte es jedoch inzwischen nicht mehr, arisch zu sein und dem nationalsozialistischen Gedankengut zumindest nicht feindlich gegenüberzustehen. Nein, man musste auch nachweisen, auf welche Weise man für das Volkswohl wertvoll war. Und wertvoll waren prinzipiell nur erbgesunde Menschen ohne Behinderung, die nicht als abartig, zum Beispiel homosexuell, oder als asozial galten. Die einzigen Behinderten, die das Reich glorifizierte, waren die verkrüppelten Kriegsveteranen. Allerdings hatte sich diese Glorifizierung bislang nicht in irgendeiner Form von finanzieller Anerkennung niedergeschlagen.

Und so war es beinahe wie das Erwachen aus einem wunderbaren Traum, als das Olympische Feuer am 16. August wieder verlosch und der Alltag so unbarmherzig Einzug hielt, dass Ella das Gefühl hatte, mit dem olympischen Feuer sei viel mehr verloschen als nur der olympische Traum.

53

Ihren sechzigsten Geburtstag feierte Martha 1938 wie üblich im Schrebergarten. Allerdings fehlten einige lieb gewonnene Gesichter. Zu ihrer großen Bestürzung war Professor Schlüter zwei Wochen zuvor verstorben, und Wilhelmina fühlte sich so kurz nach seinem Tod außerstande, an der Feier teilzunehmen.

Auch Heinrich und Arthur konnten nicht kommen, da sie beide auf See waren. Heinrich kommandierte weiterhin die *Weser*, während Arthur seit einem Jahr im asiatischen Meer als Kapitän eines Frachtschiffs unterwegs war. Ihn in eine andere Region zu schicken wäre für die deutsche Reederei, die ihn eingestellt hatte, nicht infrage gekommen. Li-Ming war darüber nicht besonders glücklich, aber Arthur fühlte sich wohl, wie er in seinen Briefen schrieb. Hier wurde er nicht wegen seiner äußeren Erscheinung schief angesehen, und sein Vater konnte ihn besuchen, wenn er selbst in der Gegend war. Da Lilli im Sommer ihr Abitur bestanden hatte, wäre Li-Ming wieder frei gewesen, mit Heinrich auf große Fahrt zu gehen, aber sie machte sich um Lillis Zukunft Sorgen. Als Halbchinesin, und noch dazu als Frau, hatte sie trotz eines guten Abiturs keine Möglichkeit zu studieren. Es war wieder einmal Fredi, der einen, wenn auch ungewöhnlichen, Vorschlag parat hatte, den er auf Marthas Geburtstagsfeier seiner Familie unterbreitete.

»Wie wäre es, wenn Lilli bei der Polizei anfängt?«, sagte er. »Offiziell könnte ich sie als Sekretärin einstellen, die mich bei den Ermittlungen im Chinesenviertel unterstützt, weil sie fließend chinesisch spricht.«

»Gibt es da denn so viel zu ermitteln?«, fragte Li-Ming. »Das sind doch meistens ordentliche Leute.«

»Na ja, die, die da regulär wohnen und arbeiten, schon«, sagte Fredi. »Aber die Polizei hat große Probleme mit den sogenannten Kofferchinesen.«

»Was sind denn Kofferchinesen?«, fragte Harald.

»So nennt man die fliegenden Händler, die nicht nur ordentliche Waren verkaufen, sondern auch im Opiumhandel und in anderen krummen Geschäften ihre Finger haben. Und ab und zu findet man schon mal einen toten Chinesen in den Kanälen. Glaubt mir, das Chinesenviertel ist in den Augen der Polizei zwielichtig genug, dass ich ausreichend Gründe habe, eine chinesisch sprechende Sekretärin anzustellen, der ich blind vertraue. Dann hätte Lilli erst einmal eine angesehene Stelle, und um den Rest kümmern wir uns später. Wenn Lilli sich dort gut macht, könnte ich ihr über die Partei vielleicht sogar eine bessere Position verschaffen.«

»Glaubst du wirklich, die Partei würde jemanden wie mich unterstützen?«, fragte Lilli zweifelnd.

»In dieser Partei verfolgt doch jeder seine eigenen Interessen. Die Kunst besteht darin herauszufinden, wo sich die Interessen überschneiden.«

»Und darin bist du in letzter Zeit ja recht gut«, bestätigte Carola. »Joseph schwärmt in den höchsten Tönen von dir, aber wenn ich ihn frage, was du denn genau für ihn getan hast, hüllt er sich in Schweigen.«

»Aha«, sagte Fredi nur und grinste.

»Heißt das, du willst auch nichts sagen?«

Bevor Fredi antworten konnte, brach die anderthalbjährige Helga, die bis dahin friedlich unter dem Tisch gespielt hatte, in Tränen aus. Noch bevor Henny bei ihrer Jüngsten war, sprang Fredi auf und nahm sie auf den Arm.

»Was ist denn los, meine Süße?«, fragte er.

»Oh, sieh dir mal ihren Arm an!«, rief Henny. »Da hat sie eine Biene oder Wespe gestochen.«

»Die wurden bestimmt vom Kuchen angelockt«, sagte Martha. »Ich hol einen kalten Waschlappen, dann geht es der Kleinen gleich besser.«

»Bei Papa geht es ihr sowieso immer gut«, sagte Fredi und schaukelte sie auf den Knien, bis die Oma mit dem feuchten Waschlappen zum Kühlen kam.

Die kleine Helga war normalerweise ein rechter Sonnenschein. Martha war ganz verliebt in ihr fünftes Enkelkind, aber Helgas Anblick erinnerte sie auch immer wieder daran, dass sie ihr viertes Enkelkind, Rudis Tochter, noch nie gesehen hatte.

Die Nürnberger Rassengesetze machten es Rudi unmöglich, nach Hause zurückzukehren, da nicht nur seine Frau bedroht war, sondern sogar seine Tochter, die als Vierteljüdin galt. Außerdem hatte er sich in den vergangenen Jahren eine Existenz in den USA aufgebaut und bemühte sich schon seit einiger Zeit um die amerikanische Staatsbürgerschaft. Das wiederum schmerzte Martha besonders, denn es machte die Trennung von ihrem ältesten Sohn in gewisser Weise unangenehm endgültig.

Aber es gab auch Lichtblicke. Ella und Harald hatten sich ganz im Stillen verlobt und planten ihre Hochzeit, doch Ella legte nach wie vor Wert darauf, erst ihr Studium abzuschließen und eine Anstellung als Ärztin zu bekommen. Harald, der inzwischen als Medizinalassistent in der Kinderklinik des Universitätskrankenhauses arbeitete und sich auf seine Habilitation vorbereitete, hatte dafür großes Verständnis.

»Du weißt gar nicht, wie froh ich bin, dass Ella und Harald zusammengefunden haben«, sagte Paul zu Martha, als sie nach der großen Geburtstagsfeier in ihrer Schreberbude im Bett lagen. »Harald ist wirklich ein feiner Kerl. Ich mochte ja auch Philippe«, sagte er. »Aber der war bei allem Charme nicht gerade das, was ich mir als Schwiegersohn gewünscht hätte. Ein Franzose ohne geregeltes Einkommen im fremden Land … Mir war klar, dass das keine Zukunft haben kann.«

»Für Philippe war es vermutlich auch das Beste, dass Ella sich von ihm getrennt hat«, bestätigte Martha. »Sonst hätte er niemals diesen Karrieresprung machen können. Und immerhin hat er mir sogar pünktlich zum Geburtstag eine Karte aus Quebec geschickt.«

»Ja, was das angeht, ist er nach wie vor von zuverlässiger Anhänglichkeit«, bestätigte Paul lächelnd.

Ein Jahr nach seiner Rückkehr nach Frankreich hatte Philippe seine Redaktionskollegin Yvette geheiratet. Im Februar 1938 war ihr Vater französischer Konsul in Quebec in Kanada geworden, und da er seine Familie gern um sich haben wollte, zumal Philippe und Yvette inzwischen auch zwei kleine Kinder hatten, hatte er seinem Schwiegersohn eine gut dotierte Stellung als Presseattaché des Konsulats besorgt.

»Manchmal braucht es eben Beziehungen«, sagte Martha. »Nach allem, was er schreibt, ist sein Schwiegervater sehr zufrieden mit ihm.«

»Ich freue mich ja auch für ihn«, erwiderte Paul. »Aber noch mehr freue ich mich, dass Ella so klug war, rechtzeitig zu erkennen, dass diese Beziehung für sie keine Zukunft hatte. Harald passt viel besser zu ihr. Der Mann weiß, was er will, und dazu gehört eine gleichberechtigte Kollegin als Ehefrau. Das ist das Einzige, was zählt.«

54

Die schönen Sommertage vergingen in diesem Jahr viel zu schnell. Fredi hatte den Sommer schon immer geliebt, aber seit er Vater war, genoss er ihn noch mehr. Während der Schulferien zog die gesamte Familie in den Schrebergarten, und Fredi fuhr morgens von dort aus zur Arbeit.

»Fährst du wieder in die Sommerfrische zu deinen Sprösslingen?«, neckte Werner Rohrbeck ihn dann gern. Fredi begnügte sich stets damit zu lächeln und brachte das Gespräch dann auf Werners Kinder. Mittlerweile hatten er und Hannelore ebenfalls vier Kinder, zu Werners Kummer jedoch lauter Mädchen. Hannelore war mit dem fünften Kind schwanger und hoffte inständig auf einen Jungen.

Als Hannelore am 27. Oktober ihre fünfte Tochter zur Welt brachte, war Werner schlecht gelaunt.

»Nun freu dich doch über deine kleine Tochter«, sagte Fredi, als er ihn in seinem Büro aufsuchte, um ihm persönlich zu gratulieren. »Ein Volk ohne Frauen ist verloren.«

»Du hast gut reden, du hast ja zwei stramme Jungs.« Werner seufzte. »Mir bleibt auch sonst nichts erspart«, fügte er hinzu und reichte Fredi ein Schreiben des Reichsführers der SS. »Du kannst froh sein, dass du dich nur um Mord und Totschlag kümmern musst, Alfred«, brummte er und griff dann nach seinem Telefon, um seine Sekretärin zu bitten, ihnen einen Kaffee zu bringen.

Der Kaffee von Fräulein Fink war im Übrigen ein Grund, warum Fredi den Kollegen gern in seinem Büro aufsuchte. Werner hatte ein eigenes Vorzimmer mit Sekretärin, während Fredi Lilli zwar als persönliche Sekretärin hatte einstellen dürfen, aber ein Vorzimmer war für sie nicht vorgesehen, sodass ihr Schreibtisch in einer Ecke seines Büros stand.

Als Fräulein Fink den Kaffee brachte, hatte Fredi das Schreiben erst halb durchgelesen.

Der Reichsführer Heinrich Himmler beklagte, dass die polnische Regierung Anfang Oktober ein Gesetz erlassen habe, laut dem polnische Bürger, die im Ausland lebten, einen Konsulatsvermerk im Pass bräuchten, um nach Polen einzureisen. Sollte ihnen dieser Vermerk fehlen, wären sie ab dem 30. Oktober 1938 nicht mehr zum Übertritt ins polnische Staatsgebiet berechtigt. Weiter führte Himmler an, dass man in diesem Fall dazu gezwungen sei, siebzigtausend polnische Juden im Reich zu dulden, was auf keinen Fall infrage komme. Aus diesem Grund wurden sämtliche Polizeidienststellen im ganzen Reich angewiesen, alle polnischen Juden aufzugreifen, um sie vor dem 30. Oktober vorsorglich des Reichsgebiets zu verweisen.

»Und was bedeutet das konkret für dich?«, fragte Fredi, nachdem er das Schreiben gelesen und einen Schluck Kaffee getrunken hatte.

»Die Gestapo koordiniert den Einsatz der Sicherheitspolizei, um die Abschiebungen vorzunehmen. Die Juden werden zunächst in Sammellager gebracht und dann zur Grenze überstellt.«

»Innerhalb von zwei Tagen?«, fragte Fredi. »Wie sollen die denn so schnell ihre Wohnungen auflösen und ihre Angelegenheiten regeln?«

»Ist das unser Problem? Niemand hat das Pack zu uns eingeladen. Aber ich darf es jetzt ausbaden. Innerhalb von zwei Tagen alle polnischen Juden in Hamburg aufspüren und abschieben. Als wenn ich sonst nichts zu tun hätte.«

Fredi schwieg.

»Aber es gibt auch gute Nachrichten«, sagte Werner dann. »Ich habe für uns beide Einladungen für die Feierlichkeiten zum 9. November. Die Partei hat sich zum fünfzehnten Jahrestag des Marschs auf die Feldherrenhalle nicht lumpen lassen und den Ratskeller für geschätzte Parteimitglieder reserviert. Da trifft sich alles, was Rang und Namen hat.«

»Und da soll ich als kleiner Oberkommissar tatsächlich dabei sein?«

»Ohne dich wäre es doch langweilig«, sagte Werner jovial. »Na gut, ich muss dann mal wieder an die Arbeit. Die polnischen Juden in Hamburg treiben sich schließlich nicht von allein zusammen.«

Als Fredi Henny am Abend davon erzählte, wusste sie es schon.

»Du kennst doch die Familie Hamburger im Snitgerstieg 9«, sagte sie. »Heute Nachmittag war die Polizei da. Sie durften nur wenige Dinge einpacken, ihre Möbel mussten zurückbleiben. Frau Vorpahl hat Frau Hamburger versprochen, sich um den Verkauf der Möbel zu kümmern und ihr das Geld dafür dann nach Polen zu schicken.« Henny atmete schwer. »Es ist einfach unglaublich.«

Fredi öffnete sich eine Flasche Bier.

»Wir könnten im Schrebergarten noch Geschirr und Töpfe brauchen. Mach Frau Vorpahl einen Preis, der dem Neuwert entspricht, egal wie alt die Töpfe sind«, schlug er vor. »Vielleicht beteiligen sich die anderen Nachbarn ja auch daran. Auf diese Weise kann uns niemand nachweisen, dass wir für eine jüdische Familie unter der Hand Geld sammeln.«

Der Erlass, sämtliche polnischen Juden aus Deutschland innerhalb weniger Tage auszuweisen, hatte fatale Folgen. Am 7. November wurde der Legationssekretär der deutschen Botschaft in Paris, Ernst Eduard vom Rath, von einem siebzehnjährigen Juden namens Herschel Grynszpan niedergeschossen. Der Täter, so erfuhr Fredi in seiner Dienststelle, hatte bei seiner Festnahme angegeben, die schlechte Behandlung seiner Eltern in Deutschland rächen zu wollen.

Unmittelbar nach Bekanntwerden des Attentats kam es in ganz Deutschland zu zahlreichen Übergriffen auf jüdische Geschäfte. Fredi beobachtete die Entwicklung mit großer Sorge, zumal man der Polizei untersagt hatte einzugreifen. Werner Rohrbeck hingegen war ganz in seinem Element. Fast kam es Fredi so vor, als würde der Kollege seinen Frust darüber, dass sein fünftes Kind wieder ein Mädchen war, mit einer besonders rücksichtslosen Ausführung seiner dienstlichen Befehle kompensieren.

Für Fredi wurde es immer schwerer, nach außen hin den strammen Nazi zu spielen, während er am liebsten diesem ganzen Unrecht Einhalt geboten hätte. Aber er wusste nicht, wie er etwas bewirken könnte, ohne sich selbst und seine Familie ins Unglück zu stürzen. Rudis Schicksal war ihm ein mahnendes Beispiel. Umso mehr lagen ihm die Feierlichkeiten zum 9. November auf der Seele. Er hasste diese Parteitreffen, bei denen er stets mit strahlender Miene das Gegenteil dessen sagen musste, was er dachte. Zumal die hohen Nazis, die er im Ratskeller treffen würde, nicht so naiv und dumm waren wie die kleinen Fische bei den üblichen Parteitreffen, die er recht leicht hinters Licht führen konnte.

Werner hingegen freute sich auf den 9. November, zumal es eine der seltenen Gelegenheiten war, seine SS-Uniform zu tragen. Als sie an diesem Abend im Ratskeller an der großen Tafel saßen, war er bester Laune. Sie hatten bereits gut gespeist, und Werner hatte schon diverse Biere und Korn intus, als die Nachricht überbracht wurde, dass Ernst Eduard vom Rath am Abend seinen schweren Verletzungen erlegen war. Sofort brach ein Tumult im Ratskeller los. Fredi sah, wie einige Männer in Parteiuniform aufsprangen und den Raum verließen. Zugleich wurde er Zeuge, wie ein Bote dem bereits stark angetrunkenen Werner ein Fernschreiben überreichte. Das wunderte Fredi, denn Werner war ja gar nicht im Dienst und außerdem ganz offensichtlich nicht in der Lage, klare Entscheidungen zu treffen.

»Ist das was Wichtiges?«, fragte er.

Werner nickte.

»Von SS-Gruppenführer Heydrich. Hier, lies selbst.« Er reichte es Fredi und schlug ihm dabei kumpelhaft auf die Schulter.

»Betrifft Maßnahmen gegen Juden in der heutigen Nacht«, las Fredi die Überschrift. Dann überflog er den Inhalt. Die Polizei wurde ausdrücklich angewiesen, den Demonstranten, die »dem gerechten Volkszorn« Luft machten, keinen Einhalt zu gebieten. Lediglich deutsches Eigentum solle geschützt werden. Jüdische Geschäfte durften zerstört, aber nicht geplündert werden. Sofort nach Eingang dieses Fernschreibens sei zudem in allen Synagogen und jüdischen Kultureinrichtungen sämtliches Archivmaterial polizeilich zu beschlagnahmen. Weiterhin wurden Verhaftungen von Juden angeordnet.

»Mein Gott«, entfuhr es Fredi. Dieses Fernschreiben war zeitgleich mit der Übermittlung des Todes von Ernst Eduard vom Rath verfasst. Das bedeutete, dass es sich keineswegs um spontane Demonstrationen handelte wie noch am 7. November, sondern um eine vorbereitete Aktion. Ob man geradezu auf den Tod des Legationssekretärs gewartet hatte?

Werner deutete Fredis Ausruf völlig anders. »Ja, wir sitzen hier, während die da draußen Spaß haben. Los, komm, Alfred, das schauen wir uns jetzt vor Ort an. Ich will mal sehen, wie sie die Juden jagen.«

Fredi schluckte. Sich an diesem Spektakel zu beteiligen war das Letzte, was er sich wünschte, aber vielleicht konnte er mäßigend auf Werner einwirken, wenn er ihn begleitete. Werner stand auf, holte seine Schirmmütze und den Uniformmantel von der Garderobe und winkte vor der Tür ein Taxi herbei. »Zur Synagoge am Bornplatz«, sagte er, und zu Fredi gewandt: »In Klein-Jerusalem ist es bestimmt am lustigsten.«

Klein-Jerusalem nannte man das Grindelviertel, weil dort viele Juden lebten. Fredi mochte das Viertel mit all seinen kleinen Läden und hatte gern in den Schaufenstern und Auslagen gestöbert. Doch in dieser Nacht sah alles anders aus. Zahlreiche Männer liefen durch die Straßen, etliche in SA-Uniform, die sich noch mal in dem Gefühl alter Glorie sonnten, nachdem die SS ihnen überall sonst den Rang abgelaufen hatte.

Der Taxifahrer brachte sie direkt bis zum Bornplatz. Fredi hatte die Synagoge im Vorbeigehen schon oft gesehen, ein prächtiges Gebäude mit einer vierzig Meter hohen Kuppel, das Hunderten von Gläubigen Platz bot und vom einstigen Selbstbewusstsein der Hamburger Juden zeugte. Diese Zeit schien so unendlich weit zurückzuliegen. Dabei war die Synagoge erst 1906 eingeweiht worden.

Als Fredi sah, wie die Männer in der Synagoge randalierten, wie sie die wunderschönen Fensterscheiben zerschlugen und die Thorarollen zerfetzten, brach ihm das Herz. Alles in ihm schrie danach, seine Polizeimarke zu ziehen, um dem wüsten Treiben Einhalt zu gebieten, aber damit hätte er den Zorn der Leute nur noch mehr angestachelt. Fassungslos starrte er auf die entfesselte Meute, während Werner, der neben ihm stand, sogar noch in ihr Gejohle mit einstimmte.

»Los, komm, das müssen wir uns mal von Nahem ansehen, wie da aufgeräumt wird!« Werners Augen blitzten. Aber Fredi hatte keine Lust, ihm zu folgen. Mit diesen Barbaren wollte er nichts zu tun haben. Unterwegs stieß Werner gegen einen alten Mann, der aus der Synagoge floh.

»He, du Judenschwein, pass gefälligst auf!«, schrie Werner und stieß den Mann zu Boden. Im nächsten Augenblick stürzte sich ein deutlich jüngerer Mann auf Werner.

»Lassen Sie meinen Vater in Ruhe!«, rief er und schlug Werner hart ins Gesicht. Der taumelte drei Schritte zurück.

»Na warte, du Judensau!« Werner zog seine Dienstwaffe.

»Halt, Werner, nein!«, brüllte Fredi, doch bevor er eingreifen konnte, hatte Werner dem Mann bereits in den Kopf geschossen.

»Mein Junge!«, schrie der alte Jude und ging vor dem Toten schluchzend in die Knie. Werner richtete seine Waffe auf den alten Mann, völlig enthemmt vom Alkohol und der Randale ringsum.

»Halt, hör auf damit!« Fredi riss Werners Hand herum. »Du kannst ihn doch nicht erschießen!«

»Der verdient das doch nicht besser!«, lallte Werner. »Der hat mich angegriffen, genauso wie sein toter Bengel.«

»Ja, der Junge hat dich angegriffen, das habe ich gesehen, aber … aber wenn du diesen Mann jetzt erschießt, dann ist das Mord, und dann bin ich gezwungen, dich festzunehmen!« *Was ich ohnehin längst hätte tun sollen*, dachte Fredi, noch während er redete. Werner hatte kaltblütig einen unbewaffneten Mann erschossen. Gut, der hatte ihn zuerst attackiert, aber es war bei Weitem keine Notwehr gewesen, nicht einmal Notwehrüberschreitung, sondern bestenfalls Totschlag. Verdammt, was sollte er nur tun?

Werner steckte die Waffe zurück und ließ den alten Juden wimmernd bei seinem toten Sohn zurück.

»Ist gut, ich glaube, es ist Zeit, nach Hause zu fahren«, lallte er.

»Und was ist mit dem Toten?«, fragte Fredi. »Den können wir nicht einfach so liegen lassen. Das muss polizeilich aufgenommen werden.«

»Hast du es noch nicht kapiert, Alfred? Hier muss gar nix aufgenommen werden. Das war ein Jude, der einen Hauptsturmführer der SS angegriffen hat. Ich habe ihn in Notwehr erschossen, und du kannst das vor jedem Gericht der Welt beeiden.«

55

Für Fredi brach in dieser Nacht eine Welt zusammen. Jetzt steckte er wirklich in der Zwickmühle. Diese Ausschreitungen waren von ganz oben angeordnet worden. Das Leben eines Juden galt nichts mehr. Was würde passieren, wenn er sich offen gegen Werner stellte und ihn des Totschlags bezichtigte? Würde man Werner überhaupt verurteilen oder trotz seiner Tat freisprechen?

Henny lag schon im Bett, als er nach Hause kam, aber sie wurde wach, als er sich zu ihr legte.

»Hattet ihr einen schönen Abend?«, fragte sie ihn liebevoll.

»Werner hat einen Mann erschossen«, sagte Fredi. »Einen Juden. Und jetzt will er, dass ich sage, es sei Notwehr gewesen.«

»Was?« Sofort war Henny hellwach. »War es wirklich Notwehr?«

Fredi erzählte ihr, was vorgefallen war.

»Ich verstehe deinen Zwiespalt«, sagte sie erstaunlich ruhig, nachdem er geendet hatte. »Ich denke, du solltest bei einer Befragung nach den Vorfällen möglichst neutral und ohne Wertung sagen, was du gesehen hast. Also, du hast gesehen, wie Werner von einem Juden angerempelt wurde. Er stieß den Mann zu Boden, daraufhin wurde er von dessen Sohn angegriffen, Werner zog seine Waffe und erschoss den Sohn.«

»Aber was soll ich zur Frage der Notwehr sagen?«, fragte Fredi hilflos. »Das war keine Notwehr.«

»Du bist Kriminalkommissar, kein Jurist, Fredi.« Henny nahm ihn in die Arme. »Du weißt doch, was du mir immer erklärt hast.

Ein Polizist hat Zeugenaussagen aufzunehmen. Sachlich und neutral. Die Wertung der Straftat obliegt den Gerichten. Du äußerst dich einfach nicht zur Frage der Notwehr. Weder für noch gegen Werner. Du beschreibst, was du gesehen hast, fertig. Und wenn jemand eine Wertung von dir will, wiederholst du einfach deine Aussage. Dann bleibst du bei der Wahrheit, aber du machst dir Werner und damit die gesamte Gestapo auch nicht zum Feind.«

»Du hast wohl recht«, sagte Fredi. »Aber trotzdem geht es so doch nicht weiter. Ich meine, das verrät doch alle Werte, für die die Polizei jemals stand. Wie können sie Menschen so behandeln, die ihnen nichts getan haben, nur weil sie sie für minderwertig halten?«

»Sie behandeln sie so, weil sie es können.«

»Ja, aber warum können sie es? An welchem Punkt haben wir es versäumt, ihnen Einhalt zu gebieten?« Er sah Henny verzweifelt an. »Sag mir, Henny, war es ein Fehler, in die NSDAP einzutreten, in der Hoffnung, ich könnte von innen heraus etwas bewirken?«

»Nein, das war kein Fehler«, sagte Henny. »Wärst du damals nicht in die Partei eingetreten, wäre Rudi im Lager Wittmoor gestorben. Wir wissen beide, dass er die schwere Lungenentzündung dort nicht überlebt hätte. Und wenn du nicht in die Partei eingetreten wärst, wärst du heute Abend nicht dabei gewesen, und dann hätte Werner nicht nur den jungen Mann, sondern auch noch seinen Vater erschossen. Denk nicht nur an das, was du nicht verhindern konntest. Denk lieber auch an die Leben, die du gerettet hast. Das deines Bruders und das dieses unbekannten alten Juden.«

Fredi schluckte. »Aber das ist zu wenig«, sagte er. »Ich muss mir etwas einfallen lassen, wie ich mehr Menschen helfen kann, ohne dass wir als Familie in Gefahr geraten.«

»Was auch immer du vorhast, ich werde an deiner Seite stehen«, versprach Henny ihm.

Am folgenden Tag klang Werner ziemlich verkatert, als er Fredi anrief und ihn bat, zu ihm ins Büro zu kommen. »Fräulein Fink hat wieder ihren ausgezeichneten Kaffee für uns gekocht«, sagte er übertrieben freundlich. Ob er sich Sorgen wegen der Sache gestern machte? Auf dem Weg zum Stadthaus war Fredi an zahlreichen eingeschlagenen Fensterscheiben jüdischer Geschäfte vorbeigekommen. Die Randale hatte die ganze Nacht gedauert, und selbst jetzt war der Haftraum unten im Stadthaus noch voll. Die Sicherheitspolizei hatte sich alle Mühe gegeben, dem Auftrag von Reichsgruppenführer Heydrich gerecht zu werden, und möglichst viele Juden verhaftet, um sie ins KZ Neuengamme abzutransportieren.

Werner sah tatsächlich genauso verkatert aus, wie er am Telefon geklungen hatte. Das Gesicht verquollen und der Blick nicht ganz so selbstsicher wie üblich. Der Kaffee stand bereits auf dem Tisch. Fredi setzte sich und nahm einen Schluck.

»Was gibt es?«, fragte er betont gelassen, auch wenn alles in ihm danach schrie, Werner am Kragen zu packen und einfach nur durchzuschütteln.

Werner räusperte sich. »Diese Sache gestern … Na ja, das ist eigentlich nur eine Formalität, war ja Notwehr. Aber du hattest schon recht, wir hätten uns da nicht so einfach vom Acker machen dürfen, das macht keinen guten Eindruck, den toten Juden da einfach so liegen zu lassen.«

»Und was erwartest du jetzt von mir?«, fragte Fredi. Schon seltsam, dass Werner sich mehr Gedanken über das Verlassen des Tatortes machte als über den Toten selbst.

»Der Fall geht offiziell an die Mordkommission zur Überprüfung, aber ich habe meine Aussage schon gemacht. Lies die dir mal durch und bestätige sie als Zeuge.« Er reichte Fredi das Schreiben.

Fredi las es aufmerksam.

»In der Nacht vom 9. auf den 10. November 1938 waren Oberkommissar Studt und ich bei der Parteiveranstaltung zum Jahrestag des Marsches auf die Feldherrenhalle im Ratskeller. Zu fortgeschrittener Stunde erfuhren wir vom Tod des Legationssekretärs Ernst Eduard vom Rath, und dass das Volk auf den Straßen nach Vergeltung schrie. Der Oberkommissar und ich verließen daraufhin in Anbetracht unserer ständigen Einsatzbereitschaft als Polizeibeamte die Feierlichkeit, um uns ein Bild von der Lage zu machen. An der Synagoge am Bornplatz wurde ich von einem Juden angerempelt. Oberkommissar Studt war ein Stück hinter mir. Während meine Aufmerksamkeit dem ersten Juden galt, wurde ich hinterrücks von einem zweiten Juden tätlich angegriffen. Daraufhin zog ich meine Dienstwaffe. Der Jude blieb trotz meiner Warnung nicht stehen, sodass ich, um weiteren Schaden von Leib und Leben abzuwenden, zum Abdrücken gezwungen war. Aufgrund der unübersichtlichen Lage beschlossen Oberkommissar Studt und ich, uns erst am folgenden Tag um die protokollarischen Angelegenheiten im Fall der Notwehr zu kümmern.«

Fredi schluckte. Er wollte das nicht unterschreiben.

»Wieso sagst du, dieser Fall komme ins Morddezernat, wenn es Notwehr war?«, fragte er, um Zeit zu gewinnen.

»Na, du weißt doch, jede Tötung durch Fremdverschulden landet zunächst im Morddezernat.«

»Nein, nicht wenn ein Polizeibeamter jemanden in Ausübung seines Dienstes erschießen musste.«

»Aber das ist ja das Problem«, gab Werner kleinlaut zu. »Offiziell waren wir nicht im Dienst, und ich war außerdem betrunken. Das wirft ein ganz schlechtes Licht auf die Sache.«

»Du machst dir Sorgen, weil du betrunken warst?«, fragte Fredi erstaunt. »Aber das war angesichts der Feier, auf der wir waren, doch nicht verwunderlich.«

»Ich will den Fall nicht in der internen Ermittlung haben. War doch nur ein Jude.«

»Ja, eben«, sagte Fredi in dem verzweifelten Versuch, sich aus der Affäre zu ziehen. »Du hast mit dem Herzen eines deutschen Polizeibeamten gehandelt, du wolltest sofort vor Ort nach dem Rechten sehen. Da hast du nicht darüber nachgedacht, dass du schon etwas zu viel getrunken hattest. Du warst von deinem Pflichtgefühl erfüllt. Und dann passierte das hier. Du solltest dich damit direkt an die interne Ermittlung wenden, Werner. Du hast ja nichts zu verbergen. Würdest du das entgegen der Dienstanweisung über mein Dezernat laufen lassen, sieht das so aus, als wolltest du was vertuschen oder hättest Schuldgefühle, meinst du nicht? Außerdem warst du in Uniform. Das beweist, dass du im Dienst warst.«

Werner sah Fredi nachdenklich an. »Stimmt, eigentlich hast du recht«, sagte er. »Und nun unterschreib doch bitte als Zeuge.«

»Nein, Werner, ich denke, es ist besser, wenn wir unsere Aussagen dazu getrennt halten, damit niemand weiß, dass ich deine bereits kenne. Ich warte einfach, bis die interne Ermittlung auf mich zukommt, dann gebe ich pro forma meine Zeugenaussage ab, und dann ist der Fall vom Tisch.«

Werner zog anerkennend die Brauen hoch. »Du bist wirklich ein Fuchs«, sagte er. »Alfred, ich danke dir, du hast was gut bei mir.«

Fredi zwang sich zu einem Lächeln, trank seinen Kaffee aus und verfluchte die Tatsache, dass die interne Ermittlung den Fall mit Sicherheit umgehend einstellen würde. Andererseits hatte er sein Dezernat rausgehalten und machte sich nicht der Mauschelei schuldig. Es blieb nach wie vor ein schmaler Grat.

Kurz bevor er an diesem Tag Feierabend machen wollte, klingelte sein Telefon. Es war seine Mutter.

»Rudis Schwiegermutter hat angerufen«, sagte sie aufgeregt. »In Berlin haben die Nazis gestern noch schlimmer gewütet als in Hamburg. Die haben nicht mal vor der Villa der Steins haltgemacht, obwohl die doch gar keine Juden sind. Jakob wurde verhaftet und in ein KZ gebracht. Gertrud ist völlig verzweifelt und fragt, ob wir ihrem Mann irgendwie helfen können. Hast du eine Idee, Fredi?«

Fredi atmete tief durch.

»Bis nach Berlin reicht mein Einfluss nicht, aber du kannst Gertrud beruhigen. Sie haben sich vor allem vermögende Juden gegriffen, die sich freikaufen sollen. Das ist eine Anweisung von ganz oben und betrifft das gesamte Land. Gertrud wird bald eine Forderung bekommen, und die sollte sie auf jeden Fall zahlen, dann kommt Jakob frei.«

»Und wenn sie das Geld nicht hat? Du weißt doch selbst, dass das Vermögen der Steins in Sachwerten liegt.«

»Es wird höchste Zeit, dass die Steins sich um ein Visum nach Amerika bemühen. Nach dieser Nacht werden alle Juden, die es sich irgendwie leisten können, das Land verlassen. Sag Gertrud, dass sie alles zu Geld machen soll, notfalls muss sie eine weitere Hypothek auf das Haus aufnehmen. Wir haben gesehen, wie sie mit den polnischen Juden umgegangen sind. Jetzt versuchen sie, aus den deutschen Juden und all jenen, die sie dafür halten, so viel Geld wie möglich rauszupressen.«

»Können wir denn sonst nichts tun?«, fragte Martha verzweifelt.

»Ich werde mich mit Joseph Kellermann beraten und melde mich bei dir, wenn ich etwas weiß.«

»Aber was kann Joseph denn tun?«

»Vertrau mir einfach, Mama. Ich kümmere mich schon darum, auch wenn ich nicht alles sofort erzählen kann.«

Nachdem er aufgelegt hatte, wählte er umgehend die Nummer von Joseph Kellermann.

»Alfred hier«, meldete er sich. »Wir müssen dringend miteinander sprechen. Haben Sie heute Abend Zeit für mich?«

56

»Das ist ein sehr gefährlicher Plan, Alfred.« Joseph Kellermann nippte an seinem Kognak. Auch vor Fredi stand ein Glas. Die Zeiten, da er sich in Josephs Gegenwart auf Kaffee beschränkt hatte, um einen klaren Kopf zu behalten, waren vorbei. Mittlerweile vertraute er Joseph, und es gab viele geheime Informationen, die sie teilten: über drohende Verhaftungen durch die Gestapo, von denen Fredi erfahren hatte, oder die Fälscherwerkstatt für saubere Papiere, die Verfolgten die Flucht aus dem Land ermöglichen sollten. Sie befand sich in den Kellerräumen eines Mietshauses, das Joseph gehörte. Offiziell waren die Räume an eine Druckerei vermietet, deren Leiter Parteimitglied war und die NSDAP-Versammlungen mit dem gleichen Enthusiasmus wie Fredi besuchte.

Joseph Kellermann handelte allerdings nicht nur aus Menschenfreundlichkeit. Die illegale Werkstatt musste ihm eine Provision für die Vermittlung von Aufträgen zahlen. Er hatte seine Unterweltgeschäfte weiter ausgebaut, und dank Fredi wusste er, welcher Polizeiwachtmeister für finanzielle Zuwendungen beide Augen zudrückte.

»Ja, das Unternehmen ist gefährlicher als alles, was wir bisher gemacht haben«, gab Fredi zu. »Aber wir haben durchaus die Möglichkeiten, es erfolgreich umzusetzen. Sie wissen ja, dass mein Onkel Heinrich gute Kontakte nach Shanghai pflegt, das sich in den letzten Jahren zu einem zentralen Fluchtpunkt für Juden aus dem Deutschen Reich entwickelt hat. Allerdings ist die Situation dort schwieriger geworden. Sie haben gewiss vom japanisch-chinesischen Krieg gehört. Letzten Sommer wurde Shanghai nach heftigen Bombenangriffen und Straßenkämpfen von den Japanern besetzt. Seither gibt es in der Stadt internationale Schutzzonen für Chinesen und Europäer. Die Chinesen sind den Japanern deutlich unterlegen und dringend auf Verbündete angewiesen. Sie versuchen nun, die europäischen Flüchtlinge aus Shanghai auf das chinesische Kernland zu verteilen. Mit ihrer Unterstützung der geflohenen europäischen Juden wollen sie das Wohlwollen der Briten und Amerikaner erringen, um deren Hilfe im Krieg gegen Japan zu erhalten.«

»Und was hat das jetzt mit Ihrem Plan zu tun, Alfred?«

»Folgendes. Wenn wir versuchen, direkt mit dem chinesischen Generalkonsulat in Hamburg zusammenzuarbeiten, könnten wir vielleicht sogar echte Visa für China beschaffen. Natürlich gegen Bezahlung, Sie bekämen die übliche Provision. Um das einzufädeln, müsste es ein Treffen mit dem chinesischen Konsul auf neutralem Boden geben – in Ihrer Villa.«

»Und was ist, wenn der Generalkonsul es für eine Falle hält? Das Deutsche Reich unterhält enge Beziehungen zu Japan und verkauft regelmäßig Waffen dorthin. Und Sie, Alfred, sind nach außen hin ein strammer Nationalsozialist. Sind Sie sicher, dass der Konsul überhaupt mit Ihnen sprechen will?«

»Ich werde meine Cousine Lilli mitbringen. Sie kann ihm meine Beweggründe notfalls noch mal in seiner Muttersprache erklären. Und ich habe noch einen Trumpf im Ärmel. Es gab nämlich in letzter Zeit immer wieder Polizeirazzien im Chinesenviertel, gegen die der Konsul offiziell Protest eingelegt hat. Wenn wir ihn im Gegenzug vor geplanten Kontrollen warnen, hätte er einen doppelten Gewinn.«

»Aber wenn die Sache auffliegt, landen wir beide im KZ.«

»Der Einzige, der uns verraten könnte, wäre der Generalkonsul, und der hat kein Interesse daran, weil dieses Geschäft ja auch für ihn von Vorteil ist. Wir werden rein gar nichts schriftlich machen, alles, was wir planen, wird in Ihrer Villa besprochen. Hier können wir sicher sein, dass es keinerlei Abhör- und Aufzeichnungsanlagen gibt. Sie müssen nur die Räume zur Verfügung stellen und dafür sorgen, dass der Konsul die Einladung annimmt.« Fredi sah Joseph erwartungsvoll an.

»Das ist ein nahezu absurder Plan.«

»Ja, ich weiß. Aber wenn es gelingt, hätten wir eine Fluchttür für Tausende unschuldiger Menschen aufgestoßen. Die deutsche Regierung will die Juden loswerden, aber immer weniger Länder sind bereit, sie aufzunehmen. Wenn wir auffliegen, könnten wir immer noch behaupten, wir wollten Deutschland judenrein machen. Am Ende wird dabei womöglich noch ein Orden rausspringen anstelle des KZs.« Fredi lachte leise.

Jetzt lachte auch Joseph. »Alfred, Alfred, Sie sind ganz schön ausgebufft. Und mit Sicherheit sind Sie in der Familie Studt der mit dem schärfsten Verstand. Auch wenn ich Sie in Ihrer zurückhaltenden Art anfangs unterschätzt habe. Also schön, ich werde das Treffen arrangieren.«

Während Fredi auf Neuigkeiten von Joseph wartete, wurden die internen Ermittlungen gegen Werner Rohrbeck wegen des getöteten Juden nach drei Tagen eingestellt und die Notwehr bestätigt. Werner hatte Fredi daraufhin zu einem Umtrunk eingeladen und ihn zu seinem treuesten Freund erklärt. Nichts, worauf Fredi stolz war.

Der einzige Lichtblick für ihn bestand darin, dass es Joseph tatsächlich gelungen war, den chinesischen Konsul zeitnah einzuladen. Fredi war immer wieder überrascht, wie weit Joseph Kellermanns Einfluss reichte.

»Wie Sie wissen, pflegt meine Familie sehr intensive Kontakte nach China«, kam Fredi bei dem Treffen schnell auf den Punkt. Er warf einen kurzen Blick zu Lilli, die den Konsul freundlich anlächelte. »Meine Cousine, Fräulein Westphal, habe ich Ihnen ja schon vorgestellt. Ihr Bruder Arthur ist derzeit als Kapitän für eine deutsche Handelsfirma im ostasiatischen Meer unterwegs, und ihr Vater kommandiert ein Dampfschiff, das regelmäßig zwischen Europa und Asien unterwegs ist.«

Der Konsul sah Fredi ungerührt an.

»Ja, also, jedenfalls hatten sowohl mein Cousin als auch mein Onkel bereits unter den Auswirkungen der japanischen Aggression gegen China zu leiden. Arthur musste im Sommer 1937 die Route nach Shanghai wegen des Angriffs der Japaner für mehrere Monate unterbrechen und konnte die Fahrten erst wieder Anfang 1938 aufnehmen. Nun, jedenfalls hat er einige interessante Informationen über die politische Lage in Erfahrung gebracht.«

»So?«, fragte der Konsul und nippte bedächtig an seiner Teetasse.

»Arthur hat gehört, dass es Beamte in China gibt, die den kühnen Plan verfolgen, die geflüchteten europäischen Juden von Shanghai aus auf das chinesische Umland zu verteilen.«

»Das hat er also gehört.«

»Ja.«

»Und warum erzählen Sie mir das?«

»Weil ich weiß, dass die chinesische Regierung um die Vorteile der Aufnahme geflüchteter Juden weiß. Zum einen wird es dem Reich das Wohlwollen der Amerikaner sichern, da es in den USA viele einflussreiche Juden gibt, die es zu schätzen wissen, wenn man ihren Glaubensbrüdern hilft. Zum anderen sind die Flüchtlinge gebildet und verfügen über ansehnliche finanzielle Mittel.

Die könnten sie in China investieren. Und das Land kann gerade jetzt jede Hilfe brauchen. Ein erster Schritt wäre der Handel mit Visa. Ich bin mir sehr sicher, dass viele Juden dankbar für diese Möglichkeit wären.«

»Und welchen Vorteil haben Sie davon, Oberkommissar Studt? Ich weiß, dass Sie Mitglied der NSDAP sind und freundschaftliche Beziehungen zu hohen Beamten der Gestapo pflegen.«

»Ja, aber ich habe auch ein paar schwarze Schafe in der Familie, die bei der Partei in Ungnade gefallen sind«, erwiderte Fredi, ohne zu zögern. »Allen voran mein Bruder Rudolf, der zum Glück schon vor fünf Jahren nach Amerika auswandern konnte. Allerdings sind seine Schwiegereltern in Berlin jetzt ins Visier der Gestapo geraten. Ich sehe es als meine Pflicht an, ihnen zur Flucht zu verhelfen. Die Familie geht eben manchmal vor. Partei hin oder her. Was ich sagen will, ein chinesisches Visum wäre in dieser Angelegenheit sehr willkommen.«

»Und Sie glauben also, dass wir die Visa für unser Land einfach so verhökern?«

»Nein, ganz und gar nicht. Sie brauchen auch einen evidenten Vorteil für Ihr Land und Ihre Landsleute, der darüber hinausgeht.«

Der Konsul sah Alfred anerkennend an. »Ich sehe, wir verstehen uns. Was hätten Sie mir denn noch anzubieten?«

»Frühzeitige Informationen über Polizeiaktionen im Chinesenviertel. Dann können Sie selbst entscheiden, welche Ihrer Landsleute einer Warnung bedürfen, falls sie in Geschäfte involviert sind, die im Interesse Chinas, aber gegen das Interesse des Deutschen Reichs sind.«

Der Konsul sah Fredi durchdringend an. »Was wollen Sie damit sagen?«

»Verstehen Sie es, wie Sie wollen, und entscheiden Sie, ob es für Sie von Nutzen sein könnte.«

Der Konsul nippte ein letztes Mal an seinem Tee.

»Ich werde darüber nachdenken«, sagte er dann. »Sie werden von mir hören.«

Eine Woche später gab der Konsul seine Zustimmung, und für Joseph Kellermann tat sich ein weiteres lukratives Geschäftsfeld auf, indem er gegen Provision Visa für China an Ausreisewillige vermittelte.

Auch Rudis Schwiegereltern profitierten davon. Wie Fredi es prophezeit hatte, war vier Tage nach Jakobs Verhaftung eine Zahlungsaufforderung bei Gertrud Stein eingetroffen. Sie musste für seine Freilassung die Summe von eintausend Reichsmark zahlen. Die Posten waren als Aufwandsentschädigungen und Abrechnung für den Aufenthalt im KZ deklariert. Die ganze Familie war empört, aber Gertrud zahlte anstandslos, ebenso die fünfhundert Reichsmark für die beiden chinesischen Visa.

»Wir werden versuchen, über China in die USA zu kommen«, sagte sie zu Martha am Tag vor ihrer Abreise am Telefon. »Die Familie gehört zusammen. Aber wichtig ist, dass wir erst einmal Deutschland verlassen können. Hier wird es ja immer schlimmer.«

»Ja«, sagte Martha leise. Das Gefühl, in einem irrsinnigen Albtraum gefangen zu sein, verstärkte sich täglich aufs Neue.

57

Das Jahr 1939 begann mit herzlichen Neujahrsgrüßen von Rudi und Goldie aus Amerika. Ihrem Brief hatten sie ein Foto beigelegt, das die beiden mit Töchterchen Margot und Goldies Eltern zeigte, denen es kurz vor Weihnachten auf abenteuerlichen Wegen gelungen war, in die USA einzureisen.

Martha war erleichtert, aber zugleich spürte sie auch einen Stich im Herzen, denn sie selbst würde für die kleine Margot niemals die Oma sein können, die sie so gern gewesen wäre. Für Margot wäre der Begriff der Oma nun für alle Ewigkeiten mit Gertrud Stein verbunden.

»Das schmerzt mich schon sehr«, sagte sie zu Paul, der jedoch nicht in ihre Klage einstimmte.

»Wenn du jemanden beneidest, musst du auch bereit sein, alles mit ihm zu tauschen. Gönne es Gertrud und Jakob. Sie haben ihre Heimat verloren und dafür ihr einziges Enkelkind gewonnen. Wir haben noch unsere Heimat und außerdem vier weitere Enkel. Und wenn Ella und Harald heiraten, kommen gewiss noch mehr dazu.«

Ella bereitete sich derweil auf ihr drittes Staatsexamen vor. Henny machte sich gern lustig darüber, dass Ella bereits im April anfing zu büffeln, obwohl die Prüfung erst am 4. September stattfinden sollte, aber Ella ließ sich nicht beirren. Sie wusste, wie hart die letzte Prüfung werden würde, und teilte sich ihr Lernpensum lieber in kleine Portionen ein. Da sie mittlerweile eine feste Zusage für eine Anstellung als Ärztin hatte, beschloss sie, den

Schritt in die Ehe endlich zu wagen. Ihre Hochzeit war auf den 8. September terminiert. Harald war darüber froh, denn dann könnte sie offiziell bei ihm einziehen. Er hatte schon im November des Vorjahres eine schöne Wohnung in der Isestraße mit Blick auf das Hochbahnviadukt bezogen.

In den letzten Augusttagen konnte Ella sich kaum noch aufs Lernen konzentrieren. Es häuften sich die Gerüchte, ein neuer Krieg stünde unmittelbar bevor. Als dann auch noch Bezugsscheine für Benzin und andere Waren ausgeteilt wurden, die zum 1. September gültig werden sollten, steigerten sich Ellas Sorgen ins Unermessliche. Wozu brauchte man Bezugsscheine, wenn nicht tatsächlich ein neuer Krieg drohte? Es gab schon seit Langem massive Spannungen mit Polen, die sich durch die Abschiebungen der polnischen Juden verschärft hatten. Auch um die deutsche Stadt Danzig, die seit dem Versailler Vertrag als freie Stadt unter Verwaltung des Völkerbundes stand, gab es Streitigkeiten. Gerüchte machten die Runde, Polen plane, sich Danzig einzuverleiben und die Deutschen dann aus dem Land zu vertreiben. Ella wusste nicht, wie viel davon der Wahrheit entsprach. Es konnte sich genauso gut um Propaganda handeln. In den letzten Jahren war es immer schwerer geworden, in den unabhängigen Zeitungen zwischen den Zeilen zu lesen.

Am Morgen des 1. September saß Ella bei Harald in der Wohnung, um noch einmal in Ruhe alles für ihre Prüfung am Montag durchzugehen. Wie so oft hörte sie dabei Musik im Radio. Plötzlich wurde das Programm für eine Rede des Führers unterbrochen. Ella hob erstaunt den Kopf.

»Polen hat heute Nacht zum ersten Mal auf unserem eigenen Territorium auch mit bereits regulären Soldaten geschossen«, schnarrte Hitlers Stimme durch den Äther. »Seit fünf Uhr fünfundvierzig wird jetzt zurückgeschossen! Und von jetzt ab wird Bombe mit Bombe vergolten! Wer mit Gift kämpft, wird mit Giftgas bekämpft. Wer selbst sich von den Regeln einer humanen Kriegsführung entfernt, kann von uns nichts anderes erwarten, als dass wir den gleichen Schritt tun. Ich werde diesen Kampf, ganz gleich, gegen wen, so lange führen, bis die Sicherheit des Reiches und bis seine Rechte gewährleistet sind.«

Ella erstarrte. Bedeutete das, dass sie im Krieg mit Polen waren? Sofort rief sie ihre Eltern an. Ihr Vater war vor zwei Monaten berentet worden, und sie hoffte, dass er zu Hause war.

»Studt«, meldete er sich.

»Ich bin's«, sagte Ella. »Papa, hast du gerade Radio gehört?«

»Nein. Gibt es etwas Wichtiges?«

»Ja, Hitler hat erklärt, dass Polen uns angegriffen hat und wir uns seit heute Morgen im Kriegszustand befinden.«

Sie hörte, wie ihr Vater tief Luft holte.

»Das war doch alles geplant«, sagte er. »Deshalb die Bezugsscheine, die ab heute gültig sind. Ich werde mich sofort auf den Weg machen und alles einkaufen, was man noch ohne Bezugsschein bekommen kann.«

»Glaubst du, dass es wieder einen großen Krieg gibt?«, fragte Ella erschüttert.

»Ja, das befürchte ich. Immerhin haben die Engländer einen Beistandspakt mit Polen. Die werden uns über kurz oder lang den Krieg erklären. Und dann stehen wir wieder da, wo wir schon 1914 standen.«

»Soll ich nach Hause kommen, um dir beim Einkaufen zu helfen?«

»Nein, das schaffe ich allein. Kümmere du dich um dein Studium, jetzt ist es wichtiger denn je, dass du deine Prüfung bestehst.«

Leider behielt Paul recht. Nachdem das Deutsche Reich ein britisches Ultimatum zum Rückzug der Truppen aus Polen verstreichen ließ, erklärten Großbritannien und Frankreich Deutschland am 3. September den Krieg.

Trotz der weltpolitischen Umwälzungen ging Ella am Montagmorgen gut vorbereitet zu ihrer Prüfung. Das dritte Staatsexamen war eine rein mündliche Prüfung, bei der die Kandidaten der Medizin im chirurgischen Hörsaal am Bett ausgewählter Patienten, die man in den Hörsaal schob, examiniert wurden. Ella war die einzige Frau, denn Julia war erst morgen an der Reihe. Bei dem Gedanken an Julia wurde Ella ein wenig schwer ums Herz. Im Gegensatz zu ihr hatte die Freundin noch keine Stelle für ihre chirurgische Pflichtzeit gefunden. Julia und Hans-Martin hatten sich deshalb erst einmal für ein Kind entschieden, und Julia war im dritten Monat schwanger. Natürlich wussten die Professoren davon nichts, denn Julia befürchtete, man würde sie andernfalls durchfallen lassen. Umso gespannter wartete sie auf Ellas Bericht von der Prüfung.

Die Prüflinge wurden in alphabetischer Reihenfolge geprüft, Ella kam als Vorletzte dran.

Professor Wehmeyer gehörte zu den Prüfern. Er vertrat das Fach Chirurgie, während der ewig griesgrämige Professor Hempel die Innere Medizin prüfte. Außerdem gehörte auch Professor Degkwitz in die Riege der Prüfer, der für ihr Wahlfach Kinderheilkunde stand. Ella atmete auf. Zwei von drei Prüfern waren ihr wohlgesinnt, da konnte der alte Hempel sie mit Sicherheit nicht aus reiner Gehässigkeit durchfallen lassen.

Als Ella den Saal betrat, stand dort ein Krankenhausbett, in dem eine alte Frau lag.

»Fräulein Studt«, begann Professor Wehmeyer, »wir haben hier eine Patientin, die Sie bitte nach allen Regeln der ärztlichen

Kunst anamnestizieren, untersuchen, diagnostizieren und uns dann die geplante Therapie erörtern. Außerdem erwarten wir eine Aufstellung möglicher Differenzialdiagnosen und eine Erläuterung der Behandlungsmöglichkeiten.«

Ella nickte, dann stellte sie sich der Patientin vor und begann die Befragung. Die alte Frau berichtete von kolikartigen Bauchschmerzen, die in letzter Zeit so schlimm geworden seien, dass ihr Hausarzt sie ins Krankenhaus eingewiesen habe. Ella untersuchte sie vor den kritischen Augen der Professoren und stellte dabei ihre Fragen. Den entscheidenden Hinweis bekam sie, als sie nach der Farbe des Stuhlgangs fragte. »Der war ganz weiß. Können Sie sich das vorstellen, Fräulein?«, sagte die alte Frau.

Ella unterdrückte ein Lächeln, bedankte sich bei der Dame und wandte sich dann an die Prüfungskommission.

»Wir haben hier eine akute Gallenkolik mit Verschluss des Gallengangs durch einen oder mehrere Gallensteine. Durch den Verschluss der Gallenwege können die Gallenfarbstoffe, die für die Färbung des Stuhlgangs verantwortlich sind, nicht austreten. Die Behandlung der Wahl liegt in einer operativen Entfernung der Gallenblase.«

»Sehr gut«, sagte Professor Wehmeyer. »Aber was wäre, wenn dieselbe Symptomatik vorliegen würde, ohne dass der Stuhlgang weiß verfärbt ist? Welche weitere Erkrankung kann eine derartige Symptomatik verursachen?«

»Eine Entzündung der Bauchspeicheldrüse, die sogenannte Pankreatitis«, erwiderte Ella. »Diese Komplikation kommt manchmal im Anschluss an eine Gallenblasenoperation vor, sie kann aber auch auftreten, wenn schädliche Noxen auf den Körper einwirken, in erster Linie Alkohol. Es gibt aber auch Pankreatitiden, die ohne erkennbare Ursache entstehen.«

»Sehr gut.« Professor Wehmeyer stellte ihr noch einige Fragen zu verschiedenen Operationsmethoden, die sie allesamt zu seiner Zufriedenheit beantwortete, dann gab er an Professor Degkwitz weiter.

»Fräulein Studt«, begann der Kinderarzt. »Was ist zu beachten, wenn ein zehnjähriges Kind Bauchschmerzen entwickelt?«

»Bauchschmerzen bei Kindern sind ein unspezifisches Symptom, da viele Schmerzen von Kindern bei der Anamnese im Bauch verortet werden. Es ist wichtig, weitere anamnestische Angaben der Mutter zu erhalten und eine umfassende körperliche Untersuchung durchzuführen. Auch Untersuchungen des Blutes und des Urins sind erforderlich.«

»Woran würden Sie denken, wenn das Kind ständig über Durst und Bauchschmerzen klagt?«

»Hat es eine erhöhte Temperatur?«

»Nein, außer den beiden Symptomen ist es völlig unauffällig.«

»Ich würde den Urin auf Zucker untersuchen«, sagte Ella. »Bauchschmerzen und vermehrter Durst können auf einen beginnenden Diabetes hinweisen. Sollte es zudem bereits Diabetiker in der Familie geben, wäre es hochwahrscheinlich, dass hier eine Veranlagung vorliegt, die sich meist im Alter zwischen zehn und fünfzehn Jahren manifestiert. Sollte sich die Diagnose bestätigen, liegt ein absoluter Insulinmangel vor, der durch Insulinspritzen ausgeglichen werden muss. Des Weiteren ist ein strenger Ernährungsplan einzuhalten.«

Als Letztes bekam Ella von Professor Hempel noch mehrere EKG-Ableitungen vorgelegt, die sie korrekt deutete. Dann musste sie den Saal kurz verlassen, während die Professoren sich berieten. Als sie wieder in den Saal gerufen wurde, gratulierte ihr Professor Wehmeyer zuerst.

»Ich bin sehr stolz auf Sie, Fräulein Studt«, sagte er. »Sie haben uns heute die überzeugendste Prüfungsleistung vorgelegt, und ich freue mich schon sehr, Sie im Oktober in der Chirurgie begrüßen zu dürfen.«

»Vielen Dank, Herr Professor.«

»Aber Sie bekommen die junge Dame nur geliehen«, sagte Professor Degkwitz. »Im April erwarte ich Fräulein Studt in der Kinderklinik.«

Julia fieberte Ellas Bericht bereits entgegen. »War es schwierig?«

»Nein, es wurde allgemeines ärztliches Wissen abgeprüft. Ich bin mir sicher, dass du morgen mit Bravour bestehen wirst. Und übermorgen begleitest du mich dann zum Brautmodenverleih, wo ich mein Hochzeitskleid zum ersten Mal anprobiere.«

»Du willst also wirklich an der großen Hochzeitsfeier festhalten?«

»Ja. Harald und ich haben uns dafür entschieden. Es mag Krieg sein, und es kommen gewiss noch schwere Zeiten auf uns zu, aber gerade deshalb wollen wir dem mit der Feier und den schönen Erinnerungen daran etwas entgegensetzen.«

58

Ellas und Haralds Hochzeit ließ die Zeit für einen Moment stillstehen und die Gäste vergessen, dass das Land im Krieg lag. Außer Arthur und Rudi waren alle Familienangehörigen gekommen. Heinrich hatte wieder Lora dabei, aber der vorlaute Papagei hielt sich diesmal zurück, und die kirchliche Trauung konnte ohne nennenswerte Zwischenfälle im Hamburger Michel vollzogen werden. Aus Fräulein Ella Studt war Frau Doktor Ella Thiessen geworden, und es fühlte sich gut an! Sie war Ärztin, sie hatte ihre Promotion erfolgreich abgeschlossen. Sie war nicht Frau Doktor wegen ihres Ehemannes, sondern aus eigener Kraft.

Die anschließende Hochzeitsfeier fand in demselben Gartenlokal statt, in dem schon Julia und Hans-Martin drei Jahre zuvor geheiratet hatten. Julia hatte ihre Prüfung ebenfalls mit ausgezeichneten Leistungen abgeschlossen, und Professor Wehmeyer war von ihrem Wissen so sehr beeindruckt, dass er ihr in Aussicht gestellt hatte, später Ellas Stelle als Medizinalassistentin zu übernehmen. Allerdings musste Julia nun Farbe bekennen und ihre Schwangerschaft erwähnen.

»Nun ja«, hatte Professor Wehmeyer daraufhin gesagt, »ich verstehe sehr gut, dass Sie nicht unmittelbar nach der Entbindung arbeiten wollen, aber bei mir steht Ihnen immer eine Tür offen, zumal ich befürchten muss, in den nächsten Monaten einige Chirurgen an die Feldlazarette zu verlieren.«

Ella und Harald hatten es sich bei ihrer Feier nicht nehmen lassen, Hans-Martins jüdische Musikerfreunde als Kapelle zu verpflichten, um wenigstens ein kleines Zeichen der Solidarität zu setzen. Die Situation der Juden wurde immer schwieriger, und Ella fragte sich, ob der Krieg daran wohl etwas ändern würde. Schließlich wurde jetzt jeder gebraucht, und es gab unter den Juden zahlreiche ehemalige Weltkriegsteilnehmer, die hohe Auszeichnungen erhalten hatten.

In einer Tanzpause fiel ihr auf, wie Hans-Martins bester Freund Siegmund sich von der Kapelle entfernte und in einer Ecke des Gartenlokals mit Fredi sprach. Als sie neugierig hinzukam, verstummte das Gespräch sofort.

»Ist alles in Ordnung?«, fragte sie.

»Ja«, sagte Fredi. »Ich hatte nur einen besonderen Musikwunsch.«

»Und welchen?«

»*Du hast Glück bei den Frauen, Bel Ami*«, sagte Siegmund, bevor Fredi antworten konnte.

»Genau«, bestätigte Fredi.

Ella nickte, hatte aber zugleich den Eindruck, dass es bei dem Gespräch nicht um Musik gegangen war. Julia hatte ihr vor einiger Zeit erzählt, dass Siegmund auf ein Visum sparte. Es gebe die Möglichkeit, sich mit genügend Geld über das chinesische Konsulat eines zu verschaffen, um legal ausreisen zu können. Obwohl Ella nicht viel über Fredis Verbindungen zu Joseph Kellermann wusste, war sie sich sicher, dass ihr Bruder und Siegmund über das Visum geredet hatten.

Fredi war tatsächlich froh, Siegmund Bromberg persönlich anzutreffen, denn mit der britischen Kriegserklärung hatte sich die Situation nochmals verschärft. Zwar war das chinesische Konsulat weiterhin bereit, Visa auszustellen, aber die Zahl war gesunken, und die Preise waren dementsprechend gestiegen. Siegmund war verheiratet und hatte zwei Kinder, deshalb war es für Fredi eine Herzensangelegenheit, die Familie so früh wie möglich aus dem Land zu bringen. Leider wollte Siegmunds Frau erst all ihren Besitz zu einem ordentlichen Preis verkaufen und hatte ihren Mann gebeten, mit den Visa noch zu warten und die Zahlung hinauszuzögern. Fredi versuchte eindringlich, dem naiven Musiker den Ernst der Lage klarzumachen.

»Sie müssen diese Möglichkeit jetzt ergreifen, ich kann Ihnen nicht versprechen, dass der Weg über China weiter offen bleibt«, sagte er. »Hier wird es noch schlimmer werden, da sollte Ihre Frau nicht so sehr auf den Preis für Ihre Möbel beharren. Leib und Leben sind wichtiger.«

»Was meinen Sie denn mit Leib und Leben?«, fragte Siegmund. »Wenn man sich an die Gesetze hält und nicht auffällt, wird es schon nicht so schlimm werden.«

Fredi war fassungslos. Wie konnte man nur so blauäugig sein?

»Ist es nicht schlimm genug, dass Sie nicht mehr an der Staatsoper spielen dürfen, sondern sich auf privaten Feiern durchschlagen müssen?«, fragte er. »Und was glauben Sie wohl, wie lange man Ihnen noch erlauben wird, für Arier zu spielen? Was ist, wenn man die jüdischen Männer im Krieg als Erste einzieht und an die gefährlichsten Ecken der Front schickt?«

»Das wird nicht passieren, da man uns für staatenlos erklärt hat. Wir können also gar nicht an die Front geschickt werden.«

»Herr Bromberg, ich meine es wirklich gut mit Ihnen, hier haben Sie keine Zukunft. Die Polizei ist angewiesen, sich rauszuhalten, wenn jemand Juden attackiert. Jeder Vorwand wird genutzt, Juden zu drangsalieren und sie um ihr Eigentum zu bringen. Ich kann Ihnen nicht sagen, in welch fürchterliche Machenschaften ich Einblick habe. Ich kann Ihnen nur ganz dringend raten, das Land so schnell wie möglich zu verlassen, auch im Sinne Ihrer Kinder.«

Noch bevor Siegmund Bromberg antworten konnte, war Ella aufgetaucht, und damit war das Gespräch beendet gewesen. Fredi hatte keine Ahnung, ob Siegmund sich seinen Rat zu Herzen nehmen würde.

Während Fredi weiterhin sein doppeltes Spiel wagte, genoss Ella es, im Oktober endlich als Ärztin im Operationssaal zu stehen. Auch wenn sie sich für die Kinderheilkunde entschieden hatte, so war die Leidenschaft für die Chirurgie noch immer da. Es war zugleich ein seltsames Gefühl, ihre alten Kolleginnen wieder zu treffen, die sie jetzt nicht mehr Ella, sondern Frau Doktor nannten. Manche freuten sich für sie, aber es gab auch jene, die hinter ihrem Rücken tuschelten und sie, wann immer es möglich war, ignorierten, um sich lieber an die »richtigen« Ärzte zu wenden. Doch das war Ella gleichgültig. Sie besaß nicht nur das Wohlwollen von Professor Wehmeyer, sondern auch den Respekt seines Stellvertreters Doktor Ellerweg. Wenn sie mit ihm gemeinsam operierte, begriff sie, warum Professor Wehmeyer so große Stücke auf ihn hielt. Egal wie komplex sich ein Situs intraoperativ darstellte, Doktor Ellerweg hatte immer sofort den richtigen Riecher, wie er das Problem lösen konnte, und Ella lernte viel in dieser Zeit.

Der Krieg war in diesen ersten Monaten noch weit entfernt. Zwar gab es Bezugsscheine, aber niemand musste Mangel leiden. Aus den Nachrichten erfuhr Ella, dass die deutsche Marine englische Handelsschiffe abfing, um die britischen Inseln vom Nachschub abzuschneiden und zugleich die deutschen Seewege offen zu halten. Eine britische Blockade, wie im letzten Krieg, sollte so verhindert werden.

An der französischen Front tat sich indes nicht viel, da die Wehrmacht noch immer in Polen kämpfte und die Franzosen sich trotz Kriegserklärung weitestgehend zurückhielten. Wie gut, dachte Ella, dass Philippe mit seiner Familie inzwischen in Kanada lebte.

Als Ende März 1940 Ellas letzter Tag in der Chirurgie gekommen war, hatte die gesamte Belegschaft eine Abschiedsfeier für sie in der Kantine vorbereitet, was Ella zutiefst bewegte. Vor allem, als Professor Wehmeyer höchstpersönlich eine kurze Rede hielt, in der er ihren Werdegang von der Krankenschwester zur Ärztin kurz zusammenfasste und ihr dann einen riesigen Blumenstrauß überreichte.

»In den dunklen Tagen des Krieges können wir Farbe gebrauchen«, sagte er dabei mit einem Augenzwinkern.

Die dunklen Tage des Krieges … Ja, es ließ sich nicht länger verleugnen, denn allenthalben wurden Kellerräume vermessen und durch Stützbalken verstärkt, um als Luftschutzkeller zu dienen. Auf den Hausdächern wurden Sirenen installiert, es gab immer häufiger Probealarme, und an strategisch wichtigen Punkten wurden Flugabwehrkanonen, die sogenannte FLAK, auf Dächern oder Plattformen aufgestellt. Aber noch war Hamburg von Luftangriffen verschont geblieben, und alle hofften, dass die Flak sämtliche Angreifer rechtzeitig abschießen würde.

Am 1. April 1940 trat Ella ihre Stelle als Ärztin in der Abteilung für Kinderheilkunde im Universitätskrankenhaus Eppendorf an. Vier Tage später wurde ihre Freundin Julia Mutter einer kleinen Tochter, die den Namen Henrieke erhielt. Da Julia in Eppendorf entbunden hatte, lernte Ella die kleine Henrieke schon während der Erstuntersuchung durch die Kinderärzte kennen. Henrieke war ein goldiges, putzmunteres Kind, und Ellas Herz floss über, als sie die Kleine im Arm hielt. Einen Moment lang beneidete sie ihre Freundin glühend um deren Mut, sich in dieser Zeit für ein

Kind zu entscheiden. So hatte sie noch nie gefühlt, bei keinem von Fredis Kindern. Lag es daran, dass sie mit dem Ende ihres Studiums und der Aufnahme ihrer ärztlichen Tätigkeit das Ziel erreicht hatte, das sie sich von Kindheit an gesteckt hatte? Jetzt stand sie an einem Wendepunkt. Sie war gerade dreißig Jahre alt geworden. Wenn sie selbst noch Kinder wollte, blieb ihr nicht mehr viel Zeit. Andererseits hatte Carola ihr einziges Kind erst jenseits der vierzig bekommen. Insofern durfte sie ihre Sehnsucht nach einer eigenen Familie noch zurückstellen. Andere Dinge waren wichtiger. Sie wollte ihre Facharztausbildung als Kinderärztin vorantreiben und später vielleicht zusammen mit Harald eine Praxis eröffnen. In dem Fall hätte sie die Möglichkeit, sich nebenbei um eigene Kinder zu kümmern. Außerdem war der Krieg keine gute Zeit für Kinder. Nein, es war besser, erst einmal als Ärztin Fuß zu fassen, auch wenn sie beim Anblick von Julias entzückendem Töchterchen ihren Gefühlen am liebsten nachgegeben hätte.

Durch die Arbeit in der Kinderklinik hatten Ella und Harald weiterhin engen Kontakt zu Professor Degkwitz. Es war üblich, in den Vorlesungen einen klinischen Fall am Beispiel eines Patienten vorzustellen. Ella fiel oft die Aufgabe zu, die kranken Kinder in den Hörsaal zu begleiten, während der Professor den Studenten das Krankheitsbild erläuterte. Dabei merkte sie, wie er seine Vorträge immer häufiger mit regierungskritischen Spitzen würzte. Als Ella einmal ein Kind in den Hörsaal brachte, das mit einer Kiefer-Gaumen-Spalte geboren und erfolgreich operiert worden war, schloss der Professor seinen Vortrag mit den Worten: »›Erfolgreich‹, das muss man gleich mit einer Einschränkung versehen. Es bestehen Bestrebungen des Reichserziehungsministeriums, Träger biologisch minderwertigen Erbgutes künftig nicht mehr zum Studium zuzulassen. Danach sollen Träger einer Hasenscharte nicht mehr studieren dürfen. Ich habe daraufhin dem Reichserziehungsminister eine Postkarte geschickt mit der Frage, ob Leute mit einem Klumpfuß dann nicht mehr promovieren dürften.«

Gelächter hallte durch den Hörsaal. Jeder hatte die Anspielung auf das Gebrechen des Reichspropagandaministers Doktor Goebbels verstanden.

Während seiner Visiten hielt Professor Degkwitz sich ebenfalls nicht mit Kritik zurück. Ella mochte seine bissigen politischen Bemerkungen und bewunderte seinen Mut. Gewiss, als Ordinarius einer Universitätsklinik konnte er sich einige Freiheiten leisten, aber sie fragte sich zugleich, ob es nicht besser wäre, sich nicht zu sehr zu exponieren.

Ihre Mutter und Carola waren hingegen begeistert von dem, was Ella über Professor Degkwitz zu berichten wusste. Jedes Mal, wenn sie die beiden traf, fragten sie nach neuen Sprüchen vom Professor.

»Letzte Woche hat er öffentlich die Theorie, Hitler wäre durch Gelbkreuzgas im Krieg vorübergehend erblindet, ins Reich der Fabeln verbannt«, erzählte Ella bei einem ihrer Besuche. »Er meinte, vieles spreche für eine psychogene Erblindung. Hysteriker könnten eine solche Symptomatik entwickeln. Der Hörsaal schüttelte sich vor Lachen, keiner hat protestiert.«

»Das ist ein gutes Zeichen«, sagte Martha. »Die jungen Leute haben immer noch genügend Verstand, um zu erkennen, was richtig und was falsch ist.«

»Leider gibt es genügend Denunzianten«, sagte Ella. »Wenn das jemand anders sagen würde, wäre die Gestapo bestimmt schnell zur Stelle.«

In diesem Moment klingelte das Telefon.

»Entschuldigt mich bitte einen Moment«, sagte Martha. Kurz darauf kam sie leichenblass zurück.

»Das war Li-Ming! Sie glaubt, dass Heinrich einen Herzinfarkt hat. Wir müssen sofort zu ihnen.«

Ellas Eingeweide zogen sich schmerzhaft zusammen. Ihr geliebter Onkel Heinrich, das unverwüstliche Urgestein der Familie. Während sie ihrer Mutter folgte, betete sie im Stillen, dass Li-Ming sich irrte. Ihr lebenskräftiger Onkel Heinrich bettlägerig? Nein, das wollte sie nicht erleben. Zu lebhaft hatte sie noch das Bild von ihrem sterbenden Großvater vor Augen. Sie wollte ihren Onkel nicht verlieren.

59

Li-Ming war völlig aufgelöst, als Martha und Ella kamen. Sie war nicht einmal auf den Gedanken gekommen, einen Krankenwagen anzurufen, sondern damit beschäftigt, Heinrich kühle Umschläge zu machen.

Heinrich lag auf dem Sofa. Er sah sehr blass aus und atmete schwer.

»Ruf du den Krankenwagen, Mama, ich kümmere mich um Onkel Heinrich«, sagte Ella. Einen Moment lang zögerte Martha, bis in ihrem Bewusstsein ankam, dass Ella als Ärztin tatsächlich besser wusste, was zu tun war.

»Kannst du sprechen, Onkel Heinrich?«

»Ja«, kam es gepresst.

»Wo genau tut es weh?«

»In der Brust und im linken Arm«, keuchte er.

Ella tastete nach seinem Puls, der schnell, aber regelmäßig schlug.

»Und seit wann?«

»Vielleicht seit einer Stunde.«

»Sind die Schmerzen aushaltbar?«

»Ja, da hab ich schon Schlimmeres erlebt.« Er zwang sich zu einem tapferen Lächeln, das seine Worte Lügen strafte.

Ella nickte. Die Symptome sprachen für einen Herzinfarkt, aber die Tatsache, dass ihr Onkel noch so gut ansprechbar war und die Schmerzen ertragen konnte, deutete auf einen leichten Verlauf hin, ganz anders als bei ihrem Großvater vor siebzehn Jahren. Dennoch war sie froh, als der Krankenwagen kam, denn hier konnte sie nichts für ihn tun.

Li-Ming begleitete Heinrich im Krankenwagen. Martha nahm Papagei Lora mit zu sich und rief in Fredis Büro an, um Lilli zu informieren.

Lilli arbeitete noch immer als Sekretärin für Fredi, übernahm aber gleichzeitig wichtige Aufgaben in Ermittlungen, bei denen Fredi seinen Kollegen nicht über den Weg traute. Die Arbeit bei der Polizei gefiel ihr. Als Martha anrief, machten sie und Fredi gerade Überstunden wegen eines Mordfalls im Chinesenviertel.

»Mein Gott, Tante Martha! Ist es sehr schlimm?«, rief sie in den Hörer.

»Was ist passiert?«, fragte Fredi unruhig, als er den Namen seiner Mutter hörte. Lilli reagierte nicht, sondern hörte mit ernster Miene zu. Erst nachdem sie aufgelegt hatte, antwortete sie ihm.

»Papa ist mit einem Herzinfarkt ins Krankenhaus gekommen. Aber deine Mutter sagt, dass keine akute Lebensgefahr besteht.«

»Willst du gleich zu ihm fahren? Ich komme hier auch allein klar.«

Lilli schluckte. »Da er nicht in unmittelbarer Lebensgefahr ist, fahre ich, sobald wir den Zeugen vernommen haben.«

Fredi nickte.

Der aktuelle Mordfall war problematisch, denn der Tote gehörte zu Fredis chinesischen Informanten, die Verbindungen zum chinesischen Generalkonsulat pflegten. Mit dem Beginn des Krieges hatte die chinesische Regierung ihre bisherige Politik geändert und sah in der Unterstützung deutscher Juden keinen Vorteil mehr. Fredi hatte sich vom chinesischen Konsul sehr deutlich anhören müssen, dass China sogar international Nachteile befürchte, zumal die erwartete Hilfe von Großbritannien und den USA im Japanisch-Chinesischen Krieg ausgeblieben war. Besonders heikel war der Fall, weil ausgerechnet der Musiker Siegmund

Bromberg den toten Chinesen gefunden hatte. Statt sich aus dem Staub zu machen, hatte er die Polizei informiert. Natürlich war er als Jude sofort festgenommen worden und wartete nun in einer Zelle im Keller des Stadthauses auf seine Vernehmung. Fredi ärgerte sich sehr darüber, dass der Musiker damals nicht auf ihn gehört, sondern die Ausreise nach China wegen seiner Frau verschoben hatte. Aber seit Anfang 1940 ging fast nichts mehr, und seither saß die Familie Bromberg buchstäblich auf gepackten Koffern fest. Fredi hatte die Vernehmung sofort zur Chefsache erhoben, weil er befürchtete, dass der Musiker sich verplappern könnte. Die Spurensicherung hatte er einem jungen Kommissaranwärter überlassen, der bislang keine Ambitionen zeigte, der SS beizutreten. Zum Glück hatte Werner Rohrbeck heute rechtzeitig Feierabend gemacht. Es gefiel Fredi gar nicht, dass der sich in letzter Zeit so sehr für das Chinesenviertel interessierte. Fredi konnte das Schlimmste abwenden, indem er Werner stets Lilli als Dolmetscherin für die Befragungen im Chinesenviertel an die Seite stellte. Dadurch wusste er, was Werner wusste, und Lilli hatte die Möglichkeit, verfängliche Dinge in ihrer Übersetzung zu vergessen.

»Na, dann hören wir uns mal an, was Herr Bromberg uns zu erzählen hat«, sagte Fredi.

Es gab mehrere Vernehmungszimmer im Stadthaus. Die schlimmsten waren im Keller, und genau hier hatte man Siegmund Bromberg warten lassen. Normalerweise wurden in den Kellerzellen Beschuldigte vernommen, bevor man sie ins Gefängnis oder KZ brachte. Bromberg wirkte verängstigt, als die Tür aufging. Fredi sah, wie er aufatmete, nachdem er ihn und Lilli erkannt hatte.

»Ich weiß gar nicht, was das alles zu bedeuten hat«, brach es aus dem Musiker heraus. »Ich habe doch nichts getan, ich habe den Toten gefunden und dann die Polizei gerufen, das war alles. Ich würde doch nie …«

»Stopp!«, unterbrach Fredi ihn. »Atmen Sie erst einmal tief durch und dann beantworten Sie meine Fragen. Was hatten Sie heute früh im Chinesenviertel zu suchen?«

Bromberg senkte den Blick. »Ich hätte damals auf Sie hören sollen. Dann wären wir jetzt längst in China. Aber nun …« Er schniefte. »Damals war doch der Han Luan mein Kontaktmann. Und … nun ja, nachdem der Handel mit dem Konsulat geplatzt war, hatte er mir angeboten, andere Papiere zu besorgen. Allerdings keine echten Visa, aber gut gefälschte.«

Bromberg zog sein Taschentuch hervor und schnäuzte einmal kräftig. Ihm war deutlich anzusehen, dass er innerlich vor Angst schlotterte. »Sehen Sie«, fuhr er fort, »wir haben Ende letzten Jahres alles zu Geld gemacht, was wir hatten, und die Wohnung aufgegeben, aber als wir dann das Visum wollten … Wir leben jetzt zu einem überteuerten Preis in einem einzigen Zimmer bei einem jüdischen Arzt zur Untermiete, meine Frau, unsere beiden Kinder und ich. Und dafür zahlen wir fast genauso viel Miete wie für unsere schöne Wohnung. Das Geld schmilzt dahin, und wenn wir nicht bald das Land verlassen können, bleibt uns nichts mehr, zumal ich ja auch kein geregeltes Einkommen habe.«

»Wie viel sollten Sie für die falschen Papiere zahlen?«

»Neunhundert Mark.«

Fredi pfiff durch die Zähne. »Eine stolze Summe. Die echten Visa hätten nur sechshundert gekostet.«

»Ja, ich weiß, ich habe alles falsch gemacht. Aber … aber Sie müssen verstehen, es fiel uns so schwer, einfach alles zurückzulassen. Allein der Flügel meiner Frau, ein echter Bechstein, hat ein Vermögen gekostet. Den konnten wir doch nicht einfach stehen lassen.«

»Ich verstehe Sie ja«, sagte Fredi deutlich sanfter. »Aber das hilft uns nicht weiter. Durch Ihr Verhalten haben Sie uns alle in Gefahr gebracht.«

»Kennen Sie keinen anderen Weg, wie wir das Land verlassen können?«, fragte Bromberg. »Sie haben doch gute Beziehungen und schon so vielen geholfen.«

»Im Augenblick muss ich erst mal einen Weg finden, Sie aus dieser Zelle herauszubekommen, ohne dass meine Kollegen von der Gestapo Sie in die Mangel nehmen. Außerdem muss ich wissen, wer Han Luan getötet hat. Hat er Ihnen gesagt, über wen er die gefälschten Papiere bezieht?«

»Nicht direkt. Nur, dass die Ratte sich darum kümmern werde.«

»Die Ratte?«, rief Fredi. »Doch nicht Cheng, die Ratte?«

»Cheng hat er nicht gesagt.«

»Aber wenn von der Ratte die Rede war, meinte er Cheng. Verdammt.«

»Kennen Sie den?«, fragte Bromberg auf eine so naiv interessierte Weise, dass Fredi das Gefühl hatte, alles, was er bisher an Vorurteilen über naive, sensible Künstler gehört hatte, sei wahr.

»Ja, der macht uns schon länger Ärger, er versucht gerade, sich ein großes Stück der chinesischen Unterwelt einzuverleiben. Und wenn der mit Han Luan zusammengearbeitet hat, der eigentlich mein Informant war, bedeutet das, dass ein gefährlicher chinesischer Bandenchef über meine illegalen Machenschaften Bescheid weiß. Cheng wartet nur auf den passenden Zeitpunkt, um sein Wissen gegen mich zu verwenden. Verdammte Scheiße! Aber vielleicht ist es ganz gut, dass es durch Ihre Naivität ans Licht gekommen ist. So bin ich wenigstens vorbereitet.«

»Und was machen wir jetzt?«, fragte Lilli. »Glaubst du, dass Han Luan das Opfer eines Bandenkrieges ist?«

»Ich habe keine Ahnung«, sagte Fredi. »Aber wenn ich mir ansehe, was sich da zusammenbraut, sollten wir unsere Kraft nicht in die Aufklärung des Mordes stecken, sondern lieber in die Vertuschung unserer eigenen Verstrickungen.«

»Und was soll ich tun?«, fragte Bromberg.

»Wir müssen uns jetzt eine Geschichte ausdenken, was Sie im Chinesenviertel wollten. Was treibt einen Juden zu den Chinesen?«

»Das Visum.«

»Ja, aber damit lenken wir die Spur ja auf uns.«

»Handeln Sie denn auch mit gefälschten Papieren?«

»Ich handle mit gar nichts, ich bin Oberkommissar der Mordkommission«, sagte Fredi energisch. »Ich riskiere meinen Hals völlig kostenlos dafür, dass Leute wie Sie das Land verlassen können.«

»Haben Sie denn da noch Kontakte? Könnten Sie mir vielleicht helfen?«

Fredi konnte es nicht glauben. War Bromberg wirklich so ahnungslos, dass er nicht kapierte, in welcher Gefahr er steckte? Und dass hier nun wirklich nicht der richtige Ort war, um erneut Ausreisepläne zu schmieden?

»Da fällt mir etwas ein«, sagte Fredi. »Sie leiden unter einer alten Verletzung, für die man Ihnen regelmäßig Morphium verordnet hat, aber weil das für Juden nicht mehr erhältlich ist, hofften Sie, im Chinesenviertel an Opium zu kommen. Dabei stolperten Sie regelrecht über den Toten.«

»Aber ich habe doch gar keine alte Verletzung.«

»Sie sind als Junge vom Apfelbaum gefallen und haben sich die Schulter gebrochen. Wenn Sie zu lange Geige spielen, merken Sie das noch immer.«

Bromberg musterte Fredi mit so empörtem Blick, dass Lilli kicherte.

»Das glaubt uns doch keiner.«

»Doch«, beschied Fredi. »Außerdem müssen Sie aus der Stadt verschwinden. Sobald Sie zu Hause sind, packen Sie Ihre Sachen und verlassen Hamburg.«

»Aber wohin? Ich … Wir kennen doch sonst niemanden.«

»Nehmen Sie die Bahn nach Lüneburg, steigen Sie mit Ihrer Familie in Bardowick aus und suchen Sie den Erlenhof, der ist etwas außerhalb. Sagen Sie schöne Grüße von Joseph, dann können Sie da ein paar Tage bleiben, bis Sie saubere Papiere kriegen. Das kostet fünfhundert Mark für gefälschte Ausweise und Lebensmittelkarten für die ganze Familie.«

»Und dann?«

»Dann suchen Sie sich als arische Familie irgendwo eine neue Bleibe.«

»Aber das ist verboten. Wenn das rauskommt, dann …«

»Jetzt hören Sie mir mal gut zu, Herr Bromberg. Ich meine es wirklich gut mit Ihnen. Sie müssen von der Bildfläche verschwinden, denn ansonsten wird die Gestapo Sie schnappen und windelweich prügeln. Gehen Sie mit Ihrer Familie nach Bayern, wo Sie keiner kennt, arbeiten Sie dort als Musiker, und irgendwann, wenn Sie sich schon längst gemeldet und eingelebt haben, melden Sie Ihren Ausweis als verloren, und dann bekommen Sie sogar einen ganz echten auf den falschen Namen. Auf diese Weise wird niemals jemand erfahren, dass Sie Jude sind.«

»Und wenn doch?«

»Sehen Sie zu, dass es niemand erfährt. Und … es tut mir wirklich leid, was ich jetzt tun werde, aber es muss sein, damit ich Sie sicher aus der Wache herauskriege.«

Im nächsten Moment schlug Fredi ihm unvermittelt mit der Faust mitten ins Gesicht! Bromberg schrie auf, Blut strömte aus seiner Nase.

»Verdammt«, keuchte er. »Was soll das denn?«

»Es muss echt aussehen, wenn ich Sie nach dem Verhör hier hinauswerfe.«

Er zog Brombergs weißes Hemd aus der Hose, wischte damit einmal über dessen blutige Nase, sodass das Hemd ebenfalls blutbesudelt war.

»Es tut mir leid«, sagte Fredi noch einmal. »Aber anders kriege ich Sie hier nicht raus, ohne dass die Gestapo Lunte riecht.«

Er packte Bromberg, zerrte ihn aus der Zelle und demonstrativ an einigen weiteren Räumen vorbei, sodass sie von möglichst vielen Beamten gesehen wurden. Dabei schrie er: »Du Drecksjude, was stiehlst du mir meine Zeit? Ihr Judensäue seid ja das Allerletzte!«

»He, Alfred, hast du heute schlechte Laune?«, rief ihm einer hinterher. Ludwig Ehlers, der Neue, auf den Werner wegen seiner harten Verhörtechniken große Stücke hielt. Umso besser, wenn der ihn hier sah.

»Ja, eigentlich wollte ich heute mit meinen Kindern im Schrebergarten grillen, aber das zieht sich wegen der Judensau. Und dann hat der noch nicht mal was Brauchbares beizutragen.«

»Wollen wir ihn noch mal zusammen verhören?«, fragte Ludwig grinsend und schlug mit der rechten Faust in seine linke Handfläche. Siegmund Bromberg keuchte ängstlich auf.

»Nee, keine Zeit. Ich muss noch mit Lilli ins Krankenhaus. Mein Onkel wurde da heute mit Herzinfarkt eingeliefert, kurz bevor ich mich mit dieser Sau hier befassen musste. Mir reicht's für heute.«

»Oh, das tut mir leid mit deinem Onkel. Ich drück die Daumen, dass er es übersteht.«

Fredi stieß Bromberg unsanft vor sich her. »Und denken Sie dran, Erlenhof, heute noch, denn spätestens morgen steht die Gestapo bei Ihnen auf der Matte«, raunte er ihm zu, bevor er ihm an der Tür einen Fußtritt gab und unter dem Gejohle seiner Kollegen noch einmal lautstark über das Judenpack schimpfte.

Kurz darauf nahmen Lilli und er die Straßenbahn zum Universitätskrankenhaus Eppendorf.

»Meinst du, die Familie schafft das?«, fragte Lilli. »Mit falschen Papieren in Bayern neu anzufangen?«

»Keine Ahnung«, sagte Fredi. »Aber wir haben getan, was wir konnten.«

»Du, Fredi. Du hast getan, was du konntest. So, wie du es immer tust. Du hast ein großes Herz, auch wenn du es vor den meisten hinter brutaler Härte verstecken musst.«

Fredi räusperte sich. Es stimmte, er hatte sich in den vergangenen Jahren verändert. Er war härter geworden. Vor der Reichskristallnacht wäre er nie auf die Idee gekommen, einem Zeugen das Gesicht blutig zu schlagen, um ihn zu schützen. Aber je schlimmer die Zeiten wurden, umso schonungsloser musste er handeln, um zu überleben.

»Weißt du, dass du mich heute mit deinem großen Herzen sehr an meinen Vater erinnert hast?«, sagte Lilli plötzlich. Bei der Erinnerung an ihren Vater huschte ein Lächeln über ihr Gesicht, das jedoch sofort wieder verschwand. »Ich habe Angst«, sagte sie dann. »Was ist, wenn Papa stirbt? Ich kann mir ein Leben ohne ihn nicht vorstellen.«

»Er wird nicht sterben«, sagte Fredi und nahm Lilli in die Arme. »Er ist stark und wird noch sehr lange leben. Es macht mich stolz, wenn du sagst, ich hätte etwas von ihm. Onkel Heinrich war immer mein Vorbild. Weißt du, mein Vater ist ein großartiger Mensch, aber Onkel Heinrich, den habe ich immer für seine waghalsigen Abenteuer bewundert. Er hat oft viel aufs Spiel gesetzt, um das Richtige zu tun.«

»Das hat dein Vater doch auch.«

»Ja, aber das waren keine richtigen Abenteuer.«

»Und du erlebst waghalsige Abenteuer, von denen du deinen Kindern nichts erzählen darfst«, sagte Lilli. »Dabei wären sie es wert, erzählt zu werden.«

»Ja, aber nicht, solange sie noch Kinder sind, die sich verplappern können.«

Als sie im Krankenhaus ankamen, ging es Heinrich schon deutlich besser. Der diensthabende Arzt erklärte Lilli, dass es nur ein leichter Infarkt gewesen sei. Wenn er sich weiter so gut erhole, könne er nächste Woche bereits entlassen werden.

Das Unheil an diesem Maitag wollte kein Ende nehmen. Mitten in der Nacht wachte Fredi durch den ohrenbetäubenden Lärm der Luftschutzsirenen auf. Auch Henny saß sofort aufrecht im Bett.

»Ist das Fliegeralarm?«, rief sie erschrocken.

»Ja, los, wir müssen alle in den Luftschutzkeller!«

Bereits zu Beginn des Krieges hatten die Mieter ihre Kellerräume hergeben müssen, um sie zu Schutzräumen umzubauen. Man hatte sie durch Stützbalken stabilisiert und Stockbetten aufgestellt.

Henny kümmerte sich um Marie und Helga, während Fredi den Jungen half, sich schnell etwas überzuziehen. Nur wenig später saßen sie zusammen mit Familie Vorpahl dicht an dicht gedrängt auf den Betten im Luftschutzkeller. Wolfgang und Matthias hatten zwei der oberen Etagen in Beschlag genommen. Es herrschte beklemmende Stille. Alle lauschten gebannt auf das Geschehen da draußen. Plötzlich zerriss ein Donnerschlag die Luft. Marie zuckte zusammen, und die kleine Helga fragte ängstlich: »Werfen die jetzt Bomben?«

»Ach was, unsere Flak schießt die vorher alle ab«, rief Wolfi munter von oben. »Der Donner war doch von unserer Flak, die den Feind abgeschossen hat, oder, Papa?«

»Ja, natürlich«, erwiderte Fredi mit aufgesetzter Zuversicht, während er sich fragte, ob sie in diesem Keller wirklich sicher waren.

»Kannst du nicht eine von den Geschichten zum Besten geben, die dein Onkel Heinrich immer erzählt?«, fragte Henny da. »Das würde den Kindern bestimmt gefallen.«

Geschichten von Onkel Heinrich ... Unwillkürlich dachte Fredi an seinen Onkel, der mit einem Herzinfarkt im Krankenhaus lag. Ob man die Patienten auch in die Luftschutzkeller brachte, oder mussten sie hilflos in ihren Betten ausharren? Ihm war weiß Gott nicht nach Geschichtenerzählen zumute, aber er wusste, was er seinen Kindern schuldig war. Und schließlich war das Geschichtenerzählen eine alte Tradition in seiner Familie, die schon sein Großvater gepflegt hatte.

»Also gut«, sagte er. »Dann erzähle ich euch jetzt die Geschichte, wie Onkel Heinrich im letzten Krieg den Engländern mit seinem Segelschiff *Fortuna* immer wieder ein Schnippchen schlug ...«

60

Gegen drei Uhr morgens wurde Entwarnung gegeben. Auch Martha und Paul hatten die Nacht im Luftschutzkeller verbracht. Im Gegensatz zu Fredis Familie waren in ihrer unmittelbaren Umgebung einige Bomben eingeschlagen, und am nächsten Morgen erfuhren sie aus dem Radio, dass die Briten über St. Pauli und dem Hafen Hunderte von Brand- und Sprengbomben abgeworfen hatten. Mehrere Häuser und Schuppen waren in Flammen aufgegangen, vierunddreißig Menschen getötet und zweiundsiebzig verletzt worden. Immerhin funktionierten die Telefonleitungen noch, und als Erstes rief Martha nacheinander alle ihre Lieben an. Niemand war verletzt, aber Ella erzählte, wie schwierig es für Harald als diensthabenden Arzt gewesen war, die Kinder und selbst die jungen Schwestern in der Nacht zu beruhigen, da es für die Patienten im Krankenhaus nicht genug Luftschutzräume gab.

Während die meisten Familienmitglieder an diesem Sonntag noch von der vergangenen Bombennacht überwältigt waren, hatte Fredi ganz andere Sorgen. Deshalb suchte er Joseph Kellermann gleich nach dem Frühstück auf.

»Und was erwarten Sie jetzt von mir?«, fragte Joseph mit undurchdringlicher Miene, nachdem Fredi ihm von den Ereignissen des vorherigen Tages berichtet hatte.

»Zweierlei. Bromberg braucht dringend neue Papiere, um zu verschwinden, und dann müssen wir uns um Cheng, die Ratte, kümmern.«

»Kümmern«, wiederholte Joseph nachdenklich. »Bedeutet das, ihn umzubringen?«

»Sparen Sie sich diese Scherze, das ist nicht lustig.«

»Nein, das ist schlichtweg die Realität. Alles um uns herum wird immer blutiger, Alfred. Je unvorsichtiger wir werden, desto höher ist der Preis, den wir zu zahlen haben. Es war ein großes Risiko, Bromberg zum Erlenhof zu schicken. Der Mann ist unzuverlässig und völlig naiv.«

»Was hätte ich denn tun sollen?«, fragte Fredi. »Es ging ja nicht nur darum, Bromberg und seiner Familie zu helfen. Der Mann hätte alles verraten, wenn die Gestapo ihn in die Mangel genommen hätte.«

»Und die Gefahr ist noch nicht gebannt. Wenn er nur ein bisschen gesunden Menschenverstand hätte, wäre er längst in China. Aber dieser sensible Musiker glaubt offenbar immer noch, dass ihm nichts passieren kann, wenn er brav auf die Polizei vertraut.« Joseph schaute grimmig.

»Von dem Irrglauben habe ich ihn gestern kuriert, das können Sie mir glauben, Joseph.«

»Also schön, ich sehe zu, dass Bromberg saubere Papiere bekommt. Was Cheng angeht, um den müssen Sie sich kümmern.«

»Und wie?«

»Wie wäre es, wenn Sie Rohrbeck auf Cheng hetzen? Wer auch immer Han Luan getötet hat, hat damit auch einen der wenigen Zeugen beseitigt, die uns mit dem Visaverkauf in Verbindung bringen könnten.«

»Aber wenn Cheng verhaftet wird, wird er alles tun, um seinen Hals zu retten«, wandte Fredi ein. »Der wird alles preisgeben, was er weiß.«

»Im Moment vermuten Sie nur, dass er etwas weiß, Alfred. Haben Sie ein bisschen mehr Selbstvertrauen. Offiziell sind Sie

Rohrbecks Freund, während Cheng ein vorbestrafter, chinesischer Verbrecher ist. Wem wird Rohrbeck wohl glauben, solange es keine Beweise gibt?«

»Aber was ist, wenn es noch mehr Verräter in unseren Reihen gibt?«

Joseph lehnte sich ein Stück zurück. Seine Miene war wieder unbewegt.

»Jetzt sind wir an dem Punkt, wo es blutig wird. Soldaten an der Front müssen töten, und wir kämpfen an einer eigenen, geheimen Front. Allerdings haben wir das Glück, dass wir nicht selbst töten müssen. Bei uns genügt es, wenn wir manipulieren.«

Fredi starrte Joseph an. »Was genau meinen Sie damit?«

»Wie ich schon sagte. Hetzen Sie die Gestapo auf Cheng und seine Bande. Wir müssen nur ein paar falsche Fährten legen, dann können wir den Chinesen unsere eigenen Machenschaften unterjubeln. Die Gestapo wird sie sich vorknöpfen. Sorgen Sie dafür, dass man die Bande ordentlich in die Mangel nimmt, dann können wir uns wieder dem zuwenden, was wirklich wichtig ist. Unschuldigen Menschen die Flucht aus Deutschland zu ermöglichen.«

»Nein! So etwas tue ich nicht! Ich schau doch nicht zu, wie die Gestapo Menschen zu Tode prügelt, egal wen!«

»Sie müssen ja nicht zuschauen«, sagte Joseph mitleidlos. »Aber wir müssen Cheng und seine Bande loswerden, wenn wir überleben wollen. Handeln Sie jetzt hart und schnell, oder es geht Ihnen am Ende wie Bromberg, der zu lange gezögert hat.«

Nie zuvor hatte Fredi sich in einem so großen Dilemma befunden. Durfte er wirklich so weit gehen, um einen Fluchtweg für Unschuldige offenzuhalten und die eigene Familie zu schützen? Was zählte ein Leben überhaupt noch, wo der Tod in diesen

Tagen überall lauerte und es selbst unschuldige Kinder unvermittelt aus der Luft treffen konnte?

»Ich werde darüber nachdenken«, sagte er.

Als Fredi am Montag ins Stadthaus kam, hatte er sich immer noch nicht entschieden. Die Angelegenheit lag ihm so schwer auf der Seele, dass er sich nicht einmal Henny anvertraut hatte.

Am späten Vormittag bekam er einen Anruf von Werner.

»Kommst du auf einen Kaffee bei mir vorbei? Ich habe was Wichtiges mit dir zu besprechen.«

Fredis Eingeweide zogen sich schmerzhaft zusammen. »Ja, gerne«, sagte er. Dann ging er in den zweiten Stock.

»Du, sach mal, du kennst doch den Joseph Kellermann ganz gut, oder?«, begann Werner das Gespräch.

Fredis Wangen wurden heiß.

»Ja«, bestätigte er vorsichtig.

»Der hat mich vorhin angerufen und mir einen Tipp gegeben. Meinst du, man kann auf dessen Tipps was geben? Ich meine, früher war der ja mal für seine Unterweltkontakte berühmt, aber inzwischen ist er ja so 'n ganz biederer Unternehmer geworden.«

»Was für einen Tipp?«, fragte Fredi.

»Da gibt es so einen chinesischen Bandenchef, der angeblich Juden mit falschen Papieren zur Flucht verhilft.«

»Wirklich?«, fragte Fredi. »Wo ist dann das Problem? Wenn der die Juden aus dem Land schafft, sind wir sie wenigstens los.«

Werner brach in schallendes Gelächter aus. »Du bist echt gut, Alfred. So habe ich das ja noch gar nicht gesehen.«

Fredi stimmte in sein Gelächter ein, doch dann wurde Werner wieder ernst. »Aber Spaß beiseite, das geht gar nicht, wenn so 'n Schlitzauge mit falschen Papieren handelt. Nee, wenn das wirklich stimmt, müssen wir den Laden ausheben.«

»Natürlich«, sagte Fredi. »Aber was ist, wenn ihr nichts findet? Dann sind die doch erst recht gewarnt.«

»Hältst du Kellermann für einen glaubwürdigen Informanten?«, fragte Werner, statt zu antworten.

»Ja.«

»Gut. Dann knöpfen wir uns die Schlitzaugenbande mal vor. Und keine Sorge, man findet immer genug, um die aus dem Verkehr zu ziehen.«

Nachdem Fredi wieder in seinem Büro war, rief er sofort Joseph an.

»Was fällt Ihnen ein, Rohrbeck auf Cheng zu hetzen?«

Joseph lachte leise am anderen Ende der Leitung.

»Ich habe es für Sie getan, Alfred. Ich wusste, wie sehr Sie mit Ihrem Gewissen zu kämpfen haben. Nun liegt die Verantwortung allein bei mir. Aber der Schritt war notwendig, und das wissen Sie selbst ganz genau.«

Bereits am folgenden Tag gab es eine groß angelegte Razzia im Chinesenviertel. Noch bis spät in die Nacht waren aus den Zellen im Keller des Stadthauses die Schreie der Festgenommenen zu hören. Obwohl Fredi nicht dabei war, fühlte er sich unendlich schuldig. Nicht nur wegen der Chinesen und was man ihnen antat, sondern auch, weil er im Grunde seines Herzens froh war, dass ein gefährlicher Mitwisser und potenzieller Erpresser von der Bildfläche verschwunden war.

Eine Woche später wurde Heinrich aus dem Krankenhaus entlassen. Seine Stimmung war düster, und das lag nicht nur an den regelmäßigen Bombenangriffen, sondern an der Tatsache, dass die Ärzte ihm die Diensttauglichkeit als Kapitän absprachen.

»Mir geht es doch wieder gut«, beklagte er sich bei Martha.

»Und ich habe schon Erfahrung im Blockadebrechen. Warum geben die mir kein Schiff?«

»Weil du in einem Alter bist, in dem du dich nicht mehr wie ein junger Mann in wilde Abenteuer stürzen solltest. Denk lieber an Li-Ming und Lilli. Es genügt doch, dass die sich schon um Arthur sorgen.«

Heinrichs Miene verfinsterte sich noch mehr. Sie hatten zuletzt Weihnachten von Arthur gehört; da hatte er ihnen geschrieben, dass er verliebt sei. Seine Auserwählte war eine Japanerin namens Yuki, die mit ihren Eltern in Shanghai lebte. Er hatte auch ein Foto von sich und Yuki beigelegt. Sie war ein hübsches Mädchen, und auch Arthur machte in seiner weißen Kapitänsuniform einiges her. Aber seitdem waren keine Briefe mehr von ihm eingetroffen.

»Ach, man muss sich nicht immer gleich Sorgen machen. Die Postverbindungen waren schon vor dem Krieg schlecht«, sagte Heinrich mit wegwerfender Handbewegung. »Es ist doch ganz normal, wenn sich ein Seemann mal ein paar Monate lang nicht meldet.«

»Ja, das haben wir mit dir im letzten Krieg ja zur Genüge erlebt«, sagte Martha. »Und wir sind fast gestorben vor Sorge. Du solltest vernünftig sein, Heinrich. Deine große Zeit ist vorbei. Mach dich lieber in der Hafenmeisterei nützlich, da bringst du gutes Geld nach Hause und kannst für Li-Ming und Lilli da sein.«

Letztlich blieb Heinrich tatsächlich nichts anderes übrig, als wieder die ungeliebte Tätigkeit bei der Hafenmeisterei aufzunehmen. Li-Ming hingegen war erleichtert. Eine Sorge weniger.

Auch wenn Martha oft an den letzten Krieg denken musste, vor allem bei der Zuteilung der Lebensmittelkarten, so stellte sie doch fest, dass er völlig anders war. In den Läden gab es nach wie vor genügend Waren. Das Bezugsscheinsystem sorgte dafür, dass Hamsterkäufe unterbunden wurden, und die Handelswege blieben offen. Das lag auch daran, dass die Wehrmacht, im Gegensatz zum letzten Krieg, diesmal auf dem Vormarsch war. Nach der Besetzung Polens marschierte die deutsche Armee gegen Frankreich. Im Juni 1940 fiel Paris, und überall sprach man vom Blitzkrieg. Die Schmach von Versailles war getilgt, und der Sieg wurde im ganzen Reich gefeiert.

Andererseits schien sich die Regierung auf einen längeren Luftkrieg einzustellen, denn überall in der Stadt wurden markante Punkte, die man aus der Luft erkennen konnte, getarnt. Am erstaunlichsten fand Martha die Tarnung der Binnenalster. So wurde die gesamte Binnenalster mithilfe von Holzkonstruktionen überdacht und als Stadtgebiet getarnt. Lediglich ein schmales Fahrwasser blieb für die Schifffahrt erhalten.

»Das ist doch Blödsinn«, meinte Heinrich, als er die Aufbauten sah. »So blöd sind die Engländer doch nicht. Die fliegen einfach die Elbe entlang, dann finden sie Hamburg sowieso.« Er atmete tief durch. »Apropos finden – der Postbote hat auch mal wieder zu uns gefunden. Wir haben gestern Nachricht von Arthur bekommen. Der Lausebengel hat doch tatsächlich geheiratet, ohne uns seine Braut vorgestellt zu haben. Und ein Enkelkind ist auch schon unterwegs. Kannst du dir das vorstellen? Der heiratet am anderen Ende der Welt und stellt uns dann vor vollendete Tatsachen.«

»Wie der Vater, so der Sohn, ne?«, sagte Martha trocken.

»Ach du, was du nun wieder hast. Mit Li-Ming und mir war das doch was ganz anderes.«

»Ja, ganz anders.«

»Das war ja nicht im Krieg.«

»Nee, umso schlimmer. Arthur hat wenigstens eine Entschuldigung. Will er denn nun mit seiner Frau nach Hamburg kommen, oder bleibt er in Asien?«

»Er will erst mal bleiben. Er hält das hier für zu gefährlich.« Heinrich seufzte. »In ein paar Monaten haben wir was gemeinsam, Martha. Ein Enkelkind am anderen Ende der Welt, das wir fürs Erste nicht sehen werden.«

Martha dachte an den letzten Brief, den sie von Rudi bekommen hatte. Das war kurz nach den ersten Luftangriffen gewesen. Er war besorgt gewesen und hatte befürchtet, dass bald keine Post mehr durchkäme. Die Stimmung in Amerika sei bereits wieder sehr antideutsch und er selbst froh, dass sein Antrag auf Einbürgerung noch vor Beginn des Krieges positiv beschieden worden sei. Als Martha das las, wurde ihr schwer ums Herz. Sie hatte ja schon lange gewusst, dass Rudi sich um die amerikanische Staatsbürgerschaft bemühte, ebenso lang wie ihr Ältester wusste, dass ihr das nicht gefiel. Vermutlich hatte er es ihr deshalb nicht früher geschrieben. Hoffentlich trat Amerika nicht in den Krieg ein. Es war schon schlimm genug gewesen, Milli im letzten Krieg auf der anderen Seite zu wissen, aber jetzt auch noch Rudi? Und was wäre, wenn man ihn einziehen würde? Müsste er dann gegen seine eigene Familie kämpfen?

61

Ella fühlte sich in der Kinderklinik des Universitätskrankenhauses weiterhin sehr wohl. Das lag auch an Professor Degkwitz, den sie nicht nur als Arzt ungemein schätzte. Furchtlos äußerte er nach wie vor frei seine Meinung und versammelte immer mehr kritisch denkende Ärzte und Studenten um sich. Er weigerte sich auch ganz offen, seine Kolloquien mit dem vorgeschriebenen »Heil Hitler« zu eröffnen, und missbilligte in seinen Vorlesungen judenfeindliche Aktionen. Ella wunderte sich jedes Mal aufs Neue, dass er im Gegensatz zu so vielen anderen keine Probleme bekam. Anscheinend war er wegen seiner herausragenden medizinischen Leistungen als Ordinarius unantastbar.

Die Zeit, da sie in der Chirurgie ihre Pflichtmonate absolviert hatte, schien schon weit weg zu sein. Umso mehr wunderte Ella sich, als sie eines Vormittags einen Anruf von ihrem ehemaligen Kollegen Ellerweg aus dem Allgemeinen Krankenhaus St. Georg bekam.

»Frau Kollegin, können Sie offen sprechen?«, fragte er als Erstes. Ella war erstaunt, dass der sonst so humorvolle Arzt derart ernst war.

»Ja, ich bin allein in meinem Büro. Was gibt es?«

Doktor Ellerweg räusperte sich. »Ich bin gerade dabei, sämtliche Kollegen, denen ich vertraue, über eine Ungeheuerlichkeit zu informieren. Wenn man das öffentlich macht, könnte es uns alle in Gefahr bringen. Sie sind, wie ich weiß, mit Professor Degkwitz vertraut. Ihnen glaubt er sicher eher als mir, da ich ihn nur flüchtig kenne.«

Ella schluckte. »Worum geht es?«

»Mein bester Freund arbeitet als Oberarzt in der Landesnervenheilanstalt in Ochsenzoll. Er muss dort bereits seit einiger Zeit Meldebögen über die Leistungsfähigkeit seiner Patienten ausfüllen. Vor ein paar Wochen wurden die Patienten, die keine volle Leistungsfähigkeit hatten, abgeholt, ohne dass man ihn vorher darüber informiert hatte. Es hieß, man verlege sie nach Brandenburg. Einen Monat später bekam mein Freund den Anruf eines ehemaligen Kollegen, der jetzt in Brandenburg arbeitet. Und der hat ihm erzählt, dass man die Kranken dort systematisch tötet.«

»Nein!«, entfuhr es Ella.

»Leider doch. Er konnte ihm sogar Beweise vorlegen. Das alles unterliegt strenger Geheimhaltung.« Ellerwegs Stimme wurde noch eindringlicher. »Der Kollege in Brandenburg hat sich freiwillig an die Front gemeldet, weil er das nicht länger mittragen wollte. Seither füllt mein Freund in Ochsenzoll sämtliche Bögen über Patienten so aus, als wären sie vollständig leistungsfähig. Andernfalls würden sie getötet. Anscheinend werden alle Behinderten und Geisteskranken rigoros auf ihre Leistungsfähigkeit überprüft und ausgemerzt. Und ausgemerzt heißt getötet! Hier passiert im Geheimen gerade ein Massenmord an den Schwächsten unserer Gesellschaft! Sie als Kinderärztin sollten das wissen, denn soweit ich weiß, sind die Hebammen inzwischen auch angehalten, Kinder mit Behinderungen zu melden.«

Ella schluckte schwer.

»Ich weiß, wie das klingt«, sagte Doktor Ellerweg. »Ich habe es zuerst auch nicht glauben wollen, aber mein Freund Richard ist absolut vertrauenswürdig.«

»Weiß Professor Wehmeyer Bescheid?«

»Natürlich, der nutzt auch all seine Kontakte. Er meinte allerdings, ich solle es Ihnen direkt erklären, damit es nicht aus dritter Hand bei Ihnen ankommt. Schließlich kennen wir uns gut genug, und Sie wissen, dass Sie mir vertrauen können.«

»Ja«, bestätigte Ella. »Vielen Dank auch für Ihr Vertrauen, Herr Kollege. Ich werde alles umgehend an Herrn Professor Degkwitz weiterleiten.«

»Vielen Dank, Frau Doktor Thiessen. Und denken Sie daran, die Geschichte ist hochbrisant. Wenn herauskommt, dass wir die Informationen weitergeleitet haben, droht uns allen das KZ. Wir Ärzte müssen im Lautlosen ethisch verantwortlich handeln, um unsere Patienten zu schützen.«

Als Ella kurz darauf um einen Termin bei Professor Degkwitz bat, fühlte sie sich noch immer wie gelähmt. War das wirklich wahr? Ging die Regierung wirklich so weit? Behinderte Menschen zwangsweise sterilisieren zu lassen, um erbkranken Nachwuchs zu verhüten, war das eine, aber die Tötung von Kranken, die als lebensunwert galten? Institutionsmäßige Vernichtung menschlichen Lebens?

Professor Degkwitz hatte sofort für Ella Zeit. Zu ihrem Erstaunen wirkte er nicht halb so überrascht, wie sie gedacht hatte.

»Ich habe so etwas schon vermutet«, sagte er. »Im Kinderkrankenhaus Rothenburgsort gibt es schon länger Gerüchte über die aktive Tötung behinderter Kinder. Ich halte das, was Doktor Ellerweg Ihnen mitgeteilt hat, für absolut glaubwürdig.«

»Und was sollen wir nun tun?«, fragte Ella.

»Sehr vorsichtig mit den Diagnosen sein, die wir Kindern geben«, erwiderte der Professor. »Im Zweifelsfall sollten wir ein Kind lieber als zu gesund darstellen, vor allem, wenn es sich um Geburtsfehler handelt.«

»Und sonst können wir nichts tun?«, fragte Ella.

»Ich werde auf eine günstige Gelegenheit warten, diese Machenschaften öffentlich zu machen. Allerdings geht das nicht sofort, da ich sonst unsere Informanten in Gefahr bringe und sie nicht länger mit geschönten Gutachten Menschen retten könnten.«

Ella nickte. Es blieb eine schwierige Gratwanderung.

In diesen Tagen telefonierte Ella oft mit Fredi, der ihr ganz behutsam immer mehr Einblick in sein eigenes Leben gewährte, auch wenn sie den Eindruck hatte, dass er ihr längst nicht alles erzählte. Als sie einmal anklingen ließ, dass es vielleicht gar nicht der richtige Weg sei, im Geheimen zu agieren, sondern dass viel mehr Leute so wie Professor Degkwitz zu ihrer eigenen Meinung stehen sollten, meinte Fredi: »Glaubst du wirklich, dass Worte allein etwas bewirken können? Glaubst du, dass sie es wert sind, dafür nicht nur sein Leben, sondern auch das seiner Familie zu riskieren? Denk nur an Rudi. Der hat überhaupt nichts Regierungskritisches gesagt, sondern sich nur ordnungsgemäß als Anwalt für die Rechte seiner Klienten eingesetzt. Trotzdem landete er in Wittmoor. Und das neue KZ in Neuengamme ist noch viel schlimmer.«

»Und was willst du mir damit jetzt sagen?«, fragte Ella zurück. »Dass man lieber schweigen soll?«

»Nein, ich will damit sagen, dass Taten wichtiger sind als Worte. Wer zu viel redet, gerät in den Fokus der Gestapo und kann dann gar nichts mehr machen. Ich habe mal vorsichtig bei Werner nachgehakt. Degkwitz hat längst eine Akte bei der Gestapo, und du solltest sehr vorsichtig sein, Ella. Degkwitz mag augenblicklich noch unantastbar sein, aber alle anderen nicht. Besonders Harald muss aufpassen, denn Männer, die sich allzu kritisch äußern, könnten sehr schnell eingezogen werden, auch wenn sie eigentlich aufgrund ihrer Stellung unabkömmlich sind.«

»Gibt es über Harald schon eine Akte?«, fragte Ella erschrocken.

»Nein, noch nicht«, beruhigte Fredi sie. »Wenn dem so wäre, hätte ich es dir längst gesagt. Werner vertraut mir zum Glück, aber irgendwann kommt vielleicht der Punkt, an dem das nicht mehr so ist.« Er atmete schwer.

»Wie gefährlich ist das, was du tust, wirklich, Fredi?«, fragte Ella.

»Es grenzt an Hochverrat«, erwiderte er ernst.

Ella hielt die Luft an.

»Wir haben ein sehr weit verzweigtes Netzwerk aufgebaut, um Menschen zur Flucht zu verhelfen, aber wir mussten schon einige unschöne Dinge tun, um es geheim zu halten.«

»Um Himmels willen, Fredi, was für Dinge denn?«

»Lass es gut sein, Ella. Der Preis für Taten ist ein anderer als der für Worte. Ich bitte dich nur, weiterhin vorsichtig zu sein.«

Fredi und Henny mussten in der Tat immer vorsichtiger werden. Ihr Sohn Wolfgang war zehn Jahre alt geworden und damit verpflichtet, dem Jungvolk beizutreten, dem jüngsten Jahrgang der Hitlerjugend.

Fredi und Henny hatten sich im Beisein ihrer Kinder nie politisch geäußert. Zwar wollten sie nicht, dass die Kinder das nationalsozialistische Gedankengut kritiklos übernahmen, doch sie wollten kein Risiko eingehen, dass sie sich in der Schule verplapperten. Also war es besser, schwierige Themen gar nicht anzusprechen.

Seit Wolfi beim Jungvolk war, wurde es zunehmend schwieriger, sich herauszuhalten. Er war stolz, die Uniform zu tragen, und hatte Spaß an den dortigen Jugendfreizeiten. Schon bald erzählte er begeistert von den minderwertigen Rassen und dass sie als Arier allen überlegen wären.

Fredi überlegte lange, wie er dem am besten entgegentreten sollte. Wolfi war ein lebhafter, intelligenter Junge, und er konnte dichthalten. Jedenfalls wenn es um Weihnachtsüberraschungen für die Mama ging. Wolfi war immer sehr stolz darauf, wenn er etwas wusste, was andere nicht wussten. Durch Geheimnisse fühlte er sich überlegen, und genau an diesem Punkt setzte Fredis Plan an. Es war Zeit für das ultimative Vater-Sohn-Gespräch, ein Geheimnis, das nur vom Vater an den Sohn weitergegeben wurde und über das keiner von beiden mit irgendjemand anderem sprechen durfte.

Wolfi war sehr stolz, als sein Vater ihn an einem strahlenden Sommerwochenende im Schrebergarten auf einen Spaziergang entlang des kleinen Flusses mitnahm, um mit ihm, wie er angekündigt hatte, ein Gespräch unter Männern zu führen.

Zunächst fragte Fredi seinen Sohn nach seinen Freunden beim Jungvolk und wie ihm der Dienst dort gefalle. Irgendwann kamen sie zum Thema Rassenkunde, und da hakte Fredi ein. »Jetzt ist es Zeit für das Geheimnis«, sagte er. »Das Geheimnis ist so groß, dass die anderen Väter es ihren Söhnen erst erzählen, wenn die erwachsen sind. Aber du, Wolfi, du bist schon jetzt ein großer Junge. Ich weiß, dass du es niemals jemandem verraten wirst. Nicht mal deinem Bruder.«

»Ehrenwort, Papa«, sagte Wolfi mit großen Augen. Fredi nickte und klopfte seinem Sohn auf die Schulter. »Du hast mir von den anderen Jungs erzählt, vor allem von dem blöden Lutz.«

»Ja, der ist einfach nur strunzdumm. Der glaubt, weil sein Papa SS-Hauptsturmführer ist, kann er sich alles erlauben. Ich habe ihm gesagt, dass du Oberkommissar bist und dass das viel mehr wert ist, aber das will er nicht glauben.«

»Was dumme Leute glauben, ist völlig egal, Wolfi. Wichtig ist, was intelligente Menschen wie wir über sie wissen.« Er machte eine kurze Pause und sah seinen Sohn aufmerksam an. Wolfi hing geradezu an seinen Lippen. »Dumme Menschen merken natürlich, dass sie manches nicht so gut verstehen wie intelligente Menschen. Und das macht sie wütend. Sie wollen nicht als dumm gelten«, fuhr Fredi fort. »Deshalb verstecken sie sich entweder hinter markigen, auswendig gelernten Sprüchen oder hinter Brutalität. So wie die frechen Sitzenbleiber, die nach der Schule den Jungs mit den besseren Zeugnissen auflauern, um sie zu verhauen.«

»Ja, Papa. So wie der Otto neulich den Markus verhauen wollte. Aber ich bin dazwischengegangen, und als ich mit Otto fertig war, hat er geheult.«

Fredi lachte, als er die Begeisterung seines Sohnes sah. Er erinnerte sich gut an den Vorfall, denn Ottos Mutter hatte sich kurz darauf bei Henny beschwert. Die hatte allerdings sofort den Spieß umgedreht und Ottos Mutter schwere Vorwürfe über ihren Rüpel gemacht, der sich immer an Schwächeren vergriff. Da müsse sie sich nicht wundern, wenn der Sohn eines Oberkommissars sich verpflichtet fühle, schützend einzugreifen. »Wenn Sie Ihren Otto nicht besser erziehen, landet der später noch mal im Gefängnis«, hatte sie ihre Standpauke beschlossen, und Ottos Mutter war kleinlaut abgezogen.

»Mit dir sollte sich auch keiner anlegen«, sagte Fredi und verpasste seinem Ältesten einen freundschaftlichen Schulterknuff.

»Ich will mal genauso stark werden wie du, Papa.«

»Du wirst bestimmt viel stärker als ich, wenn du erwachsen bist. Aber kommen wir mal zurück zu den dummen Menschen.

Als Kinder sind die größten Raufbolde oft auch die Dümmsten in der Schule.«

»Ja, das stimmt, Papa.«

»Blöd ist, dass sie sich auch als Erwachsene nicht ändern. Aber wenn ein dummer Erwachsener Leute auf der Straße verprügelt, kommt die Polizei. So etwas ist verboten.«

»Ja, Papa.«

»Dumme Erwachsene wollen sich natürlich auch abreagieren, aber sie machen das anders als Kinder.«

»Und wie, Papa?«

»Dumme Erwachsene glauben, sie können ihre Dummheit dadurch ausgleichen, dass sie selbst zu den Obersten gehören. Sie wollen ihre Überlegenheit als ihr Geburtsrecht sehen. Und wenn dann jemand kommt, der ihnen verspricht, sie wären die Tüchtigsten, dann jubeln sie ihm zu. Und wenn derjenige ihnen dann noch verspricht, dass sie die sogenannten minderwertigen Rassen verprügeln dürfen, sind sie glücklich. Endlich dürfen sie ungestraft unschuldige Menschen verhauen. Genauso, wie sie früher in der Schule Schwächere verprügelt haben.«

Wolfi sah seinen Vater irritiert an. »Aber nur, weil wir zur überlegenen Rasse gehören, bedeutet das doch nicht, dass ich Schwächere aus anderen Rassen verprügle«, sagte er.

»Nein, Wolfi, du bist ja auch ein intelligenter Junge. Und deshalb verrate ich dir jetzt das Geheimnis, das du niemandem sonst verraten darfst. Habe ich dein Wort darauf?«

»Ja, Papa.«

»In Wirklichkeit gibt es gar keine überlegene Rasse, Wolfi. Es gibt intelligente und dumme Menschen in allen Völkern der Welt. Kein Volk hat nur gute oder schlechte Menschen. Jeder, der dir das einreden will, ist dumm und glaubt, du wärst auch dumm.«

»Aber unser Jungzugführer sagt, die germanische Rasse ist allen anderen überlegen, und die Juden sind die Minderwertigsten. Die beuten uns nur aus und haben früher alle wichtigen Posten besetzt, um die germanische Rasse zu unterdrücken. Und deshalb müssen die Juden vernichtet werden.«

»Kennst du einen Juden, Wolfi?«

»Nein, Papa.«

»Doch, du hast sogar mit Judenkindern gespielt.«

»Ich?« Wolfi errötete, und erst da begriff Fredi, wie viel von dem nationalsozialistischen Gedankengut bereits in das Empfinden seines Sohnes hineingesickert war.

»Die Kinder der Familie Hamburger aus Nummer 9.«

»Das waren Juden?«

»Ja.«

»Das wusste ich nicht, Papa. Ist das schlimm, dass ich mit denen gespielt habe?«

»Nein, ganz im Gegenteil. Das ist völlig in Ordnung. Und gerade die Tatsache, dass du keinen Unterschied gemerkt hast, beweist doch, dass ich recht habe. Es gibt keine überlegene Rasse, Wolfi.«

»Aber der Jungzugführer sagt was anderes.«

»Und was sagt das über den Jungzugführer? Denk nach, was ich dir eben erklärt habe.«

Wolfi zögerte. »Dass er dumm ist?«, fragte er vorsichtig.

»Ja, ganz genau. Er ist dumm, sonst würde er so etwas nicht behaupten. Aber das darfst du ihm natürlich nie sagen, unter gar keinen Umständen. Denn sonst würdest du ihn dir zum Feind machen, und dann würde er dich schikanieren und Lügengeschichten über dich erfinden, die dir das Leben zur Hölle machen.«

Wolfi sah seinen Vater erschrocken an. »Meinst du wirklich?«

»Ja, das würde passieren. Sie würden dich außerdem aus der Hitlerjugend ausschließen, und der Vater des Jungzugführers würde die anderen Väter gegen mich aufhetzen, weil ich dir als meinem ältesten Sohn schon jetzt das große Männergeheimnis verraten habe. Und dann würde ich als Oberkommissar entlassen werden und müsste irgendwo an die Front, und dort würde ich vielleicht fallen und nie wieder nach Hause kommen. Und das alles würde nur deshalb passieren, weil du das große Geheimnis nicht gehütet hast. Du hast es in der Hand, Wolfi.«

Wolfi schluckte und sah einen Moment so aus, als würde er in Tränen ausbrechen. Sofort legte Fredi ihm den Arm um die Schultern. »Keine Sorge, dazu wird es nicht kommen, weil du dichthalten kannst. Du kannst ein Geheimnis bewahren.«

Wolfi schluckte. »Ja Papa«, sagte er leise. »Aber es können doch nicht alle dumm sein bei der Hitlerjugend.«

»Du hast recht, Wolfi. Manche lügen, weil sie davon Vorteile haben.«

»Aber was haben sie davon?«

»Sie dürfen andere Menschen verhauen und beklauen, solange die nicht zu ihrer eigenen Volksgemeinschaft gehören. Was glaubst du wohl, würde dein Jungzugführer sagen, wenn du ein jüdisches Kind verhaust und ihm sein Spielzeug stiehlst?«

Wolfi senkte den Blick.

»Antworte auf meine Frage, Wolfi.«

»Dass es der Judensau recht geschieht«, sagte Wolfi leise.

»Und ist das wirklich recht, Wolfi? Wäre es rechtens gewesen, wenn du deinen Spielgefährten aus Nummer 9 die Spielsachen gestohlen hättest, nur weil sie Juden sind?«

»Nein, Papa.«

»Genau.«

»Aber was soll ich dann machen, wenn ich sehe, wie andere Jungs jüdische Kinder verhauen, wenn ich dein Geheimnis nicht verraten darf, damit sie wissen, dass das falsch ist?«

»Intelligente Menschen finden immer Möglichkeiten, Wolfi. Und du bist intelligent. Lenk sie ab. Sag ihnen, es ist langweilig, Juden zu verhauen, die sollen sich damit nicht die Finger schmutzig machen. Rede mit ihnen in ihren eigenen Worten, aber so, dass sie das tun, was du willst. Und falls dir einer deiner Kameraden vorwirft, du wärst zu feige, fordere ihn raus und kämpf mit ihm. Zeig ihm, dass du mein Sohn bist, dass du jedem Kampf gewachsen bist und es nicht nötig hast, dir mit einer überlegenen Horde von Bengeln die Hände an einem einzigen Judenkind schmutzig zu machen. Wahre das Geheimnis und handle so, wie ich es dir erklärt habe. Dann machst du mich zum stolzesten Vater der Welt!«

»Kann ich dich immer fragen, wenn ich mir unsicher bin, Papa?«

»Selbstverständlich, Wolfi, das musst du sogar. Aber nur mich. Niemanden sonst. Du darfst das, was ich dir jetzt erzählt habe, niemals verraten und niemals nach außen hin zeigen, denn dann würdest du dich selbst verraten und deines Lebens nicht mehr froh. Die Dummen und die Lügner haben gegenwärtig einfach zu viel Macht.«

Wolfi nahm sich die Worte seines Vaters zu Herzen. Er schwieg über das, was sein Vater ihm verraten hatte, aber er kam am Wochenende regelmäßig auf Fredi zu, um mit ihm ein Männergespräch zu führen. Dann erzählte er ihm alles, was er beim Jungvolk gehört hatte, und bat seinen Vater um seine Meinung dazu.

»Du machst das sehr gut mit ihm«, sagte Henny eines Abends kurz vor Weihnachten. »Er hält wirklich dicht, sogar mir gegenüber. Ich habe mal versucht, ihn auszufragen, aber er fällt nicht darauf rein. Ich bin wirklich stolz auf ihn.«

»Ja, er ist ein kluger Junge. Aber es tut mir trotzdem in der Seele weh, dass er in dem Gefühl aufwächst, es gebe Dinge, die er nicht einmal mit seiner Mutter teilen darf.«

»Dafür ist er ein Junge. Jungs müssen Geheimnisse mit den Vätern haben. Mütter haben sie mit den Töchtern.« Henny strich ihm liebevoll über die Schulter. »Ich habe übrigens den Eindruck, du erzählst mir auch nicht mehr alles.«

»Wie kommst du darauf?«

»Du fragst mich seltener als früher um Rat. Was liegt dir auf der Seele? Was wiegt so schwer, dass du es nicht einmal mir anvertrauen magst?«

Fredi schluckte.

»Wie weit darf man gehen, um für seine eigenen Werte einzustehen, ohne sie dabei zu verraten?«, fragte er leise. Und dann erzählte er ihr zum ersten Mal von Cheng, der Ratte. Henny hörte aufmerksam zu. Als er geendet hatte, sagte sie: »Ich bin froh, dass Joseph Werner angerufen hat. Gewiss, es ist schrecklich, aber dieser Bandenchef hätte mit dir auch kein Mitleid gehabt. Werner hatte das Chinesenviertel schon länger auf dem Kieker. Irgendeinen Grund zum Losschlagen hätte er immer gefunden, und da ist es doch gut, wenn er echte Verbrecher anstatt harmloser chinesischer Geschäftsleute oder Gastwirte in die Mangel nimmt.«

»Du stehst immer zu mir.« Fredi lächelte sie wehmütig an. »Egal, was ich tue.«

»Ich liebe dich, Fredi. Du machst alles, was in deiner Macht steht, um Menschen zu helfen. Aber wenn Opfer gebracht werden müssen, dann sollte es immer Schuldige treffen.«

»Und wenn wir eines Tages nicht mehr wissen, wer schuldig ist? Oder wenn wir uns entscheiden müssten, einen Unschuldigen zu opfern, um uns selbst zu retten? Was wäre dann?«

»An dem Punkt sind wir nicht«, sagte Henny. »Und du wirst bestimmt dafür sorgen, dass wir niemals an diesen Punkt kommen.«

Er nahm sie in die Arme. »Ich hoffe, du behältst recht.«

62

1941 ging der Krieg ins zweite Jahr, und Martha wunderte sich, an wie vieles man sich gewöhnen konnte. Selbst an den nächtlichen Fliegeralarm. Die meisten Menschen hatten stets eine gepackte Reisetasche mit den wichtigsten Unterlagen dabei, die sie mit in den Luftschutzkeller nahmen, und in jedem Treppenhaus standen Löscheimer mit Sand. Jeder war verpflichtet, an Luftschutzübungen teilzunehmen und zu lernen, wie man Brandbomben und deren Blindgänger sicher löschte. Wenn der Alarm nachts zu lange andauerte, mussten die Kinder am folgenden Tag erst zwei Stunden später zur Schule, um noch genügend Schlaf zu bekommen.

Trotz der stets drohenden Gefahr aus der Luft ging das Leben erstaunlich normal weiter. Es gab keine Nahrungsmittelengpässe wie im letzten Krieg, und auch die Versorgung mit Textilien war sichergestellt. Inzwischen wurden für alles Bezugsscheine ausgegeben. So waren beispielsweise »Reichskleiderkarten« verteilt worden, und jedes Kleidungsstück hatte einen eigenen Punktwert. Pro Jahr durfte jeder Deutsche hundert Punkte verbrauchen, die dann aus der Kleiderkarte ausgeschnitten wurden. Uniformen fielen nicht darunter, weshalb Soldaten oder Mitglieder der uniformierten Schutzpolizei bessergestellt waren.

Mittlerweile wurden immer mehr Männer einzogen. Die Wehrmacht blieb siegreich, auch wenn sich die Meldungen von Gefallenen häuften.

Von Carola erfuhr Martha, dass die Propaganda in den Frauenzeitschriften die seltsamsten Blüten trieb. So gab es eine Order von ganz oben, den Verzicht auf Strümpfe in den Sommermonaten als die neueste Mode darzustellen, weil die so begehrten Nylonstrümpfe im Krieg unerschwinglich geworden waren.

»Wenn das so weitergeht, wird es bald modern, völlig nackt zu laufen«, schimpfte Carola. »Ich warte ja nur darauf, dass man mir sagt, ich wäre zu alt, um für jüngere Frauen, die mitten im Leben stehen, zu schreiben.«

»Ach was, der Rat von Großmüttern war doch stets begehrt.«

»Das wird wohl nichts werden mit der Großmutterschaft«, sagte Carola seufzend. »Sophia hat bislang kein Interesse an jungen Männern gezeigt.«

»Da schlägt sie wohl nach ihrer Mutter«, gab Martha keck zurück. »Die war ja auch Jahrzehnte mit ihrem Beruf verheiratet. Mach dir keine Sorgen, Carola, das wird sich alles einrenken. Sophia ist ja noch so jung. Bei Ella hingegen frage ich mich, ob sie noch jung genug für Kinder sein wird, bis dieser Krieg endlich vorbei ist. An ein schnelles Ende ist doch längst nicht mehr zu denken.«

»Glaubst du? Ich meine, wir stehen doch schon in Paris. Daran sind wir im letzten Krieg ja noch gescheitert.«

»Das stimmt«, sagte Martha nachdenklich. »Aber hast du dir schon mal überlegt, was passiert, wenn wir diesen Krieg gewinnen? Unter dieser Regierung? Das wird Hitler für alle Zeiten unangreifbar machen.«

»Das ist er doch jetzt schon«, sagte Carola bitter. »Wie es auch kommen mag, am Ende werden Leute wie wir in jedem Fall die Verlierer sein, ganz gleich, wer diesen Krieg gewinnt.«

Im März bekam Ella einen Anruf von Julia, die ihr überglücklich mitteilte, dass Professor Wehmeyer sie angerufen habe, da eine Stelle in der Chirurgie frei geworden war.

»Endlich kann ich Chirurgin werden«, sagte sie. »Auch wenn es natürlich schlimm ist, dass es auf Kosten der Männer geht, die eingezogen werden.« Sie seufzte. »Professor Wehmeyer musste alles umstrukturieren, nachdem Doktor Ellerweg seinen Gestellungsbefehl bekommen hat. Er wurde einem Sanitätsbataillon des Afrikakorps zugeteilt und soll darüber geschimpft haben wie ein Rohrspatz.«

Unwillkürlich dachte Ella daran zurück, wie der Chirurg sie im Jahr zuvor angerufen und über die geheime Tötung von Kranken informiert hatte.

»Das tut mir sehr leid für ihn«, sagte sie. »Hast du ihn eigentlich jemals persönlich kennengelernt?«

»Nein. Aber Professor Wehmeyer hält ja große Stücke auf ihn. Sag, bin ich ein schlechter Mensch, wenn ich mich dennoch freue, dass ich dadurch endlich als Ärztin arbeiten darf?«

»Nein, natürlich nicht. Es ist ja nicht dein Verschulden, und Professor Wehmeyer hat mit dir genau die Richtige zu sich geholt.«

»Ich glaube, er hat mich auch deshalb angerufen, weil ich als Frau nicht eingezogen werden kann«, sagte Julia.

»Das mag eine Rolle spielen, aber ich bin mir sicher, dass er auch von deinen Qualitäten überzeugt ist.«

Obwohl Krieg herrschte, genoss Ella die Sommermonate an Haralds Seite. Es war eine große Erleichterung für sie, dass Harald als Kinderarzt nicht von der Musterung bedroht war. Auch ihr Bruder Fredi war als Polizeibeamter sicher, und ihr Vater war ohnehin viel zu alt. Der einzige männliche Angehörige, um den die Familie sich sorgte, war Arthur, denn sie hatten seit Monaten keine Nachricht mehr von ihm. Der letzte Brief war kurz nach der Geburt von Arthurs Tochter Yuna eingetroffen, dem ein Foto der Kleinen beilag. Da die Route, die er bislang befahren hatte, von seiner Reederei aufgrund des Krieges eingestellt worden war, hatte Arthur sich eine neue Stelle suchen müssen. Und mithilfe seines Schwiegervaters war es ihm gelungen, als Kapitän bei einer japanischen Fährlinie anzuheuern. Heinrich und Li-Ming gestanden sich schweren Herzens ein, dass der Lebensmittelpunkt ihres Sohnes vermutlich auch nach dem Krieg in Japan bleiben würde – ganz gleich, wie der endete. Heinrich litt unter dieser Situation besonders, zumal er nach seinem Herzinfarkt dauerhaft an den Schreibtisch der Hafenmeisterei verbannt worden war.

»Manchmal kommt es mir so vor, als wär mein Leben zu Ende«, sagte er zu Martha. »Es gibt nichts mehr, worauf ich mich freuen kann, keine Ziele, keine Reisen, nichts mehr.«

»Das ist doch Unsinn«, widersprach Martha energisch. »Sobald der Krieg vorbei ist, wirst du zu Arthur und Yuki reisen, um deine Schwiegertochter und die kleine Yuna kennenzulernen. Es gibt noch so viel, was du erleben kannst.«

Heinrich murmelte etwas, das Martha nicht verstand, dann schwieg er. Obwohl er drei Jahre jünger war als sie, kam er ihr auf einmal richtig alt vor. Während sie selbst das Gefühl hatte, noch mitten im Leben zu stehen, schien der Verlust seiner Dienstfähigkeit als Kapitän für Heinrich das Ende seines Lebens einzuläuten. In gewisser Weise erinnerte er sie an Moritz und dessen schwere Depression nach seiner schrecklichen Kriegsverletzung. Moritz hatte sie überwunden und sich neue Ziele gesetzt. Heute wirkte er trotz seiner siebenundsechzig Jahre geradezu jugendlich. Er arbeitete noch immer mit Kriegsbeschädigten, inzwischen mit einer neuen Generation, denn die Kämpfe wurden immer härter, und es gab viele Kriegsversehrte. Wie im letzten Großen Krieg sah man immer mehr amputierte Männer im Straßenbild.

Allerdings hatte die Medizin inzwischen weitere Fortschritte gemacht, und so wurden sowohl die prothetische Versorgung als auch die Rehabilitation propagandistisch ausgeschlachtet. Moritz war sehr stolz darauf, dass er selbst in einem kurzen Bericht für die *Wochenschau* auf der Leinwand zu sehen war. Man ehrte ihn als Veteran des letzten Krieges, der sich nun für andere Männer in ähnlicher Situation als leuchtendes Vorbild einsetzte und zeigte, was mithilfe guter Prothesen möglich war. Carola hatte über diese Art von Propaganda zwar die Nase gerümpft, aber Moritz hatte ihr entgegengehalten, dass sie als Journalistin ja nichts anderes tue. Schließlich sei die Grenze zwischen dem Verbreiten von Hoffnung und politischer Propaganda fließend. Darauf hatte Carola nichts mehr gesagt.

Im Juni erlaubten sich Ella und Harald trotz des Krieges eine Sommerfrische im Ostseeort Heiligenhafen. Anders als die mondänen Strandbäder auf Rügen galt dieser uralte Fischerort als Geheimtipp, war aber zugleich schon länger auf Sommerfrischler eingerichtet. Harald hatte sich nicht lumpen lassen und für eine ganze Woche ein Strandhaus am Graswarder gemietet, das so dicht am Meer lag, dass der Garten der Sandstrand war. Von der Terrasse aus waren es nur wenige Schritte bis ins Meer, und Ella liebte es, schwimmen zu gehen, auch wenn die Ostsee im Frühsommer noch recht kalt war.

Am Sonntag, den 22. Juni, endete der wunderbare Urlaub, und als sie am späten Nachmittag am Hamburger Hauptbahnhof ankamen, liefen mehrere Zeitungsjungen mit Extrablättern herum.

»Warte, ich hole uns eine Zeitung«, sagte Harald. Kurz darauf kam er zurück. Er hatte noch im Gehen die Schlagzeile gelesen.

»Wir sind mit Russland im Krieg«, sagte er.

Ella starrte ihn an. »Aber wir sind doch mit Russland verbündet!«

»Ich verstehe es auch nicht«, sagte Harald. »Wer weiß, ob das stimmt. Man kann ja nichts mehr glauben, was in der Zeitung steht. Es ist langsam an der Zeit, mehr zu tun, als einfach nur zuzuschauen. Mir reicht es schon lange nicht mehr, Eltern von kranken Kindern Gefälligkeitsatteste auszustellen, um sie vor der Euthanasie oder Zwangssterilisation zu schützen, aber ansonsten den Mund zu halten.«

»Und wie stellst du dir das vor?«

»Wir sollten den Widerstand um Professor Degkwitz unterstützen. Dein Bruder handelt schon viel länger, da dürfen wir nicht zurückstehen.«

Ella nickte. Es wurde wirklich höchste Zeit, mehr zu tun, auch wenn sie noch nicht wusste, wie sie etwas bewirken könnten.

63

In der zweiten Hälfte des Jahres 1941 lernte Ella die verschiedenen Möglichkeiten des Widerstandes kennen. Manche Formen waren sehr gefährlich, so wie Fredis doppeltes Spiel, dafür aber auch sehr effizient. Andere wirkten eher harmlos, wie das jugendliche Aufbegehren der sogenannten Swing-Kids, die immer häufiger in aller Öffentlichkeit nach verbotener Musik tanzten und es als Ehrensache ansahen, dafür ein paar Tage eingesperrt zu werden. Und dann gab es da noch die Gruppe um Professor Degkwitz, der sie sich gemeinsam mit Harald angeschlossen hatte. Die Gruppe nannte sich »Candidates of Humanity« in Abwandlung von »Candidatus medicinae«, wie sich die Studenten nach Bestehen des Physikums nennen durften. Ihr gehörten unter anderem auch Professor Degkwitz' Söhne Rudolf und Richard an, die beide Medizin studierten. Aus Furcht vor Denunzianten wurde in diesem Kreis überwiegend Englisch gesprochen, und Ella war froh, dass sie mit demselben Sprachtalent wie ihr Onkel Heinrich gesegnet war, sodass es ihr nicht schwerfiel, von einer Sprache in die andere zu wechseln.

Sie und Harald pflegten außerdem regelmäßig Kontakt zu Professor Degkwitz' drittem Sohn Hermann, der als Kunststudent das sogenannte Musenkabinett gegründet hatte, einen Gesprächskreis, in dem offen debattiert wurde. Hier lernten sie interessante Persönlichkeiten aus der hamburgischen Kunst- und Kulturszene kennen, und Ella fühlte sich auf einmal weniger hilflos. Es gab also noch das alte Hamburg, dessen Werte ihre Eltern ihr von klein auf vermittelt hatten. Die tolerante, weltoffene Stadt, in der ein freier Geist freie Gedanken aussprechen konnte. Allerdings musste man inzwischen sehr genau überlegen, wo man diese Gedanken aussprach, denn eigenständiges Denken wurde nur allzu oft als Hochverrat gewertet.

In diesen Kreisen fand Ella die Möglichkeit, an neue Informationen zu kommen, aber auch selbst welche weiterzuleiten. Zwar erwähnte sie nie, dass ihr Bruder Fredi Möglichkeiten kannte, an gefälschte Papiere zu kommen oder an Lebensmittelkarten für Untergetauchte, aber wenn sie von jemandem erfuhr, der Hilfe brauchte, informierte sie Fredi, gab ihm die entsprechenden Kontaktdaten und überließ alles Weitere seinem Netzwerk.

Im August wurde das Euthanasieprogramm der Regierung, über das Ella bereits im Jahr zuvor von Doktor Ellerweg informiert worden war, durch die Rede des Bischofs von Münster, Clemens August Graf von Galen, öffentlich bekannt. Bis zu diesem Zeitpunkt hatten die Ärzte um Ella nur unter der Hand Informationen weitergegeben, um jene, die Gutachten zum Schutz ihrer Patienten fälschten, nicht in Gefahr zu bringen. Denn die Gefahr war nach wie vor sehr groß. So hatte Ella von Professor Wehmeyer erfahren, dass Doktor Ellerwegs Freund Richard Hellmer, der sie über die heimliche Tötung der Kranken informiert hatte, aufgeflogen war. Nachdem man festgestellt hatte, dass der Großteil seiner Gutachten falsch war, hatte man ihn fristlos entlassen und alle Patienten einer erneuten Begutachtung unterzogen. Doktor Hellmer drohte die Versetzung in ein Strafbataillon an der Ostfront. Um dem zu entgehen, hatte er sich freiwillig zu Doktor Ellerwegs Sanitätsbataillon gemeldet, und Professor Wehmeyer hatte ihm ein Zeugnis ausgestellt, in dem er behauptete, Doktor Hellmers chirurgische Kenntnisse entsprächen der Facharztreife.

»Aber fällt das an der Front nicht auf, dass der Mann jahrelang nicht operiert hat?«, fragte Ella.

»Ich kannte Doktor Hellmer schon als Studenten«, sagte Professor Wehmeyer. »Er hätte einen ausgezeichneten Chirurgen abgegeben, wenn er Interesse an diesem Fachgebiet gehabt hätte. Ich bin mir sicher, dass Doktor Ellerweg ihm alles Nötige vermitteln wird. Ein Strafbataillon wäre einem Todesurteil gleichgekommen. Wir müssen zusammenstehen und helfen, wo es geht, selbst wenn wir nur wenig tun können.«

Je schwieriger die Zeiten wurden, desto mutiger wurde Professor Degkwitz in seinen Vorlesungen. Er nahm die Rede von Bischof Galen zum Anlass, nun selbst offen gegen die Tötung des angeblich »lebensunwerten Lebens« zu wettern. Ein paar geschickt platzierte Andeutungen, dass es irgendwann womöglich auch Kriegsbeschädigte treffen könnte, sprachen sich rasch herum und versetzten die Bevölkerung in Unruhe.

Von Fredi, der über Werners Gestapo-Kontakte an der Quelle saß, erfuhr Ella, dass die Tötungen in Anstalten offiziell eingestellt worden wären.

»Was offiziell so heißt«, sagte Fredi einschränkend. »Werner hat mir im Vertrauen mitgeteilt, dass man den lebensunwerten Abschaum natürlich weiterhin beseitigen wird, allerdings nicht mehr in Tötungsanstalten, sondern durch Unterlassung.« Fredi verzog angewidert das Gesicht. »Wer nicht genügend zu essen bekommt, stirbt auch über kurz oder lang.«

»Hat er wirklich von lebensunwertem Abschaum geredet?«, fragte Ella entsetzt.

»Glaubst du, ich würde mich so ausdrücken?«, fragte Fredi empört zurück. »Du ahnst gar nicht, wie schwer ich mir damit tue, mich regelmäßig mit Werner in seinem Büro zum Kaffee zu treffen, um das Neueste aus dem Gestapo-Hauptquartier zu erfahren. Wusstest du, dass Werners Schwester vor Kurzem ein Kind mit einem Wasserkopf geboren hat?«

»Nein«, sagte Ella.

»Er hat sich furchtbar darüber aufgeregt, dass seine Schwester sich weigert, die Missgeburt zu erlösen. Ich habe ihn daraufhin gefragt, was er täte, wenn er einen Sohn mit einem Wasserkopf hätte. Er sagte: ›Natürlich das, was jeder anständige Vater tun würde. Das Kind erlösen, um keinem lebensfähigen Kind den Platz wegzunehmen.‹ Ich hätte ihn am liebsten gepackt und gegen die Wand geklatscht. Als wenn ein Wasserkopf ein Todesurteil wäre. Stattdessen habe ich wieder einmal den Mund gehalten.«

»Du tust das Richtige«, sagte Ella. »Solange Werner glaubt, dass du auf seiner Seite stehst, kannst du viel mehr bewirken, als wenn du ihm die Meinung geigst.«

Fredi nickte. »Aber es ist unendlich schwer«, sagte er leise. »Und ich frage mich, wo das alles noch einmal enden soll.«

Es wurde tatsächlich noch schwerer, und das lag auch an dem Zweifrontenkrieg, in den das Deutsche Reich sich durch den Krieg gegen die Sowjetunion manövriert hatte. Inzwischen hatten Harald und Ella erfahren, dass der Angriff auf die verbündeten Russen ohne Kriegserklärung vonseiten der Deutschen erfolgt war. Das empörte Ella am meisten. Da bekamen sie noch Lieferungen von ihren Verbündeten, während sie sie hinterrücks angriffen. Es widersprach jeglichem Ehrbegriff, und Ella fragte sich, wie die Generäle, die doch immer von Ehre sprachen, sich damit einverstanden erklären konnten. Doch was wollte man schon von einer Regierung erwarten, die sogar ihre eigenen Volksgenossen ermordete, wenn ihr Gesundheitszustand nicht den Anforderungen entsprach?

Auch die Situation der Juden verschlimmerte sich weiter. Am

1. September 1941 war ein Gesetz in Kraft getreten, das alle Juden zwang, an ihrer Kleidung offen sichtbar einen gelben Stern zu tragen. Ella war jedes Mal aufs Neue erschüttert, wenn sie Menschen mit diesem Stern begegnete, sie deren zum Teil verschüchterte, zum Teil aber auch trotzige Gesichter sah. Der Stern machte sie zu Ausgestoßenen, zu Menschen ohne jedes Recht, und die Polizei sah weiterhin tatenlos zu, wenn sie attackiert wurden.

Im Oktober bekam Ella wieder einen Anruf von Julia. Sie hatten sich in den letzten Monaten nur noch sporadisch gesehen, da Julia sehr mit der Doppelbelastung als Mutter und Chirurgin zu kämpfen hatte, auch wenn ihre Mutter sie bei der Betreuung der kleinen Henrieke unterstützte. Aber da ihr Mann als Cellist abends arbeitete, hatten sie kaum noch ein normales Familienleben und genossen die wenigen freien Stunden, die sie gemeinsam verbringen konnten. Als Musiker mit fester Anstellung im Opernhaus war Hans-Martin verhältnismäßig sicher vor dem Gestellungsbefehl, denn die Unterhaltungsindustrie galt als kriegswichtig an der Heimatfront. Musik, Theater, Kunst und Kino sollten die Bevölkerung bei Laune halten – natürlich nur mit staatstreuen Themen, die auf die Größe des deutschen Volkes und den Durchhaltewillen abzielten.

»Stell dir vor, Hans-Martin wurde von der Gestapo zur Vernehmung einbestellt«, erzählte Julia ohne große Umschweife.

»Warum das denn?«

»Er … Er wurde vom Postboten denunziert.«

»Vom Postboten?« Wenn Julia nicht so ernst gewesen wäre, hätte Ella laut gelacht. »Wie kann der Postbote deinen Mann denunzieren?«

Julia seufzte. »Es geht um seinen Musikerfreund Siegmund.

Du weißt vielleicht, dass dein Bruder ihm geholfen hat, neue Papiere zu bekommen?«

»Nein, Fredi redet mit mir nicht darüber, wem er hilft. Er sagt, das sei zu unser aller Schutz.«

»Das verstehe ich. Jedenfalls ist Siegmund unter falschem Namen mit seiner Familie in München ansässig geworden. Das ging lange Zeit gut, er hat dort eine Anstellung als Musiker gefunden, und niemand hat etwas bemerkt, bis sein Sohn in die Hitlerjugend kam. Obwohl sein Vater es ihm verboten hat, hat er mit den anderen Jungen nach einem Fußballturnier geduscht. Dabei fiel auf, dass er beschnitten ist.«

»O nein!«, rief Ella. »Aber warum hat Siegmund nicht behauptet, sein Sohn wäre mit einer Phimose geboren und dass die Operation schon im Kleinkindalter erfolgen musste?«

»Das hat Siegmund versucht, aber der Jungzugführer will die entsprechenden Atteste aus Hamburg sehen, die das beweisen. Natürlich gab es nie einen Patienten unter dem Namen Anton Hollerbeck in Hamburg. Also hat Siegmund an Hans-Martin geschrieben, ob der über mich ein gefälschtes Attest besorgen kann. Leider war er so naiv, als Absender seinen echten Namen anzugeben. Das fiel dem Postboten auf, der kannte Siegmund noch als Juden, und dass der nur seinen Namen, aber keine Absenderadresse draufgeschrieben hat, kam ihm komisch vor. Also hat er gemeldet, dass so ein Brief bei uns angekommen ist. Hans-Martin bekam daraufhin die Aufforderung, den Brief der Gestapo vorzulegen. Das konnte er natürlich nicht machen, weil dann Siegmund aufgeflogen wäre. Also hat er behauptet, er habe den Brief von diesem Juden ungelesen weggeworfen. Nur glaubt man ihm das nicht, und deshalb ist er jetzt von der Gestapo vorgeladen worden. Ella, ich habe große Angst um ihn. Du weißt doch, wie das in den Verhörkellern da ist. Kannst du nicht Fredi bitten, irgendetwas für Hans-Martin zu tun? Könnte er nicht dabei sein?«

»Julia, du weißt doch, dass Fredi bei der Mordkommission ist. Mit der Gestapo hat er nichts zu tun.«

»Aber er hat da doch diesen Freund, vielleicht kann der helfen.«

»Wenn Hans-Martin einfach fest bei seiner Aussage bleibt, kann ihm nichts passieren«, versuchte Ella ihre Freundin zu beruhigen. Zugleich ärgerte sie sich über diesen Siegmund. Warum war der Mann so verdammt unvorsichtig? Hatte er Angst, Hans-Martin hätte den Brief eines ihm unbekannten Absenders nicht geöffnet? Wie dumm konnte man nur sein?

»Fragst du Fredi?«, bat Julia eindringlich. »Es würde mich sehr beruhigen, wenn er Bescheid weiß, zumal man Hans-Martin dann auch nicht so einfach verschwinden lassen wird.«

Da Julia sich kaum beruhigen ließ, versprach Ella, Fredi zu bitten, Hans-Martin anzurufen, um ihn für die Gestapo-Befragung zu instruieren.

Wie erwartet war Fredi alles andere als erfreut, dass Siegmund Bromberg ihm schon wieder in die Quere kam.

»Der Mann ist ja noch dümmer, als ich dachte!«, schimpfte er. »Will der uns wirklich alle ins Verderben reißen?«

»Er hat das ja nicht böswillig getan«, versuchte Ella, ihren Bruder zu beruhigen. »Er hat Angst um seinen Sohn.«

»Völlig zu Recht! Der hätte mal mit seinem Sohn Klartext reden sollen, so wie ich das mit meinen Kindern auch mache. Die wissen, wann sie vorsichtig sein müssen. Aber wenn Brombergs Sohn genauso ein verträumter Schussel wie sein Vater ist, wundert mich gar nichts mehr!«

»Ja, ich verstehe dich, Fredi«, sagte Ella. »Aber Hans-Martin kann nichts dafür. Und es geht doch um seine Sicherheit und nicht um die von Siegmund.«

»Du hast Julia schon alles gesagt, Ella. Er soll bei seiner Geschichte bleiben, dann passiert ihm als Arier nichts. Es ist besser, wenn ich mich da raushalte, damit mache ich die Sache größer, als sie ist, und lenke erst recht Werners Aufmerksamkeit auf uns. Zumal er damals sehr verärgert war, dass Siegmund bereits verschwunden war, als er ihn sich noch mal vornehmen wollte. Er hat mir vorgeworfen, dass ich ihn zu früh entlassen habe. Ich habe mich natürlich herausgeredet, aber wenn der Name jetzt schon wieder auftaucht und ich mich einmische, bringe ich nicht nur uns alle, sondern auch unser ganzes Netzwerk in Gefahr.«

»Könntest du nicht wenigstens mit Hans-Martin telefonieren und es ihm erklären?«

»Wozu? Damit es noch mehr gibt, was er ausplaudern kann?«

»Du musst ihm ja gar nichts von dir sagen, gib ihm einfach Ratschläge, wie er sich bei der Befragung verhalten soll.«

Fredi holte tief Luft. »Na gut, Ella, aber nur dir zuliebe.«

Das Gespräch mit Hans-Martin war angenehmer, als Fredi befürchtet hatte. Hans-Martin war wesentlich bodenständiger als sein Freund Siegmund und begriff sehr schnell, worauf er achten musste.

»Stellen Sie sich dumm und erklären Sie, dass Sie keine Ahnung haben, warum dieser Jude ausgerechnet Sie angeschrieben hat«, sagte Fredi. »Wichtig ist, dass Sie Dinge, die die Gestapo recht schnell herausfinden kann oder womöglich schon weiß, von sich aus preisgeben.«

»Wie meinen Sie das?«, fragte Hans-Martin.

»Geben Sie zu, dass Sie mit Siegmund befreundet waren, als Sie noch nicht wussten, dass er Jude ist. Schließlich ist Siegmund Bromberg ja kein typisch jüdischer Name. Die Gestapo weiß bestimmt auch, dass er bei Ihrer Hochzeit als Musiker war. Das können Sie auch zugeben, schließlich war er sogar bei der Hochzeit meiner eigenen Schwester. Das war völlig legal. Sie können ja hinzufügen, dass er billig zu haben war und Sie aufs Geld schauen mussten. Und dass Sie es genossen haben, dass der faule Jude mal für das Geld arbeiten musste, auch wenn er nur drittklassig spielt.«

Hans-Martin räusperte sich. »Aber das ist nicht wahr.«

»Wir beide wissen das, die Gestapo nicht«, sagte Fredi. »Sie wollen doch möglichst unbescholten aus der Sache herauskommen, also sagen Sie das, was die hören wollen. Damit schützen Sie auch Siegmund, denn dann glaubt man Ihnen, dass Sie den Brief vernichtet haben, und findet nicht heraus, wo Siegmund ist.«

»Aber wenn ihm niemand ein falsches Attest für seinen Sohn schickt, kommt es doch ohnehin raus«, sagte Hans-Martin unsicher. »Verstehen Sie, er ist mein bester Freund. Ich kann ihn doch nicht im Stich lassen.«

»Um das Attest kümmert sich Ella. In der Kinderklinik hat sie die entsprechenden Vordrucke. Das ist dann sogar ein beinahe echtes Attest, das sie direkt von der Kinderklinik aus abschicken wird. Dann kann Ihr Freund sogar den Umschlag ordnungsgemäß vorweisen. Aber es ist sehr wichtig, dass die Gestapo nicht erfährt, wie Siegmund jetzt heißt und wo er lebt.«

Nachdem das Telefonat beendet war, atmete Fredi auf. Hans-Martin schien kapiert zu haben, worauf es ankam, und sollte unbeschadet aus der Angelegenheit herauskommen.

Hoffentlich kam Siegmund Bromberg nicht auf die Idee, Hans-Martin noch einmal zu schreiben. Aber Ella hatte versprochen, einen entsprechenden Hinweis im Begleitschreiben zum Attest zu verstecken, und wenn Siegmund nicht ganz dumm war, würde er das auch verstehen. Jedenfalls hoffte Fredi das für sie alle.

64

Als Fredi am nächsten Tag in Werners Büro kam, empfing der ihn mit strahlender Miene.

»Eigentlich müssten wir jetzt mit Champagner anstoßen, aber der ist im Dienst ja nicht zulässig. Hannelore hat heute früh um vier unser neuntes Kind bekommen, und es ist endlich ein Junge! Ein kerngesunder Stammhalter!«

»Herzlichen Glückwunsch!« Fredi klopfte Werner überschwänglich auf die Schulter. »Was lange währt, wird endlich gut, nicht wahr?«

»So ist es. Es ist ein doppeltes Glück, denn für das neunte Kind übernimmt der Führer die Ehrenpatenschaft, und ein Sparbuch gibt es für den Stammhalter noch dazu.«

»Lass mich raten – er wird Adolf heißen, richtig?«

Werner lachte. »Du kennst mich einfach zu gut. Nach acht Töchtern endlich ein Sohn. Hannelore hatte schon ein schlechtes Gewissen, als sie das goldene Mutterkreuz im letzten Jahr für unsere achte Tochter bekam.«

Da Werner so gut gestimmt war, machte Fredi sich deutlich weniger Sorgen um Hans-Martin, der in einer Stunde zur Vernehmung vorgeladen war. Er hütete sich jedoch, den Namen in Werners Gegenwart zu erwähnen.

Am Abend rief er noch einmal bei Hans-Martin an, um zu fragen, wie die Vernehmung gelaufen war.

»Ganz gut«, erwiderte der. »Das war gar nicht so heftig, wie ich gedacht habe. Oberkommissar Rohrbeck war sehr nett.«

»Kein Wunder, der ist letzte Nacht endlich Vater eines Sohnes geworden«, sagte Fredi. »Da lässt man gern mal Milde walten.«

»Wissen Sie«, sagte Hans-Martin dann, »ich musste nicht mal über die Juden schimpfen. Ich habe ihm ganz offen gesagt, dass Siegmund früher, als das noch nicht schlecht angesehen war, mein bester Freund war und dass er mir vermutlich deshalb geschrieben hat. Aber dass ich keinen Kontakt mehr wollte und den Brief deshalb weggetan habe. Er hat mich dann gefragt, ob mir Siegmund leidgetan habe, und das habe ich bejaht.«

»Sagen Sie mal, haben Sie den Verstand verloren?«, brüllte Fredi ins Telefon. »Werner Rohrbeck hat garantiert kein Verständnis dafür, wenn jemand mit einem Juden befreundet war. Der hat in der Reichskristallnacht vor meinen Augen einen Unschuldigen erschossen, nur weil der Jude war, und ich konnte mit Müh und Not verhindern, dass er einen weiteren erschießt. Ich hoffe, Sie haben Ella und mich nicht erwähnt.«

»Nein, natürlich nicht!«, sagte Hans-Martin erschrocken. »Aber ... ich habe doch nichts Verbotenes getan und über alle wichtigen Dinge gelogen, die uns in Schwierigkeiten bringen könnten. Doch ich sehe nicht ein, warum ich meine Freundschaft verleugnen sollte. Ist es nicht vielmehr so, dass diese Menschen nur deshalb so weit gehen können, weil ihnen alle nach dem Munde reden? Ist es nicht an der Zeit, aufzustehen und zu dem zu stehen, an das man wirklich glaubt?«

»Was meinen Sie wohl, was mit denen passiert, die aufstehen und Dinge sagen, die der Regierung nicht genehm sind?«

»Nichts«, sagte Hans-Martin da. »Wenn man es nicht übertreibt, passiert nichts. Er hat mich freundlich verabschiedet, und ich bin wieder zu Hause. Wenn all Ihre Befürchtungen zutreffen würden, hätte man mich doch sofort eingesperrt. Aber so ist das nicht. Man kann etwas sagen, man muss nur aufpassen, dass man es nicht übertreibt.«

Fredi atmete tief durch. »Ich hoffe, Sie haben recht, Herr Kampner«, sagte er. »Das hoffe ich wirklich.«

Fünf Tage später wurde Ella von der völlig verzweifelten Julia angerufen.

»Hans-Martin hat seinen Einberufungsbefehl«, sagte sie. »Er muss sich zum 1. Dezember einfinden und wird dann einem Bataillon an der Ostfront als Militärmusiker und Hilfskrankenträger zugeteilt.«

»Mein Gott, Julia«, rief Ella und musste daran denken, was Fredi ihr erzählt hatte. »Ich bin mir sicher, das hat er Werner Rohrbeck zu verdanken. Der hat bestimmt dem Musterungsbüro einen Tipp gegeben.«

»Du meinst, weil Hans-Martin zu seiner alten Freundschaft mit Siegmund gestanden hat?«

»Ich befürchte es. Fredi sagt immer, dass Werner Rohrbeck nicht zu trauen ist. Und selbst wenn Hans-Martin nichts anzuhängen ist, so konnte er ihm seinen Status als Mitglied der Staatsoper nehmen.«

Julia schluckte. »Ich habe Angst, Ella. Du kennst Hans-Martin, der ist nicht für den Krieg geschaffen.«

»Wenigstens ist er als Militärmusiker vorgesehen. Das heißt, er ist weit hinter der Front und sicherer als die meisten Männer.«

Obwohl Julia ihr zustimmte, konnte Ella durch das Telefon beinahe körperlich spüren, wie sehr ihre Freundin litt. Gleichzeitig hoffte sie, dass ihr Harald weiterhin vorsichtig blieb. Auch kritische Ärzte landeten schnell an der Front. Zuletzt hatte es

Oswald Kaufmann getroffen, einen Chirurgen der Universitätsklinik, der verhaftet und dann zur »Bewährung« an die Ostfront geschickt worden war.

Am 11. Dezember gab es den nächsten Schreck. Friedrich Geussenhainer, ein wichtiges Mitglied der Candidates of Humanity, war festgenommen und im Polizeigefängnis Fuhlsbüttel inhaftiert worden. Niemand wusste, was dahintersteckte, und so rief Ella Fredi an.

»Kannst du nicht mal Werner fragen?«, bat sie ihn am Telefon.

»Ella, wie stellst du dir das vor? Ich kann Werner nicht immer wieder nach irgendwelchen Medizinstudenten oder Ärzten fragen, die sich staatsfeindlich äußern«, sagte er unwirsch. »Das fällt irgendwann auf.«

»Das verstehe ich ja«, sagte Ella. »Aber wir machen uns große Sorgen. Was ist, wenn sie noch mehr von uns auf dem Kieker haben?«

Fredi atmete tief durch. »Ich werde sehen, was sich machen lässt, aber ich kann dir nichts versprechen.«

Kurz nachdem Ella aufgelegt hatte, klingelte Fredis Telefon erneut. Diesmal war es seine Mutter.

»Ich habe gerade im Radio gehört, dass Hitler Amerika den Krieg erklärt hat«, rief sie in den Hörer. »Was ist, wenn Rudi eingezogen wird?«

So aufgelöst hatte Fredi seine Mutter noch nie erlebt.

»Rudi wird sich schon aus allem rauszuhalten wissen«, sagte er. »Ich glaube nicht, dass man einen Deutschen, der erst vor Kurzem die amerikanische Staatsbürgerschaft bekommen hat, ausgerechnet in den Krieg gegen Deutschland schickt, zumal Amerika im Pazifik gegen die Japaner kämpft.«

»Und was ist, wenn Rudi dort auf Arthur trifft? Wir haben von Arthur auch schon so lange nichts mehr gehört. Heute ist einfach nur ein furchtbarer Tag. Alles um uns herum bricht zusammen, und all das, worauf wir stolz waren, auf die Weltoffenheit und dass wir Angehörige und Freunde in der ganzen Welt haben, wird zu einem Fluch, weil ein paar Mächtige verrückt geworden sind.«

»Ja«, sagte Fredi nur.

»Kommt mein Anruf ungelegen?«, fragte seine Mutter unsicher.

»Ich … habe einiges zu tun«, sagte er zögernd. »Und in diesem Fall kann ich wirklich nichts tun.«

»Fredi, verzeih mir, ich wollte dich nicht belasten. Aber ich musste es einfach loswerden. Ich will dich dann auch nicht länger stören.«

»Du störst mich nicht«, sagte er. »Du solltest darauf vertrauen, dass Rudi klug genug ist, selbst für sich zu sorgen. Immerhin muss der nicht jede Nacht Angst haben, dass ihm das Haus über dem Kopf weggebombt wird und seine Tochter stirbt. Der hat es mit seiner Flucht nach Amerika doch von uns allen am besten getroffen.« Noch während Fredi das sagte, spürte er, wie Verbitterung in ihm aufstieg. Da war sie wieder, die ewige Sorge seiner Mutter um Rudi. Natürlich war es nachvollziehbar, es war schrecklich, dass sein Bruder nun der Nation des Feindes angehörte, aber die Sorgen seiner Mutter um ihn waren völlig fehl am Platz. Sie sollte sich lieber um ihre Kinder und Enkel in Deutschland kümmern.

»Ja«, hörte er ihre Stimme. »Ich mach dann jetzt Schluss. Vielleicht magst du nach Feierabend noch mal kurz anrufen.«

»Wenn dann nicht gerade wieder Fliegeralarm ist und wir im Keller hocken, melde ich mich«, versprach er.

Nachdem er aufgelegt hatte, kam ihm eine Idee, wie er Amerikas Kriegseintritt nutzen konnte, um Ellas Wunsch zu erfüllen. Pragmatisches Denken half ihm immer am besten, und so rief er Werner an.

»Hast du kurz Zeit für mich? Ich könnte das Gespräch mit einem Freund bei einer Tasse von Fräulein Finks Kaffee gerade gut gebrauchen.«

»Natürlich«, sagte Werner. »Komm hoch, für dich habe ich immer Zeit.«

Kurz darauf saß Fredi bei Werner und tat so, als würde er ihm sein Herz ausschütten. »Manchmal machen sich Frauen einfach zu viele Sorgen«, fing er an. »Meine Mutter hängt ja an ihrem Ältesten, auch wenn der im Grunde ein Verräter ist und seine deutsche Staatsangehörigkeit einfach weggeworfen hat. Und dann kommt mir auch noch meine Schwester mit ihrem falschen Mitleid, weil ein Medizinstudent wegen irgendwelcher subversiver Tätigkeiten von der Gestapo verhaftet wurde. Ich meine, die haben doch alle selbst Schuld, findest du nicht? Aber meine Schwester ist ja auch so gutherzig und will immer an das Beste im Menschen glauben. Deshalb ist sie auch Kinderärztin.«

Werner nickte. »Deine Schwester sollte aufpassen«, sagte er. »Die Kinderklinik im Universitätskrankenhaus ist ein Nest von Unruhestiftern, ebenso wie die Chirurgie. Da haben wir erst kürzlich einen aus dem Verkehr gezogen. Der kann sich jetzt an der Ostfront nützlich machen.«

»Na ja, Ärzte können sich überall nützlich machen, aber Medizinstudenten sind ja noch nichts Halbes und nichts Ganzes. Was will man mit denen schon anfangen?«

»Wie heißt der Knabe denn, um den deine Schwester so ein Gewese macht?«

»Keine Ahnung, Geussenhammer oder so ähnlich. Ella hat leider ein viel zu großes Herz. Das hat sie von unserer Mutter geerbt.« Fredi trank einen Schluck Kaffee und beobachtete Werner aus den Augenwinkeln. Würde der den Köder schlucken und sich damit wichtigtun, dass er Näheres über den verhafteten Medizinstudenten wusste? Tatsächlich griff Werner zum Telefon und wählte eine Nummer. Fredi hörte, wie er jemanden nach einem Medizinstudenten namens Geussenhammer oder so ähnlich fragte, dann eine Weile zuhörte, sich schließlich bedankte und auflegte. »Der Bursche heißt Friedrich Geussenhainer«, sagte er dann. »Ein kleiner Fisch, den haben sie einkassiert, weil er in Kreisen verkehrt, wo sie sich zu Negermusik verrenken. In ein paar Tagen ist der wieder draußen.«

»Negermusik?«, fragte Fredi. »Du meinst, so Buschtrommeln?«

»Nee, diese Swing- und Jazzmusik. Ich meine, wenn die auf den Baumwollplantagen singen, meinetwegen, aber das ist doch nichts für anständige Deutsche.«

»Nee, und wer möchte schon auf einer Baumwollplantage arbeiten«, sagte Fredi.

Werner lachte. »Genau. Sollen sie in Amerika doch singen, was sie wollen, aber wir lassen es nicht zu, dass hier die Volksmoral mit Urwalderinnerungen untergraben wird. Deshalb hat man den Burschen einkassiert. Um ihm einen Warnschuss zu verpassen.«

Tatsächlich wurde Friedrich Geussenhainer, wie von Werner angekündigt, nach ein paar Tagen wieder freigelassen, und Ella war sehr erleichtert. Doch zugleich begriff sie nun, was Fredi gemeint hatte, als er ihr einmal erklärt hatte, dass Menschen, die zu offen ihre Abneigung gegen die Regierung zeigten, zu einer Gefahr für alle wurden, die ihr Leben für die Arbeit im Untergrund riskierten. Möglicherweise wären es banale Kleinigkeiten, die eine ganze Gruppe zu Fall bringen könnten, und so mied sie künftig Swing- und Jazzkeller.

65

Das dritte Kriegsjahr war angebrochen, und noch war Deutschland siegreich – trotz des Kriegseintritts der USA.

Für Heinrich und Li-Ming war diese Zeit ebenso schwer wie für Martha und Paul. Arthur lebte inzwischen mit Frau und Tochter in Japan. Da Japan mit dem Deutschen Reich verbündet war, war der Briefverkehr noch möglich, aber es dauerte oft monatelang. Arthurs letzter Brief war vom Dezember datiert, aber erst im März eingetroffen. Von Rudi hörten sie indes überhaupt nichts mehr, und die Ungewissheit über sein Schicksal nagte schwer an Martha. Noch schlimmer war die Sorge um ihre Lieben in Hamburg, denn immer häufiger kannte Martha die Bombenopfer. Besonders tragisch war das Schicksal von Rosie Hansen, die trotz ihrer Behinderung zu einer fröhlichen jungen Frau herangewachsen war und sich gerade verlobt hatte. Eine Hochzeit würde es jetzt niemals geben.

Als der Frühling kam, verbrachten Martha und Paul viel Zeit im Schrebergarten. Vor den Toren Hamburgs in Moorfleet fühlten sie sich sicherer als in der Nähe der Hafenanlagen, die regelmäßig das Ziel feindlicher Luftangriffe wurden. Auch Fredis Familie lebte in den Sommermonaten im Schrebergarten, selbst wenn die Kinder dann morgens früher aufstehen mussten, um mit der Kleinbahn zur Schule zu fahren. Fredi hatte begonnen, die Bude weiter auszubauen, damit die Kinder bei schlechtem Wetter genügend Platz hatten. Paul, der als Rentner viel Zeit hatte, half ihnen beim Ausbau. Martha arbeitete weiter im Krankenhaus, obwohl im August ihr vierundsechzigster Geburtstag anstand. Doch da sie sich nach wie vor gesund und rüstig fühlte, sah sie es als ihre Pflicht, ihre Kräfte in den Dienst der Bevölkerung zu stellen. Die Chirurgen hatten in diesen Tagen viel zu tun, denn die Zahl der Verletzten stieg nach jedem Bombenangriff in ungeahnte Höhen. Selbst im letzten Krieg hatte Martha nicht so viele schwer verletzte Menschen gesehen. Was damals die Mangelernährung besorgt hatte, das erledigten nun die Bomben. Unterernährte Kinder sah man kaum, denn die Lebensmittelversorgung war auch im dritten Kriegsjahr sichergestellt.

Wann immer es Marthas Zeit zuließ, traf sie sich in der Mittagspause mit Ella und Harald. Natürlich bemerkte sie, dass Ella ihr nicht alles erzählte. Aber Martha wusste, dass sie sich, ähnlich wie Fredi, gegen die unmenschlichen Gesetze der Regierung engagierte. Vor allem die Euthanasie schwer kranker Kinder belastete Ella. Ihr Professor Degkwitz positionierte sich scharf dagegen, und darüber war Martha ebenso froh wie Ella. Allerdings trieb das manchmal seltsame Blüten, denn offenbar zögerten sowohl die Ärzte im Kinderkrankenhaus Rothenburgsort als auch in Langenhorn nicht lang, behinderten Kindern den sogenannten Gnadentod mittels tödlicher Luminalinjektion zu gewähren. Und laut Ella gab es tatsächlich Eltern, die das wünschten und die deshalb um eine Verlegung aus dem Universitätskrankenhaus in eine andere Kinderklinik ersuchten. Auf der anderen Seite gab es aber auch viele Eltern, die ihre behinderten Kinder versteckten und Ella und Harald anflehten, ihnen ein Attest auszustellen, das ihrem Kind Gesundheit oder allenfalls eine leichte Behinderung bescheinigte. Martha war sich gewiss, dass Ella und Harald sehr großzügig mit derartigen Attesten waren. Am schrecklichsten empfand Martha die Tatsache, dass es beinahe schon normal war, über die Tötung von Kindern zu sprechen. Natürlich nur mit dem richtigen Vokabular, denn es ging ja angeblich nicht um Mord, sondern um Erlösung oder den Gnadentod. Wie hatte das nur passieren können? Auch der letzte große Krieg war grausam gewesen, aber niemals wäre man auf die Idee gekommen, kranke Menschen als »Ballastexistenzen« zu betrachten und ihre Tötung anzuordnen.

Auch Fredis Alltag hatte sich verändert. Schon seit einigen Monaten beschwerte sich Werner immer öfter über den Ärger, den ihm die Juden machten. Werner war vor Kurzem zum Sturmbannführer befördert worden, und damit hatte sich sein Verantwortungsbereich weiter vergrößert. Während er im Oktober 1938 dafür zuständig gewesen war, die polnischen Juden zusammenzutreiben und abzuschieben, so betraf es jetzt Familien, die schon immer in Deutschland gelebt hatten. Werners Leute stellten den Menschen die Deportationsbefehle in die Ostgebiete zu und sorgten dafür, dass sie sich rechtzeitig an den Umschlagplätzen einfanden. Wer nicht kam, wurde von der Gestapo abgeholt. Fredi wunderte sich, dass die Betroffenen nicht mehr Widerstand leisteten. Manche jüdische Familie schien sogar zu hoffen, dass es im Osten besser werden würde als in Deutschland. Jedenfalls schimpfte Werner über die hohe Arbeitsbelastung, damit er auf die von der Regierung geforderte Zahl an wöchentlichen Ausweisungen kam. Im Oktober 1941 waren mehr als tausend Juden nach Lodz deportiert worden. Im November hatte man tausendvierhundert Menschen nach Minsk geschickt. Auf Fredis Frage, warum die einen nach Lodz und die anderen nach Minsk kamen, wusste Werner keine Antwort.

»Was weiß ich«, sagte er. »Wen interessiert das schon. Ich führe hier nur die Befehle aus. Vermutlich braucht man dort gerade Arbeitskräfte.«

»Und was arbeiten die da?«, fragte Fredi.

»Ich hoffe, dass man sie richtig hart rannimmt. Die sollen ruhig mal lernen, wie das ist.«

»So wie Rudi damals in Wittmoor?«, gab Fredi spitz zurück.

»Wär zu wünschen. Die soll man nicht mit Samthandschuhen anfassen.«

Auch wenn die meisten Juden den staatlichen Anordnungen nachkamen, so gab es mit der Zeit immer mehr, die untertauchen wollten. Da es zu auffällig gewesen wäre, wenn Fredi Werner ständig ausgefragt hätte, hatte Lilli sich bereit erklärt, Werners Protegé Ludwig schöne Augen zu machen, um über ihn an die Namen von Menschen zu kommen, die auf den Abschiebelisten standen. Obwohl Ludwig überzeugter Nazi und SS-Mitglied war, war er für Lillis exotische Reize empfänglich und stets zuvorkommend und höflich zu ihr.

»Asien gehört zu den Hochkulturen«, pflegte er zu sagen. »Sie, Fräulein Westphal, vereinen die Tugenden zweier edler Rassen in sich.«

Lilli lächelte ihn dann immer freundlich an und genoss es sogar, sich von ihm zum Tanzen ausführen zu lassen, zumal er stets rücksichtsvoll war und sie nie bedrängte. Wenn sie nicht genau gewusst hätte, dass Ludwig für seine Foltermethoden berüchtigt war, hätte sie es nie geglaubt, denn ihr gegenüber zeigte er sich ausgesprochen sanftmütig, sodass sie fast schon ein schlechtes Gewissen hatte, seine Freundlichkeit auszunutzen. Doch wenn das schlechte Gewissen zu schlimm wurde, musste sie nur einen Abstecher in den Keller des Stadthauses machen, wenn Ludwig bei der Arbeit war. Jeder Schrei, den sie dort hörte, verriet ihr, dass sie genau das Richtige tat.

Als Werner und Fredi im August wieder einmal beim Kaffee zusammensaßen, ging es nicht nur um einen netten kollegialen Austausch. Werner wirkte erstaunlich ernst.

»Wir sind leider gezwungen, einen Drückeberger vom Polizeibataillon 101 von der Ostfront zurückzunehmen«, kam er gleich zur Sache. »Und du hast doch eine Stelle zu besetzen, seit Hermann bei den letzten Bombenangriffen ums Leben gekommen ist.«

Fredi nickte. Hermann war ein vielversprechender junger Kommissar gewesen. Einer, dem er, soweit es unter diesen Bedingungen überhaupt möglich war, vertraut hatte. Zwar hatte Hermann offiziell nichts von Fredis illegalen Machenschaften gewusst, aber er hatte auch nie Fragen gestellt. Sein Tod war ein großer Verlust und hatte ein großes Loch in Fredis Mannschaft gerissen. Auf irgendeinen Drückeberger von der Ostfront konnte er gut verzichten.

»Was hat er sich denn zuschulden kommen lassen?«, fragte er also. »Wieso kriegt ein Drückeberger eine Stellenofferte, anstatt vors Kriegsgericht gestellt zu werden?«

»Das ... war so ein Sonderauftrag. Man hat den Männern die Wahl gelassen, weil man wusste, dass das nur die tapfersten Männer durchstehen können. Und Ernst Paulsen war der Erste, der sich geweigert hat.«

»Und worum ging es?«

»Das ist geheim.«

»Wenn du mir schon einen Drückeberger unterjubeln willst, muss ich wissen, worum es ging, damit ich ihn im Auge behalten kann.«

Werner zögerte. »Also schön«, sagte er schließlich. »Aber das darfst du niemandem verraten, Alfred. Das ist sehr ... heikel. Ein Geheimauftrag im Dienst des Vaterlandes. Die Männer dort vollbringen das Schwerste, was von einem Mann erwartet werden kann, und ich persönlich finde es ausgesprochen ungerecht, dass dieser Paulsen so gemütlich davongekommen ist. Andererseits war es wohl richtig, dass man den Männern die Wahl gelassen hat, denn wenn man einen faulen Apfel im Korb lässt, verdirbt der ja auch alle anderen, ne?«

»Wie wäre es, wenn du mir jetzt einfach klipp und klar sagst, worum es ging?«

Werner atmete zweimal tief durch.

»Es geht um den Lebensraum für das deutsche Volk. Und da muss man manchmal zu drastischen Mitteln greifen.«

»Drastische Mittel?«, wiederholte Fredi.

»Na ja, du weißt ja, wie schwierig das mit dem Judenpack ist. Schon die zivilisierten deutschen Juden sind ein Problem, aber dieses Ostpack ist ja um ein Vielfaches schlimmer. Die muss man eben loswerden, ne?«

»Loswerden?«, fragte Fredi und spürte, wie seine Wangen heiß wurden. Auf einmal sah er wieder den betrunkenen Werner vor sich, wie er in der Reichskristallnacht, ohne zu zögern, einen Juden erschossen hatte.

»Na ja, eben loswerden«, wiederholte Werner. »Wir sind im Krieg. Es ist die Pflicht aufrechter deutscher Volksgenossen, für ihre Heimat zu kämpfen.«

»Jetzt komm endlich auf den Punkt. Was hat Paulsen verweigert?«

»Er wollte nicht in den Judendörfern aufräumen. Ich meine, es ist doch das Humanste, die Juden schnell und sauber abzuknallen, dann leiden sie nicht lange, und wir sind sie los. Das wurde den Männern auch deutlich erklärt, aber der Paulsen und elf andere haben sich geweigert. Immerhin nur zwölf aus einem ganzen Polizeibataillon. Man kann also nach wie vor stolz auf die

Truppe sein, aber irgendwo muss man die Drückeberger ja lassen. Tut mir leid, dass du den kriegst. Aber du verstehst, warum ich den nicht bei der Gestapo brauchen kann, oder?«

Fredi saß wie gelähmt da. Die Juden wurden im Osten erschossen? Einfach so? Und dann auch noch von Polizisten? Das Schlimmste war, dass er Werner jedes Wort glaubte und sich nicht damit trösten konnte, es wäre nur ein makabrer Scherz.

»Also gut«, sagte er, noch immer ganz betäubt von dem, was Werner da gerade gesagt hatte. »Ich werde den Burschen nehmen und anständig einnorden.« Noch während er sprach, musste er die aufsteigende Übelkeit unterdrücken. Werner durfte nicht merken, wie sehr ihn die Sache mitnahm.

»Ich wusste doch, dass ich mich auf dich verlassen kann, Alfred.«

Als Fredi Werners Büro verließ, schaffte er es gerade noch bis zur Toilette, um sich dort zu übergeben.

Am Abend erzählte er Henny davon.

»Sei vorsichtig«, riet sie ihm. »Auch wenn dir Paulsen durch Werners Geschichte sympathisch ist, darfst du ihm nicht vertrauen. Falls Werner ahnt, was du tust, könnte das ein Test sein.«

»Du meinst, dieser Paulsen ist einer von Werners Spionen, und er hat sich die ganze Geschichte nur ausgedacht?«

»Du weißt, wie abgebrüht Werner ist«, sagte Henny. »Und diese Geschichte ist so abstrus, dass alles möglich ist.«

»Das dachte Ella auch, als sie zum ersten Mal von den Tötungen der Kranken und Behinderten erfuhr«, erwiderte Fredi. »Und dann stellte sich heraus, dass alles wahr ist.«

»Ich meine ja nur, dass du Paulsen erst einmal mit Zurückhaltung begegnen solltest, bis du dir sicher bist, ob Werners Geschichte wahr ist. Falls sie das ist, gilt es abzuschätzen, ob

Paulsen wirklich so ein mutiger Mann ist, der das einzig Richtige ungeachtet der Konsequenzen getan hat, oder ob er zu naiv war, um die Konsequenzen abzuschätzen. Und je nachdem, wie du ihn einschätzt, kannst du entscheiden, ob du ihm vertrauen willst oder auch nicht.«

Ernst Paulsen trat seinen Dienst bei der Mordkommission am 1. September 1942 an. Er war, wie Fredi, fünfunddreißig Jahre alt und mindestens ebenso vorsichtig und zurückhaltend. Aber gerade das überzeugte Fredi davon, dass Werners Geschichte wahr sein musste. Jemand, der die Regierung ablehnte, würde sich selbstverständlich vor Oberkommissar Studt, der zu den besten Freunden des gefürchteten stellvertretenden Gestapo-Leiters und SS-Sturmbannführers Werner Rohrbeck zählte, in Acht nehmen. Das, was bislang Fredis größter Schutz vor der Enttarnung war, sorgte nun dafür, dass Paulsen Abstand zu ihm hielt.

Wie wichtig ein sicheres Inkognito war, erlebte Fredi auch an anderer Stelle. Als er am 24. Oktober nach Hause kam, saß die Nachbarin Frau Vorpahl weinend bei Henny in der Küche.

»Was ist passiert?«, fragte Fredi erschüttert.

»Sie haben Kurt verhaftet«, schluchzte sie. »Direkt von der Arbeit weg. Der Jens ist extra gekommen und hat es mir gesagt.«

»Verhaftet?«, fragte Fredi verblüfft. Er hatte Kurt immer als einen redlichen Mann erlebt. »Was wirft man ihm denn vor?«

»Hochverrat und Feindbegünstigung.« Frau Vorpahl wischte sich über die Augen. »Er … Er meinte schon lange, man kann das alles nicht mehr unwidersprochen stehen lassen, und kam dann bei Blohm & Voss in entsprechende Kreise, die sie jetzt als kommunistische Zelle bezeichnen.«

Fredi schluckte. Davon hatte er nichts geahnt. Natürlich, Kurt war ihm gegenüber genauso zurückhaltend und vorsichtig wie er selbst im umgekehrten Fall. Verdammt, hätte er gewusst, dass sein Nachbar ebenfalls im Widerstand war, hätte er ihn vielleicht rechtzeitig warnen können.

»Ich werde sehen, ob ich etwas für Kurt tun kann«, sagte er. »Aber ich kann nichts versprechen.«

Es fiel Fredi nicht schwer, Werner auf die übliche Weise ein paar Informationen herauszulocken. Er beklagte sich bei ihm über seinen Nachbarn, den er stets für einen anständigen Kerl gehalten habe und dass er nun miterleben müsse, dass der ein Hochverräter sei.

»Man ist wirklich nirgendwo mehr sicher«, sagte er zu Werner. »Überall ist das Gesocks.«

»Na ja, der kommt jetzt erst mal nicht so schnell wieder raus. Wir greifen da hart durch«, sagte Werner. »Der sitzt sicher in Fuhlsbüttel, bis ihm in Berlin der Prozess gemacht wird.«

»In Berlin?«, fragte Fredi erstaunt. »Warum nicht in Hamburg?«

»Hochverrat in schweren Fällen wird inzwischen immer vorm Volksgerichtshof in Berlin abgeurteilt. Neue Anordnung von ganz oben.«

Werner machte eine kurze Pause. »Sach mal«, sagte er dann, »wie macht sich denn der Paulsen? Fällt der irgendwie negativ auf?«

»Nee, ich kann nichts Schlechtes über seine Arbeit sagen. Der passt sich an und macht, was man ihm sagt.«

»Na immerhin, der hat vielleicht kapiert, dass das jetzt seine letzte Bewährungsprobe ist. Wenn du Ärger mit ihm hast, melde dich, dann seh ich zu, dass ich ihn woandershin versetze.«

Kurz vor Weihnachten glaubte Fredi, seinen neuen Kollegen Paulsen lang genug beobachtet zu haben, um ihm vertrauen zu können. Jetzt war die Zeit gekommen, um den nächsten Schritt zu machen.

»Waren Sie schon in der Mittagspause?«, fragte er.

»Nein. Ich wollte das hier noch eben fertig machen.« Paulsen wies auf die Akte, die vor ihm lag.

»Der Bäckermord? Ach, das hat Zeit, der mutmaßliche Täter ist ja schon identifiziert.«

»Er ist aber immer noch auf der Flucht.«

»Meinen Sie, er hat sich in der Akte versteckt?« Fredi grinste. »Kommen Sie, ich lade Sie in den Ratskeller ein, der hat heute einen ordentlichen Mittagstisch.«

»In den Ratskeller?« Paulsen pfiff durch die Zähne. »Haben Sie in der Lotterie gewonnen?«

»Nein, aber vor Weihnachten sollte man großzügig sein«, erwiderte Fredi lächelnd. Gerade die Tatsache, dass der Ratskeller für die Belegschaft der Polizei zu teuer war, machte ihn zu einem idealen Ort für ein vertrauliches Gespräch.

Fredi suchte einen Tisch in einer uneinsehbaren Ecke aus, dann bestellten sie den Mittagstisch und übergaben dem Kellner die in Gaststätten vorgeschriebenen Reisemarken ihrer Lebensmittelkarten. Außerdem bestellte Fredi noch zwei Bier.

»Alkohol im Dienst?« Paulsen zog die Brauen hoch.

»Bier ist kein Alkohol, sondern ein Grundnahrungsmittel«, erwiderte Fredi. »Das machen uns doch die Maurer vor, oder?«

»Stimmt.« Paulsen lachte. Doch dann wurde er ernst. »Was wollen Sie wirklich von mir?«

»Was denken Sie denn?«

»Ich habe keine Ahnung.«

Paulsen sah Fredi fest in die Augen. Ein Mann, der sich weder einschüchtern noch zu voreiligen Aussagen verleiten ließ. Genauso, wie ein Kriminalkommissar sein sollte. Jedenfalls damals, in den guten alten Zeiten, als Fredi selbst noch gelernt hatte.

»Also schön, dann will ich mal offen sein und den Anfang machen«, sagte Fredi. »Man hat Sie mir als Drückeberger angekündigt, und ich musste sehr genau nachfragen, bis ich erfuhr, was Sie getan haben.«

Paulsens Miene verhärtete sich, doch er sagte kein Wort.

»In dem Moment wusste ich, dass ich Sie gern an meiner Seite hätte«, fuhr Fredi fort. »In meinen Augen sind Sie kein Drückeberger, sondern einer der mutigsten Männer, die mir je begegnet sind. Es ist sehr schwer, sich für seine Überzeugungen gegen seine Kameraden zu stellen, aber manchmal ist es notwendig.«

Paulsen sah ihn überrascht an. »Und das aus Ihrem Mund?«

»Sie meinen, aus dem Mund eines Parteigenossen?«

»Genau.«

»Ich habe eine Weile gewartet, Herr Paulsen. Zunächst schien es mir zu schön, um wahr zu sein, jemanden in meiner Mannschaft zu haben, der noch die alten Werte von Ehre und Anstand vertritt. Ich war mir nicht sicher, ob es vielleicht eine Falle ist, um mich aus der Deckung zu locken.«

»Aus Ihrer Deckung?«

Fredi nickte. »Sie haben Mut bewiesen, Herr Paulsen. Aber es ist nicht immer angezeigt, offen zu seiner Meinung zu stehen. Manchmal ist es wirkungsvoller, mit den Wölfen zu heulen, um sie aus dem eigenen Revier fernzuhalten. Besonders wenn man tun will, was menschlich richtig ist.«

»Menschlich richtig? Jetzt machen Sie mich neugierig, Herr Studt.«

»Erzählen Sie mir zuerst, was genau im Osten vorgefallen ist«, bat Fredi. »Ich weiß nur, dass man Ihr Polizeibataillon für die Erschießung von Juden heranzog und Sie sich weigerten. Was waren das für Menschen, die dort erschossen wurden?«

Paulsen sah Fredi für einen Moment stumm an. Dann begann er leise zu reden. »Es waren überwiegend Frauen und Kinder«, sagte er. »Ein paar alte Männer waren auch darunter. Also genau jene, die selbst im Krieg einen besonderen Schutz genießen sollten.« Er senkte den Blick, und Fredi sah, wie schwer es ihm fiel, die Fassung zu bewahren. »Unser Hauptmann hielt eine kurze Ansprache, in der er verkündete, dass man von uns das Schwerste verlangen würde, was man von einem Mann verlangen kann. Dann zeigte er uns die Frauen und Kinder. Ich habe gefragt, ob das sein Ernst sei, dass wir wirklich wehrlose Frauen und Kinder erschießen sollten. Ich meine, wir sind Polizeibeamte. Daraufhin sagte er, wir sollten an unsere im Bombenhagel getöteten Frauen und Kinder denken, der Krieg kenne keine Gnade, und es sei zwingend notwendig, diese Menschen im Dienste des Vaterlands zu erschießen. Er könne aber verstehen, wenn jemand zu schwach dazu sei. Wem die Kraft und der Mut dazu fehlten, der solle jetzt vortreten, es habe keine disziplinarischen Konsequenzen. Da bin ich vorgetreten und habe gesagt, dass ich das nicht mache. Eine Handvoll Männer sind meinem Beispiel gefolgt, am nächsten Tag kamen noch ein paar hinzu, aber die große Mehrzahl fügte sich dem Befehl und nannte uns Schwächlinge und Drückeberger. Einer hat gesagt, er achte darauf, nicht die Mütter zu erschießen, sondern nur die Kinder. Ein kleines Kind ohne Mutter sei hilflos, das müsse ohne seine Mutter ja sonst elendig zugrunde gehen. Das meinte der wirklich ernst! In dem Augenblick habe ich rotgesehen und wie ein Irrer auf ihn eingeprügelt. Deshalb wurde ich als nervenschwach nach Deutschland zurückgeschickt. Ich habe mich im Geiste schon im KZ gesehen, aber zu meiner Überraschung stand der Hauptmann zu seinem Wort. Keiner von denen, die Nein gesagt haben, hatte Konsequenzen zu tragen – wenn man mal davon absieht, dass wir uns eine Karriere bei der Polizei verbaut haben. Aber letztlich wollte ich ja nie etwas anderes als die Arbeit, die ich jetzt mache. Ich habe mich ja nur zum Polizeibataillon gemeldet, weil ich damals keine Stelle als Kommissar bekommen habe und die Männer im Bataillon nicht eingezogen wurden. Ich hätte niemals gedacht, dass man uns zu einer Bande ruchloser Mörder ausbilden will. Das ist doch verrückt, oder? Dass man jene, die eigentlich für Recht und Ordnung sorgen sollen, selbst zu Tätern macht und die, die sich energisch dagegenstellen, zu Drückebergern erklärt.«

Fredi war erschüttert. Das war ja alles noch schlimmer, als er befürchtet hatte.

»Sie sind mitnichten ein Drückeberger. Sie sind verdammt mutig. Und deshalb will ich jetzt auch ganz offen sein. Ich glaube, Sie inzwischen gut genug zu kennen, um Ihnen vertrauen zu können.«

»Das können Sie, Herr Studt. Nach all dem, was ich mit ansehen musste, bin ich zu allem bereit, um dem Einhalt zu gebieten.«

»Es gibt einiges, was wir gemeinsam tun können«, sagte Fredi. »Aber es ist sehr gefährlich, und wenn wir auffliegen, wird man uns wegen Hochverrats anklagen. Sind Sie bereit, dieses Risiko zu tragen?«

»Ja, das bin ich. Was kann ich tun?«

Und so erfuhr Ernst Paulsen von Fredis geheimem Netzwerk. Allerdings verzichtete Fredi darauf, Lilli und Joseph Kellermann zu erwähnen. Gewiss, er traute Paulsen, aber in all den Jahren hatte er gelernt, auch den vertrauenswürdigsten Menschen nicht alles zu erzählen.

»Wenn Sie mitmachen wollen, wäre es Ihre Aufgabe, unseren

Verbindungsleuten überzählige Lebensmittelkarten und Bezugsscheine zukommen zu lassen. Wir haben sowohl eine eigene Druckerei als auch ein paar Helfer, die direkt in der Verteilung der Lebensmittelkarten arbeiten. Die nehmen es nicht so genau damit, die Karten von Verstorbenen auszusortieren. Es gibt zwei Sorten von Untergetauchten. Diejenigen, die sich richtig verstecken, und diejenigen, die die Identität von Toten angenommen haben. Die versorgen wir mit den Papieren der Toten und mit offiziellen Ausbombungsbescheinigungen, damit sie außerhalb Hamburgs, wo sie keiner kennt, neu anfangen können. Außerdem habe ich ein Auge darauf, über wen die Gestapo Akten führt. Sobald eine Aktion geplant ist, versuche ich, die Leute zu warnen, damit sie ebenfalls untertauchen können. Ich muss allerdings sorgfältig abwägen, wen ich warne. Wenn alle gewarnt werden, fliege ich irgendwann auf und kann dann niemandem mehr helfen. Ich habe eine klare Prioritätenliste. Menschen, die wichtig für den Widerstand sind, stehen ganz oben. Jene, die mit ein paar Monaten Gefängnis zu rechnen haben und nichts weiter wissen, warne ich nur dann, wenn sie kleine Kinder haben. Familienväter werden gegenüber alleinstehenden Männern bevorzugt. So grausam es klingt, ab und zu muss die Gestapo auch Erfolge bei Aktionen haben, von denen ich wusste, weil Rohrbeck sonst misstrauisch wird.«

Paulsen pfiff anerkennend durch die Zähne. »Ich dachte, Sie wären mit dem Rohrbeck ganz dicke.«

»Ich kenne ihn noch aus der Zeit, als wir beide Berufsanfänger waren, und ich war immer klug genug, mich in seiner Gegenwart nie politisch zu äußern. Das hat sich in späteren Jahren als großer Vorteil erwiesen.« Fredi atmete tief durch. »Es ist noch etwas wichtig, Herr Paulsen. Rohrbeck darf nicht das Gefühl bekommen, wir beide würden uns gut verstehen, denn das würde ihn misstrauisch machen. Ihm gegenüber werde ich mich deshalb in Zukunft öfter mal über Sie beschweren. Denn dann würde er mir bestimmt sofort erzählen, wenn Ihnen irgendwer auf der Spur ist, und ich kann in dem Fall rechtzeitig gegensteuern.«

»Und wie würden Sie gegensteuern?«

»Ich habe da so meine Methoden, die sich in den letzten fünf Jahren sehr gut bewährt haben«, sagte Fredi. »Also dann, Herr Paulsen – willkommen in meiner echten Mannschaft!« Er hielt ihm die Hand entgegen, und Ernst Paulsen schlug ein.

66

Weihnachten 1942 überraschten Ella und Harald die Familie mit der Ankündigung, dass sie im nächsten Sommer ihr erstes Kind erwarteten.

»Wir haben lange überlegt«, sagte Ella, »aber uns war immer klar, dass wir irgendwann Kinder möchten. Natürlich sind die Zeiten schwierig, aber ich werde im April schon dreiunddreißig, und vielleicht wird Harald doch noch eingezogen. Niemand weiß, wie lange dieser Krieg noch dauern wird und was danach ist.«

»Ich finde eure Entscheidung richtig«, sagte Martha strahlend. »Und da ich im September in Rente gehe, kann ich mich um euer Kind kümmern.«

»Ein Hoch auf die beste von allen Großmüttern«, sagte Fredi. »Werdet ihr euch jetzt auch um eine Schrebergartenparzelle bewerben, so wie es sich für eine Familie mit Kind gehört?«

»Wir haben einen großen Balkon mit Blumen«, sagte Harald. »Das genügt. Mit dem Gemüse-anbauen habe ich es nicht so.«

»Natürlich, eine Arztfamilie gönnt sich irgendwann ein Wochenendhaus an der Ostsee, oder?«, fragte Heinrich mit einem Augenzwinkern. »Ich habe auch immer davon geträumt, meinen Alterssitz mal ans Meer zu verlegen, und jetzt hocke ich in der Hafenmeisterei rum, als wäre ich schon immer ein Schreibtischhengst gewesen.« Er seufzte. »Und durch den verdammten Krieg habe ich mein einziges Enkelkind bisher nur auf Fotografien gesehen. Wenigstens lassen sie die Kleine zweisprachig aufwachsen, sodass sie auch Deutsch lernt.«

»Du solltest das Gute an der Sache sehen«, sagte Martha. »Wenigstens ist Arthur mit seiner Familie in Sicherheit. Wie heißt die Stadt noch mal, in der er jetzt lebt?«

»Nagasaki«, erwiderte Heinrich. »Eine aufblühende Hafenstadt, die schon immer gute Handelsbeziehungen zu Preußen gepflegt hat. Für Arthur als Deutschen mit asiatischen Wurzeln eigentlich der ideale Ort.«

»Abgesehen davon, dass seine asiatischen Wurzeln chinesisch sind und China mit Japan im Krieg liegt«, warf Li-Ming ein.

»Ich bin jedenfalls froh, dass du in China keine Angehörigen mehr hast, um die wir uns sorgen müssen«, sagte Heinrich und legte einen Arm um Li-Mings Schultern. »Sobald der Krieg vorbei ist, werden wir Arthur und seine Familie besuchen.«

An Silvester gab es wegen der anhaltenden Verdunkelung, die die Stadt vor Fliegerangriffen schützen sollte, keine großen Feiern oder gar Feuerwerke. Die Lust am Feuerwerk war den meisten Hamburgern ohnehin vergangen, schließlich erlebte man fast jede Nacht ein Feuerwerk, wenn die Flak-Scheinwerfer feindliche Flugzeuge ausmachten, um sie rechtzeitig abzuschießen.

Eine besonders beliebte Kriegsbeute bei den Zivilisten waren in diesen Tagen die Fallschirme der abgesprungenen Piloten, denn sie waren aus weißer Seide und ließen sich sehr gut zu Blusen oder Hemden schneidern. Henny freute sich sehr, als eine ihrer Nachbarinnen einen Fallschirm vorbeibrachte und ihr anbot, den Stoff mit ihr zu teilen, wenn sie ihr im Gegenzug eine hübsche Bluse nähte.

»Da bekommt der Begriff Fallschirmjäger ja eine ganz neue Bedeutung«, sagte Fredi, als er Henny beim Zuschneiden des Stoffungetüms zusah.

»Ja, und es ist gut, dass die Fallschirmseide weiß ist, dann kann ich sie leichter umfärben«, erwiderte Henny. »Ich habe schon Stofffarbe besorgt.«

»Offiziell oder unter der Hand?«

»Fragst du mich das als Polizeibeamter? Dann muss ich leider die Aussage verweigern, Herr Oberkommissar.«

Fredi lachte nur. Es war eine große Erleichterung, eine Frau wie Henny an seiner Seite zu haben, die sich um alle Angelegenheiten des täglichen Lebens kümmerte, stets ein Auge darauf hatte, wo es begehrte Waren gab, und gleichzeitig noch mit den Frauen hoher Parteifunktionäre Kaffeekränzchen abhielt, um ihren Mann vor jedem Verdacht, er könne womöglich mit regierungsfeindlichen Kräften paktieren, zu bewahren. Auch auf seine Kinder war Fredi stolz. Wolfgang war im Januar dreizehn und Matthias elf geworden. Beide Jungen wussten um die Werte ihrer Eltern, verrieten jedoch nichts. Wolfgang wirkte bereits viel erwachsener, als er an Jahren war, und Matthias eiferte seinem großen Bruder nach. Fredi war froh, dass Marie und Helga noch zu jung für den Bund Deutscher Mädel waren, denn es blieb trotz allem ein Risiko, die Kinder entgegen der Parteilinie zu erziehen. Vor allem, wenn man selbst als Nazi galt.

Ella arbeitete trotz ihrer Schwangerschaft weiter in der Kinderklinik, allerdings hatte sie sich zur Kinderchirurgie versetzen lassen, um die Infektionsstation zu vermeiden. Sie hielt nach wie vor Kontakt zu ihrer Freundin Julia, die sich sehr um Hans-Martin sorgte. Sein letzter Brief war kurz vor Weihnachten aus Stalingrad gekommen. Inzwischen war die Stadt eingekesselt, und die Berichte von dort hörten sich beängstigend an.

Als am 3. Februar 1943 im Radio die Nachricht kam, dass die 6. Armee unter der Führung von General Paulus bis zum letzten Atemzug gekämpft habe, aber einer Übermacht erlegen sei, rief Ella sofort Julia an.

»Ich habe gestern bereits einen Brief bekommen«, sagte Julia leise. Ihre Stimme klang so verzweifelt, dass Ella das Schlimmste vermutete.

»Ist Hans-Martin …« Sie sprach es nicht aus. Julia schluchzte.

»Ja«, sagte sie. »Ich weiß nicht genau, wie es passiert ist. Er gehörte zu denen, die vor der Kapitulation gefallen sind. Einer seiner Kameraden hat mir eine Fotografie von seinem Grab geschickt. Mit einem Holzkreuz darauf. Aber ich glaube nicht, dass das wirklich sein Grab ist. Der Boden war doch hart gefroren. Ich nehme an, es ist symbolisch gemeint.« Julia brach in Tränen aus.

»Soll ich vorbeikommen?«, fragte Ella.

»Nein, das ist nicht nötig«, sagte Julia unter heftigen Schluchzern. »Ich wäre dir jetzt keine gute Gesellschaft und würde darunter nur doppelt leiden. Wenn man einmal die große Liebe gefunden hat und sie dann so sinnlos verliert, dann gibt es nichts, das einen trösten kann.«

»Pass gut auf dich und Henrieke auf«, sagte Ella. »Solange Henrieke lebt, so lange lebt auch etwas von Hans-Martin. Und ich bin immer für euch da. Jederzeit. Ein Anruf genügt.«

»Ich danke dir, Ella.«

So düster, wie das Jahr begonnen hatte, ging es auch weiter. Kurz nach dem Fall von Stalingrad erfuhren Ella und Harald, dass die Münchner Widerstandsgruppe »Weiße Rose« aufgeflogen und mehrere ihrer Mitglieder wegen des Verteilens von Flugblättern hingerichtet worden waren. Das erschreckte Ella sehr, denn sie hatte selbst einige dieser Flugblätter weitergeleitet. Allerdings hatte sie es nie gewagt, sie offen auszulegen. Zu gut erinnerte sie sich an Fredis Warnungen.

Und so hatte sie sich damit begnügt, sie ausgewählten Personen zu geben, in der Hoffnung, dass sie auch auf diese Weise Verbreitung fänden.

Jetzt, als sie sah, wie die Dinge standen, fragte sie sich, ob sie sich nicht mehr engagieren sollte. Denn wenn die Regierung junge Leute nur für das Verteilen von Flugblättern umbrachte, dann fürchtete sie die Wahrheit ja offenbar sehr, und die Folgen waren gar nicht auszudenken. Harald, mit dem sie darüber sprach, meinte: »Vielleicht wäre ich das Risiko eingegangen, bevor du schwanger warst. Aber jetzt möchte ich für dich und unser Kind leben, Ella. Wir sollten uns hüten, ins Visier der Gestapo zu geraten. Damit würden wir auch deinen Bruder und das, was er aufgebaut hat, gefährden.«

Natürlich hatte Harald recht, dennoch blieb es ein Gewissenskonflikt für Ella. Es war vertrackt. Je mehr man zu verlieren hatte, umso schwieriger wurde es, ein Risiko einzugehen. Einmal mehr bewunderte sie Fredi für seinen Mut.

67

Der Sommer 1943 war extrem heiß. Ella litt sehr unter der Hitze und ließ sich ab Juni von ihrer Tätigkeit als Ärztin freistellen, um sich in Ruhe auf die Geburt vorzubereiten. Obwohl ihr die Arbeit nach wie vor Freude bereitete, empfand sie ihre Tätigkeit immer belastender, und das lag nicht nur an der Sommerhitze und ihrem unförmigen Leib. Vor einigen Wochen hatte Fredi ihr und Harald eindringlich geraten, sich von den Candidates of Humanity zu distanzieren, denn Werner hatte Andeutungen über einen Informanten gemacht. Trotz Ellas Bitten weigerte Fredi sich, Werner weiter auszuhorchen. »Es ist zu gefährlich«, sagte er. »Sag deinen Freunden, dass sie unter Beobachtung der Gestapo stehen. Ich weiß nicht, ob Werners Andeutungen stimmen. Vielleicht ist es auch ein Köder, mit dem er meine Loyalität prüfen will, weil er weiß, wie viel du mir bedeutest.«

Und so hatte Ella sich damit begnügt, die alten Kameraden zu warnen, während sie und Harald sich wegen der bevorstehenden Niederkunft als aktive Gruppenmitglieder zurückzogen.

Der 24. Juli war ein herrlicher Sommertag. Die Kinder hatten Schulferien, und wie schon in den Jahren zuvor nutzte Fredis Familie die Schreberbude als Sommerfrische. Im letzten Jahr hatten sie die Bretterwände nach und nach mit Steinen verstärkt und zwei Kinderzimmer angebaut. Die Nachbarn hatten gewitzelt, sie sollten hier keine Villa bauen, sondern auch noch Platz für Obst und Gemüse lassen, aber wirklich gestört hatte sich niemand daran.

Am Samstag waren Heinrich, Li-Ming und Lilli sowie Ella und Harald zu Besuch. Die Kinder zeigten ihnen stolz den Bootssteg, an dem Fredi und Paul kurz zuvor eine Badetreppe gebaut hatten.

»Jetzt haben wir unser eigenes Freibad«, sagte Wolfgang.

»Und hier müssen wir auch nicht in den Luftschutzkeller«, meldete sich Matthias zu Wort. »Hier sind wir nämlich zu weit ab vom Schuss, dafür sind den Engländern die Bomben zu schade. Wenn die eine abwerfen, fällt sie höchstens auf die Wiese, und dann haben wir einen neuen Badeteich.« Er lachte fröhlich. Ella blickte liebevoll auf ihre Neffen. Wie schaffte es Fredi nur, seinen Kindern trotz der schweren Zeiten eine so glückliche Kindheit zu ermöglichen?

»Um den Schrebergarten seid ihr zu beneiden.« Lilli seufzte sehnsüchtig. »Ich würde auch gern mal wieder eine Nacht ruhig schlafen.«

»Dann bleib doch heute Nacht hier«, schlug Henny vor. »Wir können die Liege als Gästebett nutzen, Kissen und Decken haben wir auch, und morgen fährst du von hier aus mit Fredi zusammen zur Arbeit.«

»Das ist eine gute Idee«, sagte Heinrich zu seiner Tochter. »Ich glaube, Lora täte es auch gut, sich ein paar Tage vom Krieg zu erholen, was?« Er kraulte den Papagei. »Kannst du Lora heute hierbehalten und ihn morgen auf dem Weg zur Arbeit bei Mama vorbeibringen?«

»Das mache ich gern, Papa.« Lilli pfiff nach Lora, der auch brav auf ihrer Schulter landete. »Wisst ihr, es war schrecklich, wie er letzte Nacht im Luftschutzkeller aus lauter Panik fast gegen die Wand geflogen wäre«, sagte sie. »Für Kinder und Tiere ist dieser Krieg am schlimmsten.«

Darauf wandte Harald sich an Heinrich. »Was ich dich schon

immer mal fragen wollte … Ist Lora eigentlich ein Männchen oder ein Weibchen? Lora ist doch ein Frauenname, aber du sagst immer er.«

»Ich muss gestehen, dass ich das bis heute nicht so genau weiß.« Heinrich kratzte sich am Kopf. »Man kann das bei Aras nicht so ohne Weiteres feststellen. Für mich war Lora immer ein typischer Papageienname. Aber Eier hat er ja nie gelegt, also muss Lora ein Männchen sein. Falls nicht, wird er es mir verzeihen, weil dann wenigstens der Name passt.«

»Dann hättest du Lora eigentlich lateinisch Neutrum Lorum nennen müssen.«

»Nee, das hört sich dann ja wie Rum an. Was glaubst du denn, da wären ja immer gleich alle Matrosen angerannt gekommen, nur weil ich meinen Papagei rufe.«

»Dann musst du eben deutlicher sprechen.« Harald grinste.

»Lora hieß schon Lora, als deine Eltern noch nicht mal ahnten, dass sie irgendwann mal so ’n Besserwisser in die Welt setzen.«

Ella lachte. »Das hat gesessen. Gegen Lora bist du ja wirklich noch ein Küken, Harald.« Die ganze Familie stimmte in ihr Lachen ein.

Als sie auf dem Nachhauseweg waren, empfand Ella immer noch Freude über die unbeschwerten Stunden im Kreis ihrer Lieben. Besonders glücklich war sie darüber, dass ihr Onkel wieder zu seiner alten Lebensfreude zurückgefunden hatte. Er schien die Verbitterung darüber, kein Schiff mehr steuern zu dürfen, überwunden zu haben. Vielleicht würde er nach Kriegsende ja doch wieder zur See fahren. Und sei es nur, um Arthur in Nagasaki zu besuchen.

Kurz vor Mitternacht gingen wieder einmal die Sirenen los. Ella saß sofort aufrecht im Bett. Schnell zog sie sich an, denn sie hasste es, nur mit Morgenmantel bekleidet in den Luftschutzkeller zu gehen, auch wenn einige ihrer Nachbarn sich das angewöhnt hatten und sich im Keller gleich wieder in die Stockbetten legten. Harald griff, wie üblich, nach der Tasche mit ihren wichtigen Papieren, Wäsche zum Wechseln und den Fotoalben.

Zur gleichen Zeit machten sich auch Li-Ming und Heinrich auf den Weg in den Luftschutzkeller. Sie hatten zuvor noch an der Wohnungstür ihrer Nachbarin geklingelt, um ihr zu helfen. Frau Wegner hatte vier kleine Kinder, von denen das älteste sechs und das jüngste ein Säugling war. Sie nahm das Baby immer mit dem Kinderwagen in den Luftschutzkeller und war dankbar, dass Heinrich und Li-Ming ihr stets mit den Kindern halfen. »Wo ist denn Lilli?«, fragte sie.

»Die ist bei ihrem Cousin im Schrebergarten in Moorfleet geblieben«, sagte Heinrich. »Sie wollte mal wieder eine Nacht in Ruhe durchschlafen, und Lora habe ich auch gleich bei ihr gelassen.«

»Ich wünschte, ich hätte auch so einen Ort, wo ich mit den Kindern in Sicherheit abwarten könnte. Aber wir waren nie die klassischen Kleingärtner. Wir gehören an den Hafen.«

»Genau wie wir«, sagte Heinrich und packte am Kinderwagen an.

»Haben Sie mal wieder was von Arthur gehört?«, fragte Frau Wegner.

»Nee, schon lange nicht. Na ja, Japan ist ja auch nicht um die Ecke, ne? Aber ich bin froh, dass er diesen Terror hier nicht miterleben muss.«

Die Nachbarskinder waren noch zu klein, um die Gefahr zu

begreifen, und Heinrich hatte sich als guter Nachbar immer darum bemüht, dass das so blieb. Für gewöhnlich erzählte er den Kindern Geschichten, um sie von dem Donnern der Flak und dem Einschlag der Bomben abzulenken.

»Wo ist denn Lora?«, fragte der sechsjährige Jochen enttäuscht.

»Lora hat sich gefürchtet, deshalb ist er heute mit Lilli woanders, wo man nicht in den Luftschutzkeller muss.«

»Aber warum hat er denn Angst? Wir sind hier doch sicher, und die Flak schießt die Feinde ab.«

»Ja, du weißt das, weil du ja schon ein großer, kluger Junge bist, aber Lora weiß das nicht, der kann zwar sprechen, aber nicht alles verstehen.«

»Was erzählst du uns heute für eine Geschichte, Onkel Heinrich?«, fragte die kleine Babette, ein hübsches Mädchen mit blonden Zöpfen, das für seine vier Jahre schon sehr gewitzt war und sich danach sehnte, endlich in die Schule zu kommen.

»Soll ich euch erzählen, wie ich Lora bekommen habe? Das ist schon ganz lange her, das war noch im letzten Jahrhundert, als noch Segelschiffe die ganze Welt bereisten und Dampfschiffe gerade erst modern wurden.«

»Kommen da auch Seeräuber drin vor?«, fragte Jochen.

»Mal sehen, woran ich mich erinnere. Ja, ich glaube, da waren auch Seeräuber.« Und so begann Heinrich mit einer wilden Abenteuergeschichte, die die Kinder schnell in ihren Bann zog und das laute Donnern bald vergessen ließ.

Kurz nachdem Ella in den Luftschutzkeller gekommen war, spürte sie ein unangenehmes Ziehen im Leib. Es fühlte sich ganz anders an als die Senkwehen, die sie in den letzten Tagen wiederholt verspürt hatte. Sie atmete schwer und legte die Hände auf ihren Bauch.

»Ist alles in Ordnung?«, fragte Harald unsicher.

»Ich hoffe, unser Kind kommt nicht ausgerechnet jetzt«, sagte sie.

»Ach was«, sagte Harald beruhigend. »Eröffnungswehen dauern viel länger als ein Fliegeralarm. Wenn der vorbei ist, rufen wir einen Krankenwagen. Es wird alles gut.«

Ella nickte. Sie würde durchhalten.

»Und als wir den Kannibalen gerade entkommen waren«, steuerte Heinrichs Geschichte ihrem Höhepunkt entgegen, »da …« Ein ohrenbetäubender Knall und ein Donnern, als würde ein Bergmassiv einstürzen, unterbrachen ihn in seiner Erzählung. Die Wände wackelten, und einen Moment lang hatte Heinrich den Eindruck, selbst der Boden würde schwanken.

»Was war das?«, rief Frau Wegner ängstlich.

Heinrich schluckte. »Ich glaube, wir haben gerade einen Treffer abbekommen. Entweder ist unser Haus eingestürzt oder das daneben.«

Er stand auf und ging zur Kellertür, die ins Treppenhaus führte. Sie klemmte. Er rüttelte kräftiger daran, aber erst als Li-Ming ihm zu Hilfe kam, gelang es, sie ein Stück aufzudrücken. Gerade weit genug, um den Schutt und die Ziegel zu sehen.

»Ich fürchte, wir sind verschüttet«, sagte er. »Na ja, ist nicht weiter schlimm, Kinder. Sobald der Fliegeralarm vorbei ist, kommen die Suchmannschaften und graben uns aus. Ihr kennt ja alle diese Pfeile mit den Nummern an den Hauswänden?«

Jochen nickte. »Die zeigen, wie viele Plätze im Keller sind.«

»Genau, und dann wissen die Suchmannschaften auch, dass sie hier graben müssen. Die holen uns raus, habt keine Angst.«

»Das Haus ist kaputt?«, rief Babette. »Sind dann auch unsere Spielsachen kaputt?«

»Das wissen wir nicht«, sagte ihre Mutter.

»Meine schönen Puppen!«, weinte Babette.

Ihre Mutter nahm sie in den Arm. »Nun weine doch nicht, Mäuschen. Vielleicht ist ihnen ja gar nichts passiert. Wir sind ja auch noch heil.«

»Kommt, ich erzähle die Geschichte weiter«, sagte Heinrich. »Was anderes können wir im Moment nicht tun.«

Ella verspürte indes immer häufiger Wehen, aber wenigstens war ihre Fruchtblase noch intakt. Verdammt, wie lange dauerte das bloß, bis endlich Entwarnung gegeben wurde? Wie viele von diesen verfluchten Tommys waren gerade in der Luft über ihnen? Die Einschläge der Bomben kamen immer näher, mehr als ein Mal hatte Ella das Gefühl, sie würden direkt neben ihnen einschlagen, denn die Wände vibrierten, und Putz rieselte von der Decke. Irgendwo schluchzte ein Kind, doch sie war so sehr mit ihrem eigenen Körper beschäftigt, dass kein Raum für Todesangst blieb. Das Schlimmste, woran sie denken mochte, wäre eine Geburt im Luftschutzkeller, und die wollte sie unbedingt vermeiden. Im nächsten Augenblick donnerte es erneut, ein Knall, so laut, dass Ella fast taub wurde. Das elektrische Licht flackerte, dann verlosch es. Menschen schrien, ein Rumpeln und Poltern, irgendwo knackte Holz. Das Ratschen eines Streichholzes, und kurz darauf flammte eine Petroleumlampe auf.

»Ist alles in Ordnung mit dir?«, fragte Harald. Seine Haare waren weiß vom aufgewirbelten Staub.

»Ja.« Ella hustete. »Glaubst du, das Haus wurde getroffen?«

»O Gott, wir werden alle sterben!«, schrie eine Frau.

»Nein«, sagte Harald mit fester Stimme. »Sobald der Fliegeralarm vorbei ist, holen uns die Suchmannschaften hier raus.«

Erst jetzt wurde Ella bewusst, dass er der einzige Mann im

Keller war. Die meisten anderen waren an der Front oder standen an den Flugabwehrkanonen.

Heinrich hatte den Kindern soeben erzählt, wie sie nach ihrer Flucht vor den Kannibalen in See gestochen waren, als die Sirenen Entwarnung gaben.

»Na, seht ihr«, sagte er. »Jetzt kommen sie bald und holen uns raus.«

»Erzählst du uns bis dahin noch eine Geschichte?«, fragte Jochen.

»Natürlich. Ihr wolltet ja noch was von den Seeräubern hören, ne?«

»Jaaa«, rief Jochen munter.

Gerade als Heinrich mit seiner Geschichte begonnen hatte, hörten sie erneut die Luftschutzsirenen.

»Ja, sach mal, können die verdammten Tommys sich heute nicht entscheiden, wann sie Feierabend machen wollen?«, schimpfte er. »Na gut, dann haben wir wenigstens genügend Zeit für die Geschichte.«

Harald war es gelungen, die Kellertür zu öffnen, als Entwarnung gegeben wurde, aber der Weg nach draußen war von Trümmern versperrt.

»Da müssen wir rüberklettern«, sagte er. »Mal sehen, wie weit ich komme.«

»Sei vorsichtig!«, rief Ella ihm nach, doch da war Harald schon aus der Tür. Eine neue Wehe durchzuckte ihren Leib. Sie stöhnte.

»Wie geht es dem Baby?«, fragte ihre Nachbarin fürsorglich.

»Ich hoffe, das bleibt drinnen, bis wir hier raus sind«, keuchte Ella. »Immerhin ist die Fruchtblase noch nicht geplatzt.«

»Das erste lässt sich meist Zeit, Sie schaffen das schon.«

Harald kehrte in den Keller zurück. »Wir kommen hier nicht raus, ein Teil des Hauses ist über uns zusammengebrochen. Wir müssen auf die Räummannschaften warten.«

Im nächsten Moment ging erneut der Fliegeralarm los.

»O Gott, so lange halte ich nicht mehr durch«, keuchte Ella.

»Ich bin bei dir«, sagte Harald. »Wir sind hier sicher. Einen so stabilen Keller wie diesen hier hat man selten. Alles wird gut.«

Haralds Zuversicht gab nicht nur Ella Mut, sondern auch den anderen Frauen und Kindern im Keller. Wieder donnerten die Flaks aber die Bombeneinschläge waren nicht mehr so nahe.

»Ob die Flak jetzt besser trifft?«, fragte Ella in einer Wehenpause.

»Ganz bestimmt«, sagte Harald. »Die mussten sich erst mal einschießen. Und dann geht Henny wieder auf Fallschirmjagd, um uns neu einzukleiden.«

Henny, Fredi und Lilli waren ebenfalls hellwach. Zwar waren sie im wahrsten Sinne weitab vom Schuss, aber das, was sie aus dem Fenster sahen, war so ungeheuerlich, dass Fredi nach draußen ging und den Kindern erlaubte, ihm zu folgen. Hunderte von feindlichen Flugzeugen flogen über sie hinweg, und dort, wo der Hafen war, loderte es nach dem zweiten Fliegeralarm taghell. Der Hafen stand in Flammen!

»Mein Gott«, sagte Lilli. »Mama und Papa sind da mittendrin!«

Fredi legte seiner Cousine tröstend einen Arm um die Schultern. Im Gegensatz zu den Menschen in den Luftschutzkellern konnten sie die Strategie der Engländer sehr gut erkennen. Mit der ersten Angriffswelle wollte man Häuser zerstören, die sowohl durch direkte Treffer als auch durch die Druckwellen einstürzten oder zumindest ihre Dächer einbüßten. Doch die zweite Welle nach der kurzen Entwarnung war viel grausamer, denn nun fielen Tausende von Brandbomben in die entblößten Häuser. Binnen kürzester Zeit hatten sich zahlreiche Brände entwickelt. Und Richtung Hafen sah es am schlimmsten aus.

»Ihr seid auch noch wach?«

Fredi fuhr herum und sah seine Eltern auf sich zukommen.

»Ja«, sagte er. »Ich fürchte, da geht gerade eure Wohnung in Flammen auf.«

»Und die von Heinrich und Li-Ming«, flüsterte Martha. »Wo ungefähr liegt Eppendorf?«

»Da.« Fredi zeigte in die entsprechende Richtung. »Da scheint es noch nicht so stark zu brennen. Ich bin mir sicher, dass Harald gut auf Ella aufpasst. Und Heinrich weiß sich auch immer zu helfen.«

Die Flammen am Hafen schlugen immer höher, fast glaubte Martha, die Hitze körperlich zu spüren, obwohl das natürlich Unsinn war. Ja, Heinrich wusste sich immer zu helfen, aber wie sollte er diesem Inferno entgehen?

Im Keller erzählte Heinrich den Kindern seine Seeräubergeschichte weiter, während die Bombeneinschläge weniger zu werden schienen. Allerdings wurde es auf einmal unerträglich heiß. Er hielt kurz in seiner Geschichte inne und berührte die Wand, die zur Straße lag. Sie war so warm wie ein Backofen.

»Was ist los?«, fragte Li-Ming unsicher.

»Ich fürchte, beim zweiten Angriff haben sie Brandbomben geworfen«, flüsterte er, damit die Kinder und Frau Wegner es nicht hörten.

Li-Ming wurde blass. »Und was bedeutet das? Werden wir verbrennen?«

»Ich weiß es nicht«, flüsterte er zurück. »Gott sei Dank sind Lilli und Arthur nicht hier.«

»Onkel Heinrich, erzählst du jetzt weiter?«, fragte Jochen, und auch Babette sah ihn mit bittenden Augen an, aus denen keine Furcht sprach. Geschichten waren das beste Mittel gegen die Angst. Wenn er schon sonst nichts tun konnte, würde er wenigstens dafür sorgen, dass die Kinder sich nicht fürchteten, ganz gleich, wie diese Nacht enden würde.

Allmählich wurde es immer heißer und die Luft stickiger. Heinrich merkte, wie die Kinder schläfrig wurden, und auch er selbst wurde müde.

»Für heute ist gut«, sagte er. »Legt euch in die Betten, und wenn ihr morgen aufwacht, ist die Rettungsmannschaft da, um uns auszugraben. Dann erzähle ich weiter.«

Die Kinder waren vom Sauerstoffmangel bereits so erschöpft, dass sie Heinrichs Anweisungen gehorsam nachkamen. Frau Wegner nahm das Baby aus dem Kinderwagen und legte sich mit dem Kleinen in eines der Betten. Heinrich und Li-Ming blieben auf ihrem unteren Stockbett sitzen.

»Du glaubst doch nicht wirklich, dass man uns rechtzeitig hier rausholt«, sagte Li-Ming seltsam abgeklärt. Heinrich sah die Schweißperlen auf ihrer Stirn und spürte, wie sein Hemd durchgeschwitzt an seinem Rücken klebte. Er nahm sie in die Arme. »Nein«, erwiderte er. »Wir werden vorher an Sauerstoffmangel sterben. Aber immerhin ist das ein angenehmer Tod, wir werden einschlafen, und wenn wir wieder erwachen, wissen wir endlich, was nach dem Tod ist.« Er zwang sich zu einem Lächeln. »Dann werden wir als Ahnen über unsere Nachkommen wachen.« Er gähnte und hatte immer größere Schwierigkeiten, sich zu konzentrieren.

»Ich hätte Arthur so gern noch einmal in die Arme geschlossen«, flüsterte Li-Ming. »Und wenigstens ein Mal unser Enkelkind im Arm gehalten.«

»Wenn wir auf der anderen Seite sind, dann können wir die ganze Welt sehen«, flüsterte Heinrich. »Dann siehst du auch unser Enkelkind. Ich bin so froh, dass Lilli Lora bei sich hat. Dann ist sie nicht … ganz allein. Ich bin so müde, Li-Ming.«

Li-Ming kuschelte sich fester an Heinrich. »Halt mich fest«, sagte sie. »Ich will ein letztes Mal in deinen Armen einschlafen.«

»Ich werde dich bis in alle Ewigkeit lieben, Li-Ming. Ich lass mich von dir nicht durch den Tod scheiden«, erwiderte er und schloss sie in seine Arme. Im Einschlafen hatte Heinrich das Gefühl, wieder auf der *Fortuna* zu sein, damals im Jahr 1913, als er Li-Ming gerade geheiratet hatte und mit ihr auf dem Weg nach Deutschland war. Er spürte das Schaukeln des Schiffes, die Wärme seiner Frau, und er fragte sich, wohin die *Fortuna* ihn wohl diesmal tragen würde.

»Es kommt, ich fühl den Kopf!«, schrie Ella. Seit Stunden harrten sie bereits im Keller aus, hofften und bangten, ob der Luftangriff wohl bald ein Ende finden und die Suchmannschaften sie ausgraben würden.

Harald hatte in den letzten Stunden all sein Wissen über die Geburtshilfe im Geiste rekapituliert. Er war zwar Kinderarzt, aber mit dem Wissen von Hebammen und Gynäkologen konnte er nicht mithalten. Dennoch gelang es ihm, Ella den Eindruck zu vermitteln, er wisse genau, was zu tun sei, und alles würde gut werden. Zum Glück hatte Ella eine komplikationslose Schwangerschaft erlebt, und das Kind lag auch richtig.

»Jetzt haben wir nicht mal heißes Wasser«, sagte die Nachbarin.

»Brauchen wir nicht«, sagte Harald. »In der Frühgeschichte

der Menschheit gab es auch kein heißes Wasser, und die Kinder kamen trotzdem zur Welt.«

Ella keuchte. In den vergangenen Stunden hatte sie gelernt, wie sie die Kraft der Wehen nutzen konnte, und vergaß langsam, dass sie auf einem Stockbett in einem halb eingestürzten Luftschutzkeller lag. Sie wollte ihr Kind jetzt bekommen, und sie wollte, dass es ein Leben hatte. Sie hatte nur diese eine Aufgabe. Für ihr Kind zu leben. Ob und wann die Rettungsmannschaften kamen, darauf konnte sie keinen Einfluss nehmen, und sie hatte sich mit eiserner Selbstdisziplin gezwungen, sich nicht länger den Kopf darüber zu zerbrechen. Sie musste jetzt an ihr Kind denken.

»Ich kann das Köpfchen sehen!«, rief Harald. »Es hat dunkle Haare.«

Ella brauchte noch zwei weitere Presswehen, ehe Harald das Kind vorsichtig greifen und lehrbuchmäßig entbinden konnte.

»Es ist ein Mädchen!«, rief er begeistert und legte Ella das Kind auf den Bauch.

»Ein Mädchen«, wiederholte Ella und sah sich das nackte Kind auf ihrem Bauch an, das noch immer durch die Nabelschnur mit ihr verbunden war.

Harald deckte Mutter und Kind mit einer Wolldecke zu, damit sie nicht auskühlten, dann fragte er, ob jemand einen Bindfaden und eine Schere für die Nabelschnur habe. Eine der Frauen, die sich die Zeit im Luftschutzkeller mit Sticken vertrieben hatte, reichte ihm ihr Nähzeug. Harald band die Nabelschnur ab, durchtrennte sie dann und nahm anschließend eines seiner Hemden aus der Reisetasche, um das Kind darin einzuwickeln.

»Endlich mal ein praktischer Vater«, lobte die Nachbarin.

»Gib sie mir«, sagte Ella. »Ich will versuchen, ob ich sie stillen kann.«

»Die Nachgeburt ist noch nicht da«, sagte Harald.

»Schadet es, wenn ich sie vorher anlege?«

»Nein, aber ähm … ja, hier ist sie.«

Trotz der eben überstandenen Anstrengungen und der Tatsache, dass sie noch immer verschüttet waren, fühlte Ella sich auf einmal unheimlich stark und zuversichtlich. Sie hatte eine Tochter. Ein Kind, geboren in der schlimmsten Bombennacht, die sie jemals erlebt und die bestimmt zahlreiche Menschen das Leben gekostet hatte. Aber sie hatten sie überstanden, und sie würden überleben. Da war sie sich ganz sicher, denn sonst hätte sie doch kein gesundes Kind bekommen.

»Sie ist wunderschön«, sagte Harald, während er dabei zusah, wie das Kind zum ersten Mal an der Mutterbrust saugte.

»Ja«, sagte Ella. »Und egal, was kommt, sie wird eine großartige Zukunft haben. Dafür werden wir beide sorgen!«

Als wäre es das Stichwort, hörten sie von draußen plötzlich die Stimmen der Suchmannschaften, die nach Verschütteten Ausschau hielten.

»Ja, hier unten sind sieben Personen!«, rief Harald. »Äh, ich muss mich korrigieren, wir sind acht!«

Es dauerte noch einmal zwei Stunden, ehe die Trümmer ausreichend geräumt waren, sodass alle den Keller verlassen konnten. Auf Ella und das Kind wartete bereits ein Krankenwagen, der sie in die Klinik brachte.

»So sieht der Himmel aus, mein Schatz«, sagte Ella und hielt ihr Kind so, dass es das Tageslicht sehen konnte, ehe sie in den Krankenwagen stieg. Von ihrem Wohnhaus war nichts übrig geblieben, doch Ella war viel zu erleichtert, als dass sie sich darüber Gedanken gemacht hätte.

Der Krankenwagen hatte das Universitätskrankenhaus gerade erreicht, da gingen erneut die Sirenen los, weil sich feindliche

Flugzeuge näherten. Ella zuckte zusammen. Was sollte das? Hatten sie nicht schon genug Schaden angerichtet? In so kurzen Abständen waren die Luftangriffe bisher noch nie erfolgt. Sie drückte ihr Kind an sich. *Nein*, dachte sie bei sich. *Egal was kommt, du wirst zu einer wunderbaren jungen Frau heranwachsen. Wer eine Geburt unter diesen Bedingungen überlebt, ist vor allen weiteren Widrigkeiten gefeit!*

68

Die folgenden Tage waren die schrecklichsten, die Martha jemals erlebt hatte. Tag und Nacht wurde Hamburg aus der Luft angegriffen und systematisch zerstört. Das Muster war immer das gleiche. Erst kamen die schweren Bomber, die die Häuser knackten, danach die Flugzeuge mit den Brandbomben. Oft genug hatte Martha das Gefühl, die feindlichen Geschwader würden gerade so lange warten, bis die ersten Lösch- und Rettungsarbeiten begannen, um dann erneut loszuschlagen und auch die Rettungsmannschaften zu vernichten. Obwohl Martha niemals Hass auf andere Nationen empfunden hatte, verspürte sie nun zum ersten Mal brennenden Hass auf die alliierten Strategen, die gezielt die Wohngebiete vernichteten. Vor allem, als sie am Morgen nach dem ersten Angriff ihr Viertel aufsuchte. Ihre Wohnung existierte nicht mehr. Sie eilte weiter zu Heinrichs Haus, doch auch das war eingestürzt und vollständig ausgebrannt. Fassungslos stand sie davor, während die Rettungsmannschaften damit beschäftigt waren, den Zugang zum Keller freizuräumen.

»Gibt es Überlebende?«, rief sie ängstlich. »Mein Bruder wohnte hier.«

»Schwester Martha?« Einer der Feuerwehrmänner erkannte sie. »Sie sollten nicht hier sein, das Gelände ist Sperrgebiet.«

»Ich will wissen, was mit meinem Bruder ist!«, beharrte sie. »Und ich bleibe so lange hier, bis ich Sicherheit habe.«

Als der erste Mann in den Keller ging, betete sie im Stillen um ein Wunder. Kurz darauf kam er zurück. »Da lebt keiner mehr«, sagte er. »Sie haben alle in den Betten gelegen, als sie starben. Eine Frau mit einem Säugling, drei kleine Kinder und ein Paar, das sich im Arm hält. Die Hitze da drinnen muss irgendwann wie im Hochofen gewesen sein. Die Leichen und Bettgestelle sind komplett verkohlt. Wenn Ihr Bruder wirklich einer davon ist, würden Sie ihn nicht mehr erkennen.«

»Mein Gott!« Martha schluckte. »Kann man noch sehen, ob die Frau des Paars verkrüppelte Füße hatte?«

»Da habe ich nicht drauf geachtet.«

»Schauen Sie bitte noch mal. Wenn ja, dann ist das meine Schwägerin. Sie war Chinesin mit gebundenen Füßen. Und in dem Fall ist der Mann, der sie im Arm hält, mein Bruder.«

»Sie wollen sie selbst nicht mehr sehen?«

»Nein. Ich will nur Gewissheit.« Martha zog ihr Taschentuch hervor, um sich die Tränen abzuwischen. Sie hätte sich gern noch von ihrem toten Bruder verabschiedet, aber sie wollte ihn nicht als verkohlten Leichnam in Erinnerung behalten.

Kurz darauf hatte sie Gewissheit. Heinrich und Li-Ming waren tot. Der Schmerz war so unerträglich, dass sie daran erstickt wäre, wenn sie ihre Tränen zurückgehalten hätte. Heinrich, der sie von allen am längsten kannte, derjenige, der genau wusste, was sie meinte, wenn sie von ihrer Kindheit sprach. Ihr kleiner Bruder mit seinem unerschütterlichen Optimismus. Der Letzte aus ihrer Ursprungsfamilie. Mit Heinrich starb ein Teil ihres eigenen Herzens.

Zwar tröstete es sie, dass es Ella und Harald gut ging und Ella eine gesunde Tochter zur Welt gebracht hatte, die kleine Monika. Aber zugleich hatte Martha auch Angst, als sie kurz darauf im Eppendorfer Krankenhaus schon wieder Fliegeralarm hörte. Ella ließ sich deshalb noch am selben Tag entlassen, denn sie fürchtete sich vor weiteren Bombenangriffen. Martha bot dem Paar an, zu ihr und Paul in den Schrebergarten zu ziehen, und die beiden nahmen das Angebot dankbar an. Im Schrebergarten ihrer Eltern fühlten sie sich mit ihrer neugeborenen Tochter sicher.

Lilli war am Boden zerstört, als sie vom Tod ihrer Eltern erfuhr. Zur Trauer gesellte sich das Gefühl, völlig allein zurückgeblieben zu sein. Wenn doch wenigstens Arthur bei ihr sein könnte. Doch von dem hatten sie schon lange kein Lebenszeichen mehr bekommen.

Henny bot Lilli sofort an, dauerhaft bei ihnen zu leben. »Wir haben ja noch unsere Wohnung, und dann müssen wir mal sehen, wie wir uns gegenseitig im Winter alle unterstützen«, sagte sie.

Doch in der Nacht auf den 28. Juli verloren auch Henny und Fredi ihr Heim. Glücklicherweise waren sie im Schrebergarten, während in ihrem Stadtviertel Tausende von Menschen verbrannten.

Martha war wie betäubt von all dem Unglück. Trotz der ständigen Angriffe, die Hamburgs vollständige Auslöschung zum Ziel zu haben schienen, ging sie regelmäßig zur Arbeit im Krankenhaus und wunderte sich, wie gut die Kleinbahn- und Straßenbahnverbindungen noch funktionierten. Paul kümmerte sich indes darum, für Li-Ming und Heinrich eine ordentliche Beisetzung auf dem Ohlsdorfer Friedhof zu organisieren. In diesen Tagen gab es so viele Tote, dass die meisten in anonymen Massengräbern beigesetzt wurden. Es kostete Paul viel Überredungskraft, damit Li-Mings und Heinrichs Leichname zu einer eigenen Erdbestattung freigegeben wurden. Zugleich musste er sich um die Ausbombungsbescheinigungen kümmern und das »Betreuungsblatt für Fliegergeschädigte« ausfüllen, auf dem anzugeben war, welchen Schaden man erlitten hatte. Paul brachte die notwendigen Formulare auch gleich für seine Kinder mit. Schon seltsam, wie normal Bombenschäden inzwischen waren. Hatte man in friedlichen Zeiten allenfalls mal einen Wasserschaden zu beklagen, so gab es jetzt offiziell den Fliegerschaden – ganz so, als wären die Bomber bloß lästige Schädlinge. Immerhin bekamen sie pro Wohnung zweihundert Mark und Bezugsscheine für Kleidung und Möbel. An eine neue Wohnung war jedoch nicht zu denken. Viele der Ausgebombten wurden aus Hamburg evakuiert, aber Martha und Paul entschlossen sich dazu, ihren Schrebergarten weiter auszubauen und mit Ziegelsteinen zu verstärken. Ella und Harald unterstützten sie, auch wenn Harald in diesen Tagen als Arzt unabkömmlich war. Es gab so viele Verletzte, dass sogar Kinderärzte die Chirurgen unterstützen mussten.

Als Martha am 3. August nach der zehnten Nacht in Folge mit ständigen Luftangriffen zur Arbeit kam, war von ihrem geliebten Hamburg nicht mehr viel übrig. Die stolze Nikolaikirche, in der Fredi und Henny geheiratet hatten, war vollständig ausgebrannt und eingestürzt. Die Stadtteile Rothenburgsort und Hammerbrook, in denen sie so viele Menschen gekannt hatte, existierten nicht mehr.

Am Eingang zur Chirurgischen Station sah sie Moritz mit seiner Tochter Sophia auf und ab gehen. Was hatten die denn hier zu suchen?

»Martha, gut, dass du kommst«, rief Moritz aufgeregt. »Du musst ein gutes Wort für uns einlegen, die wollen uns nicht zu Carola lassen.«

»Carola ist hier? Was ist passiert?« In Martha stieg Panik auf.

Moritz schluckte. »Sie war gestern im Auftrag ihrer Zeitung in der Staatsoper. Ich fand das nicht gut, aber sie wollte sich von den Bombenangriffen nicht einschüchtern lassen. Du weißt ja, wie sie ist.«

»Was ist mit ihr?«, unterbrach Martha ihn energisch.

Moritz schluckte schwer. »Sie … ähm …«

»Sie wollte Interviews mit einigen der Künstler führen«, kam Sophia ihrem Vater zu Hilfe. »Es war ihr wichtig, Betroffene zu Wort kommen zu lassen, die sagten, wie es wirklich ist. Damit die Bevölkerung nicht immer nur mit diesen Durchhalteparolen abgespeist wird. Sie fand es schändlich, dass man die Menschen nötigt, in einer Zeit, da alles zusammenbricht, weiter zu musizieren, als könnte man den Terror hinfortgeigen. Du kennst sie, sie lässt sich von niemandem irgendetwas sagen, wenn sie davon überzeugt ist, für eine gerechte Sache zu kämpfen.« Sophia wischte sich fahrig über die Augen.

»Jetzt sagt mir bitte endlich, was passiert ist.« In Marthas Stimme schwang Angst.

»Wir haben gehört, dass sie es bei dem Bombenangriff nicht rechtzeitig in den Luftschutzkeller geschafft hat und sehr schwer verletzt wurde. Sie … Also, jemand hat erzählt … sie sei wie eine brennende Fackel auf die Straße gelaufen.« Sophia brach in Tränen aus.

»Wer hat das gesagt?«, fragte Martha, unfähig, das, was Sophia da gerade erzählt hatte, sofort zu erfassen.

Doch Sophia war nicht in der Lage zu antworten. Moritz nahm seine Tochter tröstend in den Arm. »Eine von den Sängerinnen«, sagte er mit brechender Stimme. In seinen Augen glitzerte es ebenfalls verdächtig.

Wie eine brennende Fackel … ihre Freundin Carola! Nein, das konnte nicht wahr sein, das durfte nicht wahr sein!

»Wartet hier, ich werde mich nach Carola erkundigen. Diese Sängerin hat bestimmt maßlos übertrieben.«

Martha eilte auf die Station, fragte nach Carola und wurde zum Privattrakt geschickt, wo die Einzelzimmer waren. Vor Carolas Tür hielt sie kurz inne, dann klopfte sie. Eine weibliche Stimme rief »Herein«. Es war nicht Carola. Martha erkannte die sechzehnjährige Lernschwester Thea, die neben dem Bett saß und Carola halb verdeckte.

»Schwester Martha!« Thea stand auf und gab den Blick auf Carola frei. »Es tut mir so leid für Ihre Freundin.«

Doch war das wirklich Carola? Die Person im Bett hätte jeder sein können, bandagiert wie eine ägyptische Mumie. Einen Moment lang flüchtete Martha sich in die Fantasie, alles wäre nur ein Scherz. Gleich würde Carola aufspringen, sich die Verbände vom Gesicht reißen und sie für ihre verschreckte Miene auslachen. Natürlich war das Unsinn. Hastig blinzelte sie die aufsteigenden Tränen weg. Sie musste stark bleiben. Wenn sie ihren Gefühlen gestattete, die Kontrolle zu übernehmen, dann würde sie zusammenbrechen und sich nie wieder erheben. Nicht nach Heinrichs Tod.

»Schläft sie?«, fragte sie leise.

»Ja, sie hat sehr viel Morphium bekommen.«

Martha betrachtete die Freundin. Die Art, wie die Hände bandagiert waren, deutete darauf hin, dass Carola an beiden Händen Finger eingebüßt hatte. Marthas Brust wurde eng. Erneut stiegen ihr die Tränen in die Augen. Sie atmete zweimal tief durch. Konnte man so schwere Brandwunden überhaupt überleben? Das war schlimmer als damals bei Moritz.

»Welcher Arzt ist für sie zuständig?«

»Doktor Vierat.«

»Immerhin einer unserer Besten.« Martha kannte Doktor Vierat, seit der ein Student gewesen war. Professor Liebknecht hatte ihn sehr geschätzt, und auch sie operierte gern mit ihm. Da sie für

Carola nichts tun konnte, nicht einmal die bandagierte, verstümmelte Hand halten, suchte sie Doktor Vierat in seinem Büro auf, um von ihm Näheres über Carolas Zustand zu erfahren. Er war unrasiert und sah übernächtigt aus, so als hätte er die ganze Nacht operiert.

»Es tut mir leid, Schwester Martha, aber in diesem Fall können wir nichts mehr tun«, sagte er. »Es ist ein Wunder, dass Frau Kellermann überhaupt noch lebt. Wir geben ihr regelmäßig Morphium, allerdings braucht sie es in so starker Dosierung, dass sie ständig schläft. Sollte sie erwachen, wären die Schmerzen unerträglich.«

»Ihr Mann und ihre Tochter warten draußen«, sagte Martha. »Warum hat man sie abgewiesen?«

»Das weiß ich nicht. Vielleicht hat jemand befürchtet, der Anblick könnte zu schlimm sein.«

»Ihre Angehörigen werden alles besser ertragen als die Ungewissheit.«

»Sie haben recht«, sagte der Chirurg. »Dann lassen Sie uns jetzt gemeinsam mit ihnen zu ihr gehen.«

Moritz und Sophia waren erschüttert, als sie Carola bis zur Unkenntlichkeit verbunden im Bett liegen sahen.

»Wie viel ist verbrannt?«, fragte Moritz mit zitternder Stimme.

»Gesicht, Haare, Schultern, Brust, Bauch, beide Unterarme und die Hände, die amputationspflichtig wären. Wir haben aufgrund ihres schlechten Zustands auf eine Operation verzichtet.« Doktor Vierat sah Moritz fest in die Augen. »Wir müssen der Wahrheit ins Gesicht sehen, Herr Kellermann. Ihre Frau liegt im Sterben. Alles, was wir noch tun können, ist, ihre Schmerzen zu lindern.«

»Soll das heißen, sie wird das Bewusstsein nicht wiedererlangen?«

»Nur, wenn wir das Morphium absetzen. Wir müssen aufgrund der schweren Gesichtsverbrennungen davon ausgehen, dass auch ihre Lungen durch das Feuer geschädigt wurden. Vermutlich kann sie nicht einmal mehr sprechen, selbst wenn sie das Bewusstsein bei einer Reduktion des Morphiums noch einmal wiedererlangen sollte. Ihre Nase und ihre Lippen sind zerstört, außerdem ist sie blind.« Sein Blick fiel auf Moritz' Handprothese. »Sie wissen am besten, was das für Schmerzen sind. Sie haben es selbst erlebt. Aber Sie waren damals wesentlich jünger als Ihre Frau heute, und bei Ihnen war nicht so viel Haut verbrannt.«

Moritz schluchzte auf. »Wie lange wird es noch dauern?«

»Das hängt von uns ab. Wenn wir nichts tun, vielleicht zwei Tage. Wenn wir die Morphiumdosis nur ein klein wenig erhöhen, wird sie vermutlich schon heute ihren Frieden finden.«

Moritz schluckte schwer. »Sie meinen also, wir sollten … sie töten?«

»Nein«, widersprach der Arzt. »Ich meine nur, dass wir die Möglichkeit haben, den begonnenen Sterbeprozess auf humane Weise zu beschleunigen.«

»Kann man sonst gar nichts mehr tun?«, fragte Sophia. Stumme Tränen liefen ihr über die Wangen.

»Nein, gar nichts. So leid es mir tut«, sagte Doktor Vierat. »Sie ist siebenundsechzig Jahre alt, aber selbst wenn sie erst siebenundzwanzig wäre, so etwas würde niemand überleben. Hier stößt die Medizin an ihre Grenzen.«

»Was sagst du, Martha?«, fragte Moritz unsicher. »Du kennst Carola am längsten. Was hätte sie gewollt?«

Martha holte tief Luft. »Wenn es noch irgendeine Hoffnung gäbe, dann würde Carola kämpfen wollen. Aber da es hoffnungslos ist, zeugt es von größerer Stärke, sich dem Unvermeidlichen zu stellen. Das wäre in Carolas Sinn.«

Kaum hatte sie die Worte ausgesprochen, fühlte es sich an, als hätte sie Carola selbst zum Tode verurteilt. Alte Erinnerungen überfluteten sie. Auf einmal war sie wieder die fünfzehnjährige Erikaschwester, die beeindruckt zu der zwei Jahre älteren, politisch interessierten Carola aufgeblickt hatte. *»Weißt du, dass du gut zu den Frauen in der Sozialdemokratie passen würdest?«* Carolas Stimme klang so lebendig, jung und frisch.

»Von Politik verstehe ich nichts«, hörte Martha sich selbst antworten. *»Was genau wollen die Sozialdemokraten?«*

»Magst du mich nächsten Donnerstag zu einer ihrer Versammlungen begleiten? Dann kann ich es dir besser erklären. Wir brauchen intelligente Frauen, die über den Tellerrand hinausblicken.«

»Das würde ich sehr gern. Denken dort alle so wie wir?«

»Ja. Vor allem sind wir uns darin einig, dass es keine zu großen Unterschiede zwischen Armen und Reichen geben darf, damit eine Gesellschaft in sozialem Frieden leben kann.«

Carola hatte damals ihr politisches Bewusstsein geweckt. Ohne Carola wäre sie nicht die Frau geworden, die sie heute war. Carola, die immer für ihre politischen Überzeugungen gekämpft hatte, die von einer besseren Welt geträumt hatte, in der Ungerechtigkeiten der Vergangenheit angehörten. Die sich im letzten Krieg nicht gescheut hatte, für ihre Rechte zu demonstrieren, und die selbst jetzt in ihren Zeitungsartikeln zwischen den Zeilen so kritisch wie nur möglich gewesen war. Dieses Ende hatte sie nicht verdient. So ein Ende hatte niemand verdient!

All die Gefühle, die Martha seit Heinrichs Tod erfolgreich weggesperrt hatte, sprengten nun das unsichtbare Schloss, strömten auf sie ein. Sie konnte nicht verhindern, dass sie in die Knie brach und von einem heftigen Weinkrampf geschüttelt wurde.

»Ich will nicht, dass sie stirbt!«, schrie sie verzweifelt. Erst als

Moritz sich trotz seiner schweren Behinderung zu ihr hinunterbeugte und sie in die Arme nahm, beruhigte sie sich etwas.

»Niemand will das«, flüsterte er. »Aber noch weniger wollen wir, dass sie leidet.«

Auch Sophia war neben Martha in die Knie gesunken und strich ihr behutsam über den Rücken. Auf einmal schämte Martha sich, dass sie sich so sehr gehen ließ und ausgerechnet Moritz und Sophia, die gerade Frau und Mutter verloren, sie trösten mussten.

»Es ist schon gut«, sagte Martha. »Ich habe mich wieder im Griff. Es tut mir leid.«

»Du musst dich nicht entschuldigen«, sagte Moritz. »Du bist immer so stark, da darfst du auch mal schwach sein.«

Carola starb am Abend desselben Tages, ohne noch einmal das Bewusstsein zurückerlangt zu haben. Moritz war in tiefer Trauer, aber er vergrub sich nicht in seinem Schmerz, sondern blickte trotz allem nach vorn. Er schlug vor, dass die Beisetzung von Carola zeitgleich mit der von Heinrich und Li-Ming erfolgen sollte.

»Sie sind uns gemeinsam entrissen worden«, sagte er. »Dann können wir wenigstens gemeinsam trauern. Das hätten die drei sich so gewünscht.«

»Ja«, sagte Martha leise. »Jetzt sind wir richtig alt, Moritz. Von denen, die wir aus unserer Jugend kannten, leben nur noch Paul und Joseph.«

»Du vergisst Milli.«

»Stimmt«, gab Martha zu. »Aber wissen wir, ob sie noch lebt?«

»Immerhin ist sie in Amerika vor Bomben sicher.« Moritz seufzte schwer. »Manchmal denke ich, das Schicksal will mir ständig aufs Neue zeigen, dass es ein Fehler war, Milli nicht zu begleiten.

Aber scheiß aufs Schicksal. Hätte ich Milli als junger Mann begleitet, gäb's meine Sophia nicht. Und allein für ihre Zukunft lohnt es sich weiterzumachen. Ganz egal, ob die Welt um uns herum gerade untergeht. Ich habe mich schon einmal ins Leben zurückgekämpft, da werde ich auch über Carolas Tod hinwegkommen und diesen verfluchten Krieg überstehen. Glaub mir, wir werden erleben, wie sich unsere Heimat wieder aus den Trümmern erhebt!«

»Glaubst du das wirklich? Dass wir uns jemals wieder erheben?«, fragte Martha zweifelnd. »Alles, für das wir jemals gekämpft haben, ist zerstört. Hamburg besteht nur noch aus Ruinen, Carola ist tot, Heinrich und Li-Ming sind tot, überall herrscht Leid. Und wir beide sind zu alt, um noch mal anzupacken.«

Moritz atmete schwer. »Hör auf damit, Martha. Das steht dir nicht. Wir sind alt, aber noch nicht tot. Und unsere Kinder brauchen uns noch. Denk dran, wie sehr du um deinen Vater getrauert hast.«

»Und genau das macht mir Angst, Moritz. Immer, wenn ich glaubte, das Leben wird besser und einfacher, wurde alles noch schrecklicher.«

»Ja«, sagte Moritz. »Aber irgendwann wird es wieder besser. Denk an das, was dem Leid folgte. Als du deine Mutter an die Cholera verloren hast, war das der Beginn deiner Karriere als Krankenschwester, und Heinrich wurde Kapitän. Als niemand damit rechnete, dass Paul sich jemals wieder unter Menschen wagen könnte, hast du nicht aufgegeben, bis sein Gesicht wiederhergestellt war. Du hast in Amerika in den höchsten Kreisen verkehrt. Du hast gesunde Kinder und Enkelkinder, die dein Vermächtnis in die Zukunft tragen. Aber noch brauchen sie dich, gerade jetzt. Wer soll denn auf die kleine Monika aufpassen, wenn Ella wieder als Ärztin arbeiten will?«

»Woher nimmst du nur diese Stärke, Moritz? Du hast eben deine Frau verloren.«

»Ja«, sagte er. »Aber ich war schon mal ganz unten. Damals hast du mir wieder Mut gemacht, und ich dachte, es ist an der Zeit, etwas davon zurückzugeben.« Er lächelte sie wehmütig an und drückte sie an sich, und auf einmal fühlte Martha sich unendlich geborgen und verstanden. Gewiss, sie hatte Menschen, die sie liebte, verloren, aber sie war nicht allein mit ihrem Schmerz. Sie hatte noch immer genügend Menschen um sich, die sie liebten.

69

Als Fredi am Tag nach Carolas Tod abends in den Trümmern seiner Wohnung nach den Resten ihrer Habe suchte, traf er dort seinen Nachbarn Kurt Vorpahl, den er im Gefängnis wähnte.

»Kurt, was machst du denn hier? Bist du freigelassen worden?«

»Ja, weil die Bomben das Gefängnisgebäude beschädigt haben. Da haben sie die kleineren Fische wie mich vorläufig entlassen. Ich muss mich am 9. September wieder einfinden.«

»Mach das bloß nicht! Sieh lieber zu, dass du untertauchst.«

»Wenn ich untertauche, mach ich mich strafbar. Und ich hab mir ja nix vorzuwerfen. Nee, ich zieh erst mal zu meiner Familie, die ist in Lohbrügge untergekommen.«

»Die werfen dir Hochverrat vor, Kurt. Und das wird vorm Volksgerichtshof in Berlin abgeurteilt.«

»Ach was, wenn ich für die so 'n gefährlicher Krimineller wäre, hätten die mich ja nicht rausgelassen, oder?«

»Hör mal zu, Kurt, wenn du neue Papiere brauchst, ich kenn da jemanden, der dir helfen kann.«

»Du? Als Oberkommissar?«

»Kurt«, sagte Fredi eindringlich, »man kann sich hier auf nichts mehr verlassen, die sind unberechenbar. Auch wenn sie dich vorläufig auf freien Fuß gesetzt haben, bedeutet das nicht, dass du sicher bist. Jetzt ist die Zeit günstig, um zu verschwinden. Hier hat ja keiner mehr den Überblick.«

»Nee, wenn ich das mache, bin ich erst recht schuldig. Ich habe das Richtige getan, und ich bin bereit, mich dafür offiziell zu verantworten.«

Fredi seufzte. »Na gut, du musst es ja wissen. Solltest du es dir noch anders überlegen, komm auf mich zu, wir wohnen jetzt im Schrebergarten.«

In den Tagen nach dem schrecklichen Feuersturm herrschte überall der Ausnahmezustand. Tausende obdachloser Hamburger wurden mit der Bahn aufs Land evakuiert. Schulklassen wurden zusammengelegt, da viele der Kinder entweder ums Leben gekommen oder evakuiert worden waren. In Wolfgangs Schulklasse waren vor dem Feuersturm einunddreißig Schüler gewesen. Danach lebten nur noch dreizehn, von denen fünf evakuiert wurden. Auch Werner Rohrbeck hatte seine gesamte Familie verloren. Er hatte ihr einen Platz in einem der großen Luftschutzbunker für Parteifunktionäre besorgt, während er selbst den Angriff im Keller des Stadthauses überstanden hatte. Die Bomben hatten dem Bunker nichts anhaben können, aber während der Feuersturm wütete, erstickten die Menschen qualvoll. Werner war seither ein verbitterter Mann, der seine Trauer durch unnachgiebige Härte gegen politische Gegner bekämpfte.

»Wie können die es wagen, sich als Feind von innen gegen uns zu stellen, wo die Engländer und Amis geschworen haben, unser Volk auszurotten?«, schimpfte er immer häufiger.

Da auch das Stadthaus schwer beschädigt worden war, hatte man die Polizeidienststelle ins Ziviljustizgebäude am Sievekingplatz verlegt. Fredi teilte sich nun ein Büro mit Ernst Paulsen und Lilli, während Werner sich darüber ärgerte, dass er kein Vorzimmer mehr für Fräulein Fink hatte, die mit drei anderen Schreibkräften in einem Büro am Ende des Flurs arbeitete, wo es keine Möglichkeit zum Kaffeekochen gab. Deshalb hatte Fredi sich einmal den Spaß gemacht und war mit zwei Flaschen Bier in Werners neuem Büro erschienen.

»Derart schlechte Zeiten erfordern was Härteres als Kaffee«, hatte er dabei gesagt.

Werner hatte das gefallen, und seither gehörte das tägliche Bier anstelle des Kaffees zu ihrem Ritual. Obwohl Fredi Werner nach wie vor verachtete, teilte er dessen Trauer um Hannelore und die Kinder. Er war mit Henny bei der Beisetzung gewesen. Beim Anblick der neun unterschiedlich großen weißen Kindersärge war Henny in Tränen ausgebrochen, was Werner so tief berührt hatte, dass er sich bemüßigt fühlte, Henny zu trösten. Gerade die Tatsache, dass es Werner in den Zeiten des Mangels gelungen war, für jedes seiner Kinder einen eigenen Sarg zu organisieren, um ihnen und der Mutter das Massengrab zu ersparen, machte deutlich, wie wichtig ihm seine Familie gewesen war. Es war schwierig, diesen trauernden Vater mit dem grausamen Gestapo-Beamten in Einklang zu bringen. Immer wieder fragte Fredi sich, warum Werner so ein überzeugter Nazi geworden war, obwohl es auch die andere, menschliche Seite in ihm gab. Zu gern hätte er ihn gefragt, aber das wäre zu gefährlich gewesen. Stattdessen musste er zusehen, den guten Kontakt zu Werner aufrechtzuerhalten, damit er rechtzeitig über gefährliche Gestapo-Aktionen informiert blieb. Allerdings erzählte Werner ihm längst nicht mehr alles. Dass Professor Degkwitz im September wegen Wehrkraftzersetzung verhaftet worden war, erfuhr er erst im Nachhinein von Harald.

»Professor Mulzer von der Dermatologie hat ihn angezeigt«, erzählte sein Schwager ihm am Abend bei einem Bier im Schrebergarten. »Weil Professor Degkwitz ihm gegenüber erklärte, der Krieg sei sowieso verloren, und es sei Zeit, dass die Oberen das einsähen.« In Haralds Stimme schwang Empörung.

»Na, da hat er doch recht, oder?«, sagte Fredi.

»Ja, aber so was darf man nicht den Falschen sagen. Denen,

die das nicht hören wollen. Im Moment muss man ohnehin noch mehr aufpassen, was man sagt. Sie haben auch einige der Candidates verhaftet.«

»Ich weiß«, sagte Fredi. »Ich konnte nichts dagegen tun.«

»Du hast genug getan. Du hast uns gewarnt. Sie haben zu ihren Überzeugungen gestanden. Und ich frage mich, ob das nicht ehrlicher ist.« Er trank einen Schluck Bier. »Ist überleben um jeden Preis richtig?«

»Nicht um jeden Preis«, sagte Fredi. »Aber du bist doch einfach nur vorsichtig, du willst dein Leben nicht sinnlos wegwerfen. Was bringen schon ein paar Flugblätter, wenn man es auf das große Ganze bezieht?«

»Wenn alle so denken würden, könnte man nie etwas verändern. Stell dir vor, alle würden Flugblätter verteilen. Die könnten doch unmöglich alle töten.«

»Wenn alle die Inhalte dieser Flugblätter teilen würden, wären die Nazis niemals an die Macht gekommen. Aber sie sind nun mal da, und je schlechter es an der Front läuft, umso härter gehen sie gegen Kritiker vor. Ich bin nach wie vor der Meinung, dass Worte allein nichts bringen. Wir können nur mit Taten etwas erreichen. Aber solange die Heeresleitung hinter Hitler steht, sehe ich keine Möglichkeit, den Krieg von innen zu beenden. Am besten wäre es, wenn irgendein General den Aufstand anführen würde. Aber denen sind ihre Posten zu wichtig.«

Heinrichs und Li-Mings Tod war eine Zäsur im Leben der ganzen Familie. Vor allem Lilli belastete es sehr, dass es ihr unmöglich war, ihrem Bruder vom Tod der Eltern zu schreiben. Sie hatte seine Adresse nicht mehr, und sämtliche Briefe und Unterlagen waren verbrannt. In dieser schweren Zeit war Lora Lillis ganzer Trost. Sie hatte sich angewöhnt, den Papagei ebenso wie ihr Vater überallhin mitzunehmen. Fredi hatte für Lora sogar eine Sitzstange im Büro aufstellen lassen. Schon bald war Lora vom Schiffsmaskottchen zum heimlichen Maskottchen der Dienststelle geworden und brachte etwas Fröhlichkeit in den traurigen Alltag.

Kurz vor Weihnachten bekam Lilli einen Brief aus Japan. Als Adresse war die alte Polizeiadresse am Stadthaus angegeben. Warum hatte Arthur seinen Brief nicht an die Adresse der Eltern geschickt? Er konnte ja nicht wissen, dass es sein altes Zuhause nicht mehr gab. Hastig öffnete Lilli ihn. Er war am 4. August 1943 aufgegeben worden.

Liebe Lilli,
ich schreibe Dir diesen Brief, weil ich am 25. Juli einen Traum hatte, der mich auf eine unbeschreibliche Weise aufwühlte. Ich bin kein abergläubischer Mensch, aber meine Frau Yuki glaubt an Zeichen und Träume und riet mir, Dir zu schreiben, um Gewissheit zu haben.

Ich habe geträumt, Papa wäre mit Mama auf seinem alten Segler Fortuna *gekommen, um meine Frau und Tochter endlich kennenzulernen. Ich fragte ihn in meinem Traum, warum er denn nicht mit der* Weser *gekommen sei, schließlich ist die* Fortuna *schon lange gesunken. Da sagte er, versunkene Schiffe hätten eine eigene Seele, und deshalb könnten sie auch die Seelen der Menschen, die zu Lebzeiten an ihnen hingen, ins Jenseits tragen. Und er sagte, man könne einen Hafen noch so sehr lieben, aber die wahre Liebe des Seemanns gehöre dem Meer. Wenn ich zu lange an Land bliebe, würde es mir irgendwann wie ihm gehen, denn in diesem Krieg sei keine Hafenstadt mehr sicher. Noch bevor ich ihn fragen konnte, was er damit meinte, bin ich schweiß-*

gebadet aufgewacht. Dieser Traum erschien mir so lebensnah, dass ich mir plötzlich ganz sicher war, dass Mama und Papa tot sind. Ich konnte die ganze Nacht nicht mehr einschlafen. Auch wenn ich mir immer wieder sagte, dass es nur ein Traum war, ein Hirngespinst, so blieb dieser tiefe Schmerz und die Gewissheit, ich würde Mama und Papa niemals wiedersehen. Als ich ein paar Tage später in der Zeitung las, dass Hamburg genau zu der Zeit meines Traums schwer bombardiert worden war, lief mir eine eisige Gänsehaut über den Rücken, und ich erzählte Yuki davon. Sie sagte, dass sie als junges Mädchen etwas Ähnliches erlebt habe. An dem Tag, als ihre Großmutter viele Hundert Kilometer entfernt verstorben war, war sie ihr ebenfalls im Traum begegnet. Yuki meinte, es könne auch sein, dass mein Traum eine Warnung sei, dass ein Unheil drohe, vor dem uns Vater bewahren wolle. Sie glaubt, dass wir hier in Nagasaki nicht mehr sicher sind. Ich frage mich allerdings, ob Yuki das nicht vorschiebt, weil sie schon lange zu ihrer Familie in Shimabara ziehen will. Wahrscheinlich deutet Yuki deshalb so viel in meinen Traum hinein. Ich schicke diesen Brief dennoch an deine dienstliche Adresse, weil Briefe an Polizeidienststellen immer weitergeleitet werden, selbst wenn Häuser zerstört sein sollten.

Ich bin mir sicher, dass ich Mama und Papa nach dem Ende dieses Krieges wohlbehalten in die Arme schließen und ihnen Yuki und unsere Tochter Yuna vorstellen kann. Yuna macht uns sehr viel Freude und spricht für ihr Alter schon erstaunlich viel Japanisch und auch Deutsch. Mama wird von ihr entzückt sein, denn sie sieht fast genauso aus wie du als kleines Mädchen. Ich habe Euch eine aktuelle Fotografie beigelegt.

Bitte antworte mir recht bald, damit ich den letzten Zweifel ausräumen kann. Denn andernfalls wird Yuki nicht in ihren Bemühungen nachlassen, mich zu einem Umzug nach Shimabara zu bewegen. Du glaubst nicht, wie resolut sie sein kann, wenn sie sich etwas in den Kopf gesetzt hat. Aber genau dafür liebe ich sie auch so sehr.

In Liebe,

Dein Bruder Arthur

Fredi sah, wie Lilli zitterte, nachdem sie den Brief gelesen hatte.

»Schlechte Nachrichten?«, fragte er besorgt.

»Nein, ganz im Gegenteil. Es ist irgendwie tröstlich. Lies selbst.«

Fredi nahm den Brief. Noch während er ihn las, lief ihm eine Gänsehaut über den Rücken. »Es gibt anscheinend doch mehr zwischen Himmel und Erde, als die Wissenschaft erklären kann«, sagte er leise.

»Glaubst du, dass es so ist, Fredi? Dass Papa wirklich im Traum bei Arthur war?«

»Es ist jedenfalls erstaunlich, dass Arthur diesen Traum am 25. Juli hatte. So erstaunlich, dass ich es gern glauben möchte. Es ist schön, sich vorzustellen, dass dein Vater noch immer irgendwo da draußen über uns wacht.«

»Könntest du einen der Polizeifotografen um einen inoffiziellen Gefallen bitten, Fredi? Ich möchte Arthur gern eine Fotografie des Grabsteins schicken. Der wird ihm gefallen, der weiße Marmor mit dem winzigen Segelschiff über den beiden Namen, das in unbekannte Gestade aufbricht.«

»Ich werde Wilhelm fragen, der ist mir noch einen Gefallen schuldig.«

70

Im Winter 1943/1944 war das Leben im Schrebergarten hart. Erst nachdem es Paul gelungen war, sowohl für Fredis als auch für seine eigene Laube einen zweiten Ofen zu besorgen, wurde es besser. Ella und Harald lebten mit ihrer kleinen Tochter weiterhin bei Martha und Paul, während Lilli bei Fredis Familie untergekommen war. Natürlich gestaltete es sich schwierig, in derart beengten Verhältnissen zu leben, aber es war immer noch besser, als irgendwo zur Untermiete zu wohnen oder sich evakuieren zu lassen.

Lilli hatte Arthur noch vor Weihnachten auf seinen Brief geantwortet, aber im Juni 1944 noch immer keine Antwort erhalten. Auch sie träumte oft von ihren Eltern. Sie war dann wieder in ihrer Wohnung, und ihre Eltern genossen das Leben, das sie sich verdient hatten. Diese Träume trösteten Lilli, denn sie gaben ihr das Gefühl, dass ihre Eltern noch irgendwo auf sie warteten und für sie da waren.

Ella entwöhnte ihre Tochter im Frühling und arbeitete danach wieder in der Kinderklinik. Martha kümmerte sich liebend gern um die kleine Monika. Die Enkelin erinnerte sie an Ella, als die noch ein Baby gewesen war. Niemals hätte Martha sich bei Ellas Geburt vorstellen können, welch schreckliche Zeiten ihren Kindern bevorstehen würden. Wenn sie sich jetzt um Monika kümmerte, fragte sie sich immer öfter, ob Kinder, die unter solchen Bedingungen aufwachsen mussten, wohl eine glückliche Zukunft haben könnten. Doch wenn sie ihre Enkelkinder lachen hörte, dann wusste sie, dass die Zukunft noch nicht verloren war. Fredis Kinder machten das Beste aus der schweren Zeit. Die Trümmerlandschaften wurden für sie zur Normalität und zum Abenteuerspielplatz, wo es sogar noch Schätze zu heben gab. Wolfgang war jetzt vierzehn. Er war ein sehr guter Schüler und seinen Eltern eine große Stütze. Wenn Martha ihren ältesten Enkel sah, dachte sie oft daran zurück, dass ihre eigene Kindheit mit vierzehn Jahren geendet hatte. Damals, in den Zeiten der Cholera. Wolfgang konnte immerhin noch zur Schule gehen, und er würde später bestimmt auch studieren können, wenn er das wollte, denn der Universitätsbetrieb lief nach wie vor. Die vollständige Zerstörung der Stadt, sagte sie sich, hatte auch ihre Vorteile: Es gab so gut wie keine nächtlichen Luftangriffe mehr. Warum sollte der Feind auch teure Bomben an Ruinen verschwenden? Man musste einfach positiv denken.

Ella und Fredi hingegen war nicht nach positivem Denken zumute, denn sie erlebten beide auf unterschiedliche Weise ein ungeahntes Aufbäumen des nationalsozialistischen Machtapparats.

Die Gruppe um Professor Degkwitz hatte sich mit seiner Verhaftung aufgelöst, und auch die Candidates of Humanity waren in den darauffolgenden Monaten verhaftet und ins KZ Neuengamme verbracht worden. Es schien, als bräuchte die Gestapo gerade nach den schrecklichen Bombenangriffen Erfolgserlebnisse.

Obwohl Ella und Harald sich schon lange Zeit aus der aktiven Mitarbeit zurückgezogen hatten, bekam Harald Ende Juni 1944 eine Vorladung von der Gestapo. Er hatte sich am kommenden Montag zu einer Vernehmung einzufinden. Die Sache war besonders heikel, da Werner Fredi vorab nicht informiert hatte. Als

Harald Fredi von der Vorladung erzählte, überlegte Fredi lange, ob er es wagen sollte, Werner vorher noch darauf anzusprechen, oder ob er es besser übergehen sollte, um keinen Verdacht zu erwecken.

Schließlich war Henny diejenige, die mal wieder mit einer pragmatischen Lösung aufwartete.

»Sprich ihn nicht darauf an, und falls Werner dich fragt, kannst du immer noch sagen, Harald habe dir nichts von der Vorladung erzählt. Immerhin hat Werner dich ja nicht informiert.«

»Aber er weiß doch, dass Harald nur zwei Reihen weiter wohnt.«

»Ja, aber Harald ist eben ein Mann, der Dinge lieber mit sich selbst abmacht, um niemanden zu beunruhigen. Außerdem hat er sich ja nichts vorzuwerfen. Vielleicht ist es ja eine ganz harmlose Zeugenvorladung. Und dann wäre auch klar, warum Werner dir nichts davon erzählt hat. Also stellen wir uns dumm und warten ab.«

»Genau«, sagte Harald. »Ich gehe erst mal davon aus, dass ich lediglich ein Zeuge bin.«

»Aber lass dich nicht einwickeln, falls Werner dir besonders freundlich kommt. Der Mann versteht es gut, Menschen zu unbedachten Aussagen zu verleiten.«

»Keine Sorge«, erwiderte Harald. »Ich glaube, ich bin ihm gewachsen.«

Werner Rohrbeck empfing Harald am Montag in der Tat sehr freundlich.

»Es ist immer etwas unangenehm, wenn man den Angehörigen eines guten Bekannten vorladen muss«, sagte er jovial, als er Harald einen Platz anbot.

»Worum geht es denn?«, fragte Harald betont gelassen.

»Sie haben sicher mitbekommen, dass wir ein Nest subversiver Ärzte und Medizinstudenten ausgehoben haben. Und da gibt es leider einige Kandidaten, die Sie der Mitwisserschaft beschuldigen.«

Haralds Wangen wurden heiß, dennoch bemühte er sich um ein Lächeln. »Mitwisserschaft? Professor Degkwitz wurde bereits im letzten September verhaftet, und ich habe mich in den subversiven Kreisen sehr unbeliebt gemacht, weil ich mein Interesse an der frei gewordenen Professur bekundet habe. Nach dem Abschluss meiner Habilitation war ich lediglich als Privatdozent an der Universität tätig.«

»Das wusste ich nicht«, sagte Werner. »Wann haben Sie sich denn auf die Professur beworben?«

»Ende letzten Jahres. Das Auswahlverfahren läuft noch.«

»Nun, ich habe hier eine Liste von Mitgliedern einer Widerstandszelle gegen das Reich, die nach schärferem Verhör auch Ihren Namen nannten, Herr Doktor Thiessen.«

»Aha«, sagte Harald nur.

»Wollen Sie gar nicht wissen, wer Sie denunziert hat?«

»Wozu? Ich gehe davon aus, dass es sich um eine abgekartete Strategie handelt, um die wahren Mittäter zu schützen.«

»Was wollen Sie mir damit sagen?«

»Ich glaube, das haben Sie verstanden, Herr Rohrbeck. Man hat es mir übel genommen, dass ich mich nach Degkwitz' Verhaftung auf seine Professur beworben habe. Ich gelte als Profiteur. Und wie kann man so jemandem besser schaden, als wenn man ihn verleumdet? Welchen Vorteil hätte ich denn davon, mich einer subversiven Gruppe anzuschließen? Das ist doch nur etwas für Extremisten oder gescheiterte Existenzen.«

Werners nachdenkliches Gesicht machte Harald noch kühner. »Überlegen Sie mal, was für ein genialer Schachzug es von den

Verhafteten ist, ausgerechnet mich zu diffamieren. Es zielt genau gegen Ihre Reputation als stellvertretender Leiter der Hamburger Gestapo.«

»Inwiefern?« Rohrbeck fixierte Harald scharf.

»Jeder weiß, dass Oberkommissar Alfred Studt zu Ihren besten Freunden gehört. Ich bin mit seiner Schwester Ella verheiratet. Wenn man Menschen aus Ihrem Freundeskreis des Verrats beschuldigt, schadet man Ihnen, weil man Ihnen damit unterstellt, dass Sie nichts gemerkt haben.«

»Mag sein«, bestätigte Rohrbeck. »Dennoch bin ich gezwungen, solchen Anschuldigungen nachzugehen.«

»Was genau wirft man mir denn für schlimme Dinge vor?« Harald lehnte sich mit einem amüsierten Gesichtsausdruck zurück, so als erwartete er eine unterhaltsame Geschichte. Dabei klopfte sein Herz bis zum Hals, und all seine Fluchtreflexe waren aktiviert. Nur gut, dass er gelernt hatte, derartige Gefühle zu verbergen. Als Kinderarzt war es wichtig, Eltern gegenüber selbst bei den schlimmsten Prognosen ein Gefühl der Zuversicht zu vermitteln, und genau das kam ihm jetzt zugute.

»Oh, da gibt es einiges«, sagte Rohrbeck. »Angefangen bei Besuchen in verbotenen Swingkellern, wo Sie mit Ihrer Frau zu Negermusik getanzt haben sollen.«

Harald lachte laut los. »Zu Negermusik? Und das glauben Sie? Meine Frau würde mich rauswerfen, wenn ich so etwas von ihr verlangen würde.«

»Nun, Ihre Frau war aber immer sehr aufgeschlossen. Wussten Sie, dass sie vor Ihrer Zeit über viele Jahre einen französischen Liebhaber hatte?«

»Natürlich.« Harald grinste. »Mein Eheleben profitiert bis heute davon.«

Werner stutzte, dann lachte er. »So kann man das auch sehen.«

»Wirft man mir außer der Negermusik noch etwas vor?«

»Sie gehörten bis Anfang 1943 zum Kreis der Candidates of Humanity.«

»Ich nehme an, so nannten sich diese Verschwörer?«

Werner nickte und fixierte Harald erneut mit lauerndem Blick.

»Und warum gehörte ich nur bis Anfang 1943 dazu? Ich dachte immer, einmal Verschwörer, immer Verschwörer.« Harald lachte, doch diesmal stimmte Rohrbeck nicht mit ein.

»Weil Sie sich wegen der Schwangerschaft Ihrer Frau zurückgezogen haben«, sagte er. »Was sagen Sie dazu, Herr Doktor Thiessen?« Rohrbecks Stimme war auf einmal kalt und schneidend. Harald lief eine Gänsehaut über den Rücken, aber er zwang sich zur Ruhe. »Was soll ich dazu schon sagen?«, fragte er betont gelassen. »Es ist nicht wahr.«

»Und was würden Sie sagen, wenn wir eine Liste mit den Namen von Mitverschwörern gefunden hätten, die die Angaben bestätigen? Eine Liste, auf der sich auch Ihr Name findet?«

Harald durchschaute die Taktik sofort. Werner wollte sehen, ob er ihn in Panik versetzen konnte. Allerdings wusste Harald, dass es keine offiziellen Listen gab.

»Das würde mich sehr wundern, weil ich mit diesen Leuten allenfalls in meiner Funktion als Oberarzt zu tun hatte.«

»Und wieso haben Sie dann bei Professor Degkwitz, diesem Vaterlandsverräter, promoviert?«

»Der Mann ist ein hervorragender Wissenschaftler. Allein durch seine Masernprophylaxe hat er unzähligen deutschen Kindern das Leben gerettet. Professor Degkwitz ist eine weit über die Landesgrenzen hinaus bekannte Kapazität. Ich fühlte mich geehrt, dass er mir eine Doktorarbeit überlassen hat. Übrigens genau wie meiner Frau, die bei ihm ebenfalls über Impfungen promovierte. Sie wissen ja selbst, wie wichtig ein guter Impfschutz der Bevölkerung ist, oder?«

Werner sagte nichts, sondern musterte Harald mit ernster Miene. Harald hielt Werners Blick stand.

»Sind wir fertig, oder werde ich jetzt verhaftet?«, fragte Harald, nachdem sie sich eine Weile angestarrt hatten.

»Sie sind bemerkenswert, Herr Doktor Thiessen. Entweder sind Sie unschuldig oder besonders gewieft.«

»Oder ein gewiefter Unschuldiger«, erwiderte Harald lächelnd.

»Wir sind fertig, Sie können gehen.«

Harald warf einen Blick auf seine Uhr. »Ist fast Mittag. Darf ich Sie noch zum Essen einladen, Herr Rohrbeck?«

»Vielen Dank, aber ich bin schon verabredet.«

»Mit meinem Schwager? Der hätte bestimmt nichts dagegen, wenn ich mitkäme.«

»Nein, nicht mit Alfred.«

»Vielleicht sollte ich den armen Alfred dann einladen? Was meinen Sie?«

»Das steht Ihnen völlig frei.«

»Wo ist denn sein Büro?«

»Ein Stockwerk tiefer am Ende des Flurs links.«

»Vielen Dank, dann schau ich mal, ob er da ist«, sagte Harald und ging.

Fredi war erleichtert, als Harald fröhlich pfeifend an seiner Tür klopfte und ihn und Lilli zum Essen in ein kleines Lokal einlud, das von den Bombenangriffen wie durch ein Wunder verschont geblieben war. Sie nahmen einen Tisch in einer abgelegenen Ecke, und dann erzählte Harald leise, was passiert war.

»Ich bin beeindruckt«, sagte Fredi. »Du hast ihn genau richtig genommen.«

»Ich hoffe nur, er hat mir die Geschichte wirklich abgekauft. Er ist verdammt clever«, sagte Harald ernst.

»Vielleicht sollte ich Ludwig noch mal ein bisschen ausquetschen«, schlug Lilli vor.

»Solange du keine kleinen SS-Männer mit ihm in die Welt setzt, ist mir alles recht«, sagte Fredi trocken.

»Keine Sorge, Viertelchinesen nehmen sie bei der SS nicht«, erwiderte Lilli schnippisch.

Harald prustete los. »Ich glaube, wir müssen uns eher um Ludwig als um Lilli sorgen. Der ist ihr garantiert nicht gewachsen.«

Fredi und Lilli stimmten in sein Gelächter ein.

Am frühen Nachmittag wurde Fredi von Werner in sein Büro gebeten.

»Dein Schwager hat dir bestimmt erzählt, dass er bei mir war, oder?«

»Ja, wir waren mit Lilli zusammen essen.«

»Traust du ihm?« Werner sah Fredi ernst an.

»Natürlich. Ich kenne ihn seit Jahren. Der lebt für seine Arbeit, und er liebt Ella und Monika über alles.«

Werner nickte langsam. »Ich bin auch geneigt, ihm zu glauben. Aber du solltest vorsichtig sein. Dein Schwager hat mir ein paar interessante Denkanstöße gegeben. Wir müssen aufpassen, nicht in die Schusslinie zu geraten.«

»Wie meinst du das?«

»Es gibt etliche bei der Gestapo, die gern auf meinem Posten säßen. Und da du mein Freund bist, musst du auch aufpassen. Ich meine, du kannst ja nix dafür, dass dein Nachbar ein Hochverräter war, aber ich bin ganz froh, dass der jetzt aus dem Verkehr gezogen wurde.«

»Äh … du meinst Kurt Vorpahl?«

»Ja, der wurde heute hingerichtet. Schöner Trottel. Nach dem Bombardement hatte man ihn vorübergehend freigelassen. Die meisten Politischen haben sich verdrückt, aber der kam brav zurück. Glaubte noch, dass ihm beim Prozess wegen Hochverrats nichts passieren könnte, weil man ihn ja sonst nicht vorübergehend auf freien Fuß gesetzt hätte.«

Fredi schluckte. Verdammt, er hätte Kurt damals nicht einfach so gehen lassen dürfen. Er hätte ihn ins Vertrauen ziehen und ihm die falschen Papiere regelrecht aufdrängen müssen. Aber er hatte es nicht gewagt und bei sich gedacht, dass jeder Mensch für sich selbst verantwortlich ist.

»Also, Alfred, halt die Ohren steif und informiere mich, wenn es da jemanden in deinem Umfeld gibt, der uns beiden gefährlich werden könnte.«

»Natürlich«, sagte Fredi. In diesem Moment war er mehr als froh, dass Lilli jegliche Hemmungen über Bord geworfen hatte, um Ludwig weiter einzuwickeln. Ludwig war bestimmt einer von denen, die heimlich auf Werners Posten scharf waren.

71

Der Sommer 1944 blieb gefährlich für jeden, der sich in irgendeiner Weise regierungskritisch gab. Professor Degkwitz war für seine Äußerungen vom Volksgerichtshof in Berlin zu einer siebenjährigen Zuchthausstrafe verurteilt worden und hatte dabei noch Glück gehabt. Ella erfuhr über mehrere Umwege, dass der Vorsitzende Richter Freisler ihn nur aufgrund seiner besonderen medizinischen Leistungen in der Immunologie mit einer Zuchthausstrafe davonkommen ließ und nicht zum Tode verurteilte.

»Und das nur, weil er der falschen Person sagte, der Krieg sei verloren, nachdem er all die Jahre zuvor damit durchgekommen ist, offen gegen die Regierung zu wettern.« Fredi lachte bitter auf. »Wenn die Gestapo jemals herausfindet, was ich seit Jahren mache, bin ich vermutlich gleich einen Kopf kürzer.«

Am 20. Juli verbreitete das Radio Berichte über ein Attentat auf Hitler, dem der Führer »dank der Vorsehung« entgangen war. Ella wunderte sich, dass dieses Attentat so offen im Rundfunk erwähnt wurde, doch Fredi erklärte ihr, dass es eine nachvollziehbare Taktik sei.

»Das war ein Anschlag aus dem innersten Kreis der Wehrmacht. Hitler musste der Bevölkerung so schnell wie möglich verkünden, dass er noch lebt, ehe die Attentäter behaupten, er sei tot. Zu dumm, dass es nicht geklappt hat.«

Das Attentat auf Hitler hatte zur Folge, dass die Gestapo noch härter durchgriff. Obwohl Hamburg in Trümmern lag, hatte die

Gestapo bereits im Mai angefangen, im Chinesenviertel »aufzuräumen«; im Sommer existierte es nicht mehr, und die meisten Chinesen waren ins KZ Neuengamme verbracht worden. Das wiederum beunruhigte Fredi, denn einige der Inhaftierten wussten von seinen Aktivitäten. Als kurz darauf auch noch die illegale Druckerei aufflog, bekam Fredi einen alarmierenden Anruf von Joseph Kellermann.

»Drei unserer Leute wurden verhaftet«, sagte er. »Zum Glück konnte Müller entkommen, das ist der Einzige, der weiß, dass wir beide mit drinstecken. Aber die drei anderen kennen Paulsen als Kontaktmann. Und wenn die reden, fliegt er auf. Falls die Gestapo ihn sich vornimmt, sind wir alle dran. Paulsen muss verschwinden, der ist nicht zu retten. Wenn der untertaucht, wird man ihn für die undichte Stelle halten. Mit ganz großem Glück können Sie uns vielleicht wie üblich raushalten. Ansonsten … nun ja, das wissen Sie besser als ich.«

Fredi schluckte. »Wann wurden die drei Männer festgenommen?«

»Letzte Nacht. Ich schätze, die werden gerade ordentlich bearbeitet, Alfred, und die Tatsache, dass Sie das noch nicht wissen, verheißt nichts Gutes. Paulsen soll sich sofort nach Bardowick absetzen, ich habe schon einen Boten mit neuen Papieren für ihn hingeschickt. Das waren die letzten, die ich noch hatte. Und ich werde den Teufel tun, noch länger welche drucken zu lassen. Der Krieg ist so gut wie verloren, jetzt ist die Zeit gekommen, in der sich jeder selbst der Nächste ist. Wenn Sie auffliegen, werde ich alles abstreiten.«

»Das weiß ich«, sagte Fredi. »Keine Sorge, ich werde Sie nicht belasten, egal was passiert. Aber dafür müssen Sie sich um Henny und die Kinder kümmern, falls ich mich diesmal nicht rausreden kann.«

Nachdem Joseph aufgelegt hatte, blickte Paulsen, dessen Schreibtisch gegenüberstand, Fredi besorgt an.

»Das war Kellermann«, sagte Fredi und fasste kurz zusammen, was passiert war. »Du musst sofort verschwinden, Ernst. Offiziell bist du in einer Ermittlung, aber fahr gleich nach Bardowick. Pack nichts, verstanden?«

Ernst schluckte. »Aber ... wo soll ich dann hin?«

»Alles ist besser als das KZ oder das Fallbeil«, erwiderte Fredi. »Versuch, irgendwo als Tagelöhner unterzukommen. Wir wissen doch alle, dass der Krieg verloren ist. Wir müssen die letzten Monate überstehen.«

Ernst nickte. »Ist gut, dann will ich mal los.« Er stand auf, wollte gerade nach seinem Hut und Mantel greifen, als Lilli sich aus ihrer Ecke zu Wort meldete: »Warte, Ernst, einen Moment noch. Es könnte für uns von Vorteil sein, wenn wir authentische Briefe von dir haben. Je nachdem, was passiert.«

»Wie meinst du das?«

»Dich können wir nicht mehr schützen, aber wenn Fredi auffliegt, brauchen wir Papiere, die ihn entlasten und jemand anders belasten. Ich denke da an Ludwig. Der ist schon lange auf Werners Stelle aus. Der wird alles tun, um Werners Freunde zu diskreditieren, egal, ob er Beweise hat.«

»Aber der geht doch mit dir regelmäßig aus.«

»Ja, ich bin ja auch unwichtig, aber nett anzusehen.« Lilli holte ein Paar weiße Handschuhe aus der Schublade, zog sie über und nahm dann drei Blätter Schreibmaschinenpapier. »Unterschreib hier unten auf jedem der Blätter«, sagte sie. »Dann kann ich später einen Text verfassen, je nachdem, was wir brauchen.«

Ernst sah sie mit einem anerkennenden Nicken an und unterschrieb. Lilli nahm die Blätter, legte sie in eine dünne Aktenmappe und schob sie in die schmale Ritze unter den Aktenschrank, sodass sie niemand so schnell bei einer Durchsuchung finden konnte.

»Lilli, pass gut auf dich auf«, sagte Ernst und drückte sie einmal fest an sich. Nachdem er sie losgelassen hatte, reichte er Fredi die Hand.

»Alfred, danke für alles. Ich habe oft bedauert, keine Familie zu haben, aber heute bin ich froh, dass ich niemanden zurücklassen muss.«

Fredi hielt seine Hand fest. »Wir werden uns wiedersehen, Ernst. Nach dem Krieg. Und bis dahin bleib gefälligst am Leben!«

Nachdem Ernst gegangen war, sagte Lilli: »Bei derartigen Aktionen der Gestapo ist Ludwig oft der Einsatzleiter. Ich werde ihm mal einen Besuch in seinem Büro abstatten.«

»Ist das nicht zu auffällig?«

»Ich bin eine unwissende Frau, die sich nach ihrem Liebsten sehnt.«

Fredi hob die Brauen. »Nach ihrem Liebsten? Wie nahe steht ihr euch denn?«

Lilli senkte den Blick. »Ich habe es dir nie erzählt, weil es mir unangenehm war, aber … nun ja, kurz nach Haralds Vorladung … hat sich mehr ergeben. Und es war kein Opfer für mich, ganz im Gegenteil. Dieser Mann hat zwei Seiten. Er kann sehr liebevoll sein.«

»Lilli, du hast dich doch nicht etwa in ihn verliebt?«

»Nein, natürlich nicht«, sagte sie. »Glaubst du etwa, eine Frau könnte nur dann Spaß mit einem Mann haben, wenn sie ihn liebt? Ich bin fünfundzwanzig, Fredi. Was denkst du eigentlich von mir? Dass ich immer noch eine keusche Jungfrau bin?«

Fredi starrte sie mit offenem Mund an. »Ähm, ehrlich gesagt …«

»Ist dir eigentlich nie in den Sinn gekommen, dass du die große

Ausnahme bist?« Sie lächelte ihn liebevoll an. »Du hast gleich deine erste große Liebe geheiratet und nie eine andere begehrt. Du bist der anständigste Mann, den ich kenne. Und deshalb werde ich auch alles tun, was notwendig ist, um dich zu schützen. Solltest du verhaftet werden, streite alles ab. Egal, was sie mit dir machen. Erzähl, dass du Ernst nie getraut hast und ihn nur auf Werners Wunsch hin ins Morddezernat übernommen hast. Und außerdem musst du noch über Ludwig schimpfen, weil der mir ständig hinterherläuft, ohne ernste Absichten zu haben. Ich hingegen werde Beweise streuen, dass Ludwig derjenige ist, der mit dem Widerstand zusammenarbeitet. Wenn sie irgendwann Ludwigs Wohnung durchsuchen, werden sie dort belastendes Material finden, das dich entlastet. Ich muss nur noch einen guten Grund finden, Werner zu einer Hausdurchsuchung bei Ludwig zu bewegen.«

»Das ist doch irrsinnig, Lilli. Ludwig wird dem sofort widersprechen, und dann gerätst du in Teufels Küche, weil du die Einzige bist, die das dort verstecken konnte.«

»Das lass mal meine Sorge sein, Fredi. Ich habe mir das alles sehr genau überlegt. Wenn du wirklich verhaftet werden solltest, darfst du unter keinen Umständen gestehen. Du musst den Eindruck erwecken, als hätte Ludwig eine persönliche Fehde mit dir. Um den Rest kümmere ich mich.«

Fredi schluckte. »Lilli …«

»Versuch nicht, mich davon abzubringen!«, unterbrach sie ihn energisch. »Von allen, die mir geblieben sind, stehst du mir am nächsten, seit meine Eltern tot sind und Arthur irgendwo am anderen Ende der Welt. Ich will dich auf keinen Fall verlieren. Um das zu verhindern, werde ich alles tun.«

»Danke«, sagte er leise. »Ich vertraue dir.«

Ludwig saß über einem Stapel von Verhörprotokollen, als Lilli sein Büro betrat. »Oh, störe ich dich?«, fragte sie. »Dann gehe ich wieder.«

»Du störst mich nie.« Ludwig erhob sich und nahm sie in seine Arme.

»Hattest du einen harten Tag?«, fragte sie mit Blick auf die Akten.

»Ja.« Er seufzte.

»Was ist passiert?«

»Darüber darf ich nicht sprechen. Nicht einmal mit dir, mein Schatz.«

»Dann will ich auch nicht weiter in dich dringen.« Sie küsste ihn zärtlich. Er ging nur allzu willig darauf ein. Als er gerade dabei war, die Knöpfe ihrer Bluse zu öffnen, klingelte das Telefon.

»Verdammt, müssen die ständig stören?«, murmelte er und ging ran. Während er zuhörte, wurde sein bis dahin entspanntes Gesicht sehr ernst. »Ich komme sofort.« Er legte auf. »Es tut mir leid, Lilli. Ich werde dringend im Verhörraum erwartet.«

»Ist euch ein dicker Fisch ins Netz gegangen?«

Er lächelte. »Ein sehr dicker Fisch. Der könnte meine Beförderung bedeuten und dann eine Heiratserlaubnis für uns beide.« Er hauchte ihr einen Kuss auf die Wange, und Lilli lief eine Gänsehaut über den Rücken.

72

Fredi war ausgesprochen unruhig, nachdem Lilli zu Ludwig gegangen war. Er hatte geglaubt, sie ganz genau zu kennen, für ihn war sie immer noch seine kleine Cousine, die er bereits als Baby im Arm gehalten hatte. Und jetzt musste er feststellen, dass sie eine erwachsene Frau war, die es mit einer gewieften Spionin aufnehmen konnte. Wann hatte sich die liebenswerte kleine Lilli in diese ausgefuchste, starke Frau verwandelt?

Er kraulte Lora, der auf seiner Stange saß. »Hast du sie so gut gekannt, Lora?«, fragte er.

»Alle Mann an Deck!«, rief der Papagei und entlockte Fredi ein Lächeln.

Die Tür zum Büro öffnete sich, und Lilli kam wieder herein.

»Ludwig wurde gerade in den Verhörraum gerufen und erzählte was von einem dicken Fisch«, sagte sie. »Ich hoffe, die meinen damit nicht Ernst.«

Kurz darauf klopfte es an der Tür, aber es wurde nicht auf das obligatorische »Herein« gewartet. Im nächsten Augenblick standen Ludwig und zwei weitere Gestapo-Beamte im Raum.

»Wo ist Ernst Paulsen?«, fragte Ludwig.

»Der ist im Mordfall Johannson vor Ort, um Anwohner als Zeugen zu vernehmen«, sagte Fredi.

»Wo ist das?«

Fredi nahm eine Akte von Ernsts Schreibtisch.

»Schlegelsweg 5«, las er vor.

»Ihr habt's gehört, Jungs, Schlegelsweg 5.«

Seine Begleiter nickten und gingen.

»Stimmt irgendetwas nicht?«, fragte Fredi.

»Das werden wir sehen«, sagte Ludwig nur und ging ebenfalls.

»Jetzt wissen sie also über Ernst Bescheid«, flüsterte Lilli. »Die Frage ist, ob sie auch dir auf die Spur kommen.«

Kurz vor Feierabend klingelte Fredis Telefon. Werner bat ihn in sein Büro. Fredi atmete tief durch.

»Lilli, pass gut auf dich auf. Egal, was kommt, du weißt von nichts, und ich halte dich aus allem raus.«

»Du weißt auch von nichts«, erwiderte sie. »Denk dran, was wir vorhin besprochen haben. Du kannst dich auf mich verlassen.«

»Ich habe nicht damit gerechnet, dass du mich heute noch sehen willst«, sagte Fredi mit aufgesetzter Munterkeit, als er Werners Büro betrat. »Mit Bier kann ich also nicht dienen. Oder hat Fräulein Fink einen Weg gefunden, uns wieder mit ihrem Kaffee zu verwöhnen?«

Werner erwiderte sein Lächeln nicht. »Setz dich bitte, Alfred.«

»So ernst? Was ist los? Brauchst du meine Hilfe?«

»Es geht um Ernst Paulsen.«

»Stimmt was nicht mit ihm? Ludwig hat vorhin schon nach ihm gefragt.«

»Du hast gesagt, er sei im Schlegelsweg 5.«

»Ja, die Adresse hat er angegeben, als er gegangen ist.«

»Da ist er aber nie gewesen. Meine Männer haben dort nach ihm gesucht.«

»Warum?«

»Ich stelle hier die Fragen, Alfred«, gab Werner barsch zurück.

Verdammt, einen derartigen Ton hatte er ihm gegenüber noch nie angeschlagen.

»Na, dann stell deine Fragen«, sagte Fredi mit erzwungener Ruhe und lehnte sich ein Stück zurück.

»Wusstest du, dass Ernst Paulsen zum Widerstand gehört?«

»Zum Widerstand?«, fragte Fredi bewusst verblüfft.

»Wir haben gestern Nacht eine illegale Druckerei ausgehoben. Da gab es alles, was das Herz begehrt: falsche Ausweise und Reisepässe, gefälschte Bezugsscheine und Lebensmittelkarten. Sie befand sich hinter einer falschen Wand in der offiziellen Druckerei von Karl Müller, einem ehrenwerten Parteimitglied.« Werner spie den Namen verächtlich aus. »Müller ist auf der Flucht, aber wir haben ein paar seiner Komplizen in die Mangel genommen. Und unter dem Einsatz all unserer Überredungskünste haben die zugegeben, dass auch Ernst Paulsen in die Sache verstrickt ist.«

»Das ist ja unfassbar!«

»Nicht wahr?«, sagte Werner. »Es sind aber noch ein paar andere Dinge unfassbar. Der Vermieter der Druckerei ist Joseph Kellermann. Jener Kellermann, der mich damals auf die Spur von Cheng gebracht hat. Du erinnerst dich doch an den Fall, oder?«

»Ja, das ist schon ein paar Jahre her.«

»Nun, ich habe mir mal die alten Akten vorgenommen, und da bin ich in den letzten beiden Stunden auf einige interessante Zusammenhänge gestoßen.«

»Aha.«

»Du fragst gar nicht?« Werner sah Fredi lauernd an.

»Ich gehe davon aus, dass du es mir erklären wirst.«

»Wie du willst. Es fing mit dem Mord an Han Luan an. Der wurde von dem Juden Siegmund Bromberg gefunden. Dessen Verhör hast du zur Chefsache gemacht. Angeblich war Bromberg im Chinesenviertel, um Opium zu kaufen – jedenfalls steht es so in deinem Protokoll. Anschließend hast du ihn entlassen. Bromberg ist noch am selben Tag verschwunden. Wenig später bekam ich einen Tipp von Joseph Kellermann, dass Cheng, die Ratte, einen schwungvollen Handel mit falschen Papieren betreibt. Du erinnerst dich?«

»Ja, du hast mich gefragt, ob Joseph Kellermann vertrauenswürdig ist.«

»Wir haben uns die Schlitzaugen vorgenommen. Aus denen war nichts rauszukriegen, obwohl wir wirklich nicht zimperlich waren.«

»Ich weiß, ihr habt sie totgeprügelt.«

»Schwund gibt es überall«, sagte Werner gleichmütig. »Einer behauptete jedoch, ein hohes Tier bei der Polizei stecke hinter allem. Ich hielt das für Unsinn. Damals hätte ich noch für jeden meiner Männer die Hand ins Feuer gelegt. Tatsächlich hat der Handel mit falschen Papieren nie aufgehört. Die wahren Täter sind nur vorsichtiger geworden. Aber meine Männer sind nicht von gestern. Nachdem sie Paulsen nicht im Schlegelsweg und auch nicht in seiner Wohnung vorfanden, haben sie gezeigt, wozu die Gestapo fähig ist, wenn sie all ihre Möglichkeiten nutzt. Sie haben herausgefunden, dass Paulsen den Frühzug nach Lüneburg genommen hat.«

Fredi erstarrte. Wie um alles in der Welt hatten die das rausgefunden? Mühsam zwang er sich zur Ruhe, denn Werner beobachtete ihn aufmerksam.

»Er ist aber nicht bis Lüneburg gefahren«, fuhr Werner fort. »Er stieg bereits in Bardowick aus. Dort gibt es einen abgelegenen Hof, den Erlenhof. Schon mal davon gehört?«

»Nein.«

»Wirklich nicht? Nun, der Erlenhof ist ein Umschlagplatz für Flüchtlinge und Gesindel. Meine Männer haben Paulsen beim Verlassen des Erlenhofs aufgespürt. Eines muss man Paulsen lassen, der hat nicht eine Sekunde gezögert, auf seine Kollegen zu schießen, um sich den Weg freizukämpfen. Bei den Juden hat dieser Verräter sich zurückgehalten, aber auf anständige Deutsche schießt er.«

»Habt ihr ihn erwischt?«

»Das tut nichts zur Sache, Alfred. Viel interessanter ist, dass uns der Besitzer des Erlenhofs Details über ein geheimes Netzwerk verraten hat. Und angeblich bist du der Dreh- und Angelpunkt!«

Jetzt war es heraus. Fredi holte tief Luft. Seine Gedanken rasten. So fühlte es sich also an, wenn man aufgeflogen war. Ganz gleich, was Lilli versuchen würde, da würde er nicht mehr rauskommen. Andererseits gab es keinen Grund, seine Schuld einzugestehen. Er wusste, dass Werner ein Meister des Bluffs war. Und es gab ein Detail, das auf einen Bluff hindeutete. Der Besitzer des Erlenhofs war ein seniler alter Mann, der seit einem Jahr in einer Landespflegeanstalt lebte. Die Kontaktperson war seine Tochter. Außerdem hatte Werner nicht auf seine Frage geantwortet, ob sie Ernst erwischt hätten. Dieses Ausweichen konnte Taktik sein oder aber der Verunsicherung dienen, weil er letztlich nur Vermutungen hatte, aber keine Beweise. Was hatte Rudi ihm einst darüber erzählt, was er seinen Klienten als Anwalt raten würde? Ein Täter solle alles abstreiten, solange ihm das Geständnis nicht mehr Vorteile brachte als das Leugnen. Seine Situation mochte ausweglos sein, aber so einfach würde er es Werner nicht machen.

»Das ist Unfug«, sagte er. »Ich habe keine Ahnung, was das soll. Du kennst mich seit Jahren, Werner. Ich war dir immer ein guter Freund und habe dich schon aus einigen Schwierigkeiten rausgehauen. Warum sollte ich so etwas tun? Welchen Vorteil hätte ich davon?«

»Versuch nicht, dich rauszureden. Die Beweislast ist erdrückend.«

»Dann zeig mir die Beweise! Dieser komische Erlenhofbauer soll mir das selbst ins Gesicht sagen. Ich weiß nicht, was das für ein Spielchen ist, Werner. Wenn das ein Scherz sein soll, ist der nicht sehr lustig.«

»Ich gebe dir eine letzte Gelegenheit, die Sache ehrenvoll zu regeln, Alfred, auch im Sinne deiner Frau und Kinder und weil wir einmal Freunde waren.« Werner griff in seine Schreibtischschublade und legte eine Pistole auf den Tisch.

»Wenn du dich jetzt erschießt, erhält Henny die volle Pension. Wenn du als Hochverräter zum Tode verurteilt wirst, bekommen sie gar nichts.«

73

Nachdem Fredi zu Werner gegangen war, hatte Lilli schnell ihre Sachen gepackt und die Mappe mit den blanko unterschriebenen Briefbögen unter dem Schrank hervorgeholt. Sie ließ sie in ihrer Tasche verschwinden und verließ mit Lora eiligst die Dienststelle. Im Schrebergarten angekommen, nahm sie Henny sofort zur Seite und erzählte ihr hastig, was passiert war, solange die Kinder draußen spielten. Außerdem berichtete sie von ihrem Plan, im Fall des Falles Fredis Unschuld zu beweisen.

Henny nahm die Nachricht erstaunlich gefasst auf, vielleicht auch deshalb, weil es noch keine offizielle Bestätigung für Fredis Verhaftung gab. Noch konnte es sich Lilli zufolge lediglich um Anschuldigungen handeln.

»Ich brauche eine Reiseschreibmaschine«, schloss Lilli ihren Bericht. »Kennst du jemanden, der mir eine leihen kann?«

»Ist es zu gefährlich, das im Büro zu tippen?«, fragte Henny.

»Ja, die Forensik ist sehr gut, die können anhand der Anschläge erkennen, auf welchem Modell ein Brief geschrieben wurde.«

»Ich werde mich darum kümmern«, versprach Henny. »Glaubst du wirklich, dass Fredi verhaftet wurde?«

»Das weiß ich nicht. Ich bin gegangen, nachdem Werner ihn zu sich gerufen hat. Vielleicht ist es ja ganz harmlos.«

Henny nickte, aber ihrem Blick war anzusehen, dass sie daran genauso wenig glaubte wie Lilli.

Fredis Herz raste, als er auf die Waffe vor sich blickte. War das ein Test? Wollte Werner sehen, ob er es ernsthaft in Erwägung zog? Nur kurz zögerte, um seine Schuld einzugestehen?

»Du bist ja verrückt geworden!«, sagte er und zwang sich zur Ruhe. »Das geht wirklich zu weit, Werner.«

»Und du verkennst den Ernst deiner Lage, Alfred. Nun gut, ich wollte dir die Möglichkeit geben, die Sache auf anständige Weise zu regeln. Aber wenn du mein Angebot ablehnst, hast du die Konsequenzen zu tragen.«

»Ich habe nichts Unrechtes getan!«

»Du hast mich jahrelang belogen!«, brüllte Werner. »Wie gut doch alles zusammenpasst. Du musst mich ja für einen Riesenidioten gehalten haben, der nicht durchschaut, wie er benutzt wird.«

»Ich habe keine Ahnung, wer dir das alles eingeredet hat, Werner. Ich war immer loyal. Hast du einen einzigen dieser Zeugen persönlich befragt? Oder wer hat es dir zugetragen? Du solltest dir lieber mal überlegen, wer einen Vorteil davon hätte, einen Keil zwischen uns zu treiben. Du konntest dich immer auf mich verlassen, ich habe immer dafür gesorgt, dass dir keiner an den Karren fahren kann.«

»Hör auf mit dem Geschwätz!«, schrie Werner. »Ich habe mich lang genug von dir um den Finger wickeln lassen. Aber damit ist jetzt Schluss. Jetzt lernst du die Härte der Gestapo kennen, und ich bin mir ziemlich sicher, dass du spätestens morgen früh dein Geständnis unterschreibst!«

»Dazu hast du kein Recht!«, brüllte Fredi zurück. »Ich bin immer noch Polizeibeamter. Ich habe ein Recht auf eine ordnungsgemäße Ermittlung, denn die wird meine Unschuld bestätigen! Du kannst mich nicht einfach deinen Folterknechten ausliefern! Damit überschreitest du deine Kompetenzen. Ich bin kein rechtloser Jude!«

»Du hast überhaupt keine Rechte mehr! Wer einen Freund hintergeht, hat jede Härte verdient! Ich bin so verdammt enttäuscht von dir. Immerhin wirst du jetzt wenigstens noch als abschreckendes Beispiel dienen!«

Einen Moment lang verspürte Fredi den übermächtigen Drang, sich einfach die Pistole zu greifen, die vor ihm lag, und Werner zu erschießen. Aber er wusste, dass man sich dann an Henny und den Kindern rächen würde. Stattdessen blieb er regungslos sitzen, als Werner nach dem Telefon griff, zwei Beamte herbeirief und ihnen beim Betreten des Büros erklärte, dass Oberkommissar Studt wegen Hochverrats festzunehmen sei. Am meisten erschütterte Fredi die Tatsache, dass sie der Anweisung, ohne zu zögern, folgten und diesen Befehl überhaupt nicht infrage stellten.

»Du machst einen Fehler, Werner«, sagte er, als die Männer ihm die Hände auf den Rücken bogen und ihm Handschellen anlegten. »Einen verdammt großen Fehler. Ich bin unschuldig.«

»Schafft ihn fort«, sagte Werner kalt. »Und spätestens morgen Mittag erwarte ich sein Geständnis.«

Die Verhörräume im Ziviljustizgebäude waren nicht ganz so einschüchternd wie im Stadthaus, aber Fredi wusste, dass auch hier schon Männer zu Tode gekommen waren. Vor allem, wenn Ludwig Ehlers im Dienst war. Und genau der erwartete ihn schon mit einem höhnischen Grinsen.

»Oberkommissar Alfred Studt, welch eine Ehre.«

»Und was soll das jetzt werden?« Fredi bemühte sich, ruhig zu bleiben, obwohl ihm das Herz längst in die Hose gerutscht war. Aber das würde er Ludwig nicht zeigen. Er würde Lilli vertrauen. Sie war eine starke Frau.

»Ich werde dich jetzt in die Hohe Schule des effizienten Verhörs einführen«, erwiderte Ludwig, noch immer grinsend. »Weißt du, Alfred, die Kunst besteht ja nicht darin, Leute einfach zu Tode zu prügeln. Das mag bei Juden wirken, aber Leute wie du brauchen eine speziellere Behandlung.« Er wies auf einen Haken in der Decke und gab den beiden Männern, die Fredi hergebracht hatten, einen Wink. Einer befestigte ein Seil an dem Haken, während der Zweite das andere Ende an Fredis Handschellen band.

»Die effektivste Form, intelligente Männer zum Geständnis zu bringen, besteht darin, ihnen Zeit zum Nachdenken zu geben«, sagte Ludwig. Dann befahl er den Männern, den Strick anzuziehen, sodass Fredis Arme hinter seinem Rücken nach oben gezogen wurden. Es war schmerzhaft, aber solange er mit beiden Füßen fest auf dem Boden stand, ließ es sich aushalten.

»Solange du stehen bleibst, wird dir nicht viel passieren«, sagte Ludwig. »Wir sehen uns morgen früh wieder. Mal sehen, ob deine Gelenke dann noch in ihren Pfannen sind.«

Fredi schluckte.

»Ich wünsche dir eine angenehme Nacht.« Ludwig lachte. »Jungs, vergesst nicht, das Licht auszumachen. Wir müssen schließlich Strom sparen.«

Die Männer stimmten in sein Gelächter ein, dann verließen sie die Zelle und schlossen die Tür. Im nächsten Moment verlosch das Licht, und Fredi stand allein in völliger Dunkelheit.

Henny hatte noch am selben Abend von einem Nachbarn eine Schreibmaschine geliehen. Es war erstaunlich, was die Leute nach der Ausbombung alles in ihren Schrebergärten vorrätig hatten. Dieter Burgdorf, der die Schrebergartenparzelle direkt am Bootssteg bewohnte, war ein ehemaliger Journalist, der nach der Machtergreifung der Nazis als einer der Ersten unter dem SA-Terror gelitten hatte. Sie hatten ihm wegen seiner Artikel beide Hände gebrochen, und seitdem hatte Burgdorf nicht mehr gewagt, irgendetwas zu veröffentlichen. Stattdessen war er bis zu seiner Pensionierung vor zwei Jahren als Pförtner im Redaktionshaus tätig gewesen. Aber von seiner Schreibmaschine hatte er sich nie getrennt, und als Henny ihm anbot, im Gegenzug einen seiner alten Anzüge aufzuarbeiten, lieh er sie ihr gern.

Nachdem das erledigt war, ging Henny zur Telefonzelle am Kleinbahnhof, um in Fredis Büro anzurufen. Als dort niemand ranging, rief sie Werner an.

»Rohrbeck«, hörte sie seine Stimme.

»Henny hier. Ist Alfred bei dir? Ich habe ihn gerade im Büro angerufen, aber da ging niemand ran. Lilli sagte, er sei noch zu dir gegangen, kurz bevor sie Feierabend gemacht hat. Wir warten mit dem Abendessen.«

Sie hörte, wie Werner sich räusperte. »Fangt schon an, er wird heute Nacht nicht kommen.«

»Wieso nicht?«

»Wir arbeiten an einem wichtigen Fall.«

»Ist er bei dir? Kannst du ihn mir mal eben kurz an den Apparat geben?«

»Tut mir leid, Henny, er ist nicht hier. Er ist beschäftigt.«

»Und womit?«

»Darüber darf ich dir keine Auskünfte geben.«

»Das passt doch gar nicht zu Alfred. Wenn er die ganze Nacht arbeiten müsste, hätte er beim Krämer angerufen, damit der den Botenjungen zu uns schickt. Sag mir auf der Stelle die Wahrheit, Werner!«

»Tut mir leid, Henny, es geht um geheime Staatsangelegenheiten, darüber kann ich dir nichts sagen. Und nun entschuldige mich bitte, ich habe noch zu tun.« Er legte auf.

»Das bestätigt meinen Verdacht«, sagte Lilli, als Henny ihr von dem Gespräch erzählte. »Die haben ihn festgenommen.

Dann müssen wir uns jetzt schleunigst daranmachen, Ludwig alles in die Schuhe zu schieben.«

»Und wie?«

»Zuerst einmal werde ich ein paar belastende Dokumente erstellen. Und morgen verbringe ich die Nacht bei Ludwig, um sie in seiner Wohnung zu platzieren.«

»Und wenn Ludwig dich dabei ertappt?«

»Mein Plan ist todsicher, Henny.«

Lillis entschlossener Blick ließ Henny erschauern, aber sie hütete sich, weitere Fragen zu stellen.

74

In der völligen Dunkelheit verlor Fredi bald jedes Zeitgefühl. Vor etlichen Jahren hatte er mal gewettet, dass er gelenkig genug wäre, seine mit Handschellen auf den Rücken gefesselten Hände über den Leib nach vorn zu ziehen. Die Kameraden hatten gejohlt und ihn angefeuert. Werner hatte die Zeit gestoppt. Zweiundachtzig Sekunden hatte er gebraucht und war für alle der Held gewesen.

Doch als er jetzt versuchte, die Schultermuskeln anzuspannen, um sich etwas zu drehen, spürte er sofort einen grauenvollen Schmerz in den Gelenken, so heftig, dass ihm die Luft wegblieb. Er hing hier im wahrsten Sinne des Wortes hilflos herum. Wenn Henny ihn fragen würde, wo er die Nacht über gewesen war, könnte er einfach sagen: »Ich habe bei der Gestapo rumgehangen.« Bei diesem Gedanken musste er auf einmal irrsinnig lachen. Fühlte es sich so an, wenn man den Verstand verlor? Henny, seine geliebte Henny, und die Kinder. Ob Werner die Tatsache, dass er sich nicht zur Wehr gesetzt hatte, wenigstens so weit schätzte, um seine Familie zu schützen? Oder hatte er sämtliche Gnade bereits verspielt, als er sich nicht erschossen hatte? Bei diesem Gedanken fraß sich die Furcht in seine Eingeweide, so scharf und grausam, dass er es nur aushielt, indem er an seinen Fesseln rüttelte, bis der Schmerz in den Schultergelenken unerträglich wurde. Denn dadurch konnte er auf das wohltuende Gefühl warten, wenn der Schmerz nachließ; einen kurzen Moment erleben, in dem alles gut war, bevor ihn die Furcht erneut packte. Ja, vermutlich fühlte es sich genauso an, wenn man verrückt wurde, doch er wusste nicht, was er dagegen tun konnte. Irgendwann in dieser Nacht zerfaserten seine Gedanken, verloren sich in der Dunkelheit, und er döste ein. Er merkte es erst, als sich der Strick anspannte und seine Arme schmerzhaft nach hinten bog. Unwillkürlich straffte er die schmerzenden Beine, um nicht zu stürzen. Seine Zunge klebte trocken am Gaumen, er war so durstig, dass er sogar das Wasser von den feuchten Wänden geleckt hätte. Irgendwo hörte er es tröpfeln, floss hier Wasser? Erneut ein scharfer Schmerz in den Schultern. Verdammt, er war schon wieder eingedöst, und die Wände waren knochentrocken!

Fredi hatte kein Gefühl mehr dafür, wie oft er inzwischen eingenickt und unsanft durch den Ruck des Seils geweckt worden war, als das elektrische Licht aufflammte. Er blinzelte.

Ludwig stand mit Gerd Malthus vor ihm, einem neunzehnjährigen Anwärter, der erst vor zwei Monaten die Schule verlassen hatte.

»Guten Morgen«, rief Ludwig fröhlich. »Na, wie geht es dir?«

»Willst du deinem Aspiranten heute was beibringen?«, fragte Fredi und bemühte sich, seine Angst zu überspielen.

Ein feines Lächeln zog sich über Ludwigs Gesicht, als er sich Gerd zuwandte. »Hier siehst du einen wirklich harten Hund. Oberkommissar Studt galt lange Zeit als Vorbild für uns alle. Er war viermal Hamburger Polizeimeister im unbewaffneten Nahkampf. Er ist kommissarischer Leiter der Mordkommission und stand kurz davor, zum Hauptkommissar befördert zu werden, um dauerhaft die Leitung der Mordkommission zu übernehmen. Dummerweise hat er Juden und Verrätern mit gefälschten Papieren zur Flucht verholfen.«

»Das ist gelogen!«, schrie Fredi. »Ich bin unschuldig, und das weißt du ganz genau!«

»Wie ich sehe, hast du es geschafft, die ganze Nacht mit den Füßen auf dem Boden zu bleiben, Alfred. Nun, dann möchten deine armen Füße jetzt bestimmt etwas Entlastung haben, oder? Gerd, zieh ihn etwas höher.«

Der Ruck kam so plötzlich, dass Fredi laut aufschrie, als sich seine Schultern schmerzhaft überdehnten. Einen Moment lang glaubte er tatsächlich, die Arme würden ihm aus den Schultergelenken gerissen.

»Gerd, weißt du, was der Unterschied zwischen einem Juden und einem Verräter aus den eigenen Reihen ist?«, fragte Ludwig.

»Der Verräter aus den eigenen Reihen ist noch verdorbener?«

»Ja, aber das meinte ich nicht. Oberkommissar Studt ist offiziell immer noch einer von uns. Und wir brauchen ein schriftliches Geständnis, um den Sack zuzumachen. Leider ist das scharfe Verhör bei Kollegen nicht vorgesehen. Der Dienstweg und so, du verstehst? Deshalb ist in so einem Fall auf ein unversehrtes Gesicht zu achten. Hier geht es um die wissenschaftliche Präzision beim Einsatz von Schmerzen als kleine Motivationshilfe zur Wahrheitsfindung.« Ludwig machte eine demonstrative Pause, dann sah er Fredi an, der mit verdrehten Armen hilflos vor ihm in der Luft baumelte. »Was ist, Alfred? Möchtest du dein Geständnis jetzt unterschreiben, um dir weitere Unannehmlichkeiten zu ersparen?«

»Ich habe nichts zu gestehen«, schrie Fredi. »Ich bin unschuldig!«

»Aha«, sagte Ludwig nur. »Gerd, bring mir die Nummer fünf.«

Der junge Mann verließ die Zelle, kam kurz darauf mit einem unterarmdicken Knüppel zurück und reichte ihn Ludwig.

»Nummeriert ihr eure Folterwerkzeuge jetzt schon durch?«,

keuchte Fredi. Er hatte noch nie jemanden so sehr gehasst wie Ludwig, und dieser Hass half ihm, seine erbärmliche Angst zu unterdrücken. Hass war ein mächtiger Verbündeter.

»Zu einer guten Verhörtechnik gehört auch eine umfassende Kenntnis der menschlichen Anatomie«, sagte Ludwig zu Gerd und wog den Knüppel in seiner Hand. »Die Nummer fünf hat verschiedene Einsatzmöglichkeiten. Sie eignet sich besonders gut für das hier!«

Er schlug Fredi so heftig gegen den Brustkorb, dass ihm die Luft wegblieb und er an dem Seil rotierte. Gleichzeitig spürte er einen unmenschlichen Schmerz in der linken Schulter, dermaßen stark, dass er nur noch schreien konnte, um daran nicht zu ersticken. Ludwig dozierte unbeeindruckt weiter. »Durch den Schlag an dieser Stelle kam es zu einer Drehung, die zum Auskugeln der linken Schulter führte. Weißt du, warum links?«

»Damit er mit rechts noch sein Geständnis unterschreiben kann?«

»Sehr gut, Gerd. Ich sehe, du lernst schnell.«

Fredi schrie noch immer, er konnte einfach nicht aufhören, sein ganzer Körper bestand nur noch aus Schmerz.

»Lass ihn runter, bis er sich etwas beruhigt hat«, sagte Ludwig. »Dieses Gebrüll ist ja nicht auszuhalten.«

Der Strick löste sich ganz plötzlich. Wegen seiner auf den Rücken gefesselten Hände konnte Fredi den Sturz nicht abfangen und landete direkt auf der ausgerenkten Schulter. Der Schmerz trieb ihm die Tränen in die Augen, ließ ihn heulen wie ein kleines Kind.

Ludwig zerrte ihn brutal auf die Füße. »Oh, hat das wehgetan? Weint Mamas Bübchen jetzt etwa?«

Fredi biss sich auf die Lippen, konnte aber nicht verhindern, dass ihm die Tränen weiter über die Wangen liefen.

»Gerd, die nächste Lektion besteht darin, das, was man kaputt gemacht hat, wieder heil zu machen. Nimm ihm die Handschellen ab.«

Kaum hatte Gerd den Befehl ausgeführt, stieß Ludwig Fredi erneut zu Boden, packte seinen ausgerenkten Arm, setzte ihm einen Fuß in den Rücken und zerrte so kräftig an seinem Arm, dass Fredi erneut aufschrie und schwarze Funken vor den Augen sah. Ein hässliches Knirschen verriet, dass das Gelenk in die Pfanne zurückschnappte.

»So renkt man das wieder ein. Vielleicht nicht formschön, aber ausreichend. Jetzt kannst du ihm die Handschellen wieder anlegen.«

Fredi hatte keine Kraft mehr, sich auch nur zu rühren. Der Hass auf Ludwig war völlig der Angst vor weiterem Schmerz gewichen. Vor allem, als Ludwig sagte: »Wir machen das jetzt noch mal von Anfang an, Gerd. Diesmal bist du dran.«

»Warte!«, brüllte Fredi voller Panik.

»Oh, willst du dein Geständnis schon unterschreiben? Das würde Gerd aber enttäuschen, der soll heute doch noch was lernen.«

»Ich will mit Werner reden, sofort.«

»Sturmbannführer Rohrbeck hat im Augenblick keine Zeit.«

»Ich werde nichts unterschreiben, ehe ich nicht mit Werner geredet habe!«

»Sehr gut, dann kann Gerd so lange an dir üben.« Ludwig grinste. »Weißt du, das scharfe Verhör ist eine Kunst für sich. Du kannst es nur beenden, wenn du genau das tust, was wir wollen.«

»Bitte, lass mich mit Werner reden. Bitte!«, flehte Fredi und schämte sich zugleich, dass er so tief gesunken war, sich aufs Betteln zu verlegen, obwohl er genau wusste, dass es nichts nützte.

»Zieh ihn hoch«, sagte Ludwig kalt. »Gerd, nimm die Nummer fünf, und dann schlägst du genau an der Stelle zu, wo ich es dir gezeigt habe.«

Fredi schrie schon, bevor Gerd zuschlug.

75

Für Lilli war es der schlimmste Tag ihres Lebens, schlimmer noch als der, an dem sie ihre Eltern verloren hatte. Sie hatte Lora bei Henny gelassen und ging scheinbar ganz normal zur Arbeit. Natürlich war Fredi nicht im Büro. Immerhin gab es keine Anzeichen, dass jemand ihr Büro durchsucht hatte. Sie schob die Mappe mit den gefälschten Briefen, an denen sie die ganze letzte Nacht gearbeitet hatte, unter den Aktenschrank, dann ging sie in Ludwigs Büro. Er war nicht da. Lillis Herz schlug schneller. Vielleicht war das ein Wink des Schicksals, genau das, was sie brauchte, um die letzte Entscheidung zu treffen. Wenn sie in seinem Schreibtisch tatsächlich das fand, was sie dort vermutete, dann gäbe es keine Entschuldigung mehr, ihren Plan nicht umzusetzen. Die Schublade war abgeschlossen, aber sie wusste, dass Ludwig die Schlüssel in der Bleistiftschale verwahrte. Hastig schloss sie die Schublade auf. Ihr Blick fiel auf eine kleine, silberne Dose, die sie an eine Schnupftabaksdose erinnerte. War darin das, was sie suchte? Sie zog ein Taschentuch hervor, um keine Fingerabdrücke auf der Dose zu hinterlassen, nahm sie heraus und öffnete sie behutsam. Tatsächlich, da lag sie, die kleine, gläserne Kapsel. Fredi hatte ihr so etwas schon einmal gezeigt, um ihr den Wahnwitz der Gestapo zu erklären. »Jetzt verteilen die schon Zyankalikapseln an ihre Leute, damit die sich im Fall einer Gefangennahme umbringen können«, hatte er gesagt. »Die haben sie doch nicht mehr alle.«

Lilli wickelte die Kapsel in ihr Taschentuch und steckte sie in die kleine Tasche ihres Rocks. Die leere Dose legte sie zurück und verschloss die Schublade wieder. Im Büro nebenan arbeitete Lutz

Briegel, Ludwigs Stellvertreter. Als sie ihn nach Ludwig fragte, blickte er nicht mal von seinen Akten auf. »Der ist mit Gerd im Keller. Er will dem Welpen was beibringen.«

»Und was?«

»Keine Ahnung.«

»Kannst du ihm ausrichten, dass er sich bei mir melden soll, wenn er wieder da ist?«

»Ja, ja.« Lutz nickte geistesabwesend.

Lilli lächelte zufrieden. Es hatte durchaus seine Vorteile, wenn man zu unbedeutend war, um auch nur eines Blickes gewürdigt zu werden.

Gerd war ein gelehriger Schüler, auch wenn er mit der Nummer fünf dreimal zuschlagen musste, bevor Fredis linker Arm erneut auskugelte. Diesmal verlor Fredi vor Schmerzen kurzfristig das Bewusstsein. Mit dem Einrenken der Schulter wartete sein Peiniger, bis er wieder wach war. Aber auch darin war Gerd ungeschickt, sodass Ludwig nach zwei erfolglosen Versuchen seines Schülers selbst Hand anlegen musste.

»Möchtest du jetzt dein Geständnis unterschreiben?«, fragte Ludwig. »Ich meine, solange du die Hände noch frei hast?« Er wedelte mit den Handschellen. Fredi kauerte am Boden, war nicht mehr in der Lage, auch nur ein Wort zu sagen. Den linken Arm hatte er mit der rechten Hand an sich gezogen. Irgendetwas war schiefgegangen, er konnte ihn nach den fehlgeschlagenen Einrenkversuchen nicht mehr bewegen. Zudem hatte er Schmerzen beim Einatmen. Er war sich ziemlich sicher, dass mindestens eine seiner Rippen gebrochen war.

»Ich zähle jetzt bis drei, Alfred. Wenn du bis dahin nicht geantwortet hast, darf Gerd zeigen, dass er es dieses Mal besser macht. Eins …«

Fredi starrte Ludwig panisch an.

»Ich muss mit Werner reden«, brachte er stockend hervor.

»Das ist nicht das, was ich hören will. Zwei …«

»Bitte, lass mich … mit Werner reden. Es ist wichtig.«

»Du kannst mir alles sagen, was du ihm sagen würdest. Drei.«

»Bitte, Ludwig, sag Werner, dass ich ihn sprechen muss. Es ist wichtig. Ich … kann das nur Werner sagen. Ich darf nicht … zu anderen darüber sprechen.«

»Du willst also nicht unterschreiben? Gut. Gerd, leg ihm die Handschellen wieder an.«

Fredi schrie auf, als Gerd ihm die Arme auf den Rücken bog. Er war nur noch ein Bündel aus Schmerz, nicht in der Lage, sich im Mindesten zu wehren. Auch nicht, als sie die Handschellen wieder mit dem Strick an dem Haken befestigten.

»Nein, bitte nicht, tu es nicht!«, schrie Fredi. »Ich darf es dir nicht sagen, auch wenn du mich totprügelst. Ich muss Werner sprechen!«

Zu seiner großen Erleichterung ließen sie ihn einfach so stehen, wie in der furchtbaren Nacht, die hinter ihm lag.

»Du willst mit Werner reden? Gut, ich frage ihn, ob er Zeit hat. Gerd und ich genießen inzwischen unser wohlverdientes Mittagessen. Gerd, vergiss nicht, das Licht auszumachen.«

Fredi zitterte am ganzen Leib, konnte sich kaum noch auf den Beinen halten, aber die Furcht vor dem Schmerz, wenn er zusammenbrach, war so groß, dass er seinen geschundenen Leib zum Gehorsam zwang. Und zum ersten Mal fragte er sich, ob er aus diesem Keller wohl jemals lebend herauskommen würde.

Irgendwann flackerte das Licht wieder auf, und die Tür wurde geöffnet. Werner stand vor ihm.

»Du wolltest mich sprechen?«, sagte er.

»Werner«, presste Fredi stockend hervor. »Ich bitte … dich als dein Freund, mir … ein ordentliches Ermittlungsverfahren … zu gewähren. Ich bin unschuldig.«

»Auf jeden Fall bist du sehr zäh. Ich hatte erwartet, schon jetzt dein Geständnis auf meinem Schreibtisch zu haben.«

»Ich kann nichts gestehen … weil ich … unschuldig bin. Zieh das … doch wenigstens in Erwägung. Werner, ich war immer … dein Freund. Weißt du noch, wie ich dich aus der Sache mit … dem alten Juden rausgehauen habe? Damals … hast du gesagt, ich hätte … was gut bei dir. Ich habe nie irgendeinen Gefallen eingefordert. Und auch jetzt … bitte ich dich nur um ein vorschriftsmäßiges Ermittlungsverfahren.«

»Die Beweise sprechen dich schuldig!«

»Was hast du dann zu verlieren, wenn … du ein ordentliches Verfahren zulässt? Sag mir, Werner, hat Ludwig dir das vorgeschlagen? Der ist doch schon lange … hinter meiner Cousine her … und weiß, dass ich dagegen bin. Sie kann ja nichts dafür … dass ihre Mutter Chinesin war.« Fredi keuchte immer heftiger, weil ihn das Sprechen so sehr anstrengte. »Aber Ludwig ist bei der SS, das darf nichts Ernstes werden«, fuhr er fort. »Und außerdem hat er …«, Fredi hustete, »… schnell Karriere gemacht. Wenn er dich … dazu bringt, die Vorschriften zu missachten, dann … trägst du die Verantwortung, wenn ich sterbe. Und ich bin unschuldig. Was … glaubst du, wer von dem Skandal profitiert und … wer dann seinen Posten räumen muss?«

Werner sah ihn nur schweigend an.

»Bitte, Werner, ich verlange doch nichts Unrechtes von dir. Lass mich ins … Untersuchungsgefängnis überstellen. Bitte, ich flehe dich an. Tu mir nur diesen einen Gefallen … unserer einstigen Freundschaft zuliebe.«

»Ich werde darüber nachdenken.« Werner schickte sich an zu gehen.

»Werner, bitte, geh jetzt nicht«, bettelte Fredi. »Lass mich hier nicht so stehen. Wenn du noch einen letzten Funken Anstand hast, dann binde mich los. Ich habe schon kein Gefühl mehr im linken Arm. Weißt du, wie oft sie ihn mir ausgekugelt haben?«

»Dieses Gejammer hätte ich von dir wirklich nicht erwartet, Alfred«, sagte Werner hart. Dennoch löste er den Strick, mit dem Fredis Arme nach oben gezogen wurden.

»Und die Handschellen?«, flehte Fredi. »Bitte, Werner.«

»Dann sind wir aber quitt«, sagte Werner. »Los, dreh dich um.«

Fredi gehorchte und spürte, wie Werner ihm die Handschellen abnahm.

»Ich habe seit gestern Mittag nichts mehr getrunken«, sagte er. »Könntest du …«

»Nein!«, schnitt Werner ihm barsch das Wort ab. »Ich bin dir schon weit genug entgegengekommen. Sei damit zufrieden, dass Ludwig dich heute nicht mehr aufsucht.« Mit diesen Worten verließ Werner die Zelle und schloss die Tür. Immerhin ließ er das Licht brennen. Fredi kauerte sich in einer Ecke, von der aus er die Tür im Blick hatte, auf den Boden. Endlich konnte er sowohl seinen Arm schonen als auch seine Füße entlasten. Doch der brennende Durst blieb.

Kurz nach eins erschien Ludwig in Lillis Büro. »Ich habe gehört, du hast mich gesucht, mein Schatz?« Er nahm sie zur Begrüßung in die Arme.

»Ja, ich dachte, ich sollte es ausnutzen, dass Alfred dienstlich unterwegs ist. Er ist gestern nicht nach Hause gekommen, und Werner macht so ein großes Geheimnis aus allem. Weißt du irgendetwas?«

»Er ist beschäftigt, aber das hat für mich auch Vorteile.« Er gab Lilli einen zärtlichen Kuss. »Werner hat mir für den Nachmittag freigegeben, und da dein Chef heute ja auch keine Sekretärin braucht, können wir beide uns einen gemütlichen Nachmittag und einen noch gemütlicheren Abend machen.«

»Etwa bei dir, du Schwerenöter?« Sie lächelte ihn an.

»Wo denn sonst?«

»Na, dann packe ich mal eben zusammen. Treffen wir uns am Ausgang?«

Ludwig nickte und ging. Noch während Lilli die verräterischen Briefe einsteckte, fragte sie sich, ob es eine Falle war. Sie war immerhin Fredis Cousine. Womöglich stand sie ebenfalls unter Verdacht, da ihr niemand offiziell sagte, wo Fredi war. Wenn man sie durchsuchte und die Briefe bei ihr fand, war alles verloren. Andererseits wäre auch alles verloren, wenn sie jetzt kein Risiko einging. Es gab keine einfachen Lösungen mehr. Zum Glück bestätigte sich ihre Sorge nicht. Ludwig erwartete sie bereits in Hut und Mantel. Wenn man ihn so sah, einen attraktiven Mann von einunddreißig Jahren, blondes Haar, blaue Augen und ein freundliches Gesicht, hätte man nicht glauben mögen, welcher Tätigkeit er nachging.

»Wo hast du eigentlich deinen Papagei gelassen?«, fragte er, während sie Hand in Hand in Richtung seiner Wohnung gingen.

»Er war heute Morgen außer Rand und Band und hat nur gekreischt. Da habe ich ihn bei Henny gelassen.«

Ludwigs Wohnung lag im vornehmen Harvestehude und gehörte zu den wenigen Gebäuden, die den Feuersturm unbeschadet überstanden hatten. Als Lilli die Wohnung das erste Mal betreten hatte, war sie erstaunt gewesen, wie groß und elegant sie war. Es überraschte sie, dass man bei der Gestapo so gut verdiente. Aber dann verriet Ludwig ihr, er habe die Wohnung samt Inventar für einen symbolischen Preis bekommen, nachdem die jüdischen Eigentümer deportiert worden waren.

»Was möchtest du trinken?«, fragte er, während er ihr aus dem Mantel half. »Ich habe gestern echten Bohnenkaffee bekommen, Tee gibt's natürlich auch und heute Abend sogar etwas Champagner.«

»Champagner?« Lilli starrte ihn erstaunt an. »Wo hast du den nur aufgetrieben?«

»Für besondere Anlässe ist mir nichts zu teuer. Und du bist ein besonderer Anlass.«

Lilli war perplex. Was war denn in Ludwig gefahren? »Ich nehme erst einmal einen Kaffee«, sagte sie rasch. »Soll ich ihn kochen?«

»Nein, das mache ich heute für dich.« Er lächelte sie liebevoll an.

Verdammt, warum musste er sich ausgerechnet in diesem Moment wieder von seiner besten Seite zeigen: liebevoll, zuvorkommend, charmant. All das, wovon Frauen träumten – wenn man davon absah, dass er als Verhörspezialist bei der Gestapo arbeitete. Das Faszinierende an Ludwig schien Lilli sein Talent zur vollständigen Abspaltung. Er hatte nicht einmal ein nennenswertes Problem mit der chinesischen Abstammung ihrer Mutter, und seit er wusste, dass die SS sogar muslimische Mitglieder im Balkan rekrutierte, waren auch die letzten Bedenken ausgeräumt. »Wenn diese Muselgermanen gut genug sind, bist du es erst recht«, hatte er zu Lilli gesagt und damals zum ersten Mal das Wort Heirat in den Mund genommen. Das war kurz nachdem sie das erste Mal mit ihm geschlafen hatte.

»Und warum keine blonde, blauäugige Schönheit?«, hatte sie gefragt.

»Weil du das Beste aus zwei edlen Rassen vereinst«, hatte er geantwortet. »Unsere Kinder wären perfekt, und sobald ich in den Rang aufgestiegen bin, der mir zusteht, werden das auch die anderen aus unserer Truppe begreifen.« Damals hatte er erstmalig Andeutungen gemacht, dass er auf Werners Posten aus sei, denn Werner sei schwach und leicht beeinflussbar. Er hatte sich auch verächtlich über Fredi ausgelassen, vielleicht um zu testen, wie sie zu ihrem Cousin stand. Lilli hatte in die Kerbe hineingeschlagen und ihm vorgelogen, dass Fredi sie nur bei der Polizei untergebracht habe, um sich Vorteile bei seinen Ermittlungen im Chinesenviertel zu verschaffen und weil er glaubte, dass sie als Chinesenmischling niemals einen Mann zum Heiraten finden würde. Ludwig hatte ihr das sofort geglaubt. »Eines Tages gebe ich dir genau den Platz, der einer edlen Frau wie dir gebührt.« Sein Faible für pathetisches Geschwafel hätte sie amüsiert, wenn sie nicht genau gewusst hätte, dass es für die Ideologie stand, der er anhing.

Nachdem Ludwig den Kaffee gekocht und in teuren chinesischen Porzellantassen serviert hatte, die eigentlich für Tee vorgesehen waren und noch von den Vorbesitzern stammten, sagte er: »Eigentlich wollte ich bis heute Abend warten, aber ich bin einfach zu ungeduldig.«

»So?« Sie trank einen Schluck Kaffee und dachte an die Zyankalikapsel in ihrer Rocktasche.

Ludwig holte eine kleine Schachtel hervor, öffnete sie und hielt Lilli einen funkelnden Brillantring entgegen.

»Lilli Westphal, ich frage dich hier und heute, willst du meine Frau werden?«

Lilli erstarrte. Meinte er das wirklich ernst? Hatte sie ihre Rolle so überzeugend gespielt, oder war er kränker im Kopf, als sie gedacht hatte?

»Ist das dein Ernst?«, brachte sie stockend hervor. »Aber … du bist doch bei der SS, und ich …«

»Das habe ich alles geklärt. Sobald ich nachweisen kann, dass Sturmbannführer Rohrbeck für seine Position ungeeignet ist und du dich ebenfalls loyal auf meine Seite gegen die Volksverräter gestellt hast, bekomme ich die Erlaubnis.«

»Welche Verräter?«, fragte Lilli, obwohl sie die Antwort kannte.

»Du hast dich doch gefragt, wo dein widerlicher Cousin seit gestern ist. Er ist der Verräter.«

»Was? Aber … nein, so etwas würde er nie tun. Er ist überzeugter Nationalsozialist, dem Führer treu ergeben und Werners bester Freund.«

Ludwig lächelte sie nachsichtig an. »Lilli, ich mache dir keinen Vorwurf daraus, dass du nichts gemerkt hast. Nicht mal Werner hat was mitbekommen, sondern ihn in Schutz genommen, bis die Beweise erdrückend wurden.«

»Was genau soll er denn gemacht haben?«, fragte Lilli.

»Er hat Juden und Verbrechern falsche Papiere besorgt und ihnen beim Untertauchen geholfen. Das ist aufgeflogen, als wir vorletzte Nacht eine Fälscherwerkstatt ausgehoben haben.«

»Ist Alfred jetzt im Untersuchungsgefängnis?«

»Nee, wir brauchen erst ein Geständnis. Damit ist das Urteil eine reine Formsache. Bei Volksverrätern machen die Gerichte keine halben Sachen, das geht im Eilverfahren. Eigentlich hätte ich ihn heute schon so weit gehabt, da fehlte nicht mehr viel. Aber er hat so rumgewinselt, dass er unbedingt Werner sprechen wolle, weil er ihm etwas Wichtiges sagen müsse, dass ich nachgegeben habe. Ich hatte ja Gerd dabei, und es ist wichtig, dass der lernt, nichts hinter dem Rücken eines Vorgesetzten zu machen. Am Ende wird man es sowieso Werner anlasten, dass er diesen Judas so lange an seiner Brust genährt hat. Beim nächsten noch so kleinen Fehler ist Werner weg vom Fenster, und dann kommt meine große Zeit.«

»Deine große Zeit«, wiederholte Lilli und bemühte sich, Bewunderung zu heucheln, obwohl sie kurz davor war, sich zu übergeben. »Natürlich tut es mir leid für Fredis Frau und Kinder, aber du hast recht, Ludwig. Es gibt keine Entschuldigung für Verrat.« Sie nahm die geöffnete Schachtel mit dem Ring und hielt sie ihm entgegen. »Du musst ihn mir anstecken.«

»Dann nimmst du meinen Antrag also an?«

»Aber ja, Ludwig. Einen Mann, der bereit ist, für seine Liebe so viele Schwierigkeiten zu überwinden wie du, findet man selten.« Lilli strahlte ihn an. »Du bist so wundervoll romantisch. Ich kann mir nichts Schöneres vorstellen, als mit dir den Bund fürs Leben zu schließen.«

»Lilli Westphal«, sagte er feierlich, »mit diesem Ring verspreche ich dir die Ehe.« Er steckte ihn ihr an den Finger. Dann wollte er sie an sich ziehen und küssen, doch Lilli entwand sich seinen Armen.

»Warte noch. Ist dies nicht der Moment, mit Champagner anzustoßen? Ich werde ihn eben holen.«

»Willst du den etwa im Bett trinken?«

»Warum nicht?«, sagte Lilli und warf ihm einen lasziven Blick zu. »Du kannst ja schon mal ins Schlafzimmer gehen. Ich bin gleich bei dir.«

Als sie in der Küche stand, musste sie mehrmals tief durchatmen. Das durfte doch nicht wahr sein. Wie konnte jemand nur zwei so ungleiche Gesichter haben? Erst folterte er ihren Cousin, und dann versprach er ihr gefühlvoll die Ehe. Bevor sie den Champagner öffnete, zog sie die Zyankalikapsel hervor, zerbrach sie über einem Champagnerglas und ließ ihren Inhalt hineinrieseln, dann wickelte sie die Glasreste wieder in ihr Taschentuch.

Als der Champagnerkorken knallte, war Ludwigs Schicksal besiegelt. Lilli dachte bei sich, wie pervers es doch war, dass sie dazu gezwungen war, ausgerechnet den ersten Mann, der ihr einen Heiratsantrag gemacht hatte, zu vergiften.

»Hier kommt der Champagner«, sagte sie und war froh, dass Ludwig noch nicht nackt im Bett lag, sondern ihr in der Tür entgegenkam. Es wäre sehr mühselig gewesen, die Leiche wieder anzuziehen. »Ich habe leider etwas gekleckert, deshalb sind die Gläser nicht voll.«

Lillis Herz schlug schneller, als sie mit Ludwig anstieß und er sein Glas leerte. »Der schmeckt aber komisch«, sagte er.

»So?«, fragte Lilli und nahm ihm das leere Glas aus der Hand. »Ich kann das nicht beurteilen, ich habe noch nie Champagner getrunken.«

Im nächsten Moment fing Ludwig an zu röcheln.

»Hast du dich verschluckt?«, fragte sie scheinheilig.

Ludwig keuchte nur und brach in die Knie. Sein Gesicht lief blau an, Schaum trat aus seinem Mund, dann wurde er von Zuckungen geschüttelt. Lilli fühlte sich wie aus der Zeit gefallen, betrachtete wie in Trance den Sterbenden zu ihren Füßen. *Ich habe das getan*, durchfuhr es sie. *Jetzt bin ich eine Mörderin.* Doch trotz dieser Erkenntnis verspürte sie keine Schuldgefühle. Es war die einzige Möglichkeit, Fredi zu retten. Sie waren im Krieg. Im Krieg wurde getötet. Warum sollte es ihr besser gehen als all den Männern, die man dazu zwang, tagtäglich ihre Mitmenschen zu erschießen? Und warum sollte sie sich schlechter fühlen als die Bomberpiloten, die Hunderttausende von Unschuldigen töteten? Ludwig hatte den Tod verdient, er war ein Schwein. Und doch spürte sie einen Anflug von Trauer, als er da so völlig regungslos vor ihren Füßen lag. Auf einmal musste sie an all die schönen Erlebnisse mit ihm denken. Ihr gegenüber hatte er stets nur seine freundliche, weiche Seite gezeigt. Hätte sie seine andere Seite, die des grausamen Gestapo-Mannes, nicht gekannt, dann wäre sie heute die glücklichste Frau der Welt gewesen. Dann hätte sie seinen Ring voller Stolz getragen …

Sie wollte den Ring gerade vom Finger ziehen, als ihr eine Idee kam. Dieser unerwartete Heiratsantrag machte alles viel leichter. Sie durfte jetzt nur keinen Fehler machen. Vorsichtig zog sie ihr Taschentuch mit den Splittern der Zyankalikapsel hervor und schüttete sie ihm in den Mund. Dann wusch sie sein Champagnerglas ab, damit keine Reste des Giftes im Glas nachweisbar waren, stellte es zurück zu ihrem halb vollen Glas und schüttete etwas Champagner hinein. Jetzt würde es so aussehen, als hätte man kurz zuvor noch gefeiert. Sie zog ihre weißen Handschuhe an und holte die belastenden Unterlagen hervor. Dann drückte sie Ludwigs Finger auf die Briefe und verteilte sie in der Wohnung. Sie achtete auch darauf, dass die Briefbögen Faltknicke hatten, damit es so aussah, als hätte man sie aus einem Briefumschlag genommen. Es durfte nicht der Hauch eines Zweifels an Ludwigs Selbstmord aufkommen. Wie gut, dass sie die Arbeit der Mordkommission in- und auswendig kannte. Nachdem sie mit allem fertig war, verließ sie die Wohnung und ging schnurstracks zurück zur Polizeidienststelle. Das letzte Stück rannte sie, damit sie außer Atem geriet. Als sie das Gebäude betrat, zwang sie sich, noch einmal an den Tod ihrer Eltern zu denken, an all das Schreckliche der letzten Jahre, bis sie ihre Tränen nicht mehr zurückhalten konnte. Völlig aufgelöst stand sie schließlich vor Werners Sekretärin Fräulein Fink im Schreibbüro.

»Lilli, um Gottes willen, was ist passiert?«, fragte die Sekretärin.

»Elfriede, es ist so schrecklich«, weinte Lilli. »Dabei hätte es doch der schönste Tag in meinem Leben sein sollen.« Sie hielt die Hand mit dem Brillantring hoch. »Ludwig hat mir einen Antrag gemacht, und ich war so glücklich. Aber dann … Ach, hätte er das doch bloß nicht getan. Wie konnte er nur.«

»Hat er dir wehgetan?« Fräulein Fink nahm Lilli in den Arm.

»Nein, nicht so«, schluchzte Lilli. »Er hat gesagt … Er hat gesagt, wenn ich jetzt seine Frau werde, müsste ich alles mit ihm teilen, und er wird keine Geheimnisse mehr vor mir haben. Und dann … Dann hat er gesagt, dass er im Widerstand ist.« Lilli spielte einen weiteren Weinkrampf vor.

»Was? Ludwig ist im Widerstand?«

»Ja, er meinte, er wolle ehrlich sein, mein Cousin sei ein Nazischwein und habe mich nie gut behandelt. Und das würde er ändern. Und er habe schon ganz vielen Juden geholfen, und dass er sich freue, jetzt all das Alfred anzuhängen. Ich … Ich dachte erst, er macht einen schlechten Witz, aber dann … Dann hat er mir einen Brief von Ernst Paulsen gezeigt, den er letzte Nacht noch von einem Boten bekommen hat. Ich … Du kannst dir das nicht vorstellen … Ich war einfach fassungslos, und dann habe ich ihm gesagt, dass ich ihn nicht heiraten kann. Auch wenn ich wegen meiner chinesischen Mutter nicht arisch bin, war ich immer mit ganzem Herzen eine Deutsche. Wie kann er es wagen, unser Volk zu verraten und obendrein meinen Cousin zu beschuldigen? Was für ein mieses Schwein! Und ich habe gedacht, ich würde ihn lieben. Er sagte, wenn ich ihn jetzt verließe, würde er sich umbringen, und dann sei ich schuld an seinem Tod. Ich bin so schnell rausgelaufen, ich habe nicht mal mehr daran gedacht, ihm den Ring vor die Füße zu werfen. Elfriede, was soll ich bloß machen?«

»Nun beruhige dich erst mal und trockne deine Tränen. Ich werde Rohrbeck Bescheid sagen, dann kann er jemanden zu Ludwigs Wohnung schicken und nach dem Rechten sehen.«

»Ja, und die sollen ihm auch gleich den Ring wieder geben.« Lilli zog ihn vom Finger. »Wie konnte dieser Mann mich nur so beschmutzen? Aber ich habe ja selbst Schuld. Es hätte mich misstrauisch machen sollen, dass sich ein SS-Mann so für ein

Mischblut wie mich interessiert. So jemanden hätte ich doch nie für mich gewinnen können.«

»Du bist wunderschön, Lilli, und du hättest jeden Mann verdient, den du dir aussuchst. Und nun wartest du hier, und ich kümmere mich um alles Weitere.«

76

Fredi kauerte noch immer in der Ecke, in die er sich verkrochen hatte, nachdem Werner seine Fesseln gelöst hatte. Obwohl er zu Tode erschöpft war, kam er nicht zur Ruhe. Es quälten ihn nicht nur die Angst und die Schmerzen, sondern vor allem der brennende Durst. Immer wieder hörte er Wasser an den Wänden hinabrinnen, aber wenn er danach tastete, war da nichts. Er begriff, dass er kurz eingenickt sein musste und nicht mehr in der Lage war, zwischen Traum und Wachen zu unterscheiden. Anfangs hatte er es für eine Gnade gehalten, dass Werner das Licht nicht ausgeschaltet hatte, aber inzwischen war er sich da nicht mehr so sicher. Die kahle Glühbirne, die von der Decke baumelte, blendete ihn, gab ihm das Gefühl, unter einer heißen Wüstensonne zu verbrennen. Er hatte sich mit dem Rücken an die Wand gelehnt, die Beine eng angewinkelt an den Körper gezogen und seinen nutzlosen linken Arm in Schonhaltung zwischen den Oberschenkeln und seinem Leib eingeklemmt, damit er nicht schlaff herunterhing.

Das Quietschen der Zellentür ließ ihn aus seinem Dämmer aufschrecken. Werner betrat den Raum in Begleitung von zwei Beamten. Fredi begann zu zittern. Noch einmal würde er diese Tortur nicht ertragen. Alles war besser, sogar der Tod.

Werner ging vor ihm in die Hocke und hielt ihm etwas entgegen. Erst auf den zweiten Blick erkannte Fredi, dass es eine Wasserflasche war. Er griff danach, doch seine Hand zitterte zu stark, um sie zu halten.

»Kannst du die linke Hand nicht zu Hilfe nehmen?«, fragte

Werner mit erstaunlich mitfühlender Stimme. Was war das nun schon wieder für ein Trick? Stumm schüttelte Fredi den Kopf. Werner half ihm, die Flasche an die Lippen zu setzen. Gierig trank Fredi das Wasser, immer in Sorge, Werner würde ihm die Flasche wieder wegreißen, nur um ihn zu quälen. Doch Werner hielt sie geduldig fest, bis Fredis größter Durst gelöscht und die Flasche fast leer war.

»Kannst du aufstehen?«, fragte Werner dann.

Fredi hörte die Worte, aber ihr Sinn erschloss sich ihm nicht.

»Wir bringen dich ins Krankenhaus«, sagte Werner. »Kannst du allein aufstehen, oder brauchst du Hilfe?«

Fredi starrte Werner weiter schweigend an. Werner erhob sich und wandte sich an seine Begleiter. »Los, helft ihm mal. Aber seid vorsichtig mit seinem linken Arm.«

Zu Fredis Verstand drang nur das Wort »linker Arm« vor. Noch bevor die Männer ihn richtig berührt hatten, schrie er bereits.

»Lasst ihn«, sagte Werner und ging wieder vor Fredi in die Hocke.

»Alfred, jetzt hör mir gut zu. Ich weiß, dass du die Wahrheit gesagt hast. Ludwig war der Verräter. Genau, wie du es vermutet hattest. Aber Ludwig ist tot, er hat sich umgebracht, als alles ans Licht kam. Und ich will, dass du jetzt ins Krankenhaus gebracht wirst. Keiner wird dir mehr was tun. Hast du das verstanden?«

Fredi brauchte einen Moment, um die Worte auf sich wirken zu lassen.

»Ludwig ist tot?«

»Ja.«

»Wie … Wieso hat er sich umgebracht?«

»Das erzähle ich dir später. Aber du kannst stolz auf Lilli sein, die hat sich von dem Volksverräter nicht um den Finger wickeln lassen. Als es darauf ankam, hat sie wie eine aufrechte Volksgenossin gehandelt.«

»Und … das ist wirklich wahr?«

»Ja. Sollen wir dir jetzt beim Aufstehen helfen? Vor der Tür wartet ein Krankenwagen auf dich.«

Fredi nickte und wehrte sich nicht, als man ihm vorsichtig auf die Füße half, obwohl er immer noch befürchtete, dass es lediglich eine List war, das Vorspiel zu neuer Qual. Andererseits hätten sie das nicht nötig gehabt. Jeder sah, dass er am Ende war.

Der Krankenwagen brachte ihn tatsächlich ins Universitätskrankenhaus. Doktor Vierat übernahm den angekündigten »Unfall«.

»Sie sind doch der Sohn von Schwester Martha und der Bruder von Frau Doktor Thiessen, nicht wahr?«, fragte der Chirurg zur Begrüßung. Fredi nickte stumm. Er saß auf der Untersuchungsliege im Notfallzimmer und hatte große Schwierigkeiten, sich zu konzentrieren. War das jetzt real oder wieder nur ein Traum?

»Was für einen Unfall hatten Sie denn?«

»Arbeitsunfall«, sagte Fredi leise.

»Ja, das habe ich mir gedacht, aber …« Doktor Vierats Blick fiel auf Fredis wund gescheuerte, blutunterlaufene Handgelenke. »Was genau ist Ihnen passiert?«, fragte er erschüttert.

»Arbeitsunfall der Gestapo«, erwiderte Fredi. »Man hat mich verwechselt.«

Doktor Vierat schluckte, sagte aber nichts weiter.

Die Röntgenuntersuchungen ergaben neben zwei gebrochenen Rippen eine Fraktur der Schultergelenkspfanne. Durch die stümperhaften Einrenkversuche war ein Knochensplitter zwischen den Sehnen eingeklemmt.

»Das müssen wir operieren«, sagte Doktor Vierat, nachdem er die Röntgenbilder betrachtet hatte. »Andernfalls bleibt der Arm steif.«

»Wird er nach der Operation wieder wie früher?«, fragte Fredi unsicher.

»Das bleibt abzuwarten. Sie sind ein sportlicher Mann, mit Krankengymnastik ist da viel zu machen. Es wird aber dauern. Möchten Sie, dass ich Ihre Schwester informiere?«

»Sagen Sie ihr bitte nur, dass es mir gut geht und ich jetzt meinen Schlaf brauche.« Er atmete schwer. »Ich will im Moment nicht reden. Ich … brauche Zeit.«

Doktor Vierat nickte verständnisvoll. »Was ist mit Ihrer Frau?«

»Die darf jederzeit kommen, genau wie meine Cousine Fräulein Westphal.«

»Ist gut, ich werde einen Vermerk hinterlassen.«

Henny und Lilli besuchten ihn noch am gleichen Abend.

»Ich bin so froh, dass du noch lebst!«, flüsterte Henny. »Du glaubst nicht, was für eine Angst ich hatte.«

»Doch«, erwiderte Fredi. »Die Angst um jemanden, den man liebt, ist das Schlimmste.« Dann sah er Lilli an. »Das war nicht leicht für dich.«

»Nein«, sagte sie leise. »Aber notwendig.«

»Dafür werde ich dir ewig dankbar sein. Ohne dich wäre ich tot oder auf dem Weg zum Schafott.«

»Auch ich werde dir das nie vergessen, Lilli. Du bist die stärkste und mutigste Frau, die ich kenne«, sagte Henny. Dann sah sie Fredi an. »Was sagen wir den Kindern?«

»Dass ich einen Unfall hatte.«

»Und deinen Eltern?«

»Wissen sie es noch nicht?«

»Nein, wir wollten erst mit dir reden. Wir haben nur gesagt, dass du dir ein paar Knochen gebrochen hast, aber nicht in Lebensgefahr bist. Deine Eltern wollen dich morgen nach der Operation besuchen.«

»Meine Mutter ist nicht blind. Die weiß sofort Bescheid, genauso wie Doktor Vierat.« Er hob seine rechte Hand und wies auf die Spuren, die die Handschellen an seinem Gelenk hinterlassen hatten. »Lilli, am besten wäre es, du erklärst ihr noch heute alles. Und solltest du Ella bei ihr treffen, sag ihr bitte, dass sie mich nicht ausfragen soll, wenn sie mich besucht. Sie meint das ja immer gut, aber … ich will es einfach vergessen.«

Er war erleichtert, als Lilli verständnisvoll nickte, denn das ersparte es ihm, ihr und Henny zu erklären, warum er nicht darüber sprechen konnte. Jedes Mal, wenn er die Augen schloss, waren die Bilder wieder da, befand er sich wieder in dieser verdammten Zelle, hilflos ausgeliefert, unfähig, sich zu wehren. All die Ängste, von denen er vom Verstand her wusste, dass sie überstanden waren, kehrten dann zu ihm zurück. Und genauso war es, wenn ihn jemand darauf ansprach. Er hatte große Angst, vollständig zusammenzubrechen. Ausgerechnet jetzt, wo er das Schlimmste doch überstanden hatte.

»Soll ich deiner Mutter auch das mit Ludwig erzählen?«, fragte Lilli.

»Nein, das bleibt unser Geheimnis.«

Lilli schluckte. »Du fürchtest, sie würde es mir nie verzeihen?«

»Nein, sie würde dir sagen, dass es richtig war. Aber es würde sie traurig machen, dass wir zum Überleben zu den gleichen Mitteln greifen mussten wie jene, die wir verachten.«

»Werner hat mir übrigens einen großen Präsentkorb mit Lebensmitteln und Genesungswünschen geschickt«, sagte Henny. »Ich könnte kotzen über so viel Scheinheiligkeit!«

»Er weiß genau, warum«, sagte Fredi. »Er hätte mich niemals foltern lassen dürfen, sondern mir als Polizeibeamten ein ordnungsgemäßes Ermittlungsverfahren gewähren müssen. Wenn ich deswegen jetzt meinerseits eine interne Ermittlung gegen ihn fordere, verliert er seinen Posten. Das will er natürlich mit allen Mitteln verhindern.«

»Und gehst du darauf ein?«, fragte Lilli.

»Nein. Ich werde den Mistkerl fertigmachen!«

77

Fredi musste zwei Wochen im Krankenhaus bleiben. Er war froh, dass Werner darauf verzichtete, ihn zu besuchen, obwohl er anscheinend bei den Kollegen gesammelt hatte, denn er bekam eine von allen unterschriebene Genesungskarte und Blumen, was er besonders verlogen fand. Als seine Mutter die Karte bei einem ihrer Besuche sah, wäre sie fast vor Wut explodiert.

»Wollen die das jetzt einfach als Unfall abtun?«, schimpfte sie. »Und wir sollen stillhalten?«

»Nein, Mama«, erwiderte Fredi. »Er wird seine gerechte Strafe kriegen. Dafür werde ich sorgen, sobald ich entlassen bin.«

»Aber bring dich nicht wieder in Gefahr, Fredi«, flehte sie ihn an. »Es war schlimm genug, was Lilli tun musste.«

Fredi zog erstaunt die Brauen hoch. »Hat sie es dir erzählt?«

Seine Mutter schüttelte den Kopf. »Nein. Ich mag zwar alt sein, aber ich bin nicht senil. So ein Schwein bringt sich doch nicht selbst um. Es war völlig richtig, da etwas nachzuhelfen.«

»Das sagst du, die du dein Leben lang immer nur Menschen gerettet hast?«

»Ja. Gerade deshalb. Dieser Kerl hat unzählige Menschen auf dem Gewissen. Beinahe auch dich. Ich bin stolz auf dich, Fredi. Und ich bin stolz auf Lilli, auf Ella und Henny und Harald und alle meine Lieben.«

»Was ist mit Rudi?«

Martha seufzte. »Ich liebe Rudi. Aber ich weiß nicht, wo er jetzt ist und ob er Dinge tut, auf die wir stolz sein können.«

»Er fehlt dir trotz allem.«

»Ja«, bestätigte sie. »Und als vierfacher Vater weißt du, dass dir auch jedes einzelne deiner Kinder fehlen würde, wenn es am anderen Ende der Welt wäre. Rudi hat es uns nie leicht gemacht, aber ohne ihn wäre diese Familie nicht das, was sie ist.«

»Stimmt«, sagte Fredi nachdenklich. »Ohne ihn wäre ich nie in die NSDAP eingetreten, und möglicherweise wären einige Menschen nicht mehr am Leben, denen ich gerade deshalb helfen konnte. Du kannst also auch stolz auf Rudi sein.«

»Wo wir gerade von abwesenden Familienmitgliedern sprechen, Lilli hat gestern einen Brief von Arthur bekommen, der laut Poststempel mehr als sechs Monate unterwegs war. Arthur lebt jetzt in einem Ort namens Shimabara in Japan.« Martha atmete tief durch. »Ich befürchte, vor Ende dieses Krieges werden wir nichts mehr von ihm hören.«

»Immerhin lebt er und hat es hinbekommen, nicht eingezogen zu werden. Das ist das Wichtigste«, sagte Fredi. »Nach allem, was wir in den letzten Jahren überstanden haben, werden wir auch diesen Krieg überstehen und all die wiedersehen, die uns geblieben sind.«

Obwohl Fredi nach seiner Entlassung noch krankgeschrieben war, besuchte er die Kollegen in der Dienststelle, um sich offiziell für die Blumen und die Karte zu bedanken. Außerdem hatte man ihm schriftlich mitgeteilt, dass seine Beförderung zum Hauptkommissar zum 1. September 1944 erfolgt war. Vermutlich war die vorgezogene Ernennung auch als Entschuldigung für das zu werten, was man ihm angetan hatte.

Nachdem Fredi zunächst die Kollegen, die ihm wirklich etwas bedeuteten, in ihren Büros besucht hatte, ging er zu Werner.

»Alfred, das ist ja eine Überraschung!«, rief Werner überschwänglich. Mit Blick auf den Verband, in dem Fredi seinen linken Arm noch immer angewinkelt vor der Brust ruhigstellen musste, fragte er: »Wie geht es dir? Ich habe gehört, du wurdest operiert. Wird die Schulter wieder gut?«

»Das wissen wir frühestens in vier Wochen, wenn ich den Arm langsam wieder belasten darf«, sagte Fredi. »Man hat mich allerdings schon darauf vorbereitet, dass ich vermutlich eine leichte Bewegungseinschränkung zurückbehalten werde.«

Werner räusperte sich verlegen. »Setz dich doch.«

Fredi folgte der Aufforderung. Dann sah er Werner schweigend an.

»Ähm ...«, sagte Werner, nachdem sie sich einige Zeit angeschwiegen hatten. »Ich nehme an, du weißt, wie leid mir das alles tut, oder? Ich meine, als ich erfuhr, was Ludwig getan hat, habe ich ja sofort alles in die Wege geleitet, dich ins Krankenhaus zu schaffen.«

Fredi lehnte sich auf seinem Stuhl zurück und sah Werner weiter schweigend an. Er genoss es, wie der immer unruhiger wurde.

»Es tut mir in der Seele weh, dass ich dir damals nicht geglaubt habe, Alfred. Du ahnst nicht, wie sehr ich es bedaure.«

»Nun«, sagte Fredi schließlich, »immerhin habe ich an dem Tag gelernt, dass ich mich in den vergangenen achtzehn Jahren einer Illusion hingegeben habe. Ich dachte nämlich, wir beide gehen gemeinsam durch dick und dünn und würden immer, unter allen Umständen, für den anderen einstehen. Denn genau das ist es doch, was Freundschaft ausmacht, Werner. Das Vertrauen ineinander.«

Werner senkte den Blick. »Ich weiß«, sagte er beschämt.

»Warum, Werner?«, fragte Fredi ernst. »Warum hast du das getan? Ich hätte es verstanden, wenn du mich festgenommen und ins Untersuchungsgefängnis überstellt hättest. Das wäre deine Pflicht gewesen, auch einem Freund gegenüber. Aber es wäre auch deine Pflicht gewesen, mir ein ordentliches Ermittlungsverfahren zu gewähren. Nicht nur als Freund, sondern auch als verantwortlicher Polizeibeamter. Erklär mir, warum du das nicht getan hast. Sag mir, warum du mich Ludwig ausgeliefert hast, damit dieses Schwein mich so lange foltert, bis ich alles sage, was er hören will. Ich habe dich als Freund angefleht, Werner.«

»Verdammt, was willst du denn noch von mir hören, Alfred?«, schrie Werner verzweifelt. »Ich kann nicht mehr sagen, als dass es mir leidtut!«

»Ich will von dir wissen, warum du mich deinen Folterknechten ausgeliefert hast, damit ich das sage, was Ludwig hören will, anstatt wie ein guter Polizist nach der Wahrheit zu suchen. Ich will wissen, was ich dir jemals getan habe, was ein solches Verhalten rechtfertigt. Ich will wissen, warum mein bester Freund mich verraten hat. Warum er all unsere wunderbaren gemeinsamen Erinnerungen in den Dreck getreten hat.«

»Ich … verdammt, Alfred, ich war so verdammt enttäuscht vor dir, als Ludwig mir all die vermeintlichen Beweise vorgelegt hat. Und ja, ich wollte, dass du dafür leidest! Weil ich glaubte, dass du meine Freundschaft verraten hättest. Nach dem Tod von Hannelore und den Kindern, da warst du der Letzte, der mir geblieben ist. Und dann höre ich, dass du mich nur benutzt hast, über all die Jahre!«

»Du gibst also zu, dass du seit dem Tod von Hannelore und den Kindern psychisch labil bist?«, fragte Fredi lauernd.

»Wie bitte?«

»Nun, Werner, ich weiß ja nicht, was du von mir erwartest. Aber du hast eben sehr schön erklärt, wie man sich fühlt, wenn man von seinem besten Freund verraten wird. Allerdings hätte ein starker Mann trotz seiner Wut und Enttäuschung erst einmal die Fakten geordnet. Aber du, du hast dich von einem Volksverräter manipulieren lassen. Stell dir mal vor, ich hätte schon nach dem ersten Mal, als sie mir den Arm ausgekugelt haben, vor lauter Schmerz ein falsches Geständnis unterschrieben. Dann wäre ich unschuldig als Hochverräter hingerichtet worden, und Ludwig hätte dafür gesorgt, dass du beim nächsten Fehler, den er dir mit Sicherheit untergejubelt hätte, deinen Posten für ihn räumen musst. Und in der Folge wäre ein Widerständler der stellvertretende Chef der Hamburger Gestapo geworden! Werner, du bist ein Sicherheitsrisiko für unser Volk. Du verdienst diesen Posten nicht. Du hast mich auf bestialische Weise foltern lassen. Selbst für das Lösen der unmenschlichen Fesselung musste ich dich daran erinnern, dass du mir noch einen Gefallen schuldig bist. Und deshalb kann ich dich nie wieder als meinen Freund betrachten. Du warst für mich nicht da, als ich dich am dringendsten brauchte. Doch viel schlimmer ist, dass du labil und manipulierbar bist. Seit dem Tod deiner Familie bist du nicht wiederzuerkennen. Du kannst nicht mehr zwischen Freund und Feind unterscheiden. Genau aus dem Grund werde ich eine interne Ermittlung fordern, mit dem Ziel, dich abzusetzen. Wenn ich mit dir fertig bin, dann werden sie dich aufgrund meiner Aussage in ein Sanatorium schicken. Eine Funktion bei der Gestapo oder überhaupt nur bei der Polizei, und sei es, um den Verkehr zu regeln, wirst du nie wieder kriegen!«

»Alfred, das kannst du nicht machen!«

»Natürlich kann ich das, Werner! Und ich werde es tun. Es sei denn …«

»Es sei denn, was?« Werners Augen leuchteten hoffnungsvoll auf.

Fredi stand auf, beugte sich über Werners Schreibtisch, öffnete die Schublade, zog die Pistole heraus und legte sie auf den Tisch.

»Ich erweise dir den gleichen Freundschaftsdienst, den du mir erweisen wolltest. Hannelore und die Kinder warten schon auf dich.«

Fredi verließ Werners Büro, ohne sich noch einmal umzusehen. Er war erst ein paar Schritte weit gekommen, als er einen Schuss hörte. Sofort flogen die Türen sämtlicher Büros auf, und mehrere Beamte stürzten alarmiert auf den Flur. Unter ihnen Ludwigs Aspirant Gerd. Als Fredi ihn erkannte, packte er Gerd mit seiner gesunden Rechten beim Handgelenk.

»Herr Malthus, das ist ja eine Überraschung.«

»Oberkommissar Studt?«, rief Gerd erschrocken. »Ich dachte … Sie sind noch …«

»Das heißt Herr Hauptkommissar!«, donnerte Fredi den jungen Mann an. »Welch eine Fügung des Schicksals, dass ich Sie heute hier treffe.«

Gerd schluckte. »Ich … Ich habe nur meine Pflicht getan.«

»Ihre Pflicht wäre ordnungsgemäße Polizeiarbeit gewesen! Leute so lange zu foltern, bis die alles sagen, was man hören will, gehört nicht dazu! Ich bin noch vier Wochen krankgeschrieben. Wenn ich wieder da bin, haben Sie Ihre Kündigung eingereicht. Ich will Sie nie wieder bei der Polizei sehen. Andernfalls werden Sie herausfinden, warum Sturmbannführer Rohrbeck sich soeben lieber erschossen hat, anstatt sich meinem Zorn auszusetzen!«

Gerd schluckte. »Jawohl, Herr Hauptkommissar. Ich … werde mich noch heute freiwillig an die Front melden.«

»Sehr gut.« Fredi ließ ihn los.

Auf dem Weg nach Hause erfasste ihn eine seltsame Mischung aus Befriedigung und Trauer. Alle, die ihm das angetan hatten, waren zur Verantwortung gezogen worden, aber dennoch hatte er etwas verloren. Werner war nie wirklich sein Freund gewesen. Aber manchmal, wie bei den Feiern nach den Polizeimeisterschaftskämpfen, da hatten sie gemeinsam viel Spaß gehabt, und in diesen alten Tagen, da war Werner für einige Momente wirklich das gewesen, was einem besten Freund am nächsten kam.

78

Je deutlicher sich abzeichnete, dass der Krieg nicht mehr zu gewinnen war, desto unberechenbarer wurde die Regierung. Die alte Ordnung zerbröckelte, und es wurde immer härter durchgegriffen. Anfang Januar 1945 häuften sich die Berichte über standrechtliche Erschießungen von Deserteuren. Hinzu kamen Geschichten von Flüchtlingen aus dem Osten, die von schrecklichen Übergriffen der Roten Armee auf die Zivilbevölkerung erzählten.

Obwohl Martha das Kriegsende herbeisehnte, fürchtete sie sich auch davor. Zu gut hatte sie die schwere Zeit nach dem Ende des letzten Krieges in Erinnerung. Aber damals war nicht das gesamte Land zerstört, und es gab nach der Ausrufung der Republik Hoffnung auf eine bessere Zukunft. Was würde ihnen jetzt bleiben? Würde Deutschland überhaupt weiter als Land existieren oder komplett zerstückelt werden?

Noch besorgter war sie angesichts der Tatsache, dass Fredis Sohn Wolfgang im Januar fünfzehn Jahre alt wurde und befürchten musste, zum Volkssturm eingezogen zu werden, dem letzten Aufgebot, bei dem selbst halbe Kinder und alte Männer zu den Waffen gerufen wurden. Einige von Wolfgangs gleichaltrigen Klassenkameraden hatten sich tatsächlich schon freiwillig gemeldet. Fredi und sein Schwager Harald waren aufgrund ihrer Berufe sicher. Da Fredi wusste, dass es vermutlich nur eine Frage der Zeit war, bis das zerfallende System auch seinen Sohn zwangsweise einziehen würde, stellte er ihn stundenweise als Aspiranten bei der Mordkommission ein. Wolfi war sehr stolz, dass er nach der Schule dem Vater bei seiner wichtigen Arbeit zur Hand gehen konnte. Er machte sich vor allem durch Botengänge nützlich, wenn mal wieder die Telefonleitungen ausgefallen waren. Und er fragte seinen Vater wiederholt, ob er nicht ganz mit der Schule aufhören könnte, um richtig im Morddezernat zu arbeiten.

»Nein, das kommt gar nicht in Frage. Du machst dein Abitur«, sagte Fredi dann immer kategorisch. »Es ist wichtig, den bestmöglichen Schulabschluss zu machen, wenn du die Kommissarlaufbahn anstrebst.«

Am 1. Mai wurde im Rundfunk verkündet, dass der Führer im Kampf um Berlin bei der Verteidigung der Stadt gefallen sei.

»Von wegen gefallen«, sagte Paul zu Martha. »Der hat garantiert eine Zyankalikapsel in seinem Bunker geschluckt, weil er ganz genau wusste, was die Russen sonst mit ihm machen.«

Unwillkürlich musste Martha wieder an den jungen Angeklagten denken, an den Hitler, den sie 1924 zum ersten Mal gesehen hatte. An seine markigen Sprüche vor Gericht. Daran, wie Lida Heymann ihn schon von Anfang an für eine Gefahr gehalten und seine Ausweisung beantragt hatte. Lida – sie hatte sie niemals wieder gesehen. Über mehrere Ecken herum hatte Martha erfahren, dass Lida und Anita vor zwei Jahren in Zürich gestorben waren, im Schicksalsjahr 1943, das ihr so viele liebe Menschen geraubt hatte.

Am 3. Mai wurde das Ende des Kriegs in Hamburg eingeläutet. Als die britische Armee vor den Toren der Stadt stand, wurde sie vom Bürgermeister ohne Widerstand übergeben. Fredi war mit Lilli und Wolfi in der Dienststelle, als die Briten kamen. Die meisten Gestapo-Beamten hatten sich längst verdrückt, denn es hatte sich herumgesprochen, dass die Briten die Gestapo als kriminelle

Organisation ansahen und alle Mitglieder sofort festnehmen ließen. Die Übergabe der Mordkommission verlief reibungslos; man trat entsprechend an, alle Waffen wurden konfisziert und die Personalien überprüft. Ausgerechnet Wolfi, der keine Papiere hatte, überprüfte man besonders gründlich, sodass Fredi ihm zu Hilfe kam.

»Das ist mein Sohn«, sagte er auf Englisch. »Er ist erst fünfzehn.«

»Und warum ist er dann hier?«, fragte der kontrollierende Brite misstrauisch.

»Ich habe behauptet, dass er hier kriegswichtig ist, um zu verhindern, dass er zum Volkssturm eingezogen wird. Ich nehme mal an, das hätten Sie für Ihren Sohn auch gemacht.« Fredi legte Wolfi schützend einen Arm um die Schultern.

Der Brite sah Wolfi noch mal genau an, dann Fredi, so als suchte er nach Ähnlichkeiten. Schließlich schien er zufrieden und nickte.

An diesem ersten Tag herrschte eine allgemeine Ausgangssperre, und sie waren zunächst gezwungen, in der Dienststelle zu bleiben, während die Briten alle möglichen Akten beschlagnahmten und insbesondere die leitenden Beamten, zu denen auch Fredi gehörte, verhörten.

Die Tatsache, dass Fredi seit 1933 in der NSDAP war und seither stetig die Karriereleiter nach oben geklettert war, brachte ihm Minuspunkte ein. Einer der Briten konnte Deutsch und hatte sich seine Personalakte vorgenommen.

»Da sind ein paar interessante Einträge über den August 1944«, sagte er.

»So?«, fragte Fredi. »Ich hatte keine Einsicht in meine Personalakte.«

»Man hielt Sie für ein Mitglied des Widerstandes, bis sich herausstellte, dass es einer von der Gestapo war, der sich daraufhin das Leben nahm. Und Sie erhielten kurz darauf den Rang eines Hauptkommissars.«

Fredi schwieg.

»Was haben Sie dazu zu sagen?«

Fieberhaft überlegte Fredi, was er antworten sollte. Wenn er die Wahrheit sagte, müsste er auch Ludwigs Selbstmord plausibel erklären, um glaubwürdig zu bleiben. Aber das würde Lilli belasten, und dann stellten sie sie womöglich als Mörderin vor Gericht. Diese Männer waren keine offizielle, gerechte Instanz, das waren britische Besatzungssoldaten. Briten, die im Krieg unzählige unschuldige deutsche Frauen und Kinder mit ihren Flächenbombardements getötet hatten. Von denen hatte er keinerlei Verständnis zu erwarten.

»Ich kenne die Zusammenhänge nicht«, sagte er schließlich. »Der damalige stellvertretende Leiter der Gestapo war psychisch labil, nachdem er seine Familie im Bombenkrieg verloren hatte. Er hat überall Feinde gesehen, einige schwerwiegende Fehler gemacht und sich am Schluss erschossen. Ich hatte mit der Gestapo nur wenig zu tun. Ich war seit Beginn meiner Ausbildung 1926 immer bei der Mordkommission. Meine Beförderung zum Hauptkommissar stand schon länger an. In den Akten müsste auch stehen, dass ich die Mordkommission bereits seit 1943 übergangsweise geleitet habe, nachdem der vorherige Leiter im Feuersturm umgekommen war.«

»Warum sind Sie in die NSDAP eingetreten?«

»Ich hatte keine Lust, in die SS einzutreten, also musste ich zumindest in die Partei eintreten, wenn ich Karriere machen wollte.«

»Hier steht, Sie hätten keinen Antrag zur Aufnahme in die SS gestellt, weil Sie die Durchleuchtung Ihrer Familienverhältnisse vermeiden wollten.«

»Ich konnte ja schlecht sagen, dass ich die SS ablehne, also musste ich eine glaubhafte Ausrede finden, die mir nicht schadete.«

»Sie waren ein Opportunist und Mitläufer«, donnerte ihn der Brite an.

»Wenn Sie meinen«, sagte Fredi gleichmütig.

»Für Leute wie Sie haben wir hier keine Verwendung mehr. Sie haben Ihre Karriere auf Kosten anderer mithilfe eines verbrecherischen Regimes vorangetrieben. Ich verachte Leute wie Sie, Herr Studt.«

»Das steht Ihnen frei«, sagte Fredi und blieb erstaunlich gelassen. Nach allem, was ihm im Gestapo-Keller passiert war, konnte ihn nichts mehr erschüttern. Selbst wenn sie ihn einsperrten, müsste er nicht mit Folter rechnen, und allein diese Aussicht genügte ihm. Die Erlebnisse im Keller hatten ihn nicht mehr losgelassen, auch wenn er inzwischen keine Albträume mehr hatte. Aber er wurde jedes Mal daran erinnert, wenn er seinen linken Arm falsch bewegte und ihm der Schmerz in die Schulter schoss. Die Verletzung war zwar gut ausgeheilt, aber die Beweglichkeit blieb eingeschränkt, vor allem, wenn er den Arm nach oben strecken wollte. Daran hatte auch eine lange und intensive Krankengymnastik nichts geändert.

Fredis gleichmütige Antworten bei der Befragung führten zwar nicht zu seiner Festnahme, allerdings wurde er von den Briten aus dem Polizeidienst entlassen und verlor nicht nur seinen Rang als Hauptkommissar, sondern auch sämtliche Bezüge. Angesichts eines völlig zertrümmerten Landes, das am 8. Mai bedingungslos kapitulierte, nahm Fredi diese Nachricht gefasst auf. Seine Welt war ohnehin zerstört, da hätte es sowieso nicht gepasst, wenn er versucht hätte, so wie bisher weiterzumachen. Vielleicht war es in gewisser Weise sogar gerecht, dachte er bei sich. Er war Leiter der Mordkommission gewesen, der um einen Mordfall wusste, den er niemals aufdecken würde. Denn schließlich verdankte er genau diesem Mord sein Leben.

Lilli war zunächst verärgert, dass Fredi seine Entlassung einfach so hinnahm und es akzeptierte, dass die Briten ihn für einen Nazi und Mitläufer hielten. Aber als er ihr seine Gründe nannte, war sie ihm für seine Umsicht dankbar.

»Es bleibt dennoch ungerecht«, sagte sie. »Du hast so vielen Menschen geholfen und dabei immer wieder dein eigenes Leben riskiert. Das hast du nicht verdient.«

»Ich habe es getan, weil es das Richtige war. Ich brauche keine Belohnung oder Anerkennung. Und wenn mich irgendein Brite verachtet, ist mir das wurscht. Ich verachte deren Luftwaffe auch für das, was sie deinen Eltern und vielen unschuldigen Menschen angetan haben.«

Die Zeiten blieben hart. Die Briten verhängten eine strenge Ausgangssperre ab neun Uhr abends. Nur wer einen Passierschein hatte, durfte sich dann außerhalb seiner Wohnung aufhalten. Passierscheine wurden nur vergeben, wenn dringliche berufliche Gründe vorlagen oder schwangere Frauen kurz vor der Entbindung standen. Harald bekam einen Passierschein als Oberarzt, nicht aber Ella als gewöhnliche Stationsärztin. Andererseits war es ohnehin nicht ratsam, während der Sperrstunde unterwegs zu sein. Die Briten hatten nicht nur sämtliche Kriminalbeamten, die in der NSDAP gewesen waren, entlassen, sondern auch zahlreiche Schutzpolizisten. Zudem war die Schutzpolizei entwaffnet worden, während gleichzeitig immer mehr Verbrecher die Straßen unsicher machten, die über Schusswaffen verfügten und auch nicht zögerten, sie zu benutzen. Die britische Militärpolizei kümmerte sich nur um ihre eigenen Belange. Wenn ein Deutscher

Opfer eines Verbrechens wurde, so war es die Aufgabe der deutschen Polizei, sich mit ihren drastisch eingeschränkten Mitteln darum zu kümmern. Hinzu kam die katastrophale Versorgungslage der Bevölkerung. Lilli arbeitete immer noch als Sekretärin im Dezernat und hatte damit Anspruch auf eine Lebensmittelkarte der zweitbesten Kategorie. Auch Ella und Harald bekamen als Ärzte entsprechende Lebensmittelkarten. Allerdings lagen die darauf verzeichneten Mengen deutlich unter dem, was sie im Krieg bekommen hatten, und boten keine Garantie, dass in den Läden die entsprechenden Waren überhaupt vorrätig waren.

Martha und Paul erhielten als Rentner die schlechteste Lebensmittelkarte. Ihnen standen pro Person lediglich sechshundert Kalorien am Tag zu, weshalb man diese Karten auch Friedhofskarten nannte, weil sie das Verhungern nur hinauszögerten. Da Henny bislang Hausfrau gewesen und Fredi entlassen war, hatten sie überhaupt keinen Anspruch mehr auf eine Lebensmittelkarte. Die bekam nur, wer einer Arbeit nachging. Fredi war pragmatisch und meldete sich zusammen mit Henny zum Trümmerräumen. Das brachte zwar kaum Geld, aber eine Lebensmittelkarte der zweithöchsten Kategorie, und darauf kam es an.

Martha wählte einen anderen Weg und stellte sich im Krankenhaus vor. Aufgrund des großen Personalmangels wurde sie als Krankenschwester gern genommen und hatte damit ebenfalls Anspruch auf eine bessere Lebensmittelkarte. Paul war jedoch gesundheitlich angeschlagen und konnte weder auf Dauer Trümmer räumen noch sonst irgendwo eine volle Arbeitsschicht durchhalten. Dafür machte er sich anderweitig nützlich. Er hatte sehr schnell die Strukturen des Schwarzmarktes durchschaut. Für Zigaretten konnte man alles bekommen, da vielen Rauchern ihre monatliche Zuteilung nicht ausreichte und sie buchstäblich alles gaben, um ihre Nikotinsucht zu befriedigen. Zigaretten wurden die neue Währung, aber auch da gab es große Unterschiede. Für deutsche Zigaretten gab es weniger als für britische, und am wertvollsten waren amerikanische. Paul fing nicht nur an, die Zigarettenzuteilungen der Familie auf dem Schwarzmarkt gegen Grundnahrungsmittel einzutauschen, sondern nahm Kontakt zu Joseph Kellermann auf, weil er sich sicher war, dass der im Zigarettenhandel groß mitmischen würde.

Joseph war einer der wenigen Villenbesitzer an der Elbchaussee, dem es gelungen war, die Beschlagnahmung seiner Villa durch die britische Besatzungsmacht zu verhindern, indem er kurz vor dem Einmarsch der Briten im großen Foyer einen kontrollierten Brand gelegt und zwei der repräsentativen Außenscheiben mit Holz vernagelt hatte, sodass die Villa von außen an eine ausgebrannte Ruine erinnerte. Tatsächlich waren die hinteren Räumlichkeiten nach wie vor tadellos in Schuss, aber die Briten hatten sich auf ihrem Requirierungsrundgang abschrecken lassen. Genauso geschickt wie beim Schutz seiner Villa war Joseph auch in der Wiederaufnahme seiner alten Geschäftsbeziehungen. Und als Paul bei ihm vorstellig wurde, bot Joseph ihm eine Aufgabe im Vertrieb von geschmuggelten Zigaretten an. Wichtig war, dass Paul sich immer nur mit kleinen Mengen auf dem Schwarzmarkt blicken ließ. Sollte er erwischt werden, käme er mit vierzehn Tagen Gefängnis davon. Schon bald wurde er ein beliebter Ansprechpartner und hatte es gar nicht mehr nötig, direkt auf den Schwarzmarkt zu gehen. Stattdessen besuchte er die Kunden zu Hause, was die Gefahr einer Verhaftung bei einer der regelmäßigen Schwarzmarktrazzien deutlich minderte.

»So weit ist es jetzt also mit uns gekommen«, sagte Paul an einem Abend Ende Juli zu Fredi, der gemeinsam mit Henny und den Kindern dabei war, die Schreberbude noch weiter auszubauen.

»Wir Männer geben uns kriminellen Geschäften hin, und die Frauen gehen einer anständigen Arbeit nach.«

»Was ist denn kriminell am Trümmerräumen?«, fragte Fredi.

»Nichts. Aber ich frag lieber nicht, woher du den Mörtel hast.«

Fredi lachte. »Ertappt. Aber da ich nicht mehr bei der Polizei bin, muss ich mir auch keine Gedanken um die dienstrechtlichen Konsequenzen machen, wenn mich jemand erwischt und für ein paar Wochen einsperrt.«

»Es bleibt ungerecht«, sagte Paul. »Du hast so viel für andere Menschen gewagt. Du hast es nicht verdient, unehrenhaft und unter Verlust all deiner Bezüge entlassen zu werden.«

»Es ist, wie es ist«, sagte Fredi achselzuckend. »Und mal ganz ehrlich, in einer völlig desolaten Polizeidienststelle zusehen zu müssen, wie uns die Verbrecher auf der Nase herumtanzen, ist auch nicht das Wahre. Außerdem muss ja irgendjemand die Trümmer wegräumen. Und eine bessere Gelegenheit, Ziegel zu organisieren, finden Henny und ich sonst nie.«

»Genau«, sagte Henny. »Und für mich ist es eine wunderbare Sache, dass ich als Einzige meinen Mann dabeihabe, der mich unterstützt und, wenn es nötig ist, auch beschützt. Die meisten anderen sind entweder verwitwet, oder ihre Männer sind in Kriegsgefangenschaft. Fredi und ich haben uns vorgenommen, für all das, was wir haben, dankbar zu sein. Wir sind am Leben, unsere Kinder sind gesund, und gemeinsam bestreiten wir unser Auskommen, ohne dass wir noch auf irgendwelche Gesetze oder Konventionen Rücksicht nehmen müssen. Wenn man sich erst mal im Bodensatz gemütlich eingerichtet hat, kann man nicht mehr tiefer fallen.«

Trotz allem blieb der Hunger ein großes Problem. Im Sommer versorgte sie der Schrebergarten, allerdings musste man gut aufpassen, dass die Obstbäume nicht geplündert wurden. Da die Schulen seit dem Einmarsch der Briten geschlossen waren, fiel Fredis Kindern die Aufgabe zu, die Gärten zu bewachen, wenn die Erwachsenen unterwegs waren.

Joseph Kellermann unterbreitete Paul eines Tages einen verlockenden Vorschlag. Es kamen immer mehr Flüchtlinge aus dem Osten, und jeder, der Wohnraum hatte, musste mit Einquartierungen rechnen. Da Joseph kein Interesse daran hatte, irgendwelche Fremden in seiner Villa wohnen zu lassen, schlug er vor, Ella und Harald samt Tochter Monika sowie Lilli bei sich aufzunehmen.

»Es ist doch ohnehin schon seit Jahren viel zu eng bei euch«, sagte er zu Paul. »Moritz hat mich auf diesen Gedanken gebracht.«

»Aber man kann doch nicht einfach frei entscheiden, wohin man umzieht«, wandte Paul ein. »Das wird doch staatlich zugeteilt.«

»Das stimmt, aber wenn diejenigen, die die Papiere dafür ausstellen, eine anständige Gratifikation in Form von Zigaretten bekommen, lässt sich das ganz sicher regeln.« Joseph grinste.

Und so kam es, dass Ella mit ihrer kleinen Familie und auch Lilli zum ersten Mal seit ihrer Ausbombung wieder in einem Haus mit elektrischem Strom und fließendem Wasser wohnten.

79

In den ersten Monaten nach der britischen Besetzung waren alle so sehr mit dem Überleben beschäftigt, dass sie kaum Zeit hatten, sich um die politische Weltlage zu kümmern.

Aber nach und nach kamen immer mehr Informationen über die Grausamkeiten des Krieges ans Licht. Obwohl Fredi bereits wusste, dass man die Juden im Osten kaltblütig erschossen hatte, dass man politisch Andersdenkende in KZs zu Tode gefoltert und Behinderte als lebensunwerte Kreaturen einfach getötet hatte, so war er doch entsetzt, als er vom gesamten Ausmaß der Vernichtungslager im ehemals besetzten Polen hörte. Systematischer Massenmord an Millionen von Menschen. All die Juden, die Werner zur angeblichen Umsiedlung zusammengetrieben hatte, waren in Tötungsfabriken gebracht und vergast worden.

Je mehr Gräueltaten ans Licht kamen, umso verbissener suchten die Besatzungsmächte nach deutschen Kriegsverbrechern. Besonders eifrig waren die Amerikaner in ihrer Besatzungszone. Es gab zudem Gerüchte, dass sie auch in der britischen Besatzungszone nach besonders ranghohen Naziverbrechern fahndeten. Die Briten unterschieden sehr genau, ob die Freveltaten der Nazis an deutschen Staatsbürgern oder an Nichtdeutschen begangen worden waren. Handelte es sich bei den Opfern um Deutsche, so überließen sie die Aburteilung den deutschen Gerichten. Allerdings führte das nicht immer zum gewünschten Erfolg, denn unter den Richtern saßen nach wie vor viele Nazi-Sympathisanten, die deutsche Volksgenossen vor der sogenannten Siegerjustiz schützen wollten.

Und so reagierte Fredi alarmiert, als Lilli ihm an einem heißen Augustabend erzählte, dass sich zwei amerikanische Soldaten in der Dienststelle nach ihm erkundigt hätten.

»Hast du sie gesehen?«, fragte Fredi.

»Nein, Elfriede hat mich gewarnt, und ich habe mich dann vom Acker gemacht, damit die mich gar nicht erst fragen können. Ich habe keine Ahnung, was die von dir wollen, aber in der Dienststelle haben alle dichtgehalten und gesagt, dich habe keiner mehr seit deiner Entlassung gesehen.«

»Danke dir! Vermutlich habe ich meine Rolle damals so gut gespielt, dass die mich jetzt auf ihrer Liste haben.« Er lachte bitter auf.

Lilli bekam große Augen. »Fredi, sag doch nicht so etwas!«

»Und was machen wir, wenn die hier auftauchen?«, fragte Henny. »Wenn die dich finden wollen, dann werden sie dich finden.«

»Dann musst du die Wahrheit über alles sagen«, sagte Lilli. »Dann darfst du das alles nicht länger für dich behalten, um mich zu schützen.«

»Erst mal abwarten«, sagte Fredi. »So wichtig, dass die lange nach mir suchen, bin ich ja auch wieder nicht.«

In diesem Moment kam Wolfgang zur Tür rein.

»Wer sucht dich, Papa?«

Fredi holte tief Luft. »Das wissen wir noch nicht. Lilli hat nur erzählt, dass sich zwei amerikanische Soldaten nach mir erkundigt haben.«

»Und du glaubst, die wollen dich verhaften? Aber du hast doch nichts getan. Du …«, er schluckte, »… du hast dich doch immer für andere eingesetzt und deshalb … ich weiß, was das damals wirklich mit deinem Unfall war. Fräulein Fink hat es mir erzählt, aber die wusste ja auch nicht alles, und da habe ich … mir einiges zusammengereimt. Du hast den Menschen heimlich zur Flucht verholfen, oder, Papa?«

Fredi starrte seinen Sohn an. »Warum hast du mir nie gesagt, dass du es weißt?«

»Na, weil ... Weil ich dachte, du wolltest nicht, dass ich das weiß, um mich zu schützen. Und da wollte ich dich nicht belasten.«

Die Art, wie sein Sohn das sagte, rührte Fredi so sehr, dass er aufstand, ihn in den Arm nahm und fest an sich drückte.

»Papa, ich lass nicht zu, dass dir was passiert«, sagte Wolfgang mit der ganzen Überzeugung eines Fünfzehnjährigen, der schon mehr erlebt hatte, als für einen Jungen seines Alters gut war.

»Mir wird nichts passieren«, sagte Fredi und ließ seinen Sohn nach einem nochmaligen Schulterklopfen los. »Wenn die wirklich etwas über meinen Aufenthaltsort herausfinden sollten, kommen die tagsüber, wenn Mama und ich arbeiten. Wenn sie dich dann fragen, stellst du dich erst mal dumm, zeigst denen nicht, dass du in der Schule Englisch gelernt hast, und treibst sie mit dummen Fragen in den Wahnsinn, bis sie von selbst verschwinden.«

»Dumme Fragen?« Wolfgangs Augen blitzten übermütig. »O ja, das kann ich.«

»Ich weiß, du bist schließlich mein Sohn und kannst dich nach allen Regeln der Kunst aus etwas herausreden. Ich bin stolz auf dich!«

Obwohl er seinen Sohn beruhigt hatte, blieb Fredi besorgt. Es war so viel passiert in den letzten Monaten. Hatten die Amerikaner irgendeinen geflüchteten Gestapo-Mann aufgegriffen und verhört? Hatte der vielleicht verraten, wie gut Fredi mit dem stellvertretenden Gestapo-Leiter bis zu dessen Tod angeblich befreundet gewesen war? Fiel ihm seine gute Tarnung ausgerechnet jetzt, nach Ende des Krieges, auf die Füße?

Auch Wolfgang machte sich Sorgen, aber er wollte es seinem Vater nicht zeigen. Allerdings instruierte er seine Geschwister am folgenden Morgen, nachdem die Eltern zur Arbeit gegangen waren.

»Matthias, wenn du nachher mit Marie bei Oma und Opa den Schrebergarten einhütest, passt du gut auf. Wenn da wirklich Amerikaner kommen, geht ihr in die Bude und tut so, als wenn keiner da ist.«

»Meinst du, die suchen auch bei Oma?«, fragte Matthias mit großen Augen.

»Na klar, die suchen dann überall. Sobald die weg sind, flitzt du los, um Papa zu warnen, damit er nicht nach Hause kommt.«

»Und was soll ich machen?«, fragte Marie.

»Du bleibst da und bewachst weiter die Obstbäume, bis ich komme und sage, dass die Luft rein ist.«

Marie nickte ernst.

»Und was soll ich machen?«, fragte die achtjährige Helga.

»Du versteckst dich in der Hütte, wenn jemand kommt. Das sind Amerikaner, die versuchen dich sonst mit Schokolade zu bestechen, weil sie denken, dass du ein dummes, kleines Mädchen bist.«

»Kann ich mich nicht mit Schokolade bestechen lassen und trotzdem nichts sagen?«, fragte Helga.

»Nein, nachher verplapperst du dich bloß. Du versteckst dich. Schokolade kann ich dir auch vom Schwarzmarkt besorgen, wenn ich das nächste Mal mit Matthias beim Kohlenklauen war und was zum Tauschen habe.«

Tatsächlich tauchten am frühen Vormittag zwei amerikanische Soldaten auf dem Gebiet der Schrebergartenkolonie auf. Wolfgang sah, dass sie zur Parzelle seiner Großeltern gingen. Vermutlich hatte sie der Name Studt am Gartentor auf die falsche Fährte gelockt. Wolfgangs Herz schlug schneller. Hoffentlich hielten sich Matthias und Marie an seine Anweisungen. Einen Moment lang überlegte er, ob er schnell das Namensschild von der eigenen Parzelle abschrauben sollte, andererseits brauchten die Amis ja nur im Vereinshaus nachzufragen, also ließ er es bleiben. Wichtig war jetzt nur, Matthias genügend Zeit zu verschaffen, den Vater zu warnen.

Wenig später sah Wolfgang, wie die beiden Amerikaner zu seiner Parzelle kamen. Er schickte Helga ins Haus und wartete im Garten. Sein Herz schlug mittlerweile so heftig, als hätte er gerade einen Hundertmeterlauf in Weltrekordzeit absolviert.

»Hallo«, rief der etwas größere der beiden Männer, der ungefähr im Alter seines Vaters war. »Ich suche die Familie Studt. Das ist doch die Parzelle von Alfred Studt, oder?«, sprach er Wolfi auf Deutsch an.

»Warum suchen Sie die denn?«, fragte Wolfgang.

Der Amerikaner musterte Wolfgang genauer.

»Du bist Wolfgang, oder?«

»Und wer sind Sie?«

»Ich bin dein Onkel Rudi.«

Wolfgang erstarrte. Konnte das wirklich sein, oder war das eine perfide List? Seinen Namen konnten die Amerikaner aus den britischen Listen haben. Dass der Bruder seines Vaters in Amerika lebte, war kein Geheimnis.

»Beweisen Sie das!«

Der Mann griff in seine Tasche. »Hier ist mein Ausweis.«

»Nee, den kann man fälschen. Sie können mir hier ja viel erzählen.«

Der Amerikaner war irritiert. »Warum sollte ich meinen Ausweis denn fälschen?«

»Das wissen Sie bestimmt besser als ich.« Wolfgang verschränkte die Arme vor der Brust.

»Du bist ja ganz schön misstrauisch.« Der Amerikaner konnte sich ein Lächeln nicht verkneifen. »Also schön, dann frag mich doch irgendetwas, das nur dein Onkel Rudi wissen kann und kein hinterlistiger Amerikaner, der seine Identität annimmt.«

Wolfgang überlegte kurz. »Wer hat bei der Hochzeit meiner Eltern eine spektakuläre Gesangseinlage mit welchem Lied gegeben?«

»Das war Onkels Heinrichs Papagei Lora mit ›Ick heff mol en Hamborger Veermaster sehn‹ am 25. März 1927 in der Nikolaikirche.«

»Stimmt«, sagte Wolfgang. »Dann ... bist du wirklich mein Onkel?«

»Ja. Und das hier ist mein Freund James Taylor, der so freundlich war, mich von Bayern nach Hamburg zu begleiten.«

James reichte Wolfgang die Hand, der sie etwas zögerlich ergriff, und begrüßte ihn ebenfalls auf Deutsch. Die Tatsache, dass sein Onkel in amerikanischer Uniform vor ihm stand, ließ sich nicht so leicht verkraften. Dann fiel ihm ein, dass Matthias ja losgelaufen war, um seinen Vater zu warnen.

»Ich muss meinen Bruder aufhalten, sonst kommt Papa heute nicht nach Hause.«

»Wie bitte?«

»Das ist eine lange Geschichte. Passt mal hier so lange auf, dass keiner die Äpfel klaut, ich bin gleich wieder da!« Und schon sprintete Wolfgang los. Er hatte Glück, denn er holte Matthias noch am Kleinbahnhof ein.

»Es ist alles gut«, sagte er zu seinem Bruder. »Die Amis wollen

Papa gar nicht verhaften. Der eine ist unser Onkel Rudi aus Amerika!«

Matthias sah ihn skeptisch an. »Bist du sicher?«

»Ja, ich habe das überprüft«, sagte Wolfgang mit selbstsicherem Blick. »Und nun komm.«

Als sie wieder am Schrebergarten waren, saß die achtjährige Helga auf Rudis Schoß und knabberte genüsslich an einem Stück Schokolade.

»Ich lass mich nicht bestechen«, sagte sie, als sie Wolfgangs vorwurfsvollen Blick sah. »Das ist nur ein Vorschuss. Mein Onkel schuldet mir noch acht Geburtstagsgeschenke.«

80

Martha war überglücklich, als sie Rudi nach all den Jahren wieder in die Arme schließen konnte. Für einen Augenblick waren all die Mühsal und Angst der letzten Jahre vergessen. Rudi lebte, und es ging ihm gut! Er gehörte zu keinem kämpfenden Bataillon, sondern, wie seine Frau zur Truppenbetreuung. Goldie zählte dort zu den Stars. Sie hatte sich schon früh auf die kulturelle Betreuung amerikanischer Streitkräfte spezialisiert, um damit Anfeindungen wegen ihres deutschen Hintergrundes entgegenzutreten. Und sie hatte Rudi überredet, sich ebenfalls freiwillig zu melden, damit er nicht zum Pazifikkrieg gegen Japan eingezogen wurde.

»Truppentheater war die beste Lösung«, sagte Rudi abschließend. »Da kamen Leute aus einflussreichen Familien – und dank Milli und Lawrence zählte ich dazu – ganz ohne militärischen Einsatz zu hohen Dienstrangen. Nur deshalb bin ich offiziell Lieutenant.«

»Und was ist mit eurer Tochter?«

»Margot war in dieser Zeit bei Milli und ihren Großeltern in bester Obhut. Es war mir wichtig, dass Milli für sie eine ebenso wichtige Bezugsperson wird wie meine Schwiegermutter. Ich wollte, dass Milli ihr möglichst viel von dir erzählt. Und das hat sie mit Begeisterung gemacht. Ich bin ihr überhaupt sehr dankbar für alles. Nach Kriegsende hat Milli alles darangesetzt, eine kleine Familienzusammenführung zu organisieren. Das war nicht ganz einfach, aber du kennst Milli ja, die überwindet alle Schwierigkeiten. Vor drei Wochen ist sie zusammen mit Margot in

München eingetroffen. Nachdem meine Briefe an euch alle als unzustellbar zurückgekommen waren, haben James und ich uns auf den Weg gemacht, um vor Ort nach dem Rechten zu sehen.«

»Milli ist in Deutschland?« Marthas Herz schlug schneller. »Und deine Tochter auch? Was sagt Lawrence dazu?«

»Er ist leider vor zwei Jahren an Kehlkopfkrebs gestorben. Ich vermisse ihn sehr, er hat mich immer großzügig unterstützt, ganz so, als wäre ich sein eigener Sohn.«

Martha senkte betroffen den Blick. »1943 war ein schreckliches Jahr«, sagte sie leise. »Wir haben so viele Menschen verloren.«

Rudi nickte. Wolfgang hatte ihm bereits von Heinrichs und Li-Mings Tod erzählt. Es hatte ihn völlig unvermittelt getroffen, auch wenn ihm bewusst gewesen war, dass er nach all den unzustellbaren Briefen mit dem Schlimmsten rechnen musste.

Als sein Vater kurze Zeit später eintraf, beäugte er die beiden Amerikaner auf seinem Grundstück zunächst misstrauisch. Umso größer war die Freude, als er in einem der Männer seinen Sohn erkannte.

»Rudi, dass ich das noch erleben darf«, sagte Paul und wischte sich unauffällig eine Träne aus den Augen.

»Jetzt kommt, setzt euch«, ließ sich Martha vernehmen. »Es gibt so viel zu erzählen.«

Später fiel Rudi auf, dass sein Vater immer ausweichend antwortete, wenn er ihn fragte, was er so mache. War die Familie in illegale Geschäfte verwickelt? Rudi wusste, dass es um die Versorgungslage in Deutschland schlimm stand und fast jeder Schwarzhandel betrieb, um zu überleben. Aber es gab doch keinen Grund, es vor ihm geheim zu halten, er war doch kein Fremder. Egal welche Uniform er trug, er würde sie nie verraten. Oder waren sie wegen James so vorsichtig? Sie konnten ja nicht wissen, was für ein guter Freund er war. Aber am meisten verstörte

Rudi das Misstrauen, das Wolfgang ihm entgegengebracht hatte. Was mochte Fredi ihm erzählt haben? Auch Matthias und Marie waren seinen Fragen zu ihrem Vater ausgewichen. Nur die kleine Helga plapperte unbefangen mit ihm. Allerdings wusste die Achtjährige nur, dass ihr Papa mit der Mama beim Trümmerräumen war. Warum er sich vor Besatzungssoldaten in Acht nahm und nicht mehr bei der Polizei war, blieb ein Geheimnis. Selbst seine Mutter wollte ihm nichts sagen und bat ihn, seinen Bruder selbst zu fragen. Steckte Fredi in Schwierigkeiten?

Fredi und Henny ahnten nicht, was inzwischen alles passiert war, bis ihnen die kleine Helga aufgeregt entgegenlief.

»Papa, der Amerikaner, der dich sucht, ist unser Onkel Rudi!«, rief sie schon von Weitem.

Fredi war so verblüfft, dass er beinahe den Griff der Karre, auf der Henny und er die Ziegelsteine für den Ausbau der Schreberbude transportierten, losgelassen hätte. »Rudi ist hier? Wo ist er jetzt?«

»Bei Oma und Opa. Und er hat noch einen Freund mitgebracht, James, der ist nett, der hat mir auch Schokolade gegeben.«

»Du immer mit deiner Schokolade«, sagte Wolfgang, der seiner kleinen Schwester gefolgt war.

»Keine Sorge, Papa, er musste mir erst mal beweisen, dass er wirklich dein Bruder ist«, sagte er. »Da hätte ja sonst jeder kommen können.« Und dann erzählte er von ihrer ersten Begegnung.

»Ich bin stolz auf dich, Wolfi«, sagte Fredi. »Dir kann keiner was vormachen. Mein Bruder aus Amerika in der Uniform der Besatzer. Was für eine Wendung.« Er lachte, aber zugleich mischte sich in die Erleichterung auch Bitterkeit. Rudi konnte anstellen, was er wollte, er fiel jedes Mal auf die Füße, während er selbst im wahrsten Sinne des Wortes die Trümmer wegräumte. Die Nachbarn würden Martha um ihren Sohn aus Amerika beneiden, Rudi würde sich in deren Bewunderung sonnen, während er selbst ein geschasster Hauptkommissar war, der wegen seiner angeblichen Nazivergangenheit Trümmer räumen musste. Lilli hatte vollkommen recht gehabt. Das Leben war ungerecht und lachte ihm höhnisch ins Gesicht.

»Willst du gleich zu deinen Eltern gehen, um ihn zu begrüßen?« Hennys Worte rissen ihn aus seinen Gedanken.

»Nein, ich will jetzt erst mal mit euch essen. Wir können es uns nicht leisten, Kohle zu verschwenden und den Ofen zweimal anzuheizen.«

»Wir können mit dem Essen auf dich warten.«

»Ich will nicht, dass die Kinder auf mich warten müssen.«

Henny sah ihn skeptisch an, sagte aber nichts.

Während des Essens war Fredi sehr schweigsam und froh, dass seine Kinder munter drauflos erzählten, sodass sie seine niedergedrückte Stimmung nicht bemerkten. Natürlich war der Onkel aus Amerika das Tagesgespräch, und die Kinder konnten es nach dem Essen kaum erwarten, wieder zu den Großeltern zu gehen, um noch mehr Geschichten von ihrem Onkel Rudi zu hören.

»Willst du nicht mit ihnen zu deinen Eltern gehen?«, fragte Henny, als Fredi immer noch in sich gekehrt am Tisch saß, während sie bereits abräumte.

»Du meinst zu Rudi«, sagte er.

Henny nickte. »Ich denke, das wird von dir erwartet.«

»Ich bin es leid, immer die Erwartungen von anderen zu erfüllen«, erwiderte Fredi. »Und ich könnte es nicht ertragen, wenn Rudi dort überglücklich erzählt, wie großartig sein Leben ist.«

Henny stellte die Teller in die Spüle.

»Fredi, komm mal her zu mir«, sagte sie dann liebevoll.

Er gehorchte.

»Jetzt muss ich dich mal knuddeln«, sagte sie und drückte ihn fest an sich. »Du bist der wunderbarste Mann auf der ganzen Welt. Ich liebe dich, und deine Kinder vergöttern dich. Du gibst alles für die Familie und hast einer Menge Menschen völlig selbstlos das Leben gerettet. Rudis Leben mag nach außen hin vielleicht großartiger erscheinen, aber kein Mann wird von seiner Familie mehr geliebt als du.«

Es tat ihm gut, ihre Wärme zu spüren und diese Worte zu hören.

»Und du bist die wunderbarste Frau, die ein Mann sich wünschen kann«, flüsterte er. »Ohne dich wäre ich verloren.«

Es klopfte an der Tür.

»Ich geh schon«, sagte Fredi, ließ Henny los und öffnete die Tür.

»Rudi?«, rief er überrascht. Sein Bruder sah noch immer so aus, wie er ihn in Erinnerung hatte, nur die Gesichtszüge waren markanter geworden. »Ich dachte, Mama und Papa hätten dich völlig in Beschlag genommen, und meine Kinder sind auch gleich nach dem Essen wieder losgestürmt, um dich zu belagern.«

»Ähm, ja, die lassen sich gerade gut von James unterhalten, sodass ich mich mal davonstehlen konnte.«

»Komm rein«, sagte Fredi und reichte ihm die Hand. Rudi ergriff sie, aber nur, um ihn gleich darauf fest zu umarmen. »Ich bin so froh, dass du am Leben bist, Fredi. Es war furchtbar, nicht zu wissen, wie es euch geht, und auf der anderen Seite der Front zu stehen.«

Fredi schluckte. »Das glaube ich dir«, sagte er, unfähig, irgendetwas anderes herauszubringen. Rudi ließ ihn los und begrüßte auch Henny mit einer Umarmung.

»Du musstest dich vor unseren Kindern davonstehlen?«, neckte sie ihn. »Du bist für sie eben ein exotischer Ausländer.«

»Ja, zum Glück ist James noch exotischer und kann auch viel besser erzählen.«

»Noch besser als du? Dann bin ich mir nicht sicher, ob ich ihn kennenlernen will«, sagte Fredi. »Sonst kommt ja keiner mehr zu Wort.«

»Deshalb bin ich ja auch allein gekommen«, sagte Rudi und nahm am Tisch Platz. »Damit wir in Ruhe reden können.« Er ließ seinen Blick durch den Raum schweifen. »Ihr habt eure Schreberbude ja in einen kleinen Palast verwandelt«, versuchte er zu scherzen.

»Wir tun unser Bestes«, sagte Fredi ernst. »Wir wohnen hier schon seit der Ausbombung vor zwei Jahren. Du hast ja gesehen, was von der Stadt noch übrig ist.«

»Und jetzt seid ihr als Trümmerarbeiter unterwegs?«

»Das ist im Moment die sinnvollste Tätigkeit. Außerdem gibt es da vernünftige Lebensmittelkarten. Wusstest du, dass Papa als Rentner nur sechshundert Kalorien täglich auf seine Karte bekommt? Wir sind immerhin bei tausendachthundert, aber man kriegt längst nicht alles, was draufsteht. Ohne den Schrebergarten sähe es übel aus. Na ja, und Papas Zusatzgeschäfte.«

»Ach, deshalb war er so zurückhaltend.« Rudi senkte den Blick. »Weißt du, ich habe mir so oft vorgestellt, wie das wohl wäre, wenn ich euch alle endlich wiedersehe. Ich habe davon geträumt, wie glücklich wir alle wären.«

»Ich bin mir sicher, dass Mama und Papa glücklich sind«, sagte Fredi.

»Ja«, bestätigte Rudi. »Aber … es fühlt sich nicht wie ein Nach-Hause-Kommen an.«

»Vielleicht liegt es ja daran, dass du hier nicht mehr zu Hause bist?«, bemerkte Fredi spitz.

»Ach hör auf, du weißt doch, was ich meine«, widersprach

Rudi unwirsch. »Heute hatte ich das Gefühl, ich wäre ein Fremder, dem nicht mal die eigenen Eltern trauen, weil er die Uniform des Feindes trägt.«

»Warum bist du dann in Uniform gekommen?«, fragte Fredi. »Du hast doch sicher genug zivile Anzüge.«

»Es hat seine Vorteile. Und mit meinem Freund James zu reisen hat noch mehr Vorteile. Die Briten sind dann ausgesprochen höflich, schließlich haben sie den Krieg nur mit unserer Hilfe gewonnen.«

»Mit ›unserer‹ Hilfe«, wiederholte Fredi und lachte bitter auf. »Und da wunderst du dich, dass du dich fremd fühlst. Du bist jetzt Amerikaner, und zwar nicht nur vom Pass her, sondern auch von der Ausdrucksweise. Wenn du ›uns‹ sagst, meinst du damit nicht mehr deine Familie, sondern deine neue Nation. Woher sollen wir wissen, wem deine Loyalität wirklich gehört?«

»So ein Blödsinn! Du weißt, dass ich alles für Mama und Papa tun würde«, sagte Rudi verärgert.

»Nein«, widersprach Fredi. »Wir haben zwölf Jahre lang in völlig verschiedenen Welten gelebt. Ich weiß nicht, wer du jetzt bist.«

»Genauso wenig, wie ich es von dir weiß«, biss Rudi zurück. »Weiß ich, was du in den letzten Jahren gemacht hast? Du wurdest unehrenhaft aus dem Polizeidienst entlassen und hast deine Kinder perfekt instruiert, damit sie dich warnen, wenn Besatzungssoldaten auftauchen. Welchen Schluss soll ich daraus wohl ziehen? Eigentlich gibt es doch nur einen. Sei ehrlich, Fredi. Warst du an Naziverbrechen beteiligt?«

Fredi erstarrte. Das dachte Rudi von ihm? Nach allem, was er für ihn getan hatte? Bevor er noch irgendetwas sagen konnte, schlug Henny mit der Faust auf den Tisch.

»Rudi, jetzt reicht es!«, schrie sie. »Alles, was du bist, hast du einzig und allein deinem Bruder zu verdanken. Er hat dir den Arsch gerettet, als man dich in Wittmoor beinahe zu Tode gequält hätte. Fredi hat große Opfer auf sich genommen, um auch noch deine Schwiegereltern zu retten. Und nicht nur die. Was bildest du dir eigentlich ein, ausgerechnet Fredi zu unterstellen, er wäre an Naziverbrechen beteiligt?«

»Ich habe doch nur …«, setzte Rudi an.

»Rudi, du hältst jetzt den Mund und hörst zu, oder du gehst!«, brüllte Henny. So wütend hatte Fredi seine Frau noch nie gesehen. »Du willst wissen, was hier los ist? Das kann ich dir sagen. Dein Bruder ist ein Held. Der hat nämlich ohne großes Aufhebens zusammen mit Joseph Kellermann ein Netzwerk geschaffen, das nicht nur deinen Schwiegereltern die Flucht aus Deutschland ermöglicht hat, sondern auch noch unzähligen anderen Menschen, egal ob sie Juden oder politisch Verfolgte waren. Er hat jahrelang unter Lebensgefahr ein doppeltes Spiel gewagt. Aber vor einem Jahr ist er beinahe aufgeflogen. Und weißt du, was die Gestapo daraufhin mit ihm gemacht hat?«

»Henny, bitte«, versuchte Fredi, seine Frau zu bremsen.

»Nein, Fredi, dein Bruder muss das wissen.«

Die Vorstellung, dass Henny Rudi jetzt alle Einzelheiten erzählen würde, all das, was er ihr nur über Wochen, nach und nach hatte anvertrauen können, war unerträglich. Es fühlte sich so an, als müsste er es noch einmal erleben, wenn er es aus dem Mund seiner Frau hörte.

»Nein, Henny! Du hast mir versprochen, nie wieder davon zu reden. Du weißt ganz genau, dass ich das nicht aushalte!«

»Dann geh jetzt vor die Tür, Fredi«, sagte Henny streng. »Rudi muss das wissen, weil er das alles sonst niemals verstehen wird.«

»Dann versteht er das eben nicht, das ist mir scheißegal!«

»Aber mir nicht«, sagte Henny. »Geh nach draußen oder bleib, aber jetzt ist Schluss mit Geheimnissen, die alles vergiften. Rudi hat nicht nur ein Anrecht darauf, sondern er hat die verdammte Pflicht, das auszuhalten!«

Fredi sprang mit zornigem Blick auf und verließ die Schreberbude.

»Was war das denn?«, fragte Rudi verwirrt.

»Das wirst du gleich verstehen«, sagte Henny. Und dann erfuhr Rudi in allen Einzelheiten, was Fredi im Gestapo-Keller erlitten und auf welche Weise Lilli ihm das Leben gerettet hatte.

Obwohl er es nur aus Hennys Mund hörte, hatte Rudi das Gefühl, die Knochen seines Bruders regelrecht knacken zu hören, und wünschte sich, er wäre an Lillis Stelle gewesen, um diesen Verbrecher selbst zu richten. Aber er war nicht da gewesen. Während sein Bruder unmenschliche Qualen litt, hatte er die Autogrammstunden seiner Frau am Fronttheater überwacht …

»Mein Gott«, sagte er immer wieder. »O mein Gott!«

»Verstehst du jetzt, warum Fredi nicht anders handeln konnte?«, fragte Henny nun deutlich sanfter. »Fredi ist außerordentlich mutig. Aber danach war er über Wochen ein gebrochener Mann. Er litt fast jede Nacht unter Albträumen, auch wenn er sich bemühte, es zu überspielen. Sein linker Arm wird nie wieder die volle Beweglichkeit haben. Er hat einen sehr hohen Preis bezahlt, um das Richtige zu tun. Aber er kann niemals offen dazu stehen, weil er Lilli dann in Schwierigkeiten bringen würde. Also schweigt er und erträgt sein Schicksal. Und dann kommst du, der großartige Amerikaner, und unterstellst ihm mit deiner Frage, er wäre an den Verbrechen derer beteiligt, die er immer bekämpft hat.«

»Es tut mir leid«, sagte Rudi leise. »Das … konnte ich nicht wissen.«

»Nein, das konntest du nicht, und er hätte es nie über sich

gebracht, es dir zu sagen. Aber jetzt weißt du es. Jetzt kannst du ihm nachgehen und mit ihm auf Augenhöhe reden.«

Rudi schluckte schwer, dann nickte er und ging in den Garten. Fredi war nicht da, aber Rudi wusste, wo er ihn finden würde. Schon als kleiner Junge hatte Fredi sich an der Uferbiegung des kleinen Elbzuflusses versteckt, wenn er traurig war oder einfach nur mit seinen Gedanken allein sein wollte.

Fredi saß tatsächlich dort und starrte über die spiegelklare Oberfläche. Rudi setzte sich neben ihn. Fredi sagte kein Wort.

»Ich kann verstehen, dass du wütend bist, Fredi.« Rudi nahm ein Steinchen und ließ es über das Wasser springen. Nach vier Hüpfern versank es. »Es tut mir leid. Du ahnst nicht, wie sehr.«

Fredi schwieg noch immer.

»Dir wurde massiv unrecht getan, aber wir müssen das nicht hinnehmen«, sagte Rudi. »Wir können für deine Rehabilitation kämpfen, ohne Lilli in die Sache hineinzuziehen.«

»Ich habe schon lange keine Kraft mehr zum Kämpfen«, sagte Fredi müde.

»Dann erlaube mir, dass ich den Kampf für dich fortführe. Henny hatte völlig recht, als sie sagte, ohne dich wäre ich nicht da, wo ich jetzt stehe. Ohne dich wäre ich vermutlich tot. Gib mir die Möglichkeit, einen Teil meiner Schuld zu tilgen, Fredi.«

»Und wie willst du das anfangen? Glaubst du, die Briten warten nur darauf, dass du ihnen eine rührselige Geschichte erzählst? Begreifst du nicht, dass meine Tarnung so gut war, dass sie mir jetzt zum Verhängnis geworden ist? Und eines muss dir klar sein: Ich werde Lilli niemals ans Messer liefern.«

»Es gibt andere Wege, Fredi. Hast du noch Kontakt zu den Leuten, denen du geholfen hast?«

Fredi schüttelte den Kopf. »Das wäre zu gefährlich gewesen. Joseph Kellermann hat alle Unterlagen vernichtet, als die

Druckerei ausgehoben wurde. Wir waren so vorsichtig, dass es jetzt auch keine Beweise mehr gibt.«

»Glaubst du? So wie ich Kellermann in Erinnerung habe, hat der bestimmt noch eine Liste von Leuten, denen er mal eine Gefälligkeit erwiesen hat. Wenn ich morgen Ella und Lilli bei ihm besuche, werde ich ihn fragen.«

»Du stellst dir das alles so einfach vor.«

»Nein, nicht im Geringsten«, erwiderte Rudi. »Aber wenn du damals nur zu den Nazis gegangen bist, um mich aus Wittmoor rauszuholen, ist es wohl das Mindeste, dass ich alles Menschenmögliche in die Wege leite, damit du wieder als Hauptkommissar eingesetzt wirst. Denn niemand wäre auf dem Posten besser als du.«

»Nur leider habe ich den Glauben an die Zukunft längst verloren, Rudi. Meine Welt liegt in Trümmern.«

»Dann sollten wir uns daranmachen, sie wieder aufzubauen. Ich werde nicht aufgeben, Fredi. Nicht, bis du wieder an die Zukunft glaubst!«

81

Am folgenden Tag besuchte Rudi Ella und Lilli im Haus von Joseph Kellermann und lernte auch Harald und Monika kennen. Die Begrüßung war herzlich, und Rudi war froh, dass Ella ihm nichts mehr nachtrug. Die beiden Frauen zeigten sich ebenfalls sehr besorgt um Fredi, und sie waren dankbar, dass Rudi all seinen Einfluss in die Waagschale werfen wollte, um seinen Bruder zu rehabilitieren.

»Weißt du noch, wie ich dir zum Abschied sagte, wie schade es sei, dass wir dich durch deine Sturm-und-Drang-Zeit begleiten durften, aber nichts von dem verantwortungsvollen Mann hätten, der du gerade zu werden schienst?«, fragte Ella. »Du hast damals geantwortet, wir sollten dich als Auslandsaktie betrachten. Jetzt kannst du uns zeigen, ob die Auslandsaktie im Wert gestiegen ist.«

Sie lachten, doch dann wurde Rudi schnell wieder ernst.

»Ich habe meinen Freund James schon mal zur britischen Militärverwaltung geschickt, um ein paar Informationen einzuholen«, sagte er. »Wir brauchen vor allem Zeugenaussagen von Leuten, denen Fredi geholfen hat.«

»Die sind in alle Winde zerstreut«, sagte Lilli. »Und der Hof in Bardowick wurde damals von den Nazis beschlagnahmt.«

»Was ist mit diesem Ernst Paulsen?«, fragte Rudi. »Kennen wir seinen Aufenthaltsort?«

»Nein, der ist nicht wieder aufgetaucht. Ich weiß nicht mal, ob der noch lebt. Die meisten Flüchtlinge haben das Land verlassen. Es sind nur wenige mit falschen Papieren in Deutschland geblieben. Allerdings gab es da die Familie Bromberg. Erinnerst du dich an sie, Ella? Die sind unter dem Namen Hollerbeck in München untergetaucht. Ich habe jedoch keine Ahnung, ob sie den Krieg überlebt haben.«

Rudi horchte auf. »In München? Dann könnte Goldie sich nach ihnen umhören. Gibt es eine Adresse der Familie?«

»Ja«, sagte Ella. »Ich habe vor Jahren ein falsches Attest für den Sohn der Familie ausgestellt, und da habe ich auch eine Krankenakte auf den Namen Hollerbeck angelegt. Man hatte bemerkt, dass er beschnitten war, deshalb haben wir ihm attestiert, dass er als Kleinkind an einer Phimose operiert wurde. Ich kann morgen im Krankenhausarchiv nachsehen.«

Rudi pfiff anerkennend durch die Zähne. »Ich bin wirklich beeindruckt, was ihr damals alles organisiert habt.«

»Das meiste hat Fredi gedeichselt. Er war ein Meister des doppelten Spiels, wir haben ihn alle bewundert«, sagte Ella.

»Was ist eigentlich aus diesen gefälschten Briefen geworden, Lilli?«, fragte Rudi nun. »Gibt es eine Gestapo-Akte von Ludwig, in der sie archiviert wurden? Wenn wir Ernst Paulsen finden, könnte er bestätigen, dass du die Briefe damals in seinem Auftrag gefälscht hast, um Ludwig zu belasten und Fredi zu retten.«

»Ich habe keine Ahnung, ob es die noch gibt«, sagte Lilli. »Aber es kann gut sein, die Gestapo hat ja über alles peinlich genau Akten geführt. Wenn wir da nachbohren, werden sie aber womöglich weitere Fragen zu Ludwigs angeblichem Selbstmord stellen.«

»Ludwig hat sich umgebracht, weil er sich zutiefst schämte, von einer Frau reingelegt worden zu sein. Das war mit seiner männlichen Ehre nicht vereinbar, auch vor dem Hintergrund, dass er sich bei der SS bereits wegen seines Verhältnisses mit einer Nichtarierin unbeliebt gemacht hatte.«

»Das glaubt doch kein Mensch, Rudi.«

»Von wegen, Lilli. Ein Nazi, der sich wegen seiner verlorenen deutschen Ehre umbringt, ist seit dem Kriegsende das glaubwürdigste Motiv. Viele hohe Nazis haben sich umgebracht. Wir müssen uns hier ja nicht mit der Gestapo anlegen, sondern bloß ein paar Briten überzeugen, die kein Interesse daran haben, so einen alten Fall wieder aufzurollen. Schon gar nicht, wenn es um einen SS-Mann geht.«

»Immerhin war der angeblich ein Widerständler«, warf Ella ein.

»Na und?«, fragte Rudi. »Wir beweisen eben, dass er es nicht war, sondern ein verdammtes Schwein, das zahlreiche Leute zu Tode gefoltert hat.«

Im Anschluss an sein Gespräch mit Ella und Lilli war Rudi noch mit Joseph Kellermann verabredet. Der empfing ihn ausgesprochen freundlich, was vermutlich mehr Rudis amerikanischer Uniform als seiner überraschenden Rückkehr geschuldet war. Rudi kam gleich zur Sache und fragte, ob er noch eine Liste mit den Adressen untergetauchter Flüchtlinge besitze.

»Und wenn es so wäre, welchen Vorteil hätte ich davon, sie Ihnen zu überlassen, Rudolf?«

»Sie hätten eine Gefälligkeit bei mir gut, Joseph.«

»Jede?«

»Jede, die mich nicht in Teufels Küche bringt.«

»Nun, in Teufels Küche möchte ich Sie natürlich nicht bringen, obwohl es durchaus interessant sein könnte, den dortigen Speiseplan kennenzulernen.« Joseph lächelte gewinnend.

Dieser alte Fuchs hat sich kein bisschen verändert, dachte Rudi. Das Alter schien ihm überhaupt nichts anzuhaben. Trotz seiner vierundsiebzig Jahre hatte er kaum ein graues Haar, und auch die desolate Ernährungssituation war ihm in keiner Weise anzusehen.

Als Rudi die Liste schließlich in Händen hielt, staunte er nicht schlecht. Es fanden sich dort die Namen von siebenunddreißig Personen. Noch am selben Abend rief er seine Frau aus dem Hotel Vier Jahreszeiten an, das für Besatzungstruppen beschlagnahmt worden war. Goldie war erschüttert, als sie erfuhr, was Fredi in der Zwischenzeit alles widerfahren war, und versprach, Brombergs Adresse höchstpersönlich zu überprüfen.

Auch Rudis Freund James machte sich nützlich und griff während seines Besuchs bei der britischen Militärverwaltung zu eher unkonventionellen Mitteln, indem er Fotografien der berühmten »Leonore Gold« verteilte. Rudi hatte über Goldies Künstlernamen von Anfang an geschmunzelt, aber er verstand, warum ihr Agent den Namen Studt zu wenig sinnlich fand. Leonore Gold war eine gefragte Sängerin und Schauspielerin und hatte unter den britischen Soldaten genauso begeisterte Fans wie unter den amerikanischen.

»Ich habe einen der maßgeblichen Typen ganz heiß auf ein Treffen mit der großen Leonore gemacht«, sagte James und zwinkerte Rudi zu. »Wenn wir die Leumundszeugen für deinen Bruder zusammenhaben und Goldie nach Hamburg kommt, kann sie ihm die Liste persönlich übergeben. Wetten, dass sie ihn dabei um den Finger wickelt? Der wird am Ende gar nicht mehr anders können, als deinen Bruder zu rehabilitieren und wieder als Hauptkommissar einzusetzen.«

»Das wird Goldie Spaß machen.« Rudi lachte leise. »Männer für ihre Zwecke um den Finger wickeln kann sie ja.«

»Vor allem, da sie weiß, dass ihr Ehemann nie eifersüchtig wird. Wie machst du das nur?«

»Ich vertraue ihr. Das ist das ganze Geheimnis.«

Während Rudi weitere Kontakte zu einflussreichen Briten knüpfte, wurde ihm die ganze Absurdität seines Lebens bewusst. Er selbst ließ sich in Offizierscasinos freigiebig bewirten, während seine Eltern und Geschwister hungerten. In der amerikanischen Besatzungszone hatte bei seiner Abreise sogar noch die Vorschrift gegolten, Lebensmittelreste wegzuwerfen und auf keinen Fall an Deutsche weiterzugeben. Er hatte diese Vorschrift immer umgangen, indem er das deutsche Hotelpersonal gebeten hatte, die ordentlich verpackten Lebensmittelreste für ihn zu entsorgen.

Am 12. August war er mit Captain Williams im britischen Offizierscasino verabredet. Noch während er auf den Offizier wartete, fiel sein Blick auf eine englische Zeitung, deren Titelseite einen Atompilz zeigte. Er ließ sie sich bringen: »USA wirft Atombomben auf Hiroshima und Nagasaki ab«, stand da in großen Lettern. Und darunter: »Kapitulation Japans steht kurz bevor.«

Rudi schluckte. Unwillkürlich musste er an die Briefe von Arthur denken, die Lilli ihm gezeigt hatte. Nachdem Arthur erfahren hatte, dass der Traum vom Tod seiner Eltern kein Hirngespinst gewesen war, hatte er Nagasaki verlassen. Rudi hatte sich insgeheim über Arthurs Aberglauben amüsiert. Doch als er jetzt diese Zeitung las, wurde ihm ganz anders. Gab es doch mehr zwischen Himmel und Erde? Es hatte etwas Tröstliches, daran zu glauben. Sich vorzustellen, dass mit dem Tod nicht alles vorüber wäre und irgendwo jemand über einen wachte.

»Sie sind schon da, Lieutenant Studt?« Die Stimme von Captain Williams riss ihn aus seinen Gedanken.

»Ja, ich bin gern pünktlich.« Rudi faltete die Zeitung zusammen. »Vor allem, da ich gehört habe, dass Ihr Casino heute mit einem besonders guten Tagesgericht aufwartet.«

»Ich bin neugierig, Lieutenant Studt«, sagte der Brite. »Wir haben hier selten Besuch aus der amerikanischen Besatzungszone, und noch seltener Offiziere, die …«, er zog leicht spöttisch die Brauen hoch, »… ihre Uniform wie Operettengeneräle zum Schutz des Fronttheaters tragen.«

Verdammt, dachte Rudi. Das fing ja gut an. Captain Williams nahm ihn nicht ernst. Was sollte er jetzt bloß machen?

Tu das, was du am besten kannst, hörte er plötzlich eine Stimme in seinem Inneren. Sie klang wie die von Onkel Heinrich. *Fessel ihn mit einer Geschichte, das hast du doch von mir gelernt, ne?*

Danke, Onkel Heinrich, dachte er scherzhaft und fühlte sich auf einmal viel selbstsicherer.

»Interessiert Sie die Geschichte dahinter, Captain Williams?« Er lächelte den Briten gewinnend an. »Sie beginnt damit, dass mich die SA 1933 hier in Hamburg ins KZ gesteckt hat.«

Der Brite sah ihn überrascht an. »Sie waren im KZ?«

»O ja.« Rudi nickte. »Damals, als gerade die ersten KZs errichtet worden waren und die SA sich nicht scheute, Leute aus ihren Wohnungen zu holen oder direkt auf der Straße einzufangen, wenn sie ihnen nicht in den Kram passten. Ich wäre fast gestorben, wenn es da nicht jemanden gegeben hätte, der in den dunkelsten Zeiten in diesem Land das einzig Richtige getan hat, um mich und viele andere zu retten.«

»Wer war das?«

»Der mutigste Mann, den ich kenne.« Und dann erzählte Rudi Fredis Geschichte, als wäre es ein Abenteuerroman. Noch während er sprach, setzten sich andere Männer an den Tisch und hörten gebannt zu.

Als er schließlich am Ende war, sagte Captain Williams: »Das war eine sehr faszinierende Geschichte. Allerdings auch nicht mehr als das. Eine schöne Geschichte, die Sie gern glauben wollen, weil es sich um Ihren Bruder handelt, aber für die es keine Beweise gibt.«

»Das stimmt nicht, Captain Williams. Es gibt Beweise, und genau deshalb bin ich hier. Um allen zu zeigen, dass jedes einzelne Wort wahr ist. Mein Bruder hat es nicht verdient, mit den Tätern, gegen die er immer gekämpft hat, in einen Topf geworfen zu werden.«

»Wenn es diese Beweise wirklich geben sollte, verspreche ich Ihnen, Ihren Bruder wieder in den Polizeidienst zu übernehmen, denn dann gäbe es wirklich niemanden, der besser für diese Position geeignet wäre.«

»Hand drauf, hier vor allen Zuhörern?« Rudi hielt ihm seine Rechte entgegen, und der Captain schlug ein.

Schade, dass Fredi nicht sehen konnte, wofür sein großes Mundwerk, über das die Familie sich immer so gern lustig gemacht hatte, gut war.

Aber das würde er ihm erst erzählen, wenn er sein Ziel erreicht hatte, denn er wollte keine vorschnellen Hoffnungen wecken, die womöglich wieder enttäuscht wurden.

82

Am 2. September kapitulierte Japan, und der Zweite Weltkrieg war endgültig vorbei.

Für die Familie Studt blieb das Datum jedoch vor allem deshalb in Erinnerung, weil an diesem Tag Rudis Frau in Hamburg eintraf. Und sie war nicht allein. In ihrer Begleitung befanden sich neben ihrer Tochter Margot auch Milli, mit zwei Dienstboten, die sich um ihr umfangreiches Gepäck kümmerten, sowie der Geiger Siegmund Bromberg, der jahrelang unter dem Namen Hollerbeck mit seiner Familie in München gelebt hatte. Siegmund Bromberg hatte aus seinen früheren Fehlern gelernt und großes Geschick darin entwickelt, unauffällig zu bleiben.

Von den siebenunddreißig Personen auf Joseph Kellermanns Liste hatten neun geantwortet. Was mit den übrigen war, wusste niemand. Von den Antwortbriefen bestätigten drei namentlich Fredis Hilfe, während die restlichen Ernst Paulsen als Kontaktperson angaben. Auf diese Weise erfuhren sie auch, dass Ernst seit seiner Flucht auf einem Hof in der Nähe von Celle als Knecht arbeitete. Rudi schrieb ihn an und bat ihn, für Fredi auszusagen. Jetzt warteten sie auf seine Antwort, die Rudi besonders wichtig war, da er Captain Williams mit viel Mühe die Erlaubnis abgerungen hatte, die alten Personalakten der Gestapo einsehen zu dürfen. Nun kam ihm die deutsche Bürokratie zu Hilfe, denn er fand tatsächlich Ludwigs Akte, die noch mit einem alten deutschen Sperrvermerk versehen war. Sie enthielt allerlei aufschlussreiche Informationen über den überzeugten SS-Mann, der allerdings wegen seines Bestrebens, eine Erlaubnis zur Eheschließung mit einer Nichtarierin zu bekommen, kritisch beäugt wurde. Beim Lesen dieser Unterlagen wurde Rudi bewusst, dass es vor allem Lillis asiatischen Wurzeln zu verdanken war, dass ihr die Vortäuschung des Selbstmordes so überzeugend gelungen war. Ludwigs Fall bestätigte die Nazis in ihrem Vorurteil, dass, wer sich mit einer Halbchinesin einließ, mit Sicherheit auch im Widerstand war. Allerdings waren die Briefe, die Lilli Ludwig untergeschoben hatte, exzellent gefälscht. Das musste Rudi zugeben. Seine Cousine hatte es verstanden, Erkenntnisse, die nur die wahren Beteiligten haben konnten, mit falschen Angaben zu mischen, die Ludwig belasteten. Wenn Ernst Paulsen bestätigte, dass diese Briefe nicht von ihm waren, sondern er nur seine Unterschrift auf einem leeren Blatt Papier hinterlassen hatte, um für den Fall der Fälle Fälschungen herzustellen, würde das Fredis Unschuld bestätigen. Es sei denn, die Briten zweifelten Paulsens Identität an. Als Rudi dieser Gedanke kam, begriff er, warum Fredi und selbst seine Kinder so misstrauisch waren. Man musste wirklich jede Eventualität berücksichtigen. Nun gut, er würde an alles denken und alle nötigen Beweise herbeischaffen. Das war er seinem Bruder schuldig.

Goldie und Milli waren entsetzt, als James sie mit dem Auto, das er der britischen Militärverwaltung aus dem Kreuz geleiert hatte, zu ihrem Hotel fuhr. Immer wieder zeigten sie aus dem Autofenster und erinnerten sich daran, was einst dort, wo jetzt ausgebrannte Hausfassaden aus den riesigen Trümmerbergen ragten, gewesen war.

»Was ist mit dir, Spatz?«, fragte Rudi seine Tochter, die schweigend auf die Ruinenlandschaft blickte.

»Ich hätte so gern deinen Onkel Heinrich mit seinem Papagei und deine Tante Li-Ming kennengelernt. Es ist so traurig, dass sie tot sind«, sagte sie leise.

»Ja«, erwiderte Rudi ebenso leise. »Das war bei meiner Rückkehr das Allerschlimmste. Aber Lora lebt noch. Papageien werden ja uralt. Und vor allem wirst du jetzt endlich deine Großeltern und Onkel Fredi, deine Tante Ella und deine ganzen Cousinen und Cousins kennenlernen.«

»Meinst du, die werden mich mögen, Papa?«

Diese Frage versetzte Rudi einen Stich, denn sie erinnerte ihn daran, dass Margot nach dem Kriegseintritt der USA aufgrund der deutschen Wurzeln ihrer Eltern in der Schule wiederholt Anfeindungen ausgesetzt gewesen war. Nicht laut und offensichtlich, aber sie hatte regelmäßig unter den kleineren Gemeinheiten ihrer Mitschülerinnen leiden müssen. Das wurde erst besser, als es Goldie zu bunt geworden war und sie den Müttern der boshaften Mädchen nacheinander einen Besuch abgestattet und mit dem Einfluss ihres Ehemanns und der Familie Darnell gedroht hatte, falls die Hänseleien nicht sofort unterblieben. Obwohl die nachließen, blieb Margot außen vor und hatte kaum Freundinnen. Eine einsame Kindheit im Luxus. Aber an ein Geschwisterchen war nicht zu denken. Goldie wollte keine weiteren Kinder. Ihre Karriere war ihr wichtiger.

»Ganz bestimmt werden sie dich mögen«, antwortete Rudi seiner Tochter jetzt. »Sie müssen dich nur erst mal richtig kennenlernen.«

»Ein paar Tafeln Schokolade dürften Wunder wirken«, sagte Goldie. »Wenn die nur halb so verwildert sind wie die Gören, die wir aus München kennen, gewinnst du damit sofort ihre Herzen.«

»Leonore, deine Überheblichkeit ist unangemessen«, sagte Milli streng.

»Ich sage doch nur, wie es ist«, widersprach Goldie. »Für Zigaretten und Schokolade bekommst du hier alles.«

»Zuneigung kann man sich nicht erkaufen«, sagte Milli. »Vor allem nicht, wenn es aus der Position der eigenen Überlegenheit heraus geschieht.« Sie wandte sich an Margot. »Liebes, du kannst dir überlegen, ob du die reiche Cousine aus Amerika sein willst, deren Geschenke man gern nimmt, aber die man nicht in sein Herz blicken lässt, oder ob du ihnen auf Augenhöhe begegnen willst.«

»Und wie mache ich das, Tante Milli?«

»Wenn Menschen fast alles verloren haben, ist das Letzte, was ihnen bleibt, ihre Würde. Wenn sie dann das Gefühl haben, ein Almosen zu bekommen, nimmt ihnen das ihre Selbstachtung. Du bist bei ihnen zu Gast, sieh dir alles an, sei zurückhaltend und freundlich, und wenn dir etwas schäbig oder seltsam vorkommt, hältst du den Mund. Deine Großeltern und die Geschwister deines Vaters wohnten vor dem Krieg in genauso schönen Wohnungen wie wir. Alles, was sie jemals hatten, ist vernichtet, ihnen sind nur die Schrebergärten geblieben, die nie dafür gedacht waren, dass man dort dauerhaft lebt.« Dann sah Milli Goldie an. »Margot und ich werden mit Rudi zur Schrebergartenkolonie weiterfahren, wenn wir dich im Hotel abgesetzt haben.«

»Du willst mich nicht dabeihaben?« Goldie sah Milli mit einem Anflug von Verärgerung an.

»Nein, Leonore. Ich möchte dich nur darum bitten, dich um Siegmund Bromberg zu kümmern, wenn er mit meinem Personal und dem Gepäck eintrifft. Ich möchte, dass er in unserem Hotel ein Zimmer bekommt. Du weißt ja, wie problematisch es für Deutsche ist, in einem beschlagnahmten Hotel unterzukommen.«

»Das ist nicht problematisch, das ist völlig unmöglich«, sagte Goldie.

»Du wirst das schon schaffen, du setzt deinen Willen am Ende doch immer durch.«

»Außer wenn ich mit dir diskutiere.«

»Ja, aber ich sitze ja nicht an der Rezeption des Hotels.«

Goldie seufzte, gab sich aber geschlagen.

Margot war sehr aufgeregt, als sie kurz darauf mit ihrem Vater und Milli in der Schrebergartenkolonie über einen Sandweg zur Parzelle ihrer Großeltern ging. Sie hatte so gern den Geschichten von Tante Milli gelauscht, wenn die ihr davon erzählte, wie sie mit ihrer Großmutter durch die engen Straßen des Gängeviertels getobt war. Margot hatte sich wohlig gegruselt, wenn sie von den Schrecken der Cholera und von der Tatkraft ihrer Oma, die damals Krankenschwester geworden war, gehört hatte. Gern hätte sie ihrer Oma selbst Briefe geschrieben, aber noch bevor sie Lesen und Schreiben gelernt hatte, war der Krieg ausgebrochen, und danach waren alle Verbindungen gekappt gewesen.

Margot hatte immer gedacht, die Schrebergartensiedlung bestünde aus bunten Holzhäusern, wunderbaren Obstbäumen und leuchtenden Sonnenblumen, aber die Wirklichkeit sah weit weniger märchenhaft aus. Zwar gab es Obstbäume, aber die Farben der Häuser waren verblichen und die hölzernen Wände mit alten Ziegelsteinen verstärkt. Vor einer Schreberbude, die ganz mit rotem Backstein verkleidet war und wie ein richtiges kleines Haus aussah, blieb ihr Vater stehen.

»Mama, Papa, hallo, wir sind da!«, rief er.

Niemand meldete sich, aber eine der Nachbarinnen steckte den Kopf über die Brombeerhecke. »Die helfen gerade bei Alfred mit.«

»Vielen Dank«, sagte Rudi. Dann sah er Margot an. »Das ist eigentlich viel besser, denn auf diese Weise lernst du deinen Onkel Fredi, Tante Henny und deine Cousinen und Cousins auch gleich kennen.«

Margot nickte und wusste nicht, ob das Kribbeln in ihrem Bauch der Vorfreude oder der Unsicherheit geschuldet war. Sie warf Tante Milli einen bangen Blick zu, die ihr daraufhin zuzwinkerte. Alles würde gut werden.

Fredis Familie war gerade dabei, das Dach des neuen Anbaus, an dem sie seit Wochen gemauert hatten, fertigzustellen. Fredi und Wolfgang nagelten die Dachlatten fest, während Paul mit Matthias die Dachpappe zurechtschnitt, die vermutlich schon bessere Tage gesehen hatte. Rudi fiel auf, dass die Ränder angeschmort waren, und er fragte sich, ob Fredi die wohl zwischen den Trümmern organisiert hatte. Helga und Marie ernteten die beiden Apfelbäume ab, während Martha und Henny die Äpfel danach sortierten, welche eingelagert und welche zu Apfelmus oder Marmelade verarbeitet werden sollten.

»Guten Tag allerseits! Ihr habt Besuch!«, rief Rudi fröhlich.

Sofort waren alle Blicke auf die Ankömmlinge gerichtet. Dann schob er Margot sanft in den Vordergrund.

»Darf ich vorstellen: Das ist meine Tochter Margot«, sagte er zu seiner Mutter. »Margot, das sind deine Großmutter Martha und deine Tante Henny.«

Martha war so überrascht, dass sie kein Wort hervorbrachte, und auch Margot wirkte befangen. Sie hatten sich dieses Treffen beide so lange gewünscht, unzählige Male in ihren Träumen ausgemalt, aber durfte man jemanden, den man noch nie gesehen hatte, einfach so umarmen?

»Nun steht hier doch nicht rum wie die Ölgötzen«, sagte Milli. »Martha, jetzt nimm deine Enkelin schon in den Arm, damit ich dich anschließend auch drücken kann!«

Millis handfeste Art brachte Martha zum Lachen, und im nächsten Augenblick war das Eis gebrochen. Margot fiel ihrer Oma in die Arme. Martha zog Rudis Tochter fest an sich. Ihr größter Wunsch hatte sich erfüllt, ihre Familie war endlich wieder in Hamburg vereint. Und nicht nur das, auch Milli war gekommen.

»Lass dich mal ansehen, Margot«, sagte Martha, nachdem sie ihre Enkelin wieder losgelassen hatte. Ja, das war eindeutig Rudis Tochter; sie hatte seine Augen, seine Nase, aber den hübschen Mund ihrer Mutter. »Du bist eine echte Schönheit.« Margot schlug schüchtern die Augen nieder. »Und das da ist dein Opa Paul«, sagte Martha dann. Während Paul seine Enkelin ebenfalls herzte, wurde Martha von Milli ungestüm umarmt.

»Es ist so lange her«, sagte Milli. »Viel zu lange.«

»Zweiunddreißig Jahre«, bestätigte Martha. »Ich habe so oft an unsere letzte Begegnung in New York gedacht. An unseren Ausflug mit deiner Lizzy.«

»Ach ja, mein alter Ford.« Milli seufzte wehmütig. »Der hat leider schon lange das Zeitliche gesegnet. Inzwischen habe ich einen Cadillac 62. Ich hätte ihn gern mitgebracht, um mit dir eine Fahrt durch Hamburg zu machen, aber die Formalitäten waren unüberwindlich. Es hat mich schon genügend Mühe gekostet, überhaupt eine Genehmigung zur Einreise ins besetzte Deutschland zu bekommen.«

»Aber jetzt bist du hier. Zum ersten Mal nach siebenundvierzig Jahren.«

»Ja, endlich bin ich wieder in Hamburg, und alles liegt in Trümmern. Euch kann man wirklich nicht allein lassen.«

»Ja, wärst du mal geblieben, dann wäre das alles nie passiert. Du bist schuld, Milli«, gab Martha trocken zurück.

Milli brach in schallendes Gelächter aus, und Martha stimmte sofort ein. Ihr Humor war immer noch derselbe, und es fühlte sich so an, als wären sie nie getrennt gewesen. Die tiefe Freundschaft ihrer Jugendjahre hatte alle Krisen und Kriege überstanden.

Paul spürte, dass Martha und Milli etwas Zeit für sich brauchten, also übernahm er es, seiner Enkelin die übrigen Familienmitglieder vorzustellen. Margots Angst, man könnte sie nicht mögen, löste sich in Luft auf, als die nur ein Jahr ältere Marie sie fragte, ob sie beim Apfelernten helfen wolle, und ihr Vater nichts dagegen hatte, dass sie das hübsche Sonntagskleid auszog und nur im Unterkleid mit ihren beiden Cousinen auf den Apfelbaum kletterte. In diesem Moment begriff Margot, warum Tante Milli ihre Mutter nicht dabeihaben wollte. Die hätte es ihr mit Sicherheit verboten. Zum Glück war ihr Vater da ganz anders. Der hatte nicht einmal etwas dagegen, als sie am Ende des Tages mit ihren Cousinen im kleinen Fluss badete, der an diesem ersten Septemberwochenende noch angenehm warm war.

»Zum Glück schlägt sie mehr nach dir als nach ihrer Mutter«, sagte Fredi zu Rudi. »Goldie wäre hier doch bestimmt nie baden gegangen.«

»Nein, vermutlich nicht. Aber sie hat andere Qualitäten. Und die wird sie einsetzen, damit wir dich rehabilitieren können.« Rudi klopfte Fredi auf die Schulter. »Wir kriegen alles wieder hin. Versprochen.«

Während Margot in der ärmlichen Schrebergartenkolonie einen der schönsten Sommertage ihres bisherigen Lebens verbrachte und Goldie ihre Qualitäten bewies, indem sie Siegmund Bromberg ein ordentliches Hotelzimmer organisierte, klingelte Ernst Paulsen an der Tür von Joseph Kellermann.

Lilli fiel ihm überglücklich um den Hals. »Ich bin so froh, dass du lebst.«

»Ich wär schon früher gekommen«, sagte er und erwiderte ihre Umarmung. »Aber das war nicht so einfach. Alleinreisende Männer in meinem Alter sind den Briten suspekt, und ich hatte keine ordnungsgemäßen Papiere. Ehe die mich für einen deutschen Deserteur halten und wegsperren, habe ich lieber abgewartet. Aber als dann der Brief von Alfreds Bruder kam, war mir klar, dass ihr mich braucht.«

»Ja, und wie wir dich brauchen«, sagte Lilli. Dann erzählte sie ihm, was alles passiert war, und sparte keine Einzelheit aus.

»Du bist die mutigste Frau, die ich kenne, Lilli«, sagte er. »Aber das wundert mich nicht, schließlich ist dein Cousin auch der mutigste Mann, den ich kenne.«

»Stell dein Licht nicht unter den Scheffel. Du hast genauso viel gewagt und außerdem die Ehre der deutschen Polizei gerettet. Wir brauchen dich nicht nur, um Alfred zu seinem Recht zu verhelfen, sondern auch als Polizisten in deiner alten Funktion. Wenn Rudi morgen kommt, werden wir alles besprechen. Jetzt, wo du da bist, wird alles wieder gut!«

83

Sie sind eine wirklich beeindruckende Frau«, sagte Captain Williams zu Goldie.

Es hatte etwas Surreales, fand Goldie, mit einem britischen Offizier im Foyer des Hotels Vier Jahreszeiten zu sitzen, auf die Alster zu blicken und sich Kaffee servieren zu lassen, während die Stadt rundherum nur aus lauter Ruinen bestand.

»Ich habe Ihre Filme immer sehr gern gesehen«, fuhr der Captain fort. »Vor allem den, in dem Sie die raffinierte Gangsterbraut spielen, die sich am Ende mit dem Geld allein davonmacht.«

Goldie lächelte. Es freute sie, dass er ihre Filme kannte, obwohl es sich nur um B-Movies handelte. Vielleicht hätte sie den Sprung nach ganz oben geschafft, wenn der Krieg nicht gewesen wäre.

»Sie mögen raffinierte Frauen, Captain Williams?«

»Zumindest im Film. Ich bewundere es, wenn jemand trotz aller Widrigkeiten das Beste aus seinem Leben macht. Eine Frau wie Sie gehört einfach nach Hollywood.«

»Es war für meine Ehe eine große Herausforderung, als ich Ende der Dreißigerjahre regelmäßig mehrere Monate am Set verbracht habe. Damals hat mein Mann als Anwalt in New York gearbeitet, und ich konnte ihn und auch unsere kleine Tochter nur selten sehen. Aber wenn meine Filme einem Mann wie Ihnen gefallen, wiegt das jede Entbehrung auf.«

»Und Ihr Mann hat es einfach so hingenommen und war nie eifersüchtig, wenn Sie mit anderen Männern vor der Kamera standen?«

»Wissen Sie, Captain Williams, mein Mann ist die große Liebe meines Lebens. Wir vertrauen einander, und ich würde ihn nie gegen einen anderen eintauschen.«

Einen Moment lang hatte Goldie das Gefühl, den Hauch einer Enttäuschung auf dem Gesicht ihres Gegenübers wahrzunehmen, so als hätte er sich vielleicht ein amouröses Abenteuer erhofft. Doch sofort verschwand er wieder, und er nickte lächelnd. »Dann sind Sie also nicht nur eine erfolgreiche, sondern auch eine glückliche Frau.«

»Ja«, bestätigte Goldie. »Aber all das wäre ich nicht geworden, wenn es meinen Schwager Alfred Studt nicht gegeben hätte. Ich weiß nicht einmal, ob ich ohne ihn noch am Leben wäre. Auch meinen Eltern hat er die Flucht ermöglicht.« Sie nahm ihre Handtasche und zog die Briefe hervor, die dokumentierten, dass Fredi und auch Ernst Paulsen Menschen geholfen hatten, den Nazis zu entkommen.

»Mein Mann sagte mir, dass Sie Beweise bräuchten, um meinen Schwager wieder in den Polizeidienst aufzunehmen. Hier haben Sie schon einmal welche«, sagte Goldie und hielt ihm den Packen hin. »Außerdem gibt es noch zwei Zeugen, die persönlich aussagen werden. Lassen Sie sich die Briefe in Ruhe von vertrauenswürdigen Quellen ins Englische übersetzen, dann werden Sie erkennen, dass Alfred Studt das Beste ist, was Ihnen beim Wiederaufbau der deutschen Polizei passieren kann.«

»So, wie Sie und Ihr Mann sich für Alfred Studt einsetzen, bleibt mir wohl gar nichts anderes übrig, als es irgendwann zu glauben. Er muss Ihnen ja wirklich sehr am Herzen liegen.«

»Das tut er«, bestätigte Goldie und schenkte dem Captain ihr schönstes Lächeln.

»Wie ist es gelaufen?«, fragte Rudi seine Frau, als sie von ihrem Treffen mit Captain Williams zurückkam.

Goldie hielt lächelnd beide Daumen siegesgewiss in die Höhe. »Er will noch mit Siegmund Bromberg sprechen und die Personalakte von Ernst Paulsen prüfen lassen, ehe er dessen Aussage zu Protokoll nimmt, aber für mich hat sich das so angehört, als ginge es lediglich noch um Formalitäten. Willst du es nicht Milli sagen, damit sie mich endlich mal zu schätzen weiß?« Goldie lächelte Rudi liebevoll an.

»Du weißt, dass sie dich schätzt.«

»Sie hält mich für ein Püppchen.«

»Ja, das bist du ja auch. Mein Püppchen!« Er nahm sie in die Arme. »Milli ist übrigens gar nicht da. Sie meinte, sie wolle sich heute einen ganz besonderen Wunsch erfüllen.«

»So? Noch einen Tag mit deiner Mutter?«

»Das hat sie nicht gesagt. Aber du, mein Püppchen, kannst mir jetzt einen Wunsch erfüllen.« Er fing an, die Knöpfe ihrer Bluse zu öffnen.

»Und was ist, wenn Margot reinkommt?«

»Unwahrscheinlich, James hat sie vor einer Stunde zu meinen Eltern gefahren.«

»Na dann …«

Millis Herz klopfte wie schon lange nicht mehr, als sie an der Tür von Joseph Kellermann läutete. Ein Dienstmädchen öffnete ihr.

»Ich möchte zu Herrn Moritz Kellermann. Melden Sie ihm Mrs. Darnell.«

Das Dienstmädchen knickste artig und bat sie, kurz im Foyer zu warten. *Joseph ist noch immer das gleiche Schlitzohr wie früher*, dachte Milli, als sie die Brandspuren sah, mit denen Joseph die Briten auf Requirierungstour abgeschreckt hatte. Es hätte sie nicht gewundert, wenn er auch noch alte Aktfotos von ihr gehabt hätte, allerdings waren die Zeiten, da er ihr damit hätte schaden können, längst vorbei. Außerdem war sie nicht hier, um Joseph zu besuchen. Sie wollte Moritz sehen. Moritz, der sie geliebt hatte und in den schwierigsten Zeiten ihres Lebens stets treu an ihrer Seite gewesen war. Der die Vaterschaft für ihre Tochter anerkannt hatte, obwohl er wusste, dass er nicht der Erzeuger war. Der versucht hatte, sie zu beschützen, wo er nur konnte. Der sie unzählige Male gefragt hatte, ob sie ihn heiraten wolle, und dem sie vor siebenundvierzig Jahren das Herz gebrochen hatte, als sie nach Amerika ausgewandert war.

Sie wusste, dass er ihr längst verziehen hatte. Die Briefe, die sie zwischen den Kriegen ausgetauscht hatten, waren voller Wärme und Zuneigung gewesen. Dennoch fürchtete sie sich vor der Begegnung, denn sie hatte ihn als jungen gesunden Mann in Erinnerung, nicht als den kriegsversehrten Veteranen, der noch dazu seine Frau unter furchtbaren Umständen verloren hatte. Wie viel war von dem Mann geblieben, den sie insgeheim mehr als jeden anderen geliebt hatte?

»Milli, bist du es wirklich?«

Moritz' Stimme riss sie unvermittelt aus ihren Gedanken. Er kam ihr mit erstaunlich festem Schritt entgegen, wenn man bedachte, dass sein rechtes Bein eine Prothese war und er nur einen einfachen Gehstock nutzte. Millis Blick schweifte zu seinem rechten Arm, wo lediglich eine Greifzangenprothese unter dem Jackenärmel hervorschaute. Es machte gar nicht so einen schrecklichen Eindruck, wie sie befürchtet hatte. Als Letztes schaute sie ihm ins Gesicht. Sie hatte die ausgemergelten Züge eines gebrochenen Mannes erwartet, aber seine Züge hatten lediglich die jugendlichen Rundungen verloren, die ihm früher etwas Unschuldiges verliehen hatten. Er war immer noch ein schöner Mann. Sein Haar war trotz seiner einundsiebzig Jahre noch erstaunlich dunkel, ganz anders als ihres, das ohne die Kunst ihres Friseurs längst schlohweiß gewesen wäre.

»Ja«, sagte sie und ging ihm entgegen. Auf einmal wusste sie, warum Martha und Margot einander so befangen gegenübergestanden hatten. Sollte sie ihrem Impuls nachgeben und ihn in den Arm nehmen, oder war das nach all den Jahren unangemessen?

Moritz bemerkte ihr Zögern. »Nu komm schon her, du feine Dame«, neckte er sie. »Lass dich mal von mir drücken! Ich piks dich auch nicht mit der Prothese.«

Früher hätte sie sich ihm auf eine derartige Aufforderung hin schwungvoll an den Hals geworfen, aber jetzt war sie zurückhaltender und nahm ihn nur ganz vorsichtig in die Arme. Er war jedoch weit weniger zurückhaltend und drückte sie mit erstaunlicher Festigkeit, die sie nicht von ihm erwartet hätte, an seine Brust.

Er riecht immer noch genauso gut wie früher, dachte sie. Dutzende von Erinnerungen strömten auf sie ein, während er sie festhielt.

»Es ist lange her«, sagte er.

»Ja«, sagte sie nur. Sie wollte nicht sprechen, sondern sich noch ein bisschen der Illusion hingeben, nach Hause gekommen zu sein. Viel zu lange hatte sie ihre Liebe zu ihm verleugnet, sie sich nicht einmal selbst eingestanden. Zu groß war ihre Angst, er könnte sie verletzen und verraten, so wie alle anderen Männer ihrer Kindheit und Jugend. Er war immer liebevoll zu ihr gewesen, aber das schien ihr zu schön, um wahr zu sein. Erst durch Lawrence und Malcolm hatte sie langsam gelernt, Vertrauen zu entwickeln. Inzwischen waren beide tot. Moritz aber war noch immer da, wie von jeher.

»Da ist aber jemand lange nicht mehr so richtig in den Arm genommen worden, ne?«, flüsterte Moritz, als könnte er ihre Gedanken lesen.

»Das kannst du auch noch immer genauso gut wie früher«, sagte sie, straffte sich innerlich wieder und löste sich behutsam aus seiner Umarmung. Er lächelte sie zärtlich an.

»Lass dich mal richtig ansehen Milli. Wie machst du das eigentlich, dass du noch immer wie so 'ne wunderschöne Elfe aussiehst?«

»Ich glaube, du brauchst eine Brille.«

»Ach du, da will ich dir mal 'n Kompliment machen, und du kannst das schon wieder nicht annehmen.«

Sie lachte leise. »Wir wissen doch beide, dass ich eine hässliche alte Frau geworden bin.«

»Du warst immer wunderschön, und das wirst du auch immer bleiben, egal wie alt du bist. Den Esprit des jungen Mädchens ersetzt du durch deine Respekt einflößende Würde.«

Milli zog die Brauen hoch. »Wann hast du denn gelernt, dich so hochtrabend auszudrücken?«

»Na ja, was ist mir denn anderes übrig geblieben. Als ich nicht mehr so richtig zupacken konnte, da musste ich das halt mit ein bisschen Bildung ausgleichen. Und manchmal, so in Fällen wie diesen, kann ich dann auch mal was richtig Intelligentes sagen, wenn meine alten Komplimente nicht mehr ziehen.« Er setzte ein verschmitztes Gesicht auf, und Milli musste herzlich lachen.

»Habe ich dir eigentlich jemals gesagt, wie sehr ich dich liebe?«, fragte sie.

»Nicht mit Worten«, erwiderte er. »Aber ich habe es immer gewusst, sonst hätte ich dir ja nicht so viele vergebliche Heiratsanträge gemacht, ne?«

»Und das war für mich damals auch sehr wichtig, selbst wenn ich jeden einzelnen abgelehnt habe.« Milli atmete tief durch. »Hast du dich jemals gefragt, wie unser Leben wohl verlaufen wäre, wenn wir damals andere Entscheidungen getroffen hätten?

Wenn du mir nach Amerika gefolgt wärst, oder wenn ich dich geheiratet hätte und in Deutschland geblieben wäre?«

Er strich ihr sanft mit der linken Hand über die Wange.

»Sehr oft, Milli. Aber am Ende bin ich immer zu dem Schluss gekommen, dass alles so sein sollte, wie es gekommen ist. Du hattest zu große Angst, dich an jemanden zu binden, den du wirklich liebst. Das habe ich erst begriffen, als ich mit Carola verheiratet war.«

»Warst du glücklich mit ihr?«

»Ja, sehr glücklich. Ich dachte, mein Leben wäre vorbei, aber dank Carola habe ich erkannt, dass es gerade erst begonnen hatte. Unsere silberne Hochzeit haben wir noch gefeiert, ehe alles im Feuer unterging.« Moritz atmete schwer. »Es war sehr schlimm, sie zu verlieren, aber ich habe ja immer noch Sophia, und das hat mir die Kraft gegeben weiterzumachen.«

»Weißt du, dass ich dich darum beneide? Um dieses Glück?«

»Wieso? Du hast doch selbst drei wunderbare Kinder und etliche Enkel. Und soweit ich weiß, warst du mit deinen Männern ja auch glücklich. Außerdem lebst du im Wohlstand, so wie du es dir immer gewünscht hast.«

»Ja, ich bedauere auch nichts. Und trotzdem bleibt da so ein Gefühl der Leere, als hätte ich mich falsch entschieden, obwohl ich es immer wieder tun würde, wenn ich die Zeit zurückdrehen könnte.«

»Du hast damals die einzige Entscheidung getroffen, die du treffen konntest«, sagte Moritz. »Ich war ein Niemand und konnte dir nichts außer meiner Liebe bieten. Aber Liebe war keine Währung, die dir genügend Sicherheit geboten hätte.«

»Du hast dich wirklich sehr verändert, Moritz. Ich glaube, du bist an all den Schicksalsschlägen, die du erlitten hast, gewachsen und gereift.«

»Wäre ja auch schlimm, wenn nicht, oder?«

Milli nickte. »Weißt du noch, wie du mich kurz nach Annas Geburt zu dieser Wahrsagerin auf dem Dom geschleppt hast? Sie hat damals gesagt, wir würden ein langes, glückliches Leben führen und noch im Alter mit weißem Haar gemeinsam auf einer Bank sitzen und über die Elbe schauen.«

»Ja, ich habe ihr damals zwanzig Pfennig extra gegeben, damit sie das sagt, weil ich dachte, dann heiratest du mich vielleicht doch noch.«

»So hinterlistig warst du?« Milli zwinkerte ihm zu. »Das hätte ich dir gar nicht zugetraut. Nun ja, leider ist deine Rechnung nicht aufgegangen. Jetzt sind wir alt und grau, aber wir können auf kein gemeinsames Leben zurückblicken. Und manchmal bedaure ich das.«

»Wirklich?«, fragte Moritz. »Aber du hast doch gerade gesagt, dass du dich heute wieder genauso entscheiden würdest.«

»Ja. Aber ich darf doch trotzdem davon träumen, wie es hätte sein können. Wie es gewesen wäre, wenn wir ein gemeinsames Leben geführt hätten und jetzt als alte Leute glücklich zusammen auf einer Bank sitzen und auf die Elbe schauen würden. So wie du es dir damals gewünscht hast, als es dir sogar zwanzig Pfennig extra für die Wahrsagerin wert war.«

»Komm mal mit, Milli.« Er hielt ihr seine Rechte mit der Greifzange entgegen, die sie vorsichtig ergriff, da er mit der Linken seinen Gehstock halten musste. Dann führte er sie durch das Haus zur großen Terrasse mit Blick auf die Elbe.

»Da ist die Bank«, sagte er. »Komm, Milli, setz dich zu mir.«

Sie folgte seiner Aufforderung. Er legte ihr den linken Arm um die Schultern.

»Es ist nie zu spät, sich einen Traum zu erfüllen«, sagte er. »Jetzt sitzen wir zusammen als alte Leute auf einer Bank, gucken über die Elbe und wissen, dass wir alles im Leben richtig gemacht haben.«

»Nun bringst du mich auch noch zum Weinen, du dummer Kerl«, sagte sie und schmiegte sich an ihn.

»Das ist das Vorrecht von dummen Kerlen«, sagte Moritz und hauchte ihr einen Kuss auf die Wange. »Ganz egal, ob wir unser Leben nun gemeinsam verbracht haben oder nicht, in diesem Augenblick sind wir zusammen. Das Leben, das hinter uns liegt, ist längst vergangen. Aber im Hier und Jetzt, da halte ich dich als alter Mann im Arm, meine große Jugendliebe. Ich schätze mich so glücklich, dass mir das noch einmal vergönnt ist.«

Und obwohl Milli Tränen über die Wangen liefen, fühlte sie sich unsagbar glücklich und geborgen.

Mitte September erhielt Fredi den offiziellen Bescheid, dass sein politischer Hintergrund während des Nationalsozialismus erneut überprüft worden war und er aufgrund der neu vorgelegten Unterlagen und Zeugenaussagen als Gegner des Regimes und somit als unbelastet galt. Zugleich wurde er mit sofortiger Wirkung wieder in den Polizeidienst übernommen. Auch sein Freund Ernst Paulsen war nach seiner Zeugenaussage wieder eingestellt worden.

Siegmund Bromberg hatte es sich nicht nehmen lassen, Fredi noch einmal persönlich zu besuchen und ihm und auch Ella für alles zu danken.

»Es war das Mindeste, was ich tun konnte, jetzt hier auszusagen«, sagte er zu Fredi. »Ohne Sie und Ihre Schwester hätten meine Familie und ich vermutlich nicht überlebt.«

»Dafür hat sich aller Einsatz gelohnt«, sagte Fredi. »Auch, wenn Sie es mir mit Ihrer Naivität und Ihrem Dickkopf verdammt schwer gemacht haben, Ihnen zu helfen.«

»Ja, ich weiß«, sagte Siegmund kleinlaut. »Aber im Gegenzug haben Sie mir ja auch ordentlich eins auf die Nase gegeben.«

»Na, zum Glück haben Sie das bei Ihrer Aussage unterschlagen. Ich stell mir gerade vor, was Captain Williams wohl gesagt hätte, wenn Sie ihm erzählt hätten: ›Ja, der Oberkommissar Studt war ganz in Ordnung, der hat mir im Gestapo-Keller bloß die Nase blutig geschlagen und mich dann mit Fußtritten rausgejagt.‹«

Siegmund stutzte kurz, dann brach er in herzhaftes Gelächter aus.

Zwei Tage, nachdem Fredi wieder offiziell in Amt und Würden war, verabschiedete sich Rudi, um mit Margot, Goldie und Milli in die USA zurückzukehren.

»Wir müssen wieder nach Hause. Da wartet so viel auf uns«, sagte Rudi.

»Nach Hause«, wiederholte Fredi. »Es ist also, wie ich es gesagt habe, nicht wahr? Dein Zuhause ist jetzt in Amerika.«

»Ja«, bestätigte Rudi. »Aber ein Teil meines Herzens wird immer hier bleiben. Und weißt du, wofür ich dir am dankbarsten bin? Dafür, dass Margot bei euch zum ersten Mal erleben durfte, wie es ist, sich im Schoße einer großen Familie geborgen zu fühlen. Sie war in ihrem ganzen Leben noch nie so glücklich wie in diesen Tagen. Du hast großartige Kinder und eine wunderbare Frau. Ich hoffe, du weißt, dass du in gewisser Weise ein viel reicherer Mann bist als ich, oder?«

»Ja«, sagte Fredi. »Und ich würde auch nie mit dir tauschen wollen, selbst wenn ich nicht weiß, woher ich in den nächsten Wochen passende Winterschuhe für meine Kinder bekommen soll. Du weißt ja, dass es Deutschen weiterhin verboten ist, Pakete aus dem Ausland zu bekommen.«

»Ja, aber das wird nicht ewig so bleiben. Es gibt schon Bestrebungen, das zu ändern. Milli hat versprochen, ihren ganzen Einfluss bei entsprechenden Organisationen in Amerika geltend zu machen. Und sobald man wieder Pakete schicken kann, werden Schuhe dein geringstes Problem sein.«

»Keine Sorge, die werde ich schon irgendwie organisieren, notfalls mithilfe von Papa und Joseph Kellermann.«

»Da bin ich mir sicher«, sagte Rudi. »Ich habe Papa noch sämtliche amerikanischen Zigaretten zugesteckt, die ich auftreiben konnte. Waren leider nur fünf Schachteln.«

Fredi pfiff durch die Zähne. »Damit kommt er auf jeden Fall gut über den Winter, im Moment kriegt man ein Pfund Brot für zwei amerikanische Zigaretten. Hast du ihm fünf Zwanzigerpackungen gegeben oder nur Fünfer?«

»Natürlich Zwanziger. Da fallen mir sofort diese miesen Textaufgaben ein, die wir früher immer im Rechnen bekamen. Ich sehe die neuen Schulbücher schon vor mir: ›Dein Onkel aus Amerika gibt deinem Großvater fünf Schachteln Zigaretten zu jeweils zwanzig Stück. Wenn ein Pfund Brot für zwei Zigaretten auf dem Schwarzmarkt zu haben ist, wie viel Kilo Brot kann dein Großvater eintauschen?‹«

»Fünfundzwanzig Kilo«, antwortete Fredi wie aus der Pistole geschossen.

»Ich wusste es doch, du warst im Kopfrechnen immer viel besser als ich, Fredi.«

Sie lachten.

»Was meinst du, Rudi, wo werden wir wohl heute in zehn Jahren stehen? Wird dann alles besser oder schlimmer sein?«

»Natürlich besser«, sagte Rudi. »Ich bin inzwischen ein notorischer Optimist. Ich glaube an die Zukunft. Und ich hoffe, du kannst das jetzt auch wieder.«

Als wir wieder an die Zukunft glaubten

Die kommenden Jahre blieben hart. Viele Menschen verhungerten oder erfroren in den kalten Wintern. Zwar durften Deutsche ab 1946 endlich wieder Pakete aus dem Ausland erhalten, und Martha und ihre Familie wurden großzügig von Rudi und Milli mit Lebensmitteln unterstützt, aber Kohlen konnten sie ihnen nicht schicken. Der Winter des Jahreswechsels 1946 auf 1947 war der kälteste, an den Martha sich erinnern konnte, und im *Hamburger Echo* wurden tagtäglich die Kältetoten gezählt. Es war so kalt, dass die Kinder täglich jedes ein Brikett mit in die Schule bringen mussten, um den dortigen Ofen anzuheizen. Andernfalls wäre der Unterricht bei Innentemperaturen weit unter dem Gefrierpunkt nicht möglich gewesen. Helga erzählte, dass sie den Unterricht mindestens viermal pro Stunde unterbrachen, um sich durch Freiübungen aufzuwärmen, und Martha fragte sich, wie die Kinder dabei noch etwas Gescheites lernen sollten.

Aber es gab auch Lichtblicke. Im Frühjahr 1947 bekamen sie endlich einen Brief von Arthur, der bestätigte, dass er zum Zeitpunkt des Atombombenabwurfs nicht mehr in Nagasaki gewesen war. Auch in Japan war die Lage schwierig, aber Arthur und Yuki hatten trotzdem ein zweites Kind bekommen, einen Jungen, dem sie den exotischen Namen Heinrich gegeben hatten.

Fredi versuchte mit den dürftigen Mitteln, die der Hamburger Polizei nach Kriegsende geblieben waren, eine einigermaßen funktionierende Mordkommission auf die Beine zu stellen, aber es gab so viele ungeklärte Todesfälle, dass er manchmal schier am Verzweifeln war. Dafür verbesserte sich Lillis berufliche Situation, denn die Briten etablierten eine weibliche Kriminalpolizei. Fredi bestärkte sie darin, sich zu bewerben, und unterstützte sie nach Kräften, alle Hürden zu nehmen.

In dieser Zeit kam sie auch Ernst Paulsen näher. Die gemeinsamen Erlebnisse hatten sie zusammengeschweißt, und aus der schon seit Langem bestehenden Zuneigung wurde Liebe. Kurz nach der Währungsreform im Juni 1948 heirateten sie.

Margot und Rudi besuchten die Familie in den Jahren nach der Währungsreform insgesamt drei Mal, nämlich immer dann, wenn Goldie für mehrere Wochen zu Dreharbeiten unterwegs war. Zwar gelang Goldie nie der Sprung in die Top-Riege der Hollywoodstars, aber sie wurde gern als die abgebrühte, verruchte Frau besetzt, die auch vor Mord nicht zurückschreckte. Sie hatte eine treue Fangemeinde, die sie in der Rolle des Biestes liebte. Henny und Ella hatten zwar niemals einen ihrer Filme gesehen, spotteten dennoch gern, dass Goldie sich vermutlich bloß selbst spielte. Immerhin konnte Rudi darüber lachen. Er selbst führte eine erfolgreiche Anwaltskanzlei in New York, und Millis Sohn Marcus zählte zu seinen wichtigsten Klienten.

Die Wohnungssituation blieb schwierig im zerstörten Hamburg. Fredi und Henny beteiligten sich in ihrer Freizeit ehrenamtlich am Wiederaufbau der Genossenschaftswohnungen im Stadtteil Horn, wo sie früher gewohnt hatten, um dort irgendwann wieder einziehen zu können. Bis es so weit war, blieben sie in ihrem Schrebergarten.

Ella und Harald lebten mit ihrer Tochter weiterhin zur Untermiete bei Joseph Kellermann und waren als Ärzte finanziell am besten gestellt. 1953 gehörten sie zu den Ersten, die sich einen nagelneuen VW leisten konnten.

Obwohl Martha immer wieder sagte, dass sie glücklich sei und alles habe, was sie brauche, so wussten ihre Kinder doch, dass es der größte Wunsch ihrer Mutter war, noch einmal nach Amerika zu reisen. Sie wussten aber auch, dass ihre Mutter viel zu stolz wäre, das Geld für die teure Reise ohne besonderen Grund anzunehmen. Also musste ein besonderer Grund gefunden werden. Der fand sich im Frühjahr 1955, als Margot sich verlobte und ihre Hochzeit für den Sommer ankündigte.

Rudi telegrafierte sofort seinen Geschwistern, damit sie in aller Heimlichkeit die Reise ihrer Eltern zur Hochzeit der Enkeltochter vorbereiten konnten. Während Rudi sich um die Formalitäten auf amerikanischer Seite kümmerte, fiel Ella und Fredi die Aufgabe zu, die Schiffspassage auszusuchen, für deren Kosten Rudi aufkommen wollte. Martha und Paul sollten erst davon erfahren, wenn alles geregelt war.

Ende April saß Fredi in der Mittagspause in seinem Büro und blätterte Reiseprospekte durch, als es an der Tür klopfte. Es war Wolfgang, der inzwischen als Kommissar bei der Polizei arbeitete.

»Du bist schon wieder da?«, fragte Fredi überrascht. »Ich dachte, du bist bei der Zeugenvernehmung im Fall Schröder.«

»Das ging schneller als erwartet, er hat recht zügig gestanden. Ich konnte ihn durch ein paar geschickte Fragen dazu bringen, sich in Widersprüche zu verwickeln. Da brauchte ich nicht mal die Geheimwaffe in Form von Hauptkommissar Studt.« Wolfgang grinste. »Aber deshalb bin ich gar nicht gekommen. Ich habe diese Zeitung vorhin in die Finger gekriegt, und da dachte ich mir, es wäre doch viel aufregender, wenn Oma und Opa nicht mit dem Schiff reisen würden.«

»Nicht mit dem Schiff? Wie denn sonst?«

»Sieh mal hier, Papa.« Wolfgang legte seinem Vater die aufgeschlagene Zeitung hin. »Am 8. Juni soll der erste Transatlantikflug der Lufthansa von Hamburg nach New York stattfinden. Es sind drei Tankstopps geplant, und dann sind sie schon in siebzehn Stunden da.«

»Du meinst, sie sollen fliegen? Aber … das ist bestimmt viel zu teuer. Und ob da überhaupt für normale Menschen noch Plätze zu haben sind? Da sind doch bestimmt nur Prominente an Bord.«

»Telegrafier Onkel Rudi. Das sollte es ihm doch wert sein, oder? Überleg doch mal, das wäre doch eine wunderbare Parallele zu der ersten Amerika-Reise. Du hast mir so oft erzählt, wie ihr am 11. Juni 1913 auf der Jungfernfahrt des *Imperators* nach Amerika aufgebrochen seid, um an der Hochzeit von Millis Tochter teilzunehmen. Wenn die beiden ihre zweite Reise nach Amerika am 8. Juni 1955 mit dem Jungfernflug der *Super Connie* unternehmen, um bei der Hochzeitsfeier ihrer Enkeltochter dabei zu sein, ist das doch das größte Geschenk, das man ihnen machen kann, oder?«

»Meinst du nicht, dass dein Opa mit seinen einundachtzig Jahren zu alt dazu ist?«

»Warum? Wer noch seinen Rasen mähen kann, kann auch im Flugzeug sitzen.«

Fredi schlug die Reiseprospekte zu. »Du hast recht. Pass auf, du rufst bei der Lufthansa an und fragst, ob noch Plätze zu haben sind. Und ich werde jetzt gleich Rudi telegrafieren. Das wäre doch gelacht, wenn wir das nicht hinkriegen!«

Martha war furchtbar aufgeregt, als sie am 8. Juni gemeinsam mit Paul in Haralds VW einstieg, der sie zum Flughafen Fuhlsbüttel brachte. Ella und Monika fuhren mit, während Fredi und seine Familie sie direkt an der Schrebergartenparzelle verabschiedeten und winkten, bis das Auto nicht mehr zu sehen war.

»Siebzehn Stunden Flug, wird der Pilot da nicht müde?«, fragte Martha.

»Der hat doch einen Kopiloten«, sagte Harald. »Die wechseln sich ab.«

»Ich weiß gar nicht, was ich sagen soll«, sagte Martha immer wieder.

»Dann sag doch einfach, dass wir die großartigsten Kinder haben, die Eltern sich wünschen können«, schlug Paul vor.

»Und Enkel«, fügte Ella hinzu. »Die Idee mit dem Flug stammt nämlich von Wolfgang. Der hat sich enorm ins Zeug gelegt, um noch Plätze für euch beide zu bekommen.«

»Ich hoffe, er hat nicht gedroht, die Flugbetreiber zu verhaften, wenn sie ihm keine Bordkarten geben«, bemerkte Paul.

Sie lachten.

Auf dem Weg zum Flughafen sah Martha aus dem Autofenster. Die Spuren des Krieges waren auch nach zehn Jahren noch allgegenwärtig, aber wenn sie daran dachte, wie viel sie in den letzten Jahren geschafft hatten, wie die Wirtschaft blühte und die Menschen langsam zu ihrer Zuversicht zurückfanden, war sie einfach nur glücklich.

Der Abschied von Ella, Harald und Monika war herzlich und von vielen Umarmungen und noch mehr guten Wünschen begleitet. Martha konnte sich nur schwer vorstellen, dass sie und Paul morgen um diese Zeit bereits in New York wären.

Im Flugzeug überließ Paul Martha den Fensterplatz.

»Was ist eigentlich, wenn man in den siebzehn Stunden … mal ein menschliches Bedürfnis hat?«, fragte er die Stewardess leise.

»Keine Sorge, wir haben eine Toilette an Bord und eine kleine Küche. Sie werden hier bestens versorgt werden.«

»Nur tanzen kann man hier nicht. Das ist der Vorteil von großen Passagierschiffen«, erwiderte Paul mit einem Augenzwinkern.

»Waren Sie schon mal mit dem Schiff in New York?«, fragte die Stewardess.

»Ja, 1913 auf der Jungfernfahrt der Imperator, des größten Schiffs der Welt. Und deshalb wollten unsere Kinder, dass wir diesmal den Jungfernflug des größten Passagierflugzeugs der Welt mitmachen.«

»Solche Kinder hätte ich später auch gern mal«, sagte die Stewardess.

»Das glaube ich Ihnen gern«, erwiderte Paul stolz.

Die Stewardess kontrollierte, ob die Anschnallgurte korrekt angelegt waren, dann sagte sie: »Ich wünsche Ihnen einen angenehmen Flug.«

Als das Flugzeug langsam anrollte, schlug Marthas Herz schneller. »Es geht los, Paul!« Sie griff nach seiner Hand.

»Ja«, sagte Paul. »Lass uns unsere letzte große Reise genießen.«

»Was heißt hier die letzte große Reise?« Martha sah Paul vorwurfsvoll an. »Die letzte Reise gedenke ich noch lange nicht anzutreten. Vorher will ich noch Arthur und seine Familie in Shimabara besuchen und außerdem ... oh, Paul, es hebt ab ... und jetzt sind wir in der Luft! Wir fliegen!«

Sie drückte erneut Pauls Hand und sah auf die Welt unter sich, die langsam immer kleiner wurde. So klein, dass Rudi keine Tagesreise mehr entfernt war. Das Leben fühlte sich wunderbar an, wenn man endlich wieder an die Zukunft glauben konnte.

Nachwort

Der vorliegende Roman war eine große Herausforderung, denn ich hatte mir vorgenommen, anhand von Marthas Familiengeschichte ein zeitgeschichtliches Bild von der Weimarer Republik über die Schrecken des Dritten Reichs und des Zweiten Weltkriegs bis zum Beginn des Wirtschaftswunders zu zeichnen. Meine Protagonisten stehen sinnbildlich für viele kleine Leute, die in schwierigen Zeiten das Richtige getan haben.

Um den Aufstieg Hitlers zu begreifen, ist es wichtig, die Anfänge zu kennen. Nach dem verlorenen Ersten Weltkrieg war die deutsche Bevölkerung kriegsmüde. Es gab tatsächlich viele Menschen, die sich aktiv für den Frieden einsetzten. Das beschriebene Anti-Kriegsmuseum von Ernst Friedrich ist historisch belegt. Ernst Friedrich hat selbst eine ausgesprochen lesenswerte Autobiografie verfasst: »Vom Friedens-Museum zur Hitler-Kaserne.« Sein berühmtestes Buch ist allerdings »Krieg dem Kriege«, in dem er die Fotografien von Kriegsversehrten zeigt und das mich bereits im vorangegangenen Band der Hafenschwester dazu inspirierte, Paul mit einer schweren Gesichtsverletzung aus dem Krieg zurückkehren zu lassen.

Die deutsche Bevölkerung litt 1923 unter der Hyperinflation. Zwar gab es bereits seit dem Ersten Weltkrieg eine steigende Inflation, da der Kaiser die Bindung der Mark an den Goldstandard aufgegeben hatte, um seine Kriegskosten bestreiten zu können. Doch am Ende waren es die falschen geldpolitischen Entscheidungen der Nachkriegsregierung infolge der französischen

Ruhrbesetzung, die dem maroden Wirtschaftssystem den Todesstoß gaben. Millionen Menschen verloren ihr Erspartes, und da man in der völkerrechtswidrigen französischen Ruhrbesetzung die Ursache sah, war der Sündenbock schnell gefunden. Tatsächlich nutzte auch Adolf Hitler diese Situation für seinen Putschversuch am 9. November 1923.

Die im Roman geschilderten historischen Hintergründe sind korrekt, und die beschriebenen Zeugenaussagen von Adolf Hitler im Prozess stammen aus den überlieferten Gerichtsprotokollen. Ich habe sie jedoch teilweise etwas gekürzt, um den Text lesbarer zu machen.

Lida Heymann und ihre Lebensgefährtin Anita Augspurg sind historisch belegte Persönlichkeiten und forderten tatsächlich die Ausweisung Hitlers. Sie beantragten 1933 in der Schweiz Asyl, wo sie bis zu ihrem Tod im Jahr 1943 lebten.

Die Hyperinflation wurde schließlich durch die Einführung der Rentenmark am 15. November 1923 beendet. Man hatte sie durch die neu gegründete Rentenbank als Zwischenwährung eingeführt, um wieder Vertrauen in die Währung zu schaffen. Da der Staat nicht genügend Goldreserven hatte, um das neue Geld abzusichern, wurde der industrielle und landwirtschaftliche Grundbesitz herangezogen und mit einer Hypothek von 3,2 Milliarden Rentenmark belastet. Dafür gab die Rentenbank 2,4 Milliarden Rentenmarknoten aus, die zur Hälfte an die Regierung und zur Hälfte an die Reichsbank flossen. Nachdem sich der Kurs der Mark stabilisiert hatte, wurde ein offizieller Wechselkurs von Papiermark zu Dollar auf eins zu 4,2 Billionen Mark festgelegt – eine Billion Papiermark entsprach einer Rentenmark. Mit dem Münzgesetz vom 30. August 1924 wurde die Zwischenwährung Rentenmark von der endgültigen Reichsmark abgelöst, deren Wechselkurs nun wieder fest an den Goldpreis gebunden war.

Zu Beginn der nationalsozialistischen Herrschaft verbreitete die SA Angst und Schrecken unter politisch Andersdenkenden und Juden. Willkürliche Überfälle durch die SA waren an der Tagesordnung, auch die Internierung von Menschen in sogenannten wilden KZs wie dem historisch belegten KZ Wittmoor, in dem Rudi gefangen gehalten wurde. Diese wilden Lager wurden in den folgenden Jahren aufgelöst und in reguläre Lager wie beispielsweise das KZ Neuengamme in Hamburg überführt.

Die im Roman beschriebene Vorgeschichte zur Reichskristallnacht ist historisch belegt, wobei man anführen muss, dass die polnische Regierung den Aufenthaltsvermerk, der letztlich für die brutale Schnellausweisung von unzähligen Juden verantwortlich war, ursprünglich eingeführt hatte, um die Ausweisungen von Juden aus Deutschland zu verhindern. Dass die Nazis kurzerhand innerhalb von drei Tagen unzählige Menschen aus ihrem sozialen Umfeld reißen und aus dem Land treiben würden, hatte sich vorher keiner vorstellen können.

Es ist ebenfalls historisch belegt, dass chinesische Botschaftsangehörige flüchtende Juden aus Deutschland unterstützten. Wie im Roman beschrieben, erhoffte sich die chinesische Regierung im Gegenzug die Unterstützung von Briten und Amerikanern im Kampf gegen die japanischen Aggressoren, die seit 1937 mit China im Krieg lagen. Viele Juden flohen über Shanghai aus Deutschland. Auch das Chinesenviertel in Hamburg gab es zu jener Zeit. Seit der Machtergreifung der Nazis war es der Polizei ein besonderer Dorn im Auge, und es wurde – wie erwähnt – 1944 zerstört.

Das Haus im Snitgerstieg 3, in dem Fredi mit seiner Familie bis zur Ausbombung wohnte, gibt es wirklich. Es wurde nach dem Krieg wiederaufgebaut und ist bis heute bewohnt. Vor der Tür des Snitgerstieg 3 liegt heute der Stolperstein für Kurt Vorpahl, dessen Geschichte sich tatsächlich so abgespielt hat. Vor dem Snitgerstieg 9 findet man die Stolpersteine der jüdischen Familie Hamburger, die aber – anders als im Roman – bereits 1936 ausgewiesen wurde.

Ernst Paulsen steht als fiktive Figur stellvertretend für zwölf Männer des Reservepolizeibataillons 101, die, wie Dokumente belegen, in Polen zur Erschießung von Juden abkommandiert worden waren und dies verweigerten. Man bot den Mitgliedern des Polizeibataillons tatsächlich an, die Tätigkeit abzulehnen, wenn sie sich »dem nicht gewachsen fühlten«. Doch nur zwölf lehnten die Erschießungen von Frauen und Kindern ab. Keinem dieser Männer ist etwas passiert, abgesehen davon, dass man sie für Drückeberger hielt und ihre Karriere beendet war. Wer sich für dieses dunkle Kapitel der Geschichte interessiert, dem sei Christopher R. Brownings Buch: *Ganz normale Männer: Das Reserve-Polizeibataillon 101 und die »Endlösung« in Polen* ans Herz gelegt.

Die Schwierigkeiten, mit denen Ella als Frau zu kämpfen hat, um einen Studienplatz zu bekommen, sind ebenfalls historisch belegt. Schon vor der Machtergreifung der Nazis sprachen sich viele männliche Ärzte für eine beschränkte Studienzulassung von Frauen aus. Unter den Nazis durften nur noch zehn Prozent aller Studienplätze an Frauen vergeben werden. Erst mit dem Beginn des Zweiten Weltkriegs wurde die Zulassungsbeschränkung für Frauen wieder aufgehoben, denn nun brauchte man Akademikerinnen an der Heimatfront.

Professor Rudolf Degkwitz, Ellas Doktorvater, ist als großer Kinderarzt in die Medizingeschichte eingegangen. Sein Widerstand gegen den Nationalsozialismus und seine Zitate in den

Vorlesungen sind belegt. Auch die Candidates of Humanity, die mit der Münchner Widerstandsgruppe Weiße Rose zusammenarbeiteten, hat es wirklich gegeben. Viele von ihnen bewegten sich in den Hamburger Swing-Kreisen und hatten Kontakt zu den sogenannten Swing-Kids, die wegen ihrer Vorliebe für amerikanische Musik, die als »Negermusik« verunglimpft wurde, ebenfalls verfolgt wurden. Es gab viele, die im Kleinen Widerstand zu leisten versuchten, indem sie offen zu ihrer Musik standen und kurzfristige Verhaftungen als Ehrensache ansahen. Je weiter der Krieg voranschritt und je mehr die Nazis von außen unter Druck gerieten, desto schärfer griffen sie gegen jeden noch so geringen Widerstand durch. Die meisten Candidates of Humanity wurden zwischen 1943 und 1944 verhaftet. Viele von ihnen starben im KZ Neuengamme. Professor Degkwitz überlebte den Krieg.

Bei der Beschreibung des Hamburger Feuersturms habe ich mich nicht nur auf schriftliche Überlieferungen und Dokumentationen beschränkt, sondern auch auf die Erzählungen meines Vaters zurückgegriffen, der damals zehn Jahre alt war und den Feuersturm vom Schrebergarten seiner Großmutter in Moorfleet aus beobachtete.

Heinrichs Schiff *Weser* existierte wirklich und war vor Beginn des Zweiten Weltkrieges noch in Ostasien unterwegs. Bekannt ist ebenfalls, dass es nach dem großen Erdbeben in Tokio – wie im Buch beschrieben – zahlreiche Menschen evakuierte.

Die Schwierigkeiten, die Heinrichs Kinder haben, mit einer chinesischen Mutter eine angemessene Arbeit zu finden, entsprechen ebenfalls den historischen Gegebenheiten. Zwar fielen Chinesen nicht unter dieselben Rassengesetze wie die Juden, aber gern gesehen waren die Verbindungen zwischen Deutschen und

Ausländern generell nicht, und ein fremdartiges Äußeres war in dieser Zeit immer ein Manko.

Dennoch ist es durchaus denkbar, dass sich ein SS-Mann wie Ludwig in Lilli verliebt hat und versuchte, sich die Nazi-Ideologie entsprechend zurechtzubiegen. Dass die SS Muslime aus dem Balkan in einem Sonderbataillon akzeptierte und sie scherzhaft »Muselgermanen« nannte, entspricht den Tatsachen.

Das Ende des Krieges, das heute vielfach als »Befreiung« kolportiert wird, war zunächst einmal die Niederlage des Deutschen Reichs, und nachdem die Alliierten die Schrecken der KZs gesehen hatten, wollten viele das deutsche Volk bestrafen. So war es beispielsweise amerikanischen Soldaten tatsächlich verboten, Lebensmittelreste an Deutsche weiterzugeben. Sie waren stattdessen dazu verpflichtet, sie wegzuwerfen. Zudem war es Deutschen unmittelbar nach dem Krieg verboten, Pakete aus dem Ausland entgegenzunehmen. Die Verschickung der berühmten CARE-Pakete begann erst 1946.

Bei der Kriminalpolizei wurden alle ehemaligen NSDAP-Mitglieder von den Briten aus dem Dienst entlassen. Außerdem wurde die Schutzpolizei entwaffnet und war mit ihren wenigen verbliebenen Kräften bewaffneten Verbrecherbanden hoffnungslos unterlegen. Es begann die sogenannte schlechte Zeit, die von Hunger und Kälte geprägt war und bis zur Währungsreform im Juni 1948 andauerte.

Der im Roman beschriebene erste Linienflug der Lufthansa von Hamburg nach New York fand tatsächlich am 8. Juni 1955 statt. Die Bundesrepublik hatte erst einen Monat zuvor die Hoheit über ihren eigenen Luftraum zurückerhalten. Der Wiederaufbau von Hamburg galt jedoch erst im Jahr 1965 als abgeschlossen –

zwanzig Jahre nach dem Ende des Zweiten Weltkriegs. Meine Urgroßmutter, die als Vorbild für die fiktive Martha diente, hat das noch erlebt.

Sie lebte vom 19. August 1878 bis zum 24. August 1971.